신화 전통과 우리소설

이강엽 지음

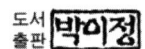
도서
출판 박이정

이강엽

1964년 서울에서 태어났다. 1982년에 연세대학교 국어국문학과에 입학한 이래, 그곳에서 석사·박사 학위과정을 마쳤다. 연세대학교, 동덕여자대학교 등에서 강의했으며, 2002년 이후 대구교육대학교 국어교육과 교수로 재직 중이다.

『토의문학의 전통과 우리소설』, 『바보설화의 웃음과 의미 탐색』, 『고전서사의 해석과 교육』, 『신화』, 『강의실 밖 고전여행』(전 5권). 『바보이야기, 그 웃음의 참뜻』, 『너의 앉은 자리가 바로 꽃자리니라』, 『강물을 건너려거든 물결과 같이 흘러라』 등의 책을 썼다. 고소설과 설화를 중심으로 하는 고전서사의 의미 탐색에 주력하고 있으며, 다양한 글쓰기를 통해 고전문학의 저변을 넓히는 일에도 힘을 쏟아오고 있다.

신화 전통과 우리소설

초판 인쇄 2013년 7월 12일 ┃ 초판 발행 2013년 7월 19일

지은이 이강엽 ┃ 펴낸이 박찬익 ┃ 편집장 김려생 ┃ 책임편집 김지은
펴낸곳 도서출판 **박이정** ┃ 주소 서울시 동대문구 용두동 129-162
전화 02) 922-1192~3 ┃ 팩스 02) 928-4683 ┃ 홈페이지 www.pjbook.com
이메일 pijbook@naver.com ┃ 등록 1991년 3월 12일 제1-1182호

ISBN 978-89-6292-430-5 (93810)

* 책값은 뒤표지에 있습니다.

신화 전통과 우리소설

이강엽 지음

도서
출판 박이정

책머리에

이 책의 시작이 아득하다. 아마도 「군담소설연구방법론」이라는 제목으로 박사논문을 쓸 때였을 것이다. 지도교수님의 권유에 따라 연구사 검토로부터 시작된 일이 갈수록 난관이었다. 연구사 정리야 부족한 대로 마무리할 수 있었지만, 문제는 그 뿌리가 깊고도 멀다는 데 있었다. 신화를 모르고서는 제대로 접근하기조차 어려운 난제였기 때문이다. 이미 신화에 대한 식견을 확고히 하고 있던 선행 연구자들에 비하자면 초학자인 나로서는 속수무책으로 변죽을 울리는 수밖에 없었다.

그러나 실심하고 있던 내게도 기회가 왔다. 박사학위를 마치고 시간강사로 지낼 때, 지인의 도움으로 연구실을 마련하여 선후배들이 한데 모여 공부할 기회를 얻게 되었다. '연희인문사회연구실'이라는 이름을 걸고 야심차게 시작했지만, 막상 모이고 보니 함께 공부할 주제가 마땅치 않았다. 명색이 인문학이니 사회과학이니 하는 학문을 한다고는 했어도 제 공부에 바빠서 다른 분야를 돌아볼 틈이 없었던 까닭이다. 그래서 제일 처음 찾아 나선 주제가 '은유'였고, 거기에서 자연스럽게 퍼져나가게 된 주제가 '신화'였다. 그때만 해도 지금처럼 신화 붐이 불지 않을 때여서 마땅히 볼 책도 많지 않았지만 누구나 공감할법한 좋은 주제였다.

그러나 신화 공부를 시작하면서 막히는 게 많았고, 이렇게 방향 없이 공부하느니 제대로 해보자는 욕심이 생겼다. 그래서 창원대학교의 민긍기 선생님을 모셔서 일주일에 한 번씩 신화관련 자료를 함께 읽는 기회를 마련했다. 말이 독회(讀會)이지 사실은 선생님의 강독을 듣는 학습 과정이었다. 뒤늦게 신화공부에 뛰어들었음에도 신화의 형체라도 가늠하고 한국 신화 전반의 윤곽이라도 잡을 수 있었던 것은 선생님의 공이요, 덕이다. 엘리아데(Mircea Eliade)도 그때 접했고, 그 인연을 키워서 캠벨(Joseph

Campbell)이나 융(Carl Gustav Jung), 레비-스트로스(Claude Levi-Strauss)도 만났으며, 가끔씩은 하신(何新)이나, 위앤커(袁珂), 나카자와 신이치(中澤新一)도 읽을 수 있었다.

그렇게 공부하던 우리는 시간이 지나면서 흩어졌다. 저마다 다른 대학에 자리를 잡아 자신의 주전공 분야를 공부하면서 신화 논문들을 여기저기 발표하였고 나 역시 그랬다. 『신화』라는 제목의 소책자를 내기도 하였고, 근무처인 교육대학의 여건 상 설화 강의의 수요가 컸고, 그때마다 신화를 다루는 일이 부쩍 많기도 했다. 그런 가운데 내가 쓴 논문제목에서 '신화'나 '신화적'이라는 어구가 제법 등장하였으며 박사학위 논문에서 미흡했던 신화 부분에 대한 생각을 가다듬어보기도 했다. 이 책은 그러한 작업의 결실이며, 나의 저서 『토의문학의 전통과 우리소설』과 자매 편이다. 애초에는 『판소리 문학의 전통과 우리소설』이라는 책과 함께 3부작으로 기획된 것이었는데, 예상보다 길게 끄는 통에 기대했던 의미가 많이 퇴색했지만 곧 나머지 한 권도 완성하여 우리소설의 세 갈래를 조망해보는 작업을 마치려 한다.

올해가 박사학위를 받은 지 20년이 된다. 산천이 두 번 바뀔 정도의 시간을 보내며 겨우 이 정도인 것이 아쉽고 민망하지만, 미욱한 필자를 일깨워준 많은 선생님들과 동학들께 머리 숙여 감사의 인사를 올린다. 신화 공부를 함께 했던 신연우 선배께서 얼마 전 책을 출간하여, "우리 조금 더 나아가보자."라는 문구를 적어 주었다. 이 책이 조금이라도 더 나아간 것이라면 바랄 게 없겠다.

2013년 6월
'작은세상'에서 이 강 엽

차 례

I 들머리 : 신화와 소설

　신화(神話, Myth)는 분명 서사(敍事) 문학의 한 갈래이다. 신화를 설화의 하위갈래로 보는 시각에서 그렇고 설화가 서사 문학의 한 갈래이며 거기에 신화 외에도 전설·민담이 더 있다는 식의 제법 보편성을 인정받는 갈래 분류법에서는 더더욱 그렇다. 이렇게 볼 때 신화는 서사 문학 중의 극히 일부분이다. 굳이 야단스럽게 강조하려는 의도만 아니라면 민담이나 전설과 대등한 정도의 이야기군일 뿐인 것이며, 분량으로 치자면 민담에 견줄 만한 양도 못 된다. 그러나 신화에는 언제나 '신성한 이야기', '진실한 이야기'라는 정의가 따라붙는 형편이어서 여느 서사 문학과의 차별성을 확인할 수 있다.

　이 점에서 설화를 신화와 전설, 민담으로 3분한다는 자체가 어찌 보면 균형을 잃는 처사일 수가 있다. 양으로 본다면 민담에 견줄 수 없을 만큼 적을 터이지만 그 파급력으로 본다면 정반대의 결과가 나올 법도 하다. 더구나 그런 3분법이 실제 보편성을 갖는 것인가를 회의하게 된다면 신화의 위상은 아주 달리 가늠될 여지가 높다. 일찍이 말리노프스키(Malinowski)는 뉴기니아 제도의 원주민들의 신화를 연구하면서 원주민들이 오락을 위해 이야기하는 '쿠크와네부(Kukwanebu)'와, 진실한 서술을 하면서 사회적 공명심을 충족시키기 위한 '리봐궈(Liwagwo)', 진실된 것으로 여겨질 뿐만 아니라 외경해야 하는 '릴리우(Liliu)'를 구분한다는 사실을 알았다.[1] 어쩌면 이야기가 시작될 때부터 신화는 외견 상 전설이나 민담과 동일한 차원에서 대비되는 어떤 이야기이며, 진실성과 외경성이 덧보태졌다는 점이 강조되었다 하겠다.

　그러나 실제 신화의 제의(祭儀) 기능 등을 차치한 채, 서사문학 작품으로서의 텍스트만을 떼어놓고 볼 때 3분법의 효과가 그렇게 절대적일 수 있는지에 대해서는 의문이다. 실제로 세계의 여러 민족들은 설화를 통째로 몰아서 하나로 보거나, 2분법·3분법·5분법 등으로 다양하게 나누고 있다는 점을[2] 상기하면 설화의 하나인 신화를 배타적인 영역으로 가르고, 거기에서 파생된 것으로 여겨지는 소설작품을 단선적인 흐름으로 재단하는 데에는 상당한 무리가 따르게 된다. 그래서 흔히 전설로 알려지고 있는 이야기 중에서도 단순한 경이(驚異)로움을 넘어 신성성(神聖性)에 육박하는 경우도 있으며, 신성성은커녕 우스개로 치부되는 바보설화 가운데도 신화적인 접근을 보일 만한 예가 있기도 하다. 가령 〈장자못 설화〉의 경우, 선행을 베푼 인물이 돌이 되는 사정에 착안하여 본다면 매우 슬픈 현실을 담은 전설임에 틀림없겠지만, 홍수신화의 맥락에서 본다면 무질서한 세계를 응징하여 질서를 재편해내는 신화임이 분명하다. 또 바보사위 이야기 역시 결혼식이라는 관문을 통과하는 중대성에 비추어 입사의례 실패담으로 볼 수도 있다.[3]

　시야를 넓혀 음성언어로 구전되는 설화가 아닌 문자언어로 기록된 설화 쪽으로 관심을 옮겨보아도 사정은 마찬가지이다. III장에서 집중적으로 다루게 될『삼국유사(三國遺事)』에는 신화는 물론 전설, 민담이라고 할 법한 다양다기한 이야기들이 실려 있다. 그러나 신화가 집중적으로 배치되어 있는「기이(紀異)」편에 우리가 역사책에서 볼 수 있는 인물들이

1) 말리노프스키,『원시신화론』, 서영대 역, 민속원, 1996, 32쪽 참조.
2) 김화경,『한국의 설화』, 지식산업사, 2002, 30-33쪽 참조.
3) 이에 대해서는 다음 논문 참조. 천혜숙,「전설의 신화적 성격에 관한 연구」, 계명대 박사 논문, 1987 ; 신연우,「〈바보사위〉 설화의 神話的 素因」,『연민학지』 9, 연민학회, 2001.

대거 등장한다. 아닌 게 아니라 거기에 실린 〈김유신(金庾信)〉의 신이한 행적을 놓고 역사 그대로라고 액면 그대로 받아들일 사람은 없을 것이다. 다른 편에 나오는 원효(元曉)나 의상(義湘)이 주인공으로 등장하는 이야기들 역시 그들이 역사적 인물임이 분명하지만 행적으로 적어놓은 서사에서는 현실성과는 동떨어진 경우가 많다. 거꾸로『삼국유사』에만 등장할 뿐 다른 역사서 어디에도 나오지 않아서 가공인물일 것으로 짐작되는 영재(永才) 같은 인물은 노래로 도적을 감동시키는 매우 현실적인 능력을 발휘할 뿐이다.

이처럼 역사와 허구의 관계는 그렇게 복잡하게 얽혀있다. 한 발 더 나아가『삼국사기(三國史記)』같은 역사서에 실린 〈김유신전(金庾信傳)〉으로 가도 그 출생부터 신화적인 요소가 다분하다. 특히 그가 17세에 중악(中嶽)의 석굴(石窟)에서 수도(修道)하는 행위라든지, 기구(祈求) 끝에 신인(神人)을 만나는 행위 등이 무속적(巫俗的) 신비체험과 연관되는 등 신화적 견지에서 읽어낼 소지가 적지 않다.[4] 어쩌면 이야기란 모름지기 그렇게 양면성을 갖게 되는 것인지도 모른다. 노에 게이치가 지적한 대로, "인간은 신이 아니기 때문에 정해진 시공간의 질서 속에서 직접 보고 들으면서 사물을 알아갈 수밖에 없다. 보고들은 것들은 결국 망각의 늪으로 가라앉아 의식의 하층부로 침전된다. 기억의 실을 되짚어 그것들을 다시 살려낸다 해도 과거 지각의 현장에서 마주했던 사실들은 남김없이 재현하는 것은 불가능하다."[5]『삼국유사(三國遺事)』의 찬자(撰者) 일연(一然)이 여러 문헌들에서 취사(取捨) 선별하고, 전언(傳言)을 참조하여 정리하는 과정에서 한편으로는 신화화하면서 또 다른 한편으로는 탈신화화

---

4) 이런 입장에서 '무속적 영웅'이라는 인물형으로 설명한 예는 김열규,『韓國神話와 巫俗研究』, 일조각, 1982중판, 258-263쪽에 보이며, 민긍기, 「영웅소설의 의미체계 연구」, 연세대학교 박사학위논문, 1985, 88-102쪽에서 '역사전기'의 틀에서 신화적인 해명을 하고 있다.
5) 노에 게이치,『이야기의 철학』, 김영주 옮김, 한국출판마케팅연구소, 2009, 23쪽.

(脫神話化)할 가능성은 충분하다 하겠다.

　이런 양상은 설화를 이어 문자화한 소설로 옮겨가도 쉽게 확인된다, 특히 이른바 '영웅의 일대기'를 주축으로 하는 군담소설, 혹은 영웅소설로 통칭되는 일련의 소설군은 말할 것도 없고, 그 밖의 변신(變身)·전신(轉身)·환생(還生) 등을 모티프로 한 소설 등에서 신화적 편린은 쉽사리 찾아볼 수 있다. 소설 특유의 핍진성(逼眞性)을 추구하느라 신화적 내용이 상당히 소거되는 듯이 보이지만, 그 안에서 신화에서 추구하던 세계관을 찾아내기란 그리 어려운 일이 아니다. 이는 역으로, 신화와 서사구조를 공유한다고 해서 신화와 똑같은 것이 아니라 특별한 변전(變轉)을 겪은 것일 뿐이라는 의미이기도 하다. 작가를 알 수 없는 고소설이 대개 그렇듯이 군담소설 또한 창작 시기를 특정하기는 어렵지만 〈홍길동전〉, 〈조웅전〉, 〈유충렬전〉, 〈이대봉전〉, 〈유문성전〉 같은 작품들을 통해 신화 전통이 소설로 옮겨오면서 생겨난 변이양상을 가늠해볼 수 있을 것이다.

　이는 군담소설이나 영웅소설로 불리는 특정 유형의 소설군에만 그치는 것이 아니다. 기본 서사의 내용 상 가장 현실적인 내용을 담고 있는 것으로 여겨질 가정소설 등에서도 신화적 속성을 찾아내기란 그리 어려운 일이 아니다.6) 또한 신화적 소원(溯源)에 비교적 가까이 있다고 할 고소설에만 국한되지 않고 현대소설에까지 널리 나타날 뿐만 아니라,7) 급기야 '신화'를 표제에 내건 작품이나8) 대놓고 신화를 비틀어대는 작품까지 등장하였다.9)

　이렇게 신화시대가 끝나도 신화의 생명력이 지속되는 현상은 신화가 단순히 이야기 문학의 여러 작은 갈래 중의 하나가 아님을 입증한다. 신

---

6) 심우장, 「〈장화홍련전〉에 나타난 죽음의 제의적 해석」(『국어국문학』149호, 국어국문학회, 2008) 참조.
7) 김병욱 외, 『한국문학과 신화』, 예림기획, 2006.
8) 한승원의 〈신화〉(1981)나 미완이지만 이청준의 『신화의 시대』(물레, 2008)가 그런 예이다.
9) 박진규, 『수상한 식모들』, 문학동네, 2005.

화는 본시 다른 이야기가 도달하기 어려운 크기의 '진실성'을 담보하면서, 동시에 그 때문에 '비현실성'을 갖는다. 우리 민족이 단군에서 비롯되었다는 믿음은 전자의 예이겠지만, '피겨에서의 금메달 신화'라는 표현은 후자의 예일 것이다. 신화 전통을 살필 때 그 무게 중심을 전자에 두는 것이 옳을지 후자에 두는 것이 옳을지, 아니면 아주 현실적인 선에서 전자로 접근하는 방식이 효율적일지 후자처럼 다소 환상적인 방향에서 접근하는 방식이 효율적일지에 대해서는 선뜻 선을 긋기 어렵다. 그렇지만 분명한 사실은 우리 서사문학에서 양자의 접근이 모두 유용하다는 점이다.

아닌 게 아니라, 우리가 신화적 삶의 양식을 대하는 데 있어 양극단에 서기 일쑤였다. 이 때문에 "신화적 삶의 양식을 무조건 찬양하는 낭만주의와 그것을 무조건 평가 절하하는 합리주의, 이 두 오해로부터 벗어나야"[10]만 하는 것이다. 신화적 사고는 천진무구한 것이므로 영원한 동경의 대상이라거나, 신화는 논리 이전의 비논리이며 무합리의 산실이므로 가능한 한 배척해야 한다는 식의 접근은 아무런 도움이 되지 않는다. 이는 삶의 양식만이 아니라 신화와 여타의 서사문학을 대하는 태도에도 적용될 수 있다. 가령 『삼국유사』에서 신화적 속성이 드러난다고 해서 그것만으로 문학의 진실성이 더 높아지는 것도 아니고, 탈신화의 흔적이 드러난다고 해서 그것이 곧 합리성을 보증해주는 것도 아니다. 군담소설에서 신화적 편린이 드러난다고 정통성이 강한 작품이라고 추켜세울 일도 아니고, 또 신화에서는 볼 수 없던 여러 요소를 가미함으로써 문학적 성취가 크다고 재단할 만한 것도 아니다.

이 시점에서 우리는 신화에 대해 개방된 자세가 필요하지 않을까 한다. 가령, 한편에서는 다소 허황되어 보이지만, 자신의 한계를 넘어 상대를 깨부수며 제 안의 심적 갈등에 휩싸여 내면으로 침잠해나가는 이야기에

---

10) C. A. 반 퍼슨, 『급변하는 흐름 속의 문화』, 강영안 옮김, 서광사, 1994, 46쪽.

서도 문학적 의미는 얼마든지 찾아볼 수 있다. 어떤 소설이 주인공의 '비범한 출생과 그로 인한 박해, 그리고 그러한 고난의 통쾌한 극복' 같은 내용에 중점을 둔다면 이는 분명 신화 특유의 환상적인 '비현실성'에 관심이 두어지는 경우이다. 또, 어떤 소설의 주인공이 둘로 분열되면서 이중자아(二重自我)로 나타난다면[11] 분명 신화 전통에서 볼 수 있는 대립과 통합을 주제로 한 '진실성'에 관심을 둔 예이다. 이 때문에 신화의 전통을 잇는 후대의 소설들은 가장 가벼운 주제를 다루는 통속적인 작품에서부터 가장 무거운 주제를 다루는 본격적인 작품까지 폭넓은 스펙트럼을 이룬다.

더욱이 신화는 본래 그 내용 상 상당한 편폭을 지닌 것이어서 단선적인 논의를 시도할 때 도리어 실체를 놓치기 쉽다. 내용을 두고 분류하는 방법은 신화의 작품수만큼이나 많겠지만, 간단하게 신화에 등장하는 신성한 인물이 발휘하는 힘, 곧 그가 행하는 과업에 따라 나눠볼 수 있겠다. 크게는 세상을 만들어내는 창세 신화와, 어떤 국가 내지는 부족이나 씨족 등을 창시한 시조신화, 또 주인공이 영웅적 능력을 발휘하는 영웅신화의 셋으로 나눈다. 첫 번째 것이 세상이 없는 혼돈 상태에서 우주적 질서를 부여하는 대우주(大宇宙)와 관련된 것이라면, 두 번째 것은 그러한 대우주가 있다는 전제 아래 특정 영역의 처음으로 등장하는 신화이다. 또 마지막 것은 이미 있는 나라나 제도를 딛고 영웅적 힘을 발휘하는 것인데, 건국 신화 등과 맞물리면 주인공은 건국의 영웅주(英雄主)로 좌정한다. 이 셋은 그들이 성취한 일의 크기는 다르지만 사실 무언가를 처음으로 만들어낸다는 점에서는 차이가 없다.[12] 현실을 매개로 해야 하는 소설이라면, 첫 번째의 창세신화와 두 번째의 문화영웅담 등은 직접 소설로 변전(變轉)해나가기 어려운 반면, 셋째의 영웅 이야기는 소설로 변개하기에

---

11) '이중자아'라는 용어는 이재선, 『한국문학주제론』(서강대학교출판부, 2009)에 따른다.
12) 신화의 개념 등을 둘러싼 제반 논의는 이강엽, 『신화』(연세대학교출판부, 2004)에서 소상히 다루었으므로, 여기에서는 논의에 필요한 만큼만 서술하기로 한다.

가장 적합했고 실제로도 그랬다.

문제는 그러한 신화 주인공이 소설로 옮겨갈 때에 벌어진다. 소설은 본디 사람들이 살아가는 일상을 문제 삼는다. 일상에서는 세상의 창조는 고사하고 나라의 건국 정도도 문제가 되지 않는다. 기껏해야 정권의 문제 정도이거나 왕조교체와 같은 극히 현실적인 문제로 떨어지게 된다. 물론 그 역시 작은 문제라 할 수 없겠지만, 이미 만들어진 제도나 체제, 이념을 재창조가 아닌 복구나 재건 등에만 관심을 기울인다면 신화 특유의 창조성은 많이 소거되기 마련이다. 그럼에도 불구하고 양편 모두의 주인공에게 '과업'이 주어지며 주인공은 그 과업을 무사히 성취해낸다는 점에서는 차이가 없기는 하지만, 과업의 성격 등에 비추어 그 둘 사이의 거리는 생각보다 훨씬 멀어지게 된다.

비근한 예로 신화 전통에 가장 가까이 있는 것으로 여겨지는 군담소설의 주인공을 보자. 군담소설의 주인공들은 대체로 천상의 힘에 기대어 탄생하며 그에 걸맞은 초인적 능력을 보여준다. 그것은 일견 주몽이나 혁거세가 지녔던 권능에서 그리 멀지 않아 보인다. 그러나 그러한 권능의 근거와 권능이 작동하는 폭은 상당히 다르다. 하늘의 '빛'이 몸속에 들어와 잉태한 탄생이 아니라 인간의 육신과 육신의 결합에 의한 탄생이며, 또 그렇게 탄생한 주인공이 대적하는 상대 또한 대체로 '강한 악인'일 뿐이다. 서사에서 여타의 군더더기를 떼고 선/악의 대비로 볼 때, 선한 주동인물이 악한 반동인물을 이겨내는 단순한 도식인 것이다. "그러나 특별하게 존재하는 모든 것은 총체적이어야 하며, 모든 차원과 모든 맥락에서 대립의 합일을 포괄해야"[13]하며 신의 양성성(兩性性) 역시 거기에서 비롯되는 사정을 감안해본다면, 소설 주인공의 순연(純然)함은 본질상 신화적 속성에서 멀어지게 할 수도 있다.

---

13) 이에 대해서는 엘리아데, 『메피스토텔레스와 양성인』, 최건원·임왕준 옮김, 문학동네, 2006, 138쪽.

이처럼 양자 간에는 그 외형상의 친연성에도 불구하고 이면을 파고들면 상당한 거리감이 엿보인다. 그 거리감의 첫째 근거는 신화의 포괄성에서부터 찾아진다. 물론 신화의 속성을 어떻게 보느냐에 따라 논의의 방향이 달라지겠지만, 세계에서 가장 오래된 신화로 알려지고 있는 메소포타미아의 3대 기본신화 '삶과 죽음을 넘나드는 신화', '창조 신화', '홍수 신화'[14)에서 그 실마리를 찾아볼 수 있다. 소설의 속성상 창조신화적 면모는 잘 드러나지 않는다 하더라도, 삶과 죽음을 넘나드는 신화는 재생(再生)을 다룬 소설에서, 악인을 응징하는 홍수신화는 군담소설이 아니라 〈옹고집전〉 같은 작품에서 그 흔적을 찾아볼 수 있다.[15)

　우리 소설에서 재생(再生)이나 변신(變身)을 다룬 작품은 수도 없이 많다. 그것은 일단 환상성에 기초한 흥미소로 작동하는 것이겠으나, 가만 보면 인간의 육신이 가진 한계를 넘어서려 하다는 점에서 신화적이다. 인간의 육신은 시간과 공간의 한계를 뛰어넘을 수 없다. 시간적으로는 일회적인 삶을 살다가 죽어야 하는 한계를 지니며, 공간적으로는 자신이 이곳[이 몸]에 있는 한 저곳[저 몸]에 있을 없는 한계를 지닌다. 재생과 변신은 그러한 두 가지 한계를 뛰어넘게 해준다. 죽어서도 다시 태어날 수 있고 육체적 구속을 벗고 새로운 존재가 될 수도 있는 것이다.

---

14) 사무엘 헨리 후크, 『중동 신화』, 박화중 옮김, 범우사, 2001.

15) 악의 성격 또한 문제이다. '신(神)/악마'의 대립이 첨예했던 서양중세를 보더라도 악마는 공포스러운 압박의 형태로 나올 뿐만 아니라 매력적인 유혹자로 드러나기도 한다. 르고프는 "악마는 두 가지 형태로 나타나는데, 이것은 아마도 이중적 기원의 잔재일 가능성이 높다. 유혹자 악마는 기만적이고도 매력적인 모습을 하고 있다. 반면 박해자 악마는 공포스러운 모습을 하고 있다."(자크 르고프, 『서양중세문명』, 유희수 옮김, 문학과지성사, 2008개정판, 263쪽)고 하면서, 전자가 변장 없이 흉측한 모습을 드러내는 데 비해 후자는 소녀의 모습 등으로 변장하여 실상을 감춘다고 했다. 군담소설의 경우, 매력적인 상대로 나타나서 유혹하는 악(惡) 같은 경우는 없어서 신화 전통의 서사와 사뭇 다른 경향이 있다. 이 때문에 〈옹고집전〉처럼 오만하게 제 고집에 빠진다거나 〈구운몽〉에서 주인공 성진이 팔선녀와 희롱하다 성계(聖界)를 떠나게 되는 경우 같은 내면의 악(惡)을 다루기 어렵게 되어 있다.

둘째 근거는 영웅신화에 근접한 소설을 고른다고 할 때, 그 영웅의 성격이 두 갈래로 나뉜다는 점이다. 신화에서의 영웅은 제 자신의 힘이 남다를 뿐만 아니라 그 힘을 자신이 속한 집단을 위해 사용한다는 점이 두드러진다. 이를 흔히 '영웅의 귀환'이라고 명명하는데 문제는 그러한 귀환이 영웅 자신에게는 큰 이득이 없지만 대의를 위해 기꺼이 나서게 된다는 사실이다. 이를 일상적 인간의 삶으로 환치한다면 희생이나 봉사 정도가 될 터이지만, 영웅에게 그것은 중대한 과업이며, 바로 이 과업의 성취가 양 방향으로 나뉘는 것이다. 그러나 그것이 그저 사적인 복수나 잃어버린 부귀영화의 회복에 치우치게 될 때, 사실상 신화적인 영웅성에서 거리를 갖게 마련이다.16)

뒤에서 상세히 논의되겠지만 영웅은 대체로 그 근원에서부터 여느 인간과는 달리 불균형 내지는 복합성(複合性)을 띤다. 가령 그 근원이 천상에 있더라도 지상의 인간 세계에 관여한다. 부득이하여 부모가 모두 인간인 경우라 하더라도 이유는 알 수 없지만 날개가 돋는다거나 비늘이 있는 식으로 천상이나 수중 세계에 걸쳐있으며, 어떤 경우에는 하늘의 빛을 쪼여 잉태하기도 하고, 아주 약화된 경우라도 태몽을 통해 신성세계와 연결되게 마련이다. 이러한 복합성은 한편으로는 절름발이 같은 불균형을 야

---

16) 박일용은 이러한 두 계통의 차이를 반영하여 '민중적 역사 영웅소설'과 '통속적 창작 영웅소설'로 유형구분을 시도했다. "이들을 다시 역사적으로 실재했던 인물의 비극적인 인물 전설을 매개로 하여 민중적, 민족적 이념의 실현을 위해 투쟁을 한 인물들의 삶을 창작적으로 형상화한 〈최고운전〉, 〈홍길동전〉, 〈임경업전〉, 〈전우치전〉을 '민중적 역사 영웅소설'이라는 명칭으로 묶고, 또 외형적으로 영웅의 일생구조를 구현하는 한편 표면적으로는 국가에 대한 충의라는 공동체의 이념 실현을 표방하면서도 기실 그것을 매개로 주인공 개인의 욕망 실현 과정을 그리는 작품들을 '통속적 창작 영웅소설'이라는 명칭으로 묶어 구분하기로 한다."(박일용, 『영웅소설의 소설사적 변주』, 월인, 2003, 17쪽) 민긍기는 〈유충렬전〉 같은 작품의 경우, "주인공이 현세적 가치를 획득하기 위해서 사회를 통합하지만 사회를 통합하여 현세적 가치를 획득한 후에는 인간의 궁극적 욕구가 세계와의 동질성 확보라는 사실을 깨닫고 세계와의 동질성을 확보해 내는 전대의 영웅소설과는 달리, 주인공이 현세적 가치를 획득한 후 그것에 안주하는 영웅소설"(민긍기, 「영웅소설의 의미체계 연구」, 연세대학교 박사학위논문, 1985, 159쪽)이라고 하여 〈홍길동전〉 같은 전대의 소설과의 차별성에 주목한다.

기하지만 또 한편으로는 서로 다른 세계를 통합할 수 있는 발판이기도 하다. 초인적인 힘과 인간적인 온정이 한데 있게 되면 궁극적으로 그 둘을 아우르는 방향으로 나아가는 게 정석이겠지만 그 과정에서 두 방향을 띠는 것이 당연하다. 하나는 자신의 상대인 괴물을 제압하며 용맹성을 떨치는 것이고, 또 하나는 내적 깨침으로 향하는 것이다.[17]

사리가 그렇다면 신화에서 중요시해야 할 영웅은 괴물을 물리치고 그 자리에 우뚝 서는 인물만이 아니다. 특히 건국 등의 문제가 해결되어 사회제도적으로 안착을 보이는 시대를 배경으로 한 소설에서라면, 도리어 후자의 영웅 또한 만만치 않은 문제를 제기한다. 어느 사회든 안정되면 계층 간의 불균형이 문제가 되고 이런 문제가 군사적이거나 정치적인 해결 못지않게 정신적 해결을 요청할 수 있기 때문이다. 즉, 외적 대결에 골몰하는 투사가 아닌 내적 고민을 가득 안은 현자(賢者)로서의 영웅이 요구되는 것이다.

심리적인 입장에서 보자면, 괴물을 물리치는 영웅은 청년기 이전의 삶을 대변한다면, 선(善)과 악(惡) 같은 대극적인 힘 통합하려 애쓰는 인물은 성인기 이후의 삶을 대변한다. 후자의 신화를 분석심리학에서는 특히 '변환신화(myth of transformation)'라고 한다. 헨더슨(Henderson)은 영웅신화의 진화를 네 주기, 곧 '트릭스터(trickster) 주기, 산토끼 주기, 붉은 뿔 주기, 쌍둥이 주기' 등으로 나누어본 기존 연구에 주목하여 인격진화의

---

17) 다음과 같은 논의를 참조하라. "신화에서 영웅이 되는 과정에는 두 가지 양태가 있다. 첫째는 그리스의 영웅 테세우스, 페르세우스, 헤라클레스, 유럽의 트리스탄과 같이 드래곤과 투쟁하여 이를 살해함으로써 영웅이 되는 경우다. 둘째는 요나, 예수, 부처처럼 영혼의 어두운 밤, 드래곤의 뱃속을 통과하여 영웅이 되는 경우다. 흔히 전자를 영웅이라 부르고 후자를 성자라 부르는 경향이 있지만, 신화학에서 말하는 영웅은 양자를 모두 포함하는 개념이다. 오히려 심리학적으로 융의 용어를 따라서 전자를 외형적 영웅으로, 후자를 내향적 영웅이라고 부르는 것이 일반적이다. 외적 드래곤을 처치함으로 공동체를 해방시키는 것이 첫 번째 유형의 영웅이라면, 내적 드래곤을 승리함으로 구원자가 되는 것이 두 번째 유형의 영웅이다." -이경재, 『신화해석학』, 다산글방, 2002, 268쪽.

각 단계를 반영하는 것으로 풀이하고자 했다.[18] 첫째의 트릭스터 주기의 영웅이 "자신의 일차적 욕구를 만족시키는 것 외에는 아무런 목적이 없기 때문에, 잔인하고 냉소적이고 냉혹"[19]한 데 비해, 넷째의 쌍둥이 주기의 영웅은 그 둘이 본래 한 몸으로 보족적(補足的)이어야 함을 알아 자신의 부족함을 깨칠 수밖에 없다. 극단적으로 말하자면, 신화주인공의 한쪽 끝에서는 자신의 힘으로 세상을 호령하면서 적을 격파하여 제 세상을 만들어나가는 외적 투쟁에 골몰하지만, 한쪽 끝에서는 자신이 가진 불완전성을 인식하면서 온전한 삶을 일구어내기 위한 내적 투쟁에 몰두하다 하겠다. 즉, 스스로 완벽하기에 그 완벽함을 근거로 세상을 제 방식대로 바꾸어야 한다는 관념과, 스스로 내적 대립과 불완전함이 있으므로 그들을 통합해내야 한다는 관념 사이에 갈등할 수밖에 없는 것이다.

우리 소설사를 일별하면, 사실은 전세계 소설이 모두 그러할 테지만, 신화의 잔상(殘像)은 그 둘의 모습을 모두 가지고 있다. 한편으로는 호쾌한 영웅이 등장하여 건곤일척의 승부를 벌이는 쾌사(快事)가 펼쳐지고, 한편으로는 자신의 정체성을 찾아 헤매는 성찰적 삶이 펼쳐지는 것이다. 이 책의 제IV장과 제V장은 신화가 소설로 옮겨가면서 택하는 그러한 두 갈래의 길을 보여준다. 불세출의 영웅이 활약하는 〈유충렬전〉이나 〈조웅전〉 같은 군담소설은 물론, 삶의 갈랫길에서 고민하는 〈구운몽〉, 진짜와 가짜 사이에 집요한 싸움이 벌어지는 〈옹고집전〉, 억울하게 죽은 후 다시 태어나 온전한 삶을 살아내는 〈장화홍련전〉 등이 신화의 테두리 안에서 설명될 수 있다. 그러나 신화를 그대로 신화로 잇지 않는 이상 어느 한편으로 신화적 속성이 숨어들면서 다른 한편으로는 그 작품의 독자적인 특성이 드러날 것이기에 이들을 찾아내는 작업이 요긴하다.

---

18) 조셉, L. 헨더슨, 「고대신화와 현대인」, 칼 구스타프 융 편저, 『사람과 상징』, 까치, 1995, 125-129쪽에 상세히 설명되고 있다.
19) 같은 책, 126쪽.

II 신화의 좌표

1. 신화를 읽는 시각

'신화'는 통상적으로 신(神)에 관련된 이야기로 치부되기 쉽다. 당장 건국신화의 대표격으로 꼽히는 〈단군신화〉나 〈주몽신화〉를 떠올려보면 그 주인공들은 신이어서 그들의 신성성을 의심할 여지가 없는 것이다. 그러나 건국신화라면 말 그대로 건국이 이루어졌다는 의미이며, 필연적으로 국가라는 실체와 맞물리지 않을 수 없는 법이다. 나라가 역사에 실재했던 한, 나라를 세운 창업주(創業主) 역시 실존 인물이 아니면 안 된다. 그렇다면, 이러한 신화는 근본적으로 서로 상충되는 특성을 한 몸에 갖고 있는 모양새를 띠는 서사물로 파악됨직하다. 한편으로는 여느 인간이 지닐 수 없는 초월적 속성으로의 신성성을 가지면서 또 한편으로는 그 초월적 속성을 지상세계에 현현시키는 현실성을 갖는다는 말이다. 그럼에도 불구하고 건국신화를 특정한 국가의 창건을 넘어 민족의 시작, 나아가 단일 민족의 기원으로 떠받치려 할 때 신화는 본래의 의미를 잃을 수도 있다.[20]

이 점에서 신화에서 '하늘/땅'의 대립은 물리적인 구분 이상의 의미를 지닌다. 지상에 사는 존재인 인간으로서 도저히 도달할 수 없을 것으로 여겨지는 동경의 세계인 하늘이 신성 원리의 근원으로 인식될 때, 하늘과

---

20) 송호정, 『단군, 만들어진 신화』(산처럼, 2002) 같은 데에서 그런 문제에 대한 고민을 깊게 하고 있는데, 역사와 신화의 양립 가능성이 문제를 해결하는 관건이다.

땅의 구분이야말로 지상에 펼쳐지는 모든 생성력의 근원이자 원동력으로 인식될 수 있을 것이기 때문이다. 이런 상황을 골로빈(Sergius Golowin) 은 다음과 같이 풀어놓고 있다.

> 태초에 하늘과 땅은 "위아래로 나란히" 포개어져 있었다고 한다. 하늘과 땅이 사랑을 나누면서 피조물들이 만들어지고 탄생하지만, 생명의 발전에 필요한 바탕은 그들이 갈라지면서 처음으로 조성되었다. 이렇게 해서 인간뿐만 아니라 동물과 식물도 모두 형제자매가 되었고 최초의 남녀의 수많은 자식들이 되었다.
>
> 최초의 부부인 하늘과 땅은 이와 같은 신화에서 남매로 등장한다. 원시적인 사고에 따르면 그들 자신도 흔히 하나의 위대한 신으로부터 나와 창조의 시원부터 존재하는 것으로 되어 있다. 그리스인들의 생각 — 문화권은 서로 달라도 비슷하게 나타나는 — 으로는 첫 남녀 중 어머니이자 대지인 여신이 아래쪽에 있고 그 위에 아버지이자 하늘인 우라노스가 있다. 반면에 이집트 신화에서는 남신이 땅을 지배하고 그 위에 하늘의 여신이 활 모양으로 되어 있다.[21]

하늘과 땅은 이질적이며 대립적인 두 요소를 상징하는 것이며, 그것들 사이에서 숱한 존재들이 배태한다는 것이 신화의 시작을 설명하는 시발점이다. 그렇기 때문에 세상의 모든 존재들은 서로 유기적으로 연결되어 있고, 또 서로 대립충돌하는 이율배반적인 모습을 보이게 된다. 실제로 많은 신화 주인공들이 그러한 모순을 딛고, 혹은 그러한 대립의 산물로 태어났음은 결코 우연이 아니다. 이념이나 원리로서의 하늘이, 육신 혹은 질료로서의 땅과 만나 인간들이 간절히 바라마지않는 새로운 존재를 출

---

21) 세르기우스 골로빈 · 미르치아 엘리아데 · 조지프 캠벨, 『세계신화이야기』, 이기숙 · 김이섭 옮김, 까치, 2001, 76쪽.

현시켰고, 그 존재가 바로 신화세계를 주름잡는 신이요 영웅이다. 통상 '신성혼(神聖婚)'으로 불리는 하늘과 땅의 결혼은 곧 "대립자가 서로 상대에게 자신을 맡기고 생사를 통과해서 합일한 다음 죽음을 계기로 새로 태어나 완전성에 도달하는 것"[22]이며 이것이 곧 그 결과로서의 자식인 영웅의 의미이다.

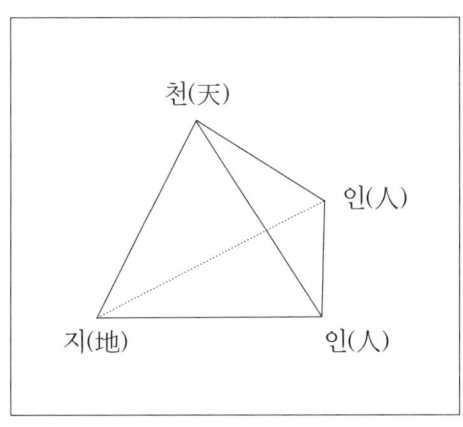

▲ '천-지-인'의 입체삼각구조도

이러한 사실에 입각하여 이 장에서는 제일 먼저 신화를 읽는 한 축으로 '하늘/땅/사람'에 대해 검토할 것이다. 이는 동양사상에서 '삼재(三才)'로 인식되는 세상을 이루는 3요소이지만, 기실은 동양사상이 태동하기 이전부터 핵심요소로 인식되기도 했고 동양사상이 이루어진 반대편 쪽에서도 거의 동일한 양상으로 전개된 내용이기도 하다. 한태동은 기독교의 십계명을 통해, 하나님(天)-자연(地)-사람(人)의 3원구조(三元構造)에 대해 설파한다. 10계명의 셋은 인간이 하나님을 섬기는 것에 관한 문제이고, 셋은 인간과 인간과의 관계의 문제이며, 셋은 물질과 관계되는 문제라는 것이다. 그리고 거기에 속하지 않는 안식일을 지키라는 넷째 계명은 안식일을 통해 사람-하나님, 사람-사람, 사람-물질의 관계를 제 자리를 찾게 하라는 것으로 풀이했다. 그는 '하나님, 사람, 자연'의 세 요소에 다시 '사람'을 덧보탠 입체삼각구조(Simplex)로 정리하였는데, 결국 그 모든 관계가 원만하게 되는 이상적인

---

22) 진 쿠퍼, 『그림으로 보는 세계문화상징 사전』, 이윤기 옮김, 까치, 1994, 210-211쪽.

상황이 십계명에서 요구하는 삶이라는 말이다.[23]

이는 캠벨이 신화의 기능 가운데 소우주에서 중우주, 대우주, 나아가 궁극적인 신비(神秘)까지가 서로 조화를 이루는 것으로 본 내용과 크게 다르지 않을 것이다. 그는 신화의 기능을 크게 네 가지, 즉, 첫째, 우주의 외경스럽고 매혹적인 신비와 화해시키는 기능, 둘째, 신비에 대한 해석적인 전체 이미지를 제공하는 것, 셋째, 도덕 질서의 강화, 넷째, 개인이 완결성 안에 중심을 잡고 전개해나가도록 돕는 것을 들었다. 이 가운데 "가장 중요한, 그리고 가장 핵심적인 기능"으로 꼽은 것이 바로 넷째 기능으로 개인은 '자기 자신(소우주), 문화(중우주), 우주(대우주), 그리고 그 자신과 만물을 넘어서는 동시에 그 안에 있는 외경스러운 궁극적 신비'의 네 가지와 조화를 이루어야 한다고 했다.[24] 인간이 살아가면서 자기 바깥의 세상과 조화를 이루어 나가는 상징을 공급하고 또 그리하도록 돕는 것이 바로 신화인 것이다.

이런 사실은 우리 서사문학에서도 쉽게 확인된다. 특히 현전하는 문헌 중 우리 신화의 보고(寶庫)라 할 만한『삼국유사(三國遺事)』에서 그것이 어떻게 구현되는지 살펴볼 만하다. 이는 그「기이(紀異)」의 서(敍)에서 직접 언술되면서 여러 설화 작품에서 그 내용을 실제 확인할 수 있으므로, 신화 전통을 해명하는 데 큰 도움을 줄 수 있다. 특이한 것은『삼국유사』「기이」의 서(敍) 내용이 결코『삼국유사』「기이」편에만 국한되지

---

23) 이런 내용은 한태동,『성서로 본 신학』(연세대학교출판부, 2003)의 '제1강 십계명과 주기도문'(1-29쪽)에 상세히 기술되어 있으며, 입체삼각구조도는 강의내용에 따라 필자가 그린 것임. 그에 따르면 십계명은 '① 야훼 이외의 다른 신을 섬기지 말라. ② 우상을 섬기지 말라. ③ 하느님의 이름을 망녕되이 부르지 말라.'가 인간-신의 관계로, '⑤ 너희 부모를 공경하라. ⑥ 살인하지 말라. ⑦ 간음하지 말라.'가 인간-인간의 관계로, '⑧ 도둑질하지 말라. ⑨ 이웃에게 불리한 거짓증언을 하지 말라. ⑩ 네 이웃의 재물을 탐내지 말라.'가 인간-물질의 관계로 파악되며, 그리고 '④ 안식일을 거룩히 지키라.'가 그 모든 관계를 본래의 제자리로 되돌리는 계명이다.
24) 조지프 캠벨,『창작신화』, 정영목 옮김, 까치, 2002, 13-16쪽.

않으며, 『삼국유사』 전편으로 적용될 수 있다는 점이다. 이는 일연이라는 한 개인의 시각이라기보다는 당시의 보편적 사유임을 입증해준다 하겠다. 사람이 딛고 서 있는 땅과는 다른, 땅을 넘어서는 신성한 세계로서의 하늘, 그것이 꼭 하늘일 필요는 없겠지만, 초월 공간으로서의 다른 세상을 염두에 둘 때 신화가 형성됨은 췌언을 요하지 않는다. 동일한 시각의 내용이 조선후기 김소행이 쓴 『삼한습유(三韓拾遺)』에까지 이어지는 데에서[25] 그 전통의 면면함을 엿볼 수 있다.

다음으로, 신화 속 여성신의 향방에 대해 탐구하기로 한다. 여성신은 흔히 대지신, 지모신, 대모신 등의 이름으로 불려지는 '땅'의 표상이다. 이 점에서, 여성신은 천부신의 대척점에 해당할법하지만, 실제로는 그 이상의 의미를 지닌다. 하늘과 땅을 갈라보기 이전부터, 땅이라는 관념은 매우 소중했을 터이므로 사실은 가부장제 질서가 잡히기 이전에도 지모신으로서의 직능은 엄존했을 것이다. 좀 더 정확히 말하자면 청동기 이후의 정복국가적 성격이 강화되고 가부장제 질서가 자리를 잡으면서 도리어 여신의 권능은 약화되었다고 봄이 타당하겠다.[26] 그러나 여신의 권능이 약화되었다고 해서 신화 속에서 곧 사라지고 마는 것은 아니다. 비록 주신(主神)의 위치는 남성신에게 넘겨주었더라도 때로는 남신의 생산이나

---

25) 가령, 다음과 같은 서두부가 그렇다. "동방의 나라는 해 뜨는 가장자리에 놓여 있어서 아침마다 해가 솟을 때면 아름다운 경치가 바다에 비치며 천지가 환하게 빛나는 까닭에 조선이라 불렀다. 태초에 백성의 우두머리가 박달나무 아래에서 나왔다. 나라 사람들이 신(神)이라 여겨 마침내 그를 세워 군장(君長)으로 삼고 단군이라 불렀다. 평양에 도읍하니 단군이 일어날 때는 도당(陶唐)·우하(虞夏) 무렵이었다. 세상에서 동쪽은 만물이 처음 일어나는 곳이기 때문에 인도(人道)가 있지 않았어도 왕성한 기운이 변화하여 태어난 것이 많았다. 때문에 역대 계보를 상고해보면 신령스럽고 기이한 일들이 차례로 일어났다. 중국의 경우를 말하자면, 황제의 어미가 추성(樞星)의 비춤으로 임신하고, 후직의 어미가 거인의 자취를 따라가다가 아이를 배었으며, 간적이 제비를 떨어뜨린 알을 삼켜 설을 낳은 것 등 이루 다 말할 수가 없을 정도이다."(밑줄 필자), -이승수·서신혜 역주, 『삼한습유』, 박이정, 2003, 12쪽.
26) 이에 대해서는 장영란, 『위대한 어머니 여신』(살림, 2003)에서 상세히 논구되고 있다.

과업을 돕는 보조신(補助神)으로, 때로는 남신에 종속되면서 일정한 역할을 감당한다. 물론 건국신화처럼 주인공이 이룬 성취의 목표가 분명한 경우 주인공의 어머니, 혹은 배우자로서의 역할에 제약이 따르지 않을 수 없으므로 그 역할은 상당히 미미할 것으로 예상할 수 있다. 하지만, 신화의 뒤를 잇는 소설에 이르면 여성인물은 또 다른 의미를 지닌 채 서사의 전면에 부상하므로 이에 대한 논의가 신화 전통의 해명에 중요하게 작용하는 이치는 자명하다.

끝으로, 그렇게 하늘/땅 혹은 남성/여성의 대립적 속성들이 서사에서 어떻게 구현되는지 시론적(試論的)으로 펼쳐 보일 것이다. 흔히 짝패(Double)로 명명되는 인물쌍에서 본래 하나여야만 하는 인물이 쌍둥이, 형제, 남매 등등으로 분화하면서 빚어내는 갈등은, 그 갈등의 원인과 궁극적인 지향점을 잘 드러내준다. 이런 양상은 창세신화의 편린을 보이는 무가(巫歌) 〈천지왕본풀이〉 같은 신화는 물론 전설, 민담 등에도 두루 보이는 바, 그를 통해 향후 소설의 짝패 인물 등을 검토할 발판을 마련해보기로 한다.

2. 하늘, 땅, 사람

1) 신이(神異)함의 정체

『삼국유사(三國遺事)』 「기이(紀異)」 편은 적어도 문학적인 측면에서 가장 많은 관심이 집중된 편목이다. 그러나 이 편의 이야기들이 편목의 제목처럼 '신이(神異)한 일을 기록'한 것이고, 당연히 거기에는 신화와 같은 신이한 이야기들이 있다는 정도의 원론적인 논의를 벗어나서는 제대로 된 서술원리가 규명되지 못하고 있다. 더구나 신이함으로만 말하자면 「기이

(紀異)」편의 이야기가 다른 편목의 이야기보다 딱히 더하다고 하기도 어렵다. 「흥법(興法)」, 「탑상(塔像)」, 「의해(義解)」편에는 표면상 종교로 채색되어 있기는 하지만 신통한 일투성이고, 「신주(神呪)」편과 「감통(感通)」편은 말 그대로 주술(呪術)과 감천(感天)이 노출된다. 심지어는 『삼국유사(三國遺事)』중에서 가장 세속의 일에 가깝다고 할 「피은(避隱)」이나 「효선(孝善)」편조차도 인간의 일로는 설명하기 어려운 신이함이 속출한다.

그렇다면, 『삼국유사』에서 「기이」편이 갖는 특성이 단순한 '신이함[異]'만이 아님은 분명하다. 따지고 보면 도리어 삼국유사 전편에서 '역사'적 속성이 가장 강한 편목이 바로 「기이」편에 속한 이야기이다. 이는 비단 역사가 사실(事實)을 다룬다는 점에서만이 아니라, 사실(史實)을 다룬다는 점에서 더욱 그러하다. 즉, 이 이야기들은 보통 인간의 '일상적인 삶'을 다루는 것이 아니라 보통 인간 이상의 존재가 건국이나 호국 등 국가적 대사를 완수하는, 다분히 '역사적인 일'을 다룬 것임을 뜻한다. 이 점에서 「기이」편은 역사와 신이의 접점에 놓인 이야기라고도 할 수 있을 것이다. 그러나 그것만으로 「기이」편의 성격을 규정하기는 석연치 않다. 사실 『삼국유사』의 다른 편의 이야기들 역시 역사적 실존인물이 등장하여 신이함을 일으키는 것이 태반이기 때문이다.

『삼국유사』역시 문학작품이라는 전제에서 서사문학적 접근을 시도한 사례 또한 상당한 논의의 진척에도 불구하고 납득하기 어려운 부분들이 존재한다. 가령, 『삼국유사』의 「기이」편, 혹은 '기이'를 두고 '신성의 징표(또는 결핍)를 가진 주체'가 시련을 거쳐 주체의 목적을 실현하는 구조로 파악하거나[27] 기이가 '전제된 갈등의 해소'로 귀결되는 이야기라고 결

---

27) 이도흠, 「『삼국유사』의 구조분석과 의미해석」(『한국학논집』 26, 한양대학교 한국학연구소, 1995)에서는 「기이」편의 보편구조로 '신성의 징표(또는 결핍)를 가진 주체 → 시련 및 도전 → 조력자의 도움(또는 권력의 획득) → 주체의 목적 실현'(438쪽)으로 보고 있다.

론지은 사례가[28] 있는데, 그것만으로『삼국유사』「기이」를 다 설명할 수 있을지는 의문이다. 물론 건국신화나 삼국통일을 다룬 조목들에서 그러한 서사구조가 눈에 띄는 것이 사실이지만, 국가의 쇠망(衰亡)을 다룬 이야기까지 그렇게 설명되기는 어렵기 때문이다. 이는『삼국유사』에서 신이하다고 한 까닭이 다른 데 있을 가능성을 암시해준다.

이제 이러한 점에 착안하여「기이」편의 서술원리를 규명하고자 한다. 종래의 논의에서 이른바 '괴력난신(怪力亂神)'의 서술을 옹호하는 쪽으로 이야기하면서 자주(自主) 의식의 발로로만 설명하여 오곤 했는데, 이 역시 그것만으로는 해명되기 어려운 부분이 많다.『삼국유사』가 여러 사료(史料)의 내용을 참조하여 찬술(撰述)하는 방식을 택한 것을 두고 그 서적의 권위에 기대어 신이함의 실재성을 입증하려했다는 식의 논의 역시 마찬가지이다.[29] 만일 그런 서술이 중국과 대등하게 하려고 그랬다거나 신이함의 실재성을 입증하려는 데에서 기인하기보다는 도리어 어떤 원론적인 서술을 펼친 결과의 산물이라면, 논의의 목표는 일연이 취택한 사료와의 유사성에 초점이 두어질 것이 아니라 그 유사성을 가능하게 했던 원리 규명이 선결과제인 셈이다.『삼국사기(三國史記)』의 유교사관(儒敎史觀)에 대응하는 '불교사관(佛敎史觀)'으로 규정하는 경우[30] 역시,「기이(紀異)」편은 다른 편목에 비해서 그 특성이 덜 도드라진다는 데서 주저하게 만든다.

---

28) 이대형,「삼국유사 소재 '記異'의 서사방식 연구」(한국한문학연구 21, 한국한문학연구회, 1998)에서는 '전제된 갈등'이 일상의 인물과 비일상의 인물이 만나게 되는 계기로 작용하면서 '전제된 갈등의 해소'로 나아가는 것으로 파악하고 있다.

29) 이기백,「삼국유사의 사학사적 의의」,『진단학보』36, 진단학회, 1973 참조. "일연은 이같은 비합리주의인 설화로써 합리주의에 대항하기 위하여 그것이 틀림없는 역사적 사실이라는 증거를 제시할 필요가 있었다. 삼국유사의 서술이 전거를 중요시한 가장 큰 이유는 여기에 있었다고 생각한다." (164쪽)

30)『삼국유사』의 역사관을 불교사관으로 규정한 예는 정구복,「『삼국유사』에 반영된 역사관과 기이편의 성격」(정구복 외,『삼국유사 기이편의 연구』, 한국학중앙연구원, 2005)에서 볼 수 있다.

이상의 문제점을 인식하면서, 여기에서는 다음의 세 단계를 거칠 것이다: 첫째, 「기이」편의 서(叙)에 유념하여 서술원리의 단서를 찾는다. 『삼국유사』에서 유독 이 편에만 따로 서(叙)가 붙어있다는 것은 작가가 파악한 서술원리를 엿볼 수 있는 좋은 근거이기 때문이다. 둘째, 서(叙)에서 얻어진 내용을 다른 문헌과 비교하면서 확인한다. 「기이」편의 몇몇 자료들은 『삼국사기』 등에도 실려 있어서 양자 간의 비교를 통하여 차별적인 특성을 파악할 수 있을 것이다. 셋째, 몇몇 이야기의 비교작업 등을 통해 밝혀진 특성이 「기이」 편 전체로 확대될 수 있는지 살피면서 그 신화적 맥락에서의 의미를 추출하는 것이다.

2) 「기이(紀異)」 서(叙)에 드러난 단서

「기이(紀異)」 편의 서(叙)는 이렇게 시작된다.

> 머리말 : 대체로 옛날 성인(聖人)이 바야흐로 예악(禮樂)으로써 나라를 일으키고, 인의(仁義)로써 가르침을 베푸는 데 있어 괴력난신(怪力亂神)에 대해서는 어디에서도 말하지 않았다. 그러나 제왕이 일어나려고 할 때에는 부명(符命)을 받고 도록(圖籙)을 얻게 된다고 하여 반드시 여느 사람과 다름이 있었다. 그런 후에야 능히 큰 변화[大變]를 타서 제왕의 지위[大器]를 잡고 큰 일[大業]을 이룰 수가 있는 것이다.[31]

이제 윗글 중 밑줄 친 부분을 다음과 같이 항목을 지어 구별해보자.

---

31) 일연, 『삼국유사』, 「紀異」 제1. 이 번역은 일연, 『삼국유사』, 강인구 외, 『譯註 三國遺事 I』(이회문화사, 2002)에 따르며, 논문의 편의상 한자를 드러내는 등 다소 수정하여 쓰기로 한다. (叙曰, 大抵古之聖人, 方其禮樂興邦, 仁義設教, 則怪力亂神, 在所不語. 然而帝王之將興也, 膺符命, 受圖籙, 必有以異於人者, 然後能乘大變, 握大器, 成大業也.)

① 제왕이 일어날 때에는

② 부명(符命)을 받고 도록(圖錄)을 얻게 된다.

③ 여느 사람과는 다름이 있었다.

④ 대변(大變)을 타서

⑤ 대기(大器)를 잡아 대업(大業)을 이룩할 수가 있는 것이다.

이 항목들은 ①은 서술대상을, ②, ③, ④, ⑤는 서술 내용을 의미한다. 즉, ①에 제시된 제왕이 ②에서 ⑤까지의 사건을 펼쳐나가는 이야기인 것이다. 이때 ②에서 ⑤까지는 다시 다음과 같이 이해됨직하다. ②는 하늘의 표지(標識)를, ③은 그 표지를 받은 인간의 특별한 능력을, ④는 변화를 요구하는 세상의 기회를, ⑤는 최종적인 업적을 드러낸다. 이 내용을 다시 일목요연하게 정리하면 다음과 같다.

① 누가 　　　 : 제왕, 혹은 제왕과 직접 연관 있는 인물이

② 왜 　　　　 : 하늘 혹은 그에 상당하는 이계(異界)의 표지(標識)
　　　　　　　　 를 얻어

③ 어떻게 1 : 보통사람과 다른 능력을 소지한 뒤에

④ 어떻게 2 : 세상의 큰 변화를 틈타서

⑤ 무엇을 　　 : 대업을 성취하거나 보조한다.

이 넷을 놓고 볼 때, 기존의 신화 연구에서는 ①, ②, ③, ⑤에는 비교적 많은 관심이 쏠려있는 반면 ④에는 별다른 관심이 주어지지 않았음을 알 수 있다. 이는 「기이」 편의 이야기에 쏠린 신화적 속성이 강조된 까닭으로 보인다. ①은 건국이나 국가적 대사를 감당한 인물이라는 주체를 강조한다는 점에서 「기이」 편의 보편적 내용이므로 말할 것이 없고, ②, ③, ⑤는 모두 하늘과 관련이 있는 신화적 인물의 보편성을 극명히 보여주기

때문이다. 즉, ② 하늘의 힘으로, ③ 보통 이상의 능력을 지니고 태어나서, ④ 큰일을 이루어내는 영웅적인 사적이 나타난다. 물론 ③, ④의 경우, 여느 신화와는 달리 대업을 감당하지 못하는 실패담이 있기도 한데, 이 역시 하늘의 표지가 내려졌지만 평범한 인물에 의해 실패하고 마는 내용이어서 대의를 손상하지 않는다.

이렇게 본다면 「기이」편의 서(敍)에 드러나는 두드러진 원리는, 신화 주인공의 '영웅적인 행위'와 함께 '하늘의 표지'와 '땅의 변화조짐'으로 정리될 수 있다. 이를 도식화하면 다음과 같은 틀을 보인다.

> 하늘 : 표지(標識)[符命, 圖錄 등등]를 내림
> ↓
> 사람 : 대기(大器)를 잡고 대업(大業)을 이룸
> ↑
> 땅 : 대변(大變)이 일어남

일연이 직접 밝힌 「기이」편의 서술원리는 '천-지-인' 삼재(三才)의 원만한 융합이라 할 수 있겠다. 다만 일연이 밝힌 대로 순서를 따라가자면 '천(天)'의 뜻을 받아, '인(人)'이 태어나고, 거기에 '지(地)'의 기회를 잡아 일이 이루어지는 것이다. 이제 이런 점을 염두에 두면서 위의 인용부분의 뒤에 딸린 내용을 따라가 보자.

그러므로 황하로부터 그림이 나왔고, 낙수로부터 글이 나옴으로써 성인이 일어났던 것이다. 무지개가 신모(神母)를 둘러싸서 복희(伏羲)를 낳았고, 용(龍)이 여등(女登)에게 감응해서 염제(炎帝)를 낳았고 (하략)[32] (『三國遺事』, 「紀異」 敍)

---

32) 故河出圖, 洛出書, 而聖人作. 以至虹繞神母而誕羲, 龍感女登而生炎.(下略) -일연, 같

이 부분에서 장황하게 드러내고 있는 내용은 하늘의 표지(標識)가 있고 그에 따라 제왕이 탄생하는 대목이다. 일연의 서술대로 중국의 제왕들이 그렇게 탄생했으니 우리의 제왕 역시 그런 신이(神異)함을 보이는 것이 당연하다. "삼국의 시조가 모두 신이한 데서 나왔다고 해서 무엇이 괴이하겠는가."라고 반문하는 것은 그런 맥락에서 이해됨직하다. 이는 「기이(紀異)」편에 빈출(頻出)하는 신비한 출생을 강조하려는 뜻으로 여겨지는데, 출생 이후에 대변(大變)을 틈타 대기(大器)를 잡고 대업(大業)을 이룸에 대해서는 췌언을 요하지 않는다. 그러나 씨족시조처럼 그 출생이 중요한 경우라면 주인공이 이루는 대업(大業)이 씨족의 시작, 곧 시조신의 출생이므로 대변(大變)을 틈타 출생(出生)을 하고 결과적으로 대업(大業)을 이루는 순서 역시 가능한 일이다.

요컨대 '하늘의 표지(標識)가 내려지는 일'과 '땅의 대업(大變)이 생기는 일', '대기(大器)를 잡고 대업(大業)을 이루는 일'은 일정한 순차적 질서를 갖는 것이 아니다. 천(天)이 인격신처럼 드러나는 경우조차도[33] 사건을 주도적으로 '창조'하는 모습을 보이지 않고 사건의 결과로서의 천(天), 혹은 사건에 내재하는 천(天)으로 작동하는 것처럼 보이기 때문이다. 만약 천(天)이 삼라만상을 주재(主宰)하는 신(神)으로 기능한다면, 이 「기이(紀異)」서(敍)는 천(天)의 신이함을 역설하는 데 그쳤을 텐데, 보이는 대로 천(天)-지(地)-인(人)의 조응(照應)이 강조된 것이다. 실제 작품에서도 천(天)이 주도하여 인(人)과 지(地)를 좌지우지한다거나, 뛰어난 인(人)[제왕]이 천(天)과 지(地)를 자의로 운용한다거나 하는 일은 일어나지 않는다.

은 책, 137쪽.

33) 윤혜신은 한국신화에서 하늘에 대한 인식은 ①애니미즘 성향의 天神, ②인격화된 至高神, ③父系化된 天神 등으로 3분된다고 보았는데, ②로 꼽힌 〈동부여〉조에 나오는 天帝나 〈가락국기〉조에 나오는 皇天 등등 역시 神은 그 실체가 또렷이 드러나지 않는다. -윤혜신, 「한국신화의 입사의례적 탄생담 연구」, 연세대학교 대학원 박사논문, 2002, 33-38쪽 참조.

이상의 논의가 타당하다 할지라도, 그것만으로 실제 「기이(紀異)」편의 내용을 예단할 수는 없다. 많은 서문들이 단순한 '의도'일 뿐이어서 실제 내용과 어긋나는 경우가 많기 때문이다. 이를 밝히기 위해 「기이(紀異)」편의 대표격이라 할 만한 〈고조선(古朝鮮)〉조(條)를 실례로 분석해보기로 한다.

〈고조선〉조는 크게 『위서(魏書)』, 『고기(古記)』, 〈배구전(裴矩傳)〉의 세 문헌에서 인용하여 보여주는 형식을 취하는데, 핵심은 『고기』 인용부분이다. 나머지는 내용도 짧을 뿐만 아니라 보충설명 내지는 주석의 역할을 하는 데 그치기 때문이다. 이 〈고조선〉조는 흔히 '단군신화'로 불리지만 실제 신화 구성으로 볼 때는 '환웅신화'라고 보는 편이 타당할 만큼 환웅의 중심 역할이 두드러진다. 그렇다면 이 이야기는 '환웅이 하늘에서 내려와 인간 세상에 머무른 이야기'와 '인간 세상에 온 환웅이 웅녀와 결합하여 단군을 낳는 이야기'로 양대별된다. 어떤 이야기이든 '하늘'의 개입이 공통적인데 문제는 단순히 하늘의 뜻이 아래로 내려오는 형식을 취하지 않는다는 점이다.

다음 인용대목을 보자.

(가) 옛날에 환인의 서자 환웅이란 이가 있어 천하에 자주 뜻을 두고 인간 세상을 탐하여 구하였다. 아버지[환인]가 아들의 뜻을 알고, 삼위태백(三危太伯)을 내려다보니 인간세상을 널리 이롭게 할 만하여, 이에 아들에게 천부인(天符印) 3개를 주어 [그곳에] 가서 다스리게 하였다.

(나) 환웅은 무리 삼천 명을 거느리고 태백산 정상의 신단수 아래로 내려와 (중략) 이때 곰 한 마리와 범 한 마리가 같은 굴에서 살았는데, 늘 신령스러운 환웅에게 변하여 사람이 되게 해달라고 빌었다. (중략) 환웅은 이에 잠시 [사람으로] 변하여 그와 혼인하여 [그가] 잉태하여 아들을 낳으니, 이름이 단군왕검이라고 했다.[34]

(『三國遺事』「紀異」제1, 〈고조선〉)

(가)는 환인이 땅으로 내려와서 인간세상을 다스리는 내용이라면, (나)는 환웅과 웅녀가 결합하여 단군을 낳는 내용이다. 물론, 이 둘은 하늘의 통치자인 환인의 허락을 받아 환웅이 내려왔고, 그 환웅의 뜻에 따라 단군이 태어났다는 점에서 하늘에서 땅으로 그 힘이 일방적으로 진행된 듯한 인상을 저버릴 수 없다. 그러나 밑줄 그은 부분에 중심을 두고 본다면 사정은 아주 다르다. (가)에서 환인은 환웅을 파송(派送)하기 전에 땅의 사정부터 살핀다. 그 결과 '홍익인간(弘益人間)'의 이념이 구현될 만한 곳을 택하게 되며, 그곳이 바로 삼위태백의 신단수 밑인 것이다. 즉, 하늘의 뜻을 제대로 구현할 수 있는 땅, 그럴 태세를 갖추고 있는 땅이 선택되었다 하겠다. (나) 역시 하늘에서 내려온 환웅이 땅의 여자를 택하는 것이 아니라, 땅의 존재가 하늘에 간절히 기원하는 형식을 취한 후에 결합이 이루어진다.

그렇다면, 문제는 그러한 특성이 「기이」편의 서문과 일치한다 하더라도 그것이 곧바로 『삼국유사』「기이」편의 서술원리가 될 수 있는가 하는 데 있다. 〈고조선〉의 이 대목은 아직까지 정체가 밝혀지지 않은 '고기(古記)'를 따온 것으로 되어있고, 그 책에 나온 그대로를 옮겼다는 전제에서는 그것이 곧 일연의 서술원리라고 단정 짓기 어렵기 때문이다. 이것이 바로 「기이(紀異)」'에 나타난' 서술원리가 곧 「기이(紀異)」'의' 서술원리가 될 수 없는 까닭이다. 이런 문제를 해결하기 위해서 이른바 〈단군신화〉의 다른 기록과 비교해보는 것이 한 방법이 될 것이지만, 맞비교하기 좋은 자료를 찾기도 쉽지 않다.

일찍이 홍기문은 〈단군신화〉가 세 유형으로 '『삼국유사(三國遺事)』적

---

34) 昔有桓因[謂帝釋也]庶子桓雄, 數意天下. 貪求人世. 父知子意, 下視三危太伯可以弘益人間. 乃授天符印三箇, 遣往理之. 雄率徒三千, 降於太伯山頂 (中略) 時有一熊一虎, 同穴而居. 常祈于神雄, 願化爲人. (中略) 雄乃假化而婚之, 孕生子. 號曰壇君王儉. -일연, 같은 책, 143-145쪽.

유형', 『제왕운기』적 유형', '『삼국사기(三國史記)』적 유형'을 꼽은 바 있는데,[35] 이에 따라 『삼국유사』적 유형과 다른 두 유형과의 상이점을 비교해보는 편이 좋을 듯하다. 그러나 나머지 두 유형 중 '『삼국사기』적 유형'이란 고구려 동천왕 21년에 있는 "평양성이란 것은 본래 선인왕검(仙人王儉) 댁이니"운운하는 한 대목에 불과하여 전체 서사맥락을 두고 비교하기는 어렵게 되어 있다. 결국, 지금으로서는 『제왕운기』와의 비교가 가장 설득력이 있는 셈이다.

　　그 누가 나라를 세워 일거리를 장만했노? 석제의 손자로서 이름은 단군일세(『본기』에는 이르기를 상제 환인에게 지차 아들이 있었으니 웅이라고 하였다. 운운. 일러서 말하기를 "아래로 삼아나, 위나, 태백에 내려가서 인간들에게 커다란 이익을 주려무나."고 하는 까닭에 웅이 하늘 표신을 새긴 인(印) 세 개를 받고 귀신 3천을 거느리고 태백산 꼭대기 신령스러운 박달나무로 내려오니 그를 단웅천왕이라고 일렀다. 운운. 손녀로 하여금 약을 먹고 사람의 몸으로 되게 한 다음 박달나무의 신과 혼인해서 아들을 낳았는 바 '단군'이라고 이름지었다. 조선 지역을 차지하고 임금노릇을 한 까닭에 시라, 고례, 남북 옥저, 동북 부여, 예 및 맥은 모두 단군이 다스리던 지역이다. 임금 노릇한 지 1천 28년 만에 아사달에 들어가서 신으로 되니 죽지 않기 때문이다.)[36]

괄호 안은 『제왕운기』의 〈동국군왕개국연대(東國君王開國年代)〉라는 제일 첫머리의 시에 붙은 주석이다. 일견 이 자료는 「기이」편의 〈고조선〉과 크게 달라 보이지 않지만 밑줄 친 부분에 중심을 두고 보면 확연히 다르다. 환인이 일방적으로 홍익인간(弘益人間)을 구현하라고 내려 보내

---

35) 홍기문, 『조선신화연구』, 사회과학원출판사, 1964. (인용은 홍기문, 『조선신화연구』, 지양사, 1989)
36) 홍기문, 같은 책, 137쪽에서 재인용.

는 것이나, 자기 손녀를 여성으로 변하게 하여 단군을 낳게 하는 것이 그렇다. 이는『실록 지리지』에도 마찬가지여서『제왕운기』와『실록 지리지』가 모두 공통된 자료에서 근거한 것임을 알 수 있다.[37] 그렇다면『제왕운기』가 인용하고 있는 '본기(本紀)'는『삼국유사』「기이」 편에서 인용하고 있는 '고기(古記)'와는 사뭇 다른 내용의 문헌임이 분명하며, 일연이 택한 '고기'가 바로「기이((紀異)」 편 서(敍)에서 제시한 서술원리에 부합하는 자료일 가능성이 높다.

〈고조선〉의 사례로 볼 때, 일연은「기이(紀異)」 편의 이야기에 의도적으로 '천-지-인' 삼재(三才)의 원만한 융합(融合)이 두드러지는 쪽으로 자료를 취택하고 서술해나간 것으로 추측해볼 수 있겠다. 이제 여기에서 얻어진 단서를 토대로「기이」 편 전반에 걸친 검토가 필요하다.

3) 다른 자료들과의 비교 검토

그렇다면 이상의 결과들이 정말『삼국유사』의 독자성을 담보할 수 있는지 살필 필요가 있다. 이는 다른 자료들과의 비교 검토를 통해 온당하게 드러날 것으로 보이는데, 논의의 편의를 위해 먼저『삼국유사』「기이」 편의 자료를 개괄해 보기로 한다.

---

37) 그러나 실제『실록 지리지』는『단군고기』를 인용하고 있어서 혼란스럽다. 이에 대해서 홍기문은 내용이 같은 것으로 볼 때,『단군고기』나『단군본기』가 같은 문헌의 상이한 명칭일 것으로 추정한 바 있다. -홍기문, 같은 책, 139쪽. 또, 단군 관련 기록에서『揆園史話』와는 아예 다른 계통임을 명기하고 있는『揆園史話』의 경우 역시 환인이 주도적으로 환웅에게 명령을 내려 지상을 다스리도록 하는 절차를 밟고 있다. "한 큰 주신은 네 번째로 환웅천황에게 명을 내려 '이제 사람과 그 밖의 만물을 다 만들었으니, 수고하여 만든 것들을 아까워하지 말고 무리를 이끌어 인간 세상에 내려가 하늘을 이어받아 가르침을 세우고, 만세토록 후손의 모범이 되게 하라'고 했다. 이에 천부인 세 개를 주며 '이것을 가지고 가서 천하에 펴라'고 명했다." -北崖老人,『규원사화』, 고동영 옮김, 혼뿌리, 2005, 18쪽.

이 편은 제1과 제2의 두 편으로 구성되어 있고, 「기이」 제1에 36조목, 「기이」 제2에 23조목으로 총 59조목이 실려 있으며 그 제목만 뽑아보면 다음과 같다:

「기이」 제1 - 고조선(왕검조선), 위만조선, 마한, 이부, 72국, 낙랑국, 북대방, 남대방, 말갈과 발해, 이서국, 오가야, 북부여, 동부여, 고구려, 변한과 백제, 진한, 우사절유택, 신라시조 혁거세왕, 제2대 남해왕, 제3대 노례왕, 제4대 탈해왕, 김알지 탈해왕대, 연오랑 세오녀, 미추왕 죽엽군, 내물왕 김제상, 제18대 실성왕, 사금갑, 지철로왕, 진흥왕, 도화녀 비형랑, 천사옥대, 선덕왕 지기삼사, 진덕왕, 김유신, 대종 춘추공, 장춘랑 파랑

「기이」 제2 - 문호 법민, 만파식적, 효소왕대 죽지랑, 성덕왕, 수로부인, 효성왕, 경덕왕 충담사 표훈대덕, 혜공왕, 원성대왕, 조설, 흥덕왕 앵무, 무신대왕 염장 궁파, 제18대왕 경문대왕, 처용랑 망해사, 진성여대왕 거타지, 효공왕, 경명왕, 경애왕, 김부대왕, 남부여 전백제 북부여, 무왕, 후백제 견훤, 가락국기

그러나 이상의 59편 가운데는 아주 짤막하고 단편적인 기록이어서 원천적으로 특별한 서술원리를 찾아내기 어려운 조목들이 있어서 일단은 논의의 대상에서 제외된다. 「기이」 제1에서는 마한, 이부, 72국, 낙랑국, 북대방, 남대방, 이서국, 오가야, 변한과 백제, 진한, 우사절유택 등이 그에 해당하며, 「기이」 제2에서는 성덕왕, 원성대왕, 조설, 효공왕, 경명왕, 김부대왕 등등이 그에 해당한다.

그러나 남은 자료를 모두 분석대상으로 하기는 상당히 곤란하다. 그 자료가 과연 『삼국유사』 「기이」 편의 특성을 보여주는 것인지 확인하려면

적어도 다른 자료와의 비교가 선행되어야 하는데, 다른 자료와의 비교가 가능하지 않은 조목은 입증이 어렵기 때문이다. 따라서 남은 자료들 중에서 우선 『삼국사기』 등의 비교가 가능한 조목들을 추려서 논의해보고, 거기에서 얻어진 결과를 전체 「기이」 편 연구에 적용해보는 순서를 취하고자 한다. 이 조목들은 편의상 북부여에서 백제에 이르는 북방의 건국신화 계열과 혁거세, 탈해 등의 남방의 건국신화 계열, 그리고 김유신 등 역사적 인물의 설화 계열로 나누어 살펴보자.

제일 먼저 북부여, 동부여, 고구려, 백제 등의 건국신화 계열부터 보면 다음과 같다.

「기이」 편에 있는 〈북부여〉, 〈동부여〉, 〈고구려〉는 해모수, 해부루, 금와, 주몽, 온조를 잇는 동일한 계보의 이야기이다. 『고기』를 인용하고 있는 〈북부여〉는 간단한 사실 나열에 그쳐서 특별한 논의거리를 갖지 못하지만 〈동부여〉에 이르면 사정이 달라진다.

북부여왕 해부루의 재상 아란불의 꿈에 천제가 내려와 이르기를, "장차 내 자손을 시켜 이곳에 나라를 세우려고 하니, 너는 이곳을 피해 가거라.(동명이 장차 일어날 조짐을 이른다.) 동해의 물가에 가섭원이란 곳이 있는데 땅이 기름지니 왕도를 세울 만하다."고 하였다. 아란불은 왕을 권하여 그곳으로 도읍을 옮기고, 국호를 동부여라고 하였다.[38]

이 대목은 사실상 『삼국사기』의 「고구려본기(高句麗本紀)」에 서술된 내용과 거의 일치한다. 맞비교를 해보면 적어도 이 대목에 관한 한 두 책이 모두 동일 자료에서 나온 것임을 알 수 있다.

---

38) 北扶餘王解夫婁之相阿蘭弗, 夢天帝降而謂曰. 將使吾子孫立國於此, 汝其避之[謂東明將興之兆也.] 東海之濱, 有地名迦葉原, 土壤膏腴, 宜立王都. 阿蘭弗勸王移都於彼, 國號東扶餘. -일연, 앞의 책, 195-196쪽.

그 뒤에 재상 아란불이 말하기를 "요전날 천제께서 제게 내려와 이르시기를 '장차 나의 자손으로 하여금 여기에 나라를 세우고자 하니 너희는 이곳을 피해 가라. 동쪽 바닷가에 가섭원이라고 하는 곳이 있는데 토양이 기름져서 오곡을 기르기에 적당하니 도읍할 만한 곳이다.'라고 하였습니다." 하고는 드디어 왕에게 권해 그곳으로 도읍을 옮기고, 국호를 '동부여'라고 하였다.[39]

보다시피 양자 간의 차이는 별로 발견되지 않는다. 『삼국사기』는 천제가 직접 계시하지만 꿈으로 처리하는 점 정도가 다를 뿐이다. 이 대목에 한하자면 『제왕운기』나 〈동명왕편〉 역시 대동소이한 내용인 것으로 보아 동일한 원본이 옮겨왔던 것임을 알 수 있다. 그러나 이 정도의 차이역시 만만히 볼 것이 아닌 데다가 『삼국유사』에 일연이 달아놓은 주석은 상당한 의미를 지닌 것으로 보인다. 즉, '동명이 장차 일어날 조짐을 이른다.'를 붙여놓음으로써 친절한 서술이 되고 있는데, 이렇게 함으로써 이 이야기는 「기이」편의 서(敍)에 밝혀놓은 내용에 근접하게 된다. 그것이 바로 하늘의 표지인 것을 명기하고 있기 때문이다. 더구나 대신 아란불의 '꿈'으로 처리함으로써 꿈 이야기를 전하여 도읍을 옮기게 하는 것은, 실제 천제의 계시를 전하는 것과는 그 비중이 사뭇 다르다. 상식적으로, 신이 나타나서 직접 말했다면 그 신의 권능을 인정하는 한 전하지 않을 도리가 없을 것이다. 그러나 꿈으로 처리가 되면 실제 계시에 비해 상당히 약화된 것인데 그럼에도 불구하고 그 말을 전한다면 이는 왕권이 매우 약한 것을 의미하게 된다. 즉, 하늘의 표지에 상응하는 땅의 대변(大變)을 의미한다고 할 수 있다.

---

39) 後, 其相阿蘭弗曰, 日者, 天降我曰, 將使吾子孫立國於此, 汝其避之. 東海之濱有地, 號曰迦葉原. 土壤膏腴宜五穀, 可都也. 阿蘭弗, 遂勸王, 移都於彼, 國號東扶餘. 이하 『삼국사기』의 인용은 김부식, 『삼국사기』I,II(이강래 옮김, 한길사, 1998)에 따른다. 김부식, 『삼국사기』I, 같은 책, 304-305쪽.

주몽의 서술에 있어서도 『삼국사기(三國史記)』에서는 다음과 같이 기술되고 있다. 주몽이 어별(魚鼈)의 도움으로 물을 건넌 뒤의 이야기를 보자.

주몽이 모둔곡에서 세 사람을 만났는데, 그 가운데 한 사람은 삼베 옷을 입었고, 한 사람은 승려 옷을 입었으며, 한 사람은 마름 옷을 입고 있었다. (중략) 주몽은 재사에게는 극씨를, 무골에게는 중실씨를, 묵거에게는 소실씨를 성으로 내려주고, 이어 여러 사람에게 이르기를 "내가 바야흐로 하늘의 명을 받아 나라를 열고자 하는데, 때마침 이 세 어진 이들을 만났으니 어찌 하늘이 내려주신 것이 아니겠는가."라고 하였다. 마침내 그들의 재능을 헤아려서 각기 일을 맡기고 함께 졸본천에 이르렀다. 그곳 토양이 비옥하고 산과 강이 험준한 것을 보고 마침내 도읍하고자 했으나, 미처 궁실을 지을 겨를이 없어 단지 비류수가에 초막을 엮고 지냈다. 국호를 '고구려'라 하고 이로 말미암아 '고'로 성씨를 삼았다.(한편, 주몽이 졸본부여에 이르렀을 때 그곳의 왕에게 아들이 없었는데, 왕이 주몽을 보고 보통 사람이 아닌 것을 알아 자기 딸을 아내로 삼게 했던 바 그 왕이 죽자 주몽이 왕위를 이었다고도 한다.)40)

『삼국사기』 본기(本紀)에 의하면 주몽이 적극적으로 나서서 사람들에게 성씨(姓氏)를 주고 주체적으로 도읍을 정하는 것으로 되어 있다. 그러나 『삼국유사』에서는 밑줄 친 부분이 생략되어 있다. 『삼국사기』나 『삼국유사』가 모두 구(舊) 『삼국사』에 근거를 두고 서술된 것이라고 할 때,41)

---

40) 朱蒙行至毛屯谷, 遇三人, 其一人着麻衣, 一人着衲衣, 一人着水藻衣. (中略) 朱蒙賜再思姓克氏, 武骨仲室氏, 黙居少室氏. 乃告於衆曰, 我方承景命, 欲啓元基, 而適遇此三賢, 豈非天賜乎. 遂揆其能, 各任以事, 與之俱至卒本川. 觀其土壤肥美, 山河險固, 遂欲都焉. 而未遑作宮室, 但結廬於沸流水上, 居之. 國號高句麗, 因以高爲氏.[一云 朱蒙至卒本扶餘, 王無子, 見朱蒙知非常人, 以其女妻之, 王薨, 朱蒙嗣位.] -김부식, 『삼국사기』I, 앞의 책, 307쪽.

41) 내용상의 同異를 두고 볼 때, 舊 『三國史』가 한편으로는 『三國史記』와 『三國遺事』로, 또 한편으로는 〈동명왕편〉과 『실록지리지』의 양갈래로 진행된 것으로 보인다. 이에 대

이러한 생략 부분이 적게나마 일연의 의도를 짐작케 한다. 성(姓)을 내리는 행위는 고대국가의 제왕이 갖는 권위의 상징이라는 점에서 이 대목이 나라의 기틀을 다지는 데 매우 중요한 일임은 말할 것이 없다. 그러나 일연은 이 부분을 과감히 생략했다. 주몽이 비록 천명(天命)을 강조했으나, 사성((賜姓)은 지극히 인간적인 행위로, 천(天)-지(地)-인(人)의 조응에 의한 신이(神異)함과는 거리가 멀다. 이는 주몽이 '고(高)'를, 혁거세가 '박(朴)'을, 탈해가 '석(昔)'의 성씨를 갖게 되는 경위와는 사뭇 다르다.

백제의 경우는 『삼국유사』가 『삼국사기』 본기를 그대로 따르고 있기 때문에 달리 논의할 사항이 없다. 다만 그 말미에 『삼국사기』에서는 '부여(扶餘)'씨라고 한 것을 '해(解)'씨로 한 것만이 다르다. 이는 일연이 주를 통해서까지 고조선과 부여, 고구려의 신통(神統)을 확립해보려고 한 의도와 무관하지 않을 것 같다. 즉, 『삼국유사』 「기이」 제1 〈고구려〉 조에서는 "『단군기』에는 '군(君)이 서하 하백의 딸과 친하여 아들을 낳아 부루라고 이름하였다.'고 하니, 부루는 주몽과 어미가 다른 형제이다."[42]라고 하면서 '해모수-해부루'의 해씨 계보를 고조선에까지 끌어올리고 있는데, 그 계통을 백제에까지 그대로 내린다는 의미에서 '해'를 살려두고 있지 않은가 한다.

지금까지 살핀 고조선 · 고구려 · 백제의 경우, 사실 『삼국유사』의 기록이 『삼국사기』 혹은 구(舊) 『삼국사(三國史)』의 강한 영향권 아래 놓여 있거나 그대로 옮겨놓는 정도에 그쳐서 비교를 통한 논증에는 상당한 어려움이 따른다. 반면, 신라 쪽 자료로 들어가면 양자 간의 차이점이 어느 정도 또렷한 것으로 보인다. 먼저 혁거세부터 보자.

해서는 홍기문, 앞의 책, 23-55쪽 참조.

42) 壇君記云, 君與西河河伯之女要親, 有産子, 名曰夫婁. 今按此記, 則解慕漱私河伯之女而後産朱蒙. 夫婁與朱蒙異母兄弟也. -일연, 앞의 책, 205쪽.

이보다 앞서 조선의 유민들이 산과 골짜기에 나뉘어 살면서 6촌을 이루었다. 첫째가 알천의 양산촌, 둘째가 돌산의 고허촌, 셋째가 취산의 진지촌, 넷째가 무산의 대수촌, 다섯째가 금산의 가리촌, 여섯째가 명활산의 고야촌이니, 이것이 진한의 6부가 되었다. 고허촌장 소벌공이 양산의 기슭을 바라보니 나정 옆의 숲 사이에 웬 말이 꿇어앉아 울고 있는 것이었다. 알을 가르자 그 속에서 한 어린이가 나오므로 거두어 길렀다. 나이 10여 세가 되자 뛰어나게 숙성하였다. 6부 사람들은 그의 출생이 신이하다 하여 받들어 높이더니, 이때 와서 그를 옹립해 임금으로 삼았다.43)

(『三國史記』「新羅本紀」제1〈시조 혁거세 거서간)

전한 지절 원년 임자 3월 초하루에 6부의 조상들은 각기 자제들을 거느리고 알천 언덕 위에 모여 의논하였다. "우리들은 위로 백성을 다스릴 임금님이 없으므로 백성들이 모두 방자하여 제 마음대로 하게 되었소. 어찌 덕 있는 사람을 찾아 군주를 삼아 나라를 세우고 도읍을 정하기 않겠소!" 이에 높은 곳에 올라, 남쪽을 바라보니, 양산 밑 나정 곁에 이상한 기운이 전광처럼 땅에 비치는데(하략)44)

(『三國遺事』「紀異」제1〈신라시조 혁거세왕))

양자가 공히 6부 촌장들이 혁거세를 왕으로 모시게 되는 경위에 대해 적고 있다. 그렇지만 자세히 보면『삼국사기』는 '우연히' 어느 산의 기슭을 보았다고 했고,『삼국유사』는 '6부촌장들이 모여서 왕이 없는 상황에

---

43) 先是, 朝鮮遺民, 分居山谷之間, 爲六村, 一曰閼川楊山村, 二曰突山高墟村, 三曰취紫山珍支村[或云干珍村.], 四曰茂山大樹村, 五曰金山加利村, 六曰明活山高耶村, 是爲辰韓六部. 高墟村長蘇伐公望楊山麓, 蘿井傍林間, 有馬跪而嘶, 則往觀之, 忽不見馬, 只有大卵. 剖之, 有嬰兒出焉, 則收而養之. 及年十餘歲, 岐嶷然夙成. 六部人以其生神異, 推尊之, 至是立爲君焉. 辰人謂瓠爲朴, 以初大卵如瓠, 故以朴爲姓. 居西干, 辰言王.[或云呼貴人之稱.] -김부식,『삼국사기』I, 같은 책, 63쪽.

44) 前漢地節元年壬子三月朔, 六部祖各率子弟, 俱會於閼川岸上, 議曰. 我輩上無君主臨理蒸民, 民皆放逸, 自從所欲, 覓有德人, 爲之君主, 立邦設都乎. 於時乘高南望, 楊山下蘿井傍, 異氣如電光垂地.(下略) -일연, 앞의 책, 230쪽,

대한 문제를 인식한 후' 그 염원에 응답하는 방식으로 이야기가 진행된다. 이런 서술방식은 혁거세의 배필을 구하는 데에서도 그대로 드러난다. 『삼국사기』에서는 "봄 정월에 용이 알영의 우물에 나타나 오른쪽 옆구리에서 여자 아이를 낳았다. 한 노파가 이것을 보고 기이하게 여겨 데려다 기르고 우물 이름으로 아이의 이름을 지었다."45)고 했지만, 『삼국유사』에서는 "이제 천자(天子)가 이미 내려왔으니 마땅히 덕 있는 왕후(王后)를 찾아서 배필을 삼아야 할것이오."46)라는 사람들의 결의가 있고나서 계룡이 등장한다.

이러한 서술방식은 탈해 이야기 역시 크게 다르지 않다. 『삼국사기』에서는 탈해가 바닷가에 이르렀지만 금관국 사람들이 괴이하게 여겨 건져 들이지 않다가 다시 아진포 어구에 이르렀다고 한 반면, 『삼국유사』에서는 수로왕이 신하와 백성들과 북을 치고 떠들면서 맞아들여 머물러두고자 했지만 달아나서 아진촌으로 갔다고 했다. 똑같은 배를 두고도 『삼국사기』는 사람들의 대응과 관계없이 독자적으로 움직이는 신기한 배로 서술하는 반면, 『삼국유사』는 어떤 사람의 영접은 피하면서 어떤 사람에게는 다가서는 선택이 강조되는 것이다. 또, 『삼국사기』는 할멈이 "너는 평범한 사람이 아니며 골상이 매우 특이하니, 마땅히 학문에 종사해 공명을 세우라."며 채근하여 학문을 통해 지리 등을 익히는 것으로 나오는 데 반해서 『삼국유사』는 자득(自得)의 방식을 취하고 있다. 이를 『삼국유사』에만 있는 백의(白衣) 이야기까지 함께 생각해본다면, 상대적으로 볼 때 『삼국유사』의 자료가 천(天)과 인(人)의 호응에 더욱 적극적임을 알 수 있다.

다음으로 김알지를 보자.

---

45) 春正月, 龍見於閼英井, 右脇誕生女兒. 老嫗見而異之, 收養之, 以井名, 名之. -김부식, 앞의 책, 232쪽.
46) 今天子已降, 宜覓有德女君配之. -일연, 앞의 책, 65쪽.

영평 3년 경신 8월 4에 호공이 밤에 월성 서쪽 마을을 가다가 시림 가운데에 큰 밝은 빛을 보았다. 자주색 구름이 하늘로부터 땅에 뻗쳤고, 구름 속에는 황금궤가 나뭇가지에 걸려 있었고, 빛이 궤로부터 나왔다. 또한 흰 닭이 나무 아래에서 울고 있었다. [호공이 이러한 상황을] 왕에게 아뢰자, 왕이 그 숲에 행차하여 그 궤를 열어보니, 동자가 있어 누워 있다가 바로 일어났다. 혁거세의 고사와 같으므로 그 말로 인해 알지라고 이름하였다. 알지는 곧 우리말의 어린 아기를 말하는 것이다. [그를] 안고 대궐로 돌아오는데 새와 짐승들이 서로 뒤따르며 기뻐서 뛰며 춤을 췄다.[47]

(『三國遺事』「紀異」제1, 〈김알지 탈해왕대〉)

9년 봄 3월, 어느 날 밤에 왕이 금성 서쪽 시림의 나무 사이에서 닭 우는 소리를 들었다. 날이 밝을 무렵 호공을 보내 살펴보게 했더니, 금빛의 작은 궤가 나뭇가지에 걸려 있고, 흰 닭이 그 밑에서 울고 있었다. 호공이 돌아와 본 대로 아뢰었다. 왕이 사람을 시켜 궤를 가져다 열어보니, 그 안에 작은 사내아이가 있었는데 자태와 용모가 기이하고 빼어났다. 왕이 기뻐하며 좌우의 신하들을 보고 이르기를 "이 아이야말로 어찌 하늘이 내게 주신 자식이 아니겠는가!"하고 거두어 길렀다. 장성하매 총명하고 지략이 많았으므로, 이름을 알지라고 하였다. 또 그가 금빛 궤 속에서 나왔으므로 성을 김씨라고 하였다. 시림을 '계림'으로 고쳐 이름하고, 그로 인해 이를 국호로 삼았다.[48]

(『三國史記』「新羅本紀」제1 〈탈해이사금〉)

---

47) 永平三年庚申八月四日, 瓠公夜行月城西里, 見大光明於始林. 有紫雲從天垂地, 雲中有黃金櫃, 掛於樹枝. 光自櫃出. 亦有白雞, 鳴於樹下. 以狀聞於王. 駕幸其林, 開櫃有童男, 臥而卽起. 如赫居世之故事, 故因其言, 以閼智名之. 閼智卽鄕言小兒之稱也. 抱載還闕, 鳥獸相隨, 喜躍蹌蹌. -일연, 앞의 책, 257-258쪽.

48) 九年春三月, 王夜聞金城西始林樹間, 有雞鳴聲. 黎明遣瓠公視之, 有金色小櫃, 掛樹枝, 白雞鳴於其下. 瓠公還告. 王使人取櫃開之, 有小男兒在其中, 姿容奇偉. 上喜謂左右曰, 此豈非天遺我以令胤乎. 乃收養之. 及長, 聰明多智略, 乃名閼智. 以其出於金櫃, 姓金氏. 改始林名鷄林, 因以爲國號. -김부식, 앞의 책, 74-75쪽.

이 둘은 매우 비슷해 보이지만 조금만 꼼꼼하게 뜯어보면 아주 다르다. 첫째로, 『삼국유사』에서는 호공이 신기한 일을 발견하여 임금에게 아뢰는 데 반해, 『삼국사기』에서는 임금이 닭울음 소리를 듣고 호공을 파견하여 살피게 한다. 여기에서의 왕은 보통 인간이 아닌 탈해왕으로 그 역시 신이한 존재이다. 그렇다면 『삼국유사』에서 호공이라는 인간이 등장하여 하늘의 뜻을 살피는 것과 이미 하늘에 맞닿은 탈해가 직접 알아채는 것 사이에는 인간의 개입이 있고없고의 차이가 있다. 둘째로, 신성한 표지가 『삼국유사』가 훨씬 더 강하다는 점이다. 한밤중에 느닷없이 나타난 신비한 빛과 숲속의 닭울음소리 사이에는 상당한 거리가 엿보인다. 셋째, 『삼국유사』에는 짐승들이 함께 기뻐했다고 했지만 『삼국사기』에는 그런 기록이 없다. 이는 한마디로 '땅'의 존재를 일러준다. 하늘의 뜻이 사람에게 이어질 때, 당연히 땅이 호응하는 상황을 그렇게 극적으로 표현한 것이다.

이상의 비교를 통해 신라 쪽 기록에서 『삼국유사』가 인간세계의 능동성을 강조하고 있음을 알 수 있다. 임금 맞이하기를 고대하거나 이미 임금 재목이 내려오기 전에 제 스스로 다니다가 그 사람을 만나는 방식을 택하고 있는 것이다. 게다가 그렇게 맞닿아 이적이 일어나면, 혹은 그 이적과 함께 땅의 반응이 명기됨으로써 천(天)과 지(地)의 결합을 넘어, 천(天)의 신이한 힘과 그것을 수용하려는 지(地)의 적극성이 강조된다. 천(天)과 지(地)와 인(人)이 동시에 호응하여 한 치의 틈도 보이지 않는 것이다.

다음으로 김유신, 장춘랑·파랑, 김(박)제상 등의 역사적 인물 설화 계열의 이야기를 보자. 이들 또한 앞서 살핀 인물들처럼 신화적 사건을 두르고 있기는 하지만 그 골격은 대체로 역사적 사건을 배경에 두고 있어서 차별화된다.

먼저, 그 중요도가 가장 크다고 할 수 있는 김유신의 이야기부터 살펴보자. 김유신은 워낙 비중이 큰 인물이어서『삼국유사』여기저기에 빈출하지만「기이」편에서는 〈김유신〉조에 집약되어 있다. 여기에 수록된 내용은, 맨 마지막에서 그를 장사 지낸 이야기를 빼고 나면, 전체적으로 세 단락으로 나뉜다. 첫째 단락은 김유신이 칠요(七曜)의 정기를 받고 태어나서 등에 일곱 별의 무늬가 있다는 내용이다. 둘째 단락은 백석이란 첩자에게 속을 위험에 처한 것을 호국신이 도와주는 내용이다. 셋째 단락은 고구려의 유명한 점쟁이인 추남이 고구려에 원한을 품고 죽으면서 나중에 신라의 대장으로 태어나서 고구려를 멸망시키겠다는 예언을 하는 내용이다.

이에 비하면『삼국사기』「열전(列傳)」의 〈김유신〉은 상·중·하 세 편으로 분편(分篇)할 정도로 많은 양으로서 그의 탄생 이전 선조로부터 그의 출생과 행적, 또 그 후손까지 아주 자세하게 기록해두고 있다. 그럼에도 불구하고『삼국유사』의 〈김유신〉에 있는 세 단락은 아예 없다. 굳이 비슷한 것이 있다면 하늘의 두 별이 아버지 김유신의 꿈에 나오는 것으로 그 첫째 단락과 궤를 같이하는 정도이다. 그렇다면『삼국유사』「기이」편의 「김유신」은『삼국사기』「열전」의 〈김유신〉과는 아주 다른 방향으로 서술된 것을 알 수 있다.[49]

우리는 여기에서『삼국유사』「기이」편의 〈김유신〉에서 말하는 세 단락은 차례로 천(天), 지(地), 인(人)에 해당되는 내용임에 유의할 필요가 있다. 첫째 단락에서 하늘의 일곱 별이 그대로 김유신의 등에 무늬를 남

[49) 『三國史記』『열전』의 〈김유신〉은 그 이전에 있었던『行錄』10권 중 신빙성이 있다고 판단된 내용만 추려서 만든 것이라고 한다. "유신의 현손으로 신라의 집사랑 김장청이 지은『행록』10권이 세상에 유포되어 있는 바, 자못 만들어 넣은 말이 많으므로, 그런 부분은 깎아버리고 적어둘 만한 내용을 취해 이 전기를 만들었다."(庾信玄孫新羅執事郎長淸, 作行錄十卷, 行於世. 頗多釀辭, 故刪落之, 取其可書者, 爲之傳.) -김부식, 앞의 책, 782쪽.

겼으니 당연히 하늘과 연관되며, 둘째 단락에 등장하는 세 여신은 세 산에 있는 지신(地神)이므로 땅에 속하며, 셋째 단락에서는 사람이 전생(轉生)하는 것으로 그려지는데 애초에 추남이 뛰어난 인물인 데다가 원한까지 품고 있다고 해서 그 인간적 능력을 극대화하고 있다. 결국,〈김유신〉의 요체는 그런 비범한 인물이 그냥 나온 것이 아니라 하늘과 땅과 사람이 혼연일체가 되어 탄생시킨 최고의 인물, 완전성을 갖춘 인물임을 의미한다. 이 점에 착안한다면, 다른 구구한 사건들이 없어도 김유신이 갖는 위대함은 충분히 드러나는 셈이다. 물론『삼국사기』에도 신이한 도인(道人)의 도움을 받는다거나 하는 일이 아주 없지는 않지만『삼국유사』의 그것과는 아주 다른 차원의 것처럼 보인다.

이렇게『삼국유사』는 천(天)의 절대적 권능만을 강조하지 않는 쪽으로 방향을 잡아나가고 있는 것으로 보이는데, 장춘랑과 파랑의 이야기 역시 그렇다.『삼국유사』「기이」의〈장춘랑 파랑〉에서는 장춘랑과 파랑이 진중에서 죽은 후 태종의 꿈에 나타나서 이렇게 간청한다.

"우리들은 지난 날 나라를 위해 몸을 바치고 지금 백골이 되었으나, 나라를 끝까지 지키고자 종군하여 따라다니기를 게을리 하지 않았습니다. 그러나 당나라 장수 소정방의 위엄에 눌려 남의 뒤로만 쫓겨 다니게 되었습니다. 부디 임금께서는 저희에게 작은 힘[小勢]을 보태주소서."50)

이 내용만으로 본다면, 장춘랑과 파랑은 나라를 위해 무언가를 하고 싶은데 이미 죽은 몸이어서 아무것도 할 수 없으니, 임금께서 작은 힘을 주기만 한다면 꼭 해내고 말겠다는 비장한 각오이다. 태종무열왕은 현재 살아있는 사람이고, 장춘랑과 파랑은 이미 죽은 사람이다. 전자가 지상이라

---

50) 臣等昔者爲國亡身, 至於白骨, 庶欲完護邦國, 故隨從軍行無怠而已. 然迫於唐帥定方之威, 逐於人後爾, 願王加我以小勢. -일연, 앞의 책, 366쪽.

는 현세의 인간이라면 후자는 천상(天上), 혹은 이계(異界)의 인간이다. 그런데 임금이 소세(小勢)를 주어야 자신들이 일을 할 수 있다고 했으니, 이는 천(天)의 신이함과 그것을 수용하려는 인(人)의 적극성이 결합될 때 힘이 증폭됨을 말한 것으로 볼 수 있다.

이 점을 좀 더 명확히 하기 위해 장춘랑과 파랑에 대한 『삼국사기』 본기의 다음과 같은 기록을 비교해보자.

겨울 10월에 왕이 조정에 앉아 있었는데, 당에 군사를 요청했던 일에 회보가 없는 까닭에 근심하는 기색이 있었다. 이때 갑자기 어떤 사람이 왕 앞에 나타났는데, 마치 죽은 신하인 장춘과 파랑 같았다. 그들이 말하기를, "우리가 비록 몸은 백골이지만 여전히 나라의 은혜에 보답하려는 마음을 가지고 있습니다. 어제 당에 가서 황제가 대장군 소정방 등에게 명해 군사를 거느리고 내년 5월 백제를 치게 한 것을 알게 되었습니다. 대왕께서 근심하며 기다리는 것이 이와 같으시므로 이에 아뢰는 것입니다."라고 하더니 말을 마치자 사라졌다. 왕은 크게 놀라고 기이한 일이라고 여겨 두 집안의 자손들에게 두터이 상을 주고 아울러 해당 관리에게 명해 한산주에 장의사를 세워 그들의 명복을 빌게 했다.[51]   (『三國史記』 권제5 〈태종무열왕〉)

보다시피 일종의 예언담처럼 되어 있으며, 밑줄 그은 부분에서 알 수 있듯이 그저 임금의 근심을 풀어주기 위한 것임을 분명히 하고 있다. 실제로 이 이후의 『삼국사기(三國史記)』 기록에 의한다면 태종은 다시 군대를 정비하여 백제 정벌에 나서서 저 유명한 황산벌 전투를 승리로 이끈다. 성(聖)과 속(俗), 천(天)과 지(地), 신(神)과 인(人)의 소통이라는 측면

---

51) 冬十月, 王坐朝, 以請兵於唐, 不報, 憂形於色. 忽有人於王前, 若先臣長春罷郞者. 言曰, 臣雖枯骨, 猶有報國之心, 昨到大唐. 認得皇帝命大將軍蘇定方等, 領兵以來年五月, 來伐百濟. 以大王勤佇如此, 故兹控告. 言畢而滅. 王大驚異之, 厚賞兩家子孫, 仍命所司, 創漢山州莊義寺, 以資冥福. -김부식, 『삼국사기』1, 앞의 책, 156쪽.

에서 『삼국유사』에는 많이 못 미치는 것이다.[52]

　김(박)제상 역시 마찬가지이다. 이 이야기는 『삼국사기』와 『삼국유사』가 아주 흡사한 양상을 보이고 있어서 그 차이를 찾는 것이 어려울 정도이다. 그러나 『삼국유사』에만 있는 내용이 있는데, 다음 인용문의 밑줄 친 부분이 그렇다.

　　왜왕이 노하여 재상의 다리 가죽을 벗기고, 갈대를 베어 그 위를 걸어가게 하였다.(지금 갈대 위에 피 흔적이 있는데 세간에서는 제상의 피라고 전한다) [그리고 왜왕이] 다시 묻기를, "너는 어느 나라 신하냐?"라고 하니, 말하기를 "계림의 신하다."라고 하였다. (중략) 처음에 제상이 [왜로] 떠날 때 부인이 소문을 듣고 뒤쫓았으나 따라잡지 못하고, 망덕사 문 남쪽 모래 위에 이르러 넘어져 절규했던 까닭에, 그 모래 사장을 장사(長沙)라고 불렀다. 친척 두 사람이 부인을 부축하여 돌아오려했는데, 부인이 다리를 뻗고 앉아 일어나지 않으므로, 그 지명을 벌지지(伐知旨)라고 하였다. 오랜 뒤에도 부인이 그 사모함을 이기지 못해 세 딸을 이끌고 치술령(鵄述嶺)에 올라가 왜국을 바라보고 통곡하다가 죽었다. 그리하여 [부인은] 치술신모(鵄述神母)가 되었으니, 지금도 사당이 있다.[53]　　　　　　　　（『三國遺事』 「기이 제1」, 〈내물왕 김제상〉）

　밑줄 그은 부분은 모두 어떤 이유로 어떻게 되었다거나 어떤 이름으로

---

52) 이 양자 간의 차이를 "『三國遺事』는 당나라에 끌려 다니는 조국의 뼈아픈 현실 나아가 소정방의 무리에 대한 비난을, 『三國史記』는 당나라의 구원병을 기다리는 왕의 애타는 마음을 기술한 것"으로 논의한 예가 있다. -이소라, 『삼국유사의 서술방식 연구』, 제이앤씨, 2005, 136쪽.

53) 王怒. 命屠剝堤上脚下之皮, 刈蒹葭苘使趨其上.(今蒹葭上有血痕俗云堤上之血.) 更問曰汝何國臣乎. 曰, 鷄林之臣也. 又使立於熱鐵上, 問何國之臣乎. 曰, 鷄林之臣也. (中略) 初堤上之發去也, 夫人聞之追不及. 及至望德寺門南沙上, 放臥長號. 因名其沙曰長沙. 親戚二人, 扶腋將還. 夫人舒脚坐不起, 名其地曰伐知旨. 久後夫人不勝其慕. 率三娘子上鵄述嶺, 望倭國痛哭而終. 仍爲鵄述神母. 今祠堂存焉. -일연, 앞의 책, 281-284쪽.

불린다는 유래담 성격이다. '장사'나 '벌지지'가 단순한 지명 유래담인 데 비하여, 맨 앞의 갈대의 핏빛 운운하는 주석이나 맨 뒤의 치술령신모 운운하는 부분은 의미가 깊다. 박제상이 원통하여 그 원통함이 땅에서 자라는 갈대에 물을 들였다고 하는 사람들의 전언(傳言)을 통해 역시 인간과 자연의 소통을 확신하는 것이다. 박제상의 처가 신모(神母)가 되었다는 것은 더욱 그러하다. 『삼국사기』를 쓴 김부식에게도 이 정도의 속설(俗說)과 전언(傳言)이 충분히 전달되었겠지만, 김부식은 그에 대해 철저히 함구했다. 안타까움은 안타까움대로 살렸지만 그렇다고 해서 인간세계와 다른 세계의 交通에 대해서는 인색했던 것이다. 이에 비해 『삼국유사』「기이」편은 그 기이함을 그렇게 상징적으로 풀어놓았다.

4) 「기이(紀異)」 서술의 신화적 맥락

이제껏 살핀 대로 「기이」 편에 신화적 속성이 존재한다는 사실에는 사실상 이론이 없다. 실제로 〈고조선〉 조(條)를 '단군신화', 〈고구려〉 조(條)를 '주몽신화'로 칭하는 일이 전혀 어색하지 않다. 문제는 여기에서 밝힌 서술 원리가 신화적 맥락에서 갖는 의미이다.

「기이」편은 총 57조목인데, 「기이」 제1에 36조목, 「기이」 제2에 23조목이 배치되어 있다. 그런데 이 1과 2의 분권(分券)은 단순한 분량상의 문제로만 보이지는 않는다. 일연은 신라를 기준으로 상고(上古), 중고(中古), 하고(下古)의 명확한 구분선을 두었다. 『삼국유사』의 맨 앞에 배치된 「왕력(王曆)」에 따르자면, 1대 혁거세왕부터 22대 지증왕까지가 상고(上古), 23대 법흥왕부터 28대 선덕여왕까지가 중고(中古), 29대 무열왕부터 56대 경순왕까지가 하고(下古)이다.[54] 그런데, 「기이」 제1은 고조선에

---

54) 「왕력」의 해당 왕 뒤에 '已上爲上古, 已下爲中古' 같은 식으로 명시되어 있다.

서 시작하여 위만조선, 마한, 말갈발해, 북부여, 동부여 등등에 이르는 계보를 포함하여, 신라의 상고와 중고까지를 다루고, 「기이」 제2는 하고를 다룬다.[55] 문제는, 「기이」 제2의 시작에 중고의 끝인 〈태종 춘추공〉을 배치했다는 점이다. 이는 태종무열왕이 중고의 끝이면서 사실상 하고의 시작임을 인식한 것으로 보인다. 즉, 『삼국유사』는 삼국통일이라는 역사적인 전환점을 시대구분선으로 삼아 「기이」 제1과 「기이」 제2로 양대별됨을 의미한다.[56]

〈기이〉 편에는 나라의 흥망(興亡)이 담겨있는데, 전자가 주로 흥(興)에 초점이 두어진다면 후자는 망(亡), 혹은 망할 위기를 넘기는 일에 대해 담겨있다. 물론 「기이」 제1에도 위기 상황이 심심찮게 드러나지만, 이때의 위기는 서술된 제왕(帝王)이나 제왕과 연관된 영웅의 비범성을 돋보이게 하는 서술임에 비해 「기이」 제2는 확실히 다르다.[57] 예를 들어, 「기이」 제2에 있는 다음 두 자료를 비교해보자.

왕이 처음 즉위한 용삭 신유(661년)에 사비 남쪽 바다 중에 여자의 시체가 있었는데, 신장이 73자, 발의 길이가 6자, 음부의 길이가 3자였다. 혹은 신장이 18자며 건봉 2년 정묘(667)의 일이라고도 한다. 총장 원년 무진(668년)에

---

55) 신라의 마지막 왕인 경순왕(〈김부대왕〉조)의 뒤에는 〈남부여전백제북부여〉, 〈무왕〉, 〈후백제견훤〉, 〈가락국기〉 등 신라 이외의 국가들의 이야기 네 편이 덧붙는다.

56) 이런 시각은 『삼국유사의 종합적 해석上』(이범교 역해, 민족사, 2006), 76-79쪽에 잘 설명되어 있다. "문무왕 법민부터 시작되는 기이 제2는 신라성장의 완성과 몰락과정을 기술한 것이다. 특히 경덕왕부터의 기록들은 정변에 의한 왕위계승과 관련된 내용이 많다. 왕위가 태자에게 자연스럽게 승계되지 못하고 정변이 발생된다는 것은 왕권의 불안정을 의미하는 것이다. 지배계층의 분열과 반목에 의한 불안정한 왕권은 민심의 이반을 불러와 멸망에 이르게 됨을 기록한 것이 기이 제2이다."(79쪽)

57) 조수학은 「기이」 제1과 제2가 따로 설정된 이유를 탐색하면서 다음 두 가지를 꼽았다. "첫째는 나라 역사의 통사적인 면에서 전자는 肇國神話이고 후자는 新羅統三의 兆朕이며, 둘째는 異敎의 수용면에서 전자는 道家的 天神下降이며, 후자는 儒家的 天意의 瑞徵에 속한다." -조수학, 「삼국유사 (紀異) 卷1第二의 설정이유」, 『大東漢文學』7, 대동한문학회, 1995, 100쪽.

왕이 군사를 이끌고 인문·흠순 등과 함께 평양에 이르러 당나라 군사와 합세
하여 고구려를 멸망시켰다. 당나라 장수 이적은 고장왕을 사로잡아 본국으로
돌아갔다.58)(『삼국유사』「紀異」제2 〈문무왕 법민〉)

또 금강령에 행차했을 때, 북악신(北岳神)이 나와 춤을 추었으므로 '옥도
검(玉刀鈐)'이라고 이름하였다. 또 동례전 잔치 때 지신(地神)이 나와서 춤을
추었으므로 '지백급간(地伯級干)'이라고 이름하였다. 『어법집』에 '그때 산신
이 춤을 춰 바치며 노래를 불러 '지리다도파(智理多都波)'라고 하였다.'고 했
는데 이것은 지혜로 나라를 다스리는 사람이 [형세를 미리] 알고 많이 도망하
여 도읍이 장차 파괴된다는 것을 이른다. 곧 지신과 산신이 나라가 장차 망할
것을 알았으므로 춤을 춰 그것을 경고했건만 나라 사람이 깨닫지 못하고, 도
리어 상서가 나타났다고 하여 향락에 너무 심하게 빠졌기 때문에 나라가 마
침내 망하였다.59)(『三國遺事』「紀異」제2 〈처용랑 망해사〉)

두 이야기 모두 지변(地變)이 드러나고 있다. 하나는 거대한 여자시체
로, 또 하나는 지신(地神)의 춤으로 드러났지만 그 의미는 크게 다르지 않
다. 변화의 조짐이 있으니 대처하라는 암시인 것이다. 그렇지만, 문무왕
은 당나라를 몰아내고 삼국통일의 위업을 이루는 데 성공하는 반면 헌강
왕은 탐락에 빠진 나머지 나라를 위기에서 구하지 못하고 말았다. 이러한
서사는 문무왕 때가 삼국통일을 이루는 절정이었다면 헌강왕 때는 이미

---

58) 王初卽位, 龍朔辛酉. 泗沘南海中有死女尸, 身長七十三尺, 足長六尺, 陰長三尺. 或云
身長十八尺. 在封乾二年丁卯, 總章戊辰, 王統兵, 與仁問欽純等至平壤, 會唐兵滅麗,
唐帥李勣獲高臧王還國.「기이」제2 〈문무왕 법민〉-일연,『譯註 三國遺事II』, 강인구
외 역, 이회문화사, 2002, 27-28쪽.
59) 又幸於金剛嶺時, 北岳呈舞, 名玉刀鈐. 又同禮殿宴時, 地神出舞, 名地伯級干. 語法
集云, 于時山神獻舞, 唱歌云. 智理多都波都波等者, 盖言以智理國者, 知而多逃, 都邑
將破云謂也. 乃地神山神知國將亡, 故作舞以警之, 國人不悟. 謂爲現瑞, 耽樂滋甚, 故
國終亡.「기이」제1 〈처용랑 망해사〉-일연, 위의 책, 130-132쪽.

쇠퇴의 길을 걸었음을 반영한다.

이렇게 볼 때, 『삼국유사』「기이」의 서술은 역설적으로 '인간의 의지', '인간의 행위'가 도드라지는 경향이 있다. 하늘의 뜻이므로 이루어지게 되어 있고, 인간의 의지와는 상관없이 일이 진행된다는 식의 서술은 극히 억제된다. 한마디로 천의(天意)와 지변(地變)과 인위(人爲)의 세 축이 정상적으로 굴러갈 때 위업(偉業)이 달성되는 것이다.

〈만파식적〉은 그 단적인 예가 되는데 그 내용은 대략 이렇다: '신문왕이 부왕인 문무왕을 기리며 동해에 감은사를 창건했는데, 그 이듬해 동해 가운데 작은 산이 물결을 따라 왔다갔다 하는 일이 생겼다. 왕이 일관(日官)을 시켜 점을 치게 했더니 문무왕과 김유신이 보물을 내리려는 징조라고 했다. 왕이 그곳으로 가서 살펴보니 대나무 하나가 낮에는 둘이었다가 밤에는 하나로 합치는 기이한 일이 있었다. 왕이 감은사에 머물자 다음날부터 7일간 캄캄하고 비바람이 치더니 평온해졌다. 그때 용이 나타나서 검은 옥띠를 바치면서 그 대나무로 피리를 만들어 천하를 화평하게 하라고 했다. 왕은 그 대나무를 베어 왔는데 태자가 마중 나와서는 옥띠에 달린 장식이 모두 진짜 용이라며 물에 담그니 정말 하늘로 날아가 용이 되었다. 왕은 대궐로 돌아와서 그 대나무로 피리를 만들어 월성의 천존고에 보관했다. 그 피리는 나라의 온갖 근심을 물리치는 신기한 보물이 되었다.'

이 내용을 좀 더 간추리면, '문무왕과 김유신이 합심하여 만파식적이라는 보물을 만들어주어 호국(護國)에 보탬이 되었다.'가 될 것이다. 그런데 실제 작품에 따르면, 문무왕은 '해룡(海龍)'이 되어 삼한(三韓)을 수호하고[60] 김유신은 '삼십삼천(三十三天)'의 한 분으로 인간 세상에 내려와 대

---

[60] 『二國遺事』에서 문무왕이 바다에 장사시내셨다고 했지만 신빙성에는 의문이다. 『三國史記』에서는 왕의 유언에 따라 '東海口大石上'에 장사지냈다고 했는데(新羅本紀 문무왕 21년), 『三國遺事』에서는 '東海中大巖上'(〈문무왕법민〉)으로 된 것이다. 이에 대해서는 신종원, 『삼국유사 새로 읽기(1) -기이편(紀異篇)』, 일지사, 2004, 151-158쪽 참조.

신(大臣)이 되었다고 했다. 이는 결국 문무왕이 바다로 대표되는 지(地)의 호국신이라면, 김유신은 별로 대표되는 천(天)의 호국신이라는 뜻이다. 그런데 이런 두 신의 힘이 합쳐지는 계기는 인간인 신문왕이 감은사를 세우고 신이(神異)한 변화에 주의를 기울인 데 있다. 하늘은 하늘대로 땅은 땅대로 존재하는 것이 아니라, 하늘과 땅이 인간[帝王]의 능동적 행위와 보조를 함께 하는 것이다.

그러나 이렇게 〈만파식적〉조에서처럼 보물을 통해 뜻대로 일을 성취하는 이야기가 있는 반면, 「기이(紀異)」제2에는 보물을 얻었지만 실패로 귀결되는 이야기도 있어서 흥미롭다. 〈원성대왕〉조에 나오는 사미승 묘정이 바로 그러한 예이다. 묘정은 우물 속의 자라에게 음식 찌꺼기를 먹인 후 구슬을 하나 얻어 허리춤에 차고 다녔다. 그러자 묘정을 보는 사람마다 그를 귀하게 여겨서 당나라에 사신으로 가기에 이른다. 그러나 그 구슬이 바로 황제가 잃어버린 여의주임이 밝혀지고 압수당한 뒤로는 아무도 묘정을 사랑하는 사람이 없었다고 한다. 이 경우, 묘정은 하찮은 일을 행하고는 그 이상의 대가를 요구했고 그 결과 여의주를 손에 쥔 것이다. 천(天)과 조응(照應)하는 행위가 아님이 분명하며, 따라서 보물이 손에서 떠나는 순간 그 신통함은 사라져버린다.[61]

실제로 『삼국유사』「기이」의 많은 조목이 그런 방식으로 구성되어 있으며, 그것이 신이(神異)의 중핵으로 보인다.[62] 이쯤에서 「기이」의 서

---

61) 이에 대해서 묘정이 주체적이지 못한 사실을 들어서 이야기의 초점이 '신이한 구슬의 영험'에 있다고 논의한 사례가 있는데, 오히려 주체적이지 못하여서 파탄이 난 상황 자체에 초점이 있는 것으로 보는 편이 타당할 듯하다. "묘정으로서는 구슬의 영험도 알지 못하고 자신에게 부여되는 상황에 대해 전혀 주체적으로 대응하지 못한다. 이야기의 초점은 신이한 구슬의 영험인 셈이다." -이대형, 앞의 논문, 172쪽.

62) 가령 「塔像」第四 〈四佛山 掘佛山 萬佛山〉 같은 곳에서는 그 讚詩에서 "하늘은 滿月을 단장시켜 사방불을 마름질하고 / 땅은 明豪를 솟게하여 하룻밤에 열었네./ 교묘한 솜씨로 다시금 萬佛을 아로새기니 / 참된 풍모를 三才에 두루 퍼지게 하리."(天粧滿月四方裁 地涌明豪一夜開 妙手更煩彫萬佛 眞風要使遍三才)라고 하여 아예 '三才'를 직접 명시하기까지 한다.

(敍)에서 강조했던 대변(大變)을 다시금 상기해볼 필요가 있다. 대변(大變)은 글자 그대로 큰 변고이며, 그것은 곧잘 하늘의 신이함에 맞서는 짝으로 인식되어 왔다. 그런데 이러한 변고 중의 가장 큰, 대변 중의 대변이라 할 수 있는 홍수의 경우를 두고 풀이한 예가 있어서 이를 푸는 데 도움이 된다. 캠벨은『신의 가면: II 동양신화』에서 홍수를 세 가지 갈래로 설명한 바 있다. 그 하나는 고대 수메르의 우주적 영겁회귀인데 이것은 우주의 소멸로 종결되는 것이며, 또 하나는 자유로운 의지를 지닌 신에 의해서 일어나는 우주적인 파국이며, 마지막 하나가 바로 중국의 경우이다. 그에 따르면 "올바른 행위에 대한 중국인의 기본 정신-서주 시대에 이미 형성되었지만 확실히 유교적인-속에는 영웅의 덕이 자연 질서에 일치하며, 그렇기 때문에 영웅은 자신의 과제를 수행할 때에 하늘의 명령과 하늘이 계시한 홍범구주의 도움을 받는다."[63] 즉, 중국 신화의 특징은 재앙이라는 사건이 전체적 파국으로 가지 않는 데 있다. 한마디로 '끝'을 상정하지 않고 영웅과 세계가 자연스럽게 조화를 이루려 한다는 것이다. 특히, '영웅의 덕'[人]이 '자연 질서'[地]에 일치하며 '하늘의 명령과 하늘이 계시한 홍범구주'[天]의 도움을 받는다는 지적은『삼국유사』의 서(敍)에서 강조한 바로 그것과 일치한다.

중국 전통에서도 다른 문화와 마찬가지로 하늘과 땅이 모든 대립의 원형이기는 하지만, 그것이 서로 완전히 분리되어 배타적으로 존재하지 않는다는 데 큰 특징이 있다. 상호의존적인 이러한 특성은 '창조'와는 구분되는 '운행'이라는 용어로 설명될 만한 것이다.[64] 그러한 하늘과 땅 사이에 존재하는 인간이 하늘의 뜻을 바꾸어보거나 땅에 구현되는 질서에 어긋날 도리가 없다. 그것은 인과적 관계에 의해 진행되기보다는 동시적으

---

63) 조지프 캠벨,『신의 가면 II: 동양신화』, 이진구 옮김, 까치, 446쪽.
64) 동서양을 이렇게 갈라보는 해석에 대해서는 프랑스와쥴리앙,『운행과 창조』, 유병태 역, 케이시아카데미, 2003, 참조.

로 진행되는 것처럼 보인다. 반대로 하늘의 뜻이 인간을 좌지우지하거나 땅에 구현된 질서를 모조리 파괴하는 일 역시 불가능하다.

설명하기는 매우 복잡하지만, 그러한 세계관에서라면 하늘도 땅도 인간도 고정된 실체를 갖지 못한다. 그것들은 끊임없이 상호작용하며 영원한 운행을 해나가기 때문이다. 간단한 예로, 탈해왕에 관련된 기록을 살펴보면 〈제4탈해왕〉에는 두개골의 둘레가 3자 2치이고 몸의 뼈 길이는 9자 7치라고 기록하여 그가 거인임을 강조하고 있다. 그러나 똑같은 사람이 〈가락국기〉에서는 머리 둘레가 1자이며 키가 3자라고 해서 사실상 난장이에 지나지 않게 그려놓고 있다. 똑같은 책에서 동일한 인물에 대해 이렇게 극단적으로 서술하는 예는 찾기 어려운 일인데, 그렇다고 찬자(撰者)의 실수라고 보아 넘기기도 마땅치 않다. 중요한 사실은 〈제4탈해왕〉 조에서는 탈해가 동악신(東岳神)으로 좌정하는 순간을 기술한 것이며, 〈가락국기〉에서는 이 조의 주인공인 김수로왕에게 패퇴하는 장면을 기술한 것이라는 점이다. 〈제4탈해왕〉 조에서는 탈해가 주인공 '제왕'이라면 〈가락국기〉에서는 김수로왕이 주인공 '제왕'이다. 탈해라는 인물을 놓고 역사적 실재로 고정해놓는다면, 이런 상이한 기록은 존재할 수 없다.

결국, 「기이」의 각 조목마다 등장하는 주인공의 행적은 하늘의 뜻에 순응하는 것도 거역하는 것도 아니며, 땅의 변고에 짓밟히는 것도 딛고 일어서는 것도 아니다. 하늘과 땅과 사람이 한 치의 틈도 없이 조응한다는 전제 하에, 그 셋이 일치할 때의 이상적인 흥성(興盛)과 그 셋 사이의 어긋남이 엿보이는 불가피한 쇠망(衰亡)을 담담하게 드러내 보일 뿐이다. 「기이」편의 신이함은 그들이 함께 운행된다는 경이로움 그 자체이다. 이를 염두에 두고 다시 「기이」의 서(敍)로 돌아간다면, 성인(聖人)은 천의(天意)의 표지(標識)를 제대로 읽고 지변(地變)의 조짐을 파악하여 양자 간의 원활한 소통을 추구하는 인물이다. 그러한 의미에서의 소통이 가장 많이 강조된 〈선덕왕지기삼사(善德王知機三事)〉를 예로 들면, 선덕왕은 어떤 일이 일어날 조짐을 미리 아는 것으로 그 지혜로움을 드러내어 여성이어서 떨어질 법한 권위를 극대화시키고 있다. 이 삼사(三事) 중 하나인 신라와 백제 간의 옥문곡 전투를 보면, 『삼국사기(三國史記)』〈신라본기(新羅本紀)〉와 〈백제본기(百濟本紀)〉에 모두 '5월'에 두꺼비가 옥문지에 많이 모여서 울었다고 했는데, 『삼국유사』의 〈선덕왕지기삼사〉에서는 '겨울'에 뭇개구리들이 옥문지에서 울었다고 했다. 음력 5월에 두꺼비가 우는 것은 '변(變)'에 속할 일이 아니지만 겨울에 운다면 변(變)임이 확실하다. 그러한 변(變)을 보고 세상사를 헤아리는 능력을 갖추었다면 '제왕(帝王)'되기에 손색이 없으며, 국가는 당연히 잘 다스려질 것이다.[65]

「기이」의 서(敍)에서 강조하는 '성인(聖人)'의 '성(聖)'은 그런 맥락에서 주목을 요한다. 이 글자가 본디 귀[耳]와 입[口]의 결합인 만큼 양자 사이에서 '듣고 말하는' 존재임은 어렵잖게 짐작할 수 있고, 때로는 '巫'와 통하는 글자로까지 쓰인 것은 성인이 곧 하늘과 땅의 소통을 이루는 성스러운 존재임을 뜻한다. 신화연구에서, 그렇게 서로 대립하는 자질을 지닌 두 존재 영역 사이의 균형과 소통, 통합 등에 주목한 사례는 어렵지 않게 찾아볼 수 있다. 가령, 단군신화에서 단군을 "하늘의 힘과 땅의 힘, 인간의 힘을 잘 조화시킬 줄 아는 밸런서(balancer)"로[66] 규정한 경우나, 신데렐라 이야기에서 "신데렐라 이야기의 궁극적인 목적은, 원래는 하나였는데 불평등이 생기거나 서로 분리되어 중개기능을 상실한 것 사이에 다시 한 번 중개된 상태를 만드는 데"[67] 있다고 결론지은 사례들이 그러하다. 이 경우, 서로 다른 양자 사이에서 힘의 균형을 찾으려고 하든, 분리된 둘을

---

65) 이 전투와 관련된 내용은 상당부분 역사적 사실과는 다른 것으로 밝혀져 있어서 『三國遺事』撰者의 시각이 도드라진다. 女根谷은 아주 얕은 골이어서 적병이 매복할 만한 곳이 못되며, 여근곡이 '옥문곡'으로 불린 일도 없다는 것이다. 자세한 내용은 신종원, 앞의 책, 124-131쪽 참조.
66) 이어령, 『이어령의 삼국유사 이야기』, 서정시학, 2006, 67쪽.
67) 나카자와 신이치, 『신화, 인류 최고(最古)의 철학』, 김옥희 옮김, 동아시아, 2002, 147쪽.

하나로 통합하려고 하든 그 일을 제대로 수행하려면 양자의 특성을 가장 잘 이해해야 함이 분명하다. 「기이」가 다루는 내용은 이야기의 주인공이 때로는 그 역할을 잘 수행하여 국가가 세워지고 흥성하기도 하지만, 때로는 잘못 수행하여 국가가 쇠망하고 폐해지기도 하는 것이다.

3. 여신(女神)의 양상과 역할

1) 알레고리로서의 여신(女神)

신화는 통상적으로 어떤 근원에 대해 말한다. 그것도 여간해서는 생각해내기 어려운 본질적인 근원에 관해서 말하는 것이다. 이 점에서 신화로 드러나는 사유(思惟)는 철학에 근접한다. 그러나 진술되는 것이 아니라 '이야기'된다는 점에서 또한 문학에 근접한다. 신화에는 언제나 주인공이 있고 또 그 주인공이 펼쳐 보이는 사건이 있는 법이다. 그렇다면, 모름지기 신화라고 하면 주인공이 펼쳐 보이는 사건을 통해 어떤 근원적인 사유에 도달할 것을 기도(企圖)한다고 할 수 있겠다. 이 점에서 신화는 대체로 알레고리로 읽힐 만한 텍스트이기도 한다. 알레고리의 사전적 정의대로 "표면적으로는 인물과 행위와 배경 등 통상적인 이야기의 요소들을 다 갖추고 있는 이야기인 동시에, 그 이야기 배후에 정신적, 도덕적, 또는 역사적 의미가 전개되는 뚜렷한 이중구조를 가진 작품"[68], 그것이 바로 신화이다.

신화 중에서도 특히 창조신화는 그러한 특성을 잘 보여주는 사례이다. 세상의 창조는 누구나 궁금해 하지만 또 누구도 섣불리 말할 수 없는 본질적인 주제이다.[69] 누가 만들었냐고 이야기하든 이렇게 만들어졌다고

---

68) 이상섭, 『문학비평용어사전』, 민음사, 1976, 193쪽.

이야기하든 그것이 그대로 사실(事實)이며 사실(史實)일 수 없는 것이다. 어떤 창조신화가 특정 향유층에게 실제 사건으로 받아들여지는 것과 별개로, 그 이야기에는 이야기 나름의 정합성을 띤 사유와 논리가 내재해 있을 법하다. 가령, 여와(女媧)가 거북이의 발을 잘랐다고 했을 때, 그것이 실제 거북이의 발일 리가 없으며 거북이라는 동물에서 세상을 설명할 길도 없다. 결국, 우리가 택할 수 있는 길은 여와가 거북이 다리를 자른 사건은 사건대로 재미있게 읽으면서 그 이면에 중층적(重層的)으로 새겨진 의미를 벗겨내는 작업을 해보는 것이다. 그것이 곧 신화의 해석이기도 하다.

그런데, 이 창조를 이야기할 때 빠질 수 없는 요소가 바로 여성이다. 여성은 본디 그 출산능력 때문에 신성시되는 존재이다. 임신을 해서 일정 기간 제 몸에 아이를 끌이고 있고 또 출산 후 젖을 먹여 양육하는 행위는 여성 고유의 영역으로, 창조의 속성과 밀접한 관련을 맺는다. 이 때문에 신화에 등장하는 여신들은 그러한 능력을 근간으로 여러 가지 다른 양태를 보인다. 수태 - 출산 - 양육의 신비로운 과정은 그대로 창조 행위와 대응하며 하나의 이야기를 만들어나가는 것이다. 이런 맥락에서 본 논문에서는 신화 속에 등장하는 여신을 알레고리라는 측면에서 검토하고자 한다.

당연한 이야기이지만, 신화적 · 제의적 문맥에서의 여성은 그저 생물학적 존재로 실재하는 여성 그 자체가 아니다. 그것은 여성이 구현하고 있는 우주론적 원리를 포함하고 있는 것이며, 동아시아의 신화들 역시 그러한 우주론적 원리를 배면(背面)에 깔고 있을 것이다.[70] 특히, 국내학계에

---

69) 여기에서 말하는 '세상'은 우주, 신, 인간을 두루 포괄하는 개념이다. 즉, cosmogony, theogony, anthropogony가 모두 창조신화의 범주에 드는 것이다. 이에 대해서는 김현자, 「창조신화를 통해서 본 고대 중국인들의 우주 및 우주적 인간」, 신화아카데미, 『세계의 창조신화』, 동방미디어, 2001, 150-157쪽 참조.

70) 미르치아 엘리아데, 『종교사개론』, 이재실 옮김, 1993, 까치, 391쪽.

왕성하게 축적된 동아시아신화 연구 성과를 바탕으로,[71] 거기에서 확인되는 여신(女神)의 양상을 체계화시켜보려는 것이다. 물론, 이를 통해 궁극적으로는 우리 신화의 위상을 잡아보는 데까지 나아가야 하겠으나, 그 단초를 마련해두고자 한다.

2) 여신 알레고리의 양상

여신의 알레고리는 결국 여성에서 출발한다. 여성의 신비는 남성이 갖지 못하는 능력에 기인하는데, 그 능력은 두 가지로 집약될 수 있다. 하나는 어머니:자식 관계에서, 또 하나는 여자(婦):남자(夫) 관계에서 나오는 능력이다. 전자에서 직접적인 생산과 양육을 담당하는 존재임이 강조된다면, 후자에서는 여성이 남성의 대립쌍으로 의미를 갖는다. 그러므로 이 둘 중 좀더 본질적인 관계를 따지자면 전자의 어머니:자식 관계일 것이다. 이 관계는 '신비적인 관계(partcipation mystique)'로 불렸던 궁극적인 낙원이다. 어머니 자궁, 혹은 품안에서 낙원을 누렸던 것을 확장한다면, 성인에게도 "우주와 조화를 이루면서 그곳에 오래 머무는 것"이 필요하며, 이것이 곧 신화의 기능이다.[72]

말하자면 여신이 등장하여 세상을 만들고 자식을 낳으며 남신과 결혼하는 행위가 곧 우주와 인간, 사회와 개인의 조화로운 이상을 추구하는 의미를 담고 있다 하겠다. 이렇게 볼 때, 위의 둘은 차례로 땅:곡물(穀物:

---

71) 조동일, 『동아시아 구비서사시의 양상과 변천』, 문학과지성사, 1997.
   아세아 설화학회, 『한·중·일 설화비교 연구』, 민속원, 1999.
   한국구비문학회 편, 『동아시아 제민족의 신화』, 박이정, 2001.
   김화경, 『일본의 신화』, 문학과지성사, 2002.
   동아시아고대학회 편, 『동아시아 여성신화』, 집문당, 2003.
   김열규, 『동북아시아 샤머니즘과 신화론』, 아카넷, 2003.
   조현설, 『동아시아 건국신화의 역사와 논리』, 문학과지성사, 2003.
72) 조지프 캠벨, 『신화의 세계』, 과학세대 옮김, 까치, 1998, 5쪽 참조.

대지에서 생산되는 모든 자연물), 땅:하늘의 관계로 읽힐 소지가 있으며, 신화 속 여신(女神)의 등장은 곧바로 알레고리로 설명될 가능성이 높다. 전자가 만물을 화육하는 대지(大地)라면 후자는 하늘의 아래에서 하늘과 짝을 이루는 땅이다. 이는 알레고리의 기본인 유추(類推)에 의한 것으로, 이야기의 표면에서는 주인공인 여신이 등장하여 사건을 펼치지만, 그것은 그대로 대지가 자연물을 생산하는 행위, 혹은 하늘과 땅의 관계를 드러내는 사유 양식일 수 있다는 말이다.

이 대응관계를 간단하게 도식화하면 다음과 같다.

알레고리1
　　　　여(女) : 자(子) ≒ 대지 : 곡물
알레고리2
　　　　여(女) : 남(男) ≒ 땅 : 하늘

〈그림 1〉 대응관계로 본 알레고리 양상

알레고리1과 알레고리2는 모자(母子)관계에서 출발하느냐 남녀(男女) 관계에서 출발하느냐로 대별된다. 구체적으로는 내부에서 배태되어 외화(外化)한 것인가, 동일체에서 위아래로 분화한 것인가로 갈린다. 이 점에서 알레고리1이 종적 관계라면 알레고리2는 횡적 관계인 셈이다. 단독으로 출현하여 여러 생산물들을 만들어내는 여신이 전자의 경우라면, 남녀 한 쌍으로 출현하여 부부(夫婦)관계를 이루면서 창조행위를 하는 여신은 후자의 경우이다. 그런데 이 두 양상 역시 세심하게 따져보면 이야기에 따라 편차가 심하다.

단적으로, 이야기 속에 차지하는 여신의 주도성에서 차이를 보인다. 어떤 이야기에서는 여신이 주도하면서 창조행위를 펼치거나 대등한 관계를 이루기도 하지만, 또 어떤 이야기에서는 여신은 그저 보조행위 내지는 종속적인 역할에 그치는 경우도 있는 것이다. 이에 따라 위의 두 양상을 다시 나누어보면 다음의 네 가지로 유형화될 수 있겠다.

```
알레고리1 ( 女 : 子 ≒ 대지 : 곡물 )
      알레고리1-1
            주도 : 곡물(세상, 인간)의 창조
      알레고리1-2
            보조 : 영웅의 출산
알레고리2 ( 女 : 男 ≒ 땅 : 하늘 )
      알레고리2-1
            주도 : 개벽(開闢, 天·地의 분리)
      알레고리2-2
            보조 : 남신(男神)의 하위(下位)
```

〈그림 2〉 역할의 주도성으로 본 알레고리 양상

알레고리1-1의 여신은 생성력(生成力), 곧 풍요(豊饒)의 상징이다. 구석기 시대 벽화에 등장하는 몸체가 풍만하며 배가 불룩한 여인의 그림이 곧 이런 여신의 원형이다. 인간이 먹고 자고 누리는 모든 자연물을 만들어주는 대지를 인격화하면 그것이 곧 대모신(大母神, The Great Mother)이다. 이때의 여신은 인간에 필요한 모든 것을 주는 만큼, 또 인간에게 재앙을 내릴 수도 있다는 점에서 지극한 숭앙의 대상이 된다. 반면 알레고리1-2의 여신은 이러저러한 자연물을 직접 생산하는 기능을 하는 것이 아니라, 특별한 영웅[神]을 출산하는 역할을 한다. 더 이상 다산성으로 대변되는 풍요의 여신이 아니라, 중요한 인물을 생산함으로써 자신의 존재를 인정받는다. 이는 어쩌면 주신의 지위를 자식에게 넘기고 자신은 보조신으로 옮겨가는 형국이다.

다음으로, 알레고리 2-1의 여신은 창세의 순간을 주도한다. 그리스신화의 가이아처럼 그 자신이 사실은 세상의 시원(始原)이다. 때로는 하늘을 갈라냄으로써 혼돈을 깨치어 천/지 분리라는 코스모스를 이루고, 때로는 자신의 몸뚱이에서 산천 같은 여러 물리적 자연물을 생산해내기도 한다. 반면 알레고리 2-2의 여신은 창조의 주도권을 남신에게 넘기고 남신에 존재 위에서만 의미를 발한다. 이때의 남신/여신은 그대로 고/저, 상/하, 주/종의 관계를 형성한다. 물론 이 경우에 있어서도 남신 역시 여신의 존재가 필요하지만, 그 선택권이 남신에게 있다는 점에서 제 몸에서 세상을 만들어내는 2-1과는 판이한 양상을 보인다.

　이제 이 네 유형을 알레고리라는 측면을 염두에 두고 도표로 나타내보면 다음의 〈그림 3〉과 같다.

관 계 위 상	모자(자식을 낳는 어머니)	남녀(男神의 配匹)
주도(대등)	생성력(生成力)	존재의 시원(始原)
보조(열등)	주신(主神) 출산	남신(男神)에 종속

〈그림 3〉 여신 알레고리의 네 유형과 여신의 역할

　이 알레고리를 관통하는 두 개의 원리는 "여성≒세상"이라는 구조화와, 위/아래의 물리적 구분이다. 이는 각기 구조적 은유(structural metaphors)와 지향적 은유(orientational metaphors)로 구분될 만한 것으로 그 성질상 아주 다르다.[73], 전자는 '여성은 세상이다'라는 기본틀 아래에서 세상은 여성이 아이를 갖듯 모든 사물을 배태하고, 또 아이를 낳듯 무언가를 낳

---

73) 이에 대해서는 G. 레이코프 · M. 존슨, 『삶으로서의 은유』, 노양진 · 나익주 옮김, 서광사, 1995, 참조.

는다는 데 관심을 둔다면, 후자는 위/아래의 물리적 구분에 입각하여 천/지와 남/녀 있는 남성과 아래 있는 여성을 유비(類比) 관계로 파악한다. 모두 유추에서 비롯된 것이지만, 하나가 세상의 모든 원리, 혹은 아르케(arkhe) 같은 것들을 '안'에 담고 있다가 그것을 제 몸 '밖'으로 내보낸다고 생각하는 데에서 유추된 것이라면, 다른 하나는 본시 하늘이 위, 땅이 아래로 분리되어 있는 데에서 유추된 것이다.

문제는 이러한 관계가 갖는 의미의 변화이다. 여성이 아이를 포함한다고 할 때, 한편으로는 그 포함관계에 따라 여성이 우위에 있을 수도 있지만, 여성을 그저 바깥으로 내보낼 내용물을 담아내는 용기(容器)라고 생각한다면 관계는 쉽사리 역전될 수 있다. 마찬가지로, 아래에서 위가 분리되어 나가는 과정에서의 선후(先後)를 생각한다면 아래가 위의 우위에 서겠지만, 물리적인 상하 관계를 곧 힘의 우열(優劣)로 전환하여 대입하면 반대로 위가 우위에 선다. 물론 신화에서 그 둘이 명확한 구획선을 긋지는 않을 것이지만, 이를 기준으로 신화 속의 여신을 살핀다면 적지 않은 의미를 파악해낼 수 있을 것으로 보인다.

3) 알레고리의 네 유형과 그 의미

이상의 네 유형이 갖는 의미를 차례로 살펴보자.

첫째 유형에서, 여신은 곧 **생성력(生成力)**이다. 생성력의 출발은 출산에 있으며, 출산은 곧 생명체의 시작이다. 이 점에서 여성의 출산 능력은 곧 세상의 시작으로 읽힐 소지가 다분하다. 이때, 세상을 이루는 원질적(原質的) 요소가 흙이 됨은 어렵지 않게 추론할 수 있다. 흙은 모든 존재가 거기에 기대지 않을 수 없다는 점에서 세상의 근간이 된다. 오행(五行)의 중앙을 토(土)가 차지하고 있는 것은 결코 우연이 아니다. 중국신화의 여신인 여와는 흙으로 사람들을 만들었다고 했다.

천지가 완성되었지만, 아직 인간은 없었다. 그래서 여와가 황토를 손으로 이겨 인간을 하나하나 만들었다. 그러나 그 일이 상당한 중노동이라서 쉬지 않고 계속해도 생각처럼 이루어지지 않았다. 그래서 여와는 진흙 속에 새끼줄을 담그고 그것을 끌어올려 만들기로 했다. 이리하여 새끼줄에서 뚝뚝 떨어지는 진흙이 잇달아 인간이 되었는데, 황토를 뭉쳐 만든 인간은 부자나 고귀한 사람이 된 반면에, 새끼줄에서 생긴 인간은 가난한 사람이나 평범한 사람이 되었다.[74]

여기에는 적어도 두 가지 정보가 숨어 있다. 하나는 황토를 뭉쳐서 사람을 만들었다는 것이고, 하나는 새끼줄을 이용해서 대량으로 생산했다는 것이다. 전자가 흙의 원질성(原質性)을 드러낸 것이라면, 후자는 풍요성(豊饒性)을 드러낸 것이다. 이는 표면상으로는 여와라는 여신이 흙을 이용해서 사람을 지어냈다는 단순한 내용인 듯하지만, 그 이면에는 대지(大地)가 자기의 성분으로 인간을 만들어냈고, 그것도 다량으로 만들어냈음을 강조하는 것으로 해석할 수 있다. 대지의 생성력과 풍요의 주술이 신화적 거인의 외피(外皮)를 입고 서사화된 것이다.

그런데, 암컷이 자식을 낳는 동물학적 출산이 아니라 대지가 만물을 낳는 생산에서는, 생산의 터가 곧 소멸의 터인 점이 확실히 다르다. 동물이 어머니의 자궁에서 나와서 다시 자궁으로 들어가지 않는 것과는 달리, 대지에서 생산된 모든 것들은 결국 다시 대지로 돌아가는 것이다. 이처럼 대지가 삶과 죽음을 통합하는 기능을 수행한다는 사실은, '생물학적 수태와 생산을 담당하는 여인(女人)'과 '대지의 알레고리로서의 여신(女神)'을 가르는 잣대가 된다. 원칙적으로 생물학적 삶은 일회적일 수밖에 없다. 한 번 나고 한 번 죽는 것이 정한 이치이기 때문이다. 그러나 그런 일회적

---

74) 應邵 찬, 『風俗通義』(『태평어람』 권78). 이토 세이지, 『신이의 나라 중국의 신화와 전설』, 박광순 옮김, 넥서스, 2000, 43쪽 참조.

소멸성만이 강조된다면 세상은 황폐해지게 마련인데, 대지(大地)는 그 소멸한 존재를 끌어안음으로써 또 다른 존재를 만들어낸다는 점에서 위대하다. 모든 죽은 생명체는 다시 땅으로 돌아가고 그 땅은 또 다시 만물을 화육(化育)한다.

우리 무가(巫歌) 〈세경본풀이〉 중 몇 개의 단락을 들어보자.[75]

> 단락8. 길을 가던 자청비는 남장을 하고 여러 가지 생명꽃이 피어 있는 [서천꽃밭]으로 들어가 부엉새를 잡아 주는 공을 세우고 그곳 황세곳간의 사위가 된 후 이곳에 피어 있는 생명꽃을 얻어와 정수남을 살려낸다. 그러나 자청비의 부모는 여자가 남자를 죽였다 살렸다 한다고 하면서 다시 그를 내쫓는다.
> 단락14. 자청비는 여러 가지 기지로 푸대쌈을 모면하고 [서천꽃밭]으로 가 환생꽃을 가져와 문도령을 살린다.
> 단락16. 자청비는 나라의 변란을 진압한 공으로 하늘왕으로부터 '열두시만국'과 '오곡종자'를 얻고 칠월 열나흗날 문도령과 함께 지상으로 내려온다. (단락18에 자청비가 메밀씨를 잊고 온 것을 알고 다시 하늘에 올라가 이를 가져오는 대목이 있다)

자청비의 능력 중 눈여겨볼 것은 서천꽃밭으로 가서 환생꽃을 가져와서는 죽은 사람을 살려내고, 하늘왕으로부터 오곡종자를 얻어온다는 것이다. 서천(西天)은 죽음의 세계이다. 서천에 간다는 행위가 곧 이승을 하직한다는 의미임은 명확하다. 그런데 서천꽃밭에 가서 환생꽃을 가져온다고 했다. 이는 죽음의 세계에 가서 도리어 삶을 가져온다는 뜻이 된

---

75) 이수자의 단락구분에 따르며, 전체 18개의 단락 가운데 일련번호 역시 그대로 옮긴 것이다. 이수자, 「농경기원신화 〈세경본풀이〉의 특징과 의의」, 동아시아고대학회 편, 앞의 책, 220-223쪽.

다. 이처럼 소멸하는 세상을 도리어 생성하는 세상으로 만들 수 있을 때 여신의 지모신적(地母神的) 기능이 드러난다. 뿐만 아니라 이계(異界)에 가서 곡식종자를 가져오는 행위는, 농경(農耕)을 처음으로 가능케 하는 행위이다. 여기에서 보여준 자청비의 두 가지 능력은 지모신의 생성력을 다시금 실감케 한다.

그러나 이러한 생명력이 꼭 직접적인 생산에 국한될 필요는 없다. 가령, 여성신이 보여주는 화합과 포용의 원리 같은 것은 그대로 생성력의 치환물이 된다. 일례로 만족(滿族)의 여성영웅신 타라이한마마는 그런 면모를 유감 없이 발휘한다.[76] 타라이는 작은 마을의 어부의 딸로 태어났는데, 타라이가 열 살이 되던 해에 큰바람이 휩쓸고 지나간 뒤 사라졌다. 그로부터 10년이 지난 어느 날, 타라이 마을에서는 그물 때문에 싸움이 벌어져서 9일 낮밤 계속되었다. 살육전이 벌어질 즈음, 말을 탄 여장수가 나타나서 싸움을 말렸다. 그녀가 바로 타라이였는데 자신의 두 손을 합치면서 그 손을 떼어서 벌린다면 싸워도 좋다고 했다. 그러나 힘센 남성 둘이 달라붙어서도 그녀의 손을 벌릴 수 없었다. 타라이는 큰 버드나무 두 그루를 스무 명의 젊은이들이 힘을 합쳐 뽑도록 하면서 사이좋게 살도록 타일렀고, 이에 감동한 마을 사람들을 타라이를 촌장으로 모셨다. 타라이는 마을 사람들이 남녀노소 각각의 능력에 맞는 적당한 일을 가르쳤다.

여기까지만 보아도 타라이의 생성성은 충분히 구현된 셈이다. 힘으로 상대를 제압하고자 하는 남성들의 어리석음을 꾸짖고 화합의 중요성을 일깨워주는 것이다. 이런 표징은 이 작품의 여러 군데 드러난다. 가령, 어떤 마을 사람이 이웃의 사슴을 도둑질한 일이 있었는데 그가 대신 매를 맞았다거나, 괴물 이리와 내통한 마을 사람들이 자신을 독살하려는 간계를 알고도 담담히 죽음을 맞이하는 것 등이 그렇다. 또 결정적으로, 자신

---

76) 이하의 내용은 이종주 역, 「滿族神話」, 『한국고전연구』 제4집, 한국고전연구학회, 1998, 343-355쪽 참조.

이 죽으면 자작나무에 싸서 동산어구 큰 소나무에 매달아달라고 함으로 써, 마을이 위기에 빠졌을 때 부활하여 이리를 물리쳐서 마을의 항구적인 평화를 가져온다.

이렇듯이 이 신화는 여신의 생성성을 파노라마처럼 연속적으로 보여준다. 큰바람에 휩쓸려가서도 살아나고, 분쟁 대신 화합을 강조하며, 다른 사람의 죄를 대신 받아들이며, 죽음 앞에서 삶을 확신하고, 끝내 부활하여서 영원한 평화를 일궈내는 것이다. 죽음을 극복하고, 분쟁을 넘어서며, 악(惡)조차도 받아내며, 끝내 영생을 얻어낸다. 이 여신의 행위는 대지가 보여주는 그대로이다.

정리하자면, 먼저, 여신이 흙으로 무언가를 많이 만드는 행위는 곧 대지(大地)가 만물을 화육하는 내용의 알레고리이다. 흙을 소재로 했다는 점에서 곧 땅의 의미를 지니고, 많이 만들어낸다는 점에서 다산성(多産性)의 의미를 띤다. 둘째로, 여신이 죽음의 세계에서 삶을 가져오는 행위는 대지가 죽음을 받아서 삶으로 싹틔우는 것을 유추하게 한다. 모든 살아있는 유기체는 죽음과 더불어 땅에 썩어 들어가기 마련인데, 그 주검이 또 다른 유기체의 양분이 된다. 이는 지극히 자연적인 순환이 여신이라는 인물의 공간이동으로 표현된 것으로 볼 수 있다. 셋째로, 여신이 곡물의 씨앗을 가져오는 행위는 대지가 곡물의 씨앗을 내포하고 있다는 생각을 드러내준다. 씨앗은 알처럼 향후의 완전한 존재를 배태하고 있는 것이다. 신화에서는 여신이 그것을 어디에선가 옮겨왔다는 식으로 표현하지만, 이것은 사실상 대지가 씨앗을 예비하고 있다가 세상에 내보낸다는 내용을 유추하게 한다.

둘째 유형에서, 여신은 주신(主神)을 출산(出産)한다. 우리가 영웅신화로 통칭하는 신화들은 거의 다 그 출생담을 장황하게 서술하고 있다. 출생의 신비함으로 영웅성을 드러내는 것이다. 그런데 상당히 많은 신화에서 영웅의 모계를 구체적인 인물로 인격화함으로써 여느 인간의 출생담을 방불케 한다. 보통 남자와 보통 여자가 교합하여 아이를 갖는 방식 그대로를 재현한다. 그런데 이때 남성이 신의 위치, 그것도 지고신(至高神)의 위치에 있게 되면 여성은 신적인 요소가 보이더라도 상당히 축약된다.

〈단군신화〉를 보자. 웅녀가 여신의 위치에 있음은 말할 나위도 없다. 그런데 웅녀는 자신이 인간의 모습이 되기 위해서 환웅에게 빌어야 했으며, 동굴 속에서의 삼칠일을 견뎌야 했다. 이때 동굴이 땅의 상징임은 당연하다. 고구려의 풍속에 흔히 수신(隧神)으로 알려진 신에 대한 의식이 있었던 듯한데 이 때의 수신은 자의(字義) 그대로 동굴신이었을 것으로 추정할 수 있다. 동굴은 땅속에 만들어진 또 다른 공간이다. 웅녀가 있던 굴은 일차적으로는 격리와 단절의 수용처 또는 은신처를 의미하겠으나, 동시에 죽음과 재생을 번가르는 현장으로 '모태'를 상징한다. 굴에서 나왔을 때에는 사람의 몸을 얻어 갱생하고 있기 때문이다.[77]

여기에는, 희미하게나마, 대지에 대한 숭배가, 대지의 일부이자 가장 강력한 대지의 상징인 동굴을 지키는 신으로 옮겨간 흔적이 있는 것이다. 이렇게 본다면 웅녀는 곧 영웅을 출생시키는 대지에 다름 아니다. 대지를 뚫고 나오는 영웅은 세계 도처에 있는데, 우리나라 제주도의 삼성혈(三姓穴) 신화 같은 것이 대표적인 예이다. 땅의 구멍에서 세 씨족의 조상이 불쑥 솟아나왔다고 하는 것이 삼성혈 신화였다면, 단군신화에서는 남성신이 주도하여 동굴의 금기(禁忌)를 거쳐 태어난다. 이때 금기를 거치지 않은 호랑이가 문제가 될 수 있겠는데, 신화의 문면에서는 인간이 되기에 실패한 실패작으로 나오지만 실제로는 그 반대일 수 있다. 즉, "인고의 상징으로 추앙되는 웅녀를, 거꾸로 가부장 사회에서 억압되는 지모신의 원형, 인고와 침묵을 강요당하는 왜곡된 여성상으로 보았으며, 웅녀의 타아(alter-ego)인 호랑이를 자연이라는 지모신의 본래 모습으로 해석"[78]할 수

---

77) 김열규, 〈동굴〉 항목, 한국문화상징사전편찬위원회, 『한국문화상징사전1』, 동아출판, 1992, 227쪽.

도 있는 것이다. 이는 인간의 육신성(肉身性)을 그대로 가지고 있는 대지가 대지신, 곧 영성(靈性)을 대표하는 남성신의 하위에 놓인 여성신으로 전환하는 과정을 보여준다.

이런 사정은 〈주몽신화〉 역시 마찬가지이다. 유화는 명백하게 하백의 딸로 드러난다. 하백이 물의 신이며, 물이 대지의 일부임은 당연하다. 유화 또한 캄캄한 방, 곧 대지의 동굴 속에 갇혀 있다가 태양빛을 쏘이고 잉태하는 과정을 겪는다. 이때 문제는 태양이다. 태양은 하늘에 떠 있는 존재로 인간의 삶에 절대적 영향을 미치는 것이다. 그래서 많은 신화에서 태양신을 중요한 신으로 좌정시키는 데 주저함이 없었다. 태양신은 지모신의 대극적 위치에 서 있는 천부신(天父神)의 대표격인 셈이다.[79] 그런데 이런 천부신이 생명잉태의 촉발요인을 담당함으로써 지모신은 수동적인 위치를 차지하게 된다. 이제 지모신은 천부신의 후사(後嗣)를 이어주는 역할을 담당하는 정도로 격하되는 것이다.

그럼에도 불구하고, 이때 주신의 출산은 대지에서 만물이 생성해 나오는 과정이 심하게 의인화한 정도이다. 웅녀나 유화가 모두 대지에 기반을 둔 존재임은 말할 것도 없고, 그들의 잉태에 결정적으로 기여하는 장소가 땅의 깊숙한 곳, 하늘의 기운이 함부로 들어올 수 없는 곳임에 유념할 필요가 있다.[80] 더욱이 이렇게 하여 출생한 영웅신의 경우 대체로 비정상적인 인물이라는 데에 간과할 수 없는 의미가 있다. 주몽을 예로 들자면 그는 태어날 때부터 온전한 인간이 아닌 알로 모습을 드러낸다. 알이라 함

---

78) 이경재, 『신화해석학』, 다산글방, 2002, 314쪽.
79) 이런 변화는 세계 신화에서 일반적인 것으로, 고구려 신화에서도 『논형』, 『위략』, 『후한서』, 「염모묘지」, 「광개토왕비」 등의 여러 문헌을 통해 日月이 天帝로 인격화하는 과정을 엿볼 수 있다. 이에 대해서는 조현설, 앞의 책, 250-254쪽 참조.
80) 이 논의를 진전시키면 알영이나 금와의 탄생 역시 그렇게 볼 소지가 있다. 알영은 우물, 즉 깊숙하게 패인 구덩이에서 나왔으며, 금와 역시 커다란 돌을 옮겨서 그 우묵하게 들어간 땅에서 태어났기 때문이다. 이에 대해서는 김화경, 『일본의 신화』, 앞의 책, 147-152쪽 참조.

은 현재와는 다른 존재로 탈바꿈할 가능성이 있지만, 그 자체로는 미완인, '불완전'을 상징하기도 한다. 이런 불완전한 존재는 결국, '지상을 뚫고 태어난 인간의 한계'를 단적으로 보여준다.[81]

여기에서의 '땅'은 만물을 품어내는 어머니가 아니라 오히려 극복해야할 대상으로 여겨진다. 땅에서 나와서 힘을 받기도 하지만 땅을 박차고 나오면서 얻어진 한계를 영웅은 그대로 가지고 있고, 그 한계를 극복하는 과정이 영웅성을 드러내는 것이기도 하다. 영웅의 모험은 그 불균형과 불완전함을 벗어나는 험난한 단련과정이라 하겠다.

셋째 유형에서, 여신은 **존재(存在)의 시원(始原)**이 된다.

'하늘 아래 땅'이라고 할 때, '아래'의 뉘앙스가 이미 낮은 지위를 상징하는 듯해서 문제이지만, 하늘과의 상대성을 배제한 실제의 땅은 만물이 거기에서부터 비롯되는 자리이다. 심지어는, 많은 신화에서 그러하듯이 하늘조차도 땅에서 비롯되었다고 본다. 그리스 신화에서 가이아는 하늘신 우라노스를 갈라내는 것이며, 동양신화에서의 천지개벽(天地開闢)이라는 대사건 역시 하늘과 땅의 분리라는 태초의 순간을 빼놓지 않고 재현한다.[82]

　　(가) 하늘과 땅이 처음에는 완전하지 못하였다. 이 때문에 여와씨가 오색의 돌을 구워서 그것으로 하늘의 터진 곳을 기웠으며, 자라의 발목을 잘라 사극

---

81) 레비스트로스의 오이디푸스 신화 해석에서 이런 설명이 엿보이는데, 나카자와 신이치는 이렇게 설명한다. "오이디푸스는 한쪽 발의 복사뼈가 제 기능을 못해 자유로이 걸어 다니지 못하는 사람이었습니다. 이 주인공을 중심으로 해서 고대 그리스에서 전승되던 신화에서 이것은 '인간이 대지로부터 태어났다는 사실'에서 오는 모순과 관계가 있는 것으로 여겨졌습니다. 대지로부터 완전히 이탈하지 못한 인간은 한쪽 발이 부자유스러운 상태로 설을 수밖에 없다는 생각이 있었는데(이하 생략)" 나카자와 신이치, 『신화, 인류 最古의 철학』, 동아시아, 2003, 181 182쪽. 이에 대해서는 III.4에서 상술.
82) 자료는 육완정, 「女媧神話 -우주와 생명의 아르케-」, 동아시아고대학회 편, 앞의 책에서 인용.

(四極)에 우주의 기둥을 세웠다. 그런데 그 후 공공(共工)씨가 전욱(顓頊)과 제위를 놓고 싸우다가 분노하여 부주산(不周山)을 들이받았으므로, 천주(天柱)가 부러졌고, 지유(地維)가 끊기었다. 이 때문에 하늘은 서북으로 기울게 되었으며, 해와 달과 별들이 모두 그쪽으로 몰려갔다. 땅은 동남쪽이 부족하게 되었으며, 이 때문에 모든 강들이 그쪽으로 흐르게 되었다. (『博物志』)

(나) 아주 오랜 옛날, 우주의 사극(四極)이 무너지고 온 천하의 땅들이 갈라져서, 하늘은 대지를 덮을 수가 없었고, 땅 또한 만물을 두루 안아서 실을 수가 없었다. 온 세상은 활활 타는 불길이 치솟아 꺼지지 않았으며, 질펀하게 넘치는 강물과 홍수는 그칠 줄을 몰랐다. 맹수들은 선량한 백성들을 잡아먹었으며, 사나운 새들은 늙고 연약한 것들을 낚아채 갔다.

이에 여와는 다섯 빛깔의 아름다운 돌을 다듬고 구워서 하늘의 터진 틈을 깁고, 커다란 자라의 다리를 잘라서 무너진 우주의 사방에 기둥을 세워 하늘을 떠받쳤다. 흑룡(黑龍)을 잡아 죽임으로써 천하의 백성들을 구제하고, 갈대를 태워 그 재를 지상에 쌓음으로써 넘치는 홍수를 그치게 하였다. 마침내 푸른 하늘은 기워졌고, 우주의 사극도 바르게 되었으며, 홍수도 마르고, 천하도 평안해졌다. 흉악한 맹수들은 죽었으며, 착한 백성들은 살아났다. 그리하여 사람들은 대지를 등에 대고, 하늘을 품에 안을 수 있게 되었다.

(『淮南子』, 「覽冥訓」)

(가)는 불완전의 상태를 상정한 후 여신 여와가 등장한다. 카오스를 코스모스로 만드는 데 여와가 기여하는 것이다. 하늘의 터진 곳을 기우고, 자라의 발목을 잘라 우주의 기둥을 세운 행위는 곧바로 천(天)과 지(地)를 바르게 분리하는 개벽(開闢)을 뜻한다. 이야기의 표면에는 '하늘을 깁다, 자라의 발목을 자르다, 사극의 기둥을 세우다'가 등장하지만, 그 이면은 결국 '불완전한 하늘을 완전하게 하다, 세계의 원천적인 질료를 구하다, 하늘을 떠받침으로써 하늘과 땅을 분리하다'는 내용을 갖게 되는 것이

다. 이때의 여신은 존재의 시원이다. 이 여신이 없다면 우리의 존재를 기대게 하는 우주(宇宙)를 상정할 수 없다. (나)는 (가)와 달리 재창조의 모습을 띤다. 이미 세상이 있고 그것이 혼란 상태에 빠지자 여와가 나서서 (가)가 했던 역할을 다시 보였다는 말이다. 홍수신화가 접합되면서, 여신의 역할 역시 물의 정화(淨化) 기능을 보인 것이다.

신기하게도 (가)와 (나)에 모두 남성신, 내지는 남성성을 상징하는 존재가 등장한다. 공공이나 전욱, 흑룡이 그러한데, 이들 모두 세상의 질서를 어지럽히고 있어서 여와가 맡은 역할과 정반대이다. 남성신은 포악하고 무모하며 파괴를 일삼는데 여성신 여와는 그들이 망쳐놓은 질서를 회복시키는 데 진력한다. 그 결과 (가)처럼 약간의 문제가 있기는 해도 안정을 찾거나, (나)처럼 '대지를 등에 대고 하늘을 품에 안는 평안'을 이룬다. 이 경우, 하늘의 역할이 결코 땅보다 우위에 있지는 않다. (가)의 첫 문장을 유심히 살펴보면, "① 하늘과 땅이 처음에는 완전하지 못하였다. ②이 때문에 여와씨가 오색의 돌을 구워서 그것으로 하늘의 터진 곳을 기웠으며, ③자라의 발목을 잘라 사극(四極)에 우주의 기둥을 세웠다."의 세 단계로 이루어져 있다. 즉 이는 '① 천(天)/지(地)의 불완 → ② 지(地) [오색의 돌]로써 천(天)을 기움 → ③ 천(天)과 지(地)의 분리'라는 3단계로 설명될 수 있다. 즉, 땅이 하늘의 부족한 부분을 기워서 도리어 완전한 천지(天地)로 나아가게 하는 것이다.

이때의 지모신은 사실상 하늘신을 배태(胚胎)하고, 하늘신의 잘못을 바로잡는 역할을 수행한다. 결국, 이 신화에서는 땅이 곧 근원적인 우주를 상징한다고 하겠다.

넷째 유형에서, 여신이 **남성(男神)에 종속(從屬)**된다.

신화에서 남신과 여신이 등장하는 일은 아주 흔하다. 이때, 이집트 신화처럼 예외가 있기는 하지만, 남자가 천부신(天父神)을, 여자가 지모신(地母神)을 맡는 것이 일반적이다. 당연히 상/하의 비유체계에 따라 남신이 여신의 위에 놓이는 일이 생겨난다. 여와신화 역시 애초에는 독자적인 지모신 체계였는데 나중에 복희씨의 이야기가 끼어들면서 남주여종(男主女從)의 체계를 확립해나간 것으로 보인다.[83] 마찬가지로 단군신화나 주몽신화에서도 주신 생산의 촉발자로 남신이 등장한 것은 그런 변화의 산물로 보인다. 동아시아 신화에서 이런 주종관계가 가장 극명하게 드러나는 예는 일본신화의 여신 이자나미이다.

그런데 여러 천신들은 이자나키노미꼬토와 이자나미노미꼬토의 두 신에게 명하여, "이처럼 떠있는 국토를 고정시켜 단단하게 만들라!" 하였다.

그리고 아메노누보꼬라는 창을 내려주면서 모든 것을 위임하였다. 그리하여 두 신은 천부교(天浮橋)라는 다리에 서서 그 창을 밑으로 찔러 바닷물이 부글부글 소리 나도록 휘저어 들어 올렸을 때, 그 창끝에서 떨어지는 바닷물이 쌓여 섬이 되었다. 이것이 바로 오노고로시마라는 섬이다.

두 신이 이 섬으로 내려와 신선한 기둥을 세워 매우 넓은 궁전을 지었다. 그런데 이자나키노미꼬토에게 묻기를, "너의 몸은 어떻게 생겼느냐?" 하자, 여신이 대답하기를 ①"나의 몸은 차츰차츰 생겨 이루어졌으나 이루어지지 않은 곳이 한 군데 있습니다."라고 하였다.

이 말을 들은 이자나키노미꼬토가 말하기를, "나의 몸은 차츰차츰 생겨나 이루어졌으나 한 곳 남은 곳이 있다. 그렇다면 나의 여분의 것으로 완전히 이루어져 있지 않은 너의 몸에다 끼워 넣어 국토를 넣고자 한다. 너의 생각은 어떠하냐?"라고 하자, 이자나미노미꼬토 또한 "좋습니다."라고 하였다.

---

83) 이런 사정에 대해서는 육완정, 앞의 논문 및 「圖像學的 관점에서 본 漢代의 畫像石」, 동아시아고대학회 편, 앞의 책 참조. 한편, 何新은 文字學的 분석을 통하여 여와와 복희가 분화되는 과정을 흥미롭게 설명하고 있다. 그는 '羲和'의 古音이 xie로 느리게 읽으면 羲·娥, 혹은 羲·和가 된다고 하면서 달의 신 여아와 화하민족의 모신인 여와는 사실 모두 태양신〈羲〉에서 따온 것이라고 했다. 복희와 여와가 각각 태양신과 달의 신이면서도 함께 붙어다닌 이유를 거기에서 찾았다. -何新, 『神의 기원』, 홍희 옮김, 동문선, 1990, 76-77쪽.

그러자 이자나키노미꼬토는, "그렇다면 우리 둘이 서로 이 기둥을 돌면서 만나 결혼을 하기로 하자."라고 말하였다.

이와 같이 약속을 한 다음 곧 이자나키노미꼬토가 말하기를, ②"너는 오른쪽으로 돌아서 만나고, 나는 왼쪽으로 돌아서 만나기로 하자."라고 했다.

이렇게 약속을 한 후, 그 기둥을 돌 때 이자나미노미꼬토가 먼저 "정말 잘 생긴 남자구나!"라고 말을 했다.

그리고 나중에 이자나키노미꼬토도, "정말 사랑스럽고 어여쁜 여자구나!"라는 말을 했다.

이와 같이 서로의 말을 마친 후 이자나키노미꼬토가 여신에게 말하기를, "③ 여자가 먼저 말을 하는 것은 좋지 않았다." 하였다.

그래서 두 신은 결혼을 하여 낳은 자식이 히루꼬였다. 이 아이는 갈대로 만든 배에 태워 떠내려 보내고 말았다. 그 다음에는 이와시마라는 섬을 낳았다. 이 아이 또한 자식의 수에는 넣지 않았다.[84]

남신과 여신은 정확하게 짝을 이루면서 우열관계를 보인다. 즉, 남신과 여신은 ①에서는 과(過)/부족(不足), ②에서는 좌(左)/우(右), ③에서는 선(先)/후(後)를 이룬다. 케이이치는 이런 양상을 두고 '불균등의 이분법'이라 불렀는데,[85] 이는 단순히 위/아래 같은 식으로 구분하던 데에서 우(優)/열(劣)의 가치 개념을 추가하여 차등을 두는 쪽으로 변전함을 뜻한다. 그 결과, 본래 여신이 도맡던 역할을 남신과 여신이 분화하는 형국을 이룬다. 예를 들어, 대지신이 죽음에서 삶을 싹틔우는 능력을 보임으로써 생(生)과 사(死)를 순환시켰다면, 이런 신화에서는 그 역할을 남자와 여자로 양분하는 것이다.

---

84) 『古事記』上, 노성환 역주, 예전사, 1999 개정판, 30-33쪽.
85) 야노 다카요시, 「天照大神을 女神으로 여기는 이유」, 동아시아고대학회 편, 앞의 책, 208쪽.

『고사기』에 있는 이 신화에서, 이자나기와 이자나미의 혼인 결과 뭇 섬들과 신들이 탄생한다. 그런데 이자나미가 히토카구쯔찌노가미라는 불의 신을 낳으면서 문제가 발생한다. 이 신은 불의 신답게 태어나면서 이자나미의 음부를 태웠던 것이다. 이 때문에 이자나미는 황천국(黃泉國)으로 갔고, 이자나기는 이자나미가 보고싶어 그곳으로 간다. 이자나기는 이자나미의 당부를 잊고 이자나미의 몸을 몰래 보고 말았는데, 그때 이자나미의 몸은 이미 구더기가 들끓고 있었고, 몸의 여기저기에서 8종의 뇌신(雷神)이 생겨나고 있었다. 이자나미는 이자나기가 자신을 치욕스럽게 했다고 하여, 하루에 천 명을 죽일 것이라며 저주의 말을 퍼부었다. 이자나기는 이에 굴하지 않고 자신은 하루에 천 오백 개의 산실(産室)을 짓겠다고 했다.

삶과 죽음이 역동적으로 순환하던 관계에 비한다면, 확실히 경직된 대립관계가 드러난 셈이다. 남성신은 삶의 원리를, 여성신은 죽음의 원리를 표상하는 것이다. 아마도 중국의 음양설(陰陽說)에 영향을 받은 탓이겠으나, 이로써 여성신은 남성신보다 낮은 지위에서 남성의 그림자 역할을 수행하게 된다. 둘째 유형에서 설명한 주신(主神) 출산이 여성성의 긍정적 발현이었다면, 여기에서 엿볼 수 있는 죽음의 상징은 부정적 발현이다. 이런 양상은 세계의 여신이 겪는 보편적인 변화로 보인다. "구석기와 신석기의 위대한 어머니 신화는 새로 유입된 청동기의 아들과 아버지 신화와 서로 우위를 다투지만 결국 참패를 당하게 된다. 이것은 고대 근동 지역들 가운데 메소포타미아, 이집트, 바빌로니아, 그리스 등의 신화에서 잘 드러난다."[86]

결국, 이런 서사적인 줄거리는 농경중심의 지모신(地母神) 숭배 집단이 태양을 숭배하는 천부신(天父神) 숭배집단에 패퇴한 역사를 그려낸 것으

---

86) 장영란, 『위대한 어머니 여신』, 살림, 2003, 23쪽.

로 추정해볼 수 있다. 〈주몽신화〉에서 해모수가 하백을 굴종시키는 방법 역시 이런 맥락에서 이해됨직하다. 지신족에 대한 천신족의 승리가 가부장적 억압의 형태로 표출되었다 하겠다. 이는 그리스 여신들이 결혼을 통해 자신의 능력을 흡수당하거나 자식에게 물려주던 패턴 그대로이다.[87] 그러나, 신화에서 여신(女神)의 배우자로 뇌신(雷神)이나 폭풍우신(暴風雨神)이 자주 등장하는 것은 그 자체로 특별한 의미가 있기 때문일 것이다. 땅을 맡는 대모여신(大母女神)과 하늘을 맡는 기상신(氣象神)과의 신성혼례는 양자의 결합으로 풍요가 온다는 주술성에서 비롯된다. 천둥과 벼락이 내리칠 때 폭우가 쏟아지고, 그 비가 대지의 풍요를 결정하기 때문이다.[88] 위/아래를 곧 우/열로 직결하는 경직성만 피할 수 있다면, 남/녀의 화합을 통한 풍요의 기원이라는 골간은 크게 흔들리지 않는다.

4. 둘이 된 하나

1) '짝패': 둘이면서 하나

'짝패'(double)는 말 그대로 "짝이 되는 패"를 일컫는다. 가령, 카드나 화투에는 한 계열의 패들이 짝이 되어 상보적으로 존재하는데, 이때의 어느 한쪽은 다른 한쪽이 없을 경우 나머지 한쪽이 제구실을 못하게 된다. 서사문학에서도 이런 대립 구도를 갖는 인물쌍이 존재하는데, 흔히 신화 등에서 쌍둥이나 형제, 화신(化身) 등등의 형태로 드러나면서 흥미진진한 서사전개를 보인다. 쌍둥이나 형제로 드러나는 경우, 한 부모 밑에서 태어났다는 점에서 가장 동질적이지만 실제적으로는 가장 대립적인 면을

---

87) 이에 대해서는 장영란, 같은 책, 54-63쪽 참조.
88) 이에 대해서는 엘리아데, 앞의 책, 105-107쪽의 〈28. 대모여신의 배우자〉 및 245-246쪽의 〈91. 토지와 여성〉 참조.

보인다는 점에서 '같지만 다른' 짝패가 된다.[89] 그런가 하면 화신(化身),
변신(變身), 전신(轉身), 꿈, 환상 등으로 드러나는 다른 짝은 아예 다른
존재이지만 근원이 같다는 점에서 '다르지만 같은' 짝패가 된다.

이러한 방식으로 인물을 조감하는 것은, '짝패'의 논의가 그간 주로 현
대문학의 영역에서 이루어져 왔던 점을 감안하면 고전 서사학의 지평을
넓히는 데 기여할 것으로 여겨진다.[90] 또한, '짝패'가 벌이는 독특한 서사
적 대결양상에 집중하여, 고소설은 '권선징악'의 천편일률적 구성이라는
식의 편견을 깨는 데 일조할 수도 있다. 이러한 작품에서는 어떤 인물의
바깥에 존재하는 선과 악만이 문제가 아니라 필연적으로 그 둘을 함께 지
닐 수밖에 없는 운명적 관계에서는 그런 단순한 도식이 용납되지 않을 것
이기 때문이며, 이는 궁극적으로는 '대립의 통합'이라는 신화적 주제에 도
달하는 디딤돌이 되리라 생각한다.

고전서사에서의 짝패 인물을 다룬다고 할 때, 제일 먼저 머리에 떠오르
는 것은 아마도 주동인물과 반동인물의 짝일 것이다. 그러나 주동/반동
인물과 짝패 인물 사이에는 상당한 차이가 발견된다.[91] 단적인 예로 〈흥
부전〉의 '흥부/놀부'는 '주동/반동'이지만 〈구운몽〉의 '성진/양소유'는 그

---

89) 로마 건국신화의 로물루스와 레무스가 대표적인 예일 것이며, 우리 신화에서는 '짝패'를
    내건 사례는 아니지만 무속신화의 〈천지왕본풀이〉의 대별왕과 소별왕, 〈할망본풀이〉
    의 맹진국 따님과 동이요왕 할마님 등등을 쌍둥이 모티프로 풀어 '정신의 대극성'으로
    설명한 사례가 있다. -김난주, 『융 심리학의 관점으로 본 한국의 신화』, 집문당, 2007,
    116-126쪽 참조.
90) 다음과 같은 연구가 '짝패'의 개념으로 현대소설 작품을 분석한 예이다. 김진석, 「짝패
    와 기생 : 권력과 광기를 가로지르며 소설은」, 『작가세계』 14호, 1992 가을; 한순미, 「이
    청준 예술가소설의 서사 전략과 '재현'의 문제」, 『현대소설연구』 29호, 한국현대소설학
    회, 2006.3; 이재선, 「한국 소설과 이중성의 상상력」 중 〈2절. 이중 자아의 현대적 계승
    과 변이〉, 『현대소설의 서사주제학』, 문학과지성사, 2007, 323-339쪽.
91) 김수봉, 『서사문학의 반동인물 연구』(국학자료원, 2002)에서 반동인물이 집중적으로 다
    루어졌지만, 이 책에서 애정소설이나 가정소설, 군담소설 등 폭넓게 거론하고 있음에도
    불구하고 이 논문에서 주로 다룬 네 편의 소설은 논의대상에서 제외된 점이 '주동/반동'
    의 짝과 '짝패'가 다름을 방증한다.

럴 수 없다. 흥부와 놀부는 동일 공간에서 대결을 벌이는 인물이지만 성진과 양소유는 아예 다른 층위의 다른 삶을 살다가 갈 뿐 직접적인 대결을 벌이지 않는 것이다. 그런가 하면 〈유충렬전〉의 유충렬/정한담은 직접 대결을 벌이는 주동/반동의 관계이기는 하지만 서로 동일한 기반을 갖는 보족적(補足的)인 관계는 아니어서 짝패 인물이 추구하는 '대립적 통합'과는 거리가 멀다. 요컨대, 서로 '짝'이 된다는 점에서 유사성을 보이지만, 각각의 '패'라는 점에서 차이성을 지닐 때, 짝패가 성립한다.

이를 신화적으로 해명하자면, 본래 하나였던 것이 대립되는 속성을 지닌 양 갈래로 분화할 경우, 그 둘을 아우르는 온전함이 요구되며 그 온전함을 추구하는 과정이 바로 신화라는 특별한 서사일 것이다. 어느 논자의 지적대로, healthy, heal, hale, holy, whole 등등이 모두 동일한 어원을 갖는 것은 인간들이 병이나 재난의 원인을 성(聖) 혹은 완전성(完全性), 전체성(全體性)에서 분리되었다고 믿었기 때문이다.[92] 그렇다면, 짝패란 '본래 둘이 함께 있어야 전체성을 지니게 되어 있는 존재가 둘로 분화하여 나타나서, 궁극적으로는 다시 그 잃어버린 전체성을 추구하는 한 쌍의 인물'로 정의할 수 있다.

이러한 짝패의 개념은 지라르의 연구를 통해 구체화되었다. 지라르의 짝패 관련 논의는 『폭력과 성스러움』, 『낭만적 거짓과 소설적 진실』[93] 정도로 압축된다. 『폭력과 성스러움』은 '욕망모방'에 대해 이야기한다. 이 내용을 간단히 요약하면, 사람들이 흔히 자기 의사에 따라 어떤 대상을 욕망한다고 생각하지만, 기실은 '중개자'의 위치에 있는 어떤 모델을 욕망한다는 것이다. 결국, 사람들은 모델의 욕망을 모방하는 '욕망모방' 현상

---

92) 이런 진술은 이은봉, 「성과 속은 무엇인가」, M. 엘리아데, 『성과 속』, 이은봉 옮김, 한길사, 1998, 22쪽 참조.
93) 르네 지라르, 『폭력과 성스러움』, 김진식·박무호 옮김, 민음사, 1993; 르네 지라르, 『낭만적 거짓과 소설적 진실』, 김치수·송의경 옮김, 한길사, 2001.

이 생겨나는데, 이때 그 욕망모방이 욕망주체와 근접해 있을 때 그 둘 사이에는 묘한 경쟁관계가 파생된다. 그 결과 욕망주체와 유사한 중개자를 '짝패'로 부르는데 이 점에서 짝패는 한편으로는 욕망주체의 욕망을 유발시키면서 또 한편으로는 욕망의 성취를 막는 이중성을 지니게 된다. 결국 짝패의 갈등은 필연적이며, 그것이 폭력과 희생양을 야기한다는 것이다.

또, 지라르는 『낭만적 거짓과 소설적 진실』에서, 인물들이 비자발적인 욕망을 하고 있으면서도 스스로 자발적인 욕망을 하고 있다는 환상에 잡힌 상태를 '낭만적 거짓'으로 규정하면서, 위대한 소설이 그 결말부에 가면 구원을 찾는 방향으로 선회하는 데 주목하여 진실에 다가가려 함을 설파하고 있다.[94] 비(非)자발적인 욕망은 '거짓'이지만, 그것을 딛고 일어서서 구원을 추구하는 것은 '진실'이다. 소설에 드러난 거짓이 분명함에도 불구하고 위대한 소설에서는 진실로 나아가는 흔적이 보인다는 것인데, 이것이야말로 짝패의 개념을 문학에 적용하는 지침이 될 법하다.

사실 서사에서 주인공이 내세우는 가치는 일견 진실해 보인다. 〈구운몽〉의 성진이 절간에 들어앉아 공맹(孔孟)을 본받아 평천하(平天下)하는 삶을 꿈꾸는 것이나, 〈흥부전〉의 흥부가 놀부의 우애를 저버린 부도덕성을 통탄하는 것은 모두 그럴 법한 측면이 있고 일면 진실이다. 그러나 문제는 그 역(逆)의 경우 역시 마찬가지라는 점이다. 양소유가 세상의 부귀공명을 얻은 뒤에 허망하다고 생각하는 것이나, 놀부가 흥부가 생계를 돌보지 않는다고 힐난하는 것 또한 그럴 법한 측면이 있기 때문이다. 양자가 명백히 맞서면서 또한 어느 한쪽이 일방적인 우위를 지니지 못할 때 짝패로서의 면모가 분명해진다.

---

94) "지금부터 우리는 **낭만적**이라는 용어를 중개자의 존재를 결코 드러내지 않은 채 그 존재를 반영시키는 작품들에 사용할 것이고, 중개자의 존재를 드러내는 작품들에는 **소설적**이라는 용어를 사용할 것이다." -르네 지라르, 『낭만적 거짓과 소설적 진실』, 위의 책, 58-59쪽.

짝패의 시작은 본디 '한 짝'이라는 데서 출발한다. 가령, 흥부와 놀부가 있다고 할 때 이 둘이 선/악을 양분한다는 점에서 대립의 강도는 매우 높다. 그렇지만 그 둘은 본디 한 부모 밑에서 자라난 형제이며, 부모가 물려준 재산을 공유해야 한다는 점에서 둘의 관계는 특별하다. 한 사람이 온전치 못하게 되면 다른 한 사람 또한 온전할 수 없는 관계인 것이다. 동일한 부모의 자식이라는 점에서는 무차별성이, 윤리적 잣대로는 극단적인 차별성이 강조되는 것이다. 결국, 이 둘은 동일한 근원에서 나왔다는 그 무차별성의 측면에서 서로 다른 한쪽을 배제하기 어렵다. 실제로 우여곡절 끝에, 개과천선(改過遷善)한 형과 부자가 된 동생이 다시 한데 합쳐 살게 됨으로써 그 둘의 온전함이 이루어진다.

간단하게 정리하자면, 맞서는 두 인물 가운데 어느 한 인물이 승리를 거둠으로써 문제적 상황이 끝나는 경우는 짝패가 아니다. 그런 경우는 주동인물/반동인물일 뿐 둘의 상호보완적인 관계가 아니기 때문이다. '짝패'는 둘의 공통점이 있어서 같은 패로 인식이 되지만, 반대로 그 둘의 차이점이 있어서 짝인 것이다. 신화에서 이런 인물들은 본래 하나에 출발해 둘로 갈라지는 게 상례이며, 이것이 후대 서사의 숱한 변주를 만들어낸다. 하늘과 땅이 아버지와 어머니로 대응되면서 그 둘의 결합이 신성혼(神聖婚) 모티프를 띠고, 다시 대홍수(大洪水)를 통해 살아남은 남매의 남매혼(男妹婚) 모티프가 드러나며, 그것이 다시 오뉘 힘내기 모티프로 전이(轉移)하는 과정은 어렵지 않게 짐작해볼 만하다.[95]

이는 결국 결합과 분리, 온전함과 불완전함의 반복으로 드러난다. 짝패란 그렇게 본래 둘이 함께 있어야 전체성을 지니게 되어 있는 존재가 둘로 분화하여 나타나서, 궁극적으로는 다시 그 잃어버린 전체성을 추구하는 한 쌍의 인물로 정리될 것이다. 이는 곧 신화에서 전체성의 근원인 절

---

95) 이런 과정에 대한 상세한 논의는 강은해, 「한·중·일 신화의 오뉘모티프 형성과 변화」(『한국문학이론과 비평』16집, 한국문학이론과비평학회, 2002) 참조.

대존재에 의해 다시 이분화된 두 인물 - 대체로 아들형제이거나 남매 - 이 대립하면서 빚어진 짝패가 어떤 양상으로 드러나는지 살피는 일이 요긴하다. 이처럼 형제[남매]는 신화에서 짝패를 이루기에 가장 적절한 인물의 형태이다. 이 중에서도 짝패의 요인에 가장 밀착한 예라 하면 쌍둥이이겠으며, "쌍둥이는 이원성의 상징이다."[96] 하늘과 땅이 갈라지는 천지개벽에서의 쌍둥이이든, 본시 하늘 혹은 땅에 속하던 한 존재가 그들은 서로에게 분신이자 '또 다른 나'이다. 제주도 무가(巫歌)의 〈천지왕본풀이〉의 대별왕과 소별왕 형제는 그러한 짝패의 전형적인 예가 될 수 있다. 하늘에 있는 천지왕이 지상에 내려와 바구왕의 딸과 잠을 자고 간 후 낳은 아들 형제인 대별왕과 소별왕이 다시 아버지를 찾아간 후, 서로 이승을 찾으려 다투는 내용이 이 작품의 줄거리이고 보면 그 둘의 근원이 바로 세계 질서의 총합임에 틀림없다.

2) 짝패 인물의 변이

문제는, 신화 이후이다. 신화에서라면 그렇게 두 인물이 두 세계를 차지함으로써 안정을 꾀하는, 질서의 확립으로의 귀결이 가능하겠지만, 전설이나 민담의 경우에는 사정이 다르기 때문이다. 전설의 중핵은 세상의 경이(驚異)로움이다. 주인공은 언제나 세상 앞에 무력한, 세상 밖 질서에 의지하여 겨우 살아가는 미약한 존재이다. 형제로 설정된 두 인물이 나오더라도 그렇게 공동의 승리로 끝을 맺는 내용이 나오기는 어렵게 되어 있다. 〈오뉘 힘내기〉 같은 경우, 천지창조 신화의 자장(磁場)을 벗어나지 않은 작품으로 보이지만, 가부장적 권한이 거세지면서 변화된 느낌을 지울 수 없다. 통상 청동기 이후 가부장제 질서가 확립되면서 천부신(天父

---

96) 진 쿠퍼, 『그림으로 보는 세계 문화상징 사전』, 이윤기 옮김, 까치, 1994, 431쪽.

神)의 권한이 지모신(地母神)의 권한을 압도하는데[97], 이 〈오뉘 힘내기〉에 보면 아버지도 아닌 어머니가 아들의 승리를 위해 술수를 쓰고 있어서 여성(女性, 神)의 힘이 도드라지는데 결과적으로는 누이의 패퇴로 마감함으로써 남성성의 승리로 귀결된다.

그러나 민담에서 상황은 다시 반전(反轉)된다. 민담 특유의 전복성(顚覆性)이, 실제로는 남성 우위의 세상이지만, 여성의 우위를 가능하게 하기 때문이다. 물론 이 때의 여성은 생물학적 여성이 아니라, 여성 혹은 여성으로 알레고리화한 땅이 갖고 있다고 믿어지는 여성성(女性性)을 말함은 당연한 일이다.[98] 그리스신화의 가이아, 『노자(老子)』의 곡신(谷神) 등에서 보는 것처럼 여성신은 언제나 땅의 표상이었다. 만물은 땅에서 생겨나 땅으로 돌아가는 것으로 여겨지는 한, 땅은 사실상 만물이 생산되는 자궁이면서 또 만물이 죽어 돌아가는 무덤이기도 하다. 이 점에서 여성신은 '몸'을 상징하는 존재라 할 수 있다. 이에 반해 남성신은 철저하게 '마음'을 상징한다. 가이아를 죽임으로써 제 존재를 드러낸 크로노스처럼 남성신은 자신의 이념을 강요한다. "죽은 자를 슬퍼하고 대지의 품에 안기려는 지모신의 모티프가 자연적 감성에 속한다면, 이를 억압하고라도 법을 시행하려는 천부신의 모티프는 사회적 이성에 속하는 것이다."[99]

이 점에서 민담은 남성의 이성(理性) 우위적 경향에 대대적인 반격을 가하는 갈래이다. 세상의 이치를 깨치고 많이 아는 것으로 여겨지는 인물이 도리어 아무것도 모르고 덤벼드는 사람에게 패퇴하는 이야기는 확실히 남성성의 패배라고 하겠다. 그래서 민담 속의 현(賢)과 우(愚)는 곧잘

---

97) 석기 시대의 위대한 어머니 신화가 청동기의 父子 신화와 다투지만 참패한다는 내용이다. 장영란, 『위대한 어머니 여신 : 사라진 여신들의 역사』, 살림, 2003, 23쪽 참조.
98) 이에 대해서는 이경재, 『신화해석학』(다산글방, 2002)의 '12. 지모신과 천부신'(306-326쪽)에 상세히 기술되어 있으며 이하의 남성신/여신신의 속성에 관한 논의는 여기에 많이 기댄다.
99) 이경재, 위의 책, 321쪽.

패(敗)와 승(勝)으로 귀결되곤 한다. 세상의 이치에 통달하여 천문(天文)에 훤한 듯 보이는 깨친 사람이 그저 별생각 없이 세상을 떠돌거나 세상한구석에 가만있는 사람보다 못하다는 설정은 여성성의 승리라고 보아도 과언이 아닐 것이다. 곧, 어느 집에 형제가 있는데 한 형제는 똑똑했고한 형제는 어리석었다는 진술은, 경우에 따라서는, 그 둘이 남성성과 여성성을 반분(半分)하는 짝패라는 뜻이기도 하다. 숱한 이야기 등장하는현우형제담(賢愚兄弟譚)[100]은 이러한 짝패 인물의 논의선상에서 이해될수 있을 것으로 보인다.

3) 설화 속 짝패 인물의 양상

(1) 신화 : 천지왕본풀이

〈천지왕본풀이〉는 천지개벽을 시작으로 그 이후에 하늘과 땅의 인물들이 벌이는 일들을 그려놓고 있다. 논의를 위해 대략의 줄거리를 정리해보면 이렇다[101]:

---

100) 이 명명은 필자가 여기에서 처음 사용하는 것이다. 설화에서는 언제나 '賢兄愚弟' 혹은 '愚兄賢弟' 등의 방식으로 명명되지만 이때 똑똑한 측이 형인가 동생인가는 별로 중요한 요소가 아니므로 그 둘을 달리 다룰 까닭이 없다. 실제로 많은 이야기들에서 형과 동생이 바뀌어 나오는 경우가 있어서, 이런 이야기들을 모두 아울러서 '賢愚兄弟譚'으로 명명한다. 여기에서 다루는 이야기들은 실제로 한쪽은 매우 똑똑하고 한쪽은 매우 어리석게 나온다기보다는, 겉똑똑·속바보, 속똑똑·겉바보처럼 해석될 여지를 주는 경우이다.

101) 진성기, 『제주도 무가본풀이 사전』(민속원, 1991)의 〈천지왕본〉(이무생 구술, 228-236 쪽) 자료이다. 내용을 정리하면서 인물의 이름은 모음의 변화를 꾀하는 수준에서 표준어화하였다. 예) 쉬맹→수명. 총맹→총명, 대밸→대별, 소밸→소별. 또, 각 단락의 異同이 있다. 가령 박봉춘 구연본의 경우는 (마)에서 꽃 피우기 내기를 제안하는 사람이 천지왕이며, 꽃 피우기 이후에 수수께끼 경쟁이 뒤이어진다. (김헌선, 『한국의 창세신화』, 길벗, 1994, 403-406쪽 자료 참조) 특히 (마) 단락에서 수수께끼 경쟁에서 대별왕이 이기자 소별왕이 다시 꽃 피우기 내기를 제안하는 방향으로서의 서사 진행이 훨씬더 자연스럽고 실제로 보편적이다. 가령 정주병 구송자료(현용준, 『제주도무속자료사

(가) 수명이 악행을 일삼자 천지왕은 군졸을 보내 수명을 잡아들이려 했다. (나) 천지왕은 끝내 수명을 잡지 못하고 바구왕집으로 가서 총명부인과의 사이에서 태어난 서수암과 동침한 후, 앞으로 자식 둘이 태어날 텐데 대별왕, 소별왕이라 하라 하고 빗 한짝과 박씨 한 알을 주고 떠났다. (다) 서수암은 아들 둘을 낳아 대별왕, 소별왕이라고 했는데 아들들이 장성해서 아버지를 찾자 아버지가 천지왕이라고 일러주었다. 아들들은 박씨를 심어 그 줄기를 타고 하늘로 올라갔다. (라) 아들들은 천지왕을 만나고 가지고 간 신표로 아들임을 확인했다. 천지왕은 대별왕더러 이승왕을 하고 소별왕더러 저승왕을 하도록 했다. (마) 이승을 차지하고픈 소별왕은 이승 왕 자리를 놓고 수수께끼 내기를 제안하여 승리했다. 소별왕은 다시 꽃을 심어 잘 기르기 내기를 제안하지만 대별왕이 심은 꽃은 무성하고 소별왕이 심은 꽃은 시들어갔다. 소별왕은 잠자다 일어나서 꽃을 서로 바꾸어놓는다. (바) 대별왕은 그 사실을 알고는 소별왕이 욕심이 과하다고 한탄하며 자신이 저승을 차지하겠노라 선언했다. 이리하여 대별왕과 소별왕이 각각 저승과 이승을 차지하게 되었다. (사) 이때 세상에는 해도 둘, 달도 둘이어서 낮에는 너무 덥고 밤에는 너무 추워서 살기 어려웠다. 게다가 나쁜 짓을 하는 사람들이 너무 많고 귀신 투성이여서 편안히 살 수가 없었다. (아) 소별왕은 대별왕을 찾아가 이승과 저승을 서로 맞바꾸자고 했지만 대별왕은 그럴 수 없다고 했다. 대신 대별왕은 활 잘 쏘는 이를 불러다 해와 달을 하나씩 없애주고, 떠도는 귀신들을 모두 잡아갔다. (자) 그렇지만 애초에 천지왕의 명을 제대로 듣지 않아서 세상에는 온갖 어려운 일들이 많게 되었다.

이 아홉 단락을 가만 살피면, 창조(創造)와 재생(再生)을 반복하는 꼴로 이루어진다.[102] (가)는 인간 세상에서 벌어지는 악행에 대해 이야기한

전』, 신구문화사, 1980, 35-43쪽) 같은 경우가 그러하므로, 향후의 논의는 이 이런 異同을 고려하기로 한다.

102) 통상 〈천지왕본풀이〉에 앞서 행해지는 〈베포도업침〉에 드러나는 天地開闢 화소까지

다. 이는 홍수신화 등에서 단골로 등장하는 소재로[103], 인간의 죄가 벌어지고 그 죄를 씻기 위한 행위가 일어날 것을 예고한다. 여기서는 죄인을 멸절(滅絕)시키는 데 실패했기 때문에, 그 죄를 씻어낼 새로운 존재를 요구하게 되는 것이다. (나)에서는 그 요구에 부응하고자 하늘의 천지왕과 땅의 바구왕(의 딸)의 합체가 일어난다. 하늘과 땅의 신성혼에 따라 영웅이 탄생할 기틀이 마련된다. (다)에 이르면 세상을 바로잡을 두 영웅이 탄생하고, 그 영웅은 (라)에 이르러 아버지를 찾아 자신들의 과업을 부여받게 된다. 그러나 (마)에서 소별왕의 욕심이 지나침으로 해서 각각의 과업에 혼란이 오고 급기야 (바)에 이르러 대별왕이 파탄을 선언한다. 그 결과 (사)에서처럼 혼란이 극에 이르고 (아)에서 대별왕이 문제를 약간 수습하지만 (자)혼란은 여전하다.

이는 결국, 세상에 혼돈이 일어나자 그 혼돈을 끝내기 위해 하늘과 땅이 결합하고, 그 가운데 두 영웅이 탄생하여 그 둘로 하여금 혼돈을 끝내고 질서를 부여하게 하려 했으나, 한 영웅이 저에게 주어진 과업을 거부함으로써 혼돈이 가속되고, 다른 영웅의 도움으로 질서를 얼마간 회복하는 줄거리이다. 카오스에서 코스모스로, 코스모스에서 카오스로 오가면서 세상을 조율해가는 이야기에 다름 아니다. 문제는 이 이야기의 짝패

한데 아울러 논의하게 되면, 카오스에서 코스모스로 이행하는 開闢을 시작으로, 惡한 질서를 이끄는 수명장자의 징치를 통한 새로운 질서 확립, 두 형제가 이승과 저승을 차지하며 定立하는 과정, 그리고 일월이 둘씩이나 생기는 기현상을 물리쳐 새롭게 질서를 이끌어내는 과정 등이 복합적으로 이어진다. 〈베포도업침〉과 〈천지왕본풀이〉를 한데 아울러 신화의 논리로 살피는 논문은 김헌선, 「〈베포도업침 · 천지왕본풀이〉에 나타난 신화의 논리」, 『비교민속학』28집, 비교민속학회, 2005 참조.

103) 메소포타미아 신화에서는 인간들이 자신이 해야 할 노동에 대해 불평을 토로하자 홍수를 통해 낡은 질서를 무너뜨리고 새로운 질서를 찾는 재생을 도모하게 된다. 그런데 이런 이야기들에서 중요한 것은 '홍수'가 아니다. "홍수신화의 중심 모티브는 신들이 인간을 멸망시키기로 결정한 사건에서부터 시작한다. 신들이 인간을 어떠한 방법으로 멸망시키려 했는가 하는 문제는 부차적인 것이다."(밑줄 필자) -사무엘 헨리 후크, 『중동신화』, 박화중 옮김, 범우사, 2001, 61쪽.

인물인 대별왕과 소별왕의 관계이다. 둘 다 천부신(天父神)과 지모신(地母神)의 결합에 의해 한날한시에 태어난 쌍둥이임에도 불구하고 둘이 하는 일은 거의 대극적(對極的)이기까지 하다. 한쪽은 순선(純善)이라면 한쪽은 순악(純惡)이다.

그렇다면 그 근원은 어디인가? 그 하나는 수명이라는 악한(惡漢)의 존재이다. 이야기에서는 지상의 인간으로 서술되지만 하늘의 신이 힘으로도 제압할 수 없는 무시무시한 위력을 지녔다는 점에서 그대로 악신(惡神)으로 보아도 무방하다. 이는 흡사 성서(聖書)의 사탄(satan)을 연상하게 한다. 사탄이 본래 '저항하는 자'라는 뜻임을 상기해본다면, 〈천지왕본풀이〉에서 최고의 존재인 천지왕에게 저항하고 또 천지왕이 아무리 애를 써도 끝내 없앨 수 없는 근본악(根本惡)을 표상하는 점이 그렇다. 또 하나는 천지왕과 서수암[104]의 결합이다. 천지왕이 하늘을 대표하는 것처럼 바구왕이 땅을 대표하는 것으로 생각해볼 여지는 충분하지만, 작품의 문면만으로는 바구왕의 지위가 매우 낮아 보인다. 바구왕이 지신(地神)으로서의 존엄성을 가지고 있다면 천지왕이 서수암과 동침을 한 후 한숨을 쉬자 서수암이 "인간이 ㄴ려오랑 / 누춰흔 인간광 밤을 자지니 / 그럼네까?"라고 묻거나, 천지왕이 "내가 아들 성젠/ ㄴ 몸에 두엉 감건마는/ 누게가 이 아이들은 / 천지왕 아들이엥 / 크리 내겨주지 안흘 거니"[105]라며 걱정하지는 않을 것이다. 이는 곧 서수암은 자신의 지위가 천지왕의 짝이 될 수 없을 만큼 매우 미천하다고 생각하고 있으며, 천지왕은 자기 자식인 줄 모른다면 바구왕의 손주인 것만으로는 박대받을 거라 걱정하고 있다는 뜻이기 때문이다. 실제로 다른 이본에서는 "백주늙은할망 집이 드러

---

104) 서수암은 이본에 따라 박이왕, 총맹부인 등의 異名으로 등장하지만, 지상의 어떤 부부 사이에 난 딸로 나오는 점은 동일하다.
105) 진성기, 앞의 책, 232쪽.

서"[106] 유숙하는 것으로 나오기도 해서 상대자가 그 명명에 드러나는 만큼의 '왕(王)'의 존귀한 혈통이라는 데에는 그리 큰 의미를 두지 않는 것으로 여겨진다.

결국, '대별왕/소별왕'의 짝은 그 근원에서 볼 때 '천지왕/수명'의 '선/악' 구도와 '천지왕/서수암'의 '존귀(尊貴)/비천(卑賤)' 구도를 함께 갖는 짝패로 정리될 수 있다. 첫째 구도로 본다면 양자의 힘이 거의 대등하게 맞서고 있어서 둘 사이의 결판이 선한 쪽으로 쉬 옮겨가지 못하지만, 둘째 구도로 본다면 존비(尊卑)의 차이가 명확해서 이승 삶의 어지러움이 명확히 드러난다 하겠다. 대별왕의 선함이 소별왕의 악함을 물리쳐 없앨 수 없으며, 대별왕의 존귀한 정신이 저승을 다스리고 소별왕의 미천한 정신이 이승을 다스리는 문제가 계속됨으로써, 이 세상의 공명정대하지 못한 질서에 대한 해명을 시도하고 있는 것이다.

(2) 전설 : 오뉘 힘내기

〈오뉘 힘내기〉는 비교적 간단한 줄거리를 가진 이야기이다:[107]

(가) 홀어머니와 함께 사는 어느 남매가 있었는데 둘 다 힘이 장사였다. (나) 둘은 우열을 가리기 위하여 오라비는 무쇠 신 신고 서울 다녀오기를 하고 누이는 성 쌓기 내기를 한다. (다) 결과는 누이가 오라비보다 더 빨랐다.

---

106) 박봉춘 구연 〈천지왕본풀이〉. 1937년 채록된 자료로 김헌선, 『한국의 창세신화』, 길벗, 1994, 404쪽.

107) 물론 이야기의 각편에 따라 여러 변이형이 존재한다. 예를 들어, (가)와 (나) 사이에 오누이의 씨름 대결이 들어가기도 하고 (마) 이후에 어머니가 애통해하며 죽는 이야기도 있으나 〈오뉘 힘내기〉의 최소 골격만 제시해본 것이다. 이 유형의 변이 양상에 관해서는 이지영, 「〈오뉘힘내기 설화〉의 신화적 성격 연구」, 『한국고전여성문학연구』7, 한국고전여성문학회, 2003, '2. 〈오뉘힘내기 설화〉의 전승양상'(227-238쪽)에 상세히 나와 있다.

(라) 어머니는 오라비가 이기도록 하기 위해서 누이에게 계속 팥죽을 권하여 지연시킨다. (마) 결국 오라비가 승리하고 누이는 자결한다.

　이 이야기를 놓고 신화적으로 접근한 선례는 매우 많은 편이다. 오누이 이야기가 해와 달 이야기와 합쳐지면서 천체신화적(天體神話的) 속성을 드러내기도 하고, 또 오누이가 모두 엄청난 힘을 발휘한다는 점에서 거인설화에 연계되면서 자연스럽게 창세신화로 접근할 수 있기 때문이다.[108] 짝패가 되는 인물은 오라비와 누이이다. 한 부모 아래 동기(同氣)이고, 둘 다 대단한 능력을 지녔으나 능력에 우열이 있고, 열등한 동기가 우월한 동기를 이기려든다는 점에서 〈천지왕본풀이〉와 같다고 할 수 있다.

　그러나 꼼꼼히 살펴보면 둘 사이에는 심각한 질적 차이가 보이기도 한다. 첫째, 〈오뉘 힘내기〉에서는 '세계(世界)의 질서(秩序)'가 문제되지 않는다. 수명장자처럼 세계의 질서를 어지럽히는 존재가 있는 것도 아니며, 상대적으로 볼 때, 대왕별과 소왕별처럼 둘이 선/악으로 구분될 만한 또렷한 지점도 없다. 물론 공연히 누이와 경쟁을 유도하고 이기려드는 오라비가 좀 더 악하다 할 수 있겠지만, 뒤에 빚어지는 파탄은 전적으로 어머니에 의한 것이라는 점에서 적어도 짝패 인물인 둘의 관계에서는 다르다. 둘째, 대왕별과 소왕별이 저승과 이승을 차지하면서 서로 맞서는 두 세계의 중심신(中心神)으로 좌정(坐定)한 데 비해, 〈오뉘 힘내기〉의 오라비와 누이는 서로 힘내기를 하다가 특별히 이룬 것이 없다. 그나마 누이는 성

---

108) 조동일, 「한국설화의 변이양상-논평3」, 『한국학연구의 성과와 그 성찰』(한국정신문화연구원, 1982) 및 임동권, 「선문대할망설화고」, 『한국민속논고』(집문당, 1984) 등에 의해 제시된 바 있고, 권태효에 이르러 본격화된다. 권태효는 다음 세 가지를 들어 거인설화와의 관련성을 논한다. "가. 누이의 행위가 여성거인의 행위와 일치한다는 점. 나. 힘내기를 벌이는 거인설화가 오누이가 벌이는 힘내기의 원초적 모습에 해당된다는 점. 다. 증거물로 제시된 쌓다만 성과 그 명칭."(권태효, 『한국의 거인설화』, 역락, 2002, 135쪽)

이라도 쌓다 말아서 성(城)의 일부가 증시화소(證示話素)로 쓰이지만 아들의 경우는 서울에 갔다 왔다는 사실 외에는 아무것도 남기지 못한다. 셋째, 〈천지왕본풀이〉의 중심은 천부신(天父神)인 천지왕이지만 〈오뉘 힘내기〉는 지모신(地母神)에 해당할 어머니이다. 더구나 전자는 아버지가 가진 세계의 질서를 다스리는 힘을 나누어갖는 게 초점이지만 후자는 그런 생산적인 내용이 없이 오로지 생득적으로 가지고 있는 힘마저 억압하여 못쓰게 만드는 게 초점이다.

그러나 짝패를 문제 삼을 때 보다 심각한 문제는 그 둘이 하는 일에 있을 것이다. 기존 논의에서 누이가 하는 성 쌓기에 비해 오라비가 하는 서울 다녀오기가 허약하고 불완전하다는 점이 지적되기도 했지만[109], 이 문제의 핵심은 그런 과업이 난이도(難易度)를 따지는 데 있지 않을 듯하다. 설사 그런다 하더라도 두 자 혹은 쇠로 된 나막신을 신고 수백리 서울길을 걸어서 다녀오는 일이 성(城) 쌓기보다 쉽다고 하기도 어렵다. 더구나 씨름에서 송아지를 타오는 화소(話素)가 쓰이는 이본에서는 송아지를 끌거나 송아지 등에 타고 다녀오는 식으로 되어 있어서 만만치 않은 일임이 강조된다. 또, 그 일이 더 쉽다고 한들 어차피 하루 식전에 다녀오는 내기인 바에야 정상적인 사람으로서는 불가능하기는 매한가지이기 때문이다.

그러나 정말 중요한 두 과업의 근본적인 차이는, 하나는 공간이 고정된 상태에서 붙박이로 해야 하는 일인 반면, 하나는 이 공간에서 저 공간으로 이동해야 하는 일이라는 점이다. 즉, 누이는 앉은 자리에 성(城)을 쌓는 일이고 오라비는 지역적으로 먼 곳을 다녀오는 일을 택했다는 사실에 주목해볼 필요가 있다. 한 걸음 더 나아가 생각해본다면, 단순히 어렵다는 점만을 강조하려 했다면 서울이 아니라 아예 백두산이나 중국 어디쯤

109) 최래옥, 『한국구비전설의 연구』, 일조각, 1981, 186쪽.

으로 하는 게 훨씬 더 극적인 느낌이 있었을 것이다. 그러나 이야기는 굳이 '서울'임을 명시하고 있다. 어느 지역 설화에서든 그렇게 명시하는 것이 일반적이라면, 그것은 단순히 먼 곳을 뜻하지만은 않을 것 같다. 서울은 언제나 중심(中心)이기에 서울과 지방을 오가는 것은 곧 중심과 주변을 오가는 것이다. 그래서 서울은 동서남북 어디에서 가든 '올라간다'고 표현하며, 그것은 곧 '수직적' 이동을 의미한다.

그렇다면 여기에서 오라비와 누이의 대립은 변방에 남아 성을 쌓는 사람과 중심을 다녀와야 직성이 풀리는 두 세계관의 충돌로 풀어봄직하다. 신화에서 그런 수직적 이동을 주도하는 층은 통상 천부신(天父神), 혹은 천부신과 연이 닿아있는 남성신이기 쉽다. 환웅은 하늘과 땅을 자유로이 오가며, 해모수 또한 하늘과 땅을 오갔기 때문에 '천왕랑(天王郎)'이라는 칭호를 얻은 바 있다. 그러나 웅녀와 유화는 땅의 영역을 떠날 수가 없는 존재이다. 동굴에서, 혹은 물가에서 인고(忍苦)로 세월을 기다리는 존재이다. 천부신과 지모신이 그렇게 갈리는 걸 생각한다면, 〈오뉘 힘내기〉의 남매 역시 근본적으로는 천신(天神)과 지신(地神)의 대립이 연장된 꼴이며, 지신(地神)이 천신(天神)을 압도하는 상황을 다시 한 단계 위의 지신[어머니]이 억누름으로써 천신이 지신을 이기도록 하는 형국이다.

이렇게 본다면 〈오뉘 힘내기〉는 신화와의 거리가 벌어지기는 하지만, 그 근원으로 따지자면 천부신과 지모신, 남성성과 여성성의 맞대결 양상을 띠는 것이다. 그리고 우여곡절 끝에 얻어진 어느 한쪽의 승리에 의해 새로운 질서가 탄생하는 안정감을 얻기는커녕 도리어 엄청난 파탄을 몰고오는 데에서, 역설적으로 그 둘이 본래 통합되어 있었고 서로를 보족적(補足的)으로 필요로 하는 짝패였음을 일깨워준다.

(3) 민담 : 현우형제담(賢愚兄弟譚)

우리 설화전통에서 똑똑함과 어리석음이 엇갈리는 형제이야기를 꼽자
면 제일 먼저 눈에 들어오는 것이 바보설화이다. 채록자가 제목을 달 때
부터 '바보 형', '바보 아우', '현형우제(賢兄愚弟)' 같은 식으로 달아놓을
정도로 익숙하다.[110] 이런 이야기의 줄거리는 대개 형제 중 하나는 똑똑
하고 하나는 바보인데, 똑똑한 형제가 바보형제에게 짐승을 잡도록 시키
지만 바보형제는 거듭 실패하던 끝에 결국은 제 어머니를 잡는다는 어처
구니없는 내용이다. 그러나 이런 이야기에 담긴 의문점이 도리어 해결의
실마리가 될 수도 있을 법하다. 신연우는 이 설화의 의미 배경으로 이 설
화의 구도는 부모 자식 관계에서 출발하며, 어머니를 죽이는 설정, 사냥
과 도둑질이 나오는 점 등에 주목하며[111] 그러한 배경을 지닌 관습적 갈
래가 신화인 점에 착안하여, 신화적 해명을 시도한 바 있다.

세계의 질서를 상징하는 아버지신(神)과 질료를 상징하는 어머니신(神)
의 대립구도에서 볼 때, 아버지의 부재(不在)는 질서의 부재이며 그러한
상태에서 어머니를 살해한다는 설정은 결국 "아들로 표상된 새로운 질서
에 의해 제거된다는 것"으로 이는 "과거의 것은 죽음을 통해 새로워진다
는 것"[112]으로 신화적 주제의 구현일 수 있겠다. 그러나 하늘과 땅, 아버
지와 어머니의 대립으로 설명할 때 그러한 바보형제 설화는 상당히 복잡
한 설명이 필요한 유형이다. 변형과 공백이 너무 커서 계속적인 추론과
방증이 필요한 상황이며, 이 논문에서 탐색하는 짝패로서의 면모가 도드

---

110) 한국정신문화연구원 편, 『한국구비문학대계』의 〈바보 아우〉(1-9권, 18쪽), 〈바보 형〉
   (2-2권 371쪽), 〈미련한 동생〉(6-1권, 309쪽)나 임석재 편, 『한국구전설화』의 〈바보
   형〉(1권, 215쪽), 〈賢兄愚弟〉(1권, 217쪽), 〈바보 형〉(1권, 218쪽), 〈바보 형〉(1권, 219
   쪽), 〈愚兄〉(3권, 282쪽), 〈바보 형〉(3권, 434쪽) 등이 그런 예이다.
111) 신연우, 「'바보 형제' 이야기의 신화적 해명」, 『고전문학연구』12집, 한국고전문학회,
   1997, 313쪽.
112) 신연우, 같은 논문, 332쪽.

라지지 않는다. 한 사람이 똑똑하고 한 사람은 어리석게 드러난다기보다는 한 사람이 지나치게 모자라게 드러날 뿐이어서 짝패로서의 기능이 불분명하기 때문이다. 이 이야기대로라면 바보 형은 있으나마나 한 존재, 아니 없는 편이 훨씬 더 나을 존재이며 둘이 함께 있지 않으면 안 되는 상보적(相補的) 상황을 연출해내지 못하는 것이다.

이런 사정에 비추어 똑똑한 형을 제치고 보통의 아우가 병든 어머니를 살려내는 이야기는 보다 확실한 대안(代案)이 될 수 있다. 이 이야기의 줄거리는 이렇다.[113]

(가) 어느 마을에 두 형제가 살았는데 어머니가 중병이 들었다. (나) 형은 소문난 명의(名醫)였으나 어머니의 병세를 보고는 한숨만 쉬며 치료하기를 포기했다. (다) 동생은 답답한 마음에 어머니를 업고 집을 나섰다. (라) 어떤 산을 넘다 마실 물이 없어 해골바가지에 담긴 지렁이가 떠 있는 물을 어머니께 드렸다. 산을 넘어 어느 마을에 가니 어떤 집 울 밖에 오골계 한 마리가 떨어져 있었는데 약이 차서 버린 것이었지만, 음식을 구하지 못한 동생은 그걸 가져다가 어머니께 해드렸다. 그랬더니 어머니의 병이 씻은 듯이 나았다. (마) 형은 어머니 병에는 천 년 묵은 해골에 담긴 지렁이 세 마리 썩은 물을 마시고 약이 찬 오골계를 먹어야 낫는데, 그 약을 도무지 구할 수 없어 그렇게 한숨만 내쉬었다고 했다.

어머니가 병에 들었는데 큰아들이 명의라면 참으로 기가 막힌 설정이다. 급한 병에 쉽게 구해지지 않는 게 명의이고 보면 그야말로 안성맞춤

---

113) 이 이야기는 조동일 외, 『한국구비문학대계별책부록.(I) 한국설화유형분류집』(한국정신문화연구원, 1989)의 '733-9 엉뚱한 음식 먹고 병 고치기' 유형 및 '413-2 정성이 지극해서 부모 병 고친 효자' 유형에서 확인할 수 있다. 특히 여기에 속한 이야기들 중에서 병에 대해 잘 아는 사람이 있지만 고치질 못하고 그 주변의 다른 인물이 고치는 줄거리를 보이는 各篇 등에서 그렇다.

이기 때문이다. 그러나 이야기의 실상은 밖에서는 소문난 명의이지만 정작 자신의 어머니는 고치지 못한다는 내용을 덧보탬으로 해서 도리어 그 어긋남이 극대화되는데 여기에는 두 가지 사항이 눈에 띈다. 우선, 이 명의 형제 설화는 어머니 봉양을 중심으로 한다는 데 일차적인 의미가 있겠다. 모자 관계는 부자 관계와 같은 가문의 계승 문제가 개입되지 않는다. 이성적인 측면은 최대한 배제된 감성적인 측면이 강하다. 둘째, 두 형제 모두 어머니의 병을 고치려 애쓴다는 점에서 차별성이 없지만, 한편으로는 각각의 접근 방식이 판이하다는 점이다. 곧 '차별없음/차별'이 드러나는 명백한 짝패인 것이다. 명의인 큰아들은 철저하게 어머니를 환자로만 여긴다. 병에 적합한 처방을 찾아내고 그 처방전의 약을 구할 방법이 없으므로 스스로 포기하는 것이다. 그러나 둘째 아들은 달랐다. 병을 고칠 수 있든 없든 일단 어머니를 들쳐 업고 나서보는 것이다.

이런 대극적인 양상은 여느 민담에서 흔하게 볼 수 있다. 가령, 〈지렁이 봉양〉[114] 같은 경우가 그렇다. 가난한 집에 아들이 오랫동안 멀리 나가 있을 일이 있었다. 아들은 예의 그 효심을 발휘하여 아내에게 "어머니를 잘 모시고 있으라."고 당부한다. 그러나 당장 끼니 걱정을 해야 하는 형편에서 '잘 모시라'는 헛된 이념이거나 공염불일 공산이 크다. 그때 며느리는 눈먼 시어머니에게 지렁이를 끓여드려서 효도를 하게 된다. 둘 모두 어머니를 잘 봉양하려 한다는 점에서 차별이 없지만, 그 방법에서 큰 차별을 보이는 짝패이다. 즉, 아들은 부모를 어떻게 모셔야 하는지를 너무도 잘 아는 사람이지만 실제로 몸으로 봉양하는 방안을 갖지 못한 데 반해 며느리는 그 이념적 차원에서는 아들에게 뒤질지 모르지만 어떻게 해서든 실천적 방안이 확실했다.

---

114) 조동일 외, 『한국구비문학대계별책부록.(I) 한국설화유형분류집』(한국정신문화연구원, 1989)의 '413-2 정성이 지극해서 부모 병 고친 효자' 유형 가운데 상당수가 가난한 집 며느리가 아들이 없는 집에서 혼자 시어머니를 모시며 지렁이로 봉양하는 내용이다.

이렇게 본다면, 앞서 살핀 바보 형제 설화와 이 명의 형제 설화는 매우 유사한 듯하지만 아주 판이하다. 두 이야기 모두 어머니를 봉양하거나 살리기 위해 나서더라도, 결과적으로 전자는 멀쩡한 어머니를 죽였고 후자는 죽게 된 어머니를 살렸다. 또, 전자의 동생이나 후자의 형이 사냥 방법이나 처방전을 알고 있다는 점에서 같다 하겠지만, 전자에는 그 사냥 방법을 몸으로 제대로 실천해줄 형이 없고 후자에는 처방전의 약을 몸으로 찾아나서 구해줄 동생이 있는 것이다. 이 점에서 명의 형제 이야기를 단순히 효도 이야기로만 보지 않는다면, 형제가 보인 두 가지 재능은 상보적(相補的)인 것이다. 비유적으로 보자면 식물의 뿌리와 지엽(枝葉) 같은, 어느 한쪽이 없으면 나머지 한쪽도 제대로 존립할 수 없는 것이며, 비록 승패가 갈린 듯이 보이지만, 결과적으로는 어머니를 되살리는 기적을 이루어낸다.

4) 설화에 나타난 짝패 인물의 의미

이제 설화에 드러나는 짝패 인물의 양상에 대해 살펴볼 차례이다. 〈천지왕본풀이〉, 〈오뉘 힘내기〉, 〈현우형제담(賢愚兄弟譚)〉은 모두 부모 대에서 시작하여 형제나 남매로 분화하는 대립쌍들로 존재하는데, 여러 자질 면에서 비교해볼 가치가 있다. 첫째, 짝패가 대립하기 이전의 근원으로서 그 윗대(代)의 존재이다. 일단 아버지 어머니가 다 드러나는 경우가 있고, 어느 한편만 드러나는 경우도 있으며 또 한 편만 드러나는 경우도 그 한 편이 아버지인 경우와 어머니인 경우로 나뉜다. 둘째, 짝패 인물 둘이 행하는 과업의 성격이다. 이 세 편의 이야기에서는 다양한 과업이 제시되고 있는데 그 과업의 성격이 곧 짝패 인물의 대립 양상이기도 하다. 셋째, 짝패의 두 인물이 벌인 대결의 결과이다. 대결이 끝나면 새로운 질서가 탄생하는지, 도리어 질서의 파탄이 오는지 등이 매우 중요하다.

첫째, 짝패가 대립하기 이전 그 윗대(代)의 존재부터 보자.

〈천지왕본풀이〉는 천상의 천지왕과 지상의 바구왕의 딸이 부모로 엄존한다. 이것이 하늘과 땅의 결합인 신성혼(神聖婚)을 이끌어내는 것은 자명한 이치이다. 신성혼의 결과 세상을 바로잡을 영웅이 탄생하는 것으로, 순조로운 진행을 보인다. 그러나 〈오뉘 힘내기〉나 현우형제담에는 애초에 부친이 부재한다. 부친의 부재라는 결핍상황은 필경 충족을 위한 행위를 수반하게 마련인데, 양자가 택한 방식은 아주 다르다. 〈오뉘 힘내기〉의 어머니는 딸이 이기는 것을 방해함으로써, 부성(父性)을 강화하고 모성(母性)을 억제한다. 결핍에 대한 과보상(過補償)이라 할만하다. 그에 반해 〈현우형제담(賢愚兄弟譚)〉의 어머니는 자신에게 닥친 재앙[질병]을 순순히 받아들인다. 처방전을 구하지 못하는 큰아들을 채근하거나 원망하지 않는다. 그보다는 오히려 그간 못했던 일이나 해보고자 하는 소박한 생각을 할 뿐이다.

둘째, 짝패 인물이 행하는 과업(課業)의 성격이다.

〈천지왕 본풀이〉의 과업은 수수께끼 풀이와 꽃피우기이다. 신화에서의 수수께끼는 주몽이 유리에게 낸 수수께끼가 그랬던 것처럼 힘 있는 존재가 아랫사람을 시험하기 위해 내는 게 상례여서 수수께끼의 속성이 남성성(男性性)의 영역에 있는 것은 어렵지 않게 상정할 수 있다. 반면 꽃 피우기는 그 자체로 여성성의 상징이다. 꽃 피우기는 생명체를 연속해서 길러내는 능력이다. 꽃을 피워야 열매를 맺고 그 열매가 다시 씨앗으로 꽃을 피울 것이기 때문이다. 이런 생생력(生生力)은 본시 지모신의 절대적인 능력이다. 게다가 꽃은 그릇모양이고 꽃받침은 흡사 컵과 같아서 그 자체로 수동적인 여성원리를 상징한다.[115] 소별왕이 꽃 피우기에서도 이길 수 없는 능력이기는 하나 어쨌든 이김으로써 여성성의 영역, 곧 꽃 피

---

115) "꽃은 수동적인 여성원리이다. 꽃은 그릇 모양이며 꽃받침은 컵과 동일한 상징성을 가진다." -진 쿠퍼, 『그림으로 보는 세계문화상징사전』, 까치, 1994, 140쪽.

우기라는 땅의 영역에서 승리함으로써 저승과 이성을 차지할 명분을 주게 된다.[116] 또, 소별왕이 천지왕도 징치하지 못한 수명장자를 징치하는 본이 있다는 사실에 비추어 보면 이승을 지켜낼 능력을 지녔음을 보여주기도 한다.[117]

〈오뉘 힘내기〉의 과업은 제목 그대로 오누이 사이의 힘겨루기로, 남성이 여성보다 힘이 세다는 상식을 뒤집는 데서 이야기가 시작된다. 어떤 이본에서는 이미 씨름판에서 누이가 오라비를 이기고 그에 대한 분심(忿心)에 의해 목숨을 건 대결이 이어지는 것으로 해놓기도 한다.[118] 그러나 대체로 왜 그렇게 목숨을 걸어가면서까지 싸워야 하는가에 대해서는 명확히 밝혀놓지 않고 있다. 최래옥의 지적처럼 양웅불립(兩雄不立) 정도로 설명하는 것이 상식적인 해명일 것 같다.[119] 오라비는 서울 갔다 오기를, 누이는 성 쌓기를 택했는데, 앞서 밝힌 대로 특히 서울을 명시함으로써 질적 비약을 이룰 수직적 상승과 연관되며, 전자의 경우 굳이 성(城)이라고 못박음으로써 외부의 침입으로부터 보호할 거처의 마련과 연관된다. 신화에서 수직적 소통을 통해 길을 찾아가는 일은 항용 남성신의 몫으로, 그들은 모험이 수반되는 여행을 통해 두 세계를 오르내리며 자신의 영웅성을 발휘하고 스스로 완전한 존재임을 널리 알리곤 했던 것이다. 그러나 성 쌓기는 통상적으로 자신의 자리를 지키는 일로, 공간의 이동에 비하자

---

116) '수수께끼/꽃 피우기'의 대립에 주목하지 않을 경우, 형제이기 때문에 형인 대별왕이 소별왕에 비해 보다 근원적"인 존재로 나오고, 동생이 지상과 인간에 가까운 후대적 성격을 띠는 것으로 설명하기도 한다. -김난주, 『융 심리학의 관점으로 본 한국의 신화』, 집문당, 2007, 121쪽 참조.

117) 박봉춘 구연, 〈천지왕본풀이〉가 그런데 매우 냉혹한 보복을 보인다. "아시는 이간 차지하야, 수명장자를 불너다가 / 네가 인간의 포악부도한 짓슬 만이 하니 / 용사할 수 업다하야 압밧듸 벗텅걸나 / 뒷밧듸 작지갈나, 참 지전지한 연후에 / 뼈와 꼬기를 비져서 허풍바람에 날이니 / 목이 파리 빈대각다리 되여 나라가고 / 패가망신 식힌 후에……"(김헌선, 앞의 책, 406쪽)

118) 예를 들어, 〈형제城〉, 임석재, 『한국구전설화』6, 평민사, 1990, 235-236쪽.

119) 최래옥, 앞의 책, 188쪽.

면 상대적으로, 여성성(女性性)의 발현이다.

〈현우형제담(賢愚兄弟譚)〉의 과업은 간단하게 어머니 살리기 하나이다. 문제는 어머니가 죽을병에 걸렸다는 것이며, 약이 있기는 하지만 구할 수 없을 만큼 귀하다는 점이다. 형은 명의(名醫)답게 단번에 병명을 알고 병을 치료할 처방까지 구했지만 처방에 따른 약을 구할 수 없기에 포기한다. 머리로 알 수는 있지만 몸으로 할 수 없는 상황인 것이다. 이에 비하자면 동생은, 경우에 따라서는 어머니는, 그 병이 무엇인지 병을 고치는 데 필요한 약을 알지 못하는 상태에서 되나 못 되나 몸을 움직이는 길을 택했다. 마음으로는 알 수 없지만 몸으로 찾아나설 수는 있는 상황인 것이다. 이처럼 머리/몸, 영(靈)/육(肉)이 대극적(對極的)으로 작동하면서 정확한 짝패를 이루어낸다. 형이 정신[머리, 이성] 취향의 남성성[父性]을 상징하고 동생이 육신[몸, 감성] 취향의 여성성[母性]을 상징하는 것으로 대비되는 일은 너무도 자연스럽다.[120]

셋째, 짝패의 두 인물이 벌인 대결의 결과이다.

〈천지왕본풀이〉에서는 이미 천지왕이 두 아들의 몫을 명확히 획정(劃定)했음에도 불구하고 작은 아들이 나서서 결과를 뒤바꾼다는 게 특이하다.[121] 소별왕은 속임수를 써서 승리를 거두므로, 상식적으로 본다면 저

---

120) 실제로 이본에 따라서는, 어머니가 자청하여 살아생전 마지막 나들이를 원하고 둘째 아들이 그에 응하기도 한다. 다음 예를 보라: 그런디 하리는 저그 어머니가, "야야 나는 인자 기왕으 죽을 사람인게, 내 명은 못 나슨다. 못 나슨게 니 동생이 못 나슬 적으는 이왕 나는 인자 못 나스고 죽는 사람 아니냐. 그러닝게 나 서둘 것도 없다. 야, 내 소원대로 소원이나 좀 풀어줘라.", "아 그러쇼. 무엇이 소원인게라우.", "오늘은 나 업고 저 산천으로 사방간디 바람 좀 쐬고 쪼까 돌아 댕기자. 그럼 내가 니 등걸이 엡히서 내가 산천이나 귀경이나 쪼께 허고 사방 바램이나 조께 쐬고 내가 한 번 허고 죽을란다." -〈어머니 병을 안고친 명의원〉, 『한국구비문학대계』5-5, 한국정신문화연구원, 1987, 157쪽.

121) 이런 부분은 천부신으로서의 천지왕의 직능이 제대로 작동하지 못하는 데 대해 김현은 '아버지 不在'로 설명한 바 있다.(김현, 「지라르의 눈으로 제주도 개벽 신화 읽기」, 『폭력의 구조/ 시칠리아의 암소』, 문학과지성사, 1992, 91쪽) 형제간의 다툼에서 아버지가 적극적으로 나서지 못한다는 점이 그러한데, 이렇게 본다면 이 절에서 다루는

승[地下, 地獄]의 세계와 같은 음험한 곳을 맡는 게 합당할 것 같다. 그러나 대별왕은 저승으로 밀려남으로써 천지왕의 질서가 어긋나면서 지상세계의 혼란상을 설명한다.[122] 그럼에도 불구하고 천지왕/소별왕/대별왕이 천상/이승/저승의 삼계(三界)를 맡음으로써 세계의 새로운 질서를 찾아가는 이야기이다. 또 이승에 일어난 양일(兩日) 양월(兩月)의 괴(怪)현상을 물리친 사실을 통해 세상의 질서를 공고히 하는, 카오스에서 코스모스로 옮겨가는 것이 주요 귀결점이다.

〈오뉘 힘내기〉 또한 실제로 힘이 센 사람이 지는 결과를 빚는다는 점에서 〈천지왕본풀이〉와 같다. 그러나 당사자가 아닌 어머니의 개입으로 승패가 뒤바뀐다는 점에서 의미가 복잡해진다. 먼저 누이가 해야 하는 성(城)쌓기에서의 성은 "에워싸인 장소나, 벽으로 방비되는 도시와 동일한 상징적 의미를 지니며, 영적(靈的)인 시련을 뜻한다."[123] 오라비가 제 영역을 확장하기 위해 중심[서울]을 향해 떠나는 동안, 누이는 성을 쌓으면서 시련을 견디며 영역을 지켜내고자 한다. 〈천지왕본풀이〉에서는 쌍둥이 아들에게 맡길 세상이 이승과 저승의 둘이었고, 그 둘은 비록 선호도(選好度)가 다르기는 해도 선택에 의해 최소한 어느 하나를 차지할 수 있는 일이었다. 그러나 그것이 불가능할 때, 〈오뉘 힘내기〉처럼 경쟁은 심화되고 갈등을 불러일으키며, 신화에서 이런 갈등은 일반적으로 어느 한

세 작품 모두 父神性이 약화되는 상황이라는 점에서 어느 정도 유사한 면이 있다.
122) 이런 방식으로 세상의 惡을 해명하는 창세신화는 다른 나라 신화에서도 그리 어렵지 않게 찾아볼 수 있다. 가령, 몽골신화에서, 태초에 하늘에 있던 오치르바니는 지상의 슈헤르트를 동무로 택했지만 사악한 존재인 추트구리[유령]가 중간에 이간질 하는 바람에 둘 사이에 불화가 생기자, 그릇에 물을 붓고 누구의 그릇에서 먼저 꽃을 피우는가 내기를 하게 된다. 오치르바니의 그릇에서 먼저 꽃이 피게 되었지만 한쪽 눈만 뜬채 이 광경을 훔쳐보던 오치르바니가 그 꽃을 제 그릇에 몰래 옮겨 놓게 된다. 그러자 오치르바니는 "이 세상 사람들은 서로가 서로를 속이는 사기꾼, 거짓말쟁이가 될 것이다."라고 선언하고는 하늘로 올라가버렸다. -체렌소드놈, 『몽골 민간 신화』, 이형래 옮김, 대원사, 2001, 33쪽.
123) 진 쿠퍼, 앞의 책, 54쪽.

형제의 살해나 축출(逐出)로 귀결된다.[124] 이 상황에서 어머니가 딸을 택하지 않고 아들을 택한 것은 여성신의 패퇴를 의미하며, 아예 누이가 오라비를 위해 일부러 져줌으로써 오라비의 세계를 확보해주기도 한다.[125] 그러나 이 오뉘는 근원적으로 짝패이며 상보적인 존재이어서 한쪽의 승리로 문제가 해결될 수는 없다. 한쪽을 죽이는 극단적인 선택을 함으로써 도리어 더 큰 비극을 불러와서 나중에 어머니가 자결한다거나, 김덕령이나 이몽학 등의 역사 인물에 전이된 각편(各篇)들에서처럼 남성이 맞게될 비운(悲運)을 암시하게 된다. 한쪽의 패퇴가 더욱 큰 불안을 야기하는 귀결인 것이다.

위의 두 이야기와 달리 〈현우형제담(賢愚兄弟譚)〉은 상당히 가벼운 내용이다. 형제간의 경쟁이 심하지도 않으며 어쨌거나 둘 모두 어머니의 목숨을 구하려든다는 점에서 매우 범상한 내용이다. 그 결과는 형이 실패하고 동생이 성공하며, 여기에는 위의 두 이야기처럼 속임수나 불공정함이 개입되지 않는다. 또, 어차피 어머니 목숨을 구하는 게 공통의 과업인 바에야 어머니 병이 치유되는 것으로 본다면 형제간의 승패와는 무관하게 문제는 말끔히 해결된 셈이기도 하다. 다만 앞서 서술한 대로 이치에 의해 처방전을 구하는 형의 남성성에 대해 몸으로 나서서 살 방도를 찾아보는 여성성의 승리라는 점을 생각하면, 여성성[약 구하기]에 의한 여성[어머니]의 승리이자, 그 승리에 의한 모성(母神)의 재생(再生)이라 할 만하며, 이 점이 여성성에 의한 여성의 살해인 〈오뉘 힘내기〉와 상반된다. 그러나 이 이야기 또한 짝패 인물임을 생각한다면 그렇게 단순한 승패로만 처리할 수는 없다. 짝패 인물은 상보적이기에 사실상 형의 역할 또한 매

---

124) 지라르는 '쌍둥이'의 무차별성을 이어 그 정도는 약화되지만, 여전히 다른 관계에 비해 차별성이 적은 형제 사이에서 서로 원수처럼 갈등하는 테마를 '원수 형제'테마로 명명하고 그 해석을 시도한 바 있다. -르네 지라르, 앞의 책, 93-103쪽 참조.
125) 〈김덕령과 힘자랑〉, 『한국구비문학대계』6-9.455쪽.

우 중요한 의미를 지닌다. 만약, 명의(名醫)인 형이 없었다고 한다면 이 동생의 효성으로 볼 때, 어머니를 모시고 세상을 돌아다니는 대신 세상을 돌며 명의를 찾았을 것이다. 결국, 명의인 형이 자신이 가진 처방대로 약을 쓸 수 없다고 포기한 순간, 역설적으로 그 약을 구할 방법이 생겨나 공동의 승리가 가능한 것이라 하겠다. 이 점에서 〈오뉘 힘내기〉에서 오라비가 누이를 이기는 순간 사실상 공동의 패배가 일어난 것과 대비된다. 두 형제의 보완적 관계가 돋보이는 이야기인 것이다.[126)]

이러한 짝패인물이 벌이는 대결의 근원, 과업, 귀결에서의 차이는 매우 중요한 관심거리이다. 〈천지왕본풀이〉가 천부(天父)와 지모(地母)의 꼴을 갖춘 신성혼(神聖婚)이 그 근원이라면, 나머지 두 작품인 〈오뉘 힘내기〉와 〈현우형제담(賢愚兄弟譚)〉은 홀어머니의 자식이라는 양상으로 결핍된 상황을 보인다. 그럼에도 불구하고 이 세 작품이 보인 과업은 '수수께끼 / 꽃 피우기', '서울 다녀오기 / 성 쌓기', '처방전 내기 / 약 구하기'로 각각 남성성과 여성성을 상징하는 내용을 채워지며, 〈천지왕본풀이〉가 각각의 과업에 따라 제 세상을 차지한다면, 〈오뉘 힘내기〉는 여성성이 승리할 수 있음에도 불구하고 어머니에 의해 패배하여 죽음을 맞지만, 현우형제담은 여성성이 승리하지만 남성성과의 보완적 관계에 의해 본래의 목적인 치병(治病)을 달성한다. 끝으로, 그 귀결에서 본다면 〈천지왕본풀이〉는 카오스에서 코스모스로 이행하며, 〈오뉘 힘내기〉는 강제로 이루어진 승리에 의해 더 큰 파탄을 불러오고, 〈현우형제담(賢愚兄弟譚)〉은 어머니의 병을 고침으로써 다시 가정의 평화를 이끌어낸다.

---

126) 이는 〈서애와 겸암〉 같은 역사 인물 형제담에서도 분명히 드러난다. 우리가 잘 알고 있는 서애라는 걸출한 인물보다 더 뛰어난, 덜 알려진 다른 형제가 있다는 내용이지만 이 둘은 갈등을 보이지 않는다. 도리어 더 알려진 인물의 부족한 점을 덜 알려진 異人 형제가 그 부족함을 일깨워준다.

이상에서 살핀 대로 설화에서 짝패로 분열되는 양상은 그 갈래의 변이만큼 다양하며 그 과업의 실현 및 귀결 또한 다채롭다. 그러나 한 가지 명확한 사실은 짝패 인물이 '남성성/여성성'으로 대립되어 맞서며 그에 대응하는 과업이 주어진다는 사실이다. 〈천지왕본풀이〉는 실제 과업의 승패와 상관없이 거짓에 의해 뒤바뀌지만 그것으로 이 세상의 질서를 설명하고, 〈오뉘 힘내기〉는 어머니가 개입하여 강제로 아들이 승리하도록 이끌지만 그 승리가 사실은 더 큰 파탄을 이끌어내며, 〈현우형제담(賢愚兄弟譚)〉에서는 처방전만 있고 약이 없는 아들과 처방전 없이 약을 구하러 다니는 아들의 짝패를 통해, 어느 한쪽의 손을 들어주기는 하지만, 그 둘이 보완되어 문제가 해결되는 과정을 잘 보여준다. 이처럼 짝패 인물이 등장하는 설화에서는, 우리의 삶에 어쩔 수 없이 맞닥뜨리게 되는 대립 상황을 동기(同氣)라는 짝패에 부여하면서 그 둘이 어떤 방식으로 대립하고 화해하는지, 혹은 분열과 파탄을 빚는지 이야기하면서, 결과적으로는 어떤 경우이든 통합의 당위성을 강조하는 것으로 볼 수 있다. 즉, 동기는 말 그대로 동일(同一)한 기(氣)를 받고 태어난 존재인데, 그 둘을 짝패로 배치하여 차별성을 드러냄으로써 역설적으로 그 둘이 한데 어우러진 원만(圓滿)하고 구족(具足)한 삶을 동경하는, 혹은 그렇게 살 수 없는 현실을 숙명적으로 받아들이는 서사라 하겠다.

『삼국유사(三國遺事)』의 성(聖)과 속(俗)

1. 해석 코드 : 성(聖)과 속(俗)

『삼국유사(三國遺事)』는 우리 이야기문학의 보고(寶庫)다. 특히 「기이(紀異)」편에는 우리 신화의 중요한 자료들이 대거 수록되어 있어서 관심을 끌며, 나머지 편들에서도 신화적 편린을 지닌 이야기나 전설·민담 등이 산견된다. 물론 이야기를 신화와 전설·민담, 혹은 신화·전설과 민담 등으로 양분할 수 있는 것은 아니지만, 그 경계가 성(聖)에서 속(俗)으로 옮겨가는 양상인 데 대해서는 이론(異論)을 제기하기 어렵다. 「기이(紀異)」편에서는 그 등장인물부터 하늘이나 먼 바다에서 옮겨온 초월적 존재이거나, 인간의 외형을 지녔어도 하늘에서부터 특별한 기운을 받은 영웅적 비범성을 지닌 경우가 대부분이다.

이렇게 볼 때 「홍법(興法)」이나 「탑상(塔像)」, 「감통(感通)」 편 등에 실린 이야기들은 「기이(紀異)」편에 비해 속화(俗化)된 이야기임이 분명하지만, 불교적 견지에서는 꼭 그렇지만도 않다. 이 편들에서 '성(聖)' 혹은 '성인(聖人)'이라고 할 때는 대체로 보살을 지칭하는 경우가 대부분이어서, 관음(觀音), 정취(正趣), 문수(文殊) 등의 여러 보살들이 등장하곤 한다. 대승불교(大乘佛敎)에서 보살이란 본시 부처를 시위(侍衛)하면서 돕는 존재로 여겨진다. 부처가 완전한 깨침을 얻은 절대자라고 한다면 보살은 그런 완전한 깨침을 얻은 자와 그렇지 못한 중생(衆生) 사이에 놓인 중간자라고 할 수 있다. 즉 보살은 깨칠 수 있는 존재이지만 깨치지 못한 중생을 깨쳐주기 위해 선한 일을 하고 있는 존재이며, 완전한 깨침을 얻은 부처를 도움으로써 중생을 깨칠 기회를 넓혀주는 기능을 하는데, 아미타불을 협시(挾侍)하는 관음보살과 정취보살이 그 대표이다.

실제 『삼국유사』에서도 보살을 '성(聖)'으로 명명하여, 그 제목부터 〈남백월이성노힐부득달달박박(南白月二聖努肹夫得怛怛朴朴)〉, 〈낙산이대성관음정취조신(洛山二大聖觀音正趣調信)〉, 〈경흥우성(憬興遇聖)〉으로 쓴 예가 보인다. 이 장에서는 이처럼 제목에서부터 '성(聖)'을 표방한 이야기를 중심으로 그 신화적 의미를 풀어나간 후, 끝으로 「흥법(興法)」이나 「탑상(塔像)」편에서 탈신화화(脫神話化)해가는 과정을 살피기로 한다. 이를 통해 『삼국유사』라는 텍스트가 가진 신화화와 탈신화화의 양면성을 해명하고자 하는 것이다.

제일 먼저 살필 대상은 「감통(感通)」편(篇)의 〈경흥우성(憬興偶聖)〉조(條)이다. 이 작품은 제2장에서 탐구했던 천부신(天父神)과 지모신(地母神)의 관계망 속에서 설명됨직하다. 신(神)에 성별을 두게 되면 필연적으로 성적(性的) 속성이 부여되어 남성신은 남성성을, 여성신은 여성성을 띠게 마련이다. 이는 곧 신을 어떻게 파악할 것이냐의 문제가 신에 부여된 남성성이나 여성성을 어떻게 파악할 것인가 하는 문제로 귀착됨을 의미한다. 가령, 산신이 남성신으로 드러날 때와 여성신으로 드러날 때, 단순히 외양상의 차이만이 아니라 그 근본 속성이 다른 것이다. 태생적으로 신화와 불가분의 관계를 갖는 종교에서도 어떤 성(性)의 신을 상정하느냐에 따라 종교의 모습이 확연히 달라진다. 물론 기독교가 그러하듯이 남성신 이외에 성모 같은 여성성을 지닌 존재를 설정하여 균형을 추구할 소지는 충분하지만 주신(主神)이 갖고 있는 성적 특성에 따라 종교의 분위기는 사뭇 달라진다.

그러나 우리가 아는 신화나 종교에서는 구체성을 갖는 인물이 떠올려지는 게 일반적이고 그에 따라 성적 특성은 고착되는 경향이 있다. 가령,

단군이나 주몽은 남성이며, 웅녀나 유화는 여성이다. 그것들은 변할 수 없는 특성이다. 종교에서도 석가모니나 예수가 본래 남성이었기 때문에 그들이 남성성을 띠는 것은 너무도 당연하다. 하지만 그렇다고 해서 그러한 신들의 속성이 어느 한쪽으로 치우칠 때 신이 지닌 전지전능(全知全能)한 위력은 위축될 수밖에 없다. 가령, 불교에서 지혜를 강조하는 것은 남성성의 표현이지만 자비를 강조하는 것은 여성성의 표현인데 그 둘이 함께 가지 못한다면 불교에서 강조하는 깨침이 온전하기 어렵다. 자비 없는 지혜는 힘의 방향을 잃기 쉽고, 지혜 없는 자비는 무기력하기 쉽다.

특히 불교에서 절대자로서 깨달음을 얻은 부처가 정점에 놓이지만, 그 부처를 도와 중생을 구제하는 인물들인 보살은 특별한 기능과 속성을 갖는 일이 많다. 예를 들어 관음보살은 자비를 베푸는 존재로 흔히 여성으로 등장하는 것이 일반적인데, 이 〈경흥우성(憬興偶聖)〉조는 한 주인공이 두 보살을 만나서 서로 다른 지시를 받는데, 한 보살은 여성으로, 한 보살은 남성으로 등장한다.[127] 얼핏 보면 두 보살이 등장하는 두 개의 삽화가 옴니버스 형식으로 그려진 것 같지만, 사실은 그 둘이 여신(女神)과 남신(男神)의 대극적인 속성을 드러내고 있어서 관심을 끈다. 그러나 대립의 확인에만 그친다면 논의의 의미가 감소하고 공허하게 되기 십상이다. 신화에서의 대극은 언제나 전일성(全一性)을 전제로 한다는 점에서 그들이 통합하는 과정을 살피는 일이 요긴하며, 특히 이렇게 실존인물이 등장하는 경우라면 표면상으로는 허황되어 보이는 사건들에도 역사적이

---

127) 김헌선은 『삼국유사』에서 보살이 등장하는 양상을 1. 한 조목에 한 인물에게 한 보살만 나타나기, 2. 한 조목에 한 인물에게 여러 보살이 나타나기, 3. 한 조목에 두 인물에게 한 보살이 나타나기, 4. 한 조목에서 여러 인물에게 여러 보살이 나타나기, 5. 여러 조목에서 여러 인물에게 한 보살이 나타나기의 다섯 가지 유형으로 분류한 바 있고, 〈경흥우성(憬興偶聖)〉조는 그 중 두 번째에 해당한다. -김헌선, 「불교설화의 口傳과 文傳의 틈새, 그리고 불교적 이치와 의미」, 『콘텐츠 문화』제1집, 문화예술콘텐츠학회, 2012, 37-98쪽.

거나 현실적인 의미를 담고 있기 때문이다.

두 번째로 다룰 대상은「탑상(塔像)」편의 〈낙산이대성관음정취조신(洛山二大聖觀音正趣調信)〉조(條)이다.『삼국유사』를 통틀어도 이 작품만큼 이설(異說)이 분분한 경우도 찾기 어려울 만큼 논란의 한 가운데 있는 작품이다.[128] 우선, 이 작품이 흔히 〈조신몽(調信夢)〉으로 알려진 꿈이야기라는 점에서 많은 관심을 받았지만, 실제로는 그 또한 전체의 일부일 뿐으로 그 앞의 의상(義湘), 원효(元曉), 범일(梵日) 등의 삽화가 없힐 때 복잡한 양상을 띠게 되었다. 그러나 문학적 견지에서 〈조신몽〉 부분이 관심을 끄는 가운데[129], 사상적 측면에서 의상과 원효, 혹은 의상과 범일, 원효와 범일을 대비하면서 사실상 어떻게 깨달음을 얻느냐 하는 문제로 논의가 모아지는 경향이 있었다. 물론 부처를 만나 깨달음을 얻었느냐 못 얻었느냐, 혹은 어떤 인물이 그러했고 또 어떤 인물이 그러하지 못했느냐에 집중되는 '부처 만나기'로 통칭할 만한 접근법은『삼국유사』가 불교 승려의 찬술(撰述)인 데다, 이 조(條)가 실린 편목(篇目)이「탑상(塔像)」이라는 점에서 매우 타당할 뿐더러 소기의 성과를 거두고 있다.

---

128) 이 조목에 대한 논문들은 다음과 같다: 김열규,「'낙산이성'과 그 신비체험의 서술구조」,『삼국유사연구(상)』, 영남대민족문화연구소, 1983 ; 조동일,「불교설화에서 본 숭고와 비속」,『삼국시대 설화의 뜻풀이』, 집문당, 1990 ; 김헌선,「불교관음설화의 여성성과 중세적 성격연구」,『구비문학연구』9집, 한국구비문학회, 1990 ; 고운기,「일연의 세계 인식과 시문학 연구」, 연세대 박사논문, 1993 ; 허원기,「삼국유사 구도설화의 의미」, 한국정신문화연구원 한국학대학원 석사논문, 1995 ; 유광수,「만남과 깨달음으로 본 '洛山二大聖 觀音・正趣・調信'의 의미」,『연세어문학』32호, 연세어문학회, 2000 ; 신연우,「『삼국유사』'낙산이대성 관음정취 조신'의 분석적 이해」,『한국민속학』33집, 2001 ; 신연우,「조동오위의 시각으로 본 〈낙산이대성 관음 정취 조신〉 조의 이해」,『한국사상과 문화』제18집, 한국사상문화학회, 2002 ; 조현우,「〈洛山二大聖觀音正趣調信〉의 은유적 이해」,『한국고전연구』11집, 한국고전연구학회, 2005.

129) 調信 부분만 따로 떼어내 연구한 논문들은 다음과 같다: 김용철,「〈조신〉에서 깨달음의 실천지향과 변증법적 삼단구조」,『한국학연구』7집, 고려대학교한국학연구소, 1995; 이구의,「〈조신〉전의 구성과 의미」,『영남어문학』30집, 영남어문학회, 1996 ; 오대혁,「〈조신전〉의 구조와 형성배경」,『한국문학연구』20집, 동국대한국문학연구소, 1998.

그러나 주지하는 대로『삼국유사』는 전문적인 불교서적이 아니다. 일연이 걸출한 불교사상가였고 그를 입증할 만한 저술을 남겼다 하더라도, 이 책이 꼭 그러한 측면을 부각하기 위해 씌어졌다고 볼 만한 근거는 없다. 도리어 여기저기 떠돌던 불교설화를 한데 모아두었다고 보는 편이 적절하겠으며, 이 점에서 이 조(條) 역시 여러 설화들을 한데 모은 것으로 보는 편이 온당하겠다. 더구나 의상, 원효, 범일 등의 행적이 실제 불교사에서 또렷한 데 비추어, 조신은『삼국유사』를 제외하고는 흔적을 찾을 수 없는 인물이어서 사실상 그런 유명한 고승들의 이야기에 덧보태진 꼴을 취하고 있다고 할 때, 문제는 그러한 이야기가 첨가됨으로써 갖게 되는 의미이다.

여기에서 주목하는 바는 바로 그 조신(調信) 삽화가 첨가됨으로써 갖게 되는 앞 이야기들의 의미이다. 유감스럽게도 기존의 논의들은 인물과 인물들의 승패에 지나치게 치중했던 경향이 있다.『삼국유사』에 나오는 많은 승려들의 대결담이 어느 한쪽의 패퇴를 인정하지 않고 함께 깨쳐나가는 쪽으로 진행됨에도 불구하고, 이 조목에 관해서만큼은 의상, 원효, 범일의 대결에서 누가 우위에 있는가 하는 문제로 논의가 모아지곤 했다.[130] 이 때문에 원효가 길을 가다 여인과 희롱한 것을 두고, 희롱 탓에 끝내 친견을 못했다고 보기도 하고 그 여인이 곧 관음의 현신(現身)이니 진신(眞身)을 친견한 것이라고 보기도 하는 등 혼선을 빚었다. 또한 의상과 원효처럼 동시대를 살았던 인물이 아닌 경우에는 경쟁구도가 빚어지기 어려운 까닭에 논의에서 빠지기도 했다. 그러나「낙산이대성관음정취

---

[130] 김열규(1983)는 의상은 성공했으나 원효는 실패한 것으로 파악한 반면, 조동일(1990)은 도리어 의상은 眞容을 보지 못했고 원효가 그렇게 이룬 것으로 보았다. 후속 연구 역시 양자에서 어느 입장을 취하느냐에 관심이 집중되어 있는데, 이는 사실상 원효가 관음의 화신인 白衣女人을 만난 것을 실제 만난 것으로 해석하느냐, 아니면 뒤늦게 그 사실을 알아차린 이후에 다시 볼 수 없었던 것을 못 만난 것으로 해석하느냐의 차이일 뿐, 실제 내용을 달리 파악하고 있는 것은 아니다.

조신(洛山二大聖觀音正趣調信)」조(條) 내의 여러 삽화들은 차별성이 있어서 한데 몰아 논의하기 어려운 면이 있다. 예를 들어, 모든 삽화들이 다 '부처 만나기'처럼 보일 수도 있겠지만, 애초에 친견(親見)을 목적으로 했던 원효나 의상과, 그렇지 않았던 범일이 다를 뿐만 아니라, 걸승(乞升) 삽화 같은 경우는 아예 다른 갈래의 이야기여서 제대로 논의대상에도 오르지 못했다.[131] 게다가 여기에 실린 삽화들은 그 내용상 상당한 시차가 있음에도 불구하고 마치 동일한 시공간에서 벌어진 일처럼 논의되고 있어서 시차적 변이를 염두에 둔 논의도 필요해 보인다.

　이러한 문제에 입각하여 먼저 이 조목 안에 있는 다섯 개의 삽화가 갖고 있는 공통적인 틀거리를 찾아본 후, 그를 토대로 개별삽화들이 어떻게 변이해나갔는지 추적하기로 한다. 이는 앞의 삽화들이 조신(調信)삽화와 어떻게 연관되는지까지 탐구하여 전체 조목의 문학적 의미를 조망하고자 하는 것이다.

　세 번째로는 『삼국유사』의 성(聖)과 속(俗)이 만나는 지점으로 '신발한 짝'에 주목한다. 인간이 성(聖)을 체현(體現)함으로써 속된 존재에서 성스러운 존재로 거듭나는 것은 신화의 핵심 기능이자 원리이다. 그러나 인간은 불완전하고 미천하고 속되기에 완전하며 고귀하고 성스러운 존재로의 변이가 일어나려면 만만치 않은 고난과 역경을 거쳐야만 한다. 물론 이상적으로야 어느 한 순간의 깨침을 통해 질적 비약을 하며 순간 이동의 쾌거를 이룰 수도 있겠지만, 이쪽[此岸]에서 저쪽[彼岸]으로 이동을 위해

---

131) 걸승 이야기를 진지한 논의대상으로 삼은 예는 신연우(2002)와 조현우(2005)이다. 그러나 이 경우에 있어서도 "걸승은 거지요 종이라는 낮은 신분 때문에 살아났다고 볼 수 있다"(신연우, 앞의 책, 150쪽)고 하여 신분의 고하에 중심을 두거나, "아행의 모습은 그 구슬 자체가 귀중하다고 여기고 있음"에 반하여 "구슬의 구슬다움보다는 그에 대한 認知를 중요하게 여기는 인식"(조현우, 197쪽) 때문이라고 귀결 짓고 있어서, 궁극적으로 이 조목 안의 다섯 편이 모두 '깨달음'으로 집중되어 불교서사의 보편적인 논의로 歸一하는 성향이 짙다.

서는 필연적으로 내적 변화를 수반하며 그러한 변화과정은 흔적을 남기기 마련이다. 신기하게도 『삼국유사』에는 그런 흔적으로 '신발 한 짝'이 남은 예가 여러 군데 보인다. 누군가를 우연히 만나 여느 사람인 줄 알았는데 그가 사라진 곳이 바로 보살의 불상이 있는 곳이며 거기에 신발 한 짝만 남았더라는 식의 이야기가 거듭 보이는 것이다.

'신발 한 짝'은 신데렐라형(型) 이야기로 통칭되는 이야기군(群)이나 고승담(高僧譚) 등에서 상투적으로 보이는 소재이다. 왕자와 무도회에서 춤을 추다가 시간이 늦어 급히 나오느라 신발 한 짝을 떨어뜨리며, 그 신발을 단서로 해서 왕자를 다시 만나 결혼하게 되는 신데렐라 이야기는 세계 여러 곳에서 두루 발견된다. 또한 달마대사(達磨大師)의 수휴척리(手携隻履) 같은 고승(高僧) 이야기에서도 신발 한 짝을 남겨두고 한 짝만을 가지고 어디론가 사라지는 이야기는 아주 흔하다. 그런데 그 단서가 하필이면 '신발'이며, 꼭 '한 짝'이어야 하는지는 설명되기 어려웠다. 그저 신발이 한 켤레로만 제 기능을 하기 때문에 한 짝씩을 가진 두 사람이 다시 만나게 될 부절(符節) 같은 기능을 했다고 짐작해볼 정도였다.[132] 그러나 헤어진 후 후일의 재회를 도모하기 위한 것이라면 너무도 많은 물건들이 그런 기능을 할 것이다. 이를테면 〈동명왕편〉의 '부러진 검'처럼 자신이 가진 물건을 얼마든지 그 역할을 대신할 만하다. 그럼에도 불구하고 신발 한 짝이 강조되는 이유는 그 인물이 신발을 신고 이쪽과 저쪽을 왕래하는 과정에서 한 짝을 남김으로써 사실은 그 인물이 양쪽에 걸려 있는, 매개

---

132) 신발에 대한 의미에 대해서는 김열규 등에 의해 다각도로 이루어졌지만 그 呪力이나 性的 상징 등에 대해 집중된 편이었고, 그 상징적 의미를 다룬 남정희(2009)에서조차 '신원 확인의 도구' 정도로만 논의될 뿐이어서 그를 통해 주제적 국면으로 나아가는 데 소홀했다(김열규, 『한국민속과 문학연구』, 일조각, 1971, 100-102쪽; 남정희, 「신 한 짝의 상징적 의미」, 『반교어문연구』27집, 반교어문학회, 2009). 또, 최정선은 관음설화에서 신발을 관음의 정체성을 상징하는 매개물로 보았다. 최정선, 「관음설화의 여성화 전략과 형상화의 의미」, 『인간연구』10호, 성심대학교인간학연구소, 2006, 125쪽.

자 내지는 중간자의 구실을 하는 표지라는 분석이 설득력을 얻는다.[133]

여기에서는 이러한 신화적 맥락에서 『삼국유사』에 나오는 신발 한 짝을 추적하여, 그 상징적 의미를 추적하려 한다. 먼저 세계 신화에 보편적으로 등장하는 '신발 한 짝'의 의미를 추적하여 논의의 발판을 마련한 후, 『삼국유사』의 자료를 검토해나가는 순서를 취하는데, 이를 통해 성(聖)과 속(俗), 미각(未覺)과 각(覺), 윤회(輪廻)와 해탈(解脫)의 경계에서 그 둘이 어떻게 중개되며 궁극적으로 그 하나로 통합되는지 밝힘으로써, 해당 텍스트의 신화적 해명에 이를 것으로 기대한다.

끝으로, 『삼국유사』에서 일연(一然)의 찬술에 의해 빚어지는 탈(脫)신화화 양상에 대해 살핀다. 주지하는 대로 『삼국유사』는 우리 문화의 백화점이다. 역사도 문학도 민속도 모두 거기에 기댄다. 일례로 「기이(紀異)」편의 〈고조선〉은 우리문화의 시발로 설명되곤 했으며, 이 자료를 근거로 각 방면에서의 연구가 이루어져왔다. 어느 문화에서나 역사의 편찬이 이루어지기 이전 시기라면 그 시발점을 신화로 잡는 관행이 낯설지 않고, 『삼국유사』는 그러한 관행에 부응하는 자료였다. 특히 「기이(紀異)」편에는 신화 자료가 집중적으로 들어있어서 II장에서 살폈듯이 〈「기이」 敍〉에 서술된 대로 신이(神異)한 일이 가감 없이 노정됨으로써 신화적 특성이 극명했다. 또 거기에 드러난 신이함이 『삼국유사』 전편을 관통하는 보편적인 내용임에는 분명하지만, 「기이」를 넘어서 다른 편목으로 갈 때는 그 나름의 변별성이 요구된다.

먼저 그 「흥법(興法)」편 이하의 이야기가 시기적으로 건국주(建國主) 내지는 호국(護國)의 영웅이 돋보이던 때를 벗어난다. 이는 비단 인물에서의 변화만이 아니라 〈고조선〉에서 보던 것 같은 '옛날에(昔)-'의 서술 대신 '어느 왕 어느 해'로 구체화됨을 뜻한다. 구체화된 시공간에 살아가

---

133) 이런 분석은 나카자와 신이치, 『신화, 인류 최고의 철학』, 김옥희 옮김, 동아시아, 2003, 제3장 신화로서의 신데렐라'(91-110쪽) 참조.

는 보통 인물이 펼치는 이야기란 현실적일 수밖에 없다. 실제로 「흥법(興法)」이나 「탑상(塔像)」에서 불법을 일으킨[興法] 사건 등은 구체적 기록으로 등장하며, 불교와 관련한 탑(塔)과 불상[像] 또한 그것 자체로 명백한 증거가 된다. 더구나 이 두 편이 중국의 고승전(高僧傳)의 양식을 따랐다고 할 때, 「탑상」편은 중국의 어느 고승전에서도 시도된 바가 없는 편목명(篇目名)이어서 그 독자성이 강조될법하다.[134]

그렇다면 「흥법(興法)」이나 「탑상(塔像)」은 한편으로 이적(異蹟)을 그려내면서도 또 한편으로는 그 현실성(現實性)을 담아내야 하는 부담을 지닌다. 이는 「기이(紀異)」편에서 비현실적인 데 대해 도리어 자부심을 지녔던 찬자(撰者)의 태도와는 아주 달라지는 대목이다. 탈신화화는 바로 이 지점에서 힘을 발한다. 신화로만 설명해내기에는 역사적 맥락에서 부담이 있고, 역사적 사실로만 설명해내기에는 이적(異蹟)의 힘을 떨쳐내기 어려울 때 필연적으로 탈신화화 전략이 필요하게 된다. 요컨대 탈신화화 전략은 기존의 신화적 서술에 대해 반(反)신화적 태도를 보이는 것도 아니며, 신화적 서술을 배제한 비(非)신화적 입장을 취하는 것도 아니다. "탈신화화는 기호로서의 신화를 제거하는 것이 아니라 신화에 더 많은 자유를 부여하는 것을 의미"[135]하며, 결과적으로 독단화된 신화 해석으로부터 신화를 구해낸다.

이에 비추어, 찬자 일연은 『삼국유사』의 「탑상」, 「흥법」 편에서 보다 신중한 서술에 많은 노력을 기울인 것으로 보인다. 그 이전까지 존재하던 많은 자료들 가운데 어떤 자료를 취택할 것인가와 같은 소극적이고 단순한 문제에서부터 자료간의 상이점(相異點)을 어떻게 풀어낼 것인지와 같

---

134) 이런 지적은 이기백, 「삼국유사의 사학사적 의의」, 『震檀學報』36, 진단학회, 1973, 100쪽에서 지적된 바 있고, 문명대, 「삼국유사 탑상편과 일연의 불교미술사관」, 『강좌미술사』1, 한국미술사연구소, 1988, 10쪽에서도 거듭 강조된 바 있다.

135) 정귀훈, 「샘 쉐퍼드의 『매장된 아이』에서의 탈신화화」, 『영미문화』 제5권 1호, 영미문화학회, 2005, 285쪽.

은 비교 분석의 문제, 나아가 자료 자체에 적극적인 의미를 부여하는 논평(論評)까지 담아냄으로써 특별한 서사를 만들어내고 있다. 여기에서는 이러한 점에 주목하여 먼저 여느 서사가 신화화되는 과정을 타진해보고, 다음으로『삼국유사』에서 그러한 문제점을 극복하여 탈신화화를 전개하는 양상에 대해 살펴보기로 한다.

　이러한 일련의 과정은 앞장에서 펼친「기이」서(敍)에 대한 탐구와 더불어『삼국유사』전편에 대한 신화적 해명으로 수렴될 것이며, 한국 신화의 원초적 모습을 이해하고 신화 전통을 잇는 서사를 읽어내는 데 도움을 주리라 생각한다.

2. <경흥우성(憬興偶聖)>의 남신성(男神性)/여신성(女神性)

1) 천부(天父)와 지모(地母), 몸과 마음

　신화에서의 천지창조는 혼돈에서 질서로, 즉 카오스(chaos)에서 코스모스(cosmos)로의 이행과정이다. 혼돈이 말 그대로 무엇인가 뒤섞여 있는 과정이라면 그 뒤섞인 것들을 잘 정리해서 또렷한 구분선을 만들어줄 때 코스모스가 탄생한다. 다 아는 대로 그리스신화에서는 대지신 가이아에서 하늘신 우라노스가 갈라지는 데서부터 이야기가 시작된다. 태초에는 가이아와 혼돈의 바다[카오스]밖에 없었는데 거기에서 밤과 에레보스[어둠]가 나왔고, 다시 밤에서 창공과 낮이 나왔다는 식으로 전개되면서, 결국 땅에서 하늘이 분화하는 과정을 그려놓고 있다. 중국 신화에서는 반고가 도끼를 휘둘러 땅과 하늘을 가른 뒤 하늘을 떠받치고 서 있으며, 이집트 신화에서도 슈가 자신의 팔을 떠받쳐 하늘신 누트와 대지신 게브를 분리시켰다고 했다.

이런 관념에 의해 하늘과 땅이 분리된 것으로 진행되는 사고에서는 필경 그 둘의 결합이 문제되게 된다. 특히 농경사회에 접어들면 땅에서 생산되고 양육되는 만물에 대한 해명이 그 양자간의 결합에 의해 설명되는 일이 잦다. 농사를 짓는 사람들의 관념에서 하늘-아버지로 표상되는 남성과 땅-어머니로 표상되는 여성이 만나 만물이 태생한다는 유추는 매우 자연스러운 일이다. 간혹 이집트 신화처럼 남성신이 땅을, 여성신이 하늘을 표상하는 경우도 있지만, 그것은 아주 예외적인 경우일 뿐이다. 모든 식물은 땅에 붙어서 자라며 땅의 힘을 빌려야 하는데, 물론 하늘에서 내려오는 햇빛이나 빗물이 없다면 생장 자체가 불가능하다. 이 때문에 식물이 자라나는 땅은 곧잘 여성의 자궁에 비유되고, 이 점에서 땅은 곧 지모신으로 자리 잡는다. 더욱이 농경기술이 발달하면서, '耕'의 자의(字義) 그대로 쟁기를 사용하게 되면 쟁기와 땅의 관계가 곧 지모신과 남성신의 성적 상징으로 전이하게 되고, 천부신과 지모신의 '거룩한 결혼'이 있게 된다.[136]

하늘-땅의 작용이 농사일로 유추됨에 따라 남녀의 역할 또한 개념적으로 구분된다. 농사를 지을 때 쟁기질을 한다면 쟁기질을 '하는' 존재와 쟁기질을 '받는' 존재로 양분될 수밖에 없는데, 전자가 행위의 주체로서 '질서'를 부여하는 일을 맡는다면 후자는 그 질서를 부여받거나 질서의 기반이 되는 '재료'로 인식되는 것이다. 이런 관념에 따르자면 남성신과 여성신은 다음처럼 대립된다.

첫째, 남성은 머리이고 여성은 몸이다. "플라톤이 여성은 아이를 생산하고 남성은 철학을 생산한다고 하였을 때, 여성의 생산성이 몸이라면 남성의 생산성은 머리다."[137] 그것은 여성을 대지의 표상으로 했을 때 당연히 생성되는 유추이다. 여성은 밭이요, 남성은 씨라고 하는 우리 전통의

---

136) 이경재, 『신화해석학』, 다산글방, 2002, 63-64쪽.
137) 이경재, 위의 책, 313쪽.

관념도 여기에서 멀지 않으며, 모국이니 모교라는 말에 들어 있는 어머니 [母]의 의미 또한 그러한 몸의 특성을 보여준다. 주몽신화에서 어머니 유화가 대지의 일부인 물에 귀속되는 존재이고, 단군신화의 웅녀는 동굴에 머무름으로써 사람이 될 기회를 잡는다. 그에 비해 환웅이나 해모수는 하늘로부터 내려오며 당연히 빛[태양]으로 표상되는 새로운 질서를 옮겨오는 존재이다. 남성의 마음이 여성의 몸과 합쳐져서 영웅을 탄생시키는 구도는 결국 그 둘의 온전한 결합에 의해서만 완벽한 존재가 생성될 수 있다는 뜻이기도 하다.

둘째, 남신은 차별성을, 여신은 평등성을 추구한다. 머리의 주된 기능은 분별하는 것인데 분별하다보면 당연히 위계질서가 파생되기 마련이다. 특히 청동기 이후 가부장제와 정복국가가 심화되면서 정복 집단과 피정복 집단, 가부장과 그 아래의 아내라는 위계를 세우게 되고 그것이 그대로 신화로 투영된다. 그러나 농경사회가 힘을 발휘하게 되면서 여성신은 새로운 영역을 개척하게 된다. 수렵사회에서라면 남성들만이 힘을 쓸 수 있었지만, 농경사회에서 어머니의 자궁처럼 새로운 생산을 이끌어내는 대지의 힘은 신성한 외경심을 불러일으키기 충분했을 것이다. "여신은 죽음과 싸우고 인류에게 먹을 것을 가져다준다. 근본적으로 균형과 조화의 회복을 이야기하는 신화 속에서, 어머니 대지는 영웅적 여성의 상징이 된다."138) 즉, '균형과 조화'는 남신과 구분되는 여신의 특성으로 소중한 것이다.

여성을 대지에 비견하는 견지에서라면 여성은 대지가 그렇듯이 끊임없이 그 안에서 낳고 죽이기를 반복한다. 씨앗이 땅에 떨어져 싹이 나고, 싹이 커서 다시 열매를 맺고, 그 열매는 땅에 떨어져 다시 싹이 낳기를 반복하는 것이다. 씨앗과 식물, 식물과 땅이 서로 얽히는 우로보로스

---

138) 카렌 암스트롱, 『신화의 역사』, 이다희 옮김, 2005, 55쪽.

(Uroboros)적 세계는 무차별적일 수밖에 없다. 그들은 무의식 속에서 언제나 한 덩어리로 이루어져 있는 동일체이기 때문이다. 그러나 남성을 하늘에 비견하는 견지에서, 남성은 의식을 상징하고 의식의 세계는 모순과 대립의 차별적 세계다. "인간은 두 번 탯줄을 끊는다. 한 번은 육체적 탄생을 위한 끊음이고, 또 한 번은 사회적 탄생을 위한 끊음이다. 첫 번째 끊음은 어머니의 가슴에 머무는 끊음이지만, 두 번째 끊음은 사회, 법, 아버지의 품으로 입사하기 위한 끊음이다."[139] 그 둘의 온전한 끊음에 의해 인간은 완성될 것이며, 진실을 추구하는 신화가 그러한 본질적 문제를 외면하지 않는 것은 당연한 일이다.

셋째, 남신은 지혜를, 여신은 사랑[불교의 '자비(慈悲)']을 추구한다. 지혜와 사랑은 배타적으로 설명될 수 없는 듯이 보이지만 지혜는 본래 분별을 요구하고 분별이 심화되면 수용의 폭이 좁아짐으로써 이질적인 요소를 통합하는 사랑과 대립되게 된다. 영웅신화의 남신이 갖고 있는 칼 같은 경우가 그런 지혜를 상징하는 대표적인 상징물이다. 해모수가 차고 다니는 용광검(龍光劍)이라든지 주몽이 유리에게 남긴 부러진 칼처럼, 칼은 남신의 전유물처럼 여겨지는데, 무력을 행사하는 상징일 뿐만 아니라 명확하게 갈라내는 지혜의 상징이기도 하며 그 기본속성은 갈라내서 분별하는 일이다. 그러나 남성신인 해모수가 하백과 권능 다툼에 골몰하는 동안 유화는 해모수의 자식을 잉태하여 수모를 겪으면서도 잘 길러내야만 했고 그것은 여성의 수용성으로 설명될 만하다. 이는 신화뿐만 아니라 종교에서, 특히 불교에서 지혜(智慧)와 자비(慈悲)는 상보적(相補的)인 것으로 설명되는 경향이 있다.

이상의 세 가지는 사실상 표현만 다를 뿐 한 가지의 기본 속성에서 파생되어 나온 것이다. 하늘과 땅, 남성성과 여성성이 그대로 남신과 여신

---

139) 이경재, 앞의 책, 242쪽.

의 외피를 입고 드러난 셈인데, 신이 성(性)의 구별을 지닌 채, 특히 대립적으로 드러날 때 그러한 특성은 극명하기 마련이다. 여기에서 다루려고 하는 〈경흥우성〉조에는 관음보살과 문수보살이라는 두 보살이 경흥 앞에 나란히 나타나는데 공교롭게도 여성과 남성으로 모습을 드러낸다. 물론 어느 한쪽 성의 한 인물이 두 속성을 지닌 채 드러날 수도 있고, 한 성의 두 인물이 번갈아 그런 기능을 해낼 수도 있겠지만, 그렇게 배치할 때는 특별한 의미를 가질 것으로 보인다. 머리/몸, 차별성/평등성, 지혜/자비가 어떻게 구현되는지, 또한 궁극적으로는 보살이 가진 양성구유적(兩性俱有的, androgynous) 성격이[140] 서사 속에서 어떻게 풀리는지 살피는 일이 소중한 과제이다.

2) 대립적 구성과 그 의미

(1) 〈경흥우성〉의 대립적 구성

〈경흥우성〉조는 크게 두 단락으로 구성되며, 거기에 일연의 찬시(讚詩)

---

140) 보살이 흔히 사람의 모습으로 현신(現身)하는 까닭에 남성 혹은 여성으로 드러나는 게 자연스럽다. 그러나 보살은 본래 깨달음을 얻거나, 얻을 수 있는 존재로 막힘이 없는 신이성을 지닌다. 그래서 어느 한쪽 성(性)으로 드러나서 외견상 어느 한쪽의 특성을 많이 지닌 것으로 보이더라도 본질적으로 양성구유적이다. 이에 대해서는 캠벨은 다음과 같이 말했다. "시간(결코 끝나지 않는)이 끝나는 순간까지 앞서서 잔잔한 영원의 강으로 뛰어들겠다는 각오로 열반의 문턱에서 걸음을 멈추었다는 것은, 겁(劫)과 찰나의 구별에 대한 자각을 표상한다. 합리적인 마음에 의해 자각된 이 구별은, 한 쌍의 대립물을 초월한 마음에 대한 완전한 지식 안에서 용해되어 버린다. 이때 체득되는 것은, 찰나와 영원이, 같은 경험에 대한 두 가지 측면들 곧 동일의 비이원적(非二元的)이고, 표현할 수 없는 것에 대한 두 가지 층면들이라는 사실이다. 영원의 보석이 탄생과 죽음의 연화 속에 들어있다는, '옴 마니 반메 훔'인 것이다.
  여기에서 먼저 주의해 보아야 할 것은 보살의 양성구유적(androgynous) 성격, 곧 남성인 관세음과 여성인 관음의 성격을 동시에 갖추고 있다는 것이다. 신이 남성과 여성의 성격을 두루 갖추는 예는 신화의 세계에서는 그리 생소하지 않다." -조셉 캠벨, 『세계의 영웅 신화』, 대원사, 이윤기 옮김, 1989, 151쪽.

가 덧붙는다.

첫 단락은 경흥에 대한 소개가 나오고, 신문왕이 선왕(先王)의 가르침에 따라 그를 국로로 삼았는데 병이 들었고, 그 병을 어떤 비구니가 우스꽝스러운 짓으로 고쳐주었는데 나중에 보니 관음보살상 앞에서 사라졌다. 둘째 단락은 경흥이 왕궁에 들어가려 호사스럽게 꾸미고 나서는데 웬 거사가 광주리에 마른 물고기를 가지고 있어서 종자(從者)가 꾸짖었더니 그 승려가 "가랑이 사이에 산 고기를 끼고 있는 자"[141]가 도리어 자기를 나무란다며 경흥을 조롱했다. 경흥이 그 사람을 좇아가보게 하니 문수보살상 앞에서 사라졌다. 경흥은 크게 깨닫고 다시는 말을 타지 않았다.

이렇게 이야기를 정리해놓고 보면 매우 간단한데, 우선 눈에 띄는 대목은 앞 단락과 뒷 단락에 상대역으로 등장하는 인물이 관음보살과 문수보살인 것만 다를 뿐 그 구성에 있어서 상당한 유사성을 지니고 있다는 점이다. 편의상 전자를 [관음]단락으로, 후자를 [문수]단락으로 명명하여 정리하면 그 세부내용은 다음과 같다.

[관음]

　#1. 경흥은 웅천주 사람으로 삼장(三藏)에 통달하여 유명했다.
　　　(편안한 상황)

　#2. 문무왕의 유언에 따라 신문왕이 경흥을 국로로 삼았다.(문제 발생)

　#3. 경흥은 갑자기 병이 들었다.(문제에 대한 반응)

　#4. 어떤 비구니가 문병 와서 우스꽝스러운 짓을 했다.(제3자의 대응)

　#5. 경흥의 병이 나았다.(문제 해결)

　#6. 비구니는 관음보살 탱화 앞에서 사라졌다.(제3자의 정체가 밝혀짐)

---

141) 挾生肉於兩股間 -『三國遺事』「感通」〈憬興遇聖〉

[문수]

 #1. 경흥은 호사스럽게 꾸미고 왕궁에 들어가려 했다.(편안한 상황)

 #2. 사람들이 다 피했는데 어떤 거사가 하마대에 걸터앉아있었다.
   (문제 발생)

 #3. 종자가 거사의 행태를 나무랐다.(문제에 대한 반응)

 #4. 거사는 말을 타고 거드름피우는 경흥을 비웃었다.(제3자의 대응)

 #5. 경흥이 그 말을 듣고 자신의 잘못을 깨달았다.(문제 해결)

 #6. 거사는 문수보살 탱화 앞에서 사라졌다.(제3자의 정체가 밝혀짐)

　　각 단락의 시작부분인 [관음]#1, [문수]#1 모두에서 어떠한 결핍상황도 보이지 않는다. 결핍은커녕 도리어 모두들 부러워할 만한 상황이 연출된다. 불법(佛法)에 능통해서 이름을 떨쳤다거나 국로(國老)에 봉해져서 현달한 모습을 보이는 것이다. 그런데 그 다음으로 곧바로 그런 편안한 상황이 깨어지는 모습이 그려진다. [관음]#2는 국로로 삼은 데서부터 문제가 불거진다. 경흥은 불법을 깨치면서 세상에 나가고 싶지 않아했던 것 같은데 왕명에 의해 나오게 되면서 불편한 상황이 연출된 것이다. [문수]#2 또한 마찬가지이다. 경흥의 위세에 눌려 모두들 길을 비킨 가운데 아주 허름한 행색의 거사 하나가 하마대(下馬臺)에 걸터앉아 오만한 태도를 보이고 있다. 이렇게 문제가 발생하면 주인공은 반응하게 마련인 것이 서사의 기본이다. [관음]#3에서는 경흥이 고심한 나머지 그만 병을 얻게 되었고, [문수]#3에서는 그 하찮아 보이는 인물을 꾸짖는다.

　　다음으로, 경흥 앞에 나타난 인물이 적절한 대응을 해서 문제를 풀어준다. [관음]#4에서는 관음이 이상한 가면을 쓰고 나타나서 경흥을 웃게 만들고, [문수]#4에서는 경흥을 질책한다. 그 결과 두 단락 모두에서 문제가 해결된다. [관음]#5에서는 경흥의 병이 낫고, [문수]#5에서는 경흥이 스스로의 잘못을 깨닫는다. [관음]#6, [문수]#7은 모두 경흥을 도와준 인물이 여느 사람이 아니라 보살이었다는 귀결이다. 결국 이 두 단락은 주인공 경흥이 아무 문제없이 잘 지내던 사람에게 무슨 문제가 일어나고 그 문제를 누군가가 해결해주었는데 나중에 알고 보니 보살이었다는 틀을 보여준다. 구조적 상동성을 넘어, 어떻게 보면 인물만 바뀌었지 '도움 받아 깨치기'라는 동일한 주제를 구현한 것이 아닌가 싶을 정도이다.

그러나 형식상의 틀이 그렇게 비슷한 것과는 달리 실제 내용으로 가면 거의 상반될 정도의 차이를 보이기도 한다.

먼저, [관음]#1이나 [문수]#1이 모두 남들이 부러워할 만한 편안한 상황이라고 했지만 그 내용은 아주 다르다. 전자는 삼장(三藏)에 달통한 고승(高僧)으로 유명하다는 내용이지만, 후자는 그런 명망 덕이라고는 해도 국로(國老)라는 직책 때문에 생기는 위의(威儀)를 담고 있다. 둘 다 승려의 직분에서 나오는 결과임에도 불구하고 하나는 절에서 공부하는 내용이 강조되는 것이고, 하나는 세속에서 높은 지위에 오른 것이 강조되는 내용이다. 승(僧)과 속(俗), 종교와 정치가 서로 맞서는 것이다. 다음으로 [관음]#2와 [문수]#2의 문제 상황도 아주 다르다. 전자는 절에 들어앉아 불교 공부를 하며 세상 밖으로 나오지 않으려는 사람에게 세상 밖으로 나오라는 명령이 내려진 까닭이지만, 후자는 세상 사람들에게 자신의 위세를 떨쳐 보이려고 하는데 거기에 순응하지 않은 사람이 있는 까닭이다. 한쪽이 은둔하려는 사람을 세상 밖으로 나오게 한 데서 생긴 문제라면, 한쪽은 세상 밖에 제 위치를 드러내려는 사람에게 그렇게 하지 못하게 한 데서 생긴 문제인 것이다.

이렇게 시작이 상반되는 까닭에 그 다음부터 이어지는 내용 역시 계속 다른 방향으로 뻗어나간다. [관음]#3은 문제가 생기자 곧바로 자신의 몸에 병이 났다고 했으니 곧 외부에서 생긴 문제가 자신의 내부에 영향을 준 것이다. 반면 [문수]#3은 문제의 화살을 다시 외부로 돌려 바로잡으려고 시도하고 있다. 전자가 내향성의 반응이라면 후자는 외향성의 반응으로 역시 상반된다. [관음]#4와 [문수]#4는 #3과 다시 엇갈린다. 전자는 외부의 인물이 문제를 주인공의 마음을 풀어주기 위해 애를 쓰는 데 반해 후자는 외부의 인물이 도리어 주인공의 잘못을 꾸짖는다. 전자가 온화한 방식이라면 후자는 냉엄한 방식으로 문제를 풀어나고 있다. [관음]#5와 [문수]#5 또한 문제의 해결이라는 점에서 차이가 없지만, 전자가 다른 사람이 자신의 병을 치유해주었다면, 후자는 다른 사람의 행위를 계기로 자신의 병통을 스스로 깨달았다. 전자가 수동적이라면 후자는 능동적인 것이다. [관음]#6과 [문수]#6은 모두 보살의 정체를 일깨워준다는 점이 공통적이지만, 사실은 두 보살의 특성이 매우 다르기 때문에 그 내용 또한 달라지는데, 이 점은 다음 절에서 상론하기로 한다. 그리고 맨 뒤에 이 둘을 총결하는 일연의 첨언(添言)과 찬시(讚詩)가 딸린다.

위의 내용을 도표로 정리하면 다음과 같으며, 이런 차이는 이 조목의 해석에 요긴한 자료가 된다.

전개	단락	[관음] 단락	[문수] 단락
#1	상황	학문적, 종교적 성취	권세적, 세속적 성취
#2	문제	숨으려는 주인공의 의사를 부정	드러내려는 주인공의 권위를 부정
#3	반응	주인공 몸에 병이 듦	주인공이 타인을 꾸짖음
#4	대응	타인이 주인공의 마음을 풀어줌	타인이 주인공을 꾸짖음
#5	해결	주인공의 병이 나음	주인공이 자기 잘못을 깨침
#6	정체	관음보살	문수보살
#7	총결	일연의 첨언(添言)과 찬시(讚詩)	

(2) 관음(觀音)과 문수(文殊), 그 대립과 통합

이제 앞 절에서 살핀 〈경흥우성〉조의 구성이 앞 항에서 살핀 남성신/
여성신의 속성과 어떻게 부합하는지 살필 차례인데 문제의 핵심은 이렇
다. 서사를 쉽게 끌고 가자면 관음보살이나 문수보살이 두 번 나타나서
경흥을 깨우칠 수도 있을 것이며, 어떤 보살이든 한쪽 편의 성(性)으로 나
타날 수 있을 것이다. 그럼에도 불구하고 굳이 두 보살이 나타나고 한 보
살은 여성으로 한 보살은 남성으로 나타난 데는 그만한 이유가 있을 것이
다. 앞 장에서 제시한 남성신과 여성신의 세 가지 특성을 따라 분석해보
면 다음과 같다.

첫째, 마음과 몸의 대립이다. 남성이 마음을 여성이 몸을 대표한다는
전제에서, 두 삽화에서 경흥의 병이 몸과 마음으로 나타난다. 우선, [관음]
삽화는 경흥이 삼장(三藏)에 능통한 법사(法師)인 것을 내세우고 있다.
한마디로 불법에서 추구하는 지혜(智慧)의 최고점에 이르렀다는 말이며,
이는 대체로 남성성의 표현이다. 머리로 생각하고 머리로 깨치는, 머리에
따라 몸이 움직인다는 신념을 드러낸 것이다. 그런데 그런 경흥이 제 뜻
과 다른 임금의 부름을 받자 덜컥 몸에 병이 나고 말았다. 여기에서는 남
성성의 원리인 머리를 따라 움직이던 사람에게 몸에 병이 났다는 사실이
중요하겠는데, 그 문제의 해결자로 나선 사람이 여성이라는 점을 주목할
필요가 있다. 갑자기 튀어나온 여인은 이성(理性)에 의해 혹사된 경흥에
게 감성(感性)으로 접근하는 방법을 제시한다. 즉, 너무 심각하지 않게 편
안하게 웃으며 대하면 일이 절로 풀릴 것이라는 뜻이며 실제 그렇게 했
다. 관음(觀音)의 모습이 여럿이지만 여기에서는 특히 '십일면(十一面) 원
통(圓通)'이 강조되었다. 한 가지 얼굴로 대응할 것이 아니라 여러 면의
여러 얼굴로 대응해서 원만하게 두루 통하라는 뜻이겠다.

반면, [문수] 삽화의 경흥은 높은 지위인 국로(國老)로 봉해진 데에서부

터 이야기를 풀어간다. 공부를 많이 했다거나 지혜롭다는 점이 강조되는 것이 아니라 외부에서 주어진 자질 때문에 스스로 높다고 여겼다. 시작부터 "말과 안장이 심히 호사스럽고, 신발과 갓이 펼쳐져 있으니, 행인들이 모두 길을 피해 비켜서"[142] 있는 모습이 강조된다. [관음]에서 마음공부에 매달린 결과 외부상황에 융통성 있게 대처하지 못해 몸에 병이 들었다면, [문수]에서는 외양으로 대표되는 몸에 온갖 치장을 하고 거드름을 피우느라 저보다 못하다고 여겨지는 상대를 깔보는 등 마음이 병이 들어있는 것이다. 앞서 몸에 병이 들었을 때 여성성을 지닌 관음보살이 나타나서 마음을 편안히 하도록 하여 온화하게 풀어주었듯이, 이제 마음에 병이 들었을 때 남성성을 지닌 문수보살이 나타나서 마음을 가다듬도록 다그친 셈이다. 마음 때문에 몸에 탈이 나든 몸 때문에 마음의 균형이 깨지든 병통(病痛)임에는 매한가지겠으나, 각각의 병통에 대응하는 방식이 서로 달랐다.

둘째, 남신은 차별성을, 여성은 평등성을 추구한다는 전제에서도 두 삽화의 방식은 양 갈래로 갈린다. [관음] 삽화에서 경흥이 괴로워하는 점은 바로 국가의 문제일 것이다. 다음 항에서 상론하겠지만, 백제의 승려인 그가 백제를 정복한 신라에 가서 신라를 위한 일을 한다는 것이 탐탁히 여길 까닭이 없다. 백제와 신라가 자국과 타국, 피정복국가와 정복국가로 분별되고 차등화하는 한 올바른 깨침을 얻기가 어렵다. 관음보살이 여러 개의 가면을 쓰고 나타났다는 것은 역으로 가면이 실제 얼굴과는 다르다는 점을 넌지시 일러주려는 의도가 있어 보인다. 즉, 자기 나라를 없앤 나라를 복종하여 제 나라를 저버려도 괜찮다는 말이 아니라, 나라가 바뀌는 세속의 일이라고 해봐야 본래의 얼굴인 진면목(眞面目)과는 다를 터이므로, 혹은 더 나아가 그것 자체가 변화하는 진면목일 테니 그런 데 구애받지 말고 불법(佛法)을 진펴히는 데 애쓰면 그만이라는 메시지이다.

---

142) 鞍騎甚都, 靴笠斯陳, 行路爲之辟易. -『三國遺事』「感通」〈憬興遇聖〉

[문수] 삽화도 그 시작 부분에서 보자면 [관음] 삽화와 대동소이하다. 경흥이 관음의 도움을 받아 차별성을 없애고 깨침을 얻은 것 같지만, 사실은 그 자신이 가장 심한 차별을 보인다. 그가 말을 타는 것이나, 말 위에 가죽 안장(鞍裝)을 얹고, 짚신[鞋]이 아닌 가죽신[靴]을 신은 것은 그러한 차별성을 또렷이 보여주는 표지이다. 동물 또한 인간과 마찬가지로 중생(衆生)이라는 생각이 있다면 제 몸을 말 위에 싣기는 어렵다. 말을 탄다는 것은 말을 수단으로 하여 부리는 것이고, 결국 사람과 말이 주종(主從) 관계를 이루어야 하기 때문이다. 더구나 가죽으로 된 안장이나 신발은 동물의 살생을 근간으로 하는 것이다. 자신의 편의를 위해, 나아가 자신의 지위를 남보다 돋보이게 하기 위해 살생의 결과물을 취하는 것은 심한 차별성의 소산이다. 그런 그가 고작 마른 물고기 광주리를 들고 있는 거사를 나무라는 까닭은 자신의 소행(所行)을 제대로 파악하지 못하는 인지부조화의 전형이다. 생각은 중생의 무차별(無差別)에 있을 줄 모르나 실제 행동은 몸소 동물의 잔등을 타고 동물 가죽을 걸치면서 자신보다 못해 보이는 사람을 무시하는, 차별(差別) 중의 차별(差別)을 보이는 것이다. 그러자 거사로 현신(現身)한 문수보살은 그 점을 질타하여 그 차별성의 질곡에서 벗어나도록 한다. 결국 차별성을 넘어서게 했다는 점에서는 [관음] 삽화와 같지만 관음보살이 포용을 통해 원만하게 수습한다면, [문수] 삽화에서는 문수보살이 경흥의 잘못을 날카롭게 지적하여 그가 거사의 행동만도 못하다는 차별성을 드러내는 전략으로 경흥의 잘못을 고친다. 관음보살이 해학을 통해 양자의 동화(同化)에 주목했다면 문수보살은 풍자를 통해 양자의 이화(異化)에 주목했다 하겠다.

이러한 차이는 무엇보다도 관음보살과 문수보살의 정체성에 기인한다. 『대비심다라니경』에는 관음보살의 10대 본심이 있는데 그 중 첫째가 대자대비(大慈大悲)한 마음이고, 그 둘째가 평등한 마음으로 되어 있다.[143] 즉, 대자대비가 관음보살의 총론격인 마음이라면 그 다음 각론의 제1 덕목이 바로 평등심이다. 반면, 문수보살(文殊菩薩)의 10대 서원(誓願) 가운데 제1서원이 3계(界)에 태어난 모든 중생은 누구든지 인연을 따라 교화를 받아야 한다는 것으로 그 역시 총론격이라면, 그 이후의 서원들은 개별적인 중생을 규정하고 있는데 이 중생 가운데 [문수] 삽화의 경흥이 한 행위를 하는 경우가 나열되어 있다. 즉, 다섯째 서원인 "저를 천대하거나 박대하거나 저를 대해 부끄러워하거나" 하는 중생이 그런 예이다.[144] '천(賤)'과 '박(薄)'에는 이미 '귀(貴)'와 '후(厚)'에 대한 상대의 개념이 있는데, 문수보살은 그런 마음을 가진 중생을 깨치기 위해 도리어 차등화라는 방편(方便)을 구사한 셈이다. 실제로도 문수보살은 여러 미천한 모습으로 현신했다고 전해지며 그래서 문수보살이 있다고 알려진 지역에서는 아무리 미천한 사람을 만나더라도 경멸감을 갖지 못했다고 한다.[145]

셋째, 남신은 지혜를, 여신은 사랑[불교의 '자비(慈悲)']을 추구한다는 점에서도 양자는 구분된다. [관음] 삽화에서 관음보살이 경흥을 대하는 태도는 안쓰러움이다. 관음은 열심히 공부하여 깨달음을 얻은 듯하지만 무언가 부족해 보이는 경흥에 대해 어떻게 해서든 해결책을 찾아주고 싶어한다. 그래서 "뾰족하기도 하고 깎은 듯도 하며, 그 변화가 이루 말할 수 없이 턱이 빠질 정도여서 스님의 병이 저도 모르게 나았다."[146]고 했다.

---

143) 나머지 10대 본심은 다음과 같다. 3. 지어서 함이 없는 마음. 4. 染着함이 없는 마음. 5. 일체 만법을 空으로 관찰하는 마음. 6. 누구에게나 존경하는 공경심. 7. 내 몸을 낮추는 卑下心. 8. 난잡하고 어지러움이 없는 無雜亂心. 9. 보고 취함이 없는 無見取心. 10. 위가 없는 道心이니 즉 無上菩提心. -한정섭 편, 『佛敎說話大事典(下)』, 한국불교교화원, 1991, 653쪽.

144) 한정섭 편, 위의 책, 618-610쪽.

145) 일본의 승려 옌닌(圓仁)은 당나라를 순례하면서 이런 기록을 남겼다. "이 문수 보살의 지역에 들어갈 때에는 매우 미천한 사람을 만나더라도 감히 경멸감을 가지지 못한다. 당나귀를 만나면 혹시 그가 문수 보살의 현현이 아닐까 생각하게 된다. 눈앞에 있는 모든 것이 문수의 현현일 것이라는 생각이 든다." -조지프 캠벨, 『동양신화』, 까치, 이진구 옮김, 1999, 510쪽.

146) 巇巖戍削, 變態不可勝言, 皆可脫頤. -『三國遺事』「感通」〈憬興遇聖〉

병이 걱정에서 생긴 것이니 기쁘게 웃는다면 나을 것이라는 진단이야말로 사랑의 힘을 보인 것이다. 흔히 문제를 풀기 위해 문제의 직접적 원인을 제거해야 한다고 생각하지만, 그 문제를 가만 둔 채로 그저 웃기만 하는 것으로도 해결될 수 있다는 생각은 사랑으로 모든 것을 덮을 수 있다는 생각과 크게 다르지 않다. 거기에는 시비곡직(是非曲直)을 가리지 말고 그저 웃어넘기는 정도의 아량이면 쉽게 풀린다는 전제가 깔려있기 때문이다.

이에 반해 [문수] 삽화는 그냥 넘어가기는커녕 문제를 더 심화시켜 과장함으로써 문제의 핵심을 더욱 또렷이 드러나게 한다. 아닌 게 아니라 일상에서 접하는 지혜의 기본은 분별(分別)에 있다. 불교에서 흔히 분별지(分別智)를 넘어서려고 애쓰면서 긍정적 의미의 지(智)와 부정적 의미의 지(智)를 구분하지만, 사실은 그러한 구분조차 분별을 기초로 하는 것이다. 이야기 속 거사가 광주리에 마른 물고기를 가지고 있는데 경흥의 종자(從者)가 경흥의 잘못은 모른 채 그것을 나무라는 상황만 놓고 보더라도, [관음] 삽화의 관음보살 식으로 하자면 이 사람이나 저 사람이나 그게 그것인데 시시콜콜 따지지 말자는 쪽으로 귀결할 만한 것이다. 그러나 거사는 "두 다리 사이에 살아있는 고기를 끼고 있는 것과 등에 시장의 마른 고기를 지는 것 중에 어떤 쪽이 더 혐오스러운 것이겠느냐?"고 반문한다. 말할 것도 없이 전자가 후자보다 더 꺼릴 만한 것이겠고, 그것으로 그 둘의 등급을 가려놓는다. 잘못된 가운데에도 등급이 있으니 그것을 분별함으로써 잘못을 깨우쳤다.

겉보기에는 지혜와 사랑은 배타적으로 설명될 수 없는 듯이 보이지만, 지혜는 본래 분별을 요구하고 사랑은 통합을 요구하기에 그 둘은 대립적이기 십상이다. 분별이 심화되면 수용의 폭이 좁아져서 사랑하기 어렵고, 통합이 심화되면 경계가 흐릿해져서 분별에 장애가 생기기 때문이다. 그래서 신화에서 그 둘이 곧잘 남성신과 여성신의 역할로 나뉘어 드러나는

데, 종교에서도 그 둘은 상보적(相補的)인 것으로 설명되는 경향이 있다. 가령 아미타여래(阿彌陀如來)를 협시(挾侍)하는 관음보살(觀音菩薩)과 대세지보살(大勢至菩薩) 같은 경우 자비와 지혜가 양편에서 균형을 맞추고 있는 형국이다. 그렇다면 문제는 그 둘이 따로따로 작동하는 데 머무는 것이 아니라 그 둘의 대립을 넘어 통합을 추구하는 일이다.

이를 위해 이야기에서는 순차적으로 펼쳐나가면서 결국은 하나로 모아지게 서술하는 방식을 쓴다. 앞서 살핀 대로 이야기의 두 삽화에서는 순차적으로 여성적 원리와 남성적 원리가 펼쳐진다. 우선, [관음] 삽화에서는 지혜를 추구하느라 마음을 놓친 경흥에게는 웃음을 통해 마음을 온전히 해주는 데 주력하여, 마음의 병을 고치고 국가의 부름에 따르게 된다. 그러나 그 이야기는 거기에서 일단락되고 마는 것이 아니라 바로 그 다음의 [문수] 삽화로 이어진다. 관음보살 덕분에 해결된 줄 알았던 문제가 도리어 그 탓에 더 심화된 형국이기 때문이다. 부름에 응할 수 없어 혼자서 앓던 경흥이, 이제는 그 부름을 빌미로 호사(豪奢)와 교오(驕傲)에 빠지고 만 것이다. 그 결과 여러 사람들이 그 앞에 길을 트고 머리를 조아리며, 그의 종자(從者)가 거드름을 피우며 다른 사람들을 모욕하는 데 이른다. 관음보살 덕에 마음의 병도 고치고 밝은 지(智)를 찾았지만, 그것을 과시하고자 하는 장애(障碍)를 만나 청정(淸淨)함을 잃은 까닭이다. 문수보살은 그런 경흥을 꾸짖음으로써 이제는 청정할 것을 요구한 셈이다.

이로써 두 삽화는 통일된 의미를 갖게 된다. 제 생각에 매몰되어 나아가지 못할 때 자비심을 동원하여 풀어주어 앞으로 나아갈 수 있는 지혜를 열어주고, 그것이 지나쳐서 교만함에 빠질 때 질책하여 과오를 뉘우치게 한다. 관음보살과 문수보살이 방식은 다르지만 목표는 한 가지, 중심을 잃어 휘청대는 삶을 바로잡아주는 길잡이를 해준 것이다. 이렇게 볼 때 〈경흥우성〉은 마음/몸, 차별성/평등성, 지혜/자비의 대립적 자질을 총동원하여 그때그때 문제상황에 상응하는 해결책을 제시하여 중심을 잃지 않게 다독이며 질책하는 서사이다. 그리하여 작은 깨달음[小覺]을 얻고 교만에 빠진 경흥이 큰 깨달음[大覺]을 성취하는 과정을 보였다 하겠다.

(3) 이야기 안팎의 조응(照應)

신화는 언제나 '참된 이야기'를 전제로 한다. 도저히 믿기지 않을 이야기들이 신화이지만, 그럼에도 불구하고 그 안에 다른 어떤 갈래의 이야기에서도 담아내기 어려운 진실을 담고 있을 때 그런 이야기를 일러서 신화라고 한다. 〈경흥우성〉조가 「감통(感通)」편에 실렸다는 자체가 사실은 가장 신이한 일이라는 표지일 것이다. 감통은 말 그대로 특별한 감응(感應)을 통해 초월적 세계와 소통함을 이르기 때문이다.[147] 사실 성계(聖界)와 속계(俗界)의 소통이 신비스럽게 느껴지는 것은 보통 사람들은 속계에만 머무는 데 비해 신화 주인공들은 그 둘을 넘나들기 때문이다. 그러나 그렇다고 해서 성계(聖界)로 갈 수 있는 능력만 강조된다면 단순히 재미를 주기 위한 판타지와 구분되기 어렵다. 〈경흥우성〉조에 보살이라는 초월적 존재가 나오기는 해도 경흥이라는 실존인물이 주인공인 만큼 현실성을 무시할 수 없다. 이제 이야기를 한 토막씩 끊어가며 그 현실적 의미를 조망해보고, 신화적 해석과의 정합성 여부를 파헤쳐보기로 한다.

#1. 신문왕대에 대덕(大德) 경흥은 성(姓)이 수(水)요, 웅천주(熊川州) 사람이다. 나이 열여덟에 출가하여 삼장(三藏)에 통달해 한 시대에 명망이 대단했다.[148]

---

147) 『宋高僧傳』에 따르면 감통(感通)이란, 상리(常理)에 거스르지만 감응하여 마침내 상통하고, 세간에 교화를 하지만 관찰하여도 예측하기 어려운 현상을 뜻한다. 박찬홍, 「『三國遺事』 感通篇 '憬興偶聖'條를 통해 본 憬興의 생애」, 『신라문화제학술발표논문집』, 동국대학교신라문화연구소, 2011, 65쪽.

148) 神文王代, 大德憬興, 姓水氏, 熊川州人也. 年十八出家, 遊刃三藏, 望重一時. -『三國

경흥은 주로 신문왕대에 활동한 사람이지만 그 이전 문무왕 때부터의 행적이 기술되고 있다. 우선 성이 수(水) 씨임을 밝혔다. 어차피 출가한 승려에게 속성(俗姓)이 그다지 중요하지는 않겠지만, 수(水)라는 성씨가 여느 문헌에 쉬 드러나지 않는다는 데에서부터 문제가 야기된다. 이를 두고 기존논의에서는 이른바 백제의 8대성(大姓) 가운데 들어가지 않는다는 점을 중시하기도 하고, 8대성의 하나인 목(木)씨의 착오로 보기도 한다. 전자의 입장이라면 명문대가의 귀족이 아니라는 점을 강조하려는 처사이고 후자의 입장이라면 아마도 명문귀족 가문 출신이었다는 데 주안점을 두려는 처사이다. 그러나 굳이 '목(木)'의 오자로까지 추단하지 않더라도 백제 시대에 성(姓)이 있었다는 것만으로도 비범성을 드러내기에 충분하다. 우리나라 성씨의 대부분이 고려조 이후에 보편화된 점을 감안한다면 그 이전 시기에 성(姓)을 가지고 있다는 사실이 바로 특별한 혈통임을 입증하기 때문이다.

그러나 그러한 특별함에도 불구하고 웅천주(熊川州) 사람임이 명시되어 또 다른 해석을 요한다. 웅천은 지금의 공주이고 백제의 도읍이다. 당연히 백제사람이라는 뜻인데, 문무왕은 백제를 복속시킨 왕이어서 사태가 복잡해진다. 더구나 상당한 지식과 수련을 요하는 삼장(三藏)에 능통하였다고 하여 대단한 능력임을 강조함으로써, 앞선 서술과의 낙차를 엿보게 하는 대목이다. 백제 입장에서 보자면 뼈대 있는 가문 출신으로 불교 공부를 열심히 해서 명망을 떨친 뛰어난 인물이지만, 신라 입장에서 보자면 그들이 패망시킨 나라의 유민(遺民)일 뿐이다. 결국, 경흥은 능력이 있어도 쓰이지 못하거나, 쓰인다 해도 제 능력에 맞게 쓰이기 어려울 것으로 예상할 수 있다. 경흥은 그렇게 자신의 출중한 능력과 불운한 환경, 멸망한 백제와 새롭게 부상하는 통일신라 사이에 위치한 중간자적 인

遺事」「感通」〈憬興遇聖〉

물이었다.

#2. 개요 원년, 문무왕이 승하하려 할 제 신문왕에게 유언했다. "경흥법사
는 국사(國師)로 삼을 만하니 짐(朕)의 명을 잊지 말라!" 신문왕이 즉위하여
국로(國老)로 삼자 삼랑사에 주석하였는데 갑자기 병이 들어 한 달이 되었
다.[149]

문무왕이 경흥을 국사로 삼으라고 유언하는 대목 또한 특이하다. 그렇
게 훌륭한 인물이었으면 본인이 국사로 삼았으면 되었을 텐데 굳이 다음
왕에게 유언할 필요가 없었겠기 때문이다. 물론, 당시의 여건 상 시간적
으로 여유가 없을 수도 있겠지만,[150] 아무래도 신라 출신 승려의 반발
등을 고려한 처사로 보인다. 삼국통일에 기여했을 신라 승려를 둔 채 백
제 출신 승려를 국사로 기용하는 것은 만만치 않은 반발을 불러왔을 테
고, 그 일은 다음 왕으로 미루어지게 되는 것이다. 『삼국사기(三國史記)』
기록에 의하면 문무왕 9년에 "9월 봄 정월에 신혜법사(信惠法師)를 정관
대서성(政官大書省)으로 삼았다."[151] 문무왕 자신이 이미 한 승려에게 이
렇게 승직(僧職)을 내린 바 있으며, 21년에는 도성(都城)을 새롭게 하고
자 의상(義湘)에게 자문을 구했으나 "초야의 초가에서 살더라도 바른 도
(道)를 행한다면 복업(福業)이 오래 가겠지만 그러지 못하다면 수고롭게

---

149) 開耀元年, 文武王將昇遐, 顧命於神文曰: "憬興法師, 可爲國師, 不忘朕命." 神文卽位,
曲(册)爲國老, 住三郞寺. 寢疾彌月. -『三國遺事』「感通」〈憬興遇聖〉
150) "道藏보다 10~20년 위인 경흥은 이미 백제 불교계를 대표하는 자리에 있었을 가능성
이 크며, 따라서 신라측의 포섭작업도 집요했을 것이다. 676년 전쟁 결과를 관망하고
있던 경흥은 고민 끝에 신라 문무왕의 요구에 응하게 되었지만, 아마도 그 때는 문무
왕 발년이었을 것이다. 그 결과 문무왕이 국사로 임명하기에는 너무늦어 버렸고, 결국
문무왕은 신문왕에게 고명을 남기게 되었다고 추측된다."(밑줄 필자) -박찬흥, 앞의 논
문, 75쪽.
151) 九年春正月, 以〈信惠〉法師爲政官大書省. -『三國史記』 新羅本紀 6 〈文武王 上〉

사람들이 성을 쌓은들 이익이 없을 것입니다."152)라는 대답을 듣고 계획을 중지하고 만다.

문무왕은 적어도 두 차례에 걸쳐 승려의 도움을 받거나 받아보려 했으나 크게 만족하지 못했고 그런 불만과 아쉬움을 유언으로 담아낸 것으로 보인다. 여건이 성숙하지 못했거나 공인된 승려 인재들이 적극적으로 협조하지 않은 까닭이겠다. 이 점에 비추어 '국사(國師)'로 책봉하라고 했는데 '국로(國老)'가 된 사연도 석연치 않다. 국사가 곧 국로라는 해석도 가능하겠지만153) 원문에 있는 '曲爲'를 생각하면, 국사로 삼으라는 본래의 뜻을 굽혀서[曲] 국로로 삼았다는 해석도 가능할 것이기 때문이다.154) 이렇게 볼 때, 경흥을 등용할 것인가 말 것인가를 두고 두 임금 대에 걸쳐 고민하던 문제가 대타협을 이루어낸 것이다.

그러나 그러한 타협은 어디까지나 조정(朝廷) 안에서 이루어진 일일 뿐이며 경흥 개인에게는 전혀 다른 상황이 펼쳐진다. 삼랑사에 주석하자마자 병이 들어 한 달이나 끌었다고 했다. 삼랑사는 경주에 있는 절이고, 경흥이 거처를 옮겨 신라의 중심부로 들어왔음을 뜻한다. 이번에는 신라의 불교계 안에서 알력이 있었을 것이다. 왕명에 의해 국로로 봉해졌다고는 해도 외부에서, 그것도 신라가 복속시킨 나라에서 온 승려를 탐탁하게 여길 리 없을 것이기 때문이다. 그래서 경흥은 마음의 병이 깊었을 것이다. 신라에 들어와 신라를 위해 일을 해야 하는 부담감에 더해 신라 승려들의 곱지 않은 시선을 받아내느라 이중으로 힘이 들었겠고 그것이 병으

---

152) "雖在草野茅屋, 行正道, 則福業長, 苟爲不然, 雖勞人作城, 亦無所益. - 『三國史記』 新羅本紀 7 〈文武王 下〉
153) 이러한 해석은 박찬흥, 앞의 논문, 70-72쪽에서 보인다. 그러나 도리어 국로가 국사보다 높은 것으로 보기도 하고(이병도, 『譯註 三國遺事』, 동국문화사, 1956), 국로가 국사보다 격이 낮은 것으로 보기도 한다.(한태식, 「憬興의 生涯에 관한 再考察」, 『불교학보』28, 1991). 특히 이병도의 번역에서는 "그를 높이어 국로로 삼고"(436쪽)로 하여 여타의 번역과 차이를 보인다.
154) 이러한 '曲'의 의미 해석에 대해서는 박찬흥, 앞의 논문, 70-72쪽 참조.

로 드러났음직하다.

　　#3. 어떤 비구니가 와서 문병을 왔는데, 『화엄경』 가운데 있는 선우(善友)
가 병을 고친다는 얘기를 말하면서 …(중략)… 드디어 비구니가 문을 나서자
바로 남항사(절은 삼랑사 남쪽에 있다)에 들어가 사라지고 가지고 있던 지팡
이는 11면관음보살상 탱화 앞에 있었다.[155]

　　이 대목은 #2의 연장선상에서 이해된다. 너무 심하게 고민을 하는 가운
데 관음보살이 현신하여 해결책을 제시하는 것이다. 앞서 살핀 대로 여러
가면을 쓰고 웃고 노는 것이 처방전이었지만, 본문 가운데 '선우(善友)'가
병을 고친다는 대목을 눈여겨볼 필요가 있다. 만일 경흥에게 선우가 있거
나, 있는 것을 인지하고 있었다면 그런 말은 허튼소리에 불과하겠기 때문
이다. 당연히 경흥이 고립무원(孤立無援)으로 외톨이처럼 있는 신세를 위
로하는 말일 것이며, 아울러 여러 가면으로 모습을 보였다는 데에서 그
주변에도 사실은 그를 도울만한 여러 인물이 있다는 암시로도 읽을 수 있
다. 너무 걱정하지 말고, 부처님의 뜻대로 좋은 사람들과 함께 헤쳐 나가
라는 격려라 하겠다.

　　#5. 하루는 경흥이 왕궁으로 들어가려던 차에 종자(從者)가 먼저 동문 밖
에서 준비를 하였다. 말과 안장이 매우 호사스러웠고 신발과 갓이 펼쳐져 있
으니, 행인들이 모두 길을 피해 비켜서는데 …(중략)… 사람이 와서 고하니
경흥이 듣고 탄식했다. "대성(大聖)께서 오셔서 내가 지금 말 타는 것을 경계
하시는 것이로다." 그리고는 죽을 때까지 다시는 말을 타지 않았다.[156]

---

155) 有一尼來謁候之, 以華嚴經中, 善友原病之說, …(中略)… 尼遂出門, 乃入南巷寺[寺在
　　 三郎寺南.]而隱, 所將杖子, 在幀畵十一面圓通像前. -『三國遺事』「感通」〈憬興遇聖〉
156) 一日將入王宮, 從者先備於東門之外, 鞍騎甚都, 靴笠斯陳, 行路爲之辟易. …(中略)…
　　 使來告, 興聞之嘆曰: "大聖來戒我騎畜爾." 終身不復騎. -『三國遺事』「感通」〈憬興遇聖〉

이제 경흥의 병은 말끔히 나은 듯하지만 다시 다른 종류의 병통이 불거졌다. 외부의 강압에 고통스러워하던 데에서 벗어나자 이번에는 거꾸로 그의 위세에 사람들이 눌려 지내는 것이다. 이는 앞서 외부의 위세에 눌려 힘들어하던 때의 정반대의 모습이다. 이제 상황이 전도되어 누구나 길을 비켜서고 머리를 숙여야 하는 형국이 펼쳐지는 가운데 거사 하나가 나타나서 그것을 나무란다. 앞서는 기운을 북돋아 좋은 사람들과 잘 지내보라는 것이 처방이었다면, 이번에는 사람들 위에 너무 뻐기거나 군림하듯 하지 말라는 것이 처방이다. 국로로서의 자리를 잡게 되자 어쩔 수 없이 그의 아랫사람이 되게 된 사람들이 겪게 되는 불편과 불만이 그렇게 그려진 것으로 보인다. 결국 경흥이 크게 깨닫고 몸가짐을 바로 했다는 것이 이 대목의 골자이다.

이렇게 보면 경흥이 처한 두 가지 어려움은 곧 경흥의 처세(處世)와 처신(處身)이라는 현실적인 문제로 정리해봄직하다. 즉, 자신의 의지와는 상관없이 쏟아지는 외부의 요구에 어떻게 대응할 것인가 하는 문제와, 외부의 요구와 관계없이 자신의 의지대로 몸가짐을 어떻게 할 것인가 하는 문제가 나란히 이어지면서 격변기의 인재가 겪는 고충과 고민을 노정하고 있다. 이야기에선 감통(感通)에 초점을 두고 있지만 신이한 사건들을 소거하고 본다 해도 현실의 깊이를 충분히 감당할 만한 내용이다. 또, 여기에 덧붙여 일연 스님이 달아놓은 당부의 말과 찬시(讚詩)는 전체를 총결하는 의미를 갖는다.

#6 경흥의 덕과 향이 후세에 끼친 바는 현본 스님이 지은 『삼랑사비(三郎寺碑)』에 자세히 실려 있다. 전에 『보현장경(普賢章經)』을 보니 미륵보살이 말씀하시기를 "내가 내세에는 염부제에 나서 석가의 말법시대 제자를 먼저 제도(濟度)하려는데 오직 말 탄 비구승만은 제외시켜 부처님을 볼 수 없을 것이다."라 했으니 경계하지 않을 것인가! 찬(讚)에 이른다. "옛 현인(賢人)

이 드리운 본보기에 뜻이 깊은데, 어찌하여 젊은이들은 절차탁마 않는가. 등에 진 마른 고기가 문제될 법하다면, 훗날 용화세계 저버린 것을 어찌 감당하리?"157)

관음보살에서 문수보살로 흘러가던 이야기가 갑자기 미륵보살로 선회하고 있다. 뜬금없이 방향을 튼 것처럼 보이기도 하지만 어찌 보면 그 둘을 아울러 마무리하기 위한 묘책이기도 하다. 굳이 '말 탄 비구니'에 대한 경계를 강화한 까닭은 이미 불교계가 기득권층과 결탁하여 조용히 정진하는 데는 큰 뜻이 없고 도리어 속세적인 이익에만 탐닉하는 듯 보여서일 것이다. 신라의 삼국통일 이전에는 미륵신앙이 우위를 점하다가 통일 이후에는 아미타 신앙이 우위를 점하는 쪽으로 바뀌어가고 있는 가운데 경흥은 미륵신앙의 중요성을 강조하는 편에 섰고158), 그러한 역사적 사실이 일연의 이러한 찬시(讚詩)를 만들어냈을 것이다. 더구나 그가 강조하는 미륵신앙이 하생신앙(下生信仰)이 아닌 상생신앙(上生信仰)으로, "하층민을 중심으로 하는 변혁사상인 미륵불 신앙을 그대로 받아들이기 어려웠을 것"이며 "그가 미륵불 신앙에 의한 혁명적인 현실개혁을 바라지 않았기 때문"159)이라는 추론이 개진될 만큼, 미륵신앙과 그의 삶은 밀접히 연결된다.

또한, 한국과 일본의 관음설화를 비교한 연구에서 일본이 관음에게 기원하여 결혼에 성공하고 애정을 성취하는 현실적 이야기가 많은 데 비해, 한국은 왕생(往生)과 성불(成佛)에 초점이 두어진다는 사실160) 또한 불교

---

157) 興之德馨遺味, 備載釋玄本所撰三郞寺碑. 嘗見普賢章經, 彌勒菩薩言: "我當來世, 生閻浮提, 先度釋迦末法弟子, 唯除騎馬比丘, 不得見佛." 可不警哉! 讚曰: 昔賢垂範意彌多, 胡乃兒孫莫切瑳. 背底枯魚猶可事, 那堪他日負龍華. -『三國遺事』「感通」〈憬興遇聖〉

158) 한태식, 앞의 논문, 200쪽 참조.

159) 김수태, 「백제 의자왕대의 불교 -경흥을 중심으로-」, 『백제문화』 제41집, 공주대학교 백제문화연구소, 2009, 118-110쪽.

설화 본연의 모티프를 추구해야 할 필요성이 강한 탓이라고 볼 수 있을
것이다. 그것은 경흥이 있던 통일신라 초기의 모습이기도 하지만, 사실은
그것을 내세워 일연스님 당시의 불교계가 처한 문제를 질타하려는 의도
가 엿보인다. 처세(處世)로 생긴 문제는 관음보살이 풀어주고 처신(處身)
으로 생긴 문제는 문수보살이 풀어주어 경흥이 대오(大悟)를 이를 수 있
었다. 세상과 자신이 조화를 이루지 못하는 신세모순(身世矛盾)은 기실
난세(亂世)가 아니어도 누구나 겪는 범상한 일이기도 하다. 그러나 그러
한 상황에서도 누군가의 도움을 받아 진실되게 살아가려는 사람이라면
누구나 대오(大悟)에 근접할 수 있겠고, 일연이 찍은 방점은 거기에 집중
되는 것으로 보인다. 그것은 신화적 통합이면서 현실적 타협이고, 성(聖)
과 속(俗)의 교통(交通)이면서 승속일여(僧俗一如)의 참된 경지이기도 하
다. '보살'이라는 존재가 특별하다면, "특별하게 존재하는 모든 것은 총체
적이어야 하며, 모든 차원과 모든 맥락에서 대립의 합일을 포괄해야 한
다."[161]는 명제는 두 보살이 출현하는 이 설화에서도 그대로 입증되는 것
이다.

3. 「낙산이대성관음정취조신(洛山二大聖觀音正趣調信)」의 구성과 그 신화적 이해

1) 개별 삽화 구성의 반복패턴

「낙산이대성관음정취조신(洛山二大聖觀音正趣調信)」조(條)는 크게 세

---

160) 인권환, 「韓日 관음설화의 유형적 特徵에 對하여 -『三國遺事』와 『日本靈異記』를 대
    상으로-」, 『Journal of Korean Culture』17, 한국어문국제학술포럼, 2011, 17쪽 참조.
161) 미르체아 엘리아데, 『메피스토펠레스와 양성인』, 최건원·임왕준 옮김, 문학동네, 2006,
    138쪽.

부분으로 나눌 수 있다. 그 첫째는 의상, 원효, 범일이 보살을 친견하거나 친견하려 하는 이야기 부분이고, 그 둘째는 걸승이 보주(寶珠)를 지켜내는 부분, 그리고 그 셋째는 앞 이야기들과는 별도로 첨가된 조신 부분이다. 이 중 첫째 부분은 다시 의상과 원효, 범일로 나뉘므로 결국 다섯 삽화로 이루어진 셈이다. 즉, 첫째, 의상(義湘) 이야기, 둘째, 원효(元曉) 이야기, 셋째, 범일(梵日) 이야기, 넷째, 걸승(乞升) 이야기, 다섯째 조신(調信) 이야기. 이 다섯 이야기는 다음과 같이 구분될 수 있다.

조목의 전체	제1층위 (형식적 구성)	제2층위 (목적으로 본 내용)	제3층위 (주인공별 개별 삽화)
낙산사 탑상 관련 이야기	고승의 보살 親見 이야기	관음보살 친견	의상 삽화
			원효 삽화
		정취보살 친견	범일 삽화
	후일담	寶珠의 守護	걸승 삽화
	첨가 설화	꿈을 통한 깨침	조신 삽화

그런데, 이 제3층위에 있는 다섯 삽화들은 모두 다른 내용들을 담고 있지만 구조적인 상동성을 보인다. 첫째번의 의상 이야기를 실례로 보자.

(가) 옛날, 의상법사가 처음 당나라에서 돌아와서 관음의 진신이 바닷가 동굴 안에 있다는 말을 듣고 그 이름을 '낙산'이라고 했다. 이는 서역의 보타낙가산으로, 여기서 '소백화'라고 하는데 백의보살의 진신이 계신 곳이기 때문에 이런 이름을 붙인 것이다. (나) 재계한 지 7일만에 자리를 새벽 물 위로 띄웠더니 천룡팔부(天龍八部)가 따르며 모셔서 동굴 안으로 끌어 들어갔다. 공중에 참례하니 수정 구슬 한 꿰미가 나오므로 의상이 그것을 받아 물러나오자 동해의 용 또한 여의주 한 알을 바쳤다. (다) 법사가 받들고 나와서 다시 재계한 지 7일 만에 진용(眞容)을 친견하였는데 이렇게 말했다. "자리 위

산 꼭대기에 쌍 대나무가 솟아날 텐데 거기에 전각을 짓는 것이 좋겠다." 법사가 이 말을 듣고 동굴에서 나와 보니 정말 대나무가 땅으로부터 솟아났다. (라) 그래서 금당(金堂)을 짓고 불상을 만들어 거기에 안치했더니 둥그스름한 얼굴과 아리따운 자질이 하늘이 만들어낸 듯했는데 그 대나무는 다시 없어져버렸다. 이에 정말로 진신(眞身)이 계신 곳임을 알아차리고는 그 절을 '낙산사(洛山寺)'라고 했다. 법사는 받은 두 구슬을 성전에 잘 모셔두고 갔다.[162]

(가)는 의상이 '낙산'으로 진신을 친견하기 위해 왔으며, (나)는 재계한 지 7일 만에 두 종류의 구슬을 얻는 신이한 일이 일어났고, (다)는 또 다시 7일을 재계하자 진신이 모습을 드러내면서 절을 지을 자리를 일러주었으며, (라)는 정해준 자리에 절을 짓고 불상을 만들어 앉히고 그 절 안에 구슬을 두고 갔다는 내용이다. (가)는 낙산에 대한 설명이고 (라)는 절에 불상과 구슬을 잘 모셔두었더라는 후일담 형식이고 보면, 깨달음과 관련된 핵심 내용은 (나)와 (다)이다. 그런데 이 둘은 절묘하게도 똑같이 7일씩 재계하여 무언가를 얻어낸 과정을 담고 있다. (나)에서는 7일을 재계하여 바닷가 동굴에 들어가 신이한 물건을 얻어내고, (다)에서는 다시 7일을 재계한 끝에 진신을 친견하고 저 자리를 얻어내는 것이다. 7일씩 두 차례를 거듭한 끝에 목표에 이른다는 설정은 상당히 의미 있어 보인다.

이 과정을 다시 간단히 요약하면 다음과 같이 정식화될 수 있다.

---

162) 昔義湘法師, 始自唐來還, 聞大悲眞身住此海邊窟內, 故因名洛山, 蓋西域寶陁洛伽山, 此云小白華, 乃白衣大士眞身住處, 故借此名之. 齋戒七日, 浮座具晨水上, 龍天八部侍從, 引入崛內. 參禮空中, 出水精念珠一貫獻之, 湘領受而退, 東海龍亦獻如意寶珠一顆, 師捧出, 更齋七日, 乃見眞容. 謂曰: "於座上山頂, 雙竹湧生, 當其地作殿宜矣.", 師聞之出崛, 果有竹從地湧出. 乃作金堂, 塑像而安之, 圓容麗質, 儼若天生, 其竹還沒, 方知正是眞身住也. 因名其寺曰洛山, 師以所受二珠, 鎭安于聖殿而去. -『三國遺事』「塔像」〈洛山二大聖觀音正趣調信〉

(가) 진신이 있다는 말을 듣고 낙산을 옴(발단)

(나) 재계하여 구슬을 얻음(경과1)

(다) 다시 재계하여 진신을 친견하고 절 자리를 앎(경과2)

(라) 절을 세우고 불상과 보물을 잘 모셔두고 떠남(결과)

즉, 이 의상의 이야기는 진신이 있다는 말을 듣고 진신을 친견(親見)하기 위한 행위가 두 번 반복적으로 등장한 끝[+,+]에 결과가 이루어진다는 구조인 셈인데, 이런 틀은 그대로 이 이후의 이야기로 옮겨갈 수 있다. 뒤이어지는 원효 이야기는 이렇다.

(가) 의상의 뒤를 좇아 예를 드리고자 함(발단)

(나) 추수하던 백의의 여인을 만나 희롱함(경과1)

(다) 서답 빨래하던 여인을 만나 희롱함(경과2)

(라) 나중에 관음인 걸 알았으나 풍랑이 일어 예를 드리지 못함(결과)

(가)에서 이루고자 했던 목표와 (라)에서 이루어진 결과가 어긋나는 것이 의상 이야기와 가장 큰 차이이겠지만, (나)와 (다)라는 행위의 반복은 의상 이야기와 같다. 의상이 7일간 재계한 후 다시 7일간 재계했듯이, 원효는 추수하는 여인을 만나 희롱한 후 다시 빨래하는 여인을 만나 희롱하는 것이다. 의상이 7일간의 재계 끝에 보물을 얻었으나 거기에 만족하지 않고 다시 재계를 하여 끝내 진신을 친견한 것과는 상반되게, 원효는 백의의 여인이 나타났을 때나 빨래하는 여인이 나타났을 때나 그 의미를 알아채지 못한다.[-,-] 의상의 뒤를 좇아 왔다고 하면서도 의상이 '백의진신(白衣眞身)'을 찾던 것을 망각하고 '백의여인(白衣女人)'의 실체를 알아채지 못한다. 나아가 여성으로서도 드러내기 힘든 서답 빨래하는 곳에까지 가서 물을 청하고는 그녀가 주는 물을 내버림으로써 두 번째 기회마저 놓

치고 만다. 한 차례 성공에도 불구하고 다시 재계함으로써 더 큰 성취를 이루어내는 의상에 비하자면, 원효는 두 차례나 기회를 허비함으로써 낭패를 겪는 것이다.

범일 이야기 역시 반복 패턴이라는 점에서 크게 다르지 않다.

(가) 당나라에 가서 불법을 공부함(발단)
(나) 신라 출신의 외귀 사미승이 자신의 집을 지어달라고 하였으나, 귀국 후 굴산사를 세움(경과1)
(다) 외귀 사미승이 꿈에 나타나 재차 다그치자 그곳에 가서 외귀 돌부처를 얻음(경과2)
(라) 낙산의 위쪽에 절을 세워 불상을 모심(결과)

(나)에서는 정취보살이 현신하여 자신을 위한 집을 지어달라고 했으나 범일은 그 뜻을 알아차리지 못한다. 그러자 (다)에서 꿈을 통해 다시 한 번 부탁받자 뒤늦게 깨닫고 돌부처를 얻는다.[-,+] 두 차례에 걸쳐 행위가 이루어진다는 점에서는 의상 이야기나 원효 이야기와 같지만, 첫 번째에서는 알아차리지 못하고 두 번째에서 알아차린다는 점이 독특하다. 정취보살이 신라에서 온, 그것도 한쪽 귀가 없는, 말석에 앉은 사미승을 통해 현신했다는 데에서 특별한 의미를 찾을 수 있겠는데, 이는 외견상 앞서 보인 원효가 만난 여인의 이미지와 크게 달라 보이지 않는다.

다음으로 걸승 부분 또한 같은 방식으로 살필 수 있다.

(가) 전란을 피해 주지 아행이 보살의 진용(眞容)과 구슬 두 개를 안전하게 옮기려 함(발단)
(나) 걸승이 그것들을 빼앗아 땅에 묻고 발원함(경과1)
(다) 아행은 죽고 걸승은 살아남아 그것들을 명주 감창사에게 바침(경과2)

(라) 그것들을 궁중으로 모심(결과)

　물론, 걸승의 이야기는 일종의 후일담으로서 다른 이야기들과 층위를 달리하지만, 다른 이야기와 견주어볼 여지가 아주 없지는 않다. 보는 대로, 최초의 목표는 두 절에 있던 보물을 무사히 지켜내는 일이었다. 주지 아행이 그것을 지키기 위하여 가져가려는 것을 걸승은 막아섰다. 그는 그것을 땅에 묻으면서 자신이 전란 중에 죽는다면 다시는 세상에 나오지 않을 것이고 혹시 살아난다면 보물을 나라에 바칠 것이라고 맹세하였다. 결과적으로 아행은 죽었지만 걸승은 살아남아서 그 보물을 국가에 바쳐 궁궐에 들어가게 되었다. 문제는 (나)와 (다)가 거듭 일어나는 일이다. 이는 의상법사가 7일간 재계하여 구슬을 얻은 뒤 다시 재개하여 최종 목적을 이룬 과정을 연상하게 한다. 사람의 생사를 알 수 없는 판에 몸에 지니고 도망 다니는 것이 위험함을 아는 까닭에 일단 보물을 안전하게 지키기 위하여 땅속에 묻어둠으로써 지키는 데 성공한다. 그러나 거기에서 그치지 않고 그렇게 지켜진 보물을 나라에 바침으로써 최종적으로 궁궐에 잘 보존되도록 하는 것이다.[+,+]

　끝으로, 조신 이야기 역시 다음과 같은 방식으로 진행된다.

(가) 관음보살에게 김태수의 딸과 살게 해달라고 빌었다.(발단)
(나) 꿈에 김태수의 딸과 혼인하였다가 불행을 겪고 헤어졌다.(경과)
　(나¹) 꿈에 김태수의 딸과 혼인하였다.(경과1)
　(나²) 40년을 산 결과 불행하여 헤어졌다.(경과2)
(다) 자식을 파묻은 곳에서 돌미륵을 발견하고 정토사를 세워 백업(白業)을 쌓는다.(결과)

(나)의 세부 내용은 모두 꿈속에서 이루어진 조신의 꿈속에서 이루어진 일이라는 점에서 한데 묶인다. 그러나 (나¹)에서는 태수의 딸이 먼저 와서 함께 살 것을 청하고 그래서 희망에 찬 결혼 생활을 시작했지만, (나²)에서는 현실적인 어려움에 빠져들고 결국 태수의 딸이 다시 헤어질 것을 청해서 결혼 생활을 마무리하는 것이다. 똑같은 여성과 벌이는 '만남-행복'과 '이별-불행'의 연속이며, 이 점에서 앞서 보인 패턴과 유사하다. 특이한 점은 꿈 속 이야기를 액자구조로 볼 때, 액자 바깥의 이야기는 실패에서 성공으로[-,+] 진행하는 데 반해서, 액자 안쪽의 꿈 이야기는 성공에서 실패로[+,-]로 진행한다는 점이다. 이 점에서 조신의 삽화는 반복 패턴이 중첩되어 복잡한 양상을 이루며, 그 둘이 합쳐질 때는 관음보살 앞에 자신의 욕망을 발원하여 성취하고, 끝에 가서는 그것이 허망한 것을 알고 참회하여 정진함으로써 더 큰 성취를 이루는 틀[+,+]이어서, 이 구조는 사실상 앞의 삽화들이 보이는 반복 패턴을 한데 합쳐놓은 형국이다.

그렇다면 「낙산이대성관음정취조신(洛山二大聖觀音正趣調信)」조(條)는 왜 그러한 반복 패턴을 보이며, 그 의미는 무엇일까 궁금하지 않을 수 없다. 사실 위의 이야기들은 경과1과 경과2 중 하나만 있어도 이야기의 성립에는 아무 문제가 없다. 가령, 의상이 7일간 재계하여 진신을 만났다고 할 수도 있고, 원효가 벼 베는 여인을 만나 희롱했다가 기회를 놓쳤다고 할 수도 있으며, 범일이 외귀 사미승의 말을 듣고 찾아갔다가 불상을 얻었다고 할 수도 있으며, 조신이 꿈속에서 행복하게 살다가 깨서는 헛것임을 깨쳤다고 해도 무방한 것이다. 그럼에도 불구하고 유사한 구조를 지닌 두 이야기를 병치(竝置)하였다면 거기에는 특별한 의미가 있을 법하다. 우선 전체 조목을 관통하는 패턴을 지님으로써 하나의 조목에 주는 통일성을 부여한다. 그 뿐만 아니라 개별삽화들은 반복패턴이라는 동일한 구조를 보이지만 개별 항목들에는 상당한 편차가 있어서 이를 통해 이 조목만의 특별한 의미를 짚어낼 가능성을 엿보게 한다.

2) 전체 구성과 조신(調信) 삽화

(1) 발원(發願)과 결과

설화의 도입부는 대체로 결핍요소나 문제상황을 드러냄으로써 결핍을 충족시키거나 문제를 풀어나가는 방식으로 서술되기 마련인데, 「낙산이대성관음정취조신」조의 다섯 개 삽화 또한 마찬가지이다.

맨 처음의 의상 이야기를 예로 든다면, 의상은 불법을 구하기 위해 당(唐)나라로 갔던 인물인데 신라로 돌아와 보니 부처의 진신(眞身)이 신라에 있다는 말을 듣고 친견하러 찾아 나선다. 부처를 만나자면 가장 가까운 데 있었으나 그걸 모른 채 당나라를 돌고 왔으니, 사실은 가장 가까운 데 두고 에둘러 갔다 돌아왔기에 더욱 간절한 기원(祈願)이 있게 된 셈이다. 그러나 이야기에서 그 산이 관음의 진신이 머무는 산인지 어떻게 알게 되었는지에 대해서는 소상히 밝히지 않고 있다. 그것은 소문이나 전언(傳言) 수준이지만, 그로 인해 이름이 낙산(洛山)으로 불렸고 이는 곧 서역의 보타락가산에서 온 말이며 거기가 바로 백의대사(白衣大士)의 진신(眞身)이 있는 곳임을 명확히 하고 있다. 서역에 관음보살이 있다는 산과 신라의 낙산을 동일시함으로써 당연히 진신을 친견할 수 있다는 논리이다.

이에 비해 원효가 주인공인 두 번째 삽화는 의상의 이야기가 보여주는 적극성을 잃고 있다. 그저 "의상의 발걸음을 뒤따라와서 예를 드리고자 했다."는 정도로 소략하게만 드러나는 것이다. 이는 예불(禮佛)이라는 측면에서 의상의 행보와 일견 비슷해 보이지만, 의상이 진신을 뵙기 위해 낙산으로 가는 것과는 질적으로 다른 면모이다. 그는 이미 의상이 노력하여 진신을 만나 세운 절에 예불을 하러 갈 뿐이다. 이는 어쩌면 '진신을 직접 만난 의상이 세운 절에 깃들어 있는 부처' 만나기라는 간접화 양상이라 하겠다.

세 번째 삽화는 범일이 당나라에서 불법을 공부하는 장면으로 이야기가 시작된다. "나중에 굴산조사(崛山祖師) 범일이 태화(太和) 연간에 당나라에 들어가 명주(明州) 개국사(開國寺)에 이르렀다."[163]라는 간단한 서술이다. 당나라에 유학하는 점이 의상과 비슷해 보이지만 당나라에 가서 고승을 만나 불법을 구할 뿐 진신(眞身)을 친견하려는 시도를 보이지 않는다는 점에서 성스러운 존재를 갈구하는 강도는 약화된다. 또, 원효는 의상의 뒤를 좇아 예불이 목표였던 데 비해, 범일은 이론적인 불법을 구하는 데 1차적인 목표를 두고 있는 점도 다르다.[164]

네 번째 삽화는 들불에도 잘 버텼던 보물이 몽고의 침입으로 위태롭게 된 상황에서 이야기가 시작된다. 결국 1차로 양주성으로 옮김으로써 피해보려 했지만 다시 적이 압박해오자 보다 더 안전한 곳으로 옮기려는 시도를 보인다. 이 시작은 의상처럼 진신을 만나려는 것도 아니고, 원효처럼 예불을 드리려는 것도 아니며, 범일처럼 불법을 구하려는 것도 아니다. 물론 이 보물에 부처의 영험함이 내재한다고 상정이 되기는 하지만, 눈앞에 닥친 위기가 성물(聖物)을 지키는 일이라는 점은 앞의 삽화들에 비해서 속화(俗化)의 정도가 심하게 여겨진다.

다섯 번째 삽화는 주인공 조신이 태수의 딸을 배필로 맞게 해달라고 기도하는 것으로 시작한다. 조신의 결핍은 곧 배필이 없는 상황인데, 문제는 조신이 색욕(色慾)을 끊어야 하는 승려라는 점에서 복잡해진다. 속세

---

163) 後有崛山祖師梵日, 太和年中入唐, 到明州開國寺. -『三國遺事』「塔像」〈洛山二大聖觀音正趣調信〉

164) 그가 불법을 구하기 위해 애를 썼던 점을 간과한다면 "일연이 부처를 만나고자 의도하는 것 자체가 부처와의 만남을 막는 장애가 되고 오히려 그러한 의도도 없이 살아갈 때 부처를 만날 수 있다는 것을 말"(신연우, 「『삼국유사』〈낙산이대성 관음 정취 조신〉조의 부처 만나기」, 『우리설화의 의미 찾기』, 민속원, 2008, 126쪽)한다는 진단이 내려지기도 한다. 그러나 범일이 지성으로 불법을 구했다는 사실에 주목하지 않고 원효, 의상처럼 직접 찾아 나서지 않았다는 점을 감안할 때의 상대적인 판단일 뿐이며, 뒤의 아행, 걸승, 조신 등과 함께 견줄 때는 위상이 달라진다.

의 여느 사람이었다면 이런 기도는 부처가 들어주어야 할 지당한 내용이 겠지만 그가 승려이기에 해석이 달라진다. 불도(佛徒)로 나선 몸이라면 당연히 그런 욕망에서 자유로워야 하는 것이고 그렇게 가는 것이 부처의 뜻일 텐데, 조신은 부처의 뜻을 정면으로 어기는 욕망을 발원하는 모순적 인 상황을 연출하는 것이다.

다섯 인물의 다섯 가지 발원은 역시 상이한 결과를 빚는다. 불교 영험 담인 만큼 그 귀결이 영험스러운 이적(異蹟)이 일어나는 데로 귀착될 것 으로 생각되겠지만, 실제로는 원효 이야기의 경우부터 주인공 원효에게 는 뒤늦은 깨침 외에는 별다른 이적이 없이 이야기가 마감되고 있다. 범 일이나 걸승, 조신 이야기 또한 세세하게 살펴보면 상당한 편차를 보인 다. 절을 짓는가 하면, 영물(靈物)을 수호하기도 하고, 정진하는 기회를 삼는 데 귀착되기도 한다. 이런 일을 염두에 두고 최종적으로 무슨 일이 이루어지는지 살펴보면 서사의 편차를 잡아내는 데 큰 도움이 될 것이다. 개별 삽화들의 맨 마지막 부분만 옮겨보면 다음과 같다.

(1) 그래서 금당(金堂)을 짓고 불상을 만들어 거기에 안치했더니 둥그스름 한 얼굴과 아리따운 자질이 하늘이 만들어낸 듯했는데 그 대나무는 다 시 없어져버렸다. 이에 정말로 진신(眞身)이 계신 곳임을 알아차리고 는 그 절을 '낙산사(洛山寺)'라고 했다. 법사는 받은 두 구슬을 성전에 잘 모셔두고 갔다.165)

(2) 그제야 전에 만났던 여인이 성녀(聖女), 곧 진신(眞身)임을 알았다. 이 로 인해 당시 사람들은 그 소나무를 '관음송'이라 불렀다. 법사가 신성 한 동굴에 들어가 진용(眞容)을 뵈려 했으나 풍랑이 크게 일어 들어가 지 못하고 떠나갔다.166)

---

165) 乃作金堂, 塑像而安之, 圓容麗質, 儼若天生, 其竹還沒, 方知正是眞身住也. 因名其寺曰 洛山, 師以所受二珠, 鎭安于聖殿而去. -『三國遺事』「塔像」〈洛山二大聖觀音正趣調信〉

(3) 물 속에 어떤 돌부처가 있어서 꺼내 보니 왼쪽 귀가 떨어져 나간 것이 전에 보았던 사미승 같았는데, 바로 정취보살의 불상이었다. 그래서 간자(簡子)를 만들어 절 지을 곳을 점쳤더니 낙산 위가 좋겠다는 점괘가 나왔다. 그래서 불전 세 칸을 짓고 그 불상을 안치했다.[167]

(4) 무오년 11월에 이르러 불교의 원로인 기림사 주지 대선사 각유가 임금께 아뢰었다. "낙산사의 두 보좌(寶珠)는 나라의 신성한 보물입니다. 양주성이 함락될 때 그 절의 중 걸승이 성 안에 묻어두었다가 적병이 물러간 뒤에 파내서 감창사에게 바쳐 명주 관아의 창고에 있습니다. 지금 명주성이 위태로워 지킬 수 없으니 대궐로 옮기는 게 좋을 듯싶습니다." 임금이 허락하여 야별초 10인을 보내 걸승을 데리고 명주성에서 찾도록 해서 대궐 안에 안치하였다. 심부름하던 관원 열 명에게 각각 은 한 근과 쌀 다섯 섬씩 주었다.[168]

(5) 작별하고 떠나려 할 즈음, 꿈에서 깨어났다. 타다 남은 등불은 깜박대고 밤이 새려는 참이었다. 아침이 되자 수염과 머리털은 모두 하얗게 셌고, 정신은 아득하여 인간 세상에 뜻이 없어졌고 괴롭게 살아가는 것도 이미 싫어졌다. 한평생의 괴로움을 다 겪은 듯하여 탐욕스럽고 깨끗지 못한 마음이 얼음 녹듯 사라졌다. 그래서 성스러운 모습을 대하여 부끄러운 마음이 일어 참회하는 마음이 끝이 없었다. 곧 돌아와서 해현에 있는 아이를 묻은 무덤을 파보니 돌미륵이 있었다. 깨끗이 씻어 근처의 절에 모시고 서울로 돌아가 장원을 맡은 책임을 그만두고

---

166) 方知前所遇聖女乃眞身也. 故時人謂之觀音松, 師欲入聖崛, 更覩眞容, 風浪大作, 不得入而去. -『三國遺事』「塔像」〈洛山二大聖觀音正趣調信〉

167) 水中有一石佛. 昇出之, 截左耳, 類前所見沙彌. 卽正趣菩薩之像也, 乃作簡子, 卜其營構之地, 洛山上方吉, 乃作殿三間安其像. -『三國遺事』「塔像」〈洛山二大聖觀音正趣調信〉

168) 至戊午十一月, 本業老宿祇林寺住持大禪師覺猷奏曰: "洛山二珠, 國家神寶. 襄州城陷時, 寺奴乞升, 埋於城中, 兵退取納監倉使, 藏於溟州營庫中. 今溟州城殆不能守矣, 宜輸安御府." 主上允可, 教夜別抄十人, 奉乞升, 取於溟州城, 入安於內府. 時使介十人, 各賜銀一斤米五石. -『三國遺事』「塔像」〈洛山二大聖觀音正趣調信〉

사재를 기울여 정토사를 짓고 부지런히 백업(白業)을 쌓았다. 그 후
어떻게 삶을 마쳤는지는 알지 못한다.[169]

(1)은 절을 짓고 관음상을 만들어 안치하여 진신(眞身)이 머무는 곳임
을 확인한다. (2)는 뒤늦게 깨닫지만 동굴로 들어가지 못하여 진신을 친
견(親見)하지 못한다. (3)은 뒤늦게 깨달은 뒤 간자(簡子)를 통해 자리를
찾아 절을 세운다. (4)는 땅에 묻어 지킨 보물을 나라에 바쳐 안전하게
보존한다. (5)는 돌미륵을 찾고 잘못을 깨치며 절을 세우고 정진한다. 이
이야기가 속한 편목이 「탑상(塔像)」인 만큼 매 이야기의 끝이 불상이나
절 같은 불교적 사물이나 공간의 제시로 끝나는 것이 공통적이지만 그것
과 연관된 인물의 행위는 서로 다르다. 신비로운 체험을 하고 진신을 만
나기도 하고, 진신은 아니어도 현신(現身)한 인간을 보기도 하며 그저 속
세의 인간을 만나고 말 뿐이기도 하다. 그런가 하면 신령스러운 물건을
얻거나 절을 짓기도 하며, 일을 이루고 떠나기도 하고 그 자리에서 계속
머물기도 한다.

(2) 성패(成敗) : 성(聖)의 친견(親見) 문제

이미 살핀 대로 다섯 개의 삽화에는 기묘하게도 두 번의 행위가 반복되
어 나온다. 앞서 단락구분에서 (나)와 (다)로 표시된 단락이 바로 그러한
데 이 반복패턴에도 일정한 법칙성이 감지됨직하다.

제일 첫 삽화부터 보자. 의상이 진신을 만나기 위해 재계한 결과 천룡
팔부(天龍八部)가 시중을 들었다고 했다. 팔부(八部)란 본디 여덟 종류의

---

169) 方分手進途而形開. 殘燈翳吐, 夜色將闌. 及旦鬚髮盡白, 惘惘然殊無人世意, 已厭勞
生, 如飫百年辛苦, 貪染之心, 洒然氷釋. 於是慙對聖容, 懺滌無已. 歸撥蟹峴所埋兒
塚, 乃石彌勒也. 灌洗奉安于隣寺, 還京師, 免莊任, 傾私財, 創淨土寺, 懃修白業, 後
莫知所終. -『三國遺事』「塔像」〈洛山二大聖觀音正趣調信〉

신성한 존재이겠지만, 관례에 따라 하늘을 관장하는 천(天)과 물밑을 관장하는 용(龍)을 대표로 내세웠다. 그리고 공중(空中)에 예배해서 수정주(水精珠)를 얻고, 동해룡(東海龍)이 여의주(如意珠)를 바쳤다. 수정주가 본디 물을 맑게 하는 구슬로 마음을 맑게 가라앉히는 상징으로 쓰이고, 여의주는 말 그대로 그것을 지니고 있으면 모든 일이 제 뜻대로 이루어진다는 영물(靈物)이다. 하나는 하늘에서, 하나는 물밑에서 나옴으로써 그 둘의 결합에 의해 재계(齋戒)의 효험이 완벽함을 알 수 있다. 그것도 실제 서사에서는 의상이 수정주 한 꿰미를 받아 나오자 즉각 동해의 용이 여의주를 바쳤다고 해서 하늘과 땅의 조응(照應)을 분명히 했다. 그러나 의상은 거기에 만족하지 않았다. 서사에서는 누락되어 있지만 문면으로 볼 때, 본래의 목표가 그런 영물을 얻어내는 것이 아니었기 때문이다. 그래서 그는 다시 한 번 더 7일 간의 재계에 들어간다. 그제야 진신이 몸을 나타내어 절을 지을 자리를 점지해준다.

여기에서 의상이 1차 재계에 그쳤을 경우를 가정해본다면 재미있는 결과가 나온다. 만약 1차 재계에서 영물을 얻고 거기에 만족하여 돌아섰다면 진신(眞身)을 만날 수는 없었겠고 기껏 손에 넣은 영물조차 영험함을 발휘하기 어려웠을 것이다. 실제로 『삼국유사』에는 1차 행위에서 성공하지만 거기에 머무른 까닭에 2차 행위에서 실패를 보이는 예를 어렵잖게 찾아볼 수 있다. 가령, 「기이(紀異)」 제2의 「처용랑망해사(處容郎望海寺)」 조(條)에서는 임금이 행차한 가운데 동해용이 나타나자 나라에 변고가 생길 것을 알고 절을 지어주며 문제를 잘 풀어냈기 때문에 역신의 변고를 물리칠 수 있었지만, 뒤이어 남산(南山)의 산신(山神)이 나타나 춤을 추었을 때는 상서로운 조짐으로 잘못 해석하여 함께 춤추고 놀다가 끝내 망하고 말았다. 또, 「감통(感通)」편의 〈경흥우성(憬興遇聖)〉 조(條)에서는 근심걱정에 병이 든 경흥이 관음보살의 도움으로 문제를 해결하지만, 교만한 마음이 생겨 말을 타고 거들먹거리다가 문수보살이 현신(現身)한 거사에게 질책을 받는다.

이 점에서 의상에게 재계의 기회를 거듭 주었다는 것은 의미심장하다. 이 이야기가 어차피 불교의 영험담이어서 인간이 생각해내기 어려운 신비한 일이 일어나기 마련이지만, 간절히 기구하지 않는 인간에게까지 기회를 줄 수 없다는 뜻으로 풀이된다. 즉, 한 차례의 시험만으로는 부족했고 두 차례의 시험 끝에 진위를 확인하고 기회를 열어주게 된다. 이는 그 성패로 볼 때 '작은 성공 - 큰 성공'으로 규정지을 만한 것인데, 이후의 삽화들은 그런 틀과는 아주 크게 구별된다.

원효 이야기의 경우, 의상과는 대극점에 서 있어서 첫 번째 기회에서 실패했음은 물론 두 번째 기회에서도 실패한다. 여성으로 나타난 관음의 화신을 못 알아본 것인데, 사실은 그 실체를 못 알아본 것이 문제가 아니라 그 여성을 대하는 태도에 문제가 있는 것이다. 원효는 예불하겠다는 마음으로 길을 가는 중이었는데 벼를 베는 여인을 만나 희롱조로 벼를 좀 달라고 한다. 탈속(脫俗)과 파탈(擺脫), 무애(無碍)를 강조하는 원효라고 해도 부득불 그런 일을 할 때는 그럴법한 이유를 대는 것이 마땅하다. 요석 공주와의 일만 해도 단순한 색욕이 아니라 하늘 받칠 기둥을 구한다는 명분을 내세웠던 것처럼 더 큰 성취를 위해 작은 계율쯤은 넘어선다는 식의 정당성이 부여되어야 하는데 이 삽화는 그런 점이 간과되고 있다. 농사짓는 전 과정에서 아무런 역할도 하지 않은 사람이 도와주겠다는 마음도 없이 추수하고 있는 곡식을 달라고 한다면, 그것도 굶주렸다거나 좋은 뜻에 쓰겠다거나 하는 이유도 없이 그저 장난삼아 그랬다면 곱게 이루어질 리가 만무하다. 여인은 낱알이 신통치 않다는 핑계로 거부한다. 더구나 원문에 명기된 것처럼 그 여인이 백의(白衣)를 입고 있었고, 원효가 예불하려는 대상이 바로 백의진신(白衣眞身)이라면 상당한 어긋남을 드러낸 셈이다.

그러나 원효에게는 또 한 번의 기회가 주어진다. 이번에는 서답을 빠는 여성을 만난 것인데, 정상적인 상황이라면 모른 척하고 자리를 피하는 것이 상례이다. 그러나 원효는 도리어 가까이 가서 물을 달라고 한다. 이 경우에 있어서도 제대로 파탈(擺脫)을 한 승려라면 주는 대로 마시면 그뿐일 텐데, 그 물이 지저분하다며 버리고 깨끗한 물을 고집한다. 목이 마르지 않거나 꼭 그 물이 필요하지 않았는데도 공연히 장난삼아 그렇게 했다는 표시이다. 저 유명한 해골물 이야기와 비교해볼 때 그런 점이 더욱 극명하다. 서답 빤 물보다 더한 물도 먹을 수 있음에도 불구하고 이렇게 거부하는 상황을 연출함으로써 원효의 파탈은 파탈을 위한 파탈로 비쳐진다. 물론 이는 실제 원효가 그랬다기보다는 의상 일파, 혹은 의상의 문도(門徒)들에 의한 원효(元曉) 비판의식이 반영되어 만들어진 결과[170]일 수 있겠지만, 문면대로가 그렇다는 말이다.

그렇다면 의상은 두 번의 기회를 성심껏 써서 성(聖)을 체현할 수 있었고, 원효는 두 번의 기회를 모두 놓침으로써 성(聖)을 체현하지 못한 것이다. 풍랑이 일어 동굴의 가까이 얼씬도 못했다는 전언을 덧붙임으로써 그런 자세로 성(聖)을 접하려는 것이 얼마나 허망한 것인가를 일러준다 하겠다. 나머지 세 삽화는 그러한 두 극단의 사이에 놓인다. 즉, 한 번은 놓치지만 한 번은 잘 사용함으로써 소기(所期)의 성과이든 뜻밖의 반전(反轉)이든 바람직한 방향으로 일이 이루어지는 것이다.

범일의 경우, 본래 진신(眞身)을 친견하겠다는 뜻을 갖고 있지는 않았다. 물론 모든 불자(佛者)가 그런 기회를 원하기는 하겠지만 범일이 등장하는 첫 장면은 불법을 공부하느라 개국사(開國寺)에 있는 것이다. 이때 귀가 하나뿐인 신라출신 사미승이 '말석(末席)'에 있었다고 한 것으로 보아 고승 아래에서 불법을 공부하는 때임을 짐작할 수 있다. 그러나 그 외

---

170) 최병헌, 「高麗佛敎界에서 元曉理解」, 김지견 편, 『元曉聖師의 哲學世界』 민족사, 1989, 148쪽.

귀 승려의 부탁을 받고도 암묵적으로 수용했음에도 불구하고, 그 절을 떠난 후로도 다시 다른 절들을 돌아다니며 염관(鹽官)으로부터 불법을 전수받아 귀국하여 굴산사를 세웠다고 했다. 이는 부처의 말[言語]을 공부하는 데 빠져서 실제 부처를 보는 데 실패했음을 의미한다. 그러나 다시 그 사미승이 꿈에 나타나자 자신의 잘못을 이내 뉘우치고 그를 찾아 나서고 결국 정취보살의 석상(石像)을 얻게 된다.

걸승의 경우, 한 인물에 의한 반복이 아니라 두 인물에 의한 반복이라는 점에서 다른 삽화들과 구분된다. 아행이나 걸승 모두 두 가지 신령한 구슬을 잘 보존하려는 생각에는 차이가 없고 둘 다 자기 나름대로 방책을 마련한다. 아행은 제 몸에 감추고 나가는 방법을 택했고 걸승은 땅에 묻어두는 방법을 택한 것이 다를 뿐이다. 그런데 이야기에서는 걸승이 아행이 몸에 숨기고 가는 것을 빼앗았다고 했다. 아행은 주지승이고 걸승은 종이어서 이는 하극상(下剋上)으로 보일 법한 일이지만 걸승은 조금도 멈칫댐이 없이 이렇게 발원했다. "내가 만약 죽음을 면치 못한다면 두 보주(寶珠)는 세상에 나오지 못해 사람들이 모르겠지만, 내가 죽지 않는다면 두 보물을 나라에 바칠 것이다."171) 여기에 드러난 대로 걸승이 택한 길은 자신의 뜻대로가 아니라 하늘[부처]의 뜻대로이다. 아행이 앞서 보인 태도, 즉 자신이 물건을 지니고 빠져나가면 안전할 것이라는 생각은 자신의 신변을 자신이 책임질 수 있다는 뜻이다. 그러나 대병(大兵)이 쳐들어와서 피란하는 마당에 자신의 생명을 보장할 수 없는 터라면 그런 생각은 인간의 오만함일 수도 있다. 아마도 이런 까닭에 걸승은 아예 그 모든 것을 하늘[혹은 부처]의 운에 맡기는 방법을 써보자는 전략을 구사한 것으로 보인다. 결국 아행은 죽고 걸승이 살아남아 그 보주를 나라에 바치게 전개되기 때문에 결국 제 몸에 감춰 지키려는 시도는 실패하고 땅에 묻어

---

171) "我若不免死於兵, 則二寶珠, 終不現於人間, 人無知者, 我若不死, 當奉二寶, 獻於邦家矣." -『三國遺事』「塔像」〈洛山二大聖觀音正趣調信〉

운에 맡기려는 시도는 성공한 셈이 된다.

걸승보다 더 극적인 성취는 맨 마지막의 조신 이야기에 있다. 조신은 이야기 서두에서부터 부처의 힘을 통해 자신의 욕망을 관철시키려 들 만큼 세속적이다. 물론 원효 또한 신실하지는 못했다 하더라도 예불(禮佛)에 뜻이 있었고, 범일은 불법을 공부하는 데 골몰했으며, 걸승은 어떻게 해서든 부처의 인연으로 얻게 된 보주(寶珠)를 지키려 했지만, 조신의 경우는 고작 자신의 배필을 구했던 것이다. 그리고 꿈속에서나마 그 배필을 얻어 결혼해 살게 됨으로써 뜻을 이룬 듯했지만 견딜 수 없는 불행 끝에 헤어지게 되고 만다. 행복할 줄 알았던 결혼 생활이 도리어 헤어 나올 수 없는 파탄으로 이끈 셈이다. 그러나 그러한 처참한 실패 덕에 다시 정진하게 되는 계기를 삼아 큰 성취를 얻게 되어, 성취와 실패, 실패와 성취가 반복되면서 큰 깨달음을 얻어가는 이야기인 것이다.

이렇게 볼 때, 이 이야기 속의 인물들이 반복적으로 펼쳐 보인 행위는, 인간이 제 스스로의 뜻대로 움직인 경우와 절대자 혹은 초월적인 존재의 뜻에 따라 움직인 경우로 양대별해 볼 수 있다. 의상의 이야기는 두 차례 모두 초월적인 존재의 뜻에 따랐고 원효의 이야기가 모두 인간의 뜻대로 행했다면, 범일과 걸승은 한 차례는 인간의 뜻에 따라 행동해서 실패하지만 다시 초월적인 존재의 뜻에 맡김으로써 성공하게 된다. 그러나 원효, 범일, 걸승의 경우만 하더라도 두 차례의 행위가 모두 부처를 만나거나 받들려는 뜻에서 나온 것임이 분명하지만, 조신은 그 처음부터 이야기가 끝나갈 무렵까지 모두 인간의 뜻을 고수하다가 끝내 잘못을 뉘우치고 절대자에 귀의하는 양상을 보인다. 이는 인간의 뜻에 따라 일을 행할 때보다 하늘[혹은 부처]의 뜻에 따라 일을 할 때 더욱 큰 성취가 일어나는 것을 강조한 처사로 보인다. 개별삽화들이 그렇게 구성된 이유는 성취를 이루려면 최소한 스스로 적극적인 자세를 보여야 하며, 또한 인간의 뜻만이 초월적 섭리에 순응해야 함을 역설하는 것으로 보인다.

(3) 전체구성으로 본 조신(調信) 삽화

다섯 개의 삽화에 담긴 첫 장면, 곧 문제 내지는 결핍은 가히 스펙트럼을 이룬다고 해도 괜찮을 성싶게 줄이 그어진다. 발원부분부터 보자면, 의상이 진짜 부처 만나기를 염원하던 데에서 출발하여, 원효는 의상이 진짜 부처를 만나서 세우고 그때 이룬 불상(佛像)이 있는 절로 가서 예불하고 싶어 했으며, 범일은 실제 부처를 만나기보다 불법을 공부하여 깨침을 얻고자 했고, 걸승은 원효가 얻은 물건을 지켜내고자 했고, 조신은 아예 부처의 뜻과는 무관한 제 배필 구하기를 소원했다. 뒤이어질 행위 따른 성패(成敗)를 떠나 그 최초의 행보가 담고 있는 속화(俗化)의 정도로 본다면 의상〉원효〉범일〉걸승〉조신의 순서임이 분명하다. 마치 일부러 순서를 맞추어놓기라도 한 듯, 부처를 직접 만나고, 부처를 직접 만난 곳을 뒤좇아 찾고, 부처의 뜻을 헤아려 공부하고, 부처가 남긴 물건을 지켜내려 하고, 끝내 부처의 뜻을 어기고 여인을 탐하는 설정이다.[172]

이런 순서는 사실상 성(聖)에서 속(俗)으로 이행되는 과정을 극명하게 보여주는 것이다. 조목의 제목이 시사하는 대로 이 조목은 낙산의 두 성인(聖人)인 관음보살과 정취보살을 직접 만나거나 그와 연관된 물건을 접함으로써 그 성스러움을 체현(體現)하는 이야기이다. 이 점에서 성인을 직접 만나는 데에서 출발하여, 성인의 자취를 따라가고, 성인의 뜻을 헤아리는 공부를 하고, 성인과 관련된 물건을 수호하기 위해 애쓰는 일련의 과정은 결국 성(聖)의 속화(俗化) 과정으로 파악될 수 있다. 급기야 성(聖)은커녕 속(俗) 중의 속(俗)이라 할, 배필 있는 여자에 대한 미련을 버

---

172) 일연이 붙인 주석을 통해서 그 순서를 바로잡아놓은 것을 알 수 있다. 주석에 따르자면, "古本에는 범일의 일이 앞에 실려 있고 의상과 원효 법사의 일은 뒤에 있지만, 살펴보면 의상과 원효 법사의 일은 당나라 고종 때이며 범일은 회창 이후여서 그 사이가 170년이나 된다."고 하여 시간 순으로 고쳐놓았다. 문제는 조신의 이야기에 나오는 김흔을 실존인물로 추정한다면 조신의 이야기가 범일을 앞이 되어야 해서 역시 순서가 안 맞는다는 점이다.

리지 못하는 데까지 이르게 됨으로써 성(聖)에서 속(俗)으로의 차등화가 빚어진다 하겠다.

그러나 개별삽화의 속화 정도가 심화되면서 이야기의 신성도가 떨어진 다기보다는 극적 재미가 더해짐으로써 오히려 더 큰 문학적 성취가 커지는 점에 유념할 필요가 있다.[173] 가령, 처음의 뜻을 조금도 잃지 않고 정진에 정진을 거듭해서 성(聖)스러움을 체현하는 의상의 이야기보다, 범속한 여인의 모습으로 현신한 관음을 알아보지 못한 원효의 이야기가 더 극적이고 그래서 더 큰 재미와 더 깊은 교훈을 준다. 여인이 사라진 자리에 놓여있었다는 신발 한 짝은 양쪽 신발이 따로따로 있음으로써 서로 이질적인 두 세계에 걸쳐있는 존재임을 드러내는 것으로 여겨진다. 즉, 의상과 원효의 이야기가 모두 관음보살을 만나는 공통의 화제를 담고 있다고 할 때, 이때 관음보살이 바로 의상이 만났던 신비로운 초월의 세계와 원효가 만났던 일상의 현실 세계를 매개하는 중개자의 역할을 하고 있는 것이다.

마찬가지로 범일 이야기에 등장하는 외귀승 역시 그러한 두 세계에 걸쳐있는 인물로 풀이할 수 있다. 외귀승은 당나라에서는 그저 말석에 앉아있는 사미승이며, 그것도 신라의 변방에서 온 하찮은 존재이고, 거기에 귀 한 짝이 없는 불구의 존재이다. 이 점에서 본다면 고귀한 쪽의 반대편에 선 비천(卑賤)한 인물이다. 그러나 신라에 돌아와서 다시 찾은 그는 그저 동네 아이들과 노는 비천한 인물일 뿐이지만 그 아이는 "금빛동자(金色童子)"로 기술될 만큼 특별하며, 자금색(紫金色)이 본래 정취보살의 빛깔이어서 관음보살이 현신할 때 백의(白衣)를 강조한 것과 마찬가지로 자신의 정체를 일러주는 장치이다. 어쨌거나 성(聖)스럽다고

---

173) 유광수(2000)에서 깨닫기 이전과 깨달은 이후를 비교할 때 가장 큰 깨달음을 얻은 것은 조신이라고 지적한 것은 깨달음이라는 정신적 성취만이 아니라 서사의 전개라는 문학적 국면에서도 유효하다. 유광수, 앞의 논문, 142-145쪽 참조.

하는 당나라의 절에 모습을 드러낼 때는 한없이 초라하고 왜소해 보이던 인물이 신라의 향촌 마을에서 아이들과 놀 때는 금빛 자태를 뽐내는 성(聖)스러운 자태였다. 이쪽에서 보면 저쪽의 특성을, 저쪽에서 보면 이쪽의 특성을 지닌 인물이라면 필경 양편의 특성을 모두 지닌 특별한 인물이기 쉽다. 이는 그저 동네에서 놀던 여느 아이로 드러났다는 점에서뿐만 아니라 하필이면 한쪽 귀가 없는 모습으로 드러난 데서 분명해진다. 귀가 없는 사미승이라는 이미지가 비속(卑俗)함을 드러낸 처사이겠으나[174] 몸의 한쪽이 결핍된 불구의 존재야말로 두 세계의 중간지점을 잘 표현해주기 때문이다.[175]

이렇게 볼 때, 관음과 정취 두 보살은 성스러운 세상과 범속한 세상을 이어주고 통합해주기 위해 모습을 드러낸 인물임이 분명하다. 매 삽화마다 인물의 행위를 반복하면서 극단적인 행위나 한쪽 끝에서 한쪽 끝으로 넘어서는 모습을 연출하는 것은 부처와 중생 사이에 위치한 보살의 중생제도(衆生濟度) 임무를 극명히 드러내기 위한 장치일 것이다. 관음보살이 의상 앞에 천룡팔부(天龍八部)가 나타났다거나 정취보살이 금빛을 띠고 있었다는 것은 성(聖)의 표지이지만, 관음보살이 원효 앞에 허드렛일을 하는 여인으로 나타났거나 정취보살이 외귀의 사미승으로 나타난 것은

---

174) 이런 시각은 조동일, 앞의 책, 243쪽 참조.

175) 레비스트로스는 세계신화에서 장애인이나 불구자가 등장하는 사례에 주목한 바 있다. "세계 도처에서 흔히 나타나는 신화의 인물들은 장님이거나 절름발이, 애꾸눈 또는 팔병신이다. 이런 사실은 우리를 당황시키는데, 왜냐하면 이것들은 결핍이기 때문이다. 그러나 수적으로는 더 빈약하지만 요소의 제거에 의해 형성된 불연속 체계는 논리적으로 더 풍부하다. 마찬가지로 신화는 흔히 불구자나 병자에게 긍정적인 의미를 부여하는데, 이들이 매개 형식을 구현하기 때문이다. 우리는 불구나 병을 존재의 결핍, 즉 불행이라고 생각한다. 그러나 죽음은 삶과 마찬가지로 실제적이다. 그렇기 때문에 존재하는 것 모두 말하자면, 병적인 것까지를 포함하는 모든 조건은 그 나름대로 긍정적이다. 가장 볼 것 없는 존재도 체계 내에서 완전한 자리를 차지할 권리를 갖는다. 왜냐하면 불구나 병은 죽음과 삶이라는 두 개의 '완전한' 상태를 통로로 설정할 수 있는 유일한 형태이기 때문이다." -레비스트로스, 『신화학』1, 임봉길 옮김, 한길사, 2005, 173쪽.

속(俗)의 표지이다. 여기에 걸승의 삽화가 덧보태지면 같은 방식으로 이해가 가능하다. 아행은 자신의 뜻대로 보주(寶珠)를 보존하려 했고 걸승은 땅에 묻어두고 운명에 따르기로 했으므로, 사실상 아행은 속(俗)의 법칙을 걸승은 성(聖)의 법칙을 신봉한 셈이다.

결국, 이상의 네 삽화는 인물이 펼치는 행위의 두 차례의 반복뿐만 아니라 성(聖)과 속(俗)이 교차함으로써 공통적인 기조를 유지한다. 인물이 두 차례 행위를 하면서 초월적인 세계에 대한 믿음을 공고히 하는 한편, 그렇다고 해서 인간들이 살아가는 속세의 삶을 경시해서도 안 된다는 메시지로 읽히는 것이다. 이런 해석을 가능케 하는 가장 중요한 열쇠는 그 뒤에 첨가된 조신 삽화이다. 기존연구에서 〈낙산이대성관음정취조신〉조를 논의하면서도 조신 부분은 아예 언급하지 않거나, 거꾸로 조신 부분만 특화하여 논의하거나, 조신 부분은 조목을 달리해야할 내용이 끼어든 것으로 치부하곤 했지만 함께 들어있는 삽화를 따로 떼어내는 것도 부자연스러울 뿐만 아니라 이질적인 내용이 합쳐져 있더라도 그 순간 새로운 의미를 갖게 되는 사정을 감안해본다면 함께 논의하는 것이 온당하지 않을까 한다. 더욱이 조신 삽화가 앞의 삽화들과 연결점이 아주 없는 것도 아니다. 다시 조신 삽화를 검토해보자.

이야기의 발단은 관음보살에게 발원하는 내용인데 그 내용이 매우 속된 것이지만, 관음의 이칭(異稱)이 '대비(大悲)'인 데에서 알 수 있듯이 관음은 이런 딱한 사정을 들어주기에 적절한 대상이다. 관음보살은 중생들의 하찮은 소리이라 하더라도 다 듣고 손을 뻗어 도와줄 수 있는 존재라고 여겨지기 때문이다. 결국 조신의 발원이 이루어지는데 그 성취의 결과가 참혹하여, 이 둘은 차례로 성공-실패인 것처럼 보인다. 그러나 그것은 세속의 욕망에서 본 판단일 뿐이며, 다시 부처의 마음으로 돌아간다면 더 큰 깨침을 위한 발판으로 '작은 성공'이기도 하다. 맨 마지막에 정진하여 '큰 성공'을 이루게 되기 때문이다. 그런데 이 꿈속의 삶에서 조신의 아내가 하는 발언은 네 번째 삽화인 걸승의 행적을 연상하게 한다.

　　당신과 내가 어쩌다 이 지경에 이르렀습니까. 뭇새가 함께 굶주리는 것이
차라리 짝 잃은 난새가 거울 앞에 있느니만 못합니다. 차가우면 내버리고 따
뜻하면 달라붙는 것이 인정상 할 짓은 못 되지만 <u>가고 멈추는 것은 인력으로</u>
<u>되지 않고 만나고 헤어지는 데에는 운수가 있으니</u> 이제 그만 헤어집시다.[176)

　　밑줄 친 부분은 그대로 걸승이 구슬을 땅에 묻으며 운에 맡긴 그 대목
을 방불케 한다. 남녀가 만나 사랑에 빠지고 그런 사람들이 만나서 결혼
해 살면 그것이 지락(至樂)인 줄 알았지만 도리어 '이 지경[此極]'에 빠졌
으니 사람 뜻대로 사람살이를 정할 수 없음을 토로한 것이다. 아행이 제
뜻대로 구슬을 가지고 달아나려했던 것이 조신이 아내를 얻어 행복하게
살려했던 것과 유사한 일일 텐데, 인용 대목의 밑줄 친 부분 같은 진술에
서 그러한 판단이 잘못된 것임을 일러주며, 이는 네 번째 삽화 내용이 조
신 삽화와 연결될 수 있는 고리이다.
　　또, 맨 마지막에 정진하는 내용은 다시 세 번째 삽화인 범일의 이야기
와 연계될 만하다. 즉, 쉽게 알 수 있는 대로 불교적 관점에서 헛된 욕망
을 버리지 못하던 데에서 벗어나 수행하는 귀결은 범일 삽화의 다음 대목
과 포개진다.

　　훗날 굴산조사 범일이 태화 연간에 당나라에 들어가 명주 개국사에 는데,
왼쪽 귀가 떨어져 나간 사미승이 뭇 스님들 자리의 말석에 앉아 조사에게 말
했다. "저 또한 시골[신라]사람입니다. 집이 명주 경계에 있는 익령현 덕기방
에 있으니, 법사께서 나중에 본국으로 돌아가시거든 꼭 제 집을 지어주십시

---

176) 君乎子乎, 奚至此極, 與其衆鳥之同餒, 焉知如隻鸞之有鏡, 寒棄炎附, 情所不堪, 然而
　　行止非人, 離合有數, 請從此辭. -『三國遺事』「塔像」〈洛山二大聖觀音正趣調信〉

오." 그 후 여러 총림(叢林)들을 두루 돌아다니다 염관으로부터 불법을 얻고, 회창 7년 정묘년에 귀국하여 먼저 굴산사를 세우고 전교(傳敎)하였다. 대중 12년 무인 2월 15일, 밤 꿈에 전에 본 사미승이 창 아래로 와서는 이렇게 말했다. "전에 명주 개국사에서 스님과 약속을 해 승낙을 받은 일이 있는데 왜 이리 늦습니까?" 조사가 놀라 깨어 수십 명을 데리고 익령현의 경계에 이르러 그 거처를 찾았다.[177]

범일은 정체불명의 외귀 사미승의 집을 지어주기로 약속을 했다. 승려가 지어달라는 집이었으니 당연히 절이었을 것인데, 문제는 범일이 귀국 후에 그 일을 미루었다는 점이다. 약속의 선후를 생각하면 사미승과의 약속에 따른 절을 짓는 것이 먼저일 테지만 범일은 귀국하자 굴산사를 세웠다. 작품에서 굳이 '먼저[先]'를 강조한 까닭은 사미승과 약속한 절을 나중에 세웠기 때문이겠다. 그렇다면 범일의 문제는 하기로 한 일을 하지 않고 멈칫대는 데 있다는 결론이며, 그 일을 다그치는 사미승이 바로 정취(正趣)보살인 점은 의미심장하다. '정취'는 이름 그대로 바르게 나가기를 독려하는 보살이다. 원래 '아난야가민(Ananyagamin)'라는 이름을 한자로 옮겨 놓은 것인데, '다른 길로 가지 않는다'는 뜻이어서 '무이행보살(無異行菩薩)'로도 불린다. 정취보살은 샛길로 가고 싶은 유혹이 생길 때 도와줄 수 있는 존재이며, 범일에게 정취가 드러난 까닭 또한 거기에 있겠다.

그렇다면 조신 삽화의 맨 마지막 대목 또한 이와 연관 지어 이해될 수 있다. 맨 먼저 조신은 사랑이 넘치는 관음보살에게 자기 배필을 구하고

177) 後有崛山祖師梵日, 太和年中入唐, 到明州開國寺, 有一沙彌, 截左耳在衆僧之末, 與師言曰: "吾亦鄕人也, 家在溟州界翼嶺縣德耆坊, 師他日若還本國, 須成吾舍." 旣而遍遊叢席, 得法於鹽官, [事具在本傳.], 以會昌七年丁卯還國, 先創崛山寺而傳敎, 大中十二年戊寅二月十五日, 夜夢, 昔所見沙彌到窓下曰: "昔在明州開國寺, 與師有約, 旣蒙見諾, 何其晩也?" 祖師驚覺, 押數十人, 到翼嶺境, 尋訪其居. -『三國遺事』「塔像」〈洛山二大聖觀音正趣調信〉

꿈속에서나마 그 소원을 이루지만 결과는 참담했다. 원문에 있는 '성스러운 진용[聖容]'을 대하기 부끄러웠다고 하니 분명 맨 처음 자신이 빌었던 관음에 대한 참회의 마음이었을 것이다. 앞서 원효의 삽화에서는 미천한 신분의 여자라고 생각해서 희롱하다 깨침의 기회를 놓쳤지만, 이 조신 삽화에서는 고귀한 신분의 여자라고 생각해서 흠모하다 그리 되었으니 원리상 크게 다르지 않다. 그리고 이렇게 관음설화에서 고귀한 여성이 남성을 미혹하게 하여 깨침으로 인도하는 예는 흔한 편이다.[178] 그러나 참회는 과거에 대한 잘못을 뉘우치는 것일 뿐 그것만으로 바른 길이 만들어질 리는 없는데, 바로 이러한 때에 그가 출가(出家)했을 때 세웠을 초발심(初發心)을 다시 일깨울 존재가 필요했을 것이다. 즉, 자기도 모르게 다른 길로 새고 있는 발걸음을 잡아서 '무이행(無異行)'을 이루게 해주어야 하는데 이런 역할에 가장 적절한 존재가 바로 정취보살이다. 범일이 약속을 지체했을 때 다그쳐주었던 그 보살이라면 조신에게 본래 가고자 했던 길을 그것도 '빨리' 가도록 할 수 있을 것이기 때문이다.[179] 어리석은 마음까지 보듬어주는 자비와, 헛된 것에 현혹되지 않고 제 길을 가는 지혜는 사실상 동전의 양면 같은 것이다. "자비심 없는 지혜는 활동성이 없기 때문에 아무것도 이루지 못한다. 그리고 지혜가 동반되지 않는 자비심은 쉽게 고통으로 압도당하게 된다."[180]는 불교의 통합 원리가 그대로 적용된다 하겠다. 즉, 〈낙산이대성관음정취조신(洛山二大聖觀音正趣調信)〉조(條)의 여러 삽화가 겹쳐지면서, 또 조신(調信) 삽화의 서사가 진행되면서

---

178) 일례로 〈버선바위〉 이야기 같은 경우는 관음보살이 현신하여 자신을 흠모하는 남성으로 하여금 절을 짓게 하고 자신은 바위 속으로 들어간다. 〈修德寺 보신바위와 보신꽃〉(『韓國口傳說話』(임석재전집6)』, 평민사, 1990, 242-243쪽) 참조. 이 책의 다음 절에서 이에 대해 상론한다.
179) 실제로 정취보살은 『화엄경』에서 자신이 갈 보살의 길을 이렇게 설명한다. "선남자여, 나는 보살의 해탈을 얻었으니 이름하여 普門速疾行解脫이다."
180) 마이클 윌리스, 『티벳-삶, 신화 그리고 예술』, 장석만 옮김, 들녘, 2002, 102쪽.

그러한 제요소들을 통합하여 성숙해나가는 모습이 그려진다.

물론 조신 삽화는 그 자체로 독립된 이야기이지만, 최소한 여러 삽화들이 병치(竝置)되었을 때는 그렇게 함으로써 빚어지는 특별한 의미가 산출될 수 있다. 불교 승려로서 특별한 역할을 맡아 파견되는 데에서는 의상 삽화의 신실함이 엿보이고, 여인을 본 뒤로 마음이 흔들리는 데에는 원효 삽화의 파탈(擺脫)이 담겨있다. 또한 김씨녀가 인력으로 어쩔 수 없는 어려움을 호소할 때는 걸승 삽화에서 중대한 과업을 천운(天運)에 맡기는 처사와 겹쳐지며, 조신이 부질없는 욕망을 넘어 정진하는 모습에서는 범일 삽화의 독려(督勵)가 숨어있다. 다섯 개의 삽화는 삽화마다 공통점이 있으면서, 또한 삽화들이 얽혀서 조신 삽화로 집중될 수 있는 구성을 보이는 것이다. 그것이 편찬자의 의도였든 아니었든, 상이한 삽화들이 동일한 조목에 편성되면서 얻어지는 문학적 효과라 하겠는데, 최소한 조신 삽화를 가장 장황하게 그려내며 시기순으로는 맞지 않지만 맨 마지막에 배치하고, 뒤에 찬시(讚詩)까지 붙여놓은 데에는 그런 까닭이 작용했으리라 생각한다.

4. 성(聖)과 속(俗)의 경계(境界), '신발 한 짝' 모티프

1) 신데렐라, 관음, '신발 한 짝'

'신발 한 짝'이 가장 빈번하게 드러나는 유형의 이야기는 신데렐라형(型)이다. 세계의 신데렐라 이야기들을 연구한 『신데렐라와 소가 된 어머니』에는 여러 유형의 신데렐라 이야기들이 잘 정리되어 있다. 세계에는 대략 1000종 가량의 신데렐라 이본이 있는 것으로 알려지고 있으며[181],

---

181) 김정란, 『신데렐라와 소가 된 어머니』, 논장, 2004, 14쪽 참조.

이 유형의 이야기는 유럽뿐만 아니라 한국, 중국, 일본, 인도, 인도네시아 등등에 두루 퍼져있는 광포(廣布)설화이다. 대체로 'I. 학대받는 여주인 공, II. 마술적 도움, III. 왕자와의 만남, IV. 정체성 확인, V. 왕자와의 결혼'의 모티프로 구성되며, IV. 정체성 확인은 신발, 반지, 황금사과 따기 등에 의해서 이루어진다.[182]

문제는 정체성 확인 방법 가운데 가장 일반적이라 할 수 있는 신발 한 짝의 의미이다. 나카자와 신이치는, 레비스트로스의 입론에 따라 오이디푸스 신화에서부터 그 의미를 찾기 시작한다. 레비스트로스에 따르자면, 오이디푸스는 절름발이인데 이는 그가 대지로부터 솟아나온 인물이라는 표지라는 것이다. 즉, 그는 땅 밑에서 땅 밖으로 나온, 지하와 지상에 걸쳐있는 존재로서 양쪽 다리의 불균형을 표시하는 상징으로 절름발이가 채택되었다는 말인데 이 절름발이 상징은 곧 신발 한 짝의 상징으로 전이될 수 있다. 한쪽 발은 땅 밑에 두고 한쪽 발은 땅위에 걸치는 것처럼, 한쪽 신발은 이쪽 세계에, 한쪽 신발은 저쪽 세계에 두게 되면 신발 한 짝이 한쪽에 남아있음으로써 그가 양쪽에 걸쳐진 존재를 표상하게 된다.[183]

신데렐라의 경우, 그 이름대로 아궁이 곁의 '재투성이'로서 비천한 세상에 속한 인물이지만, 무도회에 다녀온 이후 질적 비약을 맞게 된다. 마법

---

182) 김정란, 위의 책, 58쪽.
183) "이 수수께끼에 대해서 레비스트로스는 이것이 일련의 오이디푸스 신화들과 관계가 있는 것으로 추정하고 있는 듯합니다. 오이디푸스는 한쪽 발의 복사뼈가 제 기능을 못해 자유로이 걸어 다니지 못하는 사람이었습니다. 이 주인공을 중심으로 해서 고대 그리스에서 전승되던 신화에서 이것이 '인간이 대지로부터 태어났다는 사실'에서 오는 모순과 관계가 있는 것으로 여겨졌습니다. 대지로부터 완전히 이탈하지 못한 인간은 한쪽 발이 부자유스러운 상태로 걸을 수밖에 없다는 생각이 있었는데, 신데렐라도 지하의 망자 세계(그림판)와 야수의 세계(페로판)와 깊은 관련을 맺고 있던 여성으로서 지상과 대지를 중개할 수 있는 능력 대신에 신발 한 짝을 잃어 자유롭지 못한 걸음을 걸을 필요가 있었던 것은 아닐까 하는 추론입니다." -나카자와 신이치, 앞의 책, 181-182쪽.

에 의해 성장(盛裝)한 후에야 들어설 수 있는 무도회의 공간은 아궁이의 대극점에 있는 고귀한 세상인 셈이다. 결국, 그 무도회에 신발 한 짝을 떨어뜨린다는 설정은 무도회의 고귀한 세상에 한 짝을 두고, 나머지 한 짝은 다시 아궁이의 비천한 세상에 둔다는 의미이다. 신데렐라형 이야기의 한국판이라고 할 수 있는 〈콩쥐팥쥐〉 경우도 대체로 콩쥐가 국가의 행사를 보러 나갔다가 냇물을 건너다 그만 신 한 짝을 물에 빠뜨리는 것으로 되어 있어서[184] 신발 한 짝을 잃어버리는 사건은 고귀한 신분의 사람이 있는 냇물 건너 저쪽과 콩쥐가 있는 이쪽을 경계에 두고 벌어지는 일이다.

이러한 의미의 신데렐라는 동양의 불교설화에서 '관음(觀音)'이라는 상징을 통해 곧잘 구현되어 왔다. 특히 관음이 여성의 모습으로, 여성성을 띠게 될 때 관음은 두 세계에 걸친 중개 역할을 하게 된다. 이런 이야기들은 대체로 다음 몇 단계로 전개된다. 우선 주인공 여성은 매우 아리따워서 모두들 선망하는 혼처이지만 결혼을 거부한다. 많은 남성들이 그 여성과 결혼하기를 원하지만 그때마다 그녀는 까다로운 조건을 제시한다. 결국 그 모든 조건을 들어주는 한 남성이 그 여성의 배필로 선택되지만 실제로 결혼이 이루어질 시점에서 그녀는 신발 한 짝만 남기고 홀연히 사라진다는 내용이다.

충청남도에 전해지는 〈버선바위〉 전설은 그러한 예이다. 어떤 고운 여인이 늘 근심에 차 있었다. 돈 많은 사내가 이유를 물으니 그 여인은 부처님을 모실 절을 지어야 하는데 그렇지 못해서 그렇다고 했다. 사내는 자

---

184) "그래 인제 나라에서는 무슨 일이 아니라, 정말 저거죠? [청중 : 揀擇 받는 거, 간택에 나가는 거죠?] 예, 그래서 그 신발을 신구 그 옷을 입구 이러구 나라를 - 간택 받는 데로 가는데, 저는 인제 뽑힐라구 가는 게 아니라 구경 가는 거예요. 그 순진한 사람이 무슨 뭐 자기가 왕비가 되구 싶어서 가는 게 아니에요. 그런데 고만 도랑을 건너뛰다가 그 진신을 잊어버렸어요." -〈콩쥐팥쥐〉, 조희웅, 『한국구비문학대계』1-4, 한국정신문화연구원, 1981, 787쪽.

신이 그 소원을 들어줄 테니 결혼해달라고 했고 여인은 그렇게 하기로 약속했다. 그리하여 절이 다 지어졌을 때, 사내가 여인이 있는 곳으로 가보았지만 여인은 '버선 한 짝'만 남긴 채 사라졌고 그 자리에는 버선 모양의 바위가 남았고 또 버선꽃이 피었는데, 그 여인은 관음보살의 현신(現身)이었다.[185] 이런 부류의 이야기는 중국과 일본에서도 전해지고 있어서[186] 한·중·일 공통의 전승임을 알 수 있다.

이때의 여인은 고귀한 세계의 존재인데 잠시 비천한 세계의 존재로 몸을 바꿔 드러냈다는 점에 있어서 신데렐라와 차이를 보인다. 신데렐라가 비천한 세계의 존재인데 곧 고귀한 세계의 존재로 변하는 것과 상반되기 때문이다. 그러나 둘 다 양쪽 세계에 걸친 존재이며, 그 표시로 신발이나 버선 한 짝을 남겨둔다는 점은 조금도 다르지 않다. 문제는 신데렐라는 결혼이라는 과정을 거쳐 고귀한 세계로 옮겨가는 데 비해 〈버선바위〉 같은 경우는 혼례를 치르기는커녕 돌이 되고 만다는 점이다. 그러나 이 문제를 좀 더 깊이 있게 따져보면, 〈버선바위〉의 여인이 기실은 고귀한 존재이고 부자 사내가 비천한 존재여서, 그 신분의 우열로만 따지자면 '왕자

---

185) 버선 한 짝이 남겨지는 대목을 옮겨보면 이렇다. "절이 다 지으지고 부츠님까지 모셔 놓게 돼스 보살은 부자하고 살게 될 때가 됐다. 보살은 방에 앉으스 부자보고 들으오라고 해서 들으갔드니 보살은 웃음을 띠고 맞으들였다. 그른디 부자가 자리에 앉으니게 보살은 아무말도 읎이 뒷문을 열고 나갈라고 했다. 부자는 이굿을 보고 "워대 가오?"하먼스 보살을 붙잡었는디 붙잡는다는 굿이 보신 뒷축을 붙잡었다. 그랬드니 보살은 보신 한 짝을 남기고 기냥 나가 브렸다. (…중략…) 다음날 아침에 날이 밝아스 뒤에 있는 바우에 가 보니게 바우 우에는 보신 한 짝이 그대로 놓여 있고 보살은 보이지 안했다. 그 뒤에 이 바우 밑에스는 보신 모양의 꼬시 피게 됐다. 므리 깎지 않은 이 美人 보살은 관세음보살이 사람으로 변신해서 절을 세운 굿이라고 하는디 이 절이 修德寺라는 절이라고 한다. 보살이 사라진 바우는 보신바우라고 지금 부르고 있다." -〈修德寺 보신바위와 보신꽃〉, 『韓國口傳說話』(임석재전집6)』, 평민사, 1990, 242-243쪽.
186) 중국의 이야기는 조지프 캠벨, 『신화의 이미지』(홍윤희 옮김, 살림, 2006)의 387-390쪽의 〈메로의 신부 전설〉에서 소개된 바 있으며, 일본의 이야기는 나카자와 신이치, 앞의 책 56-50쪽의 〈'가구야 공주' 또는 '결혼하고 싶어하지 않는 아가씨')로 소개되며, 두 경우 모두 신화적인 접근이 시도되고 있다.

/신데렐라≒여인/사내'의 꼴이다. 신발을 두고 발이 신발에 들어가는 행위를 성행위의 모의(模擬)로 생각하여 성적(性的)인 의미로 해석하는 일이 잦지만, 〈버선바위〉 설화나 『삼국유사』의 불교 설화 같은 데에는 결혼으로 귀결되지 않는 까닭에 그런 해석이 온당성을 갖기 어렵다.

더구나 돌이 되었다거나, 돌부처가 되었다는 설정은 비극적인 결말이 아니라 그로써 영속성을 얻는 영생(永生)을 의미할 수도 있기에 섣부른 판단을 내리기 어렵다. 실제로 동화에서도 신화에 가까운 이야기들은 주인공이 왕자와 결혼하기보다는 하늘의 달이나 별 같은 존재가 되어서 영원히 사라지지 않는 위치로 옮겨가는 예가 허다하다.[187] 이는 곧 주인공이 남겨두는 신발 한 짝이 지상(地上)/천상(天上), 비천(卑賤))/존귀(尊貴), 이쪽/저쪽의 대립 가운데 한쪽임을 의미한다. 나머지 신발 한 짝을 가지고 있던 남성과 결혼하여 하나가 되느냐, 한 짝을 남기고 떠남으로써 영원히 다른 세상으로 가느냐의 차이는 서로 대극적으로 보일지라도, 그 기저에 깔린 원리만큼에서는 큰 차이가 없다하겠다.

한·중·일 3국에서 보살이 강력한 위력을 발휘하는 것은 대승불교(大乘佛敎)에서 기인한다. 소승불교(小乘佛敎)처럼 자기 자신의 열반을 염원하는 데 국한하지 않고 뭇 중생들을 함께 이끌고 가고자 할 때 보살의 관념이 중요하다. "위로는 보리를 구하고 아래로는 중생을 교화한다(上求菩提 下化衆生)"는 보살의 서원(誓願)은 보살이 부처와 인간 사이에 있다는 분명한 표징(標徵)이다. 『삼국유사(三國遺事)』에 등장하는 보살, 그리고 그 보살이 사라질 때 남기고 간 신발 한 짝 또한 그 중간자적 위치에서

---

187) 나카자와 신이치는 신데렐라류의 이야기에서 결혼으로 귀결되는 방식은 民話에 국한된 이야기로 신화에서는 그런 마무리가 없다는 데에 주목한다. "오히려 영속하는 것은 파탄한 상태에 있는 쪽이며, 그런 경우의 신화에서 비극적인 파탄을 맞은 주인공들은 하늘의 별이 됩니다. 별이 되어서 영속 상태를 유지하는 것입니다. 그런데 민화는 '행복한 결혼'으로 논리를 정지시키려고 합니다. 거기에는 뭔가 두려운 진실이 숨겨져 있는 듯한 느낌이 듭니다." -나카자와 신이치, 앞의 책, 136-137쪽,

기인하는 것이다. 신발 한 짝은 무덤에 남기고 다른 한 짝을 걸친 채 서역(西域)으로 가는 달마(達磨) 또한 그러한 중간자적 역할에 충실한 인물일 것이며, 그것이 또한 불교설화에서 보살이나 고승(高僧)이 신발 한 짝을 두고 사라지는 등의 이야기가 빈번한 까닭이기도 하다.

또한 불교 전통에서 보더라도 저 유명한 달마의 '수휴척리(手携隻履)'는 하나의 문학적 관습처럼 여기저기 퍼져있다. 그 핵심은 간단하다. 주인공이 신발 한 짝을 손에 들고 어디론가 가기에 어디로 가느냐고 물었더니 "왔던 곳으로 간다."고 대답했다는 것이다. 그리하여 그 주인공이 있던 곳으로 가보니 주인공은 이미 사라진 뒤였고 신발 한 짝이 남아있더라는 식으로 하여, 신비로운 이적(異蹟)으로 자리매김한다. 이는 고승전(高僧傳)으로 전하는 여러 고승 설화에서 반복되는 패턴이며, 실제 『삼국유사』의 신발 한 짝 이야기 또한 여기에서 나왔을 것은 자명한 일이다. 문제는 이 경우 또한 단순히 그 인물의 이동 경로만으로 알려주는 표식으로 작동하기보다는 그 이상의 상징적 의미를 읽어낼 수 있다는 데 있다. 불교가 본디 성(聖)/속(俗)의 분별 같은 데 집착하지 않고, 그 둘을 뛰어넘는 데 집중한다 하더라도, 적어도 미각(未覺)에서 각(覺)으로, 윤회(輪廻)에서 해탈(解脫)로 질적 비약을 이뤄내는 과정으로 그 의미를 파악해낼 여지는 충분히 열려 있다.

2) 『삼국유사(三國遺事)』 '신발 한 짝'의 성(聖)과 속(俗)

(1) 자료 개관

『삼국유사』에서 신발 한 짝이 처음 등장하는 예는 「塔像」편의 〈남백월이성노힐부득달달박박(南白月二聖努肹夫得怛怛朴朴)〉이다.

(가) 옛 노인들이 서로 전하는 내용은 이러하다.

"옛날, 당(唐) 황제가 못을 팠다. 매월 보름 전에 달빛이 휘황하면 못 가운데 산이 하나 있는데 사자처럼 생긴 바위가 꽃 사이로 은은히 비쳐 그림자를 만들어냈다. 황제가 화공(畵工)에게 명하여 그 모양을 그리게 하여 사람을 보내 천하를 돌면서 찾게 했더니 우리나라에 이르러 이 백월산에 큰 사자바위가 있는 것을 발견했다. 산의 서남쪽으로 2천 보 남짓 되는 곳에 세 산이 있었는데 그 이름이 화산(花山, 그 산의 몸체가 하나인데 봉우리가 셋이어서 그렇게 이름 불렀다)으로서 그림과 서로 비슷하였다. 그러나 진위를 알 수 없어서 **신 한 짝**을 사자암의 꼭대기에 걸어놓고 돌아와 황제에게 아뢰었다. 그 그림자도 못에 비치어 나타났다. 황제가 기이하게 여겨 산의 이름을 '백월산'이라고 했는데, 그런 뒤로는 못 가운데 그림자가 없어졌다.[188]

다음으로 역시 「탑상(塔像)」편의 〈낙산이대성관음정취조신(洛山二大聖觀音正趣調信)〉에도 신발 한 짝이 등장한다. 의상법사가 낙산(洛山)에서 7일간의 재계를 두 번 거듭한 끝에 관음의 진신(眞身)을 친견했는데, 뒤에 원효법사가 의상의 뒤를 좇아 예불하러 왔으나 실패하는 바로 그 대목이다.

(나) 그 뒤로 원효법사가 의상의 뒤를 좇아와 예를 올리고자 했다. 처음 남쪽 교외에 왔을 때 논 가운데에 흰옷을 입은 여인이 벼를 베고 있었다. 법사가 희롱조로 벼를 달라고 하자 여인도 장난삼아 벼가 아직 영글지 않았다

---

188) 古老相傳云 "昔唐皇帝, 嘗鑿一池, 每月望前, 月色滉朗, 中有一山, 嵒石如師子, 隱映花間之影, 現於池中, 上命畵工圖其狀, 遣使搜訪天下. 至海東, 見此山有大師子嵒, 山之西南二千步許, 有三山, 其名花山(其山一體三首, 故云三山), 與圖相近, 然未知眞僞, 以隻履懸於師子嵒之頂, 使還奏聞, 履影亦現池. 帝乃異之, 賜名曰白月山(望前白月影現, 故以名之), 然後池中無影. -『三國遺事』「塔像」〈南白月二聖努肹夫得怛怛朴朴〉(『原本 三國史記 三國遺事』, 대제각 영인본(壬申刊本), 1987, 704-705쪽. 이하 쪽수만 표기).

고 답했다. 다시 다리 밑에 왔더니 어떤 여인이 개짐을 빨고 있었다. 법사가 물을 달라고 하자 여인은 더러운 물을 떠서 그에게 바쳤다. 법사가 그 물을 쏟아버리고 다시 냇물을 떠서 마셨다. 이때 들 가운데 소나무 위에서 파랑새 한 마리가 "그만두시오, 화상."이라 하고는 홀연히 자취를 감추어 보이지 않았다. 그 소나무 밑에는 벗어놓은 **신 한 짝**이 있었다. 법사가 절에 도착해보니 관음보살 자리 밑에 또 앞에서 본 벗어놓은 **신 한 짝**이 있었다. 그제야 전에 만난 여인이 성녀(聖女) 곧 진신(眞身)임을 알았다. 이 때문에 당시 사람들은 그 소나무를 관음송이라 불렀다. 법사가 그 신성한 굴에 들어가 진신의 얼굴을 뵈려 했으나 풍랑이 크게 일어나 들어가지 못하고 떠났다.189)

「의해(義解)」편의 〈이혜동진(二惠同塵)〉에도 신발 한 짝이 등장한다.

(다) 얼마 후 혜숙이 갑자기 죽어서 마을 사람들이 이현(耳峴)의 동쪽에 장사지냈다. 마을 사람 중에 이현(어떤 곳에서는 '검현'이라고도 한다)의 서쪽으로부터 오는 사람이 있었는데, 길에서 혜숙을 만나 어디 가느냐고 물었다. 그는 "여기에서 오래 살았으니 다른 데로 가보려고 한다."고 했다. 서로 인사를 나누고 헤어져 반 리쯤 가더니 구름을 타고 갔다. 그 사람이 고개 동쪽에 이르러 장사를 지내는 사람들이 아직 흩어지지 않는 것을 보고 사유를 이야기하여 무덤을 파헤쳐 보았더니 **짚신 한 짝**만이 있을 뿐이었다. 지금 안강현 북쪽에 혜숙사라는 절이 있는데 거기가 바로 혜숙이 살았던 곳이며, 부도(浮圖)도 거기에 있다.190)

---

189) 後有元曉法師, 繼踵而來, 欲求瞻禮, 初至於南郊水田中, 有一白衣女人刈稻. 師戱請其禾, 女以稻荒戱答之, 又行至橋下, 一女洗月水帛, 師乞水, 女酌其穢水獻之, 師覆棄之, 更酌川水而飮之. 時野中松上, 有一靑鳥, 呼曰: "休醍〈醐〉和尙", 忽隱不現, 其松下有一隻脫鞋. 師旣到寺, 觀音座下, 又有前所見脫鞋一隻, 方知所所遇聖女乃眞身也. 故時人謂之觀音松, 師欲入聖崛, 更覩眞容, 風浪大作, 不得入而去. -『三國遺事』「塔像」, 〈洛山二大聖觀音正趣調信〉(713-714쪽, 〈 〉 안은 원문에 누락된 것으로 추정되는 글자).

또, 「감통(感通)」편의 〈욱면비염불서승(郁面婢念佛西昇)〉에는 다음과 같은 기록이 있다.

라) 『승전』을 살펴보면 이러하다. "동량팔진이란 사람은 관음보살의 현신이다. 무리 천 명을 모아 두 패로 나누어 한 패는 힘쓰는 일을 하게 하고 한 패는 정진하여 修道하게 했다. 일하던 패의 우두머리가 계(戒)를 얻지 못하고 축생도(畜生道)에 떨어져 부석사의 소가 되었는데, 일찍이 불경을 싣고 가다가 경전의 힘을 빌려 아간 귀진의 계집종으로 태어나 이름을 '욱면'이라 하였다. 욱면이 볼일을 보러 하가산에 갔다가 꿈에 감응하여 불도를 닦을 마음이 생겼다. 아간의 집은 혜숙법사가 세운 미타사에서 멀지 않아서 아간은 언제나 그 절에 가서 염불을 하곤 했는데 계집종도 따라가 마당에서 염불하였다 한다.

이러하기를 9년 되는 을미년 정월 21일에 예불하다가 집의 대들보를 뚫고 나갔다. 소백산에 이르러 **신발 한 짝**을 떨어뜨려 그 자리에 보리사를 세웠으며 산 밑에 이르러서는 그 육신을 버려 거기에 제2보리사를 짓고 그 전각에 '욱면등천지전(勗面登天之殿)'이라 표시했다. 지붕의 용마루에 뚫린 구멍이 열 아름 가량 되었는데 폭우나 폭설에도 젖지를 않았다. 그 뒤에 일 벌이기를 좋아하는 자가 금탑 한 개를 본떠 만들어 구멍에 맞추어 승진(承塵) 위에 모시고 그 이적을 기록하였는데 여태껏 그 방(榜)과 탑이 남아있다.[191]

---

190) 未幾宿忽死, 村人擧葬於耳峴(一作劍峴)東. 其村人有自峴西來者, 逢宿於途中, 問其何往, 曰: "久居此地, 欲遊他方爾." 相揖而別. 行半許里, 躡雲而逝. 其人至峴東, 見葬者未散, 具說其由, 開塚視之, 唯芒鞋一隻而已. 今安康縣之北, 有寺名惠宿, 乃其所居云, 亦有浮圖焉. -『三國遺事』「義解」〈二惠同塵〉(769-770쪽).

191) 按僧傳, 棟梁八珍者, 觀音應現也. 結徒有一千, 分朋爲二, 一勞力, 一精修. 彼勞力中知事者, 不獲戒, 墮畜生道, 爲浮石寺牛, 嘗馱經而行, 賴經力, 轉爲阿干貴珍家婢, 名郁面, 因事至下柯山, 感夢遂發道心. 阿干于家距惠宿法師所創彌陀寺不遠, 阿干每至其寺念佛, 婢隨往, 在庭念佛云云. 如是九年, 歲在乙未正月二十一日, 禮佛撥屋梁而去. 至小伯山, 墮一隻履, 就其地爲菩提寺, 至山下棄其身, 卽其地爲二菩提寺, 榜其殿曰, 勗面登天之殿. 屋脊穴成十許圍, 雖暴雨密雪不霑濕. 後有好事者, 範金塔一座,

이상의 네 자료는 신기하게도 모두 신발 한 짝을 통해 성(聖)의 향방을 알린다. 자료(가)는 백월산이라는 장소가 중국의 황제가 그 소재를 파악하려 애를 썼던 성스러운 곳임을 드러낸다. 그러나 정말 성소(聖所)인지 확신이 서지 않자 신발 한 짝으로 징험(徵驗)하여 성소임을 확인시켜주고 '백월산'으로 명명하기에 이른다. 이 이야기의 지명에 등장하는 '사자'와 '달'이 부처와 연관됨은 당연한 일이다. 이에 비해 자료(나)는 신발 한 짝이 성소(聖所)라는 장소보다는 성스러운 인물이 누구인지를 알려주는 표지로 쓰인다. 연이어 나오는 신발 한 짝이 관음보살상 밑에 놓임으로써 그 신을 신었던 사람이 바로 관음보살임을 일러주는 것이다. 자료(다)는 신성한 인물이 죽어 묻힌 곳을 파보니 시신이 없고 짚신 한 짝만 남은 사연을 전하고 있다. 달마(達磨)의 고사를 차용한 것으로 보이는 이 이야기는, 죽어서 장사를 지낸 후에도 여전히 사람들 눈앞에 나타났던 이적(異蹟)을 이야기하고 있어서 이때의 신발은 곧 혜숙이 이승에 남기고 간 흔적이면서 그가 신이한 존재임을 증명하는 수단이 된다. 자료(라)는 성스러운 존재가 육신의 굴레를 벗고 초탈(超脫)하는 장면을 그려낸다. 신발이란 본시 땅을 걸어 다닐 때 필요한 물건이니 제명(題名)에 있는 대로 서승(西昇)하는 인물에게는 소용이 없어졌겠고 그것이 그대로 땅으로 떨어졌다고 볼 수 있다. 이 넷은 신발 한 짝으로 두 세계에 걸쳐있는 인물, 혹은 이 세계에서 저 세계로 이동하는 인물의 특성을 드러내준다는 공통점을 지니지만, 구체적인 양상은 다르다. 특히, 신발 한 짝의 앞뒤 문맥을 고려할 때 그 구체적 실체가 여실히 드러날 것이다.

直其穴, 安承塵上, 以誌其異, 今榜塔尙存. -『三國遺事』「感通」〈郁面婢念佛西昇〉 (824-825쪽).

(2) 성(聖)·속(俗)의 표출양상과 그 의미

『삼국유사』의 네 자료는 신발 한 짝이 중간이며 경계이고, 또 두 세계를 매개한다는 점에서 일치하지만 구체적으로는 차별성을 보인다. 먼저 자료(가) 〈남백월이성노힐부득달달박박(南白月二聖努肹夫得怛怛朴朴)〉에는 신발 한 짝이 진위(眞僞)를 가리는 유용한 수단으로 쓰인다. 중국의 황제가 못을 하나 팠는데 그 못에는 달빛이 밝을 때면 산이 하나 비춰진다고 했다. 그림자란 본래 실체가 있어야 생기는 법이지만, 그 주변에는 그런 산이 없기 때문에 사방으로 사람을 보내 그 산이 어디 있는지 찾도록 했다. 그림자는 실물이 있을 때 그 빛이 비추어진 반대편에 생기는 검은 부분이므로, 그것이 실체에 대응하는 이미지로 사용되는 예는 허다하다. 그런데 이 빛이 달[月]일 때, 달빛이 통상 세상에 편재(遍在)하는 부처님의 존재를 상징하기 때문에 달빛에 비친 그림자란 부처님의 존재를 확인해주는 증거일 수 있다.

이 이야기를 따라가다 보면 그림자 이전에 등장하는 몇 가지 상징을 만나게 된다. 하나는 달이고 또 하나는 그림자로 비추어진 사자바위이다. 달밤에 사자바위 그림자가 드러난다는 것은 달빛이 먼저 사자바위에 비쳤다는 뜻이다. 사자바위는 달빛이 쏘인 진짜이고, 그 그림자는 진짜의 이미지일 뿐이다. 사자가 백수(百獸)의 제왕(帝王)으로 그 앞에 모든 동물이 무릎 꿇는 존재이고 보면 그 또한 모든 진리의 꼭대기에 서는 부처를 상징할 것으로 어렵잖게 유추해볼 수 있다. 예를 들어 저 유명한 아쇼카의 4사자상(四獅子像)은 부처가 불법을 깨친 후 자신의 진리를 전하러 사방으로 나아가는 모습을 그려낸 것이다. 이런 맥락에서 본다면, 이 이야기 속의 '달'은 1차적으로 부처 혹은 부처의 뜻이며, 사자바위는 그것을 가지고 전하는 상징이고, 사자바위의 그림자는 사자바위에 의해 또 다시 전해지는 표시이다. 즉, 달빛이 비추어 사자바위로, 사자바위가 드리운 그림자로 계속 미끄러지는 형국인 것이다.

이 때문에 '달빛'이 비추어진 곳은 그 어디나 불국토이긴 하겠지만, 그 달빛을 직접적으로 받은 곳의 우월성은 익히 짐작할 만하다. 이 점에서 사자암이 있는 백월산은 특별한 성지(聖地)가 된다. 황제가 '백월산'이라 명명한 것은 그러한 사실은 인정했다는 뜻이며 그 이후로는 변고가 사라졌다고 함으로써 우리가 알 수 없는 초월적인 힘이 행사되었음을 시사한다. 그렇다면 이제 이 이야기에서 '신발 한 짝'이 어떻게 작동하고 있는지 궁금하지 않을 수 없다. 물론 이야기를 따라가 보면 그것이 '달빛→사자바위→사자바위 그림자'의 순서로 그 성스러움이 옮겨가는 과정을 증명하는 데 쓰였다는 점이 분명하다. 진위를 알 수 없게 되자 신발 한 짝을 걸어두어 그 그림자에 신발 한 짝 모양이 나오는 것을 보고 확신했다고 했기 때문이다.

그러나 좀 더 생각해보면 신발 한 짝은 그 이상의 의미를 갖는다. 중국에서 온 사신이 다른 물건이 아닌 신 한 짝을 걸어둔 것은, 신데렐라 이야기가 그랬듯이 그 신의 그림자가 비출 때 진짜 자신이 걸어둔 신 한 짝이 맞는지 확인할 수 있도록 하기 위한 조치이다. 당연히 신발 한 짝은 사자바위에 걸어두고 나머지 한 짝은 다시 중국으로 가지고 들어갔을 것이며, 이 점에서 신발이 옮겨간 방향은 신라→중국이 된다. 본시 불교가 서역에서 생겨나 동도(東道)를 타고 옮겨옴으로써 중국→신라의 순서가 되어야 마땅하지만, 이 신발 한 짝은 그것을 역전시킴으로써 그곳이 바로 성지(聖地)임을 강조한다.

이렇게 볼 때, 자료(나)는 자료(가)의 역순이다. 부처의 영력(靈力)이 높은 데에서 낮은 데로 흘러가는 방식이 아니라, 낮은 데에 머물던 영력이 다시 본연의 자리로 회귀하는 형국인 것이다. 이야기에는 두 명의 여인이 나오는데 모두 미천한 모습이다. 앞에 등장하는 여인은 논에서 추수를 하는 여인이고, 뒤에 등장하는 여인은 냇물에서 개짐을 빠는 여인이

다. 농사일에 나서는 것이 귀족이라는 표시가 아니기도 하지만 밭농사와
는 달리 논농사는 물이 많은 곳에서 일해야 하는 까닭에 여성이 들어서기
쉽지 않은 곳이어서 여인의 지위를 짐작케 한다. 개짐 빨래 역시 밤에 남
이 안 보는 곳에서 행해지는 것이 일반적일 텐데 훤히 보이는 냇가에서
한다는 자체가 고귀함과는 거리가 멀다. 물론 농사나 월경이나 모두 여성
의 생성성(生成性)과 연관된다는 점에서 풍요와 연관 지을 여지는 크지
만192), 문면에 드러난 여인의 모습이 지나치게 비속(卑俗)하게 그려진 것
이 사실이다. 그래서 원효는 쉽게 희롱을 했고 그 본색(本色)을 알아채지
못했다.

　이 이야기에서 신 한 짝은 미처 알아채지 못했던 본 모습을 확인시켜준
다. 이는 자료 (가)에서 중국의 황제가 신라의 백월산이 진짜 성산(聖山)
임을 확인시켜주는 것과 같은 이치이다. 그러나 이야기를 가만 살펴보면
그와는 다른 특성이 있다. 위의 굵은 글씨로 표시된 부분에서 보듯이, '앞
에서 본 벗어놓은 신발 한 짝(前所見脫鞋一隻)'이라는 점이 특이하다. 이
를 "앞에서 본 벗어놓은 신발 한 짝의 나머지 다른 한 짝"으로 해석할 경
우 신발 한 켤레를 차례로 벗어놓은 것이 되겠지만193), 신발 한 짝이 등장
하는 여러 서사의 관례에 비추어 동일한 신 한 짝이 옮겨오는 쪽으로 풀
이하는 게 온당하게 여겨진다. 즉, 먼저 신발 한 짝을 발견하고 나중에
나머지 신발 한 짝까지 발견해서 그 행적을 알 수 있었다고 하는 게 아니
라 앞서 본 신발 한 짝이 다시 반복되어 나타나는 것이다. 신발이 원효의
발걸음을 따라와 다시 앞에 서 있는 방식으로, 결국 그 신발이 놓인 마지
막 지점이 관음상 앞이었으니 그 여인이 관음의 화신이었음을 알았다는

---

192) 이런 견해는 길태숙·윤혜신·최선경,『삼국유사와 여성』, 이회문화사, 2003, 240-245
　　쪽 참조.
193) 예를 들어, 고운기의 번역에서는 "절에 도착하여 법사는 관음상이 앉은 그 자리 아래
　　다른 가죽신 한 짝이 있음을 보았다."(일연,『삼국유사』, 고운기 역, 홍익출판사, 2001,
　　253쪽. 밑줄 필자)고 풀이했다.

게 이야기의 골자이다. 이 또한 성지(聖地)임을 깨쳤다는 자료 (가)와 크게 다르지 않아 보이지만, 결정적인 차이는 이 이야기에 드러나지 않는 나머지 신발 한 짝의 행방이다.

미천한 여인의 모습으로 세상에 드러났던 관음이 속인(俗人)을 깨쳐주고 다시 제자리로 돌아가는 설정에서, 나머지 신발 한 짝은 관음이 관음상(觀音像) 안으로 돌아갈 때 함께 들어간 것으로 생각해볼 수 있다. 이는 곧 신발 한 짝은 진세(塵世)에 둔 채 나머지 신발 한 짝을 끌고 정토(淨土)에 좌정(坐定)했음을 의미하며, 그로써 관음이 진세와 정토에 걸쳐 있는 존재임을 드러낸다 하겠다. 이런 관점에서 이야기를 따라가 볼 때, 원효가 의상과 달리 관음의 진신(眞身)을 보지 못한 것은 자신은 깨끗한데 상대는 더럽다고 여긴 까닭이다. 미각(未覺)의 상태에 있는 원효를 각(覺)의 상태에 이른 관음보살이 나타나 깨치는 형국인 것이다. 아닌 게 아니라 그간 힘들게 농사짓고 이제 막 추수하는 여인에게 가서 일 한 번 하지 않은 주제에 수확한 것을 거저 달라고 하고, 남에게 보이는 자체가 부끄러울 개짐을 빠는 여인 앞에 가서 뻔뻔하게 물 좀 달라고 하는 일이 사실은 교만의 극치이다. 상대를 내 아래의 존재로 보았을 때, 혹은 나는 깨끗한데 상대는 더럽다고 여길 때 나올 수 있는 처사이며, 이 점에서 파랑새가 나타나 "그만 두시라."고 조롱했다. 반면 의상은 그 이전에 7일간의 재계를 통해 신이한 영험을 겪었지만 거기에 교만해지지 않고 다시 또 7일간의 재계를 함으로써 진신을 친견하는 영광을 누릴 수 있었다.[194]

이처럼 두 세계에 걸쳐 있는 성스러운 존재라는 점에서 자료(다)는 자료(나)보다 훨씬 더 강화되어 있다. 제목부터 '이혜동진(二惠同塵)'일 정

---

194) 이 대목의 해석을 두고 문면대로 실패했다고 보는 김열규와 백의여인을 실제 보았으므로 도리어 성공했다고 보는 조동일의 견해가 엇갈리지만, 둘의 대비로 볼 때 전자의 견해가 타당하다고 본다. -김열규, 「'낙산이성'과 그 신비체험의 서술구조」, 『삼국유사 연구(상)』, 영남대민족문화연구소, 1983 ; 조동일, 「불교설화에서 본 숭고와 비속」, 『삼국시대 설화의 뜻풀이』, 집문당, 1990.

도로 두 인물 모두 진세(塵世)에서 살아가기를 꺼리지 않아, 주지하는 대로 이 이야기가 화광동진(和光同塵)이라는 주제를 구현하는 데 매우 적합한 틀을 보이고 있다. 문제는 바로 그 '동(同)'에 있다. (다) 또한 성(聖)의 몸으로 방편상(方便上) 속(俗)에 잠시 거처하여 그러한 성속일여(聖俗一如)의 경지를 보인다고 하겠지만 자료(다)의 내용은 성(聖)과 속(俗)에 시차(時差)를 두지 않음으로써 확실한 차별성이 있다. 앞서 인용한 자료(다)의 앞부분부터 살피면 그 내용이 또렷이 드러난다.

공이 매우 기이하게 여겨 조정에 돌아가 아뢰니 진평왕이 듣고 사자를 보내 불러 맞으려 했다. 혜숙은 여자의 침상에 누워 마치 잠자는 듯 보였다. 궁궐의 사자가 그것을 비루하게 여겨 7~8리가량 돌아오다가 길에서 스님을 만나 어디서 오는 길이냐고 물었다. 혜숙이 대답하기를 "성안의 시주 집에 7일 재(齋)를 갔다가 파하여 돌아오는 길입니다."라 했다. 사자가 이 말을 임금께 아뢰니 다시 사자를 보내 그 시주 집에 알아보도록 했더니 사실이었다.[195]

이 대목에 혜숙이라는 인물이 동일인물로 나오기는 해도 두 명의 인물이 벌이는 두 가지 대극적인 사건이 벌어지고 있다. 하나는 여자와 침상에 누워 있는 파계승의 모습이며, 또 하나는 7일간의 재(齋)를 성심껏 모시고 오는 신실한 모습이다. 그런데 이 둘은 한 인물이 공간을 옮겨가며 시차를 두고 일어나지 않고 서로 다른 공간에서 동시에 일어나는 점이 신기하다. 이 세상에 몸을 담고 있는 존재라면 육신의 틀을 벗을 수 없기에 동시에 두 공간에 있을 수는 없는 일이다. 그런데 혜숙은 두 공간에서 서로 다른 일을 했다고 했다. 이는 혜숙이 어느 한 공간에 매이지 않는 성스

---

[195] 公甚異之, 歸奏於朝. 眞平王聞之, 遣使徵迎, 宿示臥婦床而寢. 中使陋焉, 返行七八里, 逢師於途. 問其所從來, 曰: "城中檀越家, 赴七日齋, 席罷而來矣." 中使以其語達於上, 又遣人檢檀越家, 其事亦實. 『三國遺事』 「義解」 〈二惠同塵〉 (760쪽).

러운 존재임을 드러내는 장치이다.

자료(다)의 부분 역시 마찬가지이다. 죽은 인물이 되살아나 다른 길로 갔다기보다는 한편에서는 죽어서 장사를 지내지만 다른 한편에서는 이제 이 세상 구경을 실컷 했으니 다른 세상 구경을 하겠다고 떠나는 모습을 동시에 드러내준다. 혜숙이 죽자 사람들이 장사를 지냈는데 시신을 묻고 있던 바로 그 순간에 혜숙은 몸을 드러내어 다른 방향으로 나아갔던 것이다. 이때 사람들이 고개의 동쪽에 장사를 지냈고, 혜숙은 서쪽 방향으로 가고 있었다는 점은 그가 서방세계, 곧 극락으로 가고 있다는 표지이다. 즉, 신발 한 짝은 동쪽 언덕에 남긴 채 다른 한 짝은 서방으로 가는 모습이 그려지고 있는 것인데, 그것이 동시에 이루어짐으로써 화광동진(和光同塵)의 통합적 삶이 극적으로 구현된다. 외형상 진세(塵世)에서 정토(淨土)로 옮겨가는 듯하지만, 기실은 진세에 있으면서 동시에 정토에 있을 수 있는, 나아가 진세가 곧 정토일 수 있다는 서사인 셈이다.

자료(라)도 자료(다)와 마찬가지로 주인공이 서방 정토로 나아가는 과정이 그려진다. 다른 점이 있다면 신발 한 짝이 땅 밑에 놓여있는 것이 아니라 하늘에서 땅으로 떨어진다는 점일 것이며, 거기에 그치지 않고 곧이어 육신까지 떨어진다는 사실이다. 이는 이 이야기가 윤회(輪廻)를 그려내는 데 집중하고 있기 때문에 생긴 변이로 보인다. 자료에서 보듯이 1천 명의 무리가 둘로 갈려 한 패는 힘을 써 일을 하고 한 패는 수행(修行)을 했는데 결국 일을 하는 패의 책임자가 제 일을 제대로 해내지 못하여 그 업보로 축생도(畜生道)에 떨어져 소가 되었으며, 그 소는 불경을 싣고 다닌 공으로 다시 사람으로 환생하여 수행의 기회를 얻어냈다. 그러나 불행하게도 노비의 몸이 되어 곤경에 빠졌지만 어려움을 이겨내고 수행함으로써 비로소 윤회를 벗어나 해탈하게 되었다는 내용이다. 즉 자료(다)가 진세(塵世)와 정토(淨土)가 한가지임을 설파하는 데 중심을 둔다면, 이 자료(라)는 수행을 통해 진세를 벗어나는, 수직적 초월에 중점을 둔다 하겠다.

이렇게 볼 수 있는 강력한 근거는 이야기 속에서 계속적으로 신분을 강조하는 점이다. 이야기의 시작이 "아간 벼슬을 하는 귀족 귀진의 집에 계집 종 욱면이 있었다."는 식으로 둘의 주종(主從) 관계를 문제 삼고 있는 것이다. 주인인 귀진이 절에 들어가 수행하게 되자 그를 시종(侍從)하기 위해 갔던 욱면이 손바닥을 꿰뚫어 잠을 쫓아가며 수행하여 먼저 깨치는 줄거리인데, 『승전(僧傳)』에서는 귀진이 욱면의 그 성스러운 일을 기리기 위하여 자신의 집을 희사(喜捨)하여 절로 만들고 전민(田民)을 바쳤다고 했다. 제목이 시사하는 대로 '서승(西昇)'의 승(昇)은 다분히 상승 이미지를 갖는다. 이쪽과 저쪽의 수평 이동이 아닌, 윤회가 있는 공간에서 윤회가 없는 이상적인 공간으로 올라가는 것이다. 신발을 떨구고 육신마저 떨어낸 후 완벽한 해탈을 이루는 이야기이다. 특히 욱면이 승천(昇天)하면서 뚫어졌다는 구멍은 하늘과 땅이 만나는 접점으로서 성스러움이 발현되는 심중(深重)한 상징이다.[196]

'신발 한 짝'이 등장하는 네 이야기는 그렇게 같지만 다르다. 어느 것이든 성(聖)과 속(俗), 혹은 각(覺)과 미각(未覺)의 가운데 위치하지만 이면에 숨겨진 이야기는 조금씩 다르다. 이는 크게 세 가지 준거에 따라 차별화되는데, 그 하나는 신발 한 짝으로 드러나는 구체적 대립물이고, 둘째는 그 대립물의 의미이며, 셋째는 대립물의 통합 방향이다.

첫째, 대립물로 보자면, 자료(가)는 신라/중국, 자료(나)는 관음/여인, 자료(다)는 세속의 혜숙/수행하는 혜숙, 자료(라)는 해탈한 욱면/윤회하는

---

196) 엘리아데에 따르면, 가장 오래된 옛날의 성전은 지붕이 없거나 초월계와의 교섭을 상징하는 dome 형식이었다고 한다. 욱면이 남긴 구멍을 메우지 않고 신성시한 것 또한 그렇게 이해할 수 있을 것이다. "코스모스-집-인간 신체의 등질화를 이야기할 때, 우리는 다시 '지붕 부수기'의 보다 깊은 의미를 보게 될 것이다. 지금으로서는 우리는 가장 오랜 옛날의 성전은 지붕이 없거나 아니면 한 지평에서 다른 지평으로의 돌파를, 초월계와의 교섭을 상징하는 '돔(dome)의 눈', 즉 지붕의 구멍을 두고 있었다는 사실만을 언급하려고 한다." -엘리아데, 『聖과 俗 -종교의 본질』, 이동하 역, 학민사, 1983, 45-46쪽.

육면이다. 둘째, 그 각각의 대립물이 지닌 의미 또한 갈리는데, 자료(가)는 진짜(실물)/가짜(그림자), 자료(나)는 초월적 존재/미천한 여인, 자료(다)는 정토/진세, 자료(라)는 해탈/윤회이다. 셋째, 대립물의 통합 양상은 자료(가)는 성(聖)에서 속(俗)으로 이동하며, 자료(나)는 비속(卑俗)함이 곧 고귀(高貴)함임을 깨쳐주고, 자료(다)는 정토와 진세가 동시에 공존하며, 자료(라)는 윤회를 벗고 열반하는 쪽으로 귀결된다. 물론 불교라는 특수성 때문에 여느 성(聖)/속(俗)의 구분과는 차별성이 있겠으나, 범박함을 무릅쓰고 우리가 살아가는 보통 세상을 속(俗), 불교에서 추구하는 이상적인 세계를 성(聖)으로 규정할 때 이 넷은 신발 한 짝을 통해 결국 다음의 네 가지 도식이 도출된다.

첫째, 성(聖)이 속화(俗化)한다. (최초의 달빛이 짚신으로, 짚신 그림자로 점차 옮겨간다.)

둘째, 성(俗)이 곧 성(聖)이다. (신발 한 짝은 미천한 여인의 발에, 한 짝은 관음의 발에 있다.)

셋째, 속(俗)이면서 성(聖)이다. (혜숙의 신발 한 짝은 땅 밑에 있으면서 땅 위에서는 서쪽으로 간다.)

넷째, 속(俗)이 성화(聖化)한다. (신발을 떨어뜨리며 서방세계로 오른다)

신화에서 성(聖)과 속(俗)은 언제나 대립적으로 존재했지만, 사실은 통합되어야 하는 대립이었다. 그 둘은 위에서 아래로, 곧 성(聖)에서 속(俗)으로 내려가는 과정에서 이루어질 수도 있고, 아래에서 위로, 곧 속(俗)에서 성(聖)으로 올라가는 과정에서 이루어질 수도 있다. 그런가 하면 속(俗)이 곧 성(聖)임을 순간적으로 깨치는 것에 의해 성속일여(聖俗一如)가 구현되기도 하고, 동시에 성(聖)이면서 속(俗)인 초월의 논리가 구현될 수도 있다. 신화 바깥의 현실세계에서는 A는 언제나 A이며, A는 ~A가 아니고, A이면서 ~A일 수는 없지만, 신화에서는 A는 ~A로 되기도 하고, ~A가 A가 되기도 하며, A가 곧 ~A이기도 하고, ~A이면서 동시에 A이기도 한 것이다. 그러나 그러한 변전(變轉)과 통합(統合)이 이루어지기 위해서는 두 세계를 건너뛰고, 옮겨다주며, 비끄러매줄 수 있는 중개가 필요한데 지금까지 살핀 『삼국유사』의 설화에서는 그 중개의 업무를 신발 한 짝이 맡아서 양쪽을 견고하게 얽어매어 온전함을 되찾고 있다.

어느 작품이나 신발 한 짝씩으로 표상되는 두 세계를 통합하거나, 불필요한 분별(分別)에서 벗어나야 할 필요성을 역설(力說)한다. 가령 자료(가)에서 실물과 그림자는 서로 뗄래야 뗄 수가 없는 관계이다. 실물이 없다면 그림자가 남지 않고, 빛이 비추는 한 그림자가 없는 것은 실체가 없는 헛것이기 때문이다. 자료(나)는 미천한 여인의 삶에서 관음의 자비로움을 찾는 메시지를 담고 있어서 사실은 속되다고 생각한 그것이 곧 성스러운 것임을 드러낸다. 『삼국유사』의 원문에 보면 나오듯이 의상 이야기에서 관음을 '백의대사(白衣大士)'로 그려놓은 것이 원효 이야기에서는 '백의여인(白衣女人)'으로 드러남으로써 사실은 그 둘이 동일한 인물임을 내비친다. 백의(白衣)로 드러나는 존재가 하나는 성스러운 관음으로, 하나는 범속한 여인으로 나타났으므로 그 둘은 본래의 그대로 하나로 통합되어야만 하는 것이다. 자료(다) 또한 표면상으로는 땅밑과 하늘의 대극적인 공간에 드러나긴 하지만 등장인물 혜숙이 화광동진(和光同塵)의 이상을 실현하는 통합체임이 분명하다. 자료(라)는 (다)와는 달리 시차(時差)를 두며 질적 전환을 꾀하면서 미각(未覺)의 존재에서 해탈의 깨침을 얻는 존재로 탈바꿈하는데, 문제는 앞서의 수련이 없었다면 깨침이 없으며 깨침이 있으려면 수련이 필요하기에 그 둘 역시 서로를 필요로 한다는 점이다. 결국, 이들 모두는 양편에 선 대립물이 둘이면서 하나인 점을 분명히 하기 위해 그 둘을 중개하는 신발 한 짝을 내세운 것이다.

하나였던 것이 둘이 되면 필연적으로 다시 하나로 되고싶은 욕구가 있다. 신발 한 짝을 이쪽에 두고 한 짝은 저쪽으로 가져간다는 설정은, 우선 그런 근원적인 욕구를 내비춘다. 그러나 여기에 덧보태어 더욱 중요한 일은 그렇게 둘로 나뉘면 양쪽이 대등하게 맞서는 것이 아니라 이러저러한 이유 때문에 힘의 불균등이 야기된다는 점이다. 자료(가)의 중국과 신라, 자료(나)의 보살과 인간, 자료(다)의 광(光)과 진(塵), 자료(라)의 각(覺)과 미각(未覺)은 수직적 불균등의 사례이다. 이때 신발 한 짝은 단순한 통합을 넘어, 그런 불균등을 넘어설 만한 단서를 제공하여, 현실적으로 존재하는 힘의 우열조차 단번에 무화(無化)시켜버린다. 그리하여 다시 온전해진 하나를 이루는 것, 위아래 구분 없이 평등한 상태로 돌아가는 것, 그것이 바로 이런 이야기들의 핵심 주제이다.

5. 「흥법(興法)」·「탑상(塔像)」편의 탈신화화(脫神話化) 전략

1) 자료를 통해 본 신화화의 몇 가지 원인

'신화'는 언제나 이중적인 의미를 담고 있다. 한편에서는 진실성은 물론 신성성까지 담고 있는 '진짜'이지만 다른 한편에서는 현실에서는 일어나기 어려운, 그래서 쉽게 믿을 수 없는 '가짜'이기 때문이다. 일견 모순으로 보이는 이중성은 신화적 속성을 가장 잘 드러내는 표증이기도 하다. 문제는 신화에서는 언제나 그 양자를 오가며 다른 서사에서 담아내지 못하는 의미를 효과적으로 전달한다는 것이다. 프라이는 "진지한 인간의 삶은 실제로 존재하는 것에서 환상의 요소를, 그리고 환상 속에서 실제적인 것을 보고서야 비로소 시작될 수"[197] 있다고 했다. 외견상으로는 가장 비현실적이지만 그 이면에는 가장 진실된 이야기가 숨어있는 이야기가 바로 신화인 셈이다. 그런데 그러한 양면의 특성이 잘 융합되지 못하고 어느 한쪽으로 치달릴 때 신화의 생명력은 치명상을 입는다. "신화는 파롤(parole)이다."[198]라는 선언은 신화가 내적으로 불변의 체계를 지니고 있다는 생각에 경종을 울리려는 것이다. 거짓으로 '만들어진 신화'는 제대로 된 힘을 발휘할 수 없기에, 역설적이게도, 신화가 추구하던 본래의 목표를 이루고자, 탈신화화의 과정을 거치게 된다.

『삼국유사』에서도 '만들어진 신화'로 보이는 여러 이야기들이 들어와 있는데, 찬자(撰者)는 이런 대목을 그냥 넘어가지 않는다. 이런 대목을 뽑아본다면 신화화의 원인을 몇 가지로 짚어볼 가능성이 있겠는데, 우선 「흥법」과 「탑상」 편을 통틀어 가장 신비로운 일을 담아놓은 〈원종흥법염촉멸신(原宗興法猒觸滅身)〉을 보자. 이 조목에는 이러저러한 이적들이 소상하게 기록되어 있다. 그러나 그런 기록의 말미에는 다음과 같은 첨언이 달려있다.

『신라본기』에 이르기를 "법흥대왕 즉위 14년(527년)에 소신 이차돈이 불법을 위하여 몸을 희생하였다."라고 하였으니, 이 해는 즉 소량 보통 8년 정미(527)로서 서축의 달마가 금릉에 왔던 해이다. 이 해에 낭지법사가 또한 처음으로 영취산에 주석하면서 불법을 열었으니, 곧 불법이 흥하고 쇠하는 것은 멀고 가깝고 간에 반드시 같은 시간에 서로 감응한다는 것을 여기 믿을 수 있다.[199]

---

197) 노드롭 프라이, 『성서와 문학』, 김영철 옮김, 숭실대학교출판부, 1993, 91쪽.
198) 롤랑 바르트, 『신화학』, 정현 옮김, 현대미학사, 1995, 15쪽. 이 책은 프랑스어로 된 원서에서 '신화'를 뜻하는 'mythe'와 '전설' 혹은 '聖人傳'을 뜻하는 'légende'를 혼용하고 있는데 이때의 mythe의 어원인 muthos가 곧 légende를 의미한다고 한다.(같은 쪽의 역주 2 참조) 『삼국유사』의 「흥법」과 「탑상」 편이 사실상 聖者傳임을 상기할 때, 신화로서의 접근에 시사점을 던져준다.
199) 『新羅本記』 "〈法興大王〉卽位十四年, 小臣〈異次頓〉爲法滅身," 卽〈蕭梁〉〈晋通〉八年

신라의 불교전래는 누구나 이차돈의 순교에 의해 이루어졌다고 믿는다. 그가 흰 피를 뿌리며 죽어간 덕분에 삼국 가운데 다소 늦기는 했지만 그 큰 일이 이루어졌다는 것이다. 그러나 일연은 이차돈 이야기를 끝내고 나서, 이런 구절을 붙여두었다. 이차돈이 모습을 드러내기 이전에 달마가 인도에서 중국으로 건너왔으며, 낭지가 불법을 펼친 이야기를 펼쳐 보이는 것이다. 어찌 보면 이런 이야기를 덧보태는 것이 신비화이고 신화화일 수도 있겠으나, 사실은 이 일이 불쑥 돌출한 것이 아니라 이미 그럴 만한 주변 여건이 충분히 조성되어 있음을 뜻하는 말이기도 하다. 이는 이차돈이 신라 흥법(興法)에 있어 한 촉발 요인이 될 수는 있었겠지만, 이차돈이 없었더라면 신라에는 불교가 없었을 것이라는 식의 과부하를 피하는 조치로 보인다. "달통한 사람에게는 괴이한 것이 없으나 속된 사람에게는 의심스러운 것이 많다. 이른바 소견이 적은 사람은 괴이한 것이 많기 때문이다."[200]라는 지적이 괜히 있는 게 아닐 것이다. 한 가지 정보로 모든 것을 설명하려는 사람과 주변의 다른 정보를 종합해보려는 사람과의 격차 또한 클 수밖에 없다.

신화화와 관련하여, 「탑상」편의 〈황룡사장륙(黃龍寺丈六)〉은 이와는 다른 양상을 보인다.

『별본』에 이른다. "아육왕은 서축 대향화국에서 석가가 입적한 후 1백년 사이에 태어나서, 진신을 공양 못한 것을 한스럽게 여겨, 금과 철 약간을 모아 녹여 부처를 주조하였으나 성공을 하지 못하였다. 당시 왕의 태자가 홀로

丁未. 〈西竺〉〈達摩〉來〈金陵〉之歲也. 是年, 〈朗智法師〉亦始住〈靈鷲山〉開法, 則大敎興衰, 必遠近相感一時, 於此可信. -하정룡, 『교감 역주 삼국유사』, 시공사, 2003, 343쪽. 이하 이 절의 『삼국유사』 원문과 번역문의 인용은 모두 이 책에 따르며, 이 인용 대목의 필요한 곳에 한해 필자가 번역을 수정하여 쓰고 따로 표시하기로 한다. 원문의 『 』은 전적, 〈 〉은 고유명사를 나타낸다.

200) 達士無所怪 俗人多所疑 所謂少所見 多所怪也. -박지원, 〈薆洋詩集序〉, 『燕巖集』 「鍾北小選」 卷之七 別集.

이러한 일을 기뻐하지 않으므로 왕이 힐책하니 태자가 아뢰어 말하기를 '혼자 힘으로 될 일이 아닙니다. 이미 안 될 줄 알았습니다.'라고 하였다.

왕이 동의하여 곧 배에 싣고 바다에 띄워 남염주제 16대국, 500중국, 1만 소국, 8만 취락을 두루 돌아다녔으나 어디에서도 주조는 이뤄지지 못하고 최후로 신라국에 도착하여 진흥왕이 문잉림에서 주조하여 불상이 완성되어 부처님의 상호가 갖추어졌다. 아육왕을 번역하면 '근심이 없다'는 뜻이다.[201]

아육왕은 부처 사후(死後) 100년쯤 뒤의 사람이라고 했으니 이 말에 그대로 따른다면 적어도 7-800년 후쯤에야 제 뜻을 이룬 셈이다. '부처님의 상호가 갖추어졌다.'고 끝내지 않고 '아육왕'을 번역하면 '근심이 없다.'는 뜻임을 덧보태고 있다. 흔히 '무우왕(無憂王)'으로 부르는 아쇼카왕에 대한 친절한 설명이겠는데, 가만 보면 아육왕이 제 이름 뜻대로 그제야 근심을 놓게 되었다는 뜻을 넌지시 담고 있는 듯하다. 물론, 이런 서술 또한 "불가능한 일이지만 부처님이 뜻을 이루게 도와주었기 때문에 별 어려움이 없었다."는 식으로 진행되면 신앙심 깊은 사람들의 의심을 막아낼 수도 있고 그것이 곧 신화화 전략이 될 것이다. 그러나 『삼국유사』의 기록은 그 대신, 실제로는 불가능에 가까울 만큼 지난한 일이었기에 여러 나라 여러 사람의 도움을 받아야 했고, 중간에 어려움이 없지는 않았지만 아주 오랜 시간이 흐른 뒤에야 마침내 이루어졌다는 식으로 진술하고 있다. 인간의 수명은 한정되어 있어서 그 한계 때문에 많은 이들이 고통스러워하고 두려움을 느낀다. 그리고 두려움은 곧잘 신화화의 방식으로 작

---

201) 『別本』云 "〈阿育王〉在〈西竺〉〈大香華國〉, 生佛後一百年間, 恨不得供養眞身, 歛化金鐵若千斤, 三度鑄成無功. 時王之太子獨不預斯事, 王使詰之, 太子奏云 '獨力非功 會知不就.' 王然之, 乃載舡泛海, 南閻浮提十六大國·五百中國·十千小國·八萬聚落, 靡不周旋, 皆鑄不成, 最後到〈新羅國〉〈眞興王〉鑄之於〈文仍林〉, 像成. 相好畢備, 〈阿育〉此翻無憂. -하정룡, 앞의 책, 380쪽. 이 인용대목의 맨 마지막 문장의 번역은 '아육왕도 한시름을 놓았다'로 되어 옳지 않다고 보아 달리 풀었다.

동하여 인간의 수명이 연장된다든지 초월적 힘이 개입함으로써 문제가 해결되는 것으로 그려내곤 하는데, 『삼국유사』는 상대적으로 볼 때 좀 더 인간적인 힘의 결집에 의해 타개해나가는 방식을 도모하고 있는 것으로 보인다.

다음으로 두 인물이 한 짝을 이루는 「탑상」편의 〈남백월이성노힐부득 달달박박〉에는 두 인물의 경쟁담이 나온다. 결말이 동반성도(同伴成道) 이기는 해도 양자간의 승패가 분명해서 노힐부득이 먼저 성도를 했고 달 달박박은 그 뒤를 잇는다. 뿐만 아니라 나중에 절을 지을 때 노힐부득이 모시던 미륵불상과는 달리 달달박박이 모시던 미타불상에는 물을 다 바르지 못해 '얼룩진 흔적[斑駁之痕]'이 남았다고 했다. 경쟁이란 본디 상대를 이기려는 다툼이고 그 승패에 따라 우열이 가려지며 이는 곧 승패(勝敗)를 넘어 성패(成敗)로 귀결된다. 따라서 경쟁에서는 필히 한 사람은 이기고 한 사람은 질 수밖에 없는 것이며, 이는 심한 갈등을 유발하곤 한다. 그런데 『삼국유사』에서는 이야기 뒤에 붙은 찬시(讚詩)를 통해 전혀 다른 방향의 귀결을 선보인다.

찬(讚)에 이른다. "'물방울 떨어지는 바위 앞에 문 두드리는 소리에, 누가 이 저녁녘에 구름 사립을 두드릴까? 남쪽 암자 가까우니 찾아가 보려무나. 내 집 뜰의 푸른 이끼를 밟아 더럽히지 마시오.'라고 하였는데 위는 북쪽 암자를 기린 것이다. '산골짜기 어두우매 어디로 돌아갈지 암담한데, 남암에는 자리 있으니 항차 머물고 가오. 밤새 백팔염주 부지런히 세면서 다만 소리가 나서 나그네 잠 깨울까 염려될 뿐이오.'라고 하였는데 위는 남쪽 암자를 기린 것이다. '10리 뻗은 소나무 그늘에 계속 길을 헤매다, 스님을 찾아 밤 절 찾아 그 마음 떠보셨네. 세 통의 욕조로 목욕 마치자 하늘은 동트려 하는데 쌍둥이 낳고는 서방정토로 돌아가시다.'라고 하였는데 위는 성스러운 낭자를 기린 것이다."[202]

나란히 찬시(讚詩) 세 수가 나오는데 차례로 노힐부득, 달달박박, 낭자로 현신한 관음보살에 해당하는 것이다. 보다시피 어느 한쪽도 폄하하는 뜻은 없다. 부득은 부득대로 박박은 박박대로, 한 사람은 청정함을 잃지 않으려 애쓰는 모습을 한 사람은 중생을 제도하려는 갸륵한 마음을 극대화하여 드러내준다. 더욱이 앞의 설화에서는 욕조의 개수나 낭자가 낳았다고 하는 아이에 대한 묘사가 없음에도 불구하고 버젓이 '세' 통의 욕조에 목욕하고 '쌍둥이'를 낳고는 서방세계로 갔다고 썼다. 욕조가 셋이라 함은 낭자와 두 스님의 몫을 뜻하는 것이겠고, 쌍둥이는 낭자가 낳은 아이이면서 또한 부득과 박박을 상징하는 표시로 보인다. 갈등 상태에서 어느 한쪽으로 치우치는 서술 대신 중재를 통한 화합을 이루는 형국이다. 그러나 이러한 세 양상은 마빈 해리스가 이미 잘 풀어놓은 바 있다.

실제의 생활은 항상 여러 가지의 가면들을 쓰고 있다. 모든 생활양식들은 비실제적이고 초자연적인 조건들에 주의를 돌리게 하는 신화와 전설로 덮여 있다. 생활양식이 신화와 전설로 덮여있음으로 해서, 사람들이 사회적 동질감과 사회목적의식을 갖게 될 수는 있겠지만, 그로 말미암아 적나라한 사회적 삶의 진실들이 감추어져 있게 된다. 문화의 세속적인 원인들을 감추는 기만행위는 납덩어리처럼 일반 사람들이 의식을 억누른다. 억눌러오는 이 짐을 벗어버리거나 없는 체하거나 지고 일어서거나 하는 일은 쉽지 않다.
왜곡된 비범한 의식상태를 경험하고 싶어하는 열망에 사로잡혀 있는 시대에 살고 있는 우리는, 우리의 실상적 마음상태가 이미 신화화된 의식-생활 속의 실제적인 면들과는 너무나 괴리되어 있는 의식-이 되어있음을 간과하려 한다. 왜 이렇게 되고 말았는가.

---

202) 讚曰 "滴翠嵓前剝啄聲, 何人日暮扣雲扃, 南庵且近宜尋去, 莫踏蒼苔汚我庭.' 右北庵. '谷暗何歸已暝煙, 南窓有蕙且流連, 夜闌百八深深轉, 只恐成喧惱客眠,' 右南庵. '十里松陰一徑迷, 訪僧來試夜招提, 三槽浴罷天將曉, 生下雙兒擲向西, 右聖娘." - 하정룡, 같은 책, 439-440쪽.

그 한 가지 이유로 무지가 있다. 모든 사람들이 여러 가지 생활양식들 가운데 극히 적은 부분밖에 알지 못하고 있다. 의식을 성숙시키기 위해 신화와 전설에서 벗어나려면, 우리는 과거와 현재의 모든 문화들을 비교해볼 필요가 있다. 또 다른 한 가지의 이유는 공포가 있다. 나이 들고 죽어가는 일들을 잊으려는 단 한 가지 방어수단으로는 거짓의식이 효과적일는지 모른다. 마지막으로 갈등이 있다. 평범한 사회의 삶 속에서는, 항상 누군가가 다른 사람을 착취하고 지배하기 마련이다. 나이 들어 죽어가는 것과 마찬가지로 이런 불공평한 현실들도 왜곡되고 신화화한다.[203] (굵은 글씨 필자)

물론 모든 문제가 여기에서 말하는 '무지, 공포, 갈등'의 셋으로만 귀결될 수는 없겠지만, 해리스가 지적한 이 셋은 현실을 왜곡하고 신화화하는 주요한 요인일 수 있을 것이다. 탈신화화(脫神話化)란 결국, 생활 속의 실제적인 면들과는 너무나 괴리되어 현실을 왜곡하는 일련의 신화적인 의식을 탈피하여 합리적인 이해를 도모하는 일련의 과정이라고 할 수 있다. 이제 이러한 세 가지 원인에 따라『삼국유사』를 읽어가면서 찬자(撰者)가 택한 탈신화화의 양상에 대해 살펴보기로 한다. 미리 전제할 것은 해리스가 지적한 무지, 공포, 갈등이『삼국유사』의 상황과 직접 연결되지는 않는다는 점이다. 가령, 무지(無知)를 예로 들자면『삼국유사』의 찬자가 그를 극복하기 위해 해리스가 말한 '과거와 현재의 모든 문화들을 비교'하는 정도로까지 진행하는 것은 아니다. 다만 정보량의 확대와 올바른 정보의 선택이라는 적극적인 노력에 의해 그 이전의 무지(無知)를 교정해보려는 시도를 보이고 있음을 인정할 수는 있을 것이다. 마찬가지로 공포나 갈등의 내용 또한 상이하지만, 유한한 존재의 인간이라면 겪을 수밖에 없는 두려움과 이해가 엇갈리는 상황에서의 알력이 비정상적인 신비로움을 조장한다는 점에서는 큰 차이를 보이지 않는 것으로 판단된다.

---

203) 마빈 해리스,『문화의 수수께끼』, 박종렬 역, 한길사, 1981, 17-18쪽.

2) 『삼국유사』「흥법」, 「탑상」 편의 탈신화화

(1) 무지(無知)의 교정 : 합리적 자료 선택

『삼국유사』는 유난히도 그 이전의 전적(典籍)을 많이 참조하고 있다. 곳곳에서 근거를 끌어들이고 있는데, 실제로는 그냥 늘어놓는 데 그치지 않고 일정한 취사선택의 원리를 보이고 있다. 「흥법(興法)」편의 맨 처음을 장식하는 〈순도조려(順道肇麗)〉에서부터 실제 순도(順道)가 고구려 불교의 시초가 되는지 촉각을 곤두세우고 있다.

『고려본기』에 이르기를 "소수림왕 즉위 2년 임신(372)은 즉 동진 함안 2년으로 효무제가 즉위한 해이다. 전진의 부견은 사신과 스님 순도를 시켜 불상과 경문을 보냈다.(당시 부견은 관중에 도읍하였으니 즉 장안이다.) 또 4년 갑술(374)에는 아도가 진나라로부터 왔다. 이듬해 올해 2월에는 초문사를 창건하여 순도를 두고 또 이불란사를 세워서 아도를 두니 이것이 고구려 불교의 시초이다."라고 하였다.

『승전』에 "순도와 아도가 위나라로부터 왔다."는 말은 틀린 것이요, 실상은 전진으로부터 왔다. 또 이르기를 "초문사는 지금의 흥국사요, 이불란사는 지금의 흥복사이다."라고 한 것도 역시 그릇된 것이다. 살펴보건대 고구려 당시의 도읍은 안시성으로 안정홀이라고도 하였으니 요수의 북쪽에 있다. 요수는 압록이라고도 하며 지금은 안민강이라고 부르는데 송도에 어찌 흥국사라는 이름이 있겠는가![204]

---

204) 『高麗本記』云 "〈小獸林王〉卽位二年壬申, 乃〈東晉〉〈咸安〉二年, 〈孝武帝〉卽位之年也. 〈前秦〉〈符堅〉遺使及僧〈順道〉, 送佛像經文.(時〈堅〉道〈關中〉. 卽〈長安〉.) 又四年甲戌, 〈阿道〉來自〈晉〉. 明年乙亥二月, 創〈肖門寺〉, 以置〈順道〉, 又創〈伊弗蘭寺〉, 以置〈阿道〉, 此〈高麗〉佛法之始." 『僧傳』作二〈道〉來自〈魏〉云者, 誤矣, 實自〈前秦〉而來. 又云"〈肖門寺〉今〈興國〉, 〈伊弗蘭寺〉今〈興福〉者, 亦誤. 按〈麗〉時都〈安市城〉. 一名〈安丁忽〉. 在〈遼水〉之北, 〈遼水〉一名〈鴨渌〉, 今云〈安民江〉, 豈有〈松京〉之〈興國寺名〉! -하정룡, 같은 책, 329-330쪽.

『고려본기』와 『승전』의 두 기록을 나열한 후 전자의 신빙성에 무게를 두었다. 여기에서 맞서는 것은 하나는 순도가 중국 어디에서 왔는가 하는 점이며 또 하나는 최초의 두 절이 지금의 어느 절이냐 하는 점이다. 먼저 〈고려본기〉는 전진(前秦)이라고 했지만 〈승전〉은 위(魏)라고 했는데 찬자(撰者)는 전자를 택했다. 여기에서의 위(魏)가 통설(通說)대로 북위(北魏, 386~534)를 가리키는 것이라고 본다면 소수림왕 4년(374년)과 일치하지 않게 된다. 아마도 기록의 착오일 것으로 보이는데 찬자(撰者)는 이 점을 바로잡아 역사 속에 들어앉게 한다. 게다가 순도와 아도가 세운 그 최초의 사원 또한 속설처럼 계속 이어져오는 게 아니라는 입장을 취했다. 그러한 속설을 기록한 『승전』이 보인 신비화를 단번에 끊어놓는다. 사람들이 그 옛날의 초문사(肖門寺)가 지금의 홍국사라는 식으로 쉽게 믿는 까닭은 한마디로 무지하기 때문이다. 고구려의 도읍지가 어디인지만 안다면 그런 착오는 일어나지 않았을 테니 찬자(撰者)는 그 무지를 바로잡으면서 현실적인 내용을 강화하는 것이다. 물론 찬자(撰者)의 이러한 고증이 실제 역사에 부합하는지는 사학사(史學史的)인 검토의 대상이다.[205] 현재의 시점에 비추어보면 역사적 고증 자료가 충분하지 않았던 사정을 감안하지 않을 수 없을 터이나, 적어도 자료의 취택에서 찬자 나름의 엄정성을 기하려 했다는 점만은 인정할 수 있을 것이다.

이는 신라에 불교가 전래되는 과정을 담은 이야기에도 그대로 노정된다.

이에 의거해 보건대, 『본기』와 본비 두 가지 설이 서로 어긋나서 이와 같이 다르다. 잠시 시험 삼아 논평한다면 양나라, 당나라의 두 『승전』과 『삼국본사』에는 모두 고구려와 백제 두 나라 불교의 시작이 진나라 말년 태원 연

---

205) 고구려의 정확한 도읍지를 두고는 여전히 논란의 여지가 있으며, 이병도 같은 학자는 일연의 이러한 地理考證에 대해 "모두 다 틀린다."고 단언한 바 있다. -일연, 『삼국유사』, 이병도 역, 광조출판사, 1977, 290쪽 주 7 참조.

간(376-96)이라고 기재하였으니, 곧 순도, 아도 두 법사가 소수림왕 갑술 (374)에 고구려에 도착한 것이 명백하므로 이 전기는 틀리지 않는다. 만약 비 처왕 때에 처음으로 신라에 왔다고 하면 이는 아도가 고구려에 머문 지 1백여 년 만에 온 것이 된다. 비록 대성의 행적과 출몰이 평범하지는 않다고 할지라 도 반드시 다 그렇지는 않을 것이요, 더군다나 신라가 불교를 받든 것이 이와 같이 매우 늦지는 않았을 것이다. 또 만약에 미추왕대라고 한다면 고구려에 도착했다는 갑술년보다도 도리어 1백여 년이나 앞서게 된다.[206]

여기에서는 사실에 비추어 너무 빠르거나 너무 늦은 문제를 지적한다. 순도가 고구려에 건너옴과 거의 동시에 신라에도 전래되었다고 보는 견 해이든, 거꾸로 아도가 고구려에 넘어온 후로부터 백년이나 뒤에야 전래 되었다고 보는 견해이든 다 부적절하다는 것이다. 어찌 보면 양극단의 절 충점을 택하는 안이한 처사 같지만, 이 대목 뒤에 이어지는 논증을 보면 그렇지 않다. 눌지왕 때 고구려에서 묵호자라는 승려가 와서 왕녀의 병을 고쳤다는 내용을 예로 들며, 이 묵호자는 아도가 변명(變名)한 사람일 것 이라고 했다. 그 외모가 아도와 비슷하다고 했다는 등의 자료를 근거로 이명동인(異名同人)을 확신하며, 아도가 고구려에서의 임무를 마치고 신 라로 들어온 것으로 파악한다.

평하기를 "담시가 태원 말년에 해동에 왔다가 의희 초에 관중으로 돌아갔 으니 즉 이곳에 머문 지 10여 년이나 될 터인데 어찌하여 우리나라 역사에는 아무런 기사가 없었을까? 담시는 이미(이름을) 많이 속여서 (누군지) 알기

---

206) 據此,『本記』與本碑, 二說相戾,不同如此. 嘗試論之, 〈梁〉・〈唐〉二『僧傳』, 及『三國本 史』皆載, 〈麗〉・〈濟〉二國佛敎之始, 在〈晉〉末〈太元〉之間, 則二〈道〉法師, 以〈小獸林〉 甲戌, 到〈高麗〉明矣, 此傳不誤, 若以〈毗處王〉時方始到〈羅〉,則是〈阿道〉留〈高麗〉百 餘歲乃來也. 雖大聖行止出沒不常, 未必皆爾, 抑亦新羅奉佛, 非晩甚如此. 又若在〈未 雛〉之世, 則却超先於到〈麗〉甲戌,百餘年矣. -하정룡, 앞의 책, 337-338쪽.

어려운 사람이므로, 아도·묵호·난타와 함께 연대와 사적이 서로 같으며 세 사람 가운데 아마도 한 사람은 반드시 그가 이름을 바꾼 것일 것이다."라고 하였다.[207]

달마가 인도에서 중국으로 왔듯이 담시가 중국에서 우리나라로 오는, 동쪽으로의 전교(傳敎) 과정을 설명한다면 참으로 설득력 있게 들릴 것이다. 그러나 찬자(撰者)는 이미 기존에 그런 기록이 있다 하더라도 별 신빙성이 없다고 판단될 때에는 전혀 다른 추론을 시도한다. 여기에서 보듯이 담시가 중국에서 포교하러 온 제3의 인물이 아니라 이미 우리에게 알려진 사람의 변명(變名)으로 추정한다. 이 역시 떠도는 소문을 근거로 신비화하는 처사를 피하면서, 사료 등을 토대로 좀 더 합리적인 판단을 하려는 시도로 보인다. 이와 유사한 사례는 〈황룡사장륙(黃龍寺丈六)〉에도 보인다. 아육왕이 모은 불상의 재료가 얼마큼인가를 두고 『첩문(牒文)』에서는 황철 57,000근과 황금 3만 푼이라고 한 대목에 주를 달아 『별전(別傳)』에서는 철 407,000근과 황금 1천 냥이라고 했는데 이것은 잘못인 것 같다고 하면서 혹은 37,000근이라고 하는 설을 부기(附記)함으로써[208] 좀 더 실현 가능성이 높은 쪽을 택하고 있다.

이러한 시도는 「탑상(塔像)」편에서도 계속된다. 가령 〈요동성육왕탑(遼東城六王塔)〉 조(條)에는 『삼보감통록(三寶感通錄)』을 인용하면서 고구려 성왕(聖王)이 순행하다가 신승(神僧)이 있던 토탑(土塔) 자리에서 땅을 파내 범서(梵書)로 쓰인 금석문을 얻었는데 시신(侍臣)이 그것을 알아보고 불탑(佛塔)이라고 했다는 내용을 적어두고 있다. 그러나 찬자(撰

---

207) 議曰 "〈曇始〉以〈大元〉末到海東, 〈義熙〉初還〈關中〉, 則留此十餘年, 何東史無文? 〈始〉旣恢詭不測之人, 而與〈阿道〉·〈墨胡〉·〈難陁〉, 年事相同, 三人中疑一必其變譚也. -하정룡, 같은 책, 342-343쪽.

208) 撿看有『牒文』云 "〈西竺〉〈阿育王〉. 聚黃鐵五萬七千斤·黃金三萬分 (『別傳』云 "鐵四十萬七千斤·金一千兩." 恐誤. 或云三萬七千斤) -하정룡, 같은 책, 378쪽.

者)는 이때의 성왕(聖王)이 누구를 지칭하는지 알 수 없으며 혹간 동명성제(東明聖帝)를 지칭하기도 하는데 이는 오류라고 파악한다. "이때는 한나라도 아직 패엽경(貝葉經)을 못 보았을 터인데 해외의 변방국의 신하로 어찌 벌써 범서를 알아볼 수 있을 것인가.[209] 반문하는 것이다. 찬자(撰者)는 이런 식으로 해서 어떠한 사실이 신비롭게 여겨지게 되면 곧바로 과장되고 마침내 왜곡되는 경향에 대해 막아 나서고 있다.

그러나 『삼국유사』의 「흥법(興法)」과 「탑상(塔像)」 곳곳에는 여전히 신화화한 대목들이 눈에 띄는데, 위의 예처럼 어느 한쪽을 택하기 어려울 때, 찬자(撰者)가 택한 전략은 대략 두 가지로 여겨진다. 하나는 미심쩍은 내용들을 모두 제시하면서 판단을 보류하는 것이고, 또 하나는 믿을 만한 사람이 직접 보았다는 내용일 경우에 한해 제한적으로 허용하는 것이다.

전자의 예를 보자.

「탑상(塔像)」편의 〈삼소관음중생사(三所觀音衆生寺)〉에는 『신라고전(新羅古傳)』을 인용하여 중국 천자가 화공을 시켜 애첩의 그림을 그리도록 시키는 대목이 나오는데, 여기에 대해서 찬자(撰者)는 주를 달아 이 화공(畵工)이 장승요(張僧繇)라는 설이 있는데 이 사람은 오(吳)나라 사람이지만 고전(古傳)에서는 당나라라고 한 데 대해서 "우리나라 사람들이 중국의 여러 나라를 모두 당나라라고 하기 때문인 듯하다"고 설명하면서도, "실상은 어느 시대 제왕인지 자세하지 않으니 두 가지 다 그대로 써둔다."[210]고 했다.

후자의 예를 보자.

〈삼소관음중생사(三所觀音衆生寺)〉에는 점숭이라는 승려가 등장하는데 그는 문자를 모르지만 신심이 깊은 사람이었다. 그런데 이를 시기한 다른 승려가 천사에게 호소하여 그가 글을 모르는 사람이므로 주지의 자

---

209) 于時〈漢〉亦未見貝葉, 何得海外陪臣 已能識梵書乎. -하정룡, 같은 책, 373쪽.
210) 海東人凡諸中國爲〈唐〉爾, 其實未詳何代帝王, 兩存之. -하정룡, 같은 책, 396쪽.

격이 없다고 하자 천사가 그 말에 따라 점숭에게 소문(疏文)을 거꾸로 주자 거침없이 읽었다고 한다. 이 덕분에 천사가 감동하여 그 자리를 빼앗지 않았다고 했는데, 찬자(撰者)는 이 기사의 말미에 "당시에 점숭과 함께 거처하던 처사 김인부가 여러 시골 늙은이들에게 전했으므로 이것을 적어서 전한다."211)고 했다. 이 점숭과 관련해서는 서로 다른 기록이 전하기는커녕 아예 어떠한 기록도 찾을 수 없었던 것 같다. 그럼에도 불구하고 이렇게 적어놓는 것은 점숭과 함께 거처했다는 사람이 직접 전했다는 이야기이기 때문이다. 그만큼 과장(誇張)이나 와전(訛傳)의 위험이 없다는 판단에 따랐다는 뜻이겠다. 또, 〈전후소장사리(前後所藏舍利)〉조(條)에는 임금이 불아(佛牙)를 잃었다가 극적으로 되찾는 사건이 나오는데 여기에도 "이러한 사실의 기록은 당시 내전 분수였던 전 기림사 대선사 각유로부터 얻었는데 친히 눈으로 본 것이라 하여 나를 시켜 기록하게 한 것이다."212)라고 적고, 그 이후 난리 속에서도 심감이라는 승려가 목숨을 걸고 불아를 무사히 보존하게 된 내력 또한 "그로부터 직접 들은 이야기이다."213)라고 하여 그 강조점을 직접 들은 말에 두고 있다.

『삼국유사』는 사실 전고(典故)의 백과전서(百科全書)라고 할 만큼 그 이전의 숱한 책들을 끌어다 쓰고 있다. 그러나 '고기(古記)'처럼 어떤 책인지 알 수 없는 자료나, '향전(鄕傳)'처럼 공신력이 떨어질 법한 자료, 나아가 '고로상전(古老相傳)'처럼 그러한 제목의 책이 있었는지 고로(古老)들 사이에 서로 전해져온다는 뜻인지 애매모호한 경우들까지 있어서 그 편찬과정을 짐작하기가 매우 어렵다. 그럼에도 불구하고 찬자(撰者)는 서로 다른 진술과 의견들을 가능한 한 많이 수용하여 그 중 현실적 타당도

---

211) 當時, 與〈崇〉同住者, 處士〈金仁夫〉, 傳諸鄕老, 筆之于傳. -하정룡, 같은 책, 402쪽.
212) 得此實錄於當時內殿焚修前〈祇林寺〉大禪師覺猷, 言親所眼見, 使子錄之. -하정룡 같은 책, 417쪽.
213) 是亦親聞於彼. -하정룡, 같은 책, 417쪽.

가 높은 내용을 취하려 애썼고, 문헌이 아닌 전언(傳言)일 경우 그 사실을 몸소 접한 1차 전언(傳言)일 경우 신뢰하는 태도를 보였다. 해리슨의 지적대로 과거와 현재의 모든 문화를 다 비교하며 헤아려볼 수는 없겠지만, 『삼국유사』의 찬자가 보여준 이러한 태도는 무지(無知)에 의한 신화화의 위험을 최소화한다는 데 의미를 둘 수 있을 것이다.

(2) 공포의 극복 : 속신(俗信)의 경계

종교가 일정 부분 공포에서 기인한다는 점은 의심의 여지가 없다. 유한한 존재로서의 인간은 그 유한성을 벗고자 종교에 기대게 된다는 것이다. 도킨스는 『만들어진 신』에서 이른바 '베이스 논증'에 대한 비판적 견해를 보이는데, 이 논증은 대략 다음과 같은 여섯 단계에 따른다: "1. 우리는 선에 대한 감각을 갖고 있다. 2. 사람들은 악한 일을 한다(히틀러, 스탈린, 사담 후세인). 3. 자연은 악한 일을 한다(지진, 해일, 태풍). 4. 작은 기적들이 있을 수 있다(나는 열쇠를 잃어버렸다가 다시 찾았다) 5. 큰 기적들이 있을 수 있다(예수는 죽었다가 살아났을지 모른다). 6. 사람들은 종교적 경험을 한다."[214] 저자는 이 과정의 부당함에 대해 논의하고 있지만, 이 여섯 단계의 과정은 속신(俗信)의 속성을 설명하는 데 적절해 보인다.

이 정식화에 따르자면 자연이든 인간이든 우리의 삶에 중대한 해악을 끼치는 존재가 있다는 것이며, 이것을 극복하는 데 종교가 필요하다. 이런 논리로 보자면 『삼국유사』의 「탑상」과 「흥법」편에서 서술하고 있는 불교의 도입과 정착 과정은 그런 심대한 해악으로부터 벗어나려는 노력의 일환이다. 그것이 때로는 인간을 공포에 떨게 하는 천재지변(天災地變)이기도 하며, 때로는 불교 이전에 존재하던 토속신앙, 혹은 당시에 불

---

214) 스티브 언원의 『신의 개연성』에서 제시된 이론으로, 리처드 도킨스, 『만들어진 신』, 김영사, 2007, 160쪽에 간단하게 정리되어 있다.

교와 맞서는 형국을 보이던 도교 등의 다른 종교이기도 하고, 또 때로는 우리나라의 안정을 해치던 외적(外敵)이기도 하다. 그러나 종교를 통해 제반 문제를 해결하려는 의식이 과잉될 때, 도리어 필요 이상의 공포가 확산되어 인간을 위축시킬 우려가 있다. 공포를 극복하려는 시도가 도리어 공포를 고착화시키는 기현상(奇現象)이 발생할 수 있는 것이다.

그렇다면 『삼국유사』의 찬자(撰者)는 이에 대해 어떤 처방을 내리고 있는지 몇몇 사례를 통해 살펴보자. 제일 먼저 살필 조목은 〈원종흥법염촉멸신(原宗興法猒觸滅身)〉이다. 이 조목이야말로 『삼국유사』의 「흥법」·「탑상」 편을 통틀어 가장 신비롭고 기이하며 비현실적인 내용을 담고 있어서 관심을 끈다. 여기에는 몇 개의 전적이 인용되면서 상이한 기록의 양상을 보인다. 제일 먼저 든 것은 「신라본기」로 여기에서는 법흥왕 14년에 이차돈이 불법을 위해 몸을 희생하였다는 간단한 진술만이 보인다. 그러나 그 뒤에 〈촉향분례불결사문(髑香墳禮佛結社文)〉을 인용하면서 법흥왕의 고민을 들은 염촉이 계책을 내어 희생함으로써 뜻을 이루는 과정을 자세히 기록되어 있다. 그러나 이 과정 중간중간에 주석의 형태를 빌려 『향전(鄕傳)』의 기록이 개재(介在)되어 있다. 가령 "사인이 서원을 빌고 나서 옥리가 그를 베니 흰 젖이 한 길이나 솟아올랐다"라는 기록 바로 뒤에 "『향전』에는 사인이 서원하기를 '대성법왕께서 불교를 일으키고자 하시매 저는 신명을 돌보지 않고 대겁에 걸친 인연을 맺으니, 하늘은 복과 상서를 내려 두루 인간들에게 보이소서.'라고 하니, 이때의 그의 머리가 날아가 금강산 꼭대기에 떨어졌다고 하였다."[215]는 주를 달아놓은 것이다. 그런데 이 주의 내용은 거기에 끝나지 않고 나중에 염촉을 북산 서쪽 고개에 장사지내는 대목에서 바로 여기가 금강산인데, "전에는 '머리가 날아서 떨어진 곳에 장사지냈다.' 라고 하였는데 여기서 말하지 않는 것

---

215) 『鄕傳』云 舍人誓曰 "大聖法王, 欲興佛敎, 不願身命, 多劫結綠, 天垂端祥, 遍示人庶." 於是其頭飛出, 落於〈金剛山〉頂云云. -하정룡, 같은 책, 348쪽.

은 왜인가?"216)라며 의문을 표하고 있다.

『삼국유사』의 기술 방식으로 보자면, 찬자(撰者)가 『향전(鄕傳)』의 기록을 신뢰했다면 그대로 전재(轉載)하는 편이 옳을 듯하다. 그리고 나서 여러 기록들간의 상이점(相異點)을 지적하거나 취사선택하는 방법을 택하는 편이 자연스럽다. 그런데 여기에서는 『향전』의 기록을 의도적으로 축약할 뿐만 아니라, 목이 떨어져서 금강산까지 날아갔다는 대목만큼은 아예 없는 기록을 취함으로써 그런 사실 자체를 부인하는 인상을 준다. 이는 찬자가 믿을 수 없는 허황된 내용으로 파악한 까닭으로 여겨진다. 그렇다면 이 대목에 드러나는 찬자의 입장은 무엇일까? 이는 아마도 다음 구절에 있을 것이다.

아아! 이러한 임금이 없으면 이러한 신하가 없을 것이요, 이러한 신하가 없으면 이러한 공덕이 없을 것이니 이야말로 유비와 제갈량의 고기가 물을 만난 것 같으며 구름과 용이 서로 감응해 만난 아름다운 일이라고 할 수 있으리라.217)

보다시피 임금과 신하가 서로 상보적으로 존재하는 관계임을 강조하고 있다. 『본기』가 법흥왕이 불교를 받아들이는 업적을 이룩했다는 데 초점을 둔다면, 『향전』은 그 전모를 알 수는 없지만 모르긴 해도 불교적 이적(異蹟)을 과장하면서 염촉의 순교에 무게를 둔 것이라 할 수 있다. 전자가 정치논리에 의해 풀어간다면 후자는 종교논리에 의해 풀어간다고 할 수 있겠는데, 찬자(撰者)는 그 양편의 치우침을 인정하지 않는다.218) 일

---

216) 傳云 "頭飛落處, 因葬其地." 今不言何也? -하정룡, 같은 책, 340쪽.
217) 嗚呼! 無是君無是臣, 無是臣無是功, 可謂〈劉〉〈葛〉魚水,,雲龍感會之美歟? -하정룡, 같은 책, 351-352쪽.
218) 이에 대해서는 "삼국사기의 왕권 중심의 건조한 서술이 해동고승전에서 불교적 인물로 전유되며 배열되면서 역사적 인물이 처한 상황적 조건들은 모두 종교적 해석으로

연의 글쓰기를 '균형감각'에서 찾는 견해[219] 또한 이러한 치우침 없는 공정성과 무관치 않을 것이다. 『해동고승전』의 법공(法空, 법흥왕) 부분만 보아도 그 입전 대상이 법흥왕임에도 불구하고 맨 뒤에 붙은 찬(贊)에서 "환상의 구름을 쓸어 헤치고 본성이 공한 부처님의 지혜의 빛을 발하면서, 그것을 품고 날아갈 수 있었던 것은 오직 염촉의 힘이었다."[220]고 하여 염촉의 공을 높이고 있다.

이처럼 『삼국유사』에서 법흥왕과 염촉을 함께 끌어올리는 이치는 간단하다. 흥법(興法)이 정치적 결단에 의해서만 이룩되었다고 할 경우 법흥왕의 위대함이 강조될 수는 있겠지만 종교적인 신성함은 소거될 수밖에 없다. 반대로 성자(聖者)의 순교로 모든 것이 이루어진 것으로 받아들여진다면 순교자의 성스러움을 통해 종교적 색채가 강화될 수는 있겠지만 불교의 공인(公認)이라는 정치적이며 역사적인 사실을 외면하는 결과를 맺는다. 그럼에도 불구하고 어느 한쪽만 취할 때, 법흥왕이나 이차돈으로 대표되는 대극적 인물을 신화화할 수밖에 없겠는데, 찬자는 이 점을 경계하는 것으로 보인다.

이런 양상은 「탑상」 편으로 가면 더욱 도드라진다. 탑(塔)과 불상(佛像)은 모두 부처의 상징이다. 하나는 부처의 사리(舍利)나 유골(遺骨)을 모시는 공간으로, 또 하나는 부처의 상(像)을 모사(模寫)하여 재현한 이미지이다. 이 둘은 서로 다른 방향에서 부처의 존재를 대신하며 그만큼 불멸(不滅)의 상징으로 쓰인다. 유한한 공간에서 유한한 삶을, 생로병사(生

바뀌었고(해동고승전), 이것을 바탕으로 다시 세속의 역사 속에 개입된 불법의 논리를 창조해내기도 했다.(삼국유사)"(이정훈, 「기원 강박과 삶, 그리고 서사 -삼국사기, 해동고승전 "유통1"과 삼국유사 "흥법" 비교」, 『국어문학』41, 국어문학회, 155쪽)처럼 세 텍스트를 명료하게 대비한 예가 있다.

219) 고운기, 『삼국유사 글쓰기 감각』, 현암사, 2010, 281-334쪽 '제4장 균형감각' 참조.

220) 若乎掃迷雲 放性空之慧日 挾之以飛者 惟獸髑之力乎. 장휘옥, 『해동고승전연구』, 민족사, 1991, 174-175쪽.

老病死)의 멍에를 지고 살 수밖에 없는 인간으로서는 그러한 불멸에 대한 동경은 어쩌면 당연한 일이며,『삼국유사』에서 「탑상」편을 따로 배치한 것 역시 그러한 뜻으로 보인다. 그런데 문제는 우리가 모시던 부처가 세상을 떠나고 없는 현실에서, 그렇게 해서나마 부처의 일부를 '진짜'로 인식하려는 속인들의 태도에 있다. 부처의 몸은 하나인데 천지사방에 사리나 유골을 남기고, 하늘에서든 땅속에서든 불상(佛像)을 솟구치게 하는 일이 실제로 가능할지 의문을 품는다면 사태는 달라진다. 〈전후소장사리(前後所藏舍利)〉에서는 이러저러한 기사를 실은 후 "만약 하늘의 말대로 7일 후에 천궁으로 돌아갔다면 선사 심감이 강도로 나올 때에 차고 가지고 나와 바친 것은 아무래도 진짜 불아(佛牙)는 아닐 것이다."[221]라고 하여 그것이 진짜 불아라는 데 회의(懷疑)하는가 하면, 불아를 친견하는 자리에 가서도 "소위 불아를 친견했는데 길이가 세 치 가량 되고 사리는 없었다."[222]는 식으로 '소위(所謂)'를 덧보태 그 신빙성을 낮춰보며, 그나마 사리는 없었다고 함으로써 실제로 부처의 진신(眞身)을 접하지 못했음을 내비추고 있다.

물론 「탑상」편의 대부분이 탑상의 영험함이 그 주된 내용을 이루는 것이 사실이다. 가령, 〈금관성파사석탑(金官城婆娑石塔)〉에서는 이 탑이 허황옥이 아유타국에서 가져온 것으로 그 일행이 바다건너 올 때 파도를 잠재웠을 뿐만 아니라 왜(倭)의 침략을 막았다고 했으며[223], 〈황룡사장륙(黃龍寺丈六)〉에서는 우리나라가 부처를 모실 인연이 제일이라는 자부심

---

221) 七日後還天宮, 則禪師〈心鑑〉出都時, 佩持出獻者, 恐非眞佛牙也. -하정룡, 같은 책, 422쪽.
222) 親見所謂佛牙者, 長三寸許, 而無舍利焉. -하정룡, 같은 책, 422-423쪽. 이 기사 뒤에는 "無極이 기록한다(無極記)"는 내용이 덧보태져 있다.
223) 찬에 이른다. "석탑을 싣고 붉은 돛과 깃발의 배는 가볍게 항해하니, 혹시라도 파도가 일지 않도록 파신에게 비네. 어찌 다만 황옥 공주가 해안에 닿도록 도왔겠는가. 천고로 남쪽 왜적의 침략을 막았도다."(讚曰 "載厭緋帆茜旆輕, 乞靈遮莫海濤驚, 豈徒到岸扶〈黃玉〉, 千古南〈倭〉遏怒鯨.") 376쪽.

을 드러낸다.[224] 이런 사례 가운데 가장 두드러진 예는 〈황룡사구층탑(黃龍寺九層塔)〉으로, 문수보살의 말을 인용하여 "너희 나라 왕은 바로 천축의 찰리종왕인데 일찍이 부처님의 수기를 받았으므로 특별한 인연이 있으니, 동이의 공공족과는 같지 않다. 그러나 산천이 험준하므로 인성도 거칠어져서 삿된 견해를 많이 믿어서 때로는 천신이 재앙을 내리기도 했으나 다문비구들이 국내에 있어서 군신들이 평안하고 백성들도 화평하게 된 것이다."[225]라 해서 우리나라가 성지(聖地)임을 알리고, 이어 어떤 신인(神人)이 나타나서 신라의 왕이 여자여서 위엄이 적으니 9층탑을 세우라 종용한다. 그 결과 세워진 9층탑의 위력이 드러나 "탑을 세운 후에 천지가 비로소 태평하게 되고 삼한을 통일하였으니 어찌 이것이 탑의 영험과 음조가 아니랴."[226]며 감탄한다. 또 그 덕분에 고구려도 신라를 침범하니 못했으며, 〈동도성립기(東都成立記)〉를 인용하여 신라를 넘보는 외국 아홉 나라를 제압하기 위해 9층탑을 세운 것이라 하며, 구체적으로 "제1층은 일본이요, 제2층은 중국이요, 제3층은 오월이요, 제4층은 탁라요, 제5층은 응유요, 제6층은 말갈이요, 제7층은 단국이요, 제8층은 여적이요, 제9층은 예맥이다."[227]라고 명시하기까지 한다. 여기까지만 보면 여왕의 부족한 위엄을 돋우기 위해 9층의 탑을 세웠으며 이 때문에 외침 없이 잘 지냈다는 말이 된다.

이러한 예들은 탑상을 통해 인간의 한계를 벗어나려는 노력이며, 실제

---

224) 찬에 이른다. "티끌 세상 어디든지 진향은 아니나, 부처님 모실 인연 우리나라가 제일 일세. 그렇지 않다면 육왕도 손도 대지 못할 것을, 월성의(옛 석가와 가섭불의) 옛 처소를 내방할 수 있었겠는가."(讚曰 "塵方何處匪眞鄕, 香火因緣最我邦, 不是〈育王〉難下手, 〈月城〉來訪舊行藏.) 382쪽.

225) 〈文殊〉又云 "汝國王是〈天竺〉〈利利種王〉, 預受佛記, 故別有因緣, 不同〈東夷〉·〈共工〉之族. 然以山川崎嶮, 故人性麤悖, 多信邪見, 而時或天神降禍, 然有多聞比丘, 在於國中, 是以君臣安泰. 萬庶和平矣." -하정룡, 같은 책, 382쪽.

226) 樹塔之後, 天地開泰, 〈三韓〉爲一, 豈非塔之靈蔭乎! -하정룡, 같은 책, 385쪽.

227) 第一層〈日本〉, 第二層〈中華〉, 第三層〈吳越〉, 第四層〈托羅〉, 第五層〈鷹遊〉, 第六層〈鞨鞨〉, 第七層〈丹國〉, 第八層〈女狄〉, 第九層〈穢貊〉. -하정룡, 같은 책, 387쪽.

로 탑상이 그러한 위용을 보였다고 진술한다. 한마디로 탑상 덕분에 인간의 한계에서 오는 두려움을 씻어냈다는 뜻이 된다. 그러나 『삼국유사』에서는 때로는 탑상의 참담한 뒷이야기까지 남겨두어서 예사롭지 않다.

또 『국사』와 『사중고기』를 살펴보건대, "진흥왕 계유년(553) 6월에 절을 세운 후, 선덕왕대 정관 19년 을사(645)에 탑이 처음으로 완성되었다. 32대 효소왕 즉위 7년 성력 원년 무술(698) 6월에 벼락이 떨어져서,(『사중고기』에 이르기를 "성덕왕대란 말은 잘못이다. 성덕왕대에는 무술년이 없다."라고 하였다.) 제33대 선덕왕대 경신년(720)에 두 번째 세웠으며, 48대 경문왕 무자년(868) 6월에 두 번째로 벼락이 떨어져서 같은 왕대에 세 번째 중수를 하였으며 본조 광종 즉위 5년 계축(953) 10월에 세 번째로 벼락이 떨어져서 현종 13년 신유(1021)에 네 번째 다시 세웠으며, 또 정종 2년 을해(1035)에 네 번째 벼락이 떨어져서 다시 문종 갑진년(1064)에 다섯 번째로 세웠으며, 또 헌종 말년 을해(1095)에 다섯 번째 벼락이 떨어져서 숙종 병자(1096)에 여섯 번째로 다시 세웠으며, 또 고종 16년 무술(1238) 겨울에는 몽고의 병란으로 탑과 절과 장육불과 전각들이 모두 불에 탔다."라고 하였다.[228]

매우 장황한 서술이지만 내용의 골자를 추리자면 지금은 모두 사라져 버렸다는 점이다. 그것도 한두 차례가 아니라 여러 차례 벼락이 떨어졌고, 마침내 외적의 병화(兵火)에 불타버렸다고 했다. 이것은 앞서의 서술과 배치되는 대목이다. 불교를 믿지 않아 천재지변이 일어나고 국왕의 위

---

228) 又按『國史』及『寺中古記』, "〈眞興王〉癸酉創寺後, 〈善德王〉代, 〈貞觀〉十九年乙巳, 塔初成. 三十二〈孝昭王〉卽位七年, 〈聖曆〉元年戊戌六月霹靂(『寺中古記』云 "〈聖德王〉代, 誤也. 〈聖德王〉代無戊戌.") 第三十三〈聖德王〉代庚申歲重成, 四十八〈景文王〉代戊子六月, 第二霹靂, 同代第三重修, 至本朝〈光宗〉卽位五年癸丑十月, 第三霹靂, 〈現宗〉十三年辛酉, 第四重成, 又〈靖宗〉二年乙亥, 第四霹靂, 又〈文宗〉甲辰年, 第五重成, 又〈憲宗〉末年乙亥, 第五霹靂, 〈肅宗〉丙子 第六重成, 又〈高宗〉十六年戊戌冬月, 〈西山〉兵火, 塔·寺·丈六·殿宇皆災." -하정룡, 같은 책, 388쪽.

엄이 없어 외국이 넘보니 탑상을 준비하여야 한다고 했고 그래서 탑상을
마련하여 마침내 그 모든 것이 이루어졌다고 했는데, 그 뒷이야기는 이렇
게 참담하기조차 하다. 찬자(撰者)는 그에 대한 직접적인 언급을 피하고
있지만, 아무리 애를 써도 어쩔 수 없는 일이 있다는 사실을 보여주는 것
이 아닌가 한다. 똑같은 자리에 세운 탑이 다섯 차례의 벼락을 맞고, 외적
의 침입을 막기 위해 세운 탑이 끝내 외적의 침입으로 병화(兵火)를 맞는
다는 설정은 비극적이다. 인간의 노력으로 종교를 믿고 그에 의해 모든
어려움을 이겨낼 수 있다는 생각은 분명 이상적이다. 그러나 실제 현실은
그렇지 못하고 『삼국유사』는 그런 측면까지 세세히 담아둠으로써 신화화
의 가능성을 줄여놓는다.

　이는 비단 황룡사(黃龍寺) 관련 탑상(塔像)에만 해당하지 않는다. 〈천
룡사(天龍寺)〉에서는 천룡사에 신령한 기운이 있다고 전제한 후, 몇 가지
좋지 않은 예언담을 기술한다. 가령 중국 사신이 보고는 이 절을 부수면
나라가 망하는 데 며칠 걸리지 않을 것이라는 예언을 남기는데, 신라 말
년에 허물어져버린 지 오래되었다고 하면서 나중에 중수(重修)한 기록을
덧보탠다. 물론 이로 인해 고려의 최승로(崔承老)로까지 그 영험함이 지
속된다고 이르지만, 실상은 신라 말년에 허물어짐으로써 신라가 망했다
는 내용이 서술된 셈이다. 〈무장사미타전(鍪藏寺彌陁殿)〉에서도 "근래에
와서 불전은 무너졌으나 절만은 유독 남아있다."[229]고 했고, 〈백엄사석탑
사리(伯嚴寺石塔舍利)〉에서도 "오랫동안 폐사가 되었다가"[230] 다시 세워
진 내력이 기술되어 있다. 신령스러움이 극대화되려면 불멸(不滅)을 이야
기해야만 한다. 정말 좋은 터에 지어진 영험 있는 탑상(塔像)이라면 영구
적으로 보존되는 것이 맞다. 그러나 여기에서 보듯이 어떤 경우에 있어서
는 허망하게 스러지는 모습을 너무도 담담하게 그려낸다. 그렇다고 해서

---

229) 近古來殿則壞圮, 而寺獨在. -하정룡, 같은 책, 484쪽.
230) 中間久廢. -하정룡, 같은 책, 485쪽.

그런 곳에 영험함이 없다고 하는 것은 아니지만, 스러지는 모습조차도 흔들림 없이 기술하고 있다.[231)]

그러나 이러한 기술태도는 어찌 보면 가장 신화적인 반응인지도 모른다. 신화에서는 대체로 인간이 이겨내지 못할 시련이 주어지고 그 시련을 받아내는 과정이 담담하게 받아내는 일조차 하나의 과업으로 제시되곤 한다. "도덕군자가 의분을 금치 못할 대목에서, 비극 서사시인이 연민과 공포를 동시에 느낄 대목에서, 신화는 장엄하고 무시무시한 신곡(神曲)을 향해 온전한 모습으로 피어난다."[232)]는 캠벨의 지적이 어쩌면, 『삼국유사』에서 펼쳐 보인 인간의 노력과 성패(成敗), 혹은 탑상의 건립과 쇠퇴를 담담하게 그려낸 취지를 설명해줄 듯하다.

인간의 공포가 결국은 유한한 인간 존재의 운명에서 오는 것임을 안다면, 역설적으로 그것을 받아들임으로써 그것을 넘어설 가능성이 훨씬 더 높아질 것이다. 물론 『삼국유사』의 찬자(撰者)가 불도(佛徒)이기에 불력(佛力)에 의해 만사(萬事)가 해결되어왔고 또 앞으로도 그럴 것이라고 강조할 수는 있겠지만, 그럴 경우 이야기의 깊이는 한없이 얕아지게 마련이다. 염촉이 오로지 자신의 신심만으로 불교 공인의 과업을 이루어냈다는 서술 대신 그 맞은편에 정치적 입장에서의 지지자로 법흥왕이 있음을 강조하고, 대단한 불심(佛心)이 깃든 탑도 세월과 변란(變亂)에 따라 스러지는 그 간단한 사실(史實)을 기술하는 데 인색하지 않음으로써 합리성을 키워나갔다 하겠다.

---

231) 기존연구에서 「塔像」 편의 이러한 내용 등에 주목하여 '신성 공간에 대한 비극적 인식'으로 풀이한 예가 있다. (윤영예, 「『삼국유사』 「탑상」 편의 메타서사 읽기 -신성 공간의 몰락에 대한 비극적 인식을 중심으로-」, 『한국고전연구』16지1, 한국고전연구학회, 2007, 293-320쪽.) 그러나 실제로 「塔像」 전체가 그러한 서술을 하고 있지도 않을 뿐더러, 그것이 곧 '비극적 인식'으로까지 이어질지는 의문이다. 도리어 객관적이며 합리적인 서술에 근접하는 예로 보인다.
232) 조셉 캠벨, 『세계의 영웅신화』, 대원사, 1989, 40쪽.

(3) 갈등의 중재 : 공동(共同)의 승리

세상은 언제나 공정함을 주장하지만 많은 사람들은 불공평함을 느낀
다. 이 때문에 사회적인 제도 개선이나 평등 이념들이 주창되지만, 한편
으로는 종교적 신념에 의해 불평등이 일거에 해소되기도 한다. 역사적으
로 불평등이 심화될 무렵이면 한편으로는 혁명적 사상이 머리를 들지만,
또 한편으로는 종교의 기치 아래 평등하다는 의식이 심어지기도 했다. 압
제를 받는 상황에서의 하층민들이 종교에서 위안을 얻는 예는 허다하다.
가령, 『삼국유사』「감통(感通)」의 〈욱면비염불서승(郁面婢念佛西昇)〉에
나오는 욱면이라는 계집종은 불교 공부를 하는 주인을 따라가서 먼저 서
승(西昇)한다. "미천하고 가난해서 멸시를 받고 사는 무리가 자기네의 비
속함을 자학적으로 받아들이지 않고, 비속한 삶이 바로 숭고하다는 것이
자기 발견의 지름길[233]"이라는 거창한 해설이 덧붙지 않더라도 상하가 뒤
집히는 것만으로 통쾌한 면이 있다.

그러나 둘의 관계가 애초에 '상하(上下)'였던 데에서 뒤집혀 '하상(下
上)'이 된다면 본래의 관계에 문제가 있음을 일러줄 수는 있지만, 그 관계
는 다시 상하(上下)로 되돌아올 가능성을 내포한다. 문제의 해결(解決)은
있지만 해소(解消)는 어려운 그런 상황이 되는 것이다. 더구나 그것이 신
분이나 경제처럼 눈에 보이는 선명한 차별이 아니라 도리나 깨침 같은 추
상적인 문제로 들어서면, 어느 한쪽의 일방적 승리는 이념화하고 교조화
하기 쉽다. 결과적으로 우위에 선 쪽의 인물이 자신이 먼저 깨쳤다고 자
만하는 망상을 갖게 되어 지(智)의 청정(淸淨)함을 해칠 공산이 크다. 『삼
국유사』에서는 깨달음의 선후(先後)나 우열(優劣)을 두고 미묘한 갈등을
드러내 보이는 예가 제법 있다. 「탑상」 편만 해도 〈미륵선화미시랑진자
사(彌勒仙花未尸郎眞慈師)〉의 미시랑(未尸郎)/진자사(眞慈師), 〈남백월

---

233) 조동일, 『삼국시대 설화의 뜻풀이』, 집문당, 1990, 253쪽.

이성노힐부득달달박박(南白月二聖努肹夫得炟炟朴朴)〉의 노힐부득(努肹
夫得)/달달박박(炟炟朴朴), 〈낙산이대성관음정취조신(洛山二大聖觀音正
趣調信)〉의 원효(元曉)/범일(梵日)의 대립이 보인다.

먼저 〈미륵선화미시랑진자사(彌勒仙花未尸郎眞慈師)〉의 미시랑과 진
자사를 보자. 사실 엄밀하게 볼 때 이 둘은 경쟁하는 인물도 대립하는 인
물이 아니다. 진자사는 지성으로 미륵불을 만나고 싶어했던 인물로, 만약
미륵불이 화랑으로 현신한다면 그를 지성으로 섬기겠다고 기원한 사람이
다. 그의 지극정성으로 꿈의 계시를 받아 미륵불을 만나러 가는 길에 열
흘을 걸어가는데 한 걸음에 한 배씩 절을 하며 갔다고 했다. 그러나 막상
정체 모를 어떤 사람을 만나서는 그가 미륵불인 것을 알아보지 못하고 기
회를 놓친다. 진자사는 나중에 그것을 알고는 미목(眉目)이 수려한 소년
을 만나 그를 모시고 궁궐로 가 국선(國仙)으로 삼는다. 그런데 이 이야
기 가운데 그 미소년(美少年)은 자신의 정체는 전혀 드러내지 않은 채, 7
년 후 홀연히 종적을 감추는 것으로 종결된다.

이 이야기는 두 인물의 깨침 과정이 드러난다. 한 인물은 근실(勤實)한
정진(精進)으로 깨침에 이르려 애를 쓰는 승려이다. 이에 비해 또 한 인
물은 그저 미목이 수려하다는 외모 묘사 외에는 그저 "내 이름은 미시입
니다. 어렸을 때 부모님이 모두 돌아가셔서 성은 무엇인지 미처 알지 못
합니다."[234]라는 정보가 고작인 인물이다. 그런데 진자사는 미시랑을 모
셔다 정성껏 섬겼다고 했다. 작품에서는 종적을 감추는 것으로 열반을 암
시하며, 뒤이어 진자사 역시 만년에는 종적을 감추었다고 함으로써 그 과
정이 되풀이됨을 내비춘다. 흡사, 한 인물은 둔한 기질을 타고났지만 부
지런히 공부하고, 한 인물은 빼어난 기질을 타고나서 별 공부를 하지 않
는 경쟁담처럼 보인다. 이런 이야기에서 전자가 이긴다면 그 근면함을 강

---

234) "我名〈未尸〉, 兒孩時爺孃俱歿, 未知何姓."-하정룡, 같은 책, 428쪽.

조하는 법이고 후자가 이긴다면 그 비범성을 강조하는 법이다. 작품에서는 미시랑이 별 노력 없이 먼저 깨쳤다고 했으니 그가 진자사를 이긴 것으로 이해됨직하다.

그러나 이야기의 뒤에 붙은 찬자(撰者)의 풀이는 다른 각도에서 이 작품을 바라보게 한다.

어떤 이가 말하기를 "未와 彌는 그 소리가 서로 가깝고, 尸와 力은 그 글자 모양이 서로 비슷하기 때문에 이에 그 근사한 (글자)를 빌려서 서로 은미하게 한 것이며, 미륵대성께서 유독 진자의 정성에만 감응한 것이 아니라 아마도 이 땅에 인연이 있었기 때문에 종종 현신을 보이신 것이다."라고 하였다. 지금까지도 나라 사람들은 신선을 일컬어 미륵선화라 하고, (이가) 매개된 사람[현신]을 모두 미시라고 하니 이 모두가 미륵(선화)의 유풍인 것이다. 길가에 있던 그 나무를 지금까지도 견량수라고 하니, 또한 우리말로는 사여수라고 한다.(혹은 인여수라고도 한다.)[235]

이 해석에 따르자면 '미시≒미륵'이다. 같은 대상을 두고 서로 다르게 부를 뿐이다. 그렇다면 진자가 그렇게 뵙고 싶어했던 미륵불이 곧 미시이기에 진자사와 미시 사이에는 애초에 경쟁관계가 성립하지 않는다. 미시는 본래부터 깨친, 초월적 존재인데 잠시 인간으로 현신했을 뿐이기 때문이다. 만약 『삼국유사』에서 이 대목이 빠져 있더라면 사람들은 적잖이 당혹해할 것이다. 한 사람은 각고의 노력을 마다않고 수행을 하는데 다른 한 사람은 그저 그 존재 자체로 떠받들어지기 때문이다. 그러나 그러한 의혹은 둘을 똑같은 인간으로 보았을 때의 일이며, 이러한 풀이가 덧붙는

---

235) 說者曰 "未與彌聲相近, 尸與力形相類, 乃託其近似而相謎也. 大聖不獨感〈慈〉之誠款也. 抑有緣于玆土, 故比比示現焉." 至今國人稱神仙曰 彌勒仙花, 凡有媒係於人者曰 未尸, 皆〈慈〉氏之遺風也. 路傍樹至今名〈見郎〉, 又俚言〈似如樹〉(一作〈印如樹〉). -하정룡, 같은 책, 420쪽.

순간 의혹은 말끔히 가시게 된다. 애초에 갈등 요인이 없었던 것이며, 그것을 아는 순간 쓸데없는 괴로움에서 벗어나게 된다.

이에 비해 〈남백월이성노힐부득달달박박(南白月二聖努肹夫得怛怛朴朴)〉의 노힐부득(努肹夫得)과 달달박박(怛怛朴朴)은 대등한 인물이 겨루는 경쟁담이다. 둘 모두 한마음으로 수행하는 인물로 "모두 풍채와 골격이 비범하고 속세를 초월하고자 하는 뜻을 품어서 친구가 되어 좋게 지냈다."[236]고 했다. 결국 둘이 뜻을 모아 각각 다른 곳에 처소를 정하고 수행하게 되었는데, 둘의 차이는 부득이 미륵불을 모셨다면 박박이 미타불을 모셨다는 점이다. 물론 결정적인 사건은 나중에 각각의 처소에 정체불명의 여인이 등장하는 것이다. 박박은 자신의 청정(淸淨)함을 지키고자 여인을 집에 들이지 않았고, 부득은 여인의 딱한 처지를 생각해 집에 들여 해산(解産)을 도왔다. 결과는 부득이 먼저 성불하는 것으로 드러나서 사실상 박박에 대한 승리담으로 보인다.

그러나 『삼국유사』는 그런 일상적 승패를 용인하지 않는다. 박박은 나중에 자신의 잘못을 알아채고는 "내가 그만 업장이 무거워 다행히 대성(大聖)을 만나고도 도리어 좋은 기회를 놓쳤다."[237]며 부득에게 기회를 줄 것을 간청한다. 그 결과 박박 역시 남은 물로 목욕하고 무량수불이 되었다고 한다. 둘 사이의 시차는 분명하지만 둘 다 성불하는 것으로 귀결되는 동반성도(同伴成道)의 이야기인 것이다. 물론 나중에 사람들이 이 일을 기리기 위해 절을 세울 때 미륵상과 미타상 사이의 편차가 생겼다고 해서 둘 사이의 우열이 아주 없지는 않다. 그러나 그 정도는 기껏해야 남은 물이 부족해서 미타상에 얼룩진 흔적이 있다는 정도였다. 이런 두 인물을 보는 찬자(撰者)의 시각은 앞서 살핀 찬시(讚詩)로도 분명히 드러난

---

236) 皆風骨不凡, 有域外遐想, 而相與友善. -하정룡, 같은 책, 431쪽.
237) "我乃障重, 幸逢大聖, 而反不遇, 大德至仁, 先吾著鞭, 願無忘昔日之契, 事須同攝."
    -하정룡, 같은 책, 437쪽.

다. 어느 한쪽을 더 높이거나 폄훼하려는 의도가 보이지 않고 자기 몸을 닦아 청정하게 하려던 박박이나 제 한 몸 생각 않고 중생 구제에 뜻을 두었던 부득이나 모두 높이 살 만한 구석이 있다고 본 까닭이다. 더구나 늦게라도 박박이 자신의 삶을 뉘우치며 돌아보았다면, 청정함을 지키려던 의도의 순수성에 대해서는 의심의 여지가 없기에 그 둘을 나란히 그려낼 수 있었던 것이다. 대등한 수준의 두 인물이 서로 다른 방법으로 접근한 결과 선후가 생기기는 했지만 심각한 우열에 의해 파탄에 이르지는 않은 채, 공동선(共同善)을 끌어낸 결과이다.[238]

끝으로, 〈낙산이대성관음정취조신(洛山二大聖觀音正趣調信)〉의 원효(元曉)와 범일(梵日)을 보자. 먼저 알아둘 것은, 이미 3절에서 살폈듯이 이 이야기는 앞의 두 이야기와 달리 단일한 이야기가 아니라 복합적인 이야기라는 점이다. 우선 의상/원효의 이야기가 나온 뒤에, 범일 이야기가 나오고, 최종적으로는 조신의 이야기가 나오는 형식을 취하고 있다. 크게 나눈다면 앞의 두 이야기가 관음/정취 두 성인과 연관된 이야기이고, 나중의 조신 이야기는 덧보태진 꼴이라 하겠다. 표제에 드러낸 대로 이대성(二大聖)에 중점을 두고, 관음을 친견(親見)코자 했던 원효와 정취를 염원(念願)했던 범일의 이야기로 대비하여 보면 상당한 유사점이 발견된다.

먼저 원효 이야기는 이렇다: 원효가 낙산사의 관음을 예배하려고 와서는 웬 추수하는 여인을 만나 장난질을 쳤고, 곧 이어 월경 서답을 빠는 여인을 만나서는 물을 달라고 했는데 여인이 그 더러운 물을 주자 쏟아버

---

238) 이런 견지에서 이 이야기 속의 女人이 노힐부득과 달달박박에게 행한 역할이 동일하다는 지적은 음미해봄직하다. "두 인물이 여인을 대하는 태도에는 차이가 있었지만 두 인물에게 여인의 역할은 동일하다. 여인은 觀音菩薩의 현신으로 두 인물이 成佛하는 데 도움을 준다. 努肹夫得은 여인을 대함에 거리낌이 없는 태도를 보임으로써 성불할 수 있었고, 炟炟朴朴은 노힐부득이 여인의 도움으로 성불한 것을 보고 깨달아 성불할 수 있었다." -박인희, 「『삼국유사』 道佯說話의 확장과 변모」, 『어문연구』 37권 2호, 한국어문교육연구회, 2009, 131-132쪽.

리고 냇물을 따라 마셨다. 그러자 소나무 위의 파랑새 한 마리가 "제호화상은 단념하라!"는 말을 남기고 떠났는데 거기에 신 한 짝이 벗겨져 있었다. 원효가 나중에 관음상 아래 가보니 벗어놓은 신 한 짝이 있어서 그 여인이 관음인 줄 알고는 뵈려 했지만 실패했다.

다음으로, 범일 이야기는 이렇다: 범일이 당나라에 들어가 왼편 귀가 떨어진 신라 사미를 만나, 신라에 돌아가거든 절을 지어달라는 부탁을 받았다. 귀국하여 꿈에 그 사미를 다시 만나 전일의 약속을 다시 재촉 받고는 일러준 곳으로 가니 웬 아이가 있었는데 그 아이와 함께 노는 아이 가운데 금빛이 나는 아이가 있다고 했다. 그래서 아이가 놀던 곳에 가보니 귀가 떨어진 돌부처가 있었는데 그 모양이 전에 본 그 사미여서 그가 정취보살임을 알았다.

둘 모두 보통 이하의 인물을 만났고 그 인물이 기실은 관음이나 정취 같은 특별한 존재였다. 그런데 맨 처음 그 정체를 알아채지 못하고 나중에야 알게 된다는 내용이다. 양자간의 차이가 있다면 원효는 그 여인과 장난을 치고 여인이 건네준 물을 더러운 것이라 기피하는 반면, 범일은 하찮은 사미의 말을 경청하고, 또 꿈의 내용을 따라 적극적으로 찾아나선다는 점이다. 이 이야기를 경쟁담 내지 비교담으로 본다면 보나마나 범일이 원효를 이기는 내용이 될 것이다. 그러나 찬자는 100년이 지난 후 들불이 붙어 산까지 옮겨 붙었지만 두 성전(聖殿)만 화재를 면했다고 서술하고 있다. 원효가 있던 곳과 범일이 있던 곳에 차등을 두지 않은 것이다.[239]

---

239) 이 〈洛山二大聖 觀音 正趣 調信〉조를 맨 앞의 의상/원효의 대립으로 설명하면 전혀 다른 해석이 가능하다. 관음과 정취를 섬기는 이야기가 아니라 똑같은 관음을 섬기는 상이한 방식으로 해석할 수 있다. "의상의 관음은 아득히 먼 곳에서 모습을 잘 드러내지 않는 신이로운 존재인 것과 달리, 원효가 만난 관음을 벼를 베기도 하고, 개짐을 빨고 있기도 하는 허름한 여인이었으며, 경배를 하는 대신에 戲言을 나누었다고 했다. 의상이 추구한 진리는 멀리 있어 숭고하기만 하고, 원효는 비속하고 일상적인 삶

도(道)는 하나일 수 있어도 그 깨치는 방법까지 하나일 수는 없다. 그러나 양자의 경쟁에서 어느 한쪽이 우위에 서는 순간, 한쪽은 승자로 한쪽은 패자로 귀착되는 일이 비일비재하다. 앞서 인용한 해리슨의 말대로 "평범한 사회의 삶 속에서는, 항상 누군가가 다른 사람을 착취하고 지배하기 마련"이라는 사실은 인간을 불행하게 하는 것이다. 그러나 그런 불행을 더욱 가속화하는 일은, 실제 일어나는 우열과 승패보다는 그 결과를 더욱 견고하게 고착화함으로써 감히 이의를 달거나 거기에 쉽게 범접하지 못하게 하는 강압이다. 그러나 「탑상」과 「흥법」에서 경쟁관계를 보인 두 인물의 구도는, 아니 보다 정확하게는 그 인물들이 벌인 경쟁의 결과를 해석하는 찬자의 시각에서는 그런 강압으로부터 사람들을 일정 부분 자유롭게 해준다.

자체에 진리가 있다고 했다." -조동일, 『문명권의 동질성과 이질성』, 지식산업사, 1999, 386쪽.

IV 군담소설의 서사구조와 신화

1. '서사구조'와 신화

1) 서사구조론의 점검

군담소설의 연구에서 김태준[240] 이후 조윤제, 정주동, 김동욱, 서대석 등에 의해 꾸준한 관심을 받아온 분야는 '형성동인'과 관련된 것이었다. 때로는 '창작동기'로 때로는 '작자의식'으로 관심이 조금씩 바뀌기는 했어도, 비교적 초기의 이들 연구에서는 작품이 산출된 근거를 작품외적인 이유에서 찾아나갔다는 데 있어서 큰 차이를 보이지 않았다. 그 결과, 중국소설의 영향으로 설명하려 한다거나[241] 역사적 소재나 설화적 소재를 통해 파악하려 하거나[242], 몰락양반들의 실세 회복에 따른 보상 심리 등이[243] 거론되고는 했다.

이런 연구방향에 획기적인 선을 그은 것이 바로 서사구조론이었다. 판소리계소설이나 한문단편 등에서 그 현실성 논의나 소재 추적 등등으로 치달은 데 비한다면 이런 경향은 특별한 의미를 지닌다. 이런 연구경향은

---

240) 김태준, 『조선소설사』, 청진서관, 1933.
241) 이재수, 「한국소설발달단계에 있어서의 중국소설의 영향」, 『경북대논문집』1집, 1956.
　　이명구, 「이조소설의 비교문학적 연구」, 『대동문화연구』5집, 성균관대 대동문화연구원, 1968.
242) 장덕순, 「병자호란을 전후한 전쟁소설」, 『국문학통론』, 신구문화사, 1960.
　　현길언, 「박씨전과 민간설화와의 관계, 성균관대 석사논문, 1967.
243) 서대석, 「군담소설 출현동인 반성」, 『고전문학연구』1집, 한국고전문학연구회, 1971.

사실 1970년대 무렵 본격화하기 시작한 구비문학연구 영역에서 많은 성과를 거둔 것이다. 김열규와 조동일을 필두로[244] 많은 연구자들은 개별작품들을 살피기에 앞서서 이 유형의 작품 전체가 갖는 구조적 특성을 파악하려는 움직임을 보였다. 그리하여 시도된 것은 이른바 '서사단락'을 제시하고 그에 따른 공통구조를 추출하는 방법이었다.

그런데 연구자들이 제시한 서사단락이 과연 객관적으로 개별작품 전체를 제대로 드러낼만한 것이었느냐 하는 데에 이견이 있을 수 있다. 또 제시된 서사단락간의 관계조차도 일반적 의미의 구조와는 거리가 먼 화소단위의 연구로 귀결되는 경향이 짙었다. 서사문학에서 정작 중요한 것은 각 화소들 사이의 관계인데 화소의 분포를 확인하는 선에서 끝나버리는 경우도 많았다. 이런 연구에서는 상동성에만 중심을 기울인 탓에 개별작품간의 상이성에는 상대적으로 소홀하여, 각 작품간의 근본적인 차이점을 드러내기에는 적잖은 문제점이 있는 것으로 여겨진다.

그러나 연구가 심화되면서 군담소설이 형성되기 이전의 소설 구조에 대한 이해가 깊어지고, 군담소설의 하위 유형들에 대한 연구가 진행되면서 그런 약점들이 보강될 방안이 제시되고 있는 상황이다. 이제 이러한 상황을 감안하여, 군담소설의 서사구조론을 연구사적 관점에서 살피고, 새로운 방향을 모색해보기로 한다. 이를 위해 먼저 구조론의 발단이 된 선구적 연구결과를 살핀 후 거기에서 얻어진 논의결과를 바탕으로 그 이후의 연구와 비교하면서 향후의 연구방향을 타진해보자.

군담소설의 서사구조 대한 연구는 김열규와 조동일에 의해서 거의 동시에 이루어진다.[245] 김열규는 「민담(民譚)과 이조소설(李朝小說)의 구

---

244) 김열규, 『한국민속과 문학연구』, 일조각, 1971.
　　　조동일, 「영웅의 일생, 그 문학사적 전개」, 『동아문화』10집, 서울대 동아문화연구소, 1971.
245) 김열규의 앞의 책은 1971년 4월에, 조동일의 앞의 논문은 같은 해 9월에 나왔다. 하지만 조동일 논문 말미에 첨기한 사항을 보면, 이 원고는 1970년 9월에 이미 제출한 것

조(構造)」246)라는 글을 통해 고소설의 '구조'에 접근하고 있다. 그는 이른바 '통합체'와 '계열체'라는 두 개념을 통하여 구조의 의미를 구체화한 후, 민담의 경우와 마찬가지로 "'반대에 의한 발전'으로 반전(反轉)"247)하는 것을 이조소설 구조의 한 특색으로 잡았다. 그리고 그 구체적인 구조분석은 「민담(民譚)의 전기적(傳記的) 유형(類型)」248)에서 구체화된다. 그는 여기에서 소위 'H-R-L-C 유형'을 제시한 뒤에 동명왕 전승을 분석하고, 이 유형에다 탈해, 혁거세, 알지 등등을 분석하여 다음과 같은 전기적 유형을 추출해냈다.

1. 부모는 고귀로운 신분이나 신이로운 교구(交媾)를 갖는다.
2. 주인공 탄생에 장애나 난관이 될 직한 일이 생긴다. 혹은 탄생이 오랜 무자(無子)끝이거나 우여곡절을 겪은 끝에 이루어진다.
3. 탄생자체에 신이가 있게 된다. 혹은 탄생이 비정상적인 경로를 밟는다.
4. 버림받거나 출향한다. 혹은 박해를 받는다.
5. 짐승 내지는 노구(老嫗)의 가호를 받는다.
6. 이적을 행한다.
7. 이름을 올려 도읍을 창건하거나 씨족·유파 등을 창시한다.
8. 신이로운 죽음을 하여 신격화한다.249)

그는 이러한 논의를 근거로 하여 그 연구영역을 민담에서 멈추지 않고 「민담(民譚)과 이조소설(李朝小說)의 전기적(傳記的) 유형(類型)」250)이

이므로, 서로 독립적으로 이루어진 것으로 보인다.
246) 김열규, 앞의 책, 31-52쪽.
247) 김열규, 같은 책, 43쪽.
248) 김열규, 같은 책, 53-74쪽.
249) 김열규, 같은 책, 61쪽.
250) 김열규, 같은 책, 84-90쪽.

라는 논문을 통하여 소설로까지 영역을 확대한다. 그런데 여기에서 중심을 맞춘 것은 앞서 논의한 민담의 유형 전체가 아닌, '대적제치(大賊除治)'라는 특정화소의 존재여부였다. 이런 맥락에서 〈금령전(金鈴傳)〉, 〈김원전(金圓傳)〉이 전세계적으로 분포된 설화와 연결된다는 점을 입증한 후, 〈최고운전(崔孤雲傳)〉과 〈홍길동전(洪吉童傳)〉이 동명왕전승(東明王傳承)과 근사하다고 파악했다. 이리하여 그는 최종적으로 동명왕, 영품리 등등의 민담과 〈최고운전〉, 〈홍길동전〉의 소설을 한데 아울러서 도표를 제시함으로써 논의를 마무리짓는다.

이상의 논의에 대한 결론은 다음과 같은 그의 발언에서 확인될 수 있다: "이 같은 민담과 설화적 소설간의 대비관계는 설화적 소설이 민담의 확장·복합이라는 사실을 뒷받침해준다. 민담의 제의적(祭儀的) 연구에 있어서는 민담과 설화적 소설이 제의라는 동일원천에서 생겨난 각기 세대가 다른 산물임을 보아왔다."[251] 결국, 그는 이 연구를 통해 다음과 같은 사실을 밝혀냈다. 첫째, 민담에는 일정한 전기적 유형이 존재하는데 이것은 우리나라뿐만 아니라 전세계에서 두루 나타나는 현상이다. 둘째, 제의가 근원이 되어 민담을 이루고, 그 민담은 다시 설화적 소설로 변전되었으므로, 그 근간은 제의로 귀결된다. 이 이전의 연구가 지나치게 통시적인 측면을 강조한 데다가 단순한 소재차원의 공통점을 근거로 중국문학의 영향설 등에 쉽게 매몰된 데에 비한다면 이런 연구는 진일보한 면모를 보인다. 그러나 우리 자료를 단지 기존 이론의 보편성을 확인하는 선에서 사용하는 데 그쳤다는 데 아쉬움을 남긴다.

이런 문제점은 거의 같은 근원에서 출발하여 유사한 대상을 근거로 논의한 조동일에 의해서 상당히 줄어든다. 그는 「영웅의 일생, 그 문학사적 전개」라는 논문을 통해서 '영웅의 일생'이라는 유형의 전반적 이해에 주

---

251) 김열규, 같은 책, 98쪽.

력하면서, 그 한국적 특징이나 시대적 변이양상을 고찰할 수 있는 길을 열었다. 그가 다룬 영웅이야기는 주몽, 탈해, 궁예, 작제건, 괴내깃도, 바리공주, 홍길동전, 금방울전, 유충렬전, 숙향전, 구운몽, 혈의 루' 등이다. 이상의 "열 두 인물의 일생은 여러 가지 차이점에도 불구하고 근본적인 공통점이 있다"252)는 것이 이 글을 시작하는 원동력이 되는데 그 구체적 내용은 다음과 같은 일곱 개의 단락으로 집약된다.253)

> (가) 고귀한 혈통(血統)을 지니고 태어났다.
> (나) 비정상적으로 잉태(孕胎)되었거나 출생했다.
> (다) 범인과는 다른 탁월한 능력을 타고났다.
> (라) 어려서 기아(棄兒)가 되어 죽을 고비에 이르렀다.
> (마) 구출(救出)·양육자(養育者)를 만나서 죽을 고비에서 벗어났다.
> (바) 자라서 다시 위기에 부딪혔다.
> (사) 위기를 투쟁으로 극복해서 승리자가 되었다.

그는 이 논문에서 영웅의 일생이라는 기본 단락이 전세계적으로 두루 나타나는 보편적인 것임을 인정하면서도 그 한국적 변용 가능성 역시 놓치지 않았다. 예를 들어, 중국의 영웅은 투쟁이 없지만 우리 영웅은 투쟁이 두드러진다든지 서구의 영웅은 마지막에 쫓겨나서 불행하게 죽고 죽은 후에 숭배되지만 우리 영웅은 부귀영화로 끝난다든지 하는 등등의 유의미한 변별점을 밝혀냈다. 이런 작업은 그 성과를 그대로 이은 「영웅소설 작품구조의 시대적 성격」254)으로 확장된다. 그는 이 논문에서 열세 편

252) 조동일, 「영웅의 일생, 그 문학사적 전개」, 『동아문화』10집, 서울대 동아문화연구소, 1971, 168쪽.
253) 조동일, 같은 논문, 160쪽.
254) 조동일, 『한국소설의 이론』(지식산업사, 1977)에 수록되어 있는데, 앞으로는 이 책을 인용한다.

의 작품을 골라 집중 분석했는데, 그 틀은 역시 '영웅의 일생'이라는 서사 구조였다. 영웅소설의 선두에 〈홍길동전〉을 세워놓고 그 이후의 소설에서 보여주는 영웅의 일생의 변모를 살펴보겠다는 것이 이 논문의 주된 목표였다.

따라서 어떤 작품이든 미리 설정한 일곱 개의 서사단락에 맞추어서 그 다른 점을 찾아내는 것이 작업의 골간일 수밖에 없는데, 여기에는 대략 다음과 같은 근본적인 문제가 대두된다. 첫째, 그 일곱 개의 서사단락이 거의 다 드러난다는 것이 사실이라고는 해도 그것으로 포괄할 수 없는 단락의 돌출에 대해서는 논의하지 않는다는 점이다. 신화는 물론, 특히 후대의 소설로 내려갈수록 새로운 서사단락이 뒤섞여 들어오는데 그에 대한 배려가 부족하다. 둘째, 여기서 말하는 구조라는 것이 소설의 구조가 아니라 소설 주인공의 일생을 재구성한 구조라는 점이다.

이런 문제는 「영웅의 일생, 그 문학사적 전개」에서부터 이미 싹이 트고 있었다.

위에서 든 열두 인물의 일생은 여러 가지 차이점에도 불구하고 근본적인 공통점이 있다. 공통적인 단락들로 이루어진 서로 일치하는 유형이다. 공통적인 단락들은 다음의 일곱 가지이다. 어느 인물이나 그 일생이 일곱 가지 단락으로만 이루어져 있다. 그 중 어느 한두 단락 정도 의미가 약화되어서 없는 것처럼 보일 수도 있고 실제로 없을 수도 있으나, 일곱 단락 외에 다른 단락을 더 지니고 있는 인물은 없다.[255]

주지하는 대로 소설은 그러한 '이야기(story)'만으로 구성되는 것이 아니라, 그런 소재 혹은 재료로서의 이야기를 작가 나름의 의도로 다시 꾸

---

255) 조동일, 앞의 논문, 168-160쪽.

며내는 '담화(discourse)'가 덧붙어 있게 마련이다. 신화를 다룰 때만 해도 이야기하려는 대상만이 문제되어도 그만이겠지만 소설에 이르면 어떤 방식으로 이야기하는가 하는 문제는 대단히 중요한 문제이다. 요컨대, 신화든 소설이든 독자가 소설을 읽고 재배열해낸 '주인공의 일대기'가 서사구조이고, 그 서사구조가 곧바로 소설의 구조라고 논단(論斷)할 수는 없다. 주인공이 아닌 다른 인물의 이야기가 중심 줄거리의 일부를 이룰 수도 있고 주인공의 이야기 역시 이야기하는 방법에 따라 여러 가지 다른 모습을 보일 수도 있는데 이런 사실들을 무시한 채 주인공의 일생 연구로 소설의 서사구조론을 대체할 때 소설 특유의 미적 가치는 손상을 입게 마련이다.

이런 문제에 대한 해결책은 구조를 살피기 위해 주인공의 일대기를 중심으로 재편하여 보아야 한다는 선입견을 배제하는 것이지만, 우선 그것을 용인하면서 일대기를 좀 더 세분하는 것에 의해서도 이루어질 수 있다. 서대석은 『군담소설의 구조와 배경』에서 순차적 서사단락을 조동일의 일곱 단락보다 훨씬 더 늘어난 14개로[256] 제시하는데 그 개별단락들은 다음과 같다: A. 주인공의 가문, B. 기자 치성, C. 주인공의 전생 신분, D. 주인공의 시련, E. 주인공의 양육자, F. 주인공의 박해, G. 주인공의 구출자, H. 주인공의 결연, I. 국가의 전란, J. 주인공의 진출, K. 주인공의 공로, L. 주인공의 복수, M. 가족과의 재회, N. 주인공의 죽음.

일단, 단락제시가 조동일에 비해 두 배로 늘어서 조밀할 뿐만 아니라, 각 단락들도 A1, A2, A3 등과 같이 다시 세분하여 이 서사단락을 통해서 구현할 수 있는 이야기의 가짓수는 엄청 늘어나게 되었다. 예를 들어 〈소대성전〉의 경우는 'A2-B1-C2-D1-E1-F2-G1-H1-I1-J2-K1-L2-M3-N2'의 단락소로 구성되었다는 것이다.[257] 이는 전체 단락소를 좀더 세분하여 작품에

---

256) 서대석, 『군담소설의 구조와 배경』, 이화여자대학교출판부, 1985, 'II.2. 순차적 서사단락' 참조.
257) 서대석, 같은 책, 33쪽.

따라 유연하게 대처할 수 있게 하였고, 또 개별 단락소들도 다시 세분되어서 작품의 실상을 무시한 채 서사단락에 도식적으로 적용하는 폐단에서 어느 정도 벗어나게 되었다는 점에서 일단은 긍정적인 효과를 거둘 만한 것이다.

그러나, '구조'의 본령을 생각한다면 역시 적지 않은 문제점을 내포하고 있다. 구조는 본래 개별항이 아니라 항과 항 사이의 관계를 중시할 때 가치 있는 개념인데, 이런 분석 방식으로는 개별단락소들의 분포는 확연히 드러나더라도 그들간의 관계는 드러나지 않는다. 가령, 〈소대성전〉은 절묘하게도 그가 설정한 서사단락의 순서를 그대로 밟아서 'A-B-C-D-E-F……'의 순서를 취하지만, 〈장백전〉은 'A-B-C-D-G-H…'의 순서로, 〈조응전〉은 'A-D-E-F-G-H…'의 순서로 다르게 진행된다. 물론, 이 논문에서는 서사단락을 제시하고 나서 맨 뒤에 '단락집합'이라는 이름으로 그들이 실제 작품에서 얽혀나가는 순서를 밝히기는 했으나 그런 관계의 변화에 큰 의미를 주어 설명해내지는 못하고 있다. 이는 소설작품의 단락소를 순서쌍으로 이해하지 않고 집합개념으로 이해한 증표이다. 집합개념으로 이해한다면 동일한 개체라도 순서쌍으로 이해한다면 서로 다를 수 있다.

이런 문제에 대해 좀 더 심각하게 탐구한 논문은 임성래, 「영웅소설의 유형연구」258)이다. 그는 작품들마다 어떤 화소가 들어있는가를 검토한 끝에, 각 유형의 줄거리전개방식을 '단락의 순서'에 따라 다음과 같이 제시했다.

체제개혁형 영웅소설의 줄거리 전개방식은 탄생, 고난, 수학, 입공, 혼인, 부귀영화, 죽음으로 이루어졌다.
애정성취형 영웅소설의 줄거리 전개방식은 탄생, 정혼, 고난, 수학, 입공,

258) 임성래, 「영웅소설의 유형연구」, 연세대 대학원 박사학위논문, 1986.

복수, 재회, 혼인, 부귀영화, 죽음의 순서로 이루어졌다.

능력본위형 영웅소설의 줄거리 전개방식은 탄생, 고난, 구출, 정혼, 고난, 수학, 입공, 재회(혼인), 부귀영화, 죽음의 순서로 이루어졌다.

인륜수호형 영웅소설의 줄거리 전개방식은 탄생, 고난, 피화, 수학, 입공, 복수, 혼인, 부귀영화, 죽음의 순서로 이루어졌다.[259]

여기에서 문제 삼는 것은 단순히 어떤 단락소의 존재여부가 아니다. 거의 동일한 단락소로 이루어지더라도 탄생 뒤에 곧바로 고난이 오느냐 정혼이 오느냐에 따라 유형이 달라진다고 하는 발상은 벌써 서대석의 그것과는 상당한 차이를 보인다. 고난을 먼저 내세운다면 그 고난극복이 중심 줄거리이겠지만, 정혼을 먼저 내세운다면 그 결연이 문제될 것이기 때문에 이야기의 중심은 아주 달라질 수 있음을 간파한 것이다. 이로써 선행 연구자들과는 달리 단락과 단락 간의 관계까지 문제 삼는 단계에 이르렀다 하겠는데, 여전히 주인공의 일대기 중심으로 본 몇 가지 단락소 중심의 연구에서 크게 벗어나지는 못하고 있다.

이상의 연구들은 상당 부분 자의적이고 피상적인 '서사단락'중심으로 치우쳐 있어서 새로운 대안의 모색이 필요하다고 하겠다. 소설은 갈래의 특성상 결과보다는 과정이 중요한 문학이어서 독서 중에 읽는 실제 텍스트를 고려하지 않고서는 그 미적 실체가 제대로 감지되기 어려운 법이다. 소설을 다 읽고 나서 특정목적의 문제를 해결하기 위하여 몇몇 단락으로 구분하는 작업은 그 목적 수행을 위해 여전히 유효할 수는 있어도 소설적 특성을 드러내기에는 많은 문제가 따른다.[260] 이야기를 다 읽은 뒤에 편

---

259) 임성래, 같은 논문, 75쪽.
260) 안기수는 영웅소설이 '영웅의 일대기'라는 고정된 틀을 유지하면서도 작품마다 별개의 흥미소가 다양하게 존재하므로 이른바 '내적 형식'에 입각하여 세분화해볼 것을 제안했는데, '영웅'이라는 하나의 틀로 묶어서 재단하면서 야기되는 문제를 벗어나려 한다는 점에서 필자의 문제의식과 유사하다. 안기수, 「영웅소설의 내적 형식」(『영웅소설

의적으로 재편된 서사구조가 아니라 실제 읽어나가는 텍스트의 서사구조
가 더욱 중요한 것이다.

2) 군담소설 서사구조론의 문제와 연구 방향

구조는 본래 항과 항 간의 관계에 집중할 때 드러나는 개념이다. 따라
서 구조를 밝히자면 서로 관계를 맺는 개별항들을 추출해내야 하는데, 이
개별항들은 시각에 따라 다양할 수밖에 없다. 그런데 실제 연구에서는 그
런 면들이 소거되기 일쑤였다. 가령, '영웅의 일생'이라는 구조는 작품내
의 여러 요소들을 사상하고 오직 주인공(영웅)의 삶을 일대기로 재편하면
서, 주요한 서사단락 일곱 개를 개별항으로 잡은 것이고, ① 고귀(高貴)한
혈통(血統), ② 비정상적(非正常的) 출생(出生), ③ 탁월(卓越)한 능력(能
力) 등등의 순서로 이어지면서 그 배열을 '고난과 그 극복'으로 정식화되
었다.[261]

이는 어떤 작품에 대입하여 보더라도 이런 도식은 잘 들어맞는 것으로
보아서 잘 고안된 기본틀인 것 같다. 그러나 실제 작품 내용으로 들어가
서 생각해보면 그렇게 간단치 않다. 예를 들어, (나)의 '비정상적 출생'을
보자. 신화에서처럼 이물(異物)과의 교혼으로 생긴 아이라든지 인간 사이
에서 태어났지만 여느 인간의 형상과는 다르다든지 하면 모르겠지만, 그
저 나이 40이 되도록 아이가 없어서 명산대찰에 빌어서 났다는 정도를 비
정상적 출생으로 보기는 어렵다.[262]

　　의 수용과 변화』, 보고사, 2004) 참조.

261) 조동일, 앞의 책, 256쪽.

262) 최기숙은 영웅소설에서는 신화와는 달리 '비정상적 출생'이 아니라 '비일상적 출생'이
　　라고 하는 편이 더 정확하다고 하여 그 차별성에 주목했다. 최기숙, 「영웅소설 서사체
　　계의 발전적 변모 연구」, 연세대학교 석사논문, 1993, 10쪽. 또, 군담소설 중 신화에
　　근접하는 정도가 높은 것으로 평가되는 〈홍길동전〉의 경우만 하더라도, 부모 사이의

영웅신화에서 영웅의 탄생이 갖는 의미는 그 정도의 보기 드문 수태와 출산 정도를 의미하지 않기 때문이다. 가령 주몽의 출생을 보자면 ① 천신(天神)인 해모수와 수신(水神) 하백의 딸 유화가 만나서, ② 빛으로 잉태한 후, ③ 알로 태어났다가 사람으로 탄생하는 세 과정을 거친다. ①은 부모가 여느 사람이 아닐 뿐만 아니라 하늘/땅의 대극적인 특성을 지닌 존재이며, ②는 육신의 결합이 아닌 하늘에서 내려온 광채로 상징되는 특별한 기운에 의한 잉태이며, ③은 여느 사람과는 다른 출생이자 거듭 태어나는 상징이다. 이러한 특성을 지니는 신화에서의 출생과 '태몽 뒤의 만득자(晩得子)'가 동일하게 비정상적 출생이라고 하기에는 개운치 않은 점이 많다. 사리가 그렇다면 '고귀한 혈통≒행복', '비정상적 출생≒고난'이라는 도식에 근원적인 의구심을 품게 마련이다.

'신화'라는 말 때문에 신화는 종종 신의 이야기로 이해되곤 하지만 실제 신화에서 주인공으로 등장하는 인물은 대체로 신이 아니다. 물론 직접 신이 등장하여 과업을 수행하는 이야기도 있지만 극히 예외적이다. 신이 직접 드러나는 경우라 하더라도 인간의 모습으로 인격화한다거나[263] 인격화한 자식을 내려 보내는 방식을 택하는 게 일반적이다. 그 이면은 어떨지 몰라도 적어도 외형상 신적 속성은 상당히 약화되는 것이다. 가령 〈주몽신화〉의 해모수는 자칭 '천제(天帝)'였지만 하백이 처음 보고는 그가 하늘의 혈통을 이은 존재인지 의심했고, 그 의심을 풀기 위해 끊임없는 시험을 요구한다. 이처럼 신화가 인간에게 향유되는 문학인 한 등장인물 역시 인간과 관계를 맺을 수밖에 없고, 결국 신적 속성 역시 인간적 속성과

'생물학적 탄생'을 하는 까닭에 세계질서에 대한 인식을 '잠재'하고 태어난다는 점이 기존의 신화와 구별될 수 있는 점이기도 하다. 이에 대해서는 민긍기, 「「홍길동전」 주인공의 탄생에 관하여」(『한국고전소설과 서사문학(상)-한국 고전소설사의 재조명-』, 집문당, 1998) 참조.

263) 『삼국유사』 소재 신화만 해도 인격화하는 예가 대부분이다. 천신(天神)의 인격화에 대해서는 윤혜신, 앞의 논문 참조

겹치게 마련이다. 이는 신화 속 영웅이 반신반인(半神半人) 혹은 반인반수(半人半獸)로 등장할 수밖에 없는 한 요인이다. 〈단군신화〉의 환웅과 웅녀는 그러한 특성을 가장 잘 보여주는 예이다. 환웅은 신이지만 잠깐 인간의 몸을 빌리는 반신반인의 꼴이라면, 웅녀는 동물에서 인간으로 전신(轉身)하는 반인반수의 꼴인 것이다.

그렇다면 신화 주인공들이 그렇게 비(非)인간세계와 인간세계의 양편에 걸림으로써 얻게 되는 효과는 무엇일까? 그것은 아마도 인간세계에만 속한 존재가 느낄 수 없는 복잡함에서 파생되는 것일 듯하다. 그들 역시 여느 인간처럼 좌절하고 인간처럼 고통 받는다. 뿐만 아니라 인간과 인간 사이에서 태어난 보통의 인간이라면 겪지 않아도 좋을 고난까지 떠안게 되어 문제가 심각해진다. 물론 그러한 고통이 후일 자신을 단련시키고 정체성을 찾아가는 과정으로 인식되는 한 실제 현실에서 겪는 고통과는 다르게 인식될 소지는 있지만 여느 인간의 고난보다 더 크게 느껴짐은 분명하다.

이런 고난의 근원을 파고 올라가면 흔히 천상에서 내려오는 절대적인 힘의 개입이 있다. 단군, 주몽, 혁거세 등이 모두 천상에서 온 존재[빛]의 개입 또는 감응에 의해 탄생하고 그것이 곧 이질성의 근원이다. 그러나 이 셋만 보더라도 그 개입에 있어서 사실은 서로 다른 방식이 표출된다. 환웅은 천신임이 분명하지만 잠깐 인간으로 변하여 웅녀와 혼인의 형태를 하고 교접한다. 이것이 하늘과 땅의 결합이라는 신성혼(神聖婚)이지만 어쨌거나 육체적 결합임은 분명해 보인다. 주몽의 탄생 또한 신성혼의 형태를 띤 육체적 결합의 결과이다. 그러나 단군의 탄생과 다른 점은 나중에 일광(日光)의 감응(感應)이 첨가된다는 것이다. 그런가 하면 혁거세의 탄생은 순연히 '신이한 빛'에 의한 것이다. 이런 과정은 영웅의 탄생을 그 신성성의 정도에 따라 몇 단계로 구분해볼 여지를 준다. 신성성이 결국은 세속의 인간과는 구별되는 차별성임을 생각한다면 인간적인 교접에 의한 탄생은 그 신성도가 가장 떨어지는 것이며, 반대로 육체 교접이 없이 하늘의 기운이나 빛 등에 의한 탄생은 그 신성도가 가장 높은 것이라 할 수 있다. 엘리아데에 따르면, 실제로 티벳 등지의 신화 자료에서 태초에 인간의 탄생이 남성의 몸을 상징하는 빛이 여성에게 침투하여 수태되던 데에서 후일 육체적 접촉 내지는 성교로 변환하였다고 한다.[264]

이런 견지에서, 우리 신화에 등장하는 영웅 역시 상당 부분 그 출처가 모호하게 그려진다. 단군의 등장부터 사실은 헷갈린다. 그냥 환웅과 웅녀가 혼인하여 아이를 낳았다는 서술 대신, 환웅이 "잠깐 사람으로 변하여", 말하자면 거짓 인간이 되어 은 웅녀의 기원에 응한다는 식으로 서술한다. 이는 인간과 같은 육체적 교접을 했으나 그 부계 혈통이 '진짜' 인간은 아니라는 뜻이다. 웅녀 역시 동물에서 사람이 된 특이한 존재여서 이들의 결합이 여느 남녀의 결합과 다름은 분명하다. 이렇게 많은 신화에서 그 출생과정을 희뿌옇게 처리하거나, 적어도 부계를 명료하게 하지 않은 것은 범상히 보아 넘길 일이 아니다.[265] 만약 부계나 모계가 명료하게, 그것도 명백한 인간의 형상으로 드러난다면, 그 순간 신화가 펼쳐보일 신성성은 대단히 심하게 약화될 수밖에 없을 것이기 때문이다.

그러나 일단 태어난 영웅은 어디에서고 인간으로서의 족적을 뚜렷이 보인다. 형상이나 특성이 준수하다거나 남다른 표지가 있기는 해도 인간

---

264) 이에 대해서는 미르치아 엘리아데, 『메피스토펠레스와 양성인』, 최건원·임왕준 옮김, 문학동네, 2006, 40쪽 참조.

265) 처녀 잉태 등의 의미에 대해서는 Jung의 견해에 입각한 다음과 같은 진술을 참고해볼 만하다. "'영웅신화'에는 의인화된 모든 인물상의 개별적 특성이 매우 강조되는데, 특히 한 인물상을 중심으로 그의 탄생부터 성장 및 여러 행적들이 자세하게 다루어져 있다. 그러나 한 인물상의 탄생과 성장을 다루더라도 그 인물상은 실재의 인간이 아니다. 한 인물상이 개별 인간이 아님을 알 수 있는 것은 중심인물상의 탄생의 묘사에서 드러난다. 그의 탄생은 보통 인간의 탄생과는 다른 양상으로 묘사되어 있다. 처녀 수태에 의한 탄생, 알에서 탄생하는 등으로 나타나는데, 이는 모두 실재 한 인간의 출생이 아니라 바로 정신의 탄생에 관한 것이다." -이유경, 『원형과 신화』, 이끌리오, 2004, 252쪽.

임을 부인할 수 없는 특징을 지니고 태어나는 것이다. 이는 그 윗대의 계통이 뿌옇게 처리된 데 비해 매우 선명하게 대비되는 특성이다. 불명료한 무엇에서 기인하였으나 명료한 실체를 얻게 되는 변환인 셈이다. 결국 영웅의 힘이란 그 양쪽에 걸친 자신의 능력을 토대로 삶에 질서를 새로이 부여하거나 혹은 무너진 질서를 확립시키는 데 쓰이게 마련이다.

그렇다면 소설에서 영웅의 출생, 곧 소종래(所從來)는 어떻게 바뀌는가? 비록 시비가 붙기는 해도 우리 소설사상 초기작품으로 꼽히곤 하는 〈홍길동전〉을 보면 그 아버지에 대한 서술이 흥미롭다.

> 됴션국 세동딕왕 즉위 십오 연의 홍희문 밧긔 흔 지상이 잇스되, 셩은 홍이요, 명은 문이니, 위인이 청염강직ᄒ여 덩망이 거록ᄒ니 <u>당셰의 영웅</u>이라. 일직 용문의 올나 벼살이 할림의 쳐ᄒ엿더니 명망이 됴졍의 웃듬되민, 젼하 그 덩망을 승이 녀긔ᄉ 벼살을 도도와 이조판셔로 좌으졍을 ᄒ이시니, 승상이 국은 감동ᄒ야 갈츙보국ᄒ니 ᄉ방의 일이 없고 도젹이 업스민 시화연풍ᄒ여 나라이 팃평ᄒ더라.(밑줄 필자)[266]

주인공 홍길동의 아버지에 대한 진술이 간단하게 '당세의 영웅'이다. 신기한 것은 그 영웅됨의 척도를 '청렴강직'과 '덕망'이라 했다는 사실이다. 그러나 현실 맥락에서 그러한 인물이 있는 사람을 영웅이라고 하지는 않는다. 곧고 덕이 있는, 인품이 훌륭한 인물일 뿐이다. 그런데도 소설에서는 극구 영웅이라 치켜세우고 거기에서 태어난 인물이 주인공이 되는 것이다. 그런데 여기에서 내세우는 '청렴강직'이나 '덕망'은 유전적으로 전이될 만한 성품이 아닌 듯하다. 모르긴 해도 유교(儒敎)적 소양을 쌓아 이룰 만한 것이어서 그 자식이 다시 그러한 의미의 영웅이 될 개연성은 떨

---

266) 〈홍길동젼〉(완판 36장본), 김일렬 역주, 『홍길동전/전우치전/서화담전』, 고려대학교민족문화연구소, 1996, 76쪽.

어진다.

그래서 〈홍길동전〉에서는 새로운 장치가 마련된다. 홍 승상이 꿈을 꾸었는데 "청룡이 물결을 헤치고 머리를 드러 고함"[267]하고 승상의 입으로 들어온 것이다. 이른바 용꿈을 꾼 것이기는 하나 이것만으로 '초자연적 탄생'이라고 하기는 어렵다. 실제로 홍 승상은 그 꿈을 빌미로 시비 춘섬을 겁탈하여 아이를 갖게 했을 뿐이고 그 결과 홍길동이 출생하기 때문이다. 물론 이런 부분을 해모수가 유화를 겁탈하는 대목과 중첩시켜 고귀한 신분과 미천한 신분의 결합으로 도식화하여 설명할 가능성도 있겠지만, 그 질적인 거리는 까마득히 멀다. 홍길동의 출생은 인간 사이에 있는 다분히 현실적인 상황일 뿐인 것이다. 다만 여기에 신화적인 의미를 부여한다면, 홍 승상이 자신의 용꿈을 실현하기 위해 택했던 사람이 처음부터 시비 춘섬이었던 것은 아니라는 점이다. 홍 승상은 애초에는 부인 유씨와 관계를 하려 했으나 유씨의 거부로 인해 차선책으로 춘섬을 택한 것이다. 이는 곧 새로운 질서를 거부하는 유씨와 새로운 질서를 받아들이는 춘섬으로 이해됨직하며, 낡은 질서를 벗고 새 질서를 지향하는 양상으로 이해할 수도 있다.[268]

---

267) 같은 책, 같은 쪽.
268) 홍길동의 탄생과 관련하여 민긍기는 춘섬을 '새로운 대지의 표상'으로 풀이한 바 있다. "그런데 〈홍길동전〉에서와 같이 세계의 질서와 결합한 아버지가 다시 제삼의 여인과 결합을 하고 그 결과 여인이 임신함으로써 인물이 탄생할 경우 아버지와 제삼의 여인의 결합은 흔히 천지창조의 되풀이라는 의미를 갖기 마련이다. 〈단군신화〉나 〈동명왕신화〉에서 볼 수 있는 것과 같이 서사문학에서는 으레 탄생할 인물의 아버지는 세계의 질서의 표상이 되고, 어머니는 세계의 질서를 받아들이는 대지의 표상이 되기 때문이다. 그러므로 홍길동의 부친과 시비 춘섬의 결합 또한 천지창조의 되풀이일 수밖에 없는데 그것이 사실임은 홍길동의 부친이 '부인 유씨'에게 거절당하고 시비 춘섬과 결합하는 과정으로 드러난다. 그와 같은 결합과정에 등장하는 인물들 사이에 나타나고 있는 갈등 혹은 친연의 역학관계가 천지 재창조 신화인 〈장자못 전설〉에 등장하는 인물들 사이에 나타나고 있는 갈등 혹은 친연의 역학관계와 일치하기 때문이다. 곧, 〈장자못 전설〉에서 시아버지와 며느리 사이에는 갈등관계가, 도승과 며느리 사이에는 친연관계가, 시아버지와 도승 사이에는 갈등관계가 나타나며, 그들 사이에 그와 같은 역

이 출생담을 앞 장에서 살핀 바 있는 『삼국유사』의 〈김유신〉과 비교해 보면 차이가 더욱 분명해진다. 살핀 대로 『삼국유사』「기이(紀異)」편의 〈김유신〉은 세 단락으로 구성되어 있으며, 그 각 단락이 하늘의 일곱 별 김유신의 등으로 옮겨와 무늬를 남기고, 국토를 지키는 세 여신이 그를 위험에서 구해주며, 추남이라는 뛰어난 능력의 인간이 전신(轉身)하는 과정을 거친 결과가 바로 김유신이었던 것이다. 이에 비한다면 홍길동의 출생담은 초라하기 그지없다. "방의 오쉭 운무 영농ᄒ며 향늬 긔히 ᄒ더니 혼미 중의 히틱ᄒ니 일기 긔남ᄌ라"[269]고 하여 방 안에 오색구름이 낀 환상적 상황을 연출하기는 해도 단지 과장된 수사라는 인상을 줌직하다. 그럼에도 불구하고 홍길동의 잉태와 출생과정에 보이는 신비로움이 돋보이는 것은 여타 군담소설의 주인공에게서는 그만한 정도의 신비로움조차 찾기 어렵기 때문이다.

가령 〈조웅전〉에서는 "왕부인이 잉틱 칠삭의 승상을 녀흐고 십삭을 ᄎ아 히복ᄒ믹 활달혼 긔남ᄌ라"[270]라는 지극히 간략한 서술만 등장한다. 간단히 정리하면 아이를 가져 열 달만에 낳았다는 평범한 정보가 있을 뿐이고 '낳아보니' 활달한 기남자였다고 했다. 아버지가 특별한 충신이었다는 정보 외에, 기남자가 탄생할 만한 그럴법함을 갖추지 못하고 있다. 지극히 인간적인 출생일 뿐이며 그 점에서 비(非)신화적이다. 이렇게 볼 때 군담소설 주인공의 출생에서 신성성이 가장 강한 사례는 〈유충렬전〉이

학 관계가 나타나는 것은 시아버지가 기존의 세계의 질서를 내재하고 있는 대지의 표상이고, 도승이 새로운 세계의 질서의 표상이며, 며느리가 새로운 세계의 질서를 받아들일 새로운 대지의 표상이기 때문인데 부인 유씨가 시아버지에, 홍길동의 부친이 도승에, 시비 춘섬이 며느리에 각각 대응하며, 그들 사이에 〈장자못 전설〉에서와 마찬가지의 갈등 혹은 친연의 역학관계가 나타나는 것이다."

-민긍기, 「〈홍길동전〉 주인공의 탄생에 관하여」, 이상택교수환력기념논총 간행위원회, 『한국고전소설과 서사문학(상) -한국고전소설사의 재조명-』, 집문당, 1998, 329-330쪽.
269) 〈홍길동전〉, 앞의 책, 78쪽.
270) 〈조웅전〉(완판 104장본), 이헌홍 역주, 『조웅전/적성의전』, 고려대학교 민족문화연구소, 1996, 14쪽.

다. 유충렬의 부모가 산에 들어가 부부가 기자치성(祈子致誠)을 하자 산의 신령들이 내려와 제수를 먹었다고 할 정도이다. '꿈'을 통해 유충렬이 본시 천인(天人)인데 땅으로 적강(謫降)한 인물임을 고지하고, 아이가 태어날 때의 광경을 다음과 같이 야단스럽게 그려놓고 있다.

과연 그 달부텀 틱기가 잇셔 십삭이 칙인 후의 옥동자를 탄싱홀 제 방안의 힝취 잇고 문밧기 셔기가 빗질너 싱광은 만지호고 셔치는 츙쳔혼 중의 일원 션녀 오운 중의 ᄂᆡ려와 부인 압피 궤좌호야 빅옥상의 뇌인 과실을 부인게 주며 ᄒᆞ난 마리, "쇼녀난 쳔상 션녀읍더니 금일 상졔 분부호시되 자미원 장셩이 남경 유심의 집의 환싱하여스니 네 밧비 ᄂᆡ려가 산모를 구완호고 유아를 잘 거두라 호시기로 빅옥병의 ᄒᆡ탕수를 부어 동자를 시치시면 빅병이 소멸호고 유리ᄃᆡ의 이산 과실 산모가 잡수시면 장싱불사호오리다." (중략) 아기를 살펴보니 웅장호고 기이호다. 쳔졍이 광활호고 지각이 방원호야 초상 갓튼 두 눈섭은 강산 졍기 씌엿고 명월갓탄 압가심은 쳔지조화 품어스며 단산의 봉의 눈은 두 귀 밋을 도라보고 칠셩의 사인 종학 융준용안 번듯ᄒᆞ다. 북두칠셩 말근 별은 두 팔둑의 박켜 잇고 두렷혼 ᄃᆡ장셩이 압가심의 박켜스며 사ᄆᆡ셩 졍신 별리 비상의 써잇난ᄃᆡ 주홍으로 삭여스되 ᄃᆡ명국 ᄃᆡ사마 ᄃᆡ원수라 은은이 박켜스니 웅장호고 기이호믄 만고의 졔일이요, 쳔추의 ᄒᆞ나로다.[271]

중요대목에서 여전히 꿈으로 물러서기는 했어도 실제 하늘의 선녀가 내려와 옥황상제의 명을 고지하고 그 권능을 확인시켜줄 물건들을 전해주며 아기의 외양이 영웅스러울 뿐만 아니라 팔과 앞가슴, 등에 별 모양이 새겨져 있어서 그 존재의 기원이 하늘임을 명확히 밝혀주고 있는 것이

---

271) 〈유충열전〉(완판본), 최삼룡 · 이월령 · 이상구 역주, 『유충렬전/최고운전』, 고려대학교 민족문화연구소, 1996, 20-22쪽.

다. 가히 그 자체로 신화라고 해도 손색이 없을 정도이다. 그런데 가만 보면 신화의 주인공 출생담에 견주어 이상한 점이 발견된다. 신화에서는 영웅이 출현하는 과정은 흡사 창세의 과정과도 같다. 하늘과 땅이 갈라짐으로써 질서가 부여되고 그것이 다시 합쳐짐으로써 인류가 출현하는 과정을 답습하는 것이다.

그렇다면 영웅의 출현 또한 남성[하늘]과 여성[땅]이라는 이질적인 존재의 결합에 의해 이루어지고, 그 때문에 양쪽의 특성을 고루 갖춘, 그래서 불균형을 이루며 고통스러워하는 인물이 생겨나는 꼴을 취하기 마련이다. 하늘과 땅으로 상징되는 이질성은 그 둘이 쉽사리 결합할 수 없게 하고 잉태의 과정부터 복잡하고 험난한 여정이 될 수밖에 없었다. 그러나 유충렬의 탄생에는 그러한 과정이 어렵거나 고통스럽기는커녕, 늦게 생긴 것이 문제이기는 하나 하늘의 점지로 잉태하고 또 아이의 출생에 아무 어려움이 없도록 하늘이 나서서 도와주기까지 한다. 이는 유충렬이 표면상으로 인간의 외피를 입었을 뿐 속은 천신(天神)인 셈으로, 반신반인의 신화 속 여느 영웅들과는 차별화된다.

유충렬을 〈단군신화〉에 견준다면 단군이 아니라 환웅에, 〈주몽신화〉로 본다면 주몽이 아니라 해모수에 비견될법하다. 천상의 존재가 지상의 존재와 결합하면서 빚어진 새로운 존재가 아닌, 천상의 존재가 지상의 육신만 걸친 것으로 서술하기 때문이다. 이는 이른바 적강형(謫降型) 소설에 흔히 나오는 패턴으로, 유충렬 또한 천상의 존재인 자미원 대장성이 귀양살이의 형식으로 인간 유심의 아들이라는 몸뚱이를 빌려서 나왔을 뿐이다. 여기에서는 〈홍길동전〉에서 보이던 귀한 남자와 천한 여자 사이의 이질성마저도 담보하지 못하고, 결과적으로 웅녀나 유화처럼 지모신으로 작동하는 여성신의 권능이 대폭 축소된 셈이다.

결국, 〈유충렬전〉은 그 주인공의 탄생에 있어 겹구조를 지니게 된다. 하나는 인간의 부모에게서 태어나는 극히 정상적인 출생이며, 또 하나는 꿈의 계시 등을 통해 천상의 존재가 지상으로 옮겨오는 탄생이다. 그러나 소설에서의 이러한 변화를 폄하하거나 신화소(神話素)의 퇴색으로 여길 일만은 아니다. 소설이 신화가 아닌 이상 신화에서 보이던 빛[일광, 정기 등등]의 감응에 의한 출생을 기대할 필요도 없고 그래서는 외려 소설적 개연성과 함께 작품성이 떨어질 가능성이 높다. 문제는 그런 외형상의 특성이 아니라 본질적 의미이다. 대체로 신화 주인공의 탄생은 이질적 결합에 근거하고 그것이 향후 진지한 주제를 엮어내는 데 크게 기여한다. 그러나 그 탄생에서부터 순연한 천상성(天上性)을 내세울 때, 그리고 그 주인공의 성장에서 한 치의 흔들림이 없이 처음의 목표를 향해 돌진할 때 서사의 전개는 사뭇 달라지기 마련이다.

신화 속 영웅은 그 태생부터 시련을 동반할 수밖에 없기 때문이다. 가령, 〈길가메시 서사시〉의 길가메시를 보자면, 신들이 그를 창조할 때 "3분의 2는 신이요, 3분의 1은 인간"[272]으로, 이 경우 앞의 3분의 2가 초인적 능력을 발휘할 발판이라면 뒤의 3분의 1은 그가 감내해야 할 인간적 약점이다. 이러한 혼착성(混錯性), 또 그 혼착성에서 기인한 불균형적 탄생은 영웅의 시련이라는 서사를 견인해낸다. 그 불균형이 결국은 영웅신화 전체를 관통하는 중핵이 되는 것이다. 가령, 중국신화 중에는 열 개의 태양 이야기가 있다. 태양이 열 개나 떠올라 초목이 타 들어가고 괴물들이 판치는 혼란스러운 세상이었다. 당시는 요(堯) 임금이 다스리던 시절로, 그는 활의 명인인 예(羿)에게 명하여 태양을 쏘아 떨어뜨리도록 했고 예는 열 개의 태양 중 한 개만 남기고 모두 떨어뜨렸다. 신화에 따르면 예는 아내 항아와 함께 이 세상으로 내려온 천상의 인물인데, 땅에서 인간이 겪는 참상을 본 후 철저하게 인간을 위해 일한다. 그런데 신화 속의 태양은 바로 천제의 아들들이었으므로 예는 지상의 인간에게는 더할 나

272) N. K. 샌다즈, 『길가메시 서사시』, 이현주 옮김, 범우사, 2000, 13쪽.

위 없는 선업을 쌓았지만 천상의 신에게는 오히려 엄청난 죄를 짓고 만셈이다.[273] 이는 그리스 신화의 프로메테우스 또한 마찬가지여서 그가 굳이 인간을 위해서 위험을 감수할 필요는 없었지만 제우스의 명을 거스르면서 인간에게 불을 가져다주었고 그에 대한 응징으로 독수리에게 간을 쪼이는 형벌을 받게 된다.

신화 주인공이 균형자(balancer)로 작동한다 함은 결국 그 삶이 양쪽에 걸쳐 부단히 갈등하며 긴장하고 조정하며 화합하는 기능을 한다는 뜻이다. 또 거짓으로 잠깐 인간이 되는 일을 감내했다는 데에서 양 세계에 걸린 존재로서의 위상을 알법하다. 나아가 〈주몽신화〉에서는 아예 인간의 자식이 아니라는 이유로 목숨을 위협받는 상황에 이르기도 한다. 그러나 주몽이 겪는 고통은 실제적 고통으로 여겨지기보다는 일종의 통과제의로 인식되는 경향이 짙다. 가령 태어난 지 한 달 만에 강보에 싸여 누워 있을 때 파리가 달라붙어 귀찮게 하자 활과 화살을 달라고 해서 파리를 맞추어 떨어뜨렸다든지, 금와가 마구간 일을 맡기자 그 기회에 자신이 타고 갈 좋은 말을 마련한다든지, 적들이 추격해오자 어별교(魚鼈橋)로써 따돌리는 것 등이 그런 예이다. 신기하게도 주몽은 그 일을 겪으면서 도리어 영웅성이 강화된다. 강보에 싸였을 때부터 활 쏘는 능력이 인정되며, 좋은 말을 마련하여 대업(大業)을 도모할 기틀을 확보하며, 끝내 자신이 하늘-땅-물의 지배자임을 천명하는 것이다. 이처럼 신화 속의 영웅은 고난을 겪는다고 하지만 이겨내지 못할 고난도 없고, 실제로 고난을 하나씩 넘어설 때마다 그 힘이 급격히 커진다. 가령, 그리스 신화의 대표적 영웅인 헤라클레스는 열두 과제를 해결해나가면서 영웅성을 키워나간다. 마침내 저승의 문을 지키는 머리 셋 달린 개를 잡아오는 과업까지 이루게 되면 이승과 저승의 경계를 넘고야 만다. 우리 무속신화의 〈바리데기〉의 바리

---

273) 袁珂, 『중국신화전설 I』, 전인초 · 김선자 옮김, 민음사, 1987, 207쪽.

공주 또한 저승세계에 갔다가 그곳의 무장신과 결혼하여 애를 낳는다. 죽으러 갔다가 오히려 삶을 잉태함으로써 삶과 죽음을 넘나드는 무조신(巫祖神)으로 좌정한다.

거칠게 말한다면 신화 속 영웅은 태생적으로 그 자신이 불균형적인 존재로써, 거기에서부터 시련과 고난이 예정되며, 그것을 영웅적인 힘으로 물리침으로써 자신의 영웅성을 공고히 하는 수순을 밟는다. 이런 점은 군담소설에서 어느 정도 확인되는 편이지만 그 이면을 파고들면 상당한 차별성을 보인다. 요컨대 영웅신화가 태생적으로 핍박을 받을 수밖에 없게 태어났기 때문에 시련을 겪는 것과는 달리 핍박은커녕 부귀영화가 보장이 된 채 태어났는데 뜻밖의 사태를 만나 시련을 겪는 점이 확연히 다른 것이다.

이러한 견지에서라면 〈홍길동전〉이 신화에 가장 근접하는 예이다.

이 아희 졈졈 ᄌ라믹 긔골이 비상ᄒ여 흔 말을 드르면 열 말을 알고, 흔 번 보면 모로 거시 업더라. 일일은 승상이 길동을 다리고 ᄂ당의 드러ᄀ 부인을 ᄃᄒ야 탄식 왈,

"이 아히 ①비록 영웅이오나 쳔싱이라 무엇ᄉ 쓰리요. 원통할ᄉ, 부인의 고집이여, 후회맛급이로소이다."

부인이 그 연고을 믓ᄌ오니, 승상이 양미을 빈츅ᄒ여 왈,

"부인이 젼일의 ᄂ 말을 드르시던들 ②이 아히 부인 복즁의 낫슬낫다 엇지 쳔싱이 되리요."

인ᄒ여 몽ᄉ얼 셜화ᄒ시니, 부인이 츄연 왈,

"③츠역 쳔슈오니 엇지 일력으로 ᄒ오릿ᄀ"(밑줄 필자)[274]

---

274) 〈홍길동전〉, 앞의 책, 78-80쪽.

위의 ①, ②, ③은 첫째, 홍길동이 불균형적 존재임을 확인시키고, 둘째, 홍길동이 부인과의 사이에서 났더라면 천생이 아니어서 불균형의 문제가 없었을 것이며, 셋째, 그럼에도 불구하고 이런 문제는 모두 '하늘의 운수[天數]'이므로 어떻게 할 수 없다는 뜻이다. 그렇다면, 홍길동처럼 부모의 한쪽은 귀인이고 다른 한쪽은 천인이 아닌 경우라면, 이 작품의 논리대로는, 적어도 천생(賤生)이기 때문에 생기는 문제는 없다고 할 수 있다. 또한, 그런 문제 모두를 하늘에서부터 온 것으로 여긴다면 그 이후의 시련 역시 예정된 것에 지나지 않는다.

그에 비하자면 〈조웅전〉, 〈유충렬전〉, 〈이대봉전〉, 〈유문성전〉 등 여느 군담소설에 나타나는 시련은 그 종류가 다르다. 이들 작품의 주인공들은 아무 문제없이 귀한 집에 태어날 뿐만 아니라, 그것도 오래도록 자식이 없어 기자(祈子) 염원 끝에 태어나는 것이다. 비록 영웅이나 천생이어서 어쩔 수 없다는 식의 고민은커녕 천하의 영웅으로 세상에 큰 쓰임이 있을 것으로 모두들 바라마지 않는 크나큰 기대를 한 몸에 받고 태어났다. 그러니 아무 시련이 없어야 할 텐데, 뜻밖의 사태에서 일어난다.

> 이러구러 세월을 보닉더니 시운이 불힝 '고뫼진애 양궁이 쟝ㅎ고 교퇴ᄉ에 주국이 힝홈' 갓튼지라. 이젹의 간신이 시긔ㅎ야 우승상 이두병의 참쇼ㅎ믈 보고 승상이 미리 음약ㅎ야 죽으니, 문졔 익통ㅎ야 졔문지어 죠상ㅎ시고 충녈뫼을 지어 화상을 글여녓코 시시로 거동ㅎ시더니, 이날 쏘 거동ㅎ샤 화상을 알묘ㅎ시고 녯 일을 싱각ㅎ샤 비회을 금치 못ㅎ시이.[275]

문제의 발단은 간신이 득세하고 그로 인해 아버지가 음독자살한 데 있다. 그가 태생적으로 시련을 가질 수밖에 없는 인물이 아니라 외부의 환

---

275) 〈조웅전〉, 앞의 책, 14쪽.

경 탓에 벌어지는 '불행한 사태'일 뿐이다. 결국 신화와 군담소설에 공통적으로 '비정상적 출생'이라는 용어를 쓸 수 있다 해도 본질적으로 커다란 차이가 있음을 부정하기 어렵고, 이런 내용을 공통으로 하는 서사구조론에 전폭적인 지지를 보내기 어렵다.

또, 이러한 구조론이 어차피 주인공 중심의 일대기임을 명백히 한 이상 과연 소설의 구조가 이와 같은가는 물어볼 필요가 없겠지만, 실제 작품에는 이것만으로 설명해내기 어려운 몇 가지 문제가 대두된다. 작품을 읽어나가면서 논의에 적합한 줄거리를 발췌해가는 방식이 아니라 실제 작품에 드러나는 그대로 제시하는 방법을 취할 때 서사구조에 대한 이해는 아주 달라질 수 있다. 단적인 예로 〈홍길동전〉을 따라 읽어 내려가 보자. 편의상 일정부분을 단위로 하여 절연되는 지점을 택하여 양 지점 사이의 구간을 '장면'이라고 명명하여 순차적으로 제시해보면 다음과 같다.[276)]

#1. 홍문이라는 재상의 소개와 국가의 평온함.

#2. 홍문이 대몽(大夢)을 꿈.

#3. 내당에 가서 정실과 동침하고자 하나 거절당함.

#4. 외당으로 나와서 시비 춘섬과 동침함.

#5. 춘섬이 잉태를 함.

#6. 서기(瑞氣)가 어린 가운데 홍길동이 태어남.

#7. 승상이 들어와 보고 한편 기뻐하면서도 한편으로는 천생(賤生) 됨을 아쉬워함.

#8. 홍길동의 재주가 비범함.

#9. 홍문 부부가 전에 내당에서의 일을 후회함.

#10. 홍길동의 재주가 더욱 비상해졌지만, 호부호형도 못하는 처지

---

276) 이 이하 텍스트는 완판 36장본으로 김동욱 편, 『景印古小說板刻本全集』3(연세대학교 인문과학 연구소, 1973) 에 의하며, 논의부분은 모두 이 책 457쪽의 범위 내에 있다.

를 원통하게 여기면서 자신의 포부를 술회함.

　　#11. 홍문이 자신의 처지에 대한 불만을 토로하는 홍길동을 꾸짖음.

　여기에 차례로 늘어놓은 장면들은 전체 36장 중 앞에서 두 장 정도에 불과하니 극히 일부분이라 할 수 있다. 각 장면이 나뉘는 기준은 대략 시간이나 공간의 이동, 혹은 장면제시와 요약서술의 교차 등으로 볼 수 있는데 각 장면의 첫머리만 따내어 보면 이런 상황을 명확히 알 수 있다: #1-됴션국 셰둉틱왕 즉위 십오연의, #2-일일은, #3-즉시 늬당의 드러ㄱ, #4-외당으로 나오시니, #5-그날붓텀, #6-십식이 당ㅎ믹, #7-슘일후의, #8-이 아희 졈졈 ㅈ라믹, #9-일일은, #10-셰월이 여류ㅎ여, #11-이쎤.

　이로 볼 때 이 열한 장면은 전형적인 순차적 시간 배열을 보여줄 뿐 별로 특기할만한 사항이 없어 보인다. 그렇지만 자세히 보면 '일일은, 이때, 그날붓텀' 등등의 시간을 경과하는 부사어가 나타나면 그 다음에는 반드시 이야기의 중심이 이동하게 된다. 이는 후반부로 가도 마찬가지인데, 요체는 바로 주인공이 언제 무엇을 했고 또 언제 무엇을 했다는 식으로 이어지지는 않는다는 말이다. 처음의 이야기야 주인공 홍길동이 태어나지 않았을 때이므로 당연히 주인공 중심의 서술이 이루어지지는 않겠지만 그 이후에도 계속 그렇다면 상당한 문제가 아닐 수 없다.

　또, 고소설에 흔히 등장하는 '이때, 차설, 각설' 등등의 상투어구와 함께 시각의 급작스러운 이동을 엿볼 수 있는데, 물론 주인공 행동반경의 전환 양상을 말할 수도 있지만, 사실은 그 이야기의 중심이야기가 계기적으로 계속 연결되는 것이 아니라 일종의 비약이 있다는 것을 암시해준다. 단순한 순차적인 배열이기만 해서 이야기의 공백(空白)이나 급전(急轉), 시점(視點)의 변동 등이 없다면 이런 상투어구는 아주 비효율적인 사족에 불과할 것이다. 그러나 실제의 작품에서 보면 이런 어구의 뒤에 등장하는 대목은 앞의 이야기와는 일정한 거리를 둔 것이어서 사실은 이야기가 단순하게 하나의 직선을 그으면서 나아가지 않는다는 사실을 알려준다.

이런 상황은 〈조웅전〉이나 〈유충렬전〉으로 가면 더욱 심해지는데, 이 분석 결과는 적어도 다음과 같은 두 가지 사실을 말해준다. 첫째, 군담소설은 '주인공(영웅)'중심의 시각만으로 서술되지는 않는다. 둘째, 군담소설은 '일대기'의 순차적 나열만으로 서술되지 않는다. 이 점은 신화와 군담소설을 변별하는 데 대단히 중요한 기준이다. 신화에서는 화자가 주인공만 따라 다니면 이야기에 별 무리가 없이 서술될 수 있었고, 또 수용자역시 그 이외의 것에는 큰 관심이 없었다. 그렇지만 군담소설처럼 이야기가 더 복잡해지고 등장인물이 많아지면서 신화에서와 같은 단순한 서술기법만으로는 감당하기 어려운 지경에 이르게 된다.

주인공 중심으로 서술하더라도 주변상황이 너무 복잡한 탓에 주인공이아닌, 주인공이 없는 다른 공간의 이야기도 서술해야하고, 주인공의 일대기로 쭉 이어지는 시간배열 중간중간에 이질적(異質的)인 시간들이 끼어들기도 한다. 또 때로는 길이가 길어지면서 줄거리를 따라가지 못하는 독자를 위해서는 줄거리 요약 등이 화자의 서술로 이어지기도 한다. 따라서단일시간이나 단일공간, 시간연속이나 공간연속으로 펼쳐 보이던 방식을넘어선 군담소설 특유의 복잡다양한 서사구조가 밝혀져야만 한다.

이를 다음과 같은 몇 가지 방향을 생각해볼 수 있다.

첫째, 군담소설의 연원에 대한 재검토가 요망된다. 지금까지 서사구조를 표방한 연구가 그랬듯이 신화와의 공통 근간 위에서의 사소한 차이를찾아내는 데 힘을 쏟기보다는, 비록 신화에서 출발했다 하더라도 우리가읽는 텍스트에 좀 더 밀착된 연원을 찾아보는 편이 나을 것이다. 이 점에서 초기영웅소설의 형성과정을 검토하면서, 작품별로 다양한 형성경로를추적한 연구 등은 주목할 만하다.[277] 『상서기문(象胥記聞)』에 언급된 작

---

277) 전성운, 『조선후기 장편국문소설의 조망』, 보고사, 2002.

품들이 초기 군담소설로서 다양한 성격을 지녔다면, "애초부터 다양한 출발선을 지니고 역동적으로 등장했기 때문"[278]임을 인정해야 한다. 즉 '신화→소설'의 단선적인 도식에서 군담소설을 살필 것이 아니라, 그 중간과정에 수용된 다양한 소설관습에 대한 해명이 요구된다 하겠다. 예를 들어, 군담소설에 빈출하는 '반복병치'와 '중첩연쇄'가 구술적 서사패턴에 연원을 찾을 수 있다거나,[279] 가문소설에서 군담소설로의 이행이나, 중국 연의소설과의 연관성 등은 좀 더 심도 있게 논의되어야 할 과제로 보인다.[280]

특히 장편가문소설에서 자주 언급되는 '구조적 반복 원리' 같은 것은 군담소설의 서사구조를 해명하는 데 적잖은 도움을 줄 것이다.[281] 사실 대부분의 군담소설은 주인공의 삶을 단선적으로 좇아가는 것만으로 작품의 전모가 밝혀지지 않는다. 주인공과 주인공 아버지를 중심으로 한 주인공의 가문이 드러나고, 그 가문의 적대세력이 있으며, 주인공과 결연한 여자와 그 가문이 있는 것이다. 결과적으로 한 사람의 일대기가 아니라 여러 사람의 일대기가 반복되며, 한 적과의 상대가 아니라 여러 적과의 싸움이 거듭되는데, 군담소설의 서사구조론은 이에 대한 해명이 충분히 이루어질 만큼 다듬어질 필요가 있다.

둘째, '서사구조'가 의미하는 바가 좀 더 구체화되고 조밀해질 필요가 있다. 군담소설 연구에서 서사구조의 의미가 불명료한 경우가 많았다. 주

---

278) 전성운, 위의 책, 114쪽.
279) 김현주, 「고소설의 구술적 서사 패턴 -〈유충렬전〉에 나타나는 반복 병치 및 중첩 연쇄의 서사패턴을 중심으로-」, 『고소설연구』 11집, 한국고소설학회, 2001.6.
280) 김탁환은 「〈쌍천기봉〉의 창작방법 연구」(이수봉 외, 『가문소설연구논총』II, 경인문화사, 1999)에서 군담소설이 가문소설에 영향 받아 형성되었을 가능성을 타진했고, 송진한은 『조선조 연의소설의 세계』(전남대학교출판부, 2003)에서 17세기 초엽에 한글본 연의소설이 존재했을 가능성을 거론하며 〈홍길동전〉과의 연관성에 대해 논의했다. (26-33쪽 참조)
281) 이런 장형화 원리에 대해서는 이상택, 「〈보월빙〉 연작의 구조적 반복 원리」(『백영정병욱선생화갑기념논총』, 신구문화사, 1982) 참조.

인공의 삶을 재구성한 틀거리를 뜻하기도 하는가 하면, 줄거리의 순차적 배열을 뜻하기도 하는 등 들쭉날쭉한 면이 많았다. 군담소설 연구에서 '서사체계'라는 용어를 도입하여 거시적-준거시적-미시적 서사체계의 세 단계를 나누어 살핀 최기숙의 연구는 시사하는 바가 크다.[282] 작품 전체의 몇 단계를 이루는 구성법을 제시하는 거대 담론에서부터 문장 단위의 미소 담론까지, 또 각 단계의 상호관계를 설명하여 하나의 체계를 설명하는 데까지 나아갈 수 있어야 할 것이다.

가령 이른바 '영웅의 일생'의 틀에 의해, 고귀한 혈통에서부터 투쟁에서의 승리까지 일곱 서사단락을 나누어 살피는 경우, '고귀한 혈통 - 비정상적 출생 - 탁월한 능력'으로 이어지는 세 단락이 전체의 거의 절반 정도를 차지하는 듯이 여겨진다. 그러나 작품의 실상으로 들어가면, 신화와는 달리, 소설에서 그 부분이 차지하는 비중은 미약하기 그지없다. 더구나 작품이 장형화하면서 주인공이 등장하지 않는 대목이 점점 늘어가는 추세까지 감안한다면, 작품의 독서에서 실제로는 그다지 큰 관심을 갖지 않을 법한 대목에 과도한 관심을 기울인 듯한 인상을 지우기 어렵다. 좀 더 미시적인 서사구조의 해명이 요구된다.

셋째, 실제 독자의 향유방식 등과 연관한 서사구조론의 연구가 필요하다. 다 아는 대로 군담소설은 가장 대중적인 인기를 누린 작품이다. 따라서 작품의 도처에 그런 인기를 끌 만한 요소들이 내포되어 있으며, 이 역시 서사구조 내에서 설명이 가능할 것이다. 임성래는 『조선후기의 대중소설』에서[283] 군담소설을 대중소설이라는 측면에서 접근했는데, 이 책에서 말하는 '단절기법'이나, 이미 일어난 사건이나 앞으로 일어날 사건을 반복해서 언급하며 줄거리를 전개하는 구성법 등은 군담소설이 성취한 소설기법 중 매우 중요한 것이다. 중심인물과 보조인물의 관련, 복수담과

---

282) 최기숙, 앞의 논문 참조.
283) 임성래, 『조선후기의 대중소설』, 태학사, 1995.

결연담, 심지어는 상책과 하책의 분책(分册) 방식 등에 이르기까지 독자들의 대중적인 취향을 고려한 여러 가지 서술기법들이 서사구조의 테두리 안에서 전개될 수 있을 것이다.

이러한 통속적·대중적 요소는 사실 〈구운몽〉과 같은 17세기 소설에서 이미 이루어진 바로 후대의 군담소설에서 더욱 강화된 것이다.[284] 특히 이 시기 소설에서 장편화(長篇化)와 함께 호기심을 지속시키는 방법이 사용되고, 복선(伏線)이 활용되며, 줄거리의 요약과 서사의 반복이 이루어지며, 서술자의 자의식이 표출되는 등의 변화를 보이는 것은[285] 후대의 군담소설 연구에서 관심을 둘 법한 변화이다. 이런 맥락에서 군담소설의 공간과 영웅의 관계를 파고든 논문 같은 경우, 창작 방법까지 연계해볼 만한 것이어서 신선한 시도로 여겨지기도 한다.[286] 어느 것이든 단순히 신화와의 동질성(同質性)에 중심을 둘 때, 이러한 변화는 포착되기 어렵다. 또 18세기 이후에 양산된 군담소설이 그 이전의 서사문학 갈래와는 무관하게 고대의 구비서사시에 맥을 잇고 있기도 어려운 법이다.

넷째, 군담소설 내의 편차를 고려한 서사구조 연구가 필요하다. 군담소설 중에서도 여성영웅이 등장하는 유형에 대해서는 많은 연구가 이루어진 편이지만 그 밖의 하위 유형에 대해서는 아직 많은 연구가 이루어지고 있지 않다. 군담소설에 등장하는 여성영웅에 대해서는 특히 여성주의적 시각과 맞물려서 연구가 진행되면서 논의가 예각화하고 있다. 일례로, 정병헌이 〈박씨전〉, 〈삼옥주〉, 〈홍계월전〉 세 작품을 통해 밝힌 여성영웅의 세 유형은 서사구조와 연관하여 소설사적 변이를 짚어보게 하는 유용

---

284) 강상순, 「〈구운몽〉의 상상적 형식과 욕망에 대한 연구」(고려대 박사논문, 1999)에서 대중성과 통속성이 거론된 바 있다.
285) 17세기 소설에서 이러한 변화를 보이는 양상에 대해서는 최기숙, 『17세기 장편소설 연구』(월인, 1999) 제4장 3절 '서사 정보의 운용과 서술의 기술' 참조
286) 신태수, 「군담소설에 나타난 공간과 영웅의 관계」, 『국어국문학』131, 국어국문학회, 2002.

한 척도가 될 것이다.[287] 그런가 하면 최근 들어 주목을 받고 있는 〈남정팔난기〉 같은 작품은 여느 군담소설로는 설명하기 어려운 복합성을 띠고 있어서 새로운 시각을 요구한다. 1910년대까지 이어지는 '신작' 군담소설이 보이는 변화 역시 주목해볼 만하다.[288]

군담소설 연구에서 일반론(一般論)을 펴겠다고 할 때, 제일 먼저 빠지기 쉬운 함정은 가설에서 이론화(理論化)하는 과정에 있다. 이 과정은 대체로 군담소설에서 보편성을 띠는 것으로 여겨지는 몇몇 작품을 표본으로 뽑은 뒤 거기에서 논의된 결과를 다시 몇몇 작품에 대입해보고 일반화된 이론으로 공표하는 과정을 거치는 것이 상례였다. 불과 십여 편 안쪽의 '대표작'으로 전체를 설명하려하기보다 작품 각론에서 도출된 논의결과를 토대로 군담소설내의 편차를 최대한 있는 그대로 보여줄 만한 방안이 필요한 시점이다. 예를 들어, 군담소설에서 주인공과 주인공의 상대와 대결하는 방식에 따라 몇 가지 서사구조가 드러날 법하다. 일대일, 일대다, 다대일, 다대다 대결유형으로 갈라보거나[289], 반동인물이 등장하는 방식에 따라 전·후반의 순차적 연결형, 후반부 인과적 첨가형, 전·후반의 인과적 첨가형 등으로 구분해서 논의하는 연구는[290] 그런 가능성을 보여준다.

---

287) 그는 「여성영웅소설의 서사 구조와 변이 양상 연구」(『한국언어문학』 36집, 한국언어문학회, 1996.5)에서 남성을 통해 참여하는 경우, 남장을 통하여 공적인 과업에 참여하지만 나중에 가정으로 회귀하는 경우, 남장 사실이 드러난 뒤에도 가정에만 머물지 않는 활동적인 여성상을 보여주는 경우로 단계화하여 설명한 바 있다. 여성영웅소설의 상당수 작품이 영웅소설의 구조를 벗어나고 있다는 점에 대해서는 민찬, 「여성영웅소설의 출현과 후대적 변모」(『국문학연구』 78집, 서울대학교 대학원 국문학연구회, 1986, 1-2쪽)에서 이미 지적된 바이다.
288) 이에 대해 권순긍, 『활자본 고소설의 편폭과 지향』, 보고사, 2000, 83-106쪽에서 다루어진 바 있다.
289) 이강엽, 『군담소설연구방법론』, 연세대학교 박사학위논문, 1993, 138-152쪽 참조.
290) 김수봉, 『서사문학의 반동인물 연구』, 국학자료원, 2002, 156-164쪽 참조.

소설사적으로 볼 때 서술방식은 단순한 데에서 복잡한 데로 이행되는 것이 순리이다. 물론 구비문학에서도 마음만 먹는다면 그렇게 할 수도 있겠지만 음성언어의 일회성, 순간성을 감안한다면 일정한 한계를 지닐 수밖에 없다. 문자로 정착한 소설, 게다가 장형화한 소설에서라면 짧은 구비서사물에서는 불가능했던 여러 가지 기법들이 동원되었을 것은 당연하다. 그럼에도 불구하고 가능한 한 모든 변수를 제거하고 형해화(形骸化) 혹은 단순화(單純化)한 서사구조에 기대기보다는 복잡다양한 군담소설의 실체를 파헤칠 수 있는 연구가 요망된다.

2. 서사구조의 한 준거, 고난으로서의 '이별'

1) 고난과 고난극복, 이별과 재회

군담소설의 주요골자는 주인공의 고난(苦難)과 그 고난을 군사력을 통해 극복하는 데에 있다. 이렇게 볼 때, 전체 이야기는 고난담(苦難譚)과 고난극복담(苦難克服譚)으로 짝을 이루고 나타나게 된다. 따라서 그 고난이 어떤 것이냐에 따라서 고난을 극복하는 방법도 달라질 수 있으며, 이 점에 주의를 기울인다면 고난극복을 모두 군담을 통한 입신양명(立身揚名) 정도로 단순화하여 처리하는 폐단을 상당히 시정할 수 있을 것이다. 흔히 영웅은 태어날 때부터 엄청난 고통을 받는 것으로 처리하고 또 그렇게 인식되기도 하지만, 전체 군담소설을 놓고 볼 때 출생부터 받는 생득적 고난이 그렇게 뚜렷이 노정되는 작품이 생각만큼 많지도 않고 이런 사정은 그 이후의 주인공의 일대기에서도 어렵잖게 찾아낼 수 있다. 따라서 그것만으로 군담소설 서사구조의 독자성을 확보하기에는 상당한 무리가 따를 것이다.

전술한 대로 신화 주인공 또한 고통을 겪지만 그 고통의 원인은 '양(兩)걸림'이다. 주몽의 경우 그 어머니는 물[땅]에 근원을 둔 하백의 딸이었지만 아버지는 하늘에 근원을 둔 해모수였다. 반천반지(半天半地), 반신반인(半神半人)의 존재는 경계의 대상일 수밖에 없고 그 경계를 이겨내고 양쪽의 힘을 아우르는 데에서 영웅성이 돋보인다. 금와의 맏아들 대소가 금와에게 "주몽은 사람의 소생이 아니니 만약 일찍 도모하지 않는다면 후환이 있을까 두렵사옵니다."[291]라며 처치할 것을 요구하는 것은, 결국 그가 여느 사람과는 다른 특별한 능력이 있기 때문에 고난을 당하는 것이다. 그러나 군담소설 주인공이 겪는 고난은 그와는 전혀 다르다. 아버지가 정적(政敵)에 의해 내쫓기는 등 힘을 잃음에 따라 겪는 고통이 일반적이다. 물론, 〈조웅전〉의 '조웅이 벼슬하면 그 아비의 원수를 갚으려 할 것이니 근심하지 않을 수 없다.' 같은 대목을 〈주몽신화〉의 주몽이 금와의 아들에게 그렇게 핍박을 당하는 내용과 동일선상에서 이해할 여지는 있다.[292] 그러나 양자간에는 상당한 차별성이 존재하는 듯하다. 우선 '최초의 위협'부터 생각해보면, 신화에서도 주인공은 목숨의 위협을 받고 길을 떠나게 되는 것이 사실이지만 이런 위협은 사실 어느 정도 자연스러운 것이었다는 점을 상기할 필요가 있다. 주인공은 태어날 때부터 축복을 받으면서 확고한 지위를 가지고 태어난 것이 아니라, 상당히 비정상적으로 심하게는 미움이나 저주를 받으면서 태어났으며 그 결과 그는 애초부터 그원래의 자리에 오래 있을 수 없었던 것이다. 그러므로 신화의 주인공은 그 자리에 그리 연연할 필요도 없이 씩씩하게 자신의 과업을 찾아 떠나는, 말하자면 더 큰 공간을 찾아 떠나는 셈이 된다.[293]

---

291) 『三國遺事』, 「紀異 一」 〈高句麗〉.
292) 윤경수, 「조웅전의 신화적 수용양상」, 『한성어문학』19, 한성어문학회, 2000, 159-160쪽.
293) 이는 캠벨이 단일신화(monomyth)의 틀로 말하는 '출발-입문-귀환'이라는 기본 틀에서 '출발' 부분이다. 이 틀은 다음과 같이 간단히 정리된다. "곧 영웅은 일상적인 삶의 세계에서 초자연적인 경이의 세계로 떠난다. 여기에서 그는 엄청난 세력과 만나고 결국

〈주몽신화〉의 주몽과 유리(類利)가 길을 떠나는 장면을 생각해보자. 주몽은 금와왕의 아들들과 사냥을 했고 거기에서 특별한 재능을 발휘했으며 그 까닭에 미움을 샀고, 맏왕자 대소는 부왕(父王)에게 가서 급기야 후환을 없앤다는 명분 아래 처치해버리자고 제안하기까지 한다. 그러나 금와가 아들의 뜻을 따르는 대신 주몽의 뜻을 시험해보기 위해 말 기르는 일을 시키자 주몽은 그것을 서러워하며 어머니께 이렇게 고한다. "저는 천제의 손자인데 남을 위해 말을 기르게 되니 사는 것이 죽느니만 못합니다. 남쪽 땅에 가서 나라를 만들려 하지만 어머니 때문에 제 마음대로 못합니다."294) 이는 곧, 자신이 특별한 재능을 갖추었기에 도리어 핍박을 받았으며, 스스로가 하늘에서 권능을 부여받은 대단한 인물임을 알고 그에 의지하여 나라를 세우려 떠나고자 하는 마음을 담은 것이다. 주몽의 아들 유리 또한 동네에서 아비 없는 자식이라는 괄시를 받고 자신의 아버지를 찾아 떠날 계기를 마련하면서 사실은 아버지가 남쪽으로 가서 나라를 세운 인물임을 알게 되어 아버지를 찾아 나선다. 둘 모두 현재는 매우 열악한 처지에 있는 존재이지만 그 근원인 아버지는 대단한 능력을 지닌 신적인 존재였던 것이고, 그런 아버지를 찾아 나섬으로써 자신의 정체성을 확인하게 되는 것이다.

하지만 군담소설에 이르면, 대개의 주인공은 대단한 집안의 대단한 능력을 지닌 인물로 축복 속에서 태어나는 것이 상례이다. 만일 그가 계속 그런 보호와 환대 속에서 지낼 수만 있다면 더할 수 없는 행복이 찾아오게 되어 있지만 불행하게도 주인공에게는 그런 행운이 주어지지 않는다. 뜻하지 않은 불행을 맞은 주인공은 어쩔 수 없이 일단 그의 안락한 자리

은 결정적인 승리를 거둔다. 영웅은 이 신비스러운 모험에서, 동료들에게 이익을 줄 수 있는 힘을 얻어 현실세계로 돌아온다." -조셉 캠벨, 『세계의 영웅신화』, 앞의 책, 34쪽.
294) "我是天帝之孫 爲人牧馬 生不女死. 欲往南土 造國家母在 不敢自專." -이규보, 〈東明王篇〉, 『東國李相國集』 권3.

를 떠나게 된다. 떠난다는 점에서 신화와 상통하지만 그를 둘러싸고 있던 엄청난 보호막을 벗어버려야 한다는 점에서 신화와는 상반되기까지 한다. 신화가 새로운 세계의 창조를 위한 구도자(求道者)의 길로 떠난다면, 군담소설은 다시 그 영화(榮華)의 회복을 꿈꾸며 압제자를 피해 어쩔 수 없이 떠나는 셈이다.[295] 이 점에서 캠벨이 동화 속의 영웅과 신화의 영웅을 구별하여 "전자는 젊은이, 아니면 막강한 힘을 행사할 수 있게 되는 경멸당하는 아이-자신을 압제하던 상대를 이겨내는 데 그치는 반면, 후자는 모험을 통하여 자기가 속한 사회 전체의 소생에 필요한 수단을 가지고 돌아온다."[296]고 한 사실을 상기할 필요가 있다. 모험을 향한 출발이라는 측면에서 신화와 군담소설의 근본적인 차이는 소속집단 전체의 소생을 위해 능동적으로 나서느냐, 아니면 단순한 압제를 물리치기 위해 떠나느냐 하는 점이라고 하겠다. 물론, 군담소설에도 신화적인 요소가 있고, 또 압제를 물리치는 행위를 소속집단 전체의 생존과 연결 짓기도 하지만 작품에 구체화되지 않은 채 피상적으로 드러나기 일쑤이다.

이 점에서 군담소설에서 주인공이 자기 소속 집단을 떠난다는 의미는 다른 갈래와는 달리 엄청난 시련이 된다. 즉, 무슨 과업을 실천하기 위해 의도적이고 자발적으로 떠나는 것이 아니라, 압제자에 위협을 당한 채 그를 보호해주었던 가족이나 지위 등등의 모든 정상적인 관계를 파기하고 외롭게 쫓겨 가는 것이다. 이것을 쉽게 풀어 말하자면 일종의 이별(離別), 그것도 주인공이 그간 누려왔던 모든 것을 다 끊어놓는 극한의 분리(分離)라고 할 수 있다. 이 이별이야말로 군담소설 나름대로의 독특한 특성을 잘 보여주며, 이것을 극복하는 양상에 따라 군담소설 내의 여러 변별적 차이점이 보다 분명히 드러날 것으로 보이는데 이를 근거로 논의를 진

---

295) 뒤에 상술되겠지만 군담소설 가운데에도 〈홍길동전〉 같은 경우는 '새로운 질서'의 창조를 위한 떠남으로 볼 소지가 다소 있지만, 대개의 경우 그렇지 않다.
296) 조셉 캠벨, 앞의 책, 43쪽.

전시켜보자.

군담소설의 주인공은 대개 어릴 때 부모의 품을 떠나는 것이 상례이다. 이 점에서 특별한 예외가 아니라면 모두 부모자식간의 이별을 상정한다고 할 수 있겠는데, 자세히 따져보면 그리 간단하지만은 않다. 부모자식간의 이별이라고 해도 부모와 자식이 동시에 이별하게 되는 예는 또 그리 흔치 않기 때문에 적어도 부(父)-자(子), 모(母)-자(子)의 이별이 연쇄하여 일어난다. 이 점에서 그 두 번의 이별을 각각 다른 의미를 두어서 설명하는 것이 요긴해 보인다. 게다가 이런 보편적인 부모자식간의 이별 외에도 군담소설에서 일상적으로 드러나는 이별이 있는데, 그 하나가 바로 임금과 신하간의 이별이다. 대개 주인공 아버지로 상정되는 충신이 간신의 모함을 받아 신하의 직분을 다할 수 없는 지경에 이르게 되면, 군(君)-신(臣)간의 이별은 필연적으로 수반된다. 앞서 부모 자식간의 이별도 외부상황에 의한 어쩔 수 없는 횡포에 의한 것이었듯이 이 군-신간의 이별도 간신이라는 외부상황에 의해 겪게 되는 시련이다.

덧붙여서 군담소설의 주인공은 대체로 자신의 배필과의 이별도 감내해야하는 지독스러운 시련을 겪는다. 그 상대가 때로는 단순한 정혼자(定婚者)이기도 하고, 때로는 결혼한 아내이기도 하지만 어쨌든 천정배필(天定配匹)로 여기던 자신의 짝을 외부의 강압적인 힘에 의해서 일단 떠나야하는 고난은, 젊은 주인공에게는 분명 가혹한 시련이다. 물론 어떤 주인공도 자신의 배필과 재회하는 데 실패하는 경우는 없지만 작품의 서술시간상으로 보면 상당한 시간을 서로 떨어져서 보내는 것으로 파악되기 때문에 이들 간의 이별 역시 무시할 수 없는데, 이는 한마디로 남(男)-녀(女)간의 이별이라고 할 수 있다.

이렇게 본다면 군담소설에서 추출해낼 수 있는 이별은 부(父)-자(子), 모(母)-자(子), 군(君)-신(臣), 남(男)-녀(女) 등의 네 가지로 정리된다. 어떤 작품은 이들 넷이 다 나오기도 하겠지만, 경우에 따라서는 이들 중 어느 한두 가지가 빠지기도 한다.[297] 또 이들이 서로 어울려서 나오는 경우라 하더라도 그 가운데에서 어느 하나가 특히 큰 비중으로 설명되기도 하고, 심한 경우에는 아예 꼭 한 가지만을 중심으로 하여 나오기도 하므로 이것들이 작품에서 서로 어우러지는 방법은 전체 이야기를 구성하는 데 대단히 중요한 몫을 차지한다.

이제 이 네 가지 이별이 어떤 의미로 설명될 수 있는지를 따져보자. 이 네 가지가 다 나오는 작품의 경우는 군(君)-신(臣), 부(父)-자(子), 모(母)-자(子), 남(男)-녀(女)의 순서를 이루는 것이 상례인데 이 넷은 이별이라는 점에서는 같지만 그 세세한 의미에서는 서로 다르다. 먼저 군-신간의 이별은 전형적인 봉건사회의 충(忠) 개념에 맞닿아 있는 것이어서[298] 순연한 이념적 문제를 내포한다. 간신의 모함에 따라 죄 없는 충신을 내치는 임금임에도 불구하고 그 임금에게 충성을 다해야 한다는 관념은 확실히 중세적 이념의 세례를 흠뻑 받은 결과이다. 이에 반해서 두 번째 이별인 부-자간의 이별은 사정이 약간 다르다. 일단 이들은 혈연관계라는 점에서 중세적 이념과는 일정한 차이를 둔다고 하겠지만 효(孝)라는 가치 역시 일단 교육에 의해서 강화된 부분임을 상기할 때 마냥 자연스러운 것만은 아니다. 게다가 주인공들은 거의 예외 없이 만득자(晚得子)로서 후

---

297) 어느 한 가지, 이를테면 모-자간의 이별 등이 빠질 수도 있지만, 암묵적으로 이 네 가지가 다 나오는 것이 군담소설적 특성이라고 말할 수 있다. 적어도 '특성'이라고 말하려면 다른 것과 구분되는 고유의 성질이 있어야할 것이므로, 이 정도의 합의는 이루어져야한다고 본다. 가령, 소위 가정소설이나 가문소설, 규방소설로 불리는 작품에서는 부자, 모자, 남-녀간의 이별과 결합은 빈번하게 돌출되고 있으므로 이것만으로 군담소설적 특성이라고는 말할 수 없을 것이지만, 이 네 가지의 분리와 재결합으로 구성되는 작품은 소위 군담소설로 통칭되는 작품군이 아니면 찾아보기 어려울 것이다. 역으로 만일 여타의 유형으로 분류되는 작품에 이런 특성이 드러나고, 또 여기에서 발생한 문제를 무력으로 해결한다는 전제 아래 해당 작품을 군담소설에 편입시키는 것도 가능할 것이다.

298) 이 점에서 민긍기가 군담소설은 욕망을 직접 성취하는 유형과 간접(충이나 열) 성취하는 유형으로 나눈 사례를 주목할 필요가 있다. 민긍기, 「英雄小說 作品構造考」, 『사림어문연구』 1호, 마산대, 1984, 48쪽.

사를 잇자고 난 경우가 대부분인데, 그 중요한 부자관계의 절연은 대단한 충격이 아닐 수 없다. 이는 앞의 경우와는 약간 다르지만 그래도 유교적 관념에 상당히 근접[299]한 경우라 하겠다.

반면에 세 번째와 네 번째의 이별은 그런 관념성과는 거리가 멀다.[300] 두 번째 이별인 모(母)-자(子)간의 이별은 어린 자식을 제 손으로 거두지 못하고 떨쳐 보내야 하는 어머니의 시련이자 어머니의 정이 무엇인지도 모른 채 고아처럼 버려져야 하는 자식의 시련이다. 여기에는 가계(家系)를 잇는다거나 효도를 해야 한다거나 하는 명분이 개재되기보다는 정말 혈육간의 정(情)만이 문제되는 국면을 맞는 것이다. 작품 내에서 본다면 부(父)-자(子)간의 이별이 훈계나 당부로 이어지는 데 반해서 이 모(母)-자(子)간의 이별에는 서로 부여잡고 눈물을 흘리는 대목이 돌출하는 것도 대개 이런 이유에서 그렇다. 네 번째 이별인 남(男)-녀(女)간의 이별은 인간보편의 사랑 문제에 기인한다는 점에서 세 번째 이별보다 정(情)으로 치닫는 성격이 강하다. 물론, 작품 중에는 남녀간의 문제를 열(烈)의 문제로 몰아넣어서 오히려 그 중세적 관념을 더 강화한 작품도 있지만, 남녀간의 이별과 만남이 중요한 주제로 자리 잡을 수 있었던 것은 소설사적으로도 중대한 변화이다.

---

299) 이는 신화 등의 설화에서 흔히 볼 수 있는 '부친탐색담(父親探索譚)'과 견주어 설명될 수도 있겠지만, 기실은 아주 다르다. 가령, 〈주몽신화〉에서 유리가 아버지를 모르다가 찾아나서는 경우가 있지만, 여기에서 핵심인물은 주몽이며 유리는 그 주몽의 능력을 이어받는다는 의미에서만 힘을 발휘한다. 이에 비해 〈유충렬전〉의 경우, 핵심인물이 유충렬이며 아버지 유심은 유충렬을 낳았다는 데에서 힘을 발휘할 뿐이다.

300) 논의의 방향이 약간 다르기는 하지만, 그간 〈유충렬전〉 같은 작품을 천자와 정한담의 이념적 대결구도로 파악하여 사회, 역사적인 의미를 탐구하는 방식보다는 실제로 작품 후반부에서 집중적으로 등장하는 가족의 분리와 재회 등의 서사구조에 주목해야 한다는 논의(최혜진, 「〈유충렬전〉의 문학적 형상화 방식」, 『고전문학연구』13권, 한국고전문학회, 1998)가 펼쳐지거나 특별히 '가족애'(김현양, 「〈유충렬전〉의 가족애」, 『고소설연구』21권, 한국고소설학회, 2006)가 연구 대상으로 떠오른 것은 이러한 특성을 잘 보여준다.

이런 관점에서 앞의 두 이별은 관념적(觀念的)이고 수직적(垂直的)이라는 특성을 지닌다. 이는 군신이든 부자이든 주종관계에 얽혀서 당위적으로 아래에서 위로 향하는 윤리 때문에 생긴 관계의 절연(絶緣)이기 때문이다. 반면 뒤의 두 이별은 경험적(經驗的)이고 수평적(水平的)이라는 특성을 지닌다. 이는 모자이든 남녀든 서로 대등한 관계에서 자연스럽게 솟아나는 정을 주고받는 본능적인 충동에서 생긴 관계의 절연이기 때문이다. 전자가 의무감의 소산이라면 후자는 자발적 욕구의 소산이기에 이 둘은 서로 명백히 구분되는 것이다.

따라서 이 넷이 같은 이별의 문제이기는 해도 앞의 둘과 뒤의 둘은 차원을 달리하는 문제이며 그 해결 역시 아주 다르다. 앞의 둘은 당위적인 의무감에서 생긴 것이기에, 그 이별을 강요한 상대를 제거하는 것으로서 문제를 쉽게 풀어나갈 수 있겠지만 뒤의 둘은 자발적 욕구의 소산이기에 자신의 그러한 욕구를 채우지 않고서는 아무런 해결이 나지 않는다. 이런 의미에서 전자의 이별이 계속될 때 당사자가 겪는 심리적 고통은 원한(怨恨)이라 할 수 있고, 후자의 이별이 계속될 때 당사자가 겪는 심리적 고통은 정한(情恨)이라 할 수 있다. 둘 다 한(恨)이기는 마찬가지이지만 하나는 원(怨)을 갚지 못해서 생긴 한(恨)이고 하나는 정(情)을 다하지 못해서 생긴 한(恨)이니 그 의미는 아주 다르다.[301]

---

301) 소설에서 怨과 恨의 문제는 이어령, 「춘향전과 츄우신구라(忠臣藏)를 통해서 본 한일 문화의 비교」(최정호 외, 『일본문화의 뿌리와 한국』, 문학과 지성사, 1992)에서 시사받은 바가 크다. 그는 여기에서 일본의 츄우신구라(忠臣藏)와 한국의 〈춘향전〉을 비교하면서 한 쪽이 원(怨)을 또 다른 한 쪽이 한(恨)을 중심으로 이야기가 전개되는 것으로 보면서, 이것을 근거로 일반화하여 한국문학의 특징으로 원(怨)이 없는 한(恨)을 들었다. 그런데 여기에서 한국의 대표작으로 꼽은 작품 중에 군담소설은 그 고려 대상에서 벗어나 있기 때문에 원(怨)에 대한 설명이 나올 여지가 전혀 없었다.

또 이와 같은 맥락에서, 복수의 대상에 대한 관용을 들면서 그에 배치되는 작품으로 〈김학공전〉을 든 예가 있는데(이혜순, 「〈김학공전〉에 나타난 복수 플롯의 수용양상」, 『진단학보』 45호, 1978), 앞의 이어령의 논의가 일본문학과의 비교에서 얻은 결론이었다면 이 논의는 중국문학과의 비교에서 얻은 결론이다. 그런데, 이혜순의 논의에서 지적

2) '이별/재회'의 양상과 서사구조

군담소설에서는 어디에서고 헤어지는 모습이 상정되지만 작품의 끝까지 그 이별을 몰고나가는 예는 좀처럼 찾기 어렵다. 개중에는 그 이별이 죽음으로 인한 결별이어서 이승에서의 재회를 불가능하게 하는 경우도 있지만, 최소한 시신(屍身)이라도 제대로 거둘 기회를 준다거나 그 죽음을 몰고 온 원인제공자를 응징할 수 있는 기회를 제공한다. 이는 초기소설로 통칭되는 일군의 작품들과 군담소설을 구분 짓는 주요한 근거가 된다. 조동일이 설정한 초기소설이라고 하는 것들 중에 일사소설(逸士小說)이나 명혼소설(冥婚小說)이라고 하는 것들에서는[302] 처음의 불행이 현실적으로 완전히 상쇄될 만한 힘의 과시가 보이지 않아서 애초의 불행은 나중에 행복하게 되는 데 엄청난 장애가 되지만, 군담소설에서는 그 불행이 어떤 상황에서 닥치더라도 한(恨)풀이의 기회가 제공되기에 나중의 부귀영화에 치명적인 타격을 가할 정도는 되지 않는다는 말이다.

결국, 어떤 이별이든 재회(再會) 혹은 그에 상응하는 보상(報償)으로 귀결된다는 것이 군담소설 이별의 특성이라 할 수 있다. 사리가 그렇다면, 이 이별의 양상을 구분하는 것만으로도 군담소설의 고난과 그 극복 양상을 살피는 단서를 마련할 수 있을 것이다. 작품 속에서 위에 든 네 이별 가운데 어디에 초점을 두고 있는가 하는 문제가 그 중심과제로 떠오

된 대로 우리 문학에서 복수의 행위가 뚜렷하게 드러난 작품이 적은 가운데에서도 〈조웅전〉, 〈유충렬전〉, 〈이대봉전〉 등에서 비교적 잘 드러나는 것은 주목할만한 일이다. 물론, 그 원수를 갚는다는 것도 '충(忠)'이나 '효(孝)'의 차원으로 전환하는 변화가 있다고는 하지만, 군담소설에서 원(怨)을 풀어버리는 행위가 표출되는 것은 엄연한 사실이다.

302) 이에 대한 논의는 조동일, 『한국소설의 이론』, (지식산업사, 1977)에서 이루어졌다. 가령 명혼(冥婚)소설인 〈만복사저포기(萬福寺樗蒲記)〉에서는 유명(幽明)을 달리하는 남녀가 이별을 한 뒤로는 끝내 만날 수 없게 되는데 이를 두고 "죽은 여자는 저승의 법이나 上帝의 命에 따라야 하기에 헤어져야만 한다고 했는데, 세계의 이러한 구속은 작품내적 자아로서도 알 수 없는 것일 뿐만 아니라, 작품외적 자아로서도 설명할 도리가 없는 운명적인 것이다."(232쪽)라고 설명했다.

르게 된 것인데, 논의의 편의를 위해서 몇 가지 유형으로 나누어서 살펴볼 수 있을 것이다.

우선은 그 네 가지가 다 나오는가, 아니면 몇 가지가 선택되어 나오는가 하는 점이 문제이겠고, 똑같이 이별이 나오더라도 어느 쪽에 비중이 두어지느냐 하는 점 역시 그에 못지않게 중요한 문제일 것이다. 〈홍길동전〉에서부터 차례로 살펴보자. 〈홍길동전〉의 경우는 다른 군담소설과는 상당히 다른 분리 현상이 일어나고 있어서, 적어도 이 문제만을 가지고 군담소설이냐 아니냐를 판단하려 든다면 대단히 다른 결론에 이르게 될 정도이다. 맨 먼저 일어나는 분리는 모자간의 분리이다.

> 길동이 도라와 어미을 붓들고 통곡 왈, "모친은 소즈와 전싱연분으로 추싱의 모즈 되오니 구뢰지은을 싱각ᄒ오면 호천망극ᄒ오나 남이 셰상의 나셔 입신양명ᄒ와 우희로 향화을 밧들고 부모의 양휵지은을 만분의 흔나히라도 갑푸거시여날, 이몸은 팔즈긔박ᄒ여 쳔싱이 되여 남의 쳔딕을 바드니 딕장부 엇지 구구히 근본을 직히여 후회를 두리요. 이 몸미 당당히 조선국 병조판셔 인슈을 씩고 상장군이 되지 못홀진딕 추라리 몸을 산즁의 붓쳐 셰상 영욕을 모로고져 ᄒ오니 복망모친은 즈식의 수졍을 슬피스 아조 바린다시 잇고 계시면 후일의 소즈 도라와 오초지졍을 일위랄 잇스오니 이만 짐작ᄒ옵소셔."[303]

문면 상으로 보면 여기에서 제일 먼저 나타나는 이별은 다름 아닌 홍길동과 춘섬 사이의 모자(母子)간의 이별이다. 다른 사람들하고야 굳이 이별을 하겠다고 말할 필요조차 없는 것이었다. 그런데 홍길동이 구체적으로 집을 떠나게 되는 계기는 이 대목이 아니라 차후에 그가 살해당할 위

---

303) 전집3, 458쪽.

험을 겪고 난 뒤에 생기지만, 이미 예정된 수순에 불과한 것이었음을 상기할 필요가 있다. 홍길동은 병조판서 인수(印綬)를 띠고 세상을 호령할 수 있는 지위도 아니었고, 그렇다고 해서 가정 내에서라도 정상적인 부자 관계를 유지하면서 호부호형(呼父呼兄)조차도 할 수 있는 입장도 못되었다. 이는 〈홍길동전〉에서의 이별은 충족이 이루어진 상태에서 일시적인 결핍으로 인한, 어쩔 수 없는 이별이 아님을 뜻한다.

홍길동에게는 맨 처음부터 충족된 상황이 아예 주어지지 않았다. 따라서 그가 겪는 이별도 충족이 깨어진 결핍상태를 복원하기 위한 것이 아니라, 아예 주어지지 않았던 충족상태를 획득하기 위해 자발적으로 떠나는 형국을 맞는데, 이는 다분히 신화적인 서사이다. 신화에서 이야기의 출발선에서는 세상에 신의 원리에 맞는 질서가 제대로 구현되지 않고 있고, 이 질서를 구현하기 위하여 주인공인 영웅은 모험의 길에 나서는 것인데 이 홍길동전이 바로 이런 구조를 띠고 있다. 물론, 홍길동이 집을 떠날 즈음에 아버지는 그에게 호부호형을 허락하고, 또 그가 집을 나서서 관군(官軍)과 대치할 때 임금이 그에게 병조판서(兵曹判書)를 제수하는 등 세계와 화합할 계기는 어느 정도 마련된 듯이 보이지만, 이 역시 홍길동의 힘을 의식한 대립세력들이 어쩔 수 없이 양보하는 식으로 되어서 여느 군담소설과는 다르다.

그런데 〈홍길동전〉에서는 앞서 인용문에서 보듯이 어머니와의 이별, 즉 모자간의 이별이 가장 구체적으로 나오기는 해도 실제의 작품에서의 의미를 따져보면 그리 큰 비중을 차지하지 못하고 있음을 쉽게 간파할 수 있다. 상식적으로 생각하면 천생(賤生)의 한(恨) 때문이라면 그 천한 어미를 가련히 여기는 정(情)도 더욱 커야할 텐데 이 작품에서는 그런 느낌은 거의 받을 수 없게 된다. 어린 홍길동이 길을 떠나는 마당에 보여주는 태도 역시 모자간의 이별을 설워하는 애절함이 배어나오는 것이 아니라 오히려 어린 홍길동이 어른스럽게 어머니를 설득하고 어루만지는 형국이다. 이는 이 작품이 표면상으로는 모자간의 이별을 다루고 있기는 해도 그 안에서 정작 중시하는 것은 그보다는 오히려 다른 분리, 이별에 있음을 뜻한다.

사실 홍길동이 집을 박차고 나간 것은 아버지의 원수를 갚겠다거나 위기에 처한 임금을 돕겠다거나 하는 것이 아니라, 오직 자기에게 닥친 부당한 대우를 피하기 위한 것이었다. 외부의 강압에 의한 분리라기보다는 탄압을 피한 탈출이면서 동시에 자신의 의지를 적극적으로 관철시키기 위한 능동적인 행위라고 할 수 있다. 그렇다고 해서 이 작품에 어떤 의미로든 이별이 드러나지 않는 것은 아니다. 일단 아버지와 이별을 하고, 자신이 모시고 싶던 임금을 가까이 하지 못하고 산으로 숨게 되는 것은 확대하여 해석하자면 부(父)-자(子), 군(君)-신(臣)간의 이별이 개재되어 있다고 할 만한 일이다. 서사 전개를 살펴보면, 부자간의 이별은 필연적으로 벌어지는 듯이 보이지만, 홍길동이 집을 떠나기 직전 홍 판서가 호부호형을 허락하는 행위로 일단 그 이별의 한을 어느 정도 풀어볼 수 있었고, 나아가서는 작품의 말미에서 홍길동이 적자(嫡子)인 형을 제치고 서자(庶子)인 자신이 부친의 장례를 치름으로써 그런 왜곡된 부자관계를 말끔히 씻게 된 것이다. 또 앞의 인용문에 나왔듯이 병조판서 한 번 못해보는, 군-신 관계에서의 한(恨)은 약간의 편법이기는 하지만 임금이 그 벼슬을 허락함으로 해서 그 역시 억울하게 쌓인 감정을 풀 수 있었다.

이런 사실은 〈홍길동전〉이 비록 여타의 군담소설과는 사뭇 다르기는 하지만 그 근간에는 전통적인 군-신, 부-자간의 관계를 염원하는 입장에 놓여있다는 점에서 공통적이라는 사실을 잘 드러내준다. 이 작품과 다른 작품들 간의 차이점에만 치중한 나머지 이 작품이 체제를 수호하려하기보다 개혁하려는 데 중점을 둔다거나, 〈장백전〉 등등을 아울러 국가를 창업하는 일에 주안을 두는 것으로 해석하기도 했지만 기존의 군-신, 부-자 관계를 중시한다는 점에서는 크게 다르지 않다. 고난과 그 극복이, 그 고난의 성격에 따라 내용은 다르겠지만, 서사문학 어디에서고 두루 찾아볼 수 있는 것으로 본다면, 그러한 수직적인 질서의 강조야말로 군담소설적 특성으로 보인다. 물론 궁극적으로 그 문제 해결을 위해 '군담'이 함의하는 대로 무력이라는 물리력을 사용하는 데 있으므로, 결국 군담소설 서사구조의 핵심은 '외부적 압력에 의한 수직적 질서의 파괴와 무력에 의한 그의 극복' 정도로 정식화할 수 있을 것이다.

그런데, 〈홍길동전〉에서는 이런 수직적 질서의 파괴를 문제 삼기는 해도 다른 작품들처럼 수평적 질서에 대한 문제는 전혀 개의치 않는 점이 특이하다. 후술되겠지만, 결연이나 애정문제에 대한 배려가 거의 이루어지지 않고 있는 데다 모(母)-자(子)간의 이별과 재회라는, 다른 작품에는 상투적으로 보이는 끈끈한 장면 역시 드러나지 않는 점도 상당히 독특하다고 할 수 있다.[304] 모자간의 이별이 서럽기로야 〈조웅전〉이나 〈유충렬전〉보다 이 작품이 한결 더할 것은 말할 나위도 없다. 유충렬이나 조웅의 경우와는 달리 이 작품에서의 갈등요소는 사실 부친과 모친의 신분적인 불균형에서 오는 것이며, 이 점에서 모친 춘섬의 한(恨)이 그대로 그 아들 길동에게 전이되었다고 할 만한 것이므로 이들이 어쩔 수 없이 헤어져야 하는 대목은 엄청난 비탄(悲嘆)이 터져 나올 법한데도 이 작품에서는 그런 대목을 거의 찾아보기 어렵다.

이상의 사실을 정리하여 〈홍길동전〉의 이별구조가 갖는 특성을 조망해 보자. 우선 지적할 것은 이 작품에는 표면적인 이별이나 분리가 드러나지 않는다는 사실이다. 다른 작품의 경우에는 고난의 문제가 이 이별이라는

---

304) 홍길동 모자 간의 이별은 흡사 주몽과 유화의 이별 장면을 연상시킨다. 그러나 〈동명왕편〉 같은 작품에서만 해도 유화와 주몽의 애틋한 장면이 강조되는 점을 상기할 때 『홍길동』은 확실히 독특한 면이 있다. 가령, 〈동명왕편〉의 다음 같은 대목과 견주어 보라. "그 어미가 이 말 듣고 / 몰래 눈물 훔치며 / 너는 행여 나를 생각지 말고 / 나 또한 마음이 아프구나 ……(其母聞此言 潛然杖淸淚 汝幸勿爲念 我亦常痛 痞……)

구체적 상황으로 직접 드러나는 데 반해서 이 작품에서는 오히려 주인공 자신의 적극적인 의지 표현으로 이루어진다. 이는 우리가 초기작품으로 상정하는 〈소대성전〉 등등에서도 쉽게 찾아볼 수 있는 것인데, 처음부터 완전한 결합과 충족이 주어지지 않은 상태에서 그것을 찾아나서는 적극성을 보이는 것이다. 그럼에도 불구하고 이 작품에서는 내면화되어 있기는 하지만 군(君)-신(臣), 부(父)-자(子)간의 격리를 강요하는 상황을 커다란 고난으로 인정하고 그 고난을 무력으로 극복하는 군담소설 일반의 특성을 잘 드러내준다.

그러던 것이 〈조웅전〉에 이르면 〈홍길동전〉과는 아주 다른 양상을 드러내준다. 〈홍길동전〉의 경우도 물론 표면적으로는 드러나지 않았더라도 군(君)-신(臣), 부(父)-자(子)간의 이별이 매우 중요한 요소로 작용했지만, 〈조웅전〉의 경우는 작품의 초입부터 이 문제가 심각한 갈등요소로 작용한다. 그런데 여기에서 일차적인 군(君)-신(臣)간의 관계는 임금과 주인공의 관계가 아니라 임금과 주인공 아버지와의 관계여서, 단 한 차례의 군(君)-신(臣)간의 이별로 그치는 단순성을 벗어나서 좀 더 복잡한 양상을 띠게 한다.

따라서 일차적으로 발생하는 군-신간의 이별은 결국, 자연스럽게 부(父)-자(子)간의 이별로 전이될 수밖에 없다. 조웅의 아버지 조정인은 우승상 이두병의 참소(讒訴)를 입어 음독자살한다. 주인공 조웅의 입장에서 보자면 이러한 사태는 곧바로 부-자간의 이별이라는 수직적 질서의 파괴이므로 이는 일차적으로 군-신간의 이별과는 무관한 것처럼 보인다. 하지만 조웅의 아버지의 일이 결코 조웅과는 무관할 수 없는 일이어서 조정인의 죽음 자체가 충신 조정인과 그를 총애하는 임금과의 이별이라는 군-신간의 이별을 뜻함은 당연하다. 문제는 그것이 한 차례로 끝나지 않고 대를 이어서 중첩되는 심각성에 있다. 어떤 곳에서건 중요한 의미를 부여할 곳에는 중첩(重疊)이나 확장(擴張)에 의한 강조방법을 쓰게 마련이므로,

이 작품에서는 수직적 질서의 파괴와 회복에 그 중심점이 놓여있다고 할 수 있다.

이처럼 수직적 질서를 논의선상의 중간에 둘 수 있는 근거는 작품에 드러나는 고난의 성격 자체에도 있겠지만, 그 근저에서 살피자면 주인공의 탄생이 갖는 수직적 질서 지향이라는 특성에 있다. 가령, 앞서 예를 든 〈홍길동전〉의 경우 주인공 홍길동은 후사를 잇지 못해서 기자치성(祈子致誠)을 하고 낳은 자식이 아니라, 평생 얻기 힘든 대몽(大夢)을 꾸고 그에 의한 걸출한 자식을 하나 두어보자는 심산에서 낳은 자식이다. 이에 비해서 이 〈조웅전〉 등의 다른 작품들은 모두 늦도록 자식을 두지 못한 명문거족(名門巨族) 집안에서 기자치성으로 낳은 자식이 바로 주인공이어서 이 주인공과 부친과의 분리는 어렵사리 얻은 수직적 질서를 다시 흩뜨려버리는 의미를 갖는다.

한편, 〈조웅전〉에서는 수평적 질서라고 할 수 있는 모(母)-자(子), 남(男)-녀(女)간의 관계가 자못 심각하게 부각되고 있어서 앞의 〈홍길동전〉과는 명확한 구분이 가능하게 된다. 이런 맥락에서 우리가 특별히 관심을 기울여야 할 대목은 남녀주인공간의 결연대목과 주인공 모자의 이별대목이다. 결연에 관해서는 뒤에 상술될 터이므로 모자(母子) 간의 이별대목에 집중하여 살펴보자.

잇써 웅이 모친계 청ᄒ여 왈, "소자 나히 십오셰라. 남자 쳐셰ᄒᄆ 한 고딕 늘글거시 안이옵고 신션도 두로 유람ᄒ옵난이 소자 잠간 산밧그 나가 셰상을 귀경ᄒ고 황셩소식도 듯고져하나이다." 부인이 딕경딕칙 왈, "말이타국의 너을 밋고 부지ᄒ거날 네 일시라도 쩌나면 ᄂᆡ 엇지ᄒ랴. 네 어딕을 가량이면 한가지로 갈거시라." ᄒ시니, 웅이 다시난 알뢰지 못ᄒ고 월경딕사다러 의논 왈, "ᄂᆡ 이졔 셰상의 나어가 황셩소식도 듯고 ᄂᆡ 심중의 품은 일도 아득ᄒ와 일젼의 모친계 사졍을 알외니 도로여 ᄶᅮ종하시기로 다시난 거역지 못ᄒ

엿건이와 되사는 늬 말노 모친의 마음을 회심ㅎ야 늬의 지기을 폐계ㅎ미 엇더한잇가?" 되사왈, "공자으 말삼이 장부으 마리로다." ㅎ고, 부인과 고금사을 셜화ㅎ다가 공자 출셰코자 ㅎ난 말을 엿자오니 부인 왈, "말은 당당ㅎ나 말이타국의 보늬고 젹막강산 사고무친쳑한듸 일신들 이질잇가. 쏘한 분분한 셰상의 엇지 늬여보늬리요."305)

〈홍길동전〉에서도 홍길동과 춘섬의 이별이 없던 바는 아니지만, 춘섬이 어머니로서 걱정할지언정 여기에서처럼 서운한 마음을 드러내지는 않는다. 이에 비해, 일시인들 잊을 수 없으니 가도 함께 가야 한다는 이야기는 어떤 논리적인 설명이 필요한 대목이 아니다. 아버지의 대(代)를 잇기 위해서 혹은 임금의 원수를 갚기 위해서 너는 어찌해야 한다는 식의 설교조의 훈계가 있는 것도 아니고 또 장래문제를 생각하여 내보낸다는 식의 합리적인 판단이 따르는 것도 아니다. 물론 결국은 월경대사의 회유로 이별을 용인하기는 하지만, 그 안에 깔린 기본적인 시각은 위의 예문에 나온 대로 만리타국에 의지할 사람이라고는 우리 모자 단둘뿐인데 우리가 헤어져서 어찌 살겠느냐는 지극히 인간적인 하소연이다.

이는 앞서 언급한 대로 그 관계라는 것이 지극히 수평적임을 뜻한다. 주인공이 겪는 고난이 수직적인 관계에만 중심이 되던 데에 비한다면 대단히 발전된 양상이다. 문제는 임금과 신하, 아버지와 아들의 관계와 같은 복종과 의무감에 기인하는 이야기 전개에서 벗어나 거기에 덧붙여서 쌍방의 정리(情理)에 의한 관계가 전면에 드러나게 되었다는 데에 있다. 조웅의 아버지는 이미 세상을 떠났으니 나이 어린 조웅으로서는 그의 유일한 의지처라고는 어머니밖에 없을 것이다. 그런데 그들은 헤어져야하고, 헤어지는 것도 단순히 곱게 떨어져 있다가 다시 만나는 정도가 아니

---

305) 〈됴웅전〉 완판 92장본 권 상 18-19면. 이화여대 한국문화연구원 편, 『韓國古代小說叢書 3』, 통문관, 1960, 36-37쪽.

다. 조웅의 모친에게 여자로서는 견디기 어려운 온갖 수모를 겪게 함으로
해서 그 심각성을 한층 더 높이고 있어서 이 수평적 이별의 강도는 표면
적으로 드러난 것보다 훨씬 더 강하게 드러난다. 여기에 덧보태서 장소저
와의 남-녀간의 결합과 이별까지 개입되면 수평적 질서는 상당히 확대됨
을 알 수 있다.

〈유충렬전〉에서는 〈조웅전〉의 상황이 한층 더 심각한 양상을 띠고 나
타난다. 우선 작품의 서두부터 보자.

각셜이라. 디명국 영종황제 직위초의 황실리 미약ᄒ고 법영이 불힝ᄒᆫ 중
의 남만북젹과 셔역이 강셩하야 모역할 뜻슬 두미 이런고로 쳔자 남경의 잇
슬 뜻씨 업셔 다른듸로 도읍을 옴기고져ᄒ시더니 잇쩌 마참 챵희국 사신이
왓스미 셩은 임이요 명은 경쳔이라 ᄒ난 사롬이 왓거늘, 쳔자 반겨 인견ᄒ시
고 졉듸ᄒ 후의 도읍 옴기물 의논ᄒ시니, 임경쳔이 쥬왈, "소신이 옥누의셔
육디산쳔을 망기ᄒ오니 봉황지지가 맛당ᄒ옵고 쳔ᄒ명산오악지중의 남악형
산이 가장 신령ᄒ 산이요 일국주룡이 되야고, 챵오산구리봉은 변화ᄒ야 외쳥
용 되야고 …(중략)… 자미원 디장셩이 남방의 써러져스니 미구의 신기ᄒ 영
웅이 날거스니 황상은 엇지 조고만ᄒ 일노 이러ᄒ 금셩지지를 노으시며[306]

여기에서 보듯이 이 작품의 서두는 아예 주인공에 대한 정보제시 없이
직접 갈등요소를 드러내고 있다.[307] 흔히 고소설과 신소설의 차이를 설

---

306) 〈유충렬전〉완판 86장본, 상 1. 전집2. 335쪽.
307) 이런 논의의 근거는 다음과 같다: "소설에서의 플롯은 '처음-중간-끝'이라는 유형을 가
    진다. '처음(beginning)'이란 시간적인 연속에 있어서의 처음이 아니라, '무엇으로 이야
    기를 시작하는가'를 말하는 것으로 이 부분에서 작가는 이야기의 이해에 필요한 정보-
    이야기의 주인공과 주변인물의 소개, 역사적·공간적 배경 등-를 설명해준다. 동시에
    무언가 숨겨지고 뒤집어진 불안의 요소를 보여줌으로써 갈등과 분규로 나아가게도 한
    다. 그런데 이와 같은 요소는 작가의 선택에 의해서 좌우된다. 다시 말해, 이야기 이해
    에 필요한 정보를 미리 밝혀주고 나서 사건을 전개시키느냐, 혹은 사건의 불안요소를

명할 때 신소설『혈의 누(淚)』쯤에 이르러서야 일반적인 정보보다는 갈등 혹은 불안요소를 먼저 제시하는 기법이 드러난다고 하기 일쑤이지만 사태가 그리 간단하지만은 않다. 여기에서는 작품의 서두임에도 불구하고 주인공 조웅이 누구인지에 대한 언급이 전혀 없을 뿐만 아니라 조웅의 집안내력조차 전혀 드러나지 않은 상태에서 조정에 문제가 많아서 천도(遷都)가 논의되는 상황을 설명하고 있다. 더욱이 이 문제의 결정에 있어서 영웅이 나올 조짐이 보이므로 기다리자는 정도의 언급이 나오는 것으로 하여서 독자들이 영웅출현을 예상하고 강력하게 호기심을 품게 만드는 기법이 예사롭지 않다.[308]

물론, 현대소설로 보자면야 이런 수준의 기법이란 매우 초보적인 것이겠지만, 누구나 주인공의 등장이 먼저 설명되고 그 주인공이 해야 할 과업이 제시된다는 순서를 당연시하는 상황에서 그 역순(逆順)의 서술구조가 나왔다는 것은 대단히 획기적인 일이 아닐 수 없을 것이다.[309] 그런데

보여주어 독자의 흥미를 집중시키고 난 후, 정보를 서서히 제공해주느냐, 이러한 선택에 의해 시작 부분은 상당히 달라질 수 있다는 것이다." -이상진,「한국근대소설의 시간배열기법 연구」, 연세대 석사논문,1988. 30-31쪽에서 인용한 것인데, 기본적인 시각은 W. Kenney, *How to Analyze Fiction* (Monarch Press, 1966)에 근거한다.

308) 소위 '순차적 서사단락'이 말 그대로 소설작품의 순서 그대로 서사단락을 나열한 것이라면, 이〈유충렬전〉이야말로 맨 첫 단락이 '조정의 불안과 천도(遷都) 문제의 제시'여야 할 텐데 지금까지 서사구조를 논한 논문에서 이에 대한 언급이 없는 것은 사실 텍스트자체의 서사구조에는 별 관심이 없음을 의미한다. 물론 특정목적을 수행하기 위해서 주인공의 일대기 구성방식이 초미의 관심사일 경우라면 그런 방법 역시 일정한 범위 내에서 의미를 갖는 것이겠지만 어떤 식으로 설명하든 작품자체의 서술구조에 대한 해명이 뒤따라야할 것으로 보인다.

309) 이것은〈유충렬전〉의 예외적인 사항일 뿐 고소설 일반의 흐름에서 확인하기 어려운 것이 아니냐는 반론이 있을 수 있다. 하지만, 적어도〈유충렬전〉보다는 먼저 성립되었을 것으로 추정되는〈조웅전〉의 서두만 보아도 이런 양상은 어느 정도 드러난다. 맨 처음 부분을 보자: "(A)송문졔 즉위 이십삼연이라 잇찍 시졀리 퇴평ᄒᆞ야 사방의 이리 업고 빅셩이 격양가을 일삼던니/ (B)월명연 츄구월 병인일의 문졔 츙열뫼에 거동ᄒᆞ실ᄉᆡ/ (C)원ᄂᆡ 츙열뫼난 만고츙신 좌승상 됴졍인이 이부상셔시에 황졔즉위ᄉᆡ연일넌이 불의에 남난을 당ᄒᆞ야 사직이 위퇴ᄒᆞ미 구완할 모칙이 업셔 송실옥시와 문졔을 모시고"(〈됴웅젼〉완판 92장본. 상1. 이화여대 한국문화연구원 편,『한국고대소설총서(韓

여기에 제시된 그 충격적인 서사순서에서 강조한 사실은 불안한 정국의 문제였으므로, 자연스럽게 그 논의의 초점이 군-신간의 관계로 드러날 수밖에 없게 된다.

그런데 이런 군(軍)-신(臣)간의 관계가 전면에 나서는 일은 〈조웅전〉에서도 익히 볼 수 있었던 일이므로 별반 새로울 것이 없지만, 작품의 전반부에서 남(男)-녀(女)간의 결합과 이별이 주요문제로 대두하는 것은 대단히 중요한 의미로 보인다. 이런 문제가 작품의 전반부로 끌어당겨짐으로 해서 얻어지는 효과는 수직적 질서와 수평적 질서의 균등한 배분이다. 다시 말하면, 〈홍길동전〉이 순연한 수직적 질서 중심으로 이야기를 진행하고 〈조웅전〉이 수평적 질서를 문제 삼기는 해도 여전히 그 중심축이 수직적 질서에 두어졌다면, 이 〈유충렬전〉에 이르러서는 그 둘이 대등하게 다루어진다는 점이다. 이는 아마도 이 작품이 〈조웅전〉에 비해서 활자본 시대에 더 많이 찍힌 인기작품이 된 이유 중의 하나일 것이다.

물론, 이 작품에서도 모-자간의 이별과 유충렬 모친 장부인의 고난은 대단히 중요한 기능을 한다. 조웅전에서도 주인공의 모친이 겪는 고난은 남다른 데가 보이기는 하지만, 〈유충렬전〉에서는 특히 수적(水賊)에 의해서 강제로 결혼할 것이 강요되는 등 사태가 자못 심각해진다. 〈조웅전〉이 철저하게 간신 이두병의 모략과 추적에 의해 고통을 받는 데 비해서, 이 작품에 이르면 현실적으로 있을 수 있는 다각적인 측면의 고난을 감내하게 되는 것이다. 이렇게 함으로 해서 얻게 되는 효과는 유충렬 모자가 이

國古代小說叢書) 3』, 통문관, 1960, 1쪽) 여기에서도 주인공의 전기서술 같은 방식의 서두는 보이지 않는다. 제일 먼저 제시한 것은 황제가 충열묘에 나가는 사건이며, 이 사건을 빌미로 거기에 얽힌 중심인물 등의 내력을 밝혀내는 서술방식을 쓰고 있다. 기존 이론서에서 쓰는 방식대로 도식화하자면 위의 인용부분은 'A2-B3-C1'의 구성을 보인다.(이때 알파벳은 실제 텍스트의 이야기하는 서술시간 순서를, 숫자는 이야기의 시간순서를 나타내는데, 이 방식은 제라르 즈네뜨, 『서사담론』, 권택영 옮김, 교보문고, 1992, '제1장. 순서(Order)'참조)

별을 하면서 서로 다른 곳에서 겪는 고통을 한층 더 강화해주고 그 결과 주인공이 받는 고난의 중심축을 모-자의 이별 쪽에도 상당히 안배하는 것이다.

그런데, 이런 모-자 관계는 신화 전통에 비추어 특별한 내용으로 부각됨직하다. 만일 신화에서라면 조웅의 모친이 당연히 신모(神母), 곧 성모(聖母)의 역할을 했어야 할 것이다. 가령 〈주몽신화〉의 유화는 버려진 알을 품어낼 뿐만 아니라, 큰 일을 하기 위해 떠나지 못하고 멈칫대는 자식에게 빨리 길을 갈 것을 채근하고, 준마(駿馬)를 얻을 수 있도록 주선해주기까지 한다.[310] 먼저 잘 보듬어 양육하고(Holding), 잘못될 때는 금제하며(Restrict), 때가 되면 떠나도록(Detachment) 하는 것은 자식을 기르는 부모의 당연한 일이겠지만, 성모(聖母)라면 당연히 더욱 더 그래야만 할 것이다. 그러나 군담소설 주인공의 어머니는 자신이 당하는 고난에 압도된 나머지 자식을 보좌(寶座)에 앉히는 성모의 직능(職能)을 발휘하지 못하며, 심하게는 어린 자식의 짐이 되는 경우가 많아서, 모-자 관계의 새로운 양상이라고 할 만하다.

주인공 어머니의 성모(聖母)로서의 기능이 약화되면서 문제의 중심축을 수평적인 방향으로 강화해나가는 것은 여러 이별의 양상을 종합적으로 조망하여 보면 좀 더 극명해진다. 〈조웅전〉의 경우, 제일 먼저 시작된 고난의 문제는 간신의 농간에 의해서 충신 조정인과 임금이 정상적인 군-신 관계를 제대로 유지할 수 없었다는 데 있었는데, 이 문제는 곧바로 조정인과 조웅 사이의 정상적인 부(父)-자(子) 관계를 끊게 하고, 나아가서는 임금과 조웅 사이의 군-신 관계까지 막아버리게 된다. 이는 하나의 사건으로 인해 파생되는 고난이 모두 수직적인 질서에 근거하면서, 대를 이어서까지 재현되는 양상을 보여주는 것이라고 할 수 있다.

---

310) 이규보, 〈東明王篇〉, 『東國李相國集』 권3.

〈유충렬전〉이라고 해서 이런 양상에서 예외가 되지는 않는다. 오히려 더 충실하게 그 전범을 따르지만, 〈조웅전〉에서와 같은 수직적인 대물림으로만 치닫는 것이 아니라 수평적인 확산을 보여주는 것이 아주 다르다. 생명의 위협을 피해 도망 다니던 유충렬에게 강희주라는 승상이 구원자로 등장했고, 강희주는 그의 딸과 정혼하게 한다. 이는 남(男)-녀(女)관계라는 수평적 관계임이 분명한데, 이제 강승상이 임금에게 직언을 하여 정상적인 군-신관계가 또 깨어지는 형국을 맞는 것이다. 간신의 농간에 의해서 유심과 임금, 유충렬과 임금간의 관계가 깨진 데 이어서 강승상과 임금간의 관계까지 파국으로 치닫는다. 이는 확실히 유충렬을 중심으로 볼 때 고난의 수평적 확산이라고 할 만한 일이다.311)

다음으로는 〈이대봉전〉을 살펴보자. 이대봉의 결연담에는 좀 독특한 면이 있다. 다른 작품들은 모두 어느 정도의 중심갈등이 제시된 후에 결연담이 나오지만 이 작품에서는 주인공의 기본 정보가 제시된 후에 제일 먼저 나오는 것이 남주인공 이대봉과 여주인공 장애황의 결연담이다. 게다가 주인공의 기본정보라는 것도 그 이름부터가 '봉(鳳)'과 '황(凰)'으로 되어 있으므로 그들의 결합은 소설의 초입부터 당연시되던 것이었음을 알 수 있다. 이렇게 하여 남-녀간의 수평적 질서가 전면에 부상된 후 정치적인 갈등이 드러난다.

각설. 잇ᄯᅥ 황제 유약ᄒᆞ사 법영이 히리한 즁의 우승상 왕회 국권을 자바 국사를 쳐결하니 조졍 빅관이며 각도 방빅 수령이 다 왕회당이 되민 일국권

---

311) 이 점에 있어서 수직적인 질서에 수평적인 질서를 끌어들인 것으로 보기보다는 본래 수평적인 질서라고 할 만한 남-녀간의 관계에까지 수직적인 질서를 끌어들인 것이라고 볼 소지는 얼마든지 있다. 이는 앞서 소재 단위의 논의에서 잠깐 언급한 바와 같은데, 문제는 〈홍길동전〉이나 〈조웅전〉에서는 제대로 보이지 않던 수평적 질서의 문제가 강력하게 제기되는 가운데 그 연장선상에서 수직적 질서가 첨가되는 양상을 보인다는 데에 있다.

셰난 장즁의 민여잇고 만인싱샤난 손끗틱 달여쓰니 권셰 지즁ᄒ미 한국의 왕망과 진국 왕돈으계 지닉더라. 군자난 참소로써 멀이ᄒ고 소인은 아참으로써 셩당ᄒ미 국사 졈졈 살난케 되더라. 국사 이러ᄒ되 황졔난 아지 못ᄒ고 다만 소인 왕회로써 쳔하닉사를 모도 다 쳐결ᄒ니, 슬푸다! 딕명국 사직이 조모의 위틱한지라.[312]

〈유충렬전〉에서 보이는 '황실이 미약하고 법령이 불행하여'나 여기에서 보이는 '황졔 유약ᄒ사 법영이 희리한 즁'이나 어느 것이든 확실히 군담소설에서 정치적 갈등을 드러내는 상투어구라고 할 만한 것이므로 사실 이 작품과 〈유충렬전〉과는 적어도 이 문제에 관한 한 별 차이가 없다고 말할 수 있을 것이다. 실제의 기존 연구에서는 화소단위의 단락집합으로 작품을 이해하려 했기 때문에 이럴 경우 똑같다고 상정하는 것이 일반적인 관례였지만, 그리 단순하게 넘길 수 있는 것이 아니다.

〈유충렬전〉에서 이 단락은 작품의 맨 앞에 나왔지만, 〈이대봉전〉에서는 실제 작품으로 4장을 넘기고 5장째에 가서야 이 문제가 대두된다. 소설의 맨 앞에서 일반적인 정보를 제공하는 방식을 구사하는 고소설의 일반적 통례에 비추어 보자면 〈유충렬전〉의 경우는 모든 대결의 기본이 되는 것이 간신과 충신 간의 알력이라면, 이제 〈이대봉전〉에서는 그 중심 대결요소가 사실은 이대봉과 장애황 간의 만남과 이별을 둘러싸고 벌어지고 있음을 알 수 있다. 이는 이 작품에서 수평적 질서를 우선시하는 변화를 나타내주는 것인데, 그렇다고 해서 수직적 질서가 아주 나타나지 않는 것은 아니다. 이상서는 충간을 했다가 그 벌로 귀양 가다가 죽을 뻔하고 장한림은 그 소식을 듣고 원사(冤死)하고 만다. 이는 두 충신과 임금 간의 군(軍)-신(臣)관계, 두 주인공과 부친과의 부-자관계가 깨어지는 수

---

312) 〈니딕봉젼〉 완판 81장본, 상. 5면, 전집2, 381쪽.

직적 질서임에 틀림없다.

그러나 여기에서 주의해야할 점은 그들의 고난이 처음 시작은 어찌되었든 간에 다른 작품보다 더 심하게 느껴지는데, 이 고난이 이대봉과 장애황 간의 결연에서 비롯된다는 사실에 유의할 필요가 있다. 간신 왕회는 자신의 정적을 물리치는 데에서 공격을 그친 것이 아니라 장애황의 미색을 탐하여 자신의 며느리가 되기를 요구하고 그 터무니없는 요구를 피하느라 여주인고의 고초가 격심해지면서 이래저래 주인공들이 겪는 고난은 한결 더 강화된다. 이러한 사실은 이 작품 역시 〈조웅전〉이나 〈유충렬전〉처럼 수평, 수직의 양방향의 질서를 공유하고는 있지만 그 중심축이 현저하게 수평적인 방향으로 기울었음을 의미한다.

따라서 작품의 결말도 적대세력에 대한 주인공의 보복에 두어지는 것이 아니라 남녀 주인공이 못다한 인연을 다시 맺는 데 있는 것이다. 작품의 후미부분에 가면 주인공이 겪던 모든 고통의 주범이라 할 수 있는 역적 왕회를 대적하여 결국 승리로 이끄는 대목이 있는데, 어떻게 처리하는지 살펴보자.

> 왕회을 계하의 다시 꿀이고, 초왕이 청용도을 드러 왕회 목을 젼우며 "웬수 왕회놈을 되칼의 벼힐거시로딕 우리 부자 쳔힝으로 사라나셔 국은이 망극한지라 황상의 너부신 셩덕을 싱각하야 너도 우리 부자와 갓치 원챤하니 황상의 은덕을 죽은 귀신이라도 잇지말나." 하시고 차의을 황졔게 고하니 상이 초왕의 인션하믈 칭챤하시더라313)

〈조웅전〉이나 〈유충렬전〉에서는 주인공에 맞섰던 대적자(對敵者)에게 복수 차원에서의 대응이 나왔었는데, 이 〈이대봉전〉에서는 황제의 성덕

---

313) 〈니딕봉젼〉 완판 81장본. 하. 29면, 전집2, 415쪽.

에 누가 된다는 구실로 직접적인 대응을 피하고 있다. 이를 어찌 보면 중세적 질서에 매몰된 것으로 볼 수도 있지만, 조웅이나 유충렬에게 닥친 고난이 수직적인 것으로 인식되어서 임금과 부친의 원한을 갚는 것을 그 고난극복의 지표로 삼았다면, 이제 이 작품에 이르러서는 그에게 닥친 고난이 수평적인 관계를 금제하는 데에서 발생하는 것이라고 파악할 수 있다. 즉, 원한을 갚는 복수보다는 못다한 인연, 못다 한 사랑을 하는 한(恨)풀이에 중심을 두고 있다고 하겠다.

〈이대봉전〉에서 고난의 중심축이 수평적인 것으로 확 기운 것이 확인되었는데 그런 양상은 〈유문성전〉에서는 거의 완전할 정도로 전도된 모습으로 드러난다. 〈유문성전〉에서는 남주인공 유문성보다 여주인공 이춘령이 먼저 서술되는 만큼 여주인공의 위상을 높여놓은 것인데, 문제의 심각성은 그런 여주인공의 위상 높이기와 맞물려 남성의 지위가 대단히 낮아졌다는 데에 있다. 남주인공과 여주인공의 인물설명 대목을 비교하여 보면 이런 상황을 명확히 깨달을 수 있다.

셰샹에 거릴거시 업스나 다만 실하에 일점혈육이 읍서 미양 한탄ㅎ더니 일일은 샹셔 일몽을 어드니 하늘로셔 흔 션녀 구름을 타고 공즁에셔 외여 왈, "그딕 ᄌ식이 업셔 미일 흔탄ᄒ기로 일기 옥녀를 졈지ᄒᄂᆞ니 남자 안임을 한치 말고 귀히 기르소셔. 년긔 차면 만죵록을 밧어 령화 일국에 진동ᄒ리이다."ᄒ거날, 샹셔 듯고 황홀ᄒᆞ야 다시 텬샹을 바라보니 심셩이 쩌러져 압혜 나려지거늘 밧어 부인 림씨ᄭᅴ 들인딕 림씨 바드랴홀 셔ᄭᅵ다르니 남가일몽이라. 셔로 깃거ᄒ고 위로ᄒ여 왈, "지셩이면 감텬이라 ᄒ오니 텬우신죠ᄒ와 귀ᄌ를 볼가." 바라더니 과연 그달붓터 튀긔 잇셔 십삭 차미 일일은 집안에 치운이 영롱ᄒ고 향닉 진동ᄒ더니 홀연 부인이 일기 옥녀를 탄싱ᄒ니 이쌔는 계축년 ᄒ사월 초팔일이라.[314]

이째 마참 여남북촌 류문셩은 류승상의 아돌이요 년광이 십륙셰라. 위인이 준수ᄒᆞ고 학문은 사마쳔의 문장이며 두목지에 풍치와 소진 쟝의에 구변을 겸ᄒᆞ엿ᄂᆞ지라.315)

앞의 부분은 여주인공 이춘령의 인물설명을 뒤의 부분은 유문성의 인물됨을 설명하는 부분이다. 물론 앞의 부분 뒤에도 이춘령의 요조숙녀다운 자태라든지 부덕(婦德)을 극찬한 대목은 많지만, 적어도 그 영웅성의 근거를 나타내는 부분은 바로 여기일 것이다. 그도 다른 영웅처럼 늦도록 자식이 없던 차에 귀한 꿈을 꾸고 얻은 비범한 인물이다. 그런데 바로 뒤에 이어지는 남주인공 유문성에 대한 설명 부분은 불과 두 줄이 못되게 간략히 처리 되었을 뿐만 아니라 군담소설은커녕 여타의 소설에 비해볼 때도 너무나 미약하게 처리되어 있다. 물론, 이 정도의 설명도 그 현실성을 따져볼 때 사실은 대단한 과장이겠지만 사마쳔, 두목지, 소진, 장의 등등은 남자의 글재주, 용모, 구변 등을 설명할 때 꼭 따라다니던 일종의 상투어구이므로 어디에나 있을법한 좀 능력이 출중한 사람 정도에 지나지 않는다.

물론, 서두 부분을 지나서 작품의 곳곳에 두 주인공의 능력을 묘사하면서 하늘로부터 받은 천부적인 재능 등을 드러내지 않는 것은 아니지만, 적어도 작품의 서두에 '고귀한 혈통'이니 '신이한 탄생'이니 하는 것을 전혀 드러내지 않은 사실은 대단한 변화이다. 그래도 신이한 탄생이라고 할 만한 사람은 여주인공뿐이어서, 작품의 시작부터 일반 군담소설과는 확연히 구분되고 있는 것이다. 이렇게 되면 지금까지 보아온 작품들처럼 네 가지 관계가 고루 나타날 조짐은 아예 보이지 않고 처음부터 남(男)-녀

314) 〈류문셩젼〉, 조선도서주식회사, 1925, 『활자본 고전소설 전집』5, 아세아문화사, 1976, 291쪽.
315) 〈류문셩젼〉, 같은 책, 291-292쪽.

(女)간의 결연과 이별, 재회로 이어지는 양상을 띤다. 우선, 이 작품을 상당히 많이 읽어 나가도 소위 충신과 간신간의 알력이 표면화되지 않는다는 사실부터가 중대한 변화라면 변화이다.

이춘령의 아버지 이승상이나 유문성의 아버지 유승상도 여느 군담소설 주인공의 아버지처럼 고초를 치르지만, 그 고난의 원인이 사뭇 다른 데 있어서 주목을 요한다. 간신이 모함했다거나 외적의 침입으로 곤경을 받는다거나 하는 것이 아니라, 자신의 딸과 유문성이 정혼을 했는데 그것을 파기하라는 왕명(王命)을 거역한 죄로 투옥되는 것이다. 물론 거기에 간신의 농간이 없던 것은 아니지만, 적어도 여기에서의 주된 문제는 양가의 결연이었고 이 결연을 방해하는 세력에 대한 항거 때문에 이들이 투옥될 뿐이라는 점이 이 작품을 다른 군담소설과 구분 짓는 특징이 된다. 왕실의 회복이나 역적(逆賊)의 응징 같은 이념적 가치 약화된 상태의 사적인 문제에 집중하고 있다는 뜻이다.

게다가, 유문성의 부모는 옥에서 풀려나온 뒤 득병하여 곧바로 죽으므로, 그나마 부(父)-자(子) 관계에서의 이별과 재회 등이 드러날 근거는 거의 없어지게 된다. 여기에서 그들의 죽음에 간여한 적대인물을 찾기는 어렵기 때문에 이 부자간의 이별에서 원한이 맺혀지기는 어렵다. 더욱이, 이 작품에서 가장 중요한 기능을 하는 간신 달목과의 대결은 사실 유문성의 부모가 죽은 뒤에 그가 다시 이춘령을 요구하면서 생기는 일이므로 부-자간의 수직적 관계에 정치적인 알력이 개재될 틈이 없는 것이다. 이렇게 되면 앞서 살핀 대로 이 작품에는 여타의 군담소설과 같은 군-신간의 이별이라고 할 만한 대목이 별로 없는 데다 딱히 부자간의 이별이라고 할 만한 대목도 찾기 어려운 형편이어서 작품 전체의 구조는 앞의 〈이대봉전〉에 비하여 보더라도 한결 더 철저하게 수평질서 중심으로 짜여 있다고 말할 수 있다.[316)]

신화에서 '부친탐색담'으로 통칭되는 모티프는 자신의 뿌리를 찾아나서는 근원 찾기이면서 역설적으로 한편으로는 자신의 정체성을 찾음으로써 아버지로부터 독립된 독자적인 자신의 세계를 구축하기 위한 서사이다. 주몽이 천신(天神)의 자손임을 알고 길을 나서는 것이나, 유리가 아버지 찾기를 위한 수수께끼 풀이에 나서는 것은 다 그런 맥락에서 이해할 수 있다. 그런데 고소설의 끄트머리를 장식하는 〈유문성전〉쯤에 오게 되면 부친 탐색에는 아예 관심을 갖지 않는다. 자신의 근원 같은 신화 전통의 오랜 주제보다는 배필을 찾아 가정을 이루는 평범한 문제에 귀착되는 것이다.

3) 군담소설 서사구조의 변화

지금까지 이별이라는 점에 주목하여, 군담소설에 드러나는 서사구조로 인식되어온 '고난과 그 극복'의 의미에 대해 해명해보았다. 이제 인물들과의 이별이라는 측면을 중심으로 하여 〈홍길동전〉에서 〈유문성전〉까지의 구조변화를 일별하면 다음과 같다.

먼저 군담소설의 그 고난의 종류에 따른 구조를 살펴보자.

〈홍길동전〉에서는 군담소설 구조 특유의 네 가지 이별이 고르게 드러나지 않고, 굳이 든다면, 부(父)-자(子)간이나 군(君)-신(臣)간의 이별과 재회만이 문제가 되고 있다. 또 그 재회 역시 이별이 구체성을 띠지 않고 있는 것과 마찬가지로 직접적으로 드러나지 않고 간접화되어서 그런 방

---

316) 결국에는 힘에 굴복한 아버지가 강제로 혼약을 하게 되고, 이 혼약에 반대하는 주인공이 어려운 힘겨루기를 하는 양상은 다른 작품에서도 어렵지 않게 찾아볼 수 있다. 일례로, 김영선, 「〈양산백전〉의 구조와 의미」, 『청람어문학』3, 청람어문학회, 1990)에서는 〈양산백전〉에서 "부권과 자녀의 애정이 갈등관계를 형성하는데, 남녀 주인공이 이고난을 극복함으로써 남녀애정에 대한 주장이 옹호되고 유교의 효가 부정된다"(100쪽)고 보았는데, 이런 사실은 바로 수직적 분리보다 수평적 분리에 더 큰 의미를 둘 때 생겨날 수 있는 양상이다.

향으로의 암시만 가능하게 할 정도에 머문다. 반면, 〈조웅전〉에서는 군담소설 특유의 네 가지 이별이 다 드러나는데 특히 군(君)-신(臣), 부(父)-자(子)간의 관계가 그 중심에 서고 모(母)-자(子), 남(男)-녀(女)간의 관계는 그에 종속되는 형식으로 구성된다. 나아가서 〈유충렬전〉에 이르면 그 네 가지가 가장 균등하게 평형을 유지하고 있지만, 유충렬 어머니와 정혼자의 고통을 극대화시킴으로 해서 모(母)-자(子), 남(男)-녀(女)간의 수평적 질서를 중시하는 경향을 강하게 드러낸다. 다음의 〈이대봉전〉은 처음 시작부터 모든 고난의 근원이 남(男)-녀(女)간의 수평적 질서에서 야기되는 것이었고 이런 상황은 〈유문성전〉에서 극대화된다. 〈유문성전〉에서는 부(父)-자(子)간, 군(君)-신(臣)간의 이별이 간신의 농간이라는 한 가지 이유에서 파생되는 것이 아니라, 그럴 소지는 아예 없애버린 상태에서 남(男)-녀(女)간의 문제로만 집약된다.

이렇게 되면, 맨 처음의 〈홍길동전〉에서는 원(怨)과 한(恨)이 구체화되지 않은 채 막연한 적대감과 괴로움이 호소되었다면, 〈조웅전〉에서는 원(怨)에 중심을 두고 문제를 풀어나가는 구성방식을 택하고 있으며, 〈유충렬전〉에서는 원(怨)과 한(恨)이 고른 비중으로 균형을 취하고, 〈이대봉전〉에서는 그 둘이 균형을 이루기는 하지만 한(恨)으로 문제가 기울게 되며, 〈유문성전〉에서는 아예 한(恨)으로만 집중되는 것으로 볼 수 있다. 그런데 한(恨)은 사실 애정소설이나 판소리계 소설 등 어디에서도 흔히 보이는 것이므로 신기할 것이 없지만, 원(怨)의 문제는 군담소설에 두드러지는 특징이므로 좀 더 신중한 논의를 요한다. 특히 군사력을 동원한 해결방법을 쓰는 군담소설의 경우는 어떤 방식으로든 완전한 문제해결, 곧 원(怨)에 대한 복수와 한(恨)에 대한 풀이를 도모하는 것이 상례이므로 이는 대단히 중요한 논의거리가 될 것이다.[317] 이는 결국, 수평적 질서

---

317) 일반적으로 그 둘을 함께 설명할 수는 있어도 근본적으로는 원(怨)의 문제가 상대방과의 관계에서 생긴 피해라면, 한(恨)의 문제가 상대방과 못다 한 정(情) 때문이므로 전

와 수직적 질서, 원과 한, 강한 부성(父性)의 회복과 자애로운 모성(母性)으로의 회귀 등의 대립구도를 작품을 통해 드러낸 것이라고 하겠다.318)

다음으로는 서두부분에서 정보제시와 불화요소 표출간의 상관관계를 살펴보자.

〈홍길동전〉의 서두는 전통적인 방식대로 주인공 홍길동에 대한 정보제시가 시작된다. 홍길동 아버지의 이야기와 꿈과 잉태과정 등을 통해 홍길동의 출생문제가 나오는 것이다. 그리고 그 불화요소로 꼽히는 서출문제는 사실 홍 판서의 꿈과 정실부인의 동침 거부 등의 사건이 끝난 연후에나 나오는 것이었다. 그런데 〈조웅전〉에 이르면 맨 처음 나오는 것은 그런 사전 정보제시가 아니라 하나의 기준 시점(송문제 즉위 23년)을 제시하고 그것을 다시 거슬러 올라가는 방식을 택하면서 갈등요소를 제시한다. 또 〈유충렬전〉에 이르면 아예 맨 처음부터 갈등요소를 제시하는 것으로 이야기의 서두를 열어서 독자의 관심과 호기심을 촉발하기 좋은 구조로 되어 있다. 이는 단순히 독자의 관심도 문제만이 아니라 군담소설은 단순히 '영웅의 일대기'라는 순차적 시간배열을 진행한다는 고정관념을 무색하게 하는 것이다.

〈이대봉전〉에서는 두 인물의 사전정보제시가 먼저 드러난다는 점에서 서두부분이 그리 특별할 것은 없지만 그 뒤에 갈등요소로 제시된 것이 정

자는 적대자에 대한 보복으로 후자는 강제로 분리된 자기편과의 재회로 마무리되게 마련이다. 따라서 전자의 문제는 직접적 응징만으로도 쉽게 해결되지만, 후자의 경우는 상대의 응징으로 분리된 구성원과 재회할 수 있는 기회를 얻는 식의 간접화 방식을 쓴다.

318) 논의의 방향이 약간 다르기는 하지만 강상순, 「〈구운몽〉과 영웅소설의 소설사적 상관성」(정규복 외,『金萬重文學硏究』, 국학자료원, 1993)에서는 〈구운몽〉을 家父長制의 강화와 소설의 대응이라는 측면에서 논하면서, 영웅소설의 창작과 수용의 역사적 의미를 이해하는 핵심 사항으로 "체제일탈적이면서도 동시에 당대 전사회에 지배적인 가부장제 이데올로기에 침윤된" 환타지를 들었다. 이는 필자의 논지와 마찬가지로 후대의 소설들이 신화 등의 영웅적 능력을 계승한 주인공의 일대기 정도로 단순화될 수 없음을 보여준다.

국의 불안이나 충신이나 간신간의 알력이 아니라, 한 여자를 사이에 둔 힘겨루기 형국이어서 앞서 다룬 작품들과는 판이한 성격을 보인다. 이런 사정은 〈유문성전〉에서는 한 걸음 더 나아가서, 그 서두부분에서는 여주 인공 이춘령에 대한 사전정보만 충실히 제공하고 남주인공 유문성에게는 그런 영웅적(英雄的) 가계(家系)나 출생(出生) 등에 대한 언급을 피해버 리는 구성방식을 택하고 있다. 이런 변화는 사전정보 제시와 그 이후의 갈등이라는 도식적이고 상투적인 전개방법을 벗어난다는 의미 외에도, 그 갈등요소를 다양화하는 한 방법으로 이해될 것이다.

지금까지 살핀 대로, 군담소설은 구조적 측면에 있어서 그 접근시각을 조금만 달리하면 매우 다양한 방식으로 변전되어왔음을 알 수 있다. 이런 상황을 판단하기 위해서는 기존 논의에서처럼 단순히 신성성(神聖性)에 서 세속성(世俗性)으로, 영웅(英雄)의 일대기에서 범인(凡人)의 일대기로 변화한다는 식의 편(偏)내용주의적 방법을 벗어나서 좀 더 개방적인 시각 이 필요함이 밝혀진 셈이다. 부친의 신성성에 기댄 부친탐색담은 소거되 고, 부친의 힘이 극히 미약해져서 부친이 주인공의 짐이 된다든지, 나아 가 세속의 최고 권위를 지닌 황제조차도 주인공의 훈계를 들어야 하는 딱 한 인물로 드러나는 것은 신화 전통에서 보자면 상당한 일탈이다. 게다가 모자의 이별 역시 성모(聖母)를 떠나는 영웅의 모습은 소거되고 단순한 정리상(情理上)의 문제로 축소되며, 남녀(男女)간의 결합과 이별 역시 하 늘과 땅 같은 이질적이며 대극적인 존재의 결합과는 거리를 두는 속화된 인간의 이야기일 뿐이다. 이런 점들에 비추어 보면 군담소설은 그 외형상 신화를 닮았지만 그 내용상으로는 아예 다른 서사를 보인다고도 할 수 있 겠다. 이러한 형식과 내용의 괴리는 다른 갈래의 소설을 살필 때도 유용 할 것이다. 거꾸로, 외형상 신화와는 상당한 거리를 두지만 내용상으로는 도리어 신화적 특성을 많이 갖고 있는 소설도 있기 때문이다.

3. 결연담과 애정의 문제

1) 군담소설과 애정

신화에서 남녀의 결합을 다루는 이야기는 아주 흔하다. 어쩌면 그러한 결합이 없다면 창세도 영웅도 존재할 수 없을지도 모를 정도이다. 신성혼(神聖婚)으로 명명되는 결합이 신화의 첫머리에 놓이기 일쑤인 것이다. 환웅과 웅녀, 해모수와 유화의 결합이 그런 예이며, 바리데기와 무장신 등이 그런 예이다. 세계의 신화에서도 애정을 다룬 작품이 제법 있고, 그것이 자신이 이겨내기 어려울 정도로 지난한 것이라는 점에서 영웅적인 특징을 갖기도 한다. 예를 들어, 잉카 제국의 올란타이와 쿠시콜루르의 사랑 이야기를 보자. 올란타이는 용맹스러운 전사로 황제 잉카의 충신이었다. 그러나 그는 잉카의 딸 쿠시콜루르와 사랑에 빠지고 말았는데 이는 국법으로 엄하게 금하는 것이었다. 그들은 몰래 사제에게 가서 결혼을 하려 했으나, 사제는 태양신의 후예인 잉카의 딸과 평민이 결혼할 수는 없다고 했다. 올란타이는 자신들이 결혼하는 것이 죄가 아니라 떼어놓는 것이 더 큰 죄라고 말했지만 받아들여지지 않았다. 얼마 후 쿠시콜로루는 임신을 했고, 아버지 잉카는 그녀를 태양의 여사제에게로 떠나보냈그 곳은 금남(禁男) 구역이었다. 쿠시콜루르는 예쁜 딸을 낳아 그곳에서 지냈고, 올란타이에게는 사형이 결정되었다. 올란타이의 부하들이 완강히 저항했으나 결국 올란타이는 붙잡혀서 수도로 압송되었다. 그러나 압송되어 가던 도중, 잉카의 사망 소식을 듣게 되었는데 후계자인 잉카의 아들은 바로 올란타이의 죽마고우였다. 황제가 된 잉카의 아들은 아버지의 명령을 어길 수 없다며 마지막으로 할 말이 있거든 해보라고 했다. 올란타이는 이렇게 말했다. "내가 황제의 반역자가 아니라 법이 사랑의 반역자이다.", "누가 누구를 사랑하게 되는가를 결정하는 것은 사람이 아니라 신

들이다." 황제도 끝내 그들의 사랑을 막을 수 없었다.[319)]

　문제는 군담을 중심으로 하는 군담소설에서, 정도는 약하겠지만, 애정이 도드라진다는 것이다. 군담이 중심이 된다는 것은 전쟁에서의 경험이 전면에 나선다는 뜻이므로 이야기는 자연스럽게 남성중심으로 흐르기 십상이다. 이런 점에서 남성들 사이에서의 의리와 우정, 정치적인 알력, 힘겨루기 등은 바로 군담소설의 좋은 소재가 될 것으로 추측해 볼 수 있다. 그런데 실제 작품을 살펴보면 이념적, 정치적 갈등에 의해서 상대방과의 싸움을 벌이는 것은 흔하지만 남성세계 특유의 그러한 성향을 찾아보기는 어렵다. 도리어 앞 절에서 살핀 대로 정혼자를 지키겠다는 이유로 시련을 감내해야 하는 내용을 담은 〈유문성전〉 같은 작품까지 버젓이 등장하는 것이다.

　이렇게 된 데에는 아무래도 고소설 독자층이 작용한 듯하다. 알려진 대로 고소설의 주독자층이 여성이었고, 상업성을 키우기 위해서라면 여성들의 기대에 부응하는 쪽으로 서사를 변전시킬 필요가 있었다. 실제로 여성들에게 '-록(錄)'계 소설을 읽고 '-전(傳)'계 소설을 읽지 말라고 했다는 것은[320)], 거꾸로 당대의 여성들이 가정의 윤리 등이 부각되는 전자보다 애정 문제 등이 부각되는 후자에 심취해있었다는 뜻이며, 또 그만큼 많은 독자층을 확보한 작품들임을 상기할 필요가 있다. 문제는 우리 고소설사에서 상식을 뒤엎고 애정소설이나 사회문제소설 등보다 오히려 군담소설로 분류되는 작품군들이 더 흥성했다는 점이다. 이렇게 본다면 우리가 흔히 군담소설로 통칭하는 소설들은 본격적인 군담을 다루는 것 이외에 또 다른 부담을 안고 있다. 다른 부류의 소설이 상대적으로 미약했기 때문에

---

319) J. F. 비얼레인,『세계의 유사신화』, 현준만 옮김, 세종서적, 1996, 207-200쪽. 비얼레인은 '사랑이야기'를 한 장으로 독립하여 세계 각국의 유사신화들을 소개해놓고 있다.
320) 이는 이원주,「고전소설독자의 성향-경북북부 지역을 중심으로」(『한국학논집』3집, 계명대학교 한국학연구소, 1975)에서 실제 독자들을 대상으로 얻어낸 결과이다.

그 부류에서 짊어져야할 역할까지 떠맡아야 했던 것이다. 이는 역으로 군담소설이 특정단계에서 독자들로부터 굉장한 호응을 얻게 되자 그 호응을 빌미로 애정문제나 사회문제를 끌어들인 것으로 볼 수도 있다. 군담소설을 '대중소설'의 영역에서 다루고자 할 때, 군담과 더불어 '애정'이 강조되는 것은 당연한 일이다.[321]

그런데 이처럼 어떤 군담소설에서든 사랑이나 애정까지는 몰라도 남녀간의 결연 문제는 보편적으로 등장하는 점은 대단히 독특하며 작품별로 차별성을 보인다. 흔히 천편일률적(千篇一律的)이라고 폄시되기도 하는 군담소설에서 결연담이 서로 다른 양상으로 전개된다면 군담소설 전체를 새롭게 조망하는 방안을 세우거나 소설사적 흐름을 파악하는 데 큰 도움이 될 것이다. 나아가 이런 문제의 해결은 우리 소설에서 애정 자체가 어떤 식으로 수용되었는가를 살피는 단서를 제공할 수도 있다.

더욱이 우리의 소설사를 살필 때 소설의 주요독자층으로 부녀자층을 빼놓을 수 없는 사정이고 보면, 군담소설이라고 할 때도 군담자체의 대결 이상으로 군담과 얽힌 남녀간의 결연 문제를 소홀히 넘길 수 없다. 물론 작품의 분석과정에서 체제의 유지와 개혁, 중세질서의 지속과 재편, 민중성과 통속성, 국가의 위난과 그 극복 등등의 문제를 추출해낼 수는 있겠지만 연구의 시각을 그쪽으로만 편중시키는 것은 당대적 입장을 도외시하고 현재의 연구자의 관심만을 필요이상으로 투영한 결과일 수 있다. 따라서 이에 대한 천착은 기존의 전개론, 기존의 유형화방안 등과는 다른 시각에서 군담소설을 새롭게 조망할 수 있는 기회를 마련해줄 수 있을 것이다.

문제는 군담소설의 애정 문제가 주된 군담 플롯의 보조 역할을 하는 데 그치지 않고 때로는 중심서사로 작동한다는 점이다. 작품의 실상을 볼 때

---

321) 임성래의 『조선후기의 대중소설』(태학사, 1995)은 대중소설적 견지에서 작품을 조망하고 있다.

우리의 군담소설이 비록 '군담'이라는 명칭을 사용하기는 하지만, 실제 군담의 역할은 전체 서사에서 미미한 편이어서 독서에 있어 주된 흥미소가 되기 어려운 측면이 있다. 이는 우리의 군담소설이 중국의 연의소설이나 서구전통의 피카레스크 전통과는 상당히 다른 지점에 서있음을 뜻한다.

이런 입장에서 군담소설에 내재한 남녀간의 결연, 혹은 그들간의 애정이라는 소재를 중심으로 그 전개양상을 논의할 때 작품의 개별성은 물론 앞서 논의한 신화 전통 내에서의 여신(女神)의 문제와도 연계하여 이해해 볼 가능성이 열릴 것이다.

2) '애정'소재의 전개양상

군담소설의 맨 앞자리에 서는 〈홍길동전〉에서 애정 문제를 꺼내기는 무척 어렵다. 이 작품에는 여타의 군담소설에 보이는 것 같은 결연담도, 연애담도 존재하지 않는 것이다. 있다고 한다면 결연이 아니라 단순한 남녀 결합 정도의 의미를 지니는 것이 존재할 뿐인데, 바로 이 점이 후대의 애정과는 다른 초기 양상이라고 할 수 있다. 〈홍길동전〉에서 해당대목을 제시하면 다음과 같다.

길동이 그놈의 자분 칼을 아셔 무슈흔 율동을 다 버히고 바로 드러구 여주 삼인을 죽이랴ᄒ니 그 여주 울며 왈, "**쳡**등은 요귀 아니요, 불힝ᄒ여 요귀의 게 잡피여 와 죽고져ᄒᄂ 틈을 엇지 못ᄒ여 죽지 못ᄒ엿ᄂ이다." 길동이 그 여주의 셩명을 무르니 ᄒ나흔 낙쳔현 빅능의 여주요 쏘 두 여주 졍통양인의 녀주라. 길동이 셰 여주을 다리고 도라와 빅뇽을 추주 이 일을 셜파ᄒ니 빅뇽이 평싱 수룽 ᄒ던 여주을 추즈미 만심환희ᄒ여 쳔금으로 딕연을 빅셜ᄒ고 현당을 모와 홍싱으로 수회을 스므니 인인이 층찬ᄒᄂ 소릭 진동ᄒ더라. 쏘 졍통양인이 홍싱을 쳥ᄒ여 수례 왈, "은혜을 갑풀 긔리 업스니 각각 여주

로 시쳡을 허ᄒᆞ느이다." 길동이 나히 이십이 되도록 봉황의 쑹뉴을 모로다ᄀ
일조의 삼부인 슉녀을 맛느 친근ᄒ니[322)

위에서 보듯이 홍길동과 여자와의 결합은 천정배필(天定配匹)도, 부모
의 주선도, 자신의 애정도 아닌 단순한 결합 그 자체였다. 홍길동은 율동
이라는 괴물을 퇴치했고, 그 결과 괴물에게 잡혀있던 여자와 결합할 수
있었을 뿐이다. 그런데 여기에서 괴물의 퇴치와 여자를 구한 것과의 사이
에는 상당히 중요한 의미가 내재하고 있어서 섣불리 보아 넘길 수 없다.
'홍길동-괴물-여자'와의 관계는 먼저 '괴물-여자'와의 관계가 이루어지고
난 뒤 '홍길동-괴물'간의 관계를 거쳐 '홍길동-여자'와의 관계로 전이된다.
이는 맨 첫 단계에서 괴물이 여자를 납치해가면서 괴물과 여자가 일종
의 주종 관계, 더 심하게 말하자면 소유관계에서부터 이 문제가 출발함을
말해준다. 부당한 일이기는 해도 여자는 괴물의 소유물이었는데, 홍길동
이 괴물을 처치함으로 해서 그 괴물의 소유로 있던 여자를 자연스럽게 취
하는 일련의 과정인 셈이다. 물론 이 인용대목 앞에 백룡이 자신의 딸을
찾는 자를 사위로 삼겠다는 말이 있기는 하지만, 이 괴물퇴치 삽화가 꼭
있을 필요가 있었던 것도 아니고, 또 홍길동이 여자에게 큰 관심이 있었
던 것도 아니다. 다만 홍길동은 괴물을 퇴치했고, 그 괴물의 소유로 있던
여자가 홍길동에게 떨어진 것뿐이다. 이런 의식에는 여자를 하나의 전리
품 정도에 묶어두던 사고방식이 숨어있음을 간과할 수 없다. 더욱이 나머
지 두 여자를 취하게 되는 경위는 그 부모가 달리 사례할 길이 없으니 시
첩으로 두어달라는 식의 논리에 따른 것이니, 사실은 사례품 정도에서 크
게 벗어나지 못하고 있다.[323)

---

322) 완판 36장본 〈홍길동전〉 28장, 전집3. 470쪽.
323) 물론 이런 모티프는 흔히 알려진 대로 '지하국대적제치설화(地下國大賊除治說話)'에
     서 온 것이다. 문제는 그런 설화가 단순히 별 개연성 없이 들어오면서 본래의 무게를

여자가 전리품으로 인식되는 것은 문학뿐만 아니라 실제 역사에서도 흔하게 나타난다. 노예와 여자가 인간으로 취급되지 않고 전쟁의 승패에 따른 전리품으로 통용되었던 예는 어렵잖게 찾아볼 수 있는데, 이런 사정은 동서를 막론하고 마찬가지인 듯 싶다. 서구 문학전통의 로만스에서도 초창기의 작품은 대개 결연담이 남성의 무용담에 삽입되어 있는 정도였다. 중요한 것은 남성들의 무용담일 뿐 여자의 존재는 그리 중요하지 않았으며, 남성들이 여자에게 구애를 하고 목숨을 걸듯이 덤벼드는 것은 좀 더 후대의 기사도 문학에서나 가능한 일이었다. 따라서 초기의 문학에서는 대개 남성들의 무용담이 한참 진행된 이후에 그 결과로 여자가 주어지기 때문에 여자의 기능은 그 무용담을 멋진 것으로 꾸며주는 기능에 지나지 않았다.[324]

이럴 경우의 남녀결연담은 아무리 잘 나가봐야 하나의 삽화 이상의 구실에 지나지 않는다. 삽화란 빠져나가도 전체 이야기에 큰 지장을 주는 것이 아니다. 홍길동이 여자와 결합한 것이 앞에서 벌어진 일 때문에 생겨난 필연적인 것도 아니고 또 뒤에 일어날 사건에 제약을 주는 요소도 아니다. 굳이 의미를 부여하자면 이로 인해서 홍길동의 영웅성이 더 돋보이게 하는 정도의 기능을 갖는다. 또 어떤 용감한 행위의 결과로 얻어지는 결합이기 때문에 영웅적 행위의 뒤에 설 수밖에 없고 이 점에서 결연담의 위치는 작품의 후반에 위치한다. 완판 36장본만 하더라도 앞의 인용 대목은 36장 중 28장째에 나오는데, 이는 여타의 군담소설에 비교해 본다면 그 유례를 찾기 어려울 정도로 후미에 위치하는 것이다.

이런 사실은 뒤에서 비교적 자세하게 거론되겠지만 〈홍길동전〉을 후대

잃고 장식성을 띠게 된 것이다.

324) 서구문학에서 애정이 장식적 역할을 하다가 주된 요소로 변전되는 상황에 대한 언급은 기존 이론서에서 쉽게 찾아볼 수 있다. Gillian Beer, 『로망스』(문우상 역, 서울대출판부, 1980)이나 이언 와트, 『소설의 발생』(전철민 역, 열린 책들, 1988) 제5장 '사랑과 소설', 재크린 살스비, 『낭만적 사랑과 사회』(박찬길 역, 민음사, 1985)등등.

의 작품과 변별시키는 중요한 자질이 된다. 주인공의 독자적인 힘으로, 본래 아무 관계가 없는 여자와, 작품의 후반에서, 전체플롯과 유기적 연계성 없이 이루어지는 결연담은 바로 후대 작품의 그것과는 정면으로 배치되기 때문이다. 이 점에서 〈금방울전〉, 〈장백전〉 등도 부분적으로는 이 작품과 상통한다. 이들 작품에는 모두 요괴퇴치담과 그 결과로 인한 남녀결연이 이루어지고 있다.

다음으로, 〈조웅전〉은 여러 가지 정황으로 미루어볼 때 군담소설 중에서는 비교적 초기의 작품인 것으로 추정된다.[325] 먼저 결연대목 부분을 살펴보자.

잇써예 통쇼을 긋치고 월하의 비회ᄒ야 무슨 쇼식이 잇슬ᄀ 브라되 동시 동졍이 업난지라. ᄌ탄 왈, "다만 거문고 곡됴만 알 ᄯᄯ롬이요, 통쇼곡됴난 아지 못ᄒ고, 예ᄉ힝긱의 통쇼로 아난ᄀ시푸니 익돕쏘다!" ᄒ고 ᄌ탄만 ᄒ더니, 이윽ᄒ여 풍월 읊난 쇼리 반공의 쇼ᄉ나거날 드르니 산호칙을 드러 옥반을 씨치난 듯 활달ᄒ 므음을 이긔지 못ᄒ야 즁문을 열고 뉘졍의 드러ᄀ니 인젹은 고요ᄒ고 월식은 숨경이라. 후원별당의 등쵹이 영농ᄒ듸 풍월쇼리 나난지라 동용이 문을 녈고 완연니 드려안져 ᄉ면을 둘러보니 분벽사창의 병풍을 둘넛ᄂᆞ듸 풍월ᄒᄂᆞᆫ 옥녀 침금의 비곗다ᄀ 웅을 보고 듸경ᄒ야 침금을 무름쓰고 젼신을 곱쵸거날 웅이 등하의 안ᄌ 예셩 왈, "쇼졔난 놀뉘지 마오. 나ᄂᆞᆫ 쵸당의 유ᄒ온 손이옵더니[326]

325) 비교적 초기라는 말은 약간의 해명이 필요하리라 본다. 〈조웅전〉이 〈유충렬전〉보다 앞설 것이라는 사실은 쉽게 이해될 수 있지만, 〈장풍운전〉이나 〈소대성전〉에 비해서는 그렇지 않을 가능성이 높으므로 상당히 후대의 변모형으로 파악하는 것이 가능하고 실제로 강상순(1991) 같은 예에서는 앞의 장에서 살폈듯이 후대적 변모형으로 파악한 바 있다. 그러나 이는 조동일 등의 예에서 보여준 것과 같이 목판본과 활자본으로 두루 여러 차례에 걸쳐 나타나는 작품들만을 염두에 두었을 때 수긍할 수 있는 말이지, 상업적 목적으로 다량으로 산출된 개화기 어름의 많은 작품들까지 계산에 넣는다면 상당히 초기형이 될 것이다.

인용문에서 확인되듯이 일단 대단히 충격적인 결연방식을 택하고 있는 것이 이 작품의 특성이다. 이 인용부분 뒤에는 여자의 거센 반발에도 불구하고 꽃 본 나비가 불을 두려워하며 물 본 기러기가 어옹을 두려워하겠느냐며 조웅이 강압적으로 뜻을 이루는 대목이 나온다. 이 경우 이런 결연을 조선조의 전통윤리에 항거한 인간애적 발로로 볼 것인지, 아니면 〈홍길동전〉에서와 같은 소유의 의미로 볼 것인지는 매우 중요한 관건이다.327) 이 대목에서 여자가 요구한 것은 다름 아닌, 혼인의 예였고 이 점은 어느 사회에서나 보편적으로 인정되는 관례였는데 조웅은 그런 사실을 완전히 무시했고, 이 점에서 대단한 파격이 일어난다. 이런 결합은 사실 '야합(野合)'에 지나지 않는 정도로328) 애정에 대한 자각이나 이념적 문제 이전의 단순한 결합으로 파악된다.

그러나 문제는 이런 일이 있고난 뒤의 주인공의 처신이다. 부채를 신표(信標)로 주고 떠나는 것으로 보아서 당사자들간의 완벽한 합의가 도출된 것처럼 보일 수도 있지만, 실제 작품에서는 이 이후에 이들간의 결연이 플롯에 별 영향을 주지 못한다. 조웅은 조웅대로 영웅적 행위를 하고, 그 행위의 결과로 영달하며 영달의 한 본보기로 장소저와의 재결합이 설정되어 있을 뿐이다. 다시 말하자면 조웅과 장소저와의 결합은 여전히 〈홍길동전〉의 그것과 같이 삽화적인 성격에서 크게 벗어나지 못하고 있는 것이다. 다만 약간 다르다면 〈홍길동전〉에서는 만남과 혼인이 연속적으

---

326) 완판 88장본 〈됴웅전〉 상 26장, 전집3, 115쪽.
327) 기존 연구에서는 김기동이 "남녀 주인공이 자유연애를 통하여 결연"(『이조시대소설론』, 정연사, 1959, 254쪽)이라고 평가한 데 비하여, 서대석은 "남성의 횡포"(앞의 책, 61쪽)라는 정반대의 견해를 피력한 바 있다.
328) '야합'이라고 하는 정확한 근거를 대기는 어렵지만 "남녀 두 사람이 혼약을 통해서 정식 절차를 밟지 않고 자신들의 자유의사에 따라 결혼하는 것은 우리 조상들의 의식에서 보면 野合이었다"(김용숙, 『韓國女俗史』, 민음사, 1989, 27쪽)는 견해에 따른다. 이 연구에 따르면 신라시대만 해도 김유신 같은 상류계층에서도 야합이 성행했던 사실로 보아서 적어도 유교윤리가 도입되기 이전에는 별 제약 없이도 야합이 가능했던 것으로 추정할 수 있다.

로 붙어있는 데 반해서 〈조웅전〉에서는 만남과 결연이 앞에 있지만 이별 과정을 집어넣어서 다시 후반부에서의 재회를 상정했다는 점이다.

이처럼 만남과 재회를 벌려놓은 것은 〈홍길동전〉에 비해 상당히 발전된 형태이다. 만나서 혼인하게 되었다는 단순한 연결은 독자의 흥미를 유발하기보다는 주인공이 얼마나 뛰어난가를 보여주는 데 그치겠지만 만나서 이별하고 나중에 다시 만나게 되었다는 이야기는 독자 편에서는 긴장과 궁금증이 생겨나는 한 요인이 될 것이기 때문이다. 이러한 변화에도 불구하고 〈조웅전〉에서는 〈홍길동전〉을 방불케 할 결연담이 덧붙여져서 주목할 필요가 있다.

조웅은 작품의 후반부에 가면 위기에 빠진 위왕을 구출하고 태자를 모셔와 보위에 오르게 하는데 이런 와중에, 조웅 덕에 화를 면한 위왕은 조웅에게 자신의 딸을 줄 것을 제안한다.[329] 그것도 조웅이 이미 성혼은 했지만 정식으로 육례(六禮)를 갖춘 것이 아니니 자신의 딸로 혼례를 올리는 것도 무방하다는 궁색한 이유를 끌어대고 있는데, 이는 홍길동이 나머지 두 여자를 얻을 때와 같은 방법이다. 조웅이 반대를 하지만 장소저가 나서서 자신이 확인을 한 끝에 혼인을 결정한 것은 〈홍길동전〉에서 '시첩(侍妾)'으로라도 거두어 달라는 부분과 상통한다. 여전히 한 쌍의 남녀 관계로 결연담이 집약되지 못할 뿐더러, 여성을 인륜이나 애정에 의해 얻는 것이 아니라 강압이나 공과로 얻는 방식을 취택하고 있는 것이다.

이 점은 〈조웅전〉에서도 결연이나 애정의 문제는 별로 중요하게 취급되고 있지 않다는 증거이다. 〈홍길동전〉에 비한다면 우선 결연담이 상당히 앞부분으로 튀어나와 있고 단순한 일회성이 아닌 만남-이별-재회라는 복잡한 과정을 도입했음에도 불구하고, 여전히 삽화적인 기능에 머물며 애정이 영웅성을 부각시키는 수단 정도에 그친 점은 이 작품에 나타난 애

---

329) 완판 88장본 〈됴웅젼〉 하 5장. 전집.3. 138쪽.

정에 일정한 한계가 있음을 뜻한다.

다음으로, 〈유충렬전〉은 여러 면에서 군담소설의 전형을 보여주는 작품이다. 주인공의 탄생에서 고난, 결연, 입공, 영화에 이르는 일련의 과정이 여러 작품에 보이는 보편성 내지는 공통점을 보이는데 먼저 결연부분이 어떤 방식으로 전개되는지 살펴보자.

이쩌의 영능쌍의서 사난 강히주라 ᄒ난 직상이 잇스되 소년등과ᄒ야 승상 벼살 ᄒ더니 간신의 참소를 맛나 퇴사ᄒ야 고힝의 도라와쓰니 일단츙심이 국가를 잇지 못ᄒ야 미양 쳔자 오결ᄒ난 일이 이쓰면 상소ᄒ야 구완ᄒ니 조졍이 그 직간을 쩌려ᄒ되 그 즁의 졍훈담과 최일귀가 가장 미위ᄒ더니 맛참 본부의 갓다가 회로의 우편 주졈의셔 자더니 비몽간의 오ᄉᆡᆨ구름이 명나수의 어리엿ᄂᆞᄃᆡ 쳥용이 물속의 쎈지려ᄒ며 ᄒ날을 힝ᄒ야 무수이 통곡ᄒ며 빅사장의 빅회ᄒ거늘 닉렴의 괴히ᄒ야 날식기를 지달이더니 계명셩이 나며 날리 장차 발거늘 명나수의 밧비오니 과연 엇더ᄒ 동자 물가의 안자 울거늘 급피 달여드러 그 아히 손을 잡고 회사졍의 올나 ᄌᆞ셰이 무러 왈, "너난 엇더ᄒ 아히로셔 어ᄃᆡ로 가며 무삼 연고로 이곳ᄃᆡ 와 우난다?"[330]

먼저 홍길동이나 조웅은 아무 관계가 없던 사람과 우연한 기회에 결연을 한다면, 유충렬은 결연 이전에 이미 상당한 연관이 있는 집안과 결연을 한다는 점이 다르다. 강희주는 조웅의 구원자라는 점에서 강희주의 딸과 맺어지는 일은 의미가 있는 데다가 이 인용부분에서 보듯이 강희주와 조웅의 아버지 유심은 간신 정한담과 최일귀를 공동의 적으로 생각하는 동지이다. 바로 이 인용대목의 뒤에 나오는 대로 "동조의 벼살을" 하던 관계이니 강희주와는 이미 현실적으로는 상당한 유대관계가 있음을 알 수 있다.

---

330) 〈유충열젼〉 완판 86장본 상, 21-22장, 전집2. 345쪽

그런데 이 작품에서 결연양상은 단순히 그런 현실적인 연관뿐만 아니라 이미 출생이전부터 천정배필임을 강조하고 있어서 그 의미가 새롭다. 강승상부인의 태몽에 "소녀는 옥황선녀옵더니 연분이 자미원 딕장성과 흔가지로 잇다가 소녀를 강문의 보닉믜 왓소오니 부인은 이휼ㅎ옵소서"331)라고 하여 유충렬과 강소저는 하늘에서부터 필연적으로 만날 수밖에 없도록 예정된 셈이다. 이처럼 단순하고도 우연적인 결합이 아니라 필연성을 내포한 남녀의 만남은 일단 둘의 애정 문제를 삽화적으로 도입하던 전대의 소설과는 확연히 구별되는 상황이다.

또 조금 더 세심히 살펴보면, 문제는 이러한 결연방식에만 있는 것이 아니라 오히려 그 이후에 벌어지는 상황에 있다. 조웅은 결연을 한 후 떠나서 그와는 동떨어진 공적을 세우고 그 결과로 다시 재회를 하게 될 뿐이었지만, 〈유충렬전〉에서는 결연 때문에 더 심한 고통을 당하게 된다. 영웅의 일생을 고난과 고난의 극복이라는 도식으로 설명한다면 이쯤에 이르러서 비로소 남녀의 결연이 고난과 연결되기에 이른 것이다. 졸지에 도망객이 되었던 유충렬은 몸을 의탁할 곳을 찾았으니 위급한 문제는 일단 벗어났고, 강희주는 강희주대로 좋은 사위를 보아 걱정이 없었지만, 이런 관계로 해서 강희주는 유충렬의 아버지 유심을 설원(雪冤)하는 일에 발 벗고 나서게 된다.

강희주가 그렇게 노력한 결과는 설원은커녕 정한담 일당의 농간에 의해 역모로 몰려서 본인은 귀양 가고 유충렬은 다시 도망할 수밖에 없는 상황으로 더 악화되어 나타날 뿐이었다. 고향에 돌아와 편히 지내던 강희주에게나 도망 다니다 겨우 안식처를 구한 유충렬에게나 이것이 가혹한 고통이 될 것은 자명하다. 본래 아버지의 역모죄(逆謀罪)에 걸려서 떠돌던 유충렬에게 이제는 장인의 역모까지 안겨주는 이중의 고통이 따르게

---

331) 같은 책 상, 23장, 전집2, 346쪽.

된 것이다. 강씨 가문이나 유씨 가문이나 이 결연으로 인해서 얻어진 것은 엎친 데 덮치는 식의 고난의 심화인데, 바로 이 점은 전(前)단계의 소설에서는 볼 수 없던 특성이다.

게다가 영웅성을 강조하려는 의도에서 흔히 돌출되기 쉬운 장식적 기능으로서의 '일부다처'가 소거된다는 점332) 역시 상당히 중요한 변화이다. 조선시대만 하더라도 자신이 거느리는 처첩(妻妾)이 많다는 것은 흠이 아니라 다복(多福)으로 여겨지는 것이 일반적이었다. 물론 이런 변화가 후대의 다른 소설에도 일관되게 드러나는 보편성을 띤 것은 아니라고는 해도, 홍길동이나 조웅이 어떤 식으로든 한 명의 처를 거느리게 된 다음에도 다시 다른 여자를 취하는 것은 남주인공의 영웅성을 강화하려는 의도가 강한 것으로 보이는데, 이 작품에서는 일단 한 명의 여자에 집중하게 만듦으로 해서 상대적으로 '애정'의 의미를 강화시킨 꼴이 되었다. 상식적으로 생각하더라도 한 쌍의 남녀가 시종일관 여러 난국을 뛰어넘어 결합되는 것이 애정이라는 측면에서 좀 더 강력한 인상을 심어줄 것은 당연한 일이며 이는 곧바로 소설적 재미와도 연관된다.

그러나 〈유충렬전〉에서는 이처럼 결연의 의미가 강화되고 작품전체의 플롯에서도 그 역할이 증대하고 있기는 하지만 '애정'이라는 문제에 있어서는 전대의 소설에 비해서 별로 나아진 것이 없는 듯이 보인다. 강화된 것은 애정의 비중이었지 애정 자체의 발전은 아니었다. 유충렬과 강소저가 만나게 된 것은 우선은 천정배필이라는 점이 크게 작용했고, 그 다음으로는 두 집안의 정치적 상황이 같았다는 점도 상당한 역할을 했으며, 결정적인 계기는 강희주가 유충렬의 사람됨을 보는 눈에 있었다. 어떤 측면에서든 당사자들의 직접적인 노력이 개재하거나 본격적인 의미의 애정이 끼어들 소지는 없다. 당사자들에게 강요되는 당위성은 일정세력에 의

---

332) 굳이 '장식적 기능으로서의'로 한정한 이유는 여러 여자를 상대하더라도 애정문제가 개입되는 경우는, 그 문제의 핵심이 진정한 애정의 성취로 전이되기 때문이다.

한 똑같은 피해자라는 공동 의식기반과, 하늘이 정해준 인연이라는 사실, 불완전해보이기는 해도 부모가 맺어준 짝이라는 점에 있을 뿐이다.

이런 사실은 아직도 애정의 문제는 다른 요소에 비해 종속적인 처지에 있음을 알려준다. 문면대로 이해한다면 강희주의 안목에 의해서 유충렬은 선택되고, 그 선택의 근간은 하늘의 뜻이지만, 현실적으로 이해한다면 결국 두 집안간의 동맹의식에 의한 결합양상을 띠는 것이다. 애초에 영웅의 짝이 되어 세계의 질서를 새롭게 하는 존재인 여신(女神)으로서의 역할을 거의 소거되다시피하고 열(熱)을 지켜내는 배필로만 기능하는 것이다.[333] 국가의 위난을 당해서 충성을 다해야 한다는 이념을 근간으로 만나서, 그 과정에서는 부모가 맺어준 배필을 끝까지 지키고 잊지 않는 일종의 효(孝) 관념이 내재하고 있다. 이처럼 충효의 강조와 거기에 기반을 둔 결연행위는 철저히 중세적인 특성을 담고 있는 것으로 앞의 〈홍길동전〉, 〈조웅전〉류와 구별할 수 있는 좋은 변별자질이라 하겠다. 이는 〈소대성전〉 등에서도 찾아볼 수 있다.

이상에서 보듯이 〈유충렬전〉에 이르면 이미 한 쌍의 남녀에 문제가 집중되어 애정문제가 본격화될 조짐은 충분히 보이지만, 〈이대봉전〉은 그 출발부터가 전대의 그것과 비교할 수 없을 만큼 파격적이다.

각셜. 잇쩍 기주 장미동의 장화라 하난 사람이 잇스되 일직 청운의 올나 벼사리 할임학사의 쳐ᄒᆞᆷ 명망이 조정의 진동ᄒᆞ야 부귀 극진하나 연장사순의 당ᄒᆞ되 실하으 잔여 업셔 부인소씨로 더부러 ᄆᆡ일 시러ᄒᆞ시더니 부인 소씨 우연이 틱기 잇셔 십삭이 당ᄒᆞᆷ 일일은 호련 몸이 곤폅ᄒᆞ야 침금을 으지

---

333) 김민수는 유충렬의 어머니가 유충렬의 입사식에 필요한 물건을 마련해주는 등 도움을 주는 데 반해 아내인 강낭자는 "신화성이 거세되어 당대이념의 구현에 이바지하는 것은 신화적으로 유충렬이 타락하는 것보다 훨씬 심각하고 왜곡된 양상을 보이는 것"(김민수, 「〈유충렬전〉의 결연에 대하여」, 『연민학지』10호, 연민학회, 2002, 56쪽)이라고 파악했다.

ᄒ여 혼곤ᄒ더니 비몽간의 쳔상으로셔 봉황 한 쌍이 나려오더니 봉은 모란동
이시랑으 집으로 가고 황은 부인 품안으 나려든니 이르난 바 봉이 나믹 황이
나고 장군이 나믹 용마가 나는쏘다. 334)

우선 이대봉의 짝 장애황이 등장하는 시점이 작품의 거의 초두부분이
라는 점부터 대단한 변화이다. 〈조웅전〉이나 〈유충렬전〉에서 이미 〈홍길
동전〉보다 상당히 앞부분으로 옮겨가기는 했지만 전체 86장 중 3장째 되
는 면에서 이미 나온다는 것은 그만큼 결연의 의미를 강화하려는 의도로
해석된다. 이 인용부분의 바로 뒤에는 장한림이 이시랑의 집으로 가서 역
시 동시에 자식을 낳은 것을 알고 곧바로 혼약을 하는 대목이 나온다. 조
웅이나 유충렬의 경우만 하더라도 자신의 고난을 극복해 나가는 과정에
서 배필을 만나게 되지만 이대봉은 자신의 출생과 더불어 배필이 정해지
는 것이다. 이는 〈유충렬전〉까지만 해도 주인공의 영웅적 행위에 종속된
남녀결연의 성격이 강했다면 이 작품에 이르러서는 역으로 주인공의 영
웅적 행위가 남녀결연에 종속될 가능성을 시사해 준다.

〈유충렬전〉의 경우에도 강희주가 유심을 설원하기 위해 상소했다가 오
히려 역모로 몰려서 더 큰 고통을 겪었듯이 이 작품에서도 이 시랑이 참
소로 귀양가고 장한림 부부는 그 때문에 죽으니 거의 같은 상황이라고 할
수 있다. 그러나 유충렬의 장인되는 강희주는 유충렬의 장인이기에 앞서
서 고난에 빠진 유충렬을 구해주는 구원자로 설정되어있는 점이 〈이대봉
전〉과 다르다. 군담소설에서 구원자의 딸과 결연하는 예는 어렵잖게 찾
아볼 수 있는데, 이럴 경우는 우선 결연자체의 의미가 강화되기보다는 고
난과 고난의 극복이라는 영웅적 행위의 한 과정에서의 결연이 강조되는
것인데, 〈이대봉전〉에 이르면 그런 의미는 퇴색한다. 주인공이 고난을 겪

---

334) 〈니딕봉젼〉 완판 86장본 상 3-4쪽, 전집.2, 379-380쪽.

기 이전에 이미 정혼이 된 상태이기에 문제의 초점이 고난으로 인해 방해받는 남녀문제로 전이될 수 있는 것이다.

이는 여주인공 장애황이 겪게 되는 고통의 직접적인 원인이 이대봉과의 혼약 그 자체에 있다는 데에서도 잘 확인된다. 간신 왕회는 장애황의 소문을 듣고 자신의 며느리로 삼으려 갖은 꾀를 다 내는데, 이 간계를 피하기 위해 애황은 집을 떠날 수밖에 없는 지경에 이른다. 유충렬과 강소저가 겪는 고통은 철저히 그들 남녀 집안 어른들의 정치적 입장에서 기인한 것이라면, 이제 〈이대봉전〉에서는 거기에 덧붙여서, 이미 배필이 정해진 여주인공까지 요구하는 적대세력의 횡포를 포함한 것이다. 물론, 〈조웅전〉에서도 환난 중에 강호자사가 장소저를 탐하는 대목이 있지만 주된 적대세력인 이두병 일파와는 무관하기에 삽화적인 성격을 띠게끔 구성된다. 적대세력이 정치적인 적대행위에 그치지 않고 남녀주인공의 결합을 방해하는 데까지 나아간 것은 이미 애정문제가 소설의 플롯을 주도하는 지경에 이르렀음을 알려준다.

더욱이 이 작품은 주지하는 대로 남녀 쌍웅형이다. 남자 주인공의 영웅적 행위를 부각시키는 방편으로 등장하던 여자주인공의 굴레를 벗어나서 아예 여주인공도 남자와 같은 방식으로 군담에 참여하는 것이다. 이대봉이 생불을 만나 재주를 익히면 장애황은 마고선녀에게서 술법을 배우고, 장애황이 선우를 물리치면 이대봉은 흉노를 물리치고, 이대봉이 초왕이 되면 장애황은 연왕이 되는 식으로 정확하게 짝을 이루면서 각각의 영웅성을 발휘한다. 여성의 힘을 강화시킨 것은 일단 여성독자들을 끌어들이려는 속셈이기는 하겠지만 적어도 남성들의 힘이나 현실적인 필요에 의해서 수동적으로 순종하던 여성의 위치를 강화함으로 해서 결과적으로 애정의 역할을 한층 더 끌어올린 것으로 평가할 수 있다.

이 작품에서 남녀문제가 오히려 군담을 주도한다고 볼 수 있는 또 다른 이유는 바로 이 작품에 나타나는 군담의 성격에 있다. 이대봉과 장애황이 고통을 겪게 되는 직접적인 원인은 왕회의 농간이었는데, 그 뒤에 보이는 군담은 외적의 침입에 의한 것이었다. 물론, 군담소설에서 외적의 침입을 다룬 작품이야 흔한 것이기는 하지만 선우족이 침입하자 기병하여 승리하는 사이 또 흉노가 침입하는 식으로 군담이 분산된다. 하나는 여주인공이 막고 또 하나는 남주인공이 막는데 이 점에서 선우족과 흉노족의 침입이 반드시 필연성을 갖고 연계되기보다는 두 주인공을 내세우기 위한 수단으로 동원된 것임을 직감할 수 있다.

결국 난을 평정한 후 남녀주인공이 재결합하고 원수 왕회를 처벌하고 부귀영화를 누리는 것으로 이 소설은 마무리되는데, 왕회든 선우든 흉노든 〈유충렬전〉이나 〈조웅전〉에서처럼 단일한 적대세력이 아니다. 이처럼 다양한 적대세력을 제압하는 과정은 소설의 긴장이라는 측면에서 별로 바람직하지 않음에도 불구하고, 이 소설이 긴장감을 줄 수 있는 이유는 다름 아닌 두 주인공의 영웅적 행위와 그들의 결합가능성에 촛점을 두기 때문일 것이다. 결국, 이런 사실들에 중심을 두고 본다면 이 소설의 중심은 남녀의 결연과 그 결연을 방해하는 세력을 타도하는 데 있으며 그를 획득하는 방안으로 군담이 채택되는 정도로 사태가 역전되었다고 보아도 무방할 정도이다.

그러나 이처럼 애정의 문제가 훨씬 더 심각한 의미를 지니는 쪽으로 강화되기는 했어도 이 작품이 근본적으로 천정배필(天定配匹)이기 때문에 꼭 만나야한다는 기본전제에서 조금도 벗어나지 못한 것은 그 애정에 여전히 한계가 있음을 시사한다. 당사자간의 재결합 노력은 극대화되었지만 그 인연의 시작에서 본인의 자유의지가 개입될 틈은 전혀 없는 다분히 중세적인 발상을 답습할 뿐이다.

끝으로 〈유문성전〉은 그 시작이 여자주인공이라는 점에서부터 다른 소설과 구별된다. 여자를 주인공으로 내세운 작품이 아니라면 남자주인공이 먼저 등장하고 여자주인공이 그 뒤를 따르는 것이 통례이지만 이 작품은 시작부터 다르다.

화셜. 원나라 명종황뎨시졀에 낙양싸에 일위 직상이 잇스니 셩은 리요, 명
은 경윤니라. 대대 명문후에라 소년 등과ㅎ야 벼살이 이부샹셔에 쳐ㅎ니 명
망이 텬하에 진동ㅎ고 부귀 일국에 웃듬이라 셰상에 거릴거시 업스나 다만
실하에 일졈혈육이 읍셔 미양 한탄ㅎ더니 일일은 샹셔 일몽을 어드니 하늘로
셔 흔 션녀 구름을 타고 공즁에서 외여 왈, "그듸 ㅈ식이 업셔 미일 훈탄ㅎ
기로 일기옥녀를 졈지ㅎㄴ니 남자 안임을 한치 말고 귀히 기르소셔. 년긔 차
면 만죵록을 밧어 령화 일국에 진동ㅎ리이다." ㅎ거날[335]

이야기의 시작부터가 여자주인공의 역할을 강화하는 쪽으로 나아가고
있다. 〈홍길동전〉에서 〈이대봉전〉까지는 남자주인공이 먼저 등장하고
나서 여자주인공이 등장했고, 어쨌거나 남자주인공의 뛰어난 점들이 그
려진 뒤에 여자주인공과의 결연이 문제되어서 아름다운 여자를 구할 수
있는 남자주인공의 능력이 강조된 편이었다. 그런데 이 작품에 이르면 사
정이 달라진다. 남자주인공이 뛰어났기 때문에 여자주인공을 취할 수 있
었던 것이 아니라, 여자주인공이 빼어났기 때문에 남자주인공이 적극적
으로 나서게 되는 것이다. 이는 상황이 완전히 역전된 셈인데, 남녀가 처
음 만나서 결연하는 대목을 보면 그런 사정을 잘 알 수 있다.

이쩌 마참 여남북촌 류문셩은 류승상의 아들이요, 년광이 십륙셰라. 위인
이 준수ㅎ고 학문은 사마쳔의 문쟝이며 두목지에 풍치와 소진 쟝의에 구변
을 겸ㅎ엿ㄴ지라. 그 부친 류승상이 극히 사랑ㅎ사 명문거족에 널니 구혼ㅎ
이 매파 구름 모히듯ㅎ되 년소셩관을 인쳬ㅎ야 등과훈후 셩혼ㅎ라 ㅎ더니
국가 틱평ㅎ야 마참 과거를 보이거늘 즉시 힝쟝을 차려 황셩으로 보닐새 이

---

335) 〈류문셩젼〉, 앞의 책, 291쪽.

길은 낙양짜 리승상집압흐로 지나는지라. 마상에셔 바라보니 흔 고루거각이 잇눈딕 그 후원 수양 속에 흔 낭직 녹의홍상으로 츄쳔쥴을 갈너 잡고 녹림 간에 왕릭ㅎ니 녹빈홍안은 녹수에 노니는듯 챵희에 외로운 학이 고기를 엿 보는 듯 벽히황룡이 여의쥬를 희롱ㅎ는 듯 탐탐흔 긔상과 황홀흔 태도 사름 의 졍신을 놀릭더라 …(중략)… 일로붓터 심졍이 착난ㅎ고 졍신이 불온함에 자연 몸이 불평ㅎ야 황셩으로 가지 못ㅎ고 도로 집으로 회졍함이 그 낭자의 형용이 눈에 삼삼ㅎ야 잠시 이질 슈 업눈지라 쥬야뇌심ㅎ야 병이 졈졈 심즁 ㅎ거날336)

흡사 이도령이 춘향이 그네 뛰는 모습을 보고 얼빠진 대목 같기도 하고 또 실제로 그 영향을 무시할 수도 없을 것이다. 과거시험이란 것은 개인 적으로 대단히 중요한 과업이며, 그렇듯이 중요하기에 혼사문제도 제쳐 두고 시험에 몰두하도록 배려했던 것이다. 그런데 그네 뛰는 한 미인을 본 후로 정신이 산란하여 과것길을 돌려서 집으로 돌아와 상사병을 앓는 다고 했으니 그 정도를 익히 짐작할 만하다. 유문성이 대단히 뛰어난 남 자로 묘사된 것도 사실이지만, 이 정도의 서술이라면 기실은 이춘령이라 는 여자가 남자를 홀릴 만큼 아름답다는 사실이 더 강조되는 형국이라고 할 수 있다.

여자의 이름만 해도 백룡의 딸, 장소저, 강소저 등등으로 막연히 지칭 되던 데에서 자신의 독자적인 이름을 가질 수 있었던 것은 여주인공의 비 중을 드러내는 데 상당히 공을 들였음을 뜻한다. 물론, 〈이대봉전〉에서도 '장애황'이라는 이름이 없었던 것은 아니지만 애황은 대봉과 짝이 되는 이 름이므로 이대봉의 배우자라는 구속성을 완전히 벗어난 것은 아니었다.

어쨌거나 유문성은 상사병에 걸렸고, 유문성의 아버지는 자식을 혼내

---

336) 같은 책, 291-292쪽.

는 것이 아니라 정식으로 청혼을 한다. 그것도 매파를 보내서 될 일이 아니라며 자신이 직접 나서는 적극성을 보이는데, 이 점은 상당히 파격적이다. 사방에서 구름처럼 밀려드는 매파들을 등과한 후에나 보자고 거절했던 사람이지만 막상 아들이 상사병에 걸리자 뜻을 굽히는 것이다. 〈조웅전〉의 조웅도 일방적으로 여자를 탐했지만 이 유문성처럼 정식 절차를 밟은 것이 아니기에 〈유문성전〉의 애정은 여타의 작품과는 확연히 구별되는 독자성을 보인다. 부모님의 결연에 자식이 따르는 것이 아니라 자식의 의지에 부모님이 따르는 정반대의 상황이다.

그러나 보다 더 큰 문제는 이와 같이 결연의 주체나 시점이 다른 데 있는 것이 아니라, 결연으로 인한 고난과 그 고난의 극복 양상에 있다. 물론, 〈이대봉전〉에서도 장애황을 직접 요구하는 간신 때문에 고통이 가중되었지만 그 정도에 있어서나 극복방법에 있어서 질적인 차이를 보인다. 우선 지적할 것은 이춘령을 요구하는 것이 〈이대봉전〉처럼 한 사람에 의한 일회적인 것이 아니라는 점이다. 우선 황제의 후궁(後宮) 간택(揀擇)이 있자 그 물망에 올라 1차 위기에 처한다.

이때 이상서는 강력히 저항했고 또 마침 황제가 죽음으로 해서 이 위기는 모면하지만, 유승상이 '우연득병'하여 죽고 부인까지 곧 죽자 유문성은 유리걸식하는 처지가 된다. 이런 2차위기는 이상서가 데려다가 양육하는 것으로 넘길 수 있었지만, 이번에는 우승상 달목이란 사람이 자신의 며느리감으로 이춘령을 요구하고 이상서는 어쩔 수 없이 허혼하게 된다. 이 3차의 위기를 극복하는 방법에 있어서 〈유문성전〉의 애정은 대단히 중요한 문제로 부각된다.

이 이전까지의 소설에서는 〈유충렬전〉이나 〈이대봉전〉에서 보듯이 한쪽 부모가 죽거나 위기에 처하는 것이 두 가문 공동의 적에 대항한 결과로 나타났으며, 이러한 원한을 갚는 것이 소설의 주된 기둥줄거리였다. 그런데 유문성의 아버지는 별 이유 없이 우연히 병을 얻어 죽었다고 했으니 그런 정치적인 알력에서의 갈등은 상당히 축약되었음을 알 수 있다. 그 대신 등장하는 것이 두 차례에 걸친 부당한 파혼(破婚) 요구이다. 한 번은 황제가 한 번은 우승상이 모두 자신의 권세를 이용하여 주인공으로서는 감당하기 어려운 횡포를 부린다. 이때 간과할 수 없는 사실은 어쨌거나 천륜이나 열(烈)을 내세워서 같은 편에 섰던 인물들도 결국은 현실적인 힘에 굴복한다는 점이다. 이상서만 하더라도 "엇지 부모의 정경을 싱각지 안이흐고 일단결기만 위흐야 몸을 바리고자 흐느냐"337)며 사세에 따를 것을 종용하고, 유문성 역시 "빅발양친을 이져바리는" "막디흔 불효지죄"338)임을 강조한다.

이리하여 유문성과의 인연을 지키려는 이춘령에게는 황제나 우승상 달목은 물론 부모, 심지어는 자신의 배필까지도 그 결심을 깰 것을 요구하는 심각한 국면이 들이닥치는 것이다. 이때 유문성이 펼치는 논지는 자신의 고난은 자신만으로 족하니 이소저가 자신 때문에 죽어서 부모에게 불효를 끼쳐서는 안 된다는 것이었다. 상대를 지켜주기 위하여 이별을 해야 한다고 믿는 상황이나 모든 반대를 무릅쓰고 죽음으로 상대를 지키려는 것이나 모두 절실한 애정표현임에 틀림없다.

결국 이춘령은 죽음으로서 자신의 인연을 지켰고, 황당하기는 하지만 사랑의 힘으로 다시 부활하여339) 무공을 세운다. 유문성과 이춘령이 결연할 수 있었던 것은 유문성이 과거시험까지 포기한 열정의 결과였다면, 이 인연을 끝까지 지킨 것은 목숨까지도 감내한 이춘령의 굳은 결심 때문이

---

337) 같은 책, 301쪽.
338) 같은 책, 300쪽.
339) 사랑의 힘으로 부활한다는 것은 죽었던 이춘령이 화자의 말대로 "낭즁의 졀힝을 하늘이 감동흐샤 그 원억흐고 참졀흠을 불상이 여기시고 그 인연을 만느 적원심수를 풀게 흐심이니 엇지싱환키 어려우리오"(318쪽)라는 식의 하늘의 감동과 유문성이 무덤에서 "령혼이 분명커던 흔적이느 보이소셔"(318쪽)라고 애달프게 통곡한 결과로 이루어졌음을 뜻한다.

었다. 이처럼 이 두 남녀의 결연은 어떤 의미에서든 본인의 노력과 선택의 결과였기에 본격적인 애정이라고 말할 수 있다. 애정의 중시라는 것이 결국 개인적 자각을 존중하는 근대성의 표현이라고 한다면 이 〈유문성전〉은 바로 이 점에서 그 근대적 특성이 두드러지는 군담소설이라고 할 수 있다.[340) 더욱이 이 이전까지의 군담소설에서 흔히 등장하던 갈등요인으로서의 정치적인 이해관계나 군신간의 충성은 거의 부분적인 요소로 전락하여 그 주된 갈등으로 등장하는 것은 남녀주인공의 결연과 그에 대한 박해, 박해의 극복 과정으로 점철되기 때문에 애정 문제는 상대적으로 강화된다.

또, 군담의 주역으로 이 두 주인공만 등장하는 것이 아니라, 기주 땅의 주태공, 원국말년 조선 황해도 평산 땅의 주원장 등등을 대거 등장시켜서 어차피 일관된 군담, 긴장이 지속되는 군담이 되기에는 산만한 작품이다. 이대봉과 장애황이 그랬던 것처럼 유문성과 이춘령도 남녀(男女) 쌍웅형(雙雄型)으로 그려져서 둘 다 무공을 세우지만 이대봉과 장애황이 서로 무공을 겨루면서 서로 힘자랑하듯 한 데 비해서, 이 작품은 서로 상대를 극진히 여기는 모습이 군담 중간중간에 드러난다는 점에서 크게 다르다.

여기에서는 전쟁판에 목숨이 오락가락하는 지경이지만 서로의 목숨을 위해서 자신의 목숨을 돌보지 않는 마음이 매우 절실하게 표현되고 있다. 달가와의 혼인 때문에 이춘령이 자살을 결심했을 때, 유문성은 자신을 포기하고 살 길을 찾을 것을 종용한 바 있다. 이제 반대로 이춘령이 생각하기에 자기를 한 팔로 끼고 싸우다가는 둘 다 죽을 테니 자신을 포기하고 혼자라도 살 길을 찾으라고 한다.[341) 먼저 이춘령이 스스로 목숨을 끊음

---

340) 물론, 개인적인 자각이 중시되는 참된 애정이라는 측면이 아닌 다른 부분, 예컨대 죽음에서의 부활 같은 부분에 주목한다면 이와 상반된 논의도 가능하겠지만, 군담소설에서 현실적이지 못한 이야기가 등장하는 것은 거의 보편적인 내용이므로 〈유문성전〉의 개별적 특성으로 내세우기 힘들 것이다.

341) 같은 책, 355쪽.

으로써 신의를 지켰던 것처럼 이 대목에서 유문성은 둘이 다 죽을지언정 놓지 못하겠다고 한다. 이쯤에 이르면 군담소설의 남녀관계가 원초적으로는 양가 집안 간의 동맹관계였던 데에서 벗어나서 두 주인공의 자발적인 애정관계로 전이되었다고 할 수 있다.

3) 군담소설 속 결연담의 의미

이제까지 우리는 다섯 작품을 선정하여 군담소설에서의 애정의 변이양상을 살폈는데, 각 작품이 그 전후단계의 다른 작품들과 어떻게 다른지 규명할 수는 있었지만 전체적인 조망을 할 수는 없었다. 이제 앞서 논의한 것들 중의 몇 항목을 떼어내서 군담소설 전체의 애정문제에 관한 종합적인 의미분석을 할 차례이다.

첫째는 군담소설에서 '결연'이 갖는 구체적인 의미이다. 〈홍길동전〉에서는 결연대상이 되는 여자가 단순한 전리품 정도의 성격이었는데, 〈조웅전〉은 정식 혼례절차를 무시한 야합적 성격이 짙었고, 부분적으로는 전리품 성격을 벗어나지 않았다. 반면 〈유충렬전〉 이하는 정식 혼례를 전제로 한 결연이었는데, 〈유충렬전〉은 철저한 두 가문간의 이념적 동지, 혹은 동맹관계임이 중시되었다면342), 〈이대봉전〉에서는 동맹관계가 유지되면서 한편으로는 애정관계가 개입되었다. 끝으로 〈유문성전〉에 오면 결연의 시작부터, 고난, 재회에 이르는 전과정이 애정중심으로 일관되었다.

이는 초기의 군담소설에서 단순한 장식적 성격을 띠던 남녀 결연이 이념적 결합을 강화하는 쪽으로의 전이를 거쳐서 자유로운 애정관계로 다

---

342) 동맹관계가 중시되는 한 일상적 의미의 '애정'이 개입될 가능성은 거의 없다. "결혼이 권력이나 사유재산, 다른 집단과의 동맹을 얻기 위해 이루어지는 곳에서는 어디에서나 사랑이 조절되고 금지되어야하는 것으로 인식"(재크린 살스비, 앞의 책, 20쪽)되기 때문이다.

시 한 번 전이되는 양상을 보여준다. 장식적 성격이란 말 그대로 어떤 결과를 도출하는 데 꼭 필요해서라기보다는 그 결과를 돋보이게 하는 데 필요하다는 뜻이며, 이런 성향은 소설 이전의 서사시나 신화처럼 과정(過程)보다는 결과(結果)를 중시하는 서사갈래에서 많이 쓰일 법한 것이다. 이렇게 본다면 이념적 관계의 강화를 중세사회의 전형으로 삼는다면 〈유충렬전〉 정도의 애정이 중세문학의 기본형이 되며, 그 이전은 중세초기적 성향이나 전(前)중세기적 성향을, 또 그 이후는 중세후기적 성향이나 근대적 성향을 지닌 것으로 파악할 수 있다.

신화와 연결해 생각해보자면, 이들 작품에서 여성을 대하는 태도는 남자주인공인 남신(男神)과 짝이 되는 여신(女神)의 위치에 있지 않다. 신화에서 통상적으로 확인되는 '질서로서의 남성/질료서의 여성, 마음으로서의 남성/몸으로서의 여성, 천부신/지모신'의 대립이 보이지 않고, 남녀 공히 명문가의 귀족 자제로 설정됨으로써 그 둘의 존재 자체만으로도 비극적 결합이 되거나, 그 둘의 통합을 통해 질적 비약이 일어나는 일이 어렵게 되어있기 때문이다. 앞서 기술한 대로 〈홍길동전〉 정도가 약간의 예외를 보인다고 하겠으나, 동일한 반열에 있는 동일한 이념을 지닌 두 집안의 선남선녀가 만나는 설정은 신화에서 매우 멀다 하겠다. 이는 삼청동이라는 다분히 천상적인 의미를 담은 지명의 한양에서 온 이몽룡과 남원의 퇴기 딸 춘향이의 결합보다 훨씬 비(非)신화적이다.

세계의 영웅신화에서도 애정담이 등장하는 일이 잦다. 신화연구에서 자주 거론되는 〈트리스탄과 이졸데〉 같은 작품만 보더라도 트리스탄이 이졸데를 사랑함으로써 빚어지는 온갖 문제가 이 서사의 처음과 끝이라고 해도 과언이 아니다. 그러나 여기에는 남주인공 트리스탄이 사랑해서는 안 되는 왕비이자 자신의 숙모가 될 이졸데와 사랑에 빠지고, 그 때문에 자신의 지위를 내놓은 채 왕국을 떠나고, 새로운 모험을 통해 다시 고귀한 지위를 얻을 수 있었지만 이졸데와의 사랑 때문에 모든 것이 파탄에 이르는 이야기인 것이다. 그러나 군담소설에서는 대체로 정치적 파당을 같이 하는 집안의 딸을 배필로 정함으로써, 애정이 만들어낼 수 있는 문학적 효과의 최대치를 살려내는 데 실패하고 만다.[343]

제III장에서 살핀, 신데렐라형 이야기로 살펴보면 이런 사실이 극명해진다. 우리가 아는 동화, 즉 민담형 이야기에서는 신데렐라와 왕자가 결혼하는 것으로 되어 있지만, 신화적 속성을 강하게 띤 이야기에서는 왕자와 결혼할 수 없었던 여주인공이 하늘의 별이 되곤 한다. 이 경우, 사랑하는 사람이 결혼하지 못했으니 비극적이라 하겠지만, 별이라는 천체(天體)가 되어 영속한다는 점에서 훨씬 더 신화적이다.[344] 이 점에 비추어 중간에 헤어져서 고생을 하더라도 한결같이 재회와 보상이 수반되는 서사는 대중적인 인기를 끌어내기 위한 변전(變轉)으로 파악된다.

둘째는 결연담의 위치인데, 이는 군담소설에서 애정이 차지하는 비중을 가장 객관적으로 드러낼 수 있는 지표이기도 하다. 〈홍길동전〉에서는 후반부에서 한 차례 드러나는 반면, 〈조웅전〉에만 가도 전반부에 첫 만남이 후반부에 재회가 나오는 식으로 분산된다. 우선 그 시작이 후반부에서 전반부로 넘어간 것은 〈홍길동전〉에서는 단순히 영웅적인 행위의 결과 획득하게 되는 결연담이었던 것이 이제 그 과정에 편입되는 변이양상을 드러낸다. 〈유충렬전〉도 그 위치에서는 〈조웅전〉과 다르지 않지만 주인

---

343) 캠벨은 〈트리스탄과 이졸데〉에 대해 "트리스탄은 자기의 사랑은 죽음보다, 고통보다, 이 세상의 어떤 것보다 귀하는 겁니다. 이것은 삶의 고통을 대단히 대승적(大乘的)으로 바라보는 관점이지요."(조셉 캠벨·빌 모이어스 대담, 『신화의 힘』, 이윤기 역, 이끌리오, 2002, 347쪽)라고 논평한 바 있다.

344) 나카자와 신이치는 민담과 달리 결혼으로 끝맺어지지 않는 이야기에 대해 이렇게 말한다. "신화에서는 이런 결론으로 끝맺는 경우는 거의 없습니다. 대부분의 경우 중개는 영속적이지 않습니다. 오히려 영속하는 것은 파탄한 상태에 있는 쪽이며, 그런 경우의 신화에서 비극적인 파탄을 맞은 주인공들은 하늘의 별이 됩니다. 별이 되어서 역속 상태를 유지하는 것입니다. 그런데 민화는 '행복한 결혼'으로 논리를 정지시키려고합니다. 거기에는 뭔가 두려운 진실이 숨겨져 있는 듯한 느낌이 듭니다." -나카자와 신이치, 앞의 책, 137쪽.

공이 겪는 시련과 직관되는 결연을 택한다는 점이 다소 차이가 있다.

〈이대봉전〉과 〈유문성전〉에 오면 〈조웅전〉과 〈유충렬전〉처럼 1차 시련을 겪은 이후에 결연이 이루어지는 것이 아니라 아예 초반부터 결연이 이루어지고 나서 그 이후에 시련이 이어지기 때문에 그 주된 관심은 결연이 어떻게 방해받고 또 어떻게 극복되느냐에 있게 된다. 또 그 분포에 있어서도 산발적인 것이 아니라 초지일관 계속되는 남녀관계를 설정한 것도 주목할 만하다. 결국 각 단계별로 살펴보면 그 결연담의 시작지점은 후반부에서 전반부를 거쳐 작품 초두까지 옮겨오면서, 전체분포도 1회로 완결되는 것에서부터 2회로 분산시킨 것을 거쳐서 수차례로 분산되는 것, 처음부터 끝까지 연결되는 것으로까지 변화한다.

이는 후대에 더 인기 있던 소설일수록 애정에 적극적인 관심을 두고 또 그것을 극대화시키는 방향으로 변화되었음을 뜻한다. 이렇게 본다면 애정문제의 적극적인 개입으로 인해 군담소설은 군담이라고는 해도 군사력을 동원하여 정적(政敵)이나 외적을 몰아내고 자신의 지위가 상승하는 등의 문제는 사실 별 심각한 관심거리가 아니고 오히려 어느 시대에나 통용될 만한 인간 보편의 감정을 중시하는 방향으로 전환하여 새로운 모색을 꾀한 것으로 풀이된다.

셋째는 결연담의 군담과의 연관성이다. 군담소설이 성립하는 최소요건은 사실 전쟁을 동반한 군담이므로 애정문제가 군담과 어떤 방식으로 연관되는지 역시 중요한 관건이다. 우리는 앞서 소설의 긴장감을 유발시키는 한 요인으로 단일한 사건에 문제를 집중시키는 방법에 대해 언급한 일이 있다. 이야기모음이나 대하소설이 아닌 이상 이야기의 중심을 한 곳에 집중시키는 것이야말로 소설적 재미를 배가하는 한 요인이 될 것이기 때문이다. 더욱이 애정문제가 독자의 관심을 끌기 위해서는 이 사람 저 사람과 스쳐 지나면서 관계를 맺는 방식보다는 한 쌍에 집중하는 것이 훨씬 더 효율적일 것은 자명하다.[345] 군담 역시 단일한 적을 쳐부수는 방법이 있고 다양한 적을 순차적으로 쳐부수는 방법이 있는데, 이런 사실을 근거로 군담과 애정간의 연관성에 대해서 정리하면 다음과 같다.

〈홍길동전〉은 복합적인 군담과 복합적인 애정을 다룬다. 물론 홍길동이 싸우는 행위가 본격적 의미의 군담인가는 의문스러울 수 있지만, 홍길동이 대적하는 상대가 여럿이라는 점에서 복합적이다. 또 애정문제 역시 세 명의 여자와 결연하는 방식을 택하고 있으므로 역시 복합적이라고 할 수 있다. 이럴 경우는 이야기의 중심이 어디에 있는지 알 수 없고, 다만 이러저러한 여러 사건들을 꼬아 합치는 중세 로망스적 성향에[346] 가깝다고 할 수 있다. 반면 〈조웅전〉은 군담은 단일하지만 애정은 약간 복합적이며, 〈유충렬전〉은 군담과 애정이 모두 단일하다. 거꾸로 〈이대봉전〉과 〈유문성전〉에 이르면 군담은 복합적이지만 애정은 단일한 쪽으로 진행된다.

이런 변화는 애초에는 여러 가지 삽화를 꼬아 합쳐서 소설을 만들던 방식에서 군담을 중심에 두고 애정을 부수적으로 포함시키는 방법을 거쳐서, 〈유충렬전〉처럼 균형을 찾은 작품을 지나서, 역으로 애정을 중심으로 하여 군담을 부수적으로 취급하는 작품으로 변화해 나갔음을 뜻한다. 이러한 주객이 전도되어 나가는 듯한 변이는 사실 독자층에 영합한 것으로 풀이할 수 있다. 당대의 독서분위기에서 여성독자들을 무시할 수는 없었을 것이므로 복잡한 정쟁이나 신묘한 군담이 특별한 관심이 되기도 어려웠을 테지만, 무엇보다도 군담소설 중에서도 후대 쪽으로 추정되는 작품이 생성 유포될 시기는 이미 중세적 정치질서나 한 영웅에 의한 전쟁수행 등이 이미 그 현실성을 잃어버렸기 때문에 소설의 그럴듯함을 높이기 위

---

345) 〈구운몽〉처럼 그 남녀관계를 일대일이 아닌 일대다의 방식을 쓸 수도 있지만, 이 경우는 쌍방 간의 애정의 강도를 높이기도 하겠지만 남자의 여성편력 같은 흥미소나 남자 주인공의 부귀영화가 강조되는 방편으로 돌아설 소지가 높다.

346) 중세로망스의 '꼬아합치기' 기법에 대해서는 Gillian Beer, 앞의 책, 27쪽 참조.

해서도 이러한 변이는 필연적이었다.

넷째, 애정의 방해자 문제이다.[347] 영웅소설이든 군담소설이든 이 부류에 드는 작품의 플롯으로 공통적인 것은 '고난과 고난의 극복'이라는 단순한 반전에 있다. 그것이 정치적인 문제로 인해 겪는 것이든 애정문제로 겪는 것이든 그런 도식성을 벗어나기 어려운 것이 바로 군담소설이므로 이제 그 고난의 문제에 집중해 보려는 것이다. 주인공의 결연, 애정을 방해하는 자는 누구인가에 따라서 개별작품의 독자적 의미도 어느 정도 명확히 드러날 수 있는데, 정리해보면 다음과 같다.

〈홍길동전〉에서는 애정의 방해자가 전혀 등장하지 않는다. 오히려 홍길동은 여자에 별 뜻이 없었는데 사람들이 갖다 바치는 형국이었다. 〈조웅전〉은 부분적으로는 홍길동과 마찬가지로 방해는커녕 도와주는 사람까지 있기도 했지만 이별할 수밖에 없었던 사정이 분명히 있었다는 점에서 구별된다. 적대세력이 이별을 직접적으로 강요하지는 않지만 적대세력을 피해 떠돌다 보니까 어쩔 수 없이 이별해야 하는 상황이므로 그의 정적(政敵)이 간접적으로 방해했다고 볼 수 있다. 반면 〈유충렬전〉에서는 유충렬이 아버지와 장인의 역모를 이중으로 뒤집어쓰고 도망 다녀야 했다는 점에서 정적이 직접적으로 방해한 것이다. 〈이대봉전〉에서는 정적에 의한 방해 뿐만이 아니라 그 정적이 자신의 여자를 요구한다는 점에서 연적(戀敵)의 방해까

---

347) 기존논의에서 이런 문제가 거론된 예는 이른바 '혼사장애'와 상관한 일련의 연구였다. 이상택, 「樂善齋本小說 硏究 -그 예비작업으로서의 婚事障碍主늠를 中心으로-」(이상택, 『韓國古典小說의 探究』, 중앙출판, 1981에 재수록)에서 본격화되기 시작하여 이창헌, 「고전소설의 혼사장애 구조와 유형에 관한 연구」(『국문학연구』81, 1987) 등등에서 집중적으로 논의되었다. 그런데 이런 논의의 기본전제는 영웅이 영웅의 비범성을 婚事障碍라는 시련극복을 보임으로써 실증해낸다는 (이에 관련한 논의는 김열규, 『한국민속과 문학연구』 일조각, 1971, 145-146쪽 참조) 데 있어서, 소설적 이야기구성으로서의 고난과는 여전히 거리가 멀다. 후대의 상업적 소설에 이르면 그 고난의 성격이 단순히 목표쟁취를 위한 수단이 아니라 그 자체가 하나의 주된 기둥줄거리로 되거나 최소한 대단한 흥미소로 작용하기 때문이다.

지 받는다. 〈유문성전〉에서는 1차적 고난의 시작이 유문성 부모의 돌연한 죽음이라는 점에서 정적(政敵)에 의한 방해라기보다는 계속적으로 이춘령을 요구하는 연적(戀敵)의 방해를 받았다고 볼 수 있다. 게다가 자신에게 우호적이어야 할 부모의 반대까지 겹치는 형국이므로, 달가가 본래 정적으로 그려지기는 하지만 다른 작품의 그것에 비한다면 어디까지나 부수적인 데 불과하다.

애정성취에 박해가 가해지지 않는다는 것은 어찌 보면 애정문제에 전혀 관심을 두지 않았다는 말이기도 하다. 〈홍길동전〉같은 초기작품에서는 이처럼 애정문제를 서사적 대결의 중심에 두지 않다가 〈조웅전〉에 이르면 간접적 박해를 가하고, 〈유충렬전〉에서는 직접적인 박해를 가하다가, 〈이대봉전〉에서는 정적의 방해에 연적의 방해를 덧붙이고, 급기야는 〈유문성전〉같은 연적 중심의 박해로까지 변환된다. 이런 사실은 후대소설로 올수록 군담소설의 표피만 입고 내면으로는 애정소설로까지 전이될 수 있는 사정을 잘 드러내 준다. 〈홍길동전〉류에서는 대의(大義)를 위해 싸우는 주인공의 모습을 그려내는 것이 중심이었다면 후대로 내려올수록 개인적인 행동의 이상을 위해 싸우고, 급기야는 싸움을 이야기의 중대국면에서 몰아내고 여성의 역할과 애정으로 그 자리를 대신하는 데까지 이르렀다.[348]

---

348) 기존의 연구서에서 이러한 사실이 서사시류의 무훈시와 로망스류와를 구별하는 기준으로 이미 채택된 바 있다. 이 점에서 살펴본다면 초기의 군담은 확실히 상대적으로 서사시적 속성을 많이 갖고 있다면 후기로 내려올수록 그 속성을 약화시키는 방향으로 진전된다. "무훈시는 본질적으로 활동적이고, 전투적이며, 남자와 영웅들이 등장한다. 한편으로 로망스는 명상적이며, 여성과 연애에 주역을 맡기는 경향이 있다. 확실히 전투는 여전히 로망스의 주인공을 시험하는 시금석이지만, 전투의 동기는 다소 변하고 있다. 무훈시의 주인공은 大義를 위하여 싸우지만, 로망스의 주인공은 대개 개인적인 행동의 이상을 위하여 싸운다. 더욱이 전투는 이미 이야기의 중심적인 중대국면은 아니다. 싸움이 사건의 절정을 이루고 있는 『서 가웨인과 녹기사(Sir Gawain and Green Knight)』와 같은 작품에 있어서도 그러하다. 비중이 증가한 여성의 역할과 性愛의 강조가 아서王의 로망스와, 그 이전의 관련성 있는 카롤링거왕조 문학을 구별하

애정의 역할이 커지는 것은 우선 여성독자들을 의식한 상업적인 배려라는 점도 무시할 수 없을 것이다. 여성이 멋있는 남성을 만나서 아름다운 인연을 맺는 것이야 초시대적인 소망일 것이고, 이런 사실은 그대로 대단한 흥미소로 작용한다. 아울러 소설이 후대로 갈수록 단순한 만남이 아니라 만남과 이별을 몇 차례 교차시키고, 이 과정에서 여성의 수난을 특히 강조한 것 역시 여성독자들의 심리에 많이 영합한 처사로 보인다. 여성이라는 제약 때문에 겪어야했던 굴종과 인내는 소설 속의 이야기라기보다는 오히려 당대 여성들의 실제 삶 그 자체였을 것이고, 이런 맥락에서 여성의 수난이 독자들의 공감을 사는 것은 너무도 당연한 일이기 때문이다.

끝으로, 군담소설 결연담과 신화의 신성혼(神聖婚)과의 관련여부이다. 이미 기술한 대로 신화에서는 이질적이며 대극적이기까지 한 두 집단이 혼인을 함으로써 천지(天地)의 결합을 반복하는 경향이 있었다. 우리 신화에서만 보더라도 〈단군신화〉의 환웅과 웅녀, 〈주몽신화〉의 하백과 유화가 그러한 결합의 예이다. 그러나 군담소설에서의 주인공은 부모가 이미 혼인한 상태에서 자식이 탄생하는 것으로 시작함으로써 부모의 결연이 신성혼과 연관될 여지를 남겨두지 않고 있다. 다만 〈홍길동전〉 정도에서 길몽(吉夢)에 입각하여 아버지 홍 판서와 시비(侍婢) 춘섬의 결합하는 상황이 그런 편린이 엿보일 뿐이다.

그러나 한편으로 신화라고 해서 영웅이 좌정(坐定)한 후에 결연담이 없는 것은 아니어서 수로왕(首露王)과 허황옥(許黃玉)의 결혼이 그런 예이다. 이 결혼이 신성혼일 수 있는 결정적인 이유는 수로왕과 허황옥의 소종래(所從來)에 있을 것이다. 수로왕은 구지봉에서 하강한 인물로 천

는 주요한 특징이다." -Gillian Beer, 앞의 책, 32-33쪽 참조. 여성의 역할 강조 역시 〈이대봉전〉 같은 남녀 쌍웅형 작품이나 더 나아가서 여장군계 소설에서 극대화되는 것이다.

(天)을 나타내며, 허황옥은 바다 건너 먼 곳에서 온 바다, 곧 지(地)를 나타냄으로써 이들의 결혼 역시 우주적 통합임을 상징하고 있는 것이다.[349] 그러나 군담소설에서는 그러한 면이 드러나지 않을 뿐만 아니라 신분은 물론 지향점까지 같게 했다. 배필의 집안은 최소한 간신배의 파당에는 전혀 가담하지 않거나 주인공의 가문이 선 충신들의 파당에 적극 동조하는 사람들인 것이다. 혼인의 장애 역시 권력자의 부당한 요구나 외부의 억압에 의한 것일 뿐, 혼인 당사자나 양쪽 가문 간의 불화 등은 개입할 여지가 없다. 세속적으로 축복받아야 할 결혼이나 외부 여건의 문제로 잠시 곤욕을 치르는 정도로 설정됨으로써 신화와의 거리감은 더욱 커졌다 하겠다.

이상에서 드러난 사실들을 크게 본다면 결국 군담소설 내에서 본격적인 군담의 기능이 상대적으로 약화되면서 애정문제가 강화되는 쪽으로 전이되었다고 할 수 있고, 신성혼적 결연과는 선을 긋는 것이다. 결국 이런 변화는 〈유충렬전〉에서 '충(忠)-효(孝)-열(烈)'이라는 유교사회의 기본 윤리를 바탕으로 한 남녀의 결합을 정점으로 했다면, 그 이전 시기는 그러한 윤리 이전의 여성의 쟁취 쪽으로 기울었고 그 이후 시기는 상대에 대한 애정에 중심을 둔 쪽으로 선회한 것이다. 그 변화는 대체로 군공(軍功)에 의한 여성의 쟁취에서 이념에 의한 윤리로, 이념에 의한 윤리에서 상대에 대한 애정으로 전이하면서 소설적 흥미를 키워나가는 쪽으로 진행되었다.[350] 이는 한편으로는 시대에 따라 변화하는 의식을 잘 수용해낸

---

349) 이 신성혼적 의미에 대해서는 임재해, 『민족신화와 건국영웅들』, 천재교육, 1995, 330-334쪽 참조. 그는 수로왕과 허황옥이 벌이는 신성혼 제의적 의미로 세 가지를 들었으며, 이는 그 중 셋째의 것이다.

350) 군담소설에서 남녀 간의 애정이 주요사항으로 등장하는 데 대해서는 개별작품논의이기는 하지만 임재해, 「『김희경전』에서 문제된 고난과 만남」(『영남어문학』 6집, 영남어문학회, 1979)이 있다. 그는 여기에서 "만나고 헤어지는 고비를 겪다가 마침내 온전한 만남에 이르는 것은, 헤어짐은 만남을 파괴하나 더 온전한 만남을 생산해낸다는 만남의 논리를 보여주는 것이며, 만남의 의미를 한층 값지게 하는 것"(24쪽)이라고 의미를 부여하면서 "애정이 행복의 중요한 자리를 차지하고 있다는 인간적 각성을 표현하고 있다"(34쪽)고 결론지었다. 그런데, 거듭 강조되는 대로 소설이 목적 중심의 문학

것이면서 동시에 소설의 상업성을 극대화하는 쪽으로 선회한 것으로, 남성주인공의 엄청난 능력과 그에 따른 시련과 여성주인공의 남성주인공과의 결연과 그에 따른 견디기 힘든 시련이 절묘하게 짝을 이루면서, 한쪽으로는 그 능력을 한껏 과시하는 모습을 보여주고 또 다른 한편으로는 온갖 시련을 감내하는 모습을 보여주면서 욕구를 충족시켜나갔다고 해석할 수 있다.

4. 서사적 대결의 유형

1) 이야기의 삽입, 연쇄, 교체와 유형

기존 연구에서 군담소설의 유형논의를 펼친 예는 적지 않게 찾아볼 수 있으나, 그 유형화 방법이 지극히 내용 중심적인 것이었다. 대체로 '영웅의 일생'이라는 공통점을 인식한 가운데에서 그 아래에 서로 다른 점을 찾아 나선 결과였다. 그러나 구조주의가 개별항들 사이의 관계만을 중시하는 까닭에 우리가 직접 대하는 작품에서의 개별항들은 흔적도 없이 사라지고 그 '뼈대'라는 관계들만 놓일 위험이 다분하다. 단적인 예로 '영웅의 일생'이라는 서사구조로 신화부터 소설까지 일관된 설명을 독보적으로 전개한 조동일의 연구 중 〈황운전〉 부분을 보면, 주인공 황운을 중심으로 서사단락을 제시하면서 괄호 안에 여주인공 월중단의 서사단락을 제시한다.351) 그러나 주지하는 대로 〈황운전〉은 소위 쌍웅형(雙雄型) 작품임에

이 아니라 과정이 중시되는 갈래임을 감안한다면, 맨 끝에 나오는 완전한 만남을 위한 고난의 중첩이라는 식으로 논의하기보다는 고난의 과정 자체를 중시하고 그것을 상업적 흥미소로 삼은 것이라고 볼 필요가 있다. 요즈음도 여성들이 흔히 보는 멜로물에 여성 주인공의 수난이 등장하지만, 그렇다고 해서 그 주된 독자나 시청자들인 여성들이 맨 끝의 해피엔딩 때문에 그것을 즐긴다기보다는 작중의 여성주인공이 겪는 수난을 자신의 그것처럼 대리배설하는 심리가 강한 것이다.

도 불구하고, 마치 남주인공이 주도적으로 이야기를 이끌고 여주인공은 간간이 끼어들어간 정도로 오해할 소지가 다분히 있다.

더욱이 이러한 연구가 노리는 것이 '영웅성'의 존재와 그 변이과정 추적이라고 할 때, 여자도 그 영웅성을 유감없이 발휘해서 이처럼 쌍웅으로 돌출하는 작품을 그저 같은 구조라고 치부해버린다면, 문학작품의 개별성이 살아남을 소지는 별로 없게 된다. 문제는 '영웅의 일생'이라는 구조의 존재여부와 같은 추상적인 논의에 있는 것이 아니라, 독자들이 읽는 텍스트 자체에 있는 것이다. 과연 이 작품을 읽는 독자들이 〈유충렬전〉과 〈황운전〉을 '영웅의 일생'이 공존하므로 같은 부류로 인식했을까 하는 점은 물어보나마나이다. 그렇다고 해서 〈유충렬전〉은 아버지의 원수를 갚자는 것이지만 〈황운전〉은 애정을 성취하자는 것이라는 식의 논의로 이런 문제가 극복될 수 있는 것도 아니다.

그렇다면 독자가 접하는 것은 과연 무엇인가. 이 점에 대해서 토도로프의 발언에 귀기울여보자. "독자가 경험적으로 접하는 것은 명제도 아니고 연속요소도 아니며, 장편소설이나 중·단편 소설, 혹은 희곡 등 하나의 텍스트 전체이다. 그런데 하나의 텍스트는 거의 언제나 여러 연속요소들을 포함하고 있다. 여러 연속요소들의 조합에는 세 가지 유형이 가능하다."[352] 독자는 어느 부분을, 그것도 전체 중의 일부가 아니라 구조라는 추상적인 관계를 떼어내서 읽는 것이 아니다. 설령, 어느 한 연속요소가 여러작품에 두루 나타난다 하더라도 독자들은 그것 때문에 한 유형이라고 생각하는 것이 아니라 작품전체를 읽은 끝에 나름대로의 판단을 하게 된다. 이러한 문제점에 입각하여 토도로프가 제시한 세 가지 조합은 삽입, 연쇄, 교체이다. 결국, 하나의 구조를 토대로 설명하더라도 그 구조가 순연하게

---

351) 조동일, 앞의 책, 301-302쪽.
352) 츠베탕 토도로프, 「시학에 있어서의 구조주의」, 프랑스와 발르 저, 『구조주의란 무엇인가』, 민희식 역, 고려원, 1985, 166쪽.

전개되는 '기본형'을 상정한다면, 그에 따른 파생형으로 '삽입형, 연쇄형, 교체형'이 나올 수 있으므로 우리가 생각해낼 수 있는 구조는 이 네 가지가 될 수 있을 것이다.

고대의 건국신화를 근거로 추출해낸 '영웅의 일생' 일곱 단락이 주축이 된 〈유충렬전〉같은 작품을 기본형으로 설정한다면 자동적으로 세 유형이 파생될 수 있다는 말이다. 이는 구조단위에서는 모두 같으므로 그 아래의 개별 항, 즉 서사단락이나 화소에서의 차이만으로 유형을 나누어야한다는 방법론적 제약을 뛰어넘을 가능성을 제시해 준다. 가령, 앞서 언급한 〈황운전〉같은 경우는 여주인공의 이야기가 남주인공의 이야기 뒤에 괄호로 제시될 만큼 미약한 것이 아니라, 남주인공과 대등한 수준에서 이야기되는 것으로 이는 주인공 둘이 번갈아가면서 이야기를 이끌어 가는데, 이런 유형이 바로 교체형이 된다. 또 고대건국신화에서처럼 한 가지의 단일한 목적을 이루기 위해 주인공이 초지일관하면서 한 문제에 집요하게 매달리는 작품이라면 기본형과 같으므로 별문제이겠지만 〈홍길동전〉처럼 계속적으로 삽화를 이어가는 식으로 다른 이야기를 덧붙여나가는 방식은 곧바로 연쇄형이다. 게다가 아주 후기의 작품에서 흔한 가정소설이나 애정소설이 습합된 꼴의 작품들은 삽입형으로 처리할 수 있다.

이제 이 기본형(基本型), 삽입형(揷入型), 연쇄형(連鎖型), 교체형(交替型)의 네 유형을 작품을 예로 들어 구체적으로 설명해보자.

기본형(基本型)은 말 그대로 우리가 흔히 영웅소설 혹은 군담소설로 통칭하는 일군의 소설들을 대표할만한 특성을 지닌 유형의 소설을 말한다. 이는 조동일이 설정한 '영웅의 일생'유형에 꼭 들어맞을 뿐만 아니라, 기본 줄거리가 거기에 어떤 다른 요소가 덧붙지 않은 순연한 작품을 의미한다. 〈조웅전〉의 경우를 예로 하여 살펴보자.[353]

---

353) 〈조웅전〉(완판 88장본), 전집.3.

(가) 조웅은 충신 조정인의 유복자로 뛰어난 재주를 가지고 태어났다.

(나) 조정인은 간신 이두병에 의해 죽었으며, 조웅은 간신히 살아났지만 어머니와 장소저와 헤어지게 된다.

(다) 조웅은 월경대사의 도움으로 무공을 닦아서, 이두병을 죽이고 나라를 위기에서 구한다.

(라) 그 공으로 부귀영화를 누린다.

위의 단락제시는 영웅의 일생이라는 일곱 단락을 최소한으로 축약하여 네 단락으로 제시한 것이다. (가)는 주인공의 비범성을 드러내는 대목이니만큼 주인공을 영웅으로 특징짓는 필수사항이겠고, (라)역시 그 영웅성으로 인한 행복한 결말이라는 점에서 고정불변의 것이다. 그렇다면 문제는 (나)와 (다)로 집약될 수 있는데, (나)는 위기를, (다)는 위기의 극복과 과업성취를 나타낸다. 물론, 기존논의에서처럼 위기를 둘로 나누어서 어렸을 때의 기아(棄兒)와 성장해서의 불의(不義)세력의 공격으로 이원화하여 설명할 수도 있지만, 〈조웅전〉에서는 그 둘이 사실은 같은 원인에서 나온다는 점에서 굳이 가르지 않아도 별 문제가 발생하지 않는다. (나)부터 살피자면, 조웅에게 닥친 불행이나 위기, 도전은 모두 단일한 세력에 의한 공격에서 비롯되었다는 점이 중요하다. 아버지의 죽음, 어머니와의 이별, 결연의 파괴, 나라의 위망(危亡)이 모두 이두병이라는 간신세력의 횡포에 의한 것일 뿐이다. 이럴 경우 문제해결방법은 아주 간단하다. 이두병의 제거만으로 아버지의 원한을 씻을 수 있고 어머니와 다시 예전 같은 생활을 이룰 수 있으며 장소저와의 결연을 금제당할 필요도 없는 것이다. 이리하여 (다)에서는 반역을 하여 황제의 자리까지 찬탈한 이두병을 힘으로 제압하고 모든 문제를 일거에 해결하게 된다.

이처럼 이 기본형의 특징은 단일한 문제에 의한 다양한 사건의 나열과, 단일한 해결에 있다. 모든 문제는 한 인물, 혹은 한 세력에 의해 야기되며 이에 의해서 이러저러한 잡다한 사건들이 나지만 이는 그 세력의 축출이라는 직접적인 방법에 의해서 쉽게 해결되고 모든 문제는 원상으로 복구된다. 물론, (다)에서의 해결이 〈조웅전〉처럼 쉽게 끝나지 않는 〈곽해룡전〉같은 작품도 있게 마련이다. 아무리 적대세력이라지만 단 한 차례의 싸움으로 쉽사리 물러선다면 재미도 없을 뿐만 아니라 현실성이 떨어지게 되기 때문에 그 해결을 몇 부분으로 분할하여 극적인 재미를 늘려놓을수도 있는 것이다. 그런데 이런 작품들은 문제의 발생과 해결이 동전의 앞뒷면처럼 맞물려서 긴밀하게 직결된다는 점이 중요한 특성으로 부각된다. 〈조웅전〉, 〈유충렬전〉 등등의 전형적인 영웅소설로 인식되던 작품들은 거개가 여기에 속한다.

이에 비해 삽입형(揷入型)은 순연한 영웅담에 다른 요소가 끼어들어있는 유형이다. 또 보기에 따라서는 아예 군담소설적 요소가 전혀 없어도 무방할만한 유형의 작품에 군담을 약간 삽입해놓은 유형도 역시 이에 속하는데, 어떤 경우이든 일관된 목표 아래 군담이 중추적 기능을 하지 못한다는 점은 이 유형의 중요한 특성이다. 따라서 한 작품내에서 서로 이질적인 요소만 소거한다면 앞서 설명한 기본형이 되거나 아예 군담소설이 아닌 다른 유형의 작품으로 분류되는 데 아무런 장애가 없게 된다. 일례로 〈장인걸전〉을 가능한 한 간단히 단락을 제시하면 다음과 같다.[354]

(가) 장인걸은 장익이라는 부호의 아들로, 하늘의 점지를 받고 태어났다.
(나) 장인걸은 13세에 부모를 잃고, 과거에 급제했으나 벼슬을 못한다.
(다) 실의에 빠진 장인걸은 돈으로라도 벼슬을 사려했지만 돈만 날리고 한량으로 보내던 중 우직이라는 친구의 꾐에 빠져서 미인을 탐하다가 봉변 당한다.

354) 김기동 편, 『필사본 고전소설전집』권6, 아세아문화사, 1980.

(라) 패가망신한 장인걸은 자살하려 하지만 실패하고 인주 목사로
　　　자원하여 괴물을 퇴치한다.
(마) 괴물퇴치의 공로로 중앙으로 발탁된 장인걸은 대원수가 되어
　　　국난을 타개한다.
(바) 중국에까지 진출하여 자신의 능력을 과시하고 돌아온다.
(사) 귀국하여 부귀영화를 누린다.

　영웅소설이나 군담소설이라는 측면에서 볼 때 (다)부분은 대단히 이질
적인 요소이다. 한 돈 많은 남자, 혹은 호색한 남자를 후리려고 남녀가
공모하여 봉욕을 주는 이야기는 〈배비장전〉 등에서 익히 보던 이야기이
다. 장인걸은 우직이라는 친구가 소개해준 정소저를 한 번 보고는 홀딱
반해서, 돈으로 부탁을 한 끝에 그녀의 집을 찾아가 가약을 맺었지만, 벌
거벗은 채로 궤에 실려 바다로 버려지는 신세가 된다. 결국 그나마 작은
벼슬을 파직당하고 그 많던 재산을 다 탕진한다는 것이 (다)부분의 골자
이다. 그리하여 (라)에서 개과천선(改過遷善)한 새 인물이 되어서 본격적
인 영웅담이 펼쳐지는데, (다)가 없는 상태라면 (가)에서 (사)까지의 이야
기는 그대로 순연한 영웅담으로 보아도 무방할만하다. 물론, 기본형에서
처럼 단일한 플롯을 다양하게 이어가는 것은 아니라 할지라도 문과에 급
제하고 무과에 장원급제를 할 만한 능력있는 인물이 벼슬을 못하다가 자
신의 능력을 적극 발휘하면서 한 고을에서 국가로, 국내에서 국외로 자신
의 능력을 넓혀가는 구도는 분명히 영웅소설의 그것이다.
　종래의 유형분류에서 영웅소설로 취급되면서도 어딘지 정통이 아니라
고 인식되던 것들이나, 애정소설이나 윤리소설, 가정소설로 분류되면서도
영웅소설적 면모나 군담적 요소가 다분하다고 인식된 작품들은 거개가
이 범주에 든다고 해도 과언이 아니다. 그런데, 이런 양상을 보이는 작품
들은 어느 한 성향을 지니는 것이 아니라, 군담소설이 형성되기 이전에

있던 소설에 군담을 삽입해넣는 방식과, 군담소설이 성행한 이후 정통적 군담소설에 애정물이나 가정 이야기 등의 흥미와 영웅이야기를 끼워 넣은 경우가 있을 수 있어서 일관되게 설명하기 어려운 점이 있다.

가령, 〈창선감의록〉 같은 경우는 적어도 군담소설이라고 명명할 만한 일군의 작품이 나오기 이전의 작품이며, 〈구운몽〉 역시 전시기의 작품인데 이들은 모두 군담소설이 성행하기 이전에 군담적 요소를 끼워 넣은 경우이며, 〈장인걸전〉과 〈양풍운전〉, 〈김취경전〉, 〈창선감의록〉, 〈백학선전〉 등등은 순연한 가정소설이나 애정소설적 구성에 군담적 요소가 삽입되어 있는 꼴이다.[355] 가령, 〈김취경전〉의 경우를 연구한 논문에서 'II. 가정소설인가, 영웅소설인가'를 한 장으로 설정하여 논의할 정도이며[356] 이는 삽입형의 성립가능성을 입증해준다.

다음으로, 연쇄형(連鎖型)은 단일한 문제에 따른 다양한 사건이 아니라 아예 다양한 문제에 따른 다양한 사건을 연쇄적으로 보여주는 유형이다. 다시 말하자면 문제의 유발원인과 문제의 해결과정이 일관되게 유지되지 않고, 전체 이야기가 삽화적으로 꾸며지는 작품을 말한다. 일례로 〈홍길동전〉을 살펴보자.[357]

(가) 홍길동은 명문거족 홍 승상의 서자로 뛰어난 재주의 소유자이다.
(나) 곡산모가 자객을 시켜 그를 죽이려 하자 자객을 죽이고 집을 떠난다.
(다) 홍길동은 도적의 소굴에 들어가 괴수가 된다.

---

355) 여기에 드는 작품의 경우 가정소설과의 습합형식이 가장 흔한 형태일 것이다. 일례로, 박태상, 「〈김취경전〉의 작품구조 연구」(『常山 韓榮煥博士 華甲紀念論文集』, 개문사, 1993)에서는 〈김취경전〉을 위시하여 '양풍운전, 창선감의록, 김전전, 정을선전, 어룡전'등을 영웅담을 포함한 가정소설로 취급하는데, 이는 결국 삽입형의 성립가능성을 입증하는 사례로 볼 수 있다.
356) 박태상, 위의 논문.
357) 〈홍길동전〉(완판 36장본), 전집3.

(라) 해인사와 관가를 털어서 백성을 돕는다.

(마) 병조판서를 요구하며 관군과 대결한다.

(바) 망당산에 들어가 율동이라는 괴물을 죽이고 백룡의 딸을 구한다.

(사) 율도국을 치고 왕이 된다.

(아) 부귀영화를 누린다.

역시 (가)와 (아)로 볼 때 그 영웅성이 발현될 소지는 충분히 있어서 영웅소설로 보기에 별 무리가 없어 보인다. 하지만 〈조웅전〉이나 〈유충렬전〉과 같은 기본형을 보는 시각으로 살펴보면 어딘가 어색한 구석이 있다. (나)에서의 문제는 집안에서의 박해, 그것도 서자라는 위치 때문에 생기는 박해에 의한 것이었는데, (다)에서 (사)까지의 행적은 거기에 대해 그리 큰 문제를 부여하지 않고 있다. 물론, 작품 중에 호부호형(呼父呼兄)의 문제 등이 드러난다고 해서 그것이 본격적으로 거론된다는 증표가 되지는 못한다. 여기에 단락으로 제시된 대결만 보더라도 그가 대적해야 하는 상대는 애당초 출발은 곡산모 하나였지만 도적, 해인사 승려, 지방감영의 관군, 중앙의 관군, 괴물, 율도국의 군병 등등 숱한 대상들로 분산된다. 게다가 이런 분산이 특정한 방향성이나 원리에 입각해서 조직적으로 배열된다기보다는 단순히 시점 이동식으로 전이된다는 점에서 다른 유형과는 많이 구별된다.[358]

---

358) 이에 대해서는 서사의 시간이라는 측면에서 논의를 전개할 수도 있을 것으로 보인다. 이 작품의 경우는 시간이 계속 뒤로 진행되기는 하지만 엄밀한 의미에서 인과적인 시간 짜임으로 되어 있는 것이 아니라 우연적 사건의 연속으로 구성된다. 바흐찐이 말한 '모험적 시간'은 바로 이런 경우에 해당한다고 할 수 있는데, 해당대목을 간추려보면 다음과 같다: "모험적 시간은 개별적인 모험들 각각에 대응하는 일련의 짧막한 단편들로 이루어져 있으며 그러한 각각의 모험에서 시간은 외부로부터 기술적으로 조직된다. 중요한 것은 탈출하거나 따라잡거나 추격을 벗어날 수 있는가 없는가, 주어진 순간에 주어진 장소에 있을 수 있는가 없는가, 만날 수 있는가 없는가 하는 것 등이다. 주어진 모험의 한계 내에서는 낮과 밤, 시간, 심지어는 분, 초까지도 어떠한 투쟁이나 능동적인

이 유형에 속하는 작품들로는 〈홍길동전〉보다는 그 연쇄정도가 훨씬 더한 〈전우치전〉이나 그보다는 덜하지만 〈소대성전〉, 〈금방울전〉 등등이 있다. 이들은 모두 그 첫 문제유발 요인과 문제해결과정 및 결과가 긴밀히 연결되지 않는 작품들이다. 대체로 문제의 발단은 가정인데, 거기에 맞대결하지 않고 가정 밖에서 무공을 통한 일정한 공과를 얻음으로 해서 자신의 입지를 강화시키는 유형이다.[359] 이런 특성 때문에 전반부와 후반부의 연결이 플롯에 의해 꽉 짜이기보다는 삽화의 연속나열 같은 인상을 주게 된다. 기존연구에서도 이들 작품의 연구에서만은 근원설화의 추적에 많은 관심을 가진 것이라든지[360], 일사소설유형의 영웅소설적 변이로 살핀 것은[361] 다 그런 이유에 맥이 닿아 있다.[362]

끝으로 교체형(交替型)은 같은 범주의 두 이야기가 대등하게 교체되면서 이야기가 구성되는 유형이다. 이는 한 주인공을 중심으로 한 일관된

외부모험에서와 마찬가지로 계산에 넣어진다. 이러한 시간구분은 '갑자기'라든가 '바로 그 순간'과 같은 특수한 연결어에 의해 도입되고 서로 교차된다."(미하일 바흐찐, 『장편소설과 민중언어』, 전승희 외 옮김, 창작과 비평사, 1988, 269쪽) 결국, 고소설의 경우 현대소설에 비하자면 대개 그렇기는 하겠지만, 우연한 사건의 연쇄만으로 그 시간짜임이 구성될 수 있는 성향이 가장 강한 유형이 바로 이러한 유형일 것이다.

359) 이 연쇄형과 앞서 설명한 삽입형과의 구분에 상당한 혼선이 올 수 있다. 가령, 〈소대성전〉은 가정문제에서 출발을 했는데 결국 외적을 물리치는 무공을 세우는 이야기로 전이되었으므로 이것 역시 삽입형일 수 있지 않느냐는 반론이 제기될 수 있다. 그런데, 문제는 순연한 군담에 어떤 이질적 요소가 개입했느냐의 여부에 있는 것이 아니라, 군담적 요소를 제거했을 때 일반적인 소설구성에 결정적인 하자가 생기느냐 생기지 않느냐에 있다. 가령, 앞서 예를 든 삽입형 작품의 경우는 무예를 익혀서 전공을 세운 군담적 속성을 제거하더라도 근본적으로 이야기 자체의 큰 흐름에 지장을 주는 것은 아니지만 이 유형의 경우는 그것이 소거된다면 소설 자체의 구성에 치명적인 타격을 주게 되는 것이다.

360) 서대석, 앞의 책. 72-92쪽의 '소대성전 유형' 논의 부분 등이 그런 예이며, 윤재근, 「전우치 전설과 전우치전」(고려대학교 석사학위논문, 1982) 등을 위시한 상당수의 전우치전 연구논문 등이 그런 예이다.

361) 조동일, 앞의 책, 279-283쪽.

362) 소위 역사군담류에 속하는 작품도 이 유형에 포함시킬 수 있을 것이다. 〈임진록〉 같은 경우 단일한 인물의 단일한 사적은 아예 기대하기 어렵고, 여러 인물들이 여러 사건을 평면적으로 나열해간다는 점에 있어서 역시 연쇄형이다.

이야기인 기본형을 이중으로 겹쳐놓은 꼴인데, 남녀 주인공이 대등하게 군공을 이룬다는 점에서 쌍웅형(雙雄型)이라고 할 수 있다. 기본형이든 삽입형이든 연쇄형이든간에 적어도 영웅소설인 이상 남자 영웅에 걸맞은 여자 한둘쯤 안 나올 수 없지만 이들의 경우는, 그 핵심인 '군담'이 남성의 전유물일 뿐만 아니라 이야기의 비중도 철저하게 남성중심으로 꾸며지는 데 반해서 이 교체형에서는 군담이나 이야기 전체에서 남녀가 대등한 위치를 점한다는 점에서 확연히 구별된다. 일례로 〈이대봉전〉을 살펴보자.363)

(가) 1. 이대봉은 이부시랑 이익의 아들로 봉이 집으로 드는 태몽을 꾸고 태어난다.

　　 2. 장애황은 한림학사 장화의 딸로 황이 집으로 드는 태몽을 꾸고 태어난다.

(나) 그 둘은 천정배필로 서로 정혼한다.

(다) 1. 이시랑은 간신 왕회를 직간하다가 참소를 입어 물에 던져진다.

　　 2. 장한림은 그에 격분하여 죽고 애황의 어머니도 죽는다.

(라) 왕희가 애황을 며느리 삼으려했으나 거절당하자 간계를 편다.

(마) 1. 대봉과 이시랑은 용왕의 도움으로 살아난다.

　　 2. 애황은 집을 떠나 마고선녀의 도움을 받는다.

(바) 1. 대봉은 생불을 만나 재주를 익힌다.

　　 2. 애황은 마고선녀에게 재주를 익힌다.

(사) 2. 애황은 과거에 급제하여 출전, 선우의 침입을 물리친다.

　　 1. 북흉노가 기병하자 대봉이 흉노를 물리치고 대원수가 되어 천자를 구한다.

---

363) 〈이대봉전〉(완판 81장본), 전집2.

(아) 1. 대봉은 초왕이 된다.

  2. 애황은 연왕이 된다.

(자) 대봉과 애황은 혼인하고 왕회부자를 원찬한다.

(차) 둘은 부귀영화를 누린다.

문제의 발단은 왕회로부터 시작된다. 왕회의 참소로 두 집안이 몰락하고 결연한 두 사람은 이별을 강요당하지만, 군공을 세움으로 해서 자신의 힘을 키워서 왕회를 제압하는 것으로 결말짓는데, 이 점은 전체가 단일한 적을 상대하는 구도로 짜였다는 점에서 기본형과 크게 다르지 않다. 그런데 (가), (다), (마), (바), (사)에서 보듯이 이대봉과 장애황은 정확하게 대칭을 이루며 같은 행적을 보인다. 이름부터가 대봉과 애황으로 짝을 이룰 만큼 천정배필이라는 인식이 강한 데다 둘이 똑같이 고난과 수련과정을 겪고, 각각 다른 싸움에 출전하여 군공을 이룸으로 해서 똑같이 왕에 봉해진다.

앞서 설명한 삽입형이 줄거리의 전후반부에 이질적인 요소를 끼워 넣어 수직적인 확장방법이었다면, 이 유형은 처음부터 끝까지 두 주인공의 이야기를 병렬적으로 교체시켜나가는 수평적인 확장방법이라고 할 수 있다. 이런 유형에 드는 작품은 소위 여성영웅형 소설, 혹은 여호걸계소설이라고 할 만한 소설의 대부분을 포함한다. 물론, 여성영웅이 돌출하더라도 아예 남주인공이 부수적으로 취급되면서 남성의 군담이 거세된다면 역시 기본형에 속하겠지만, 고소설의 성격상 거기까지 나아가기는 어려운 탓에 거개가 삽입형으로 존재하게 된다.

이제 이상의 논의에서 보인 구성방식에 의한 네 유형을 알기 쉽게 정리하면 다음과 같다.

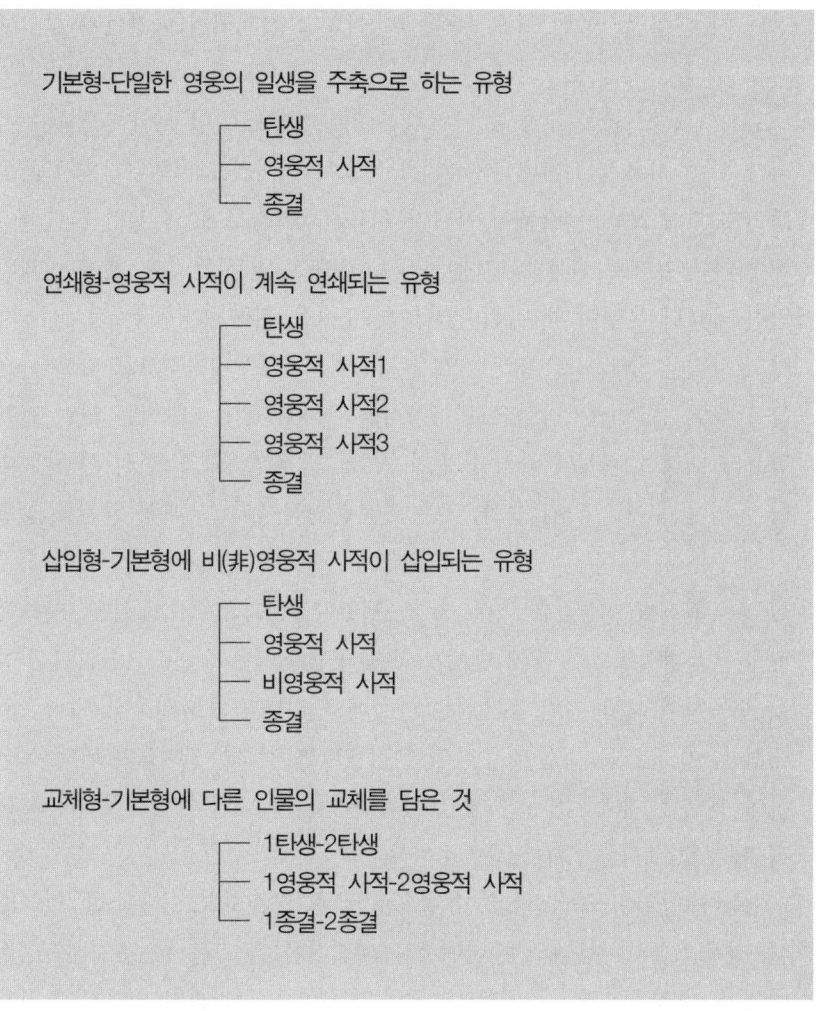

기본형-단일한 영웅의 일생을 주축으로 하는 유형

   ┌ 탄생
   ├ 영웅적 사적
   └ 종결

연쇄형-영웅적 사적이 계속 연쇄되는 유형

   ┌ 탄생
   ├ 영웅적 사적1
   ├ 영웅적 사적2
   ├ 영웅적 사적3
   └ 종결

삽입형-기본형에 비(非)영웅적 사적이 삽입되는 유형

   ┌ 탄생
   ├ 영웅적 사적
   ├ 비영웅적 사적
   └ 종결

교체형-기본형에 다른 인물의 교체를 담은 것

   ┌ 1탄생-2탄생
   ├ 1영웅적 사적-2영웅적 사적
   └ 1종결-2종결

2) '구성'유형의 전개양상

 기본형, 연쇄형, 삽입형, 교체형의 유형 구분은 그 구성방식에 따른 '구성' 유형인데, 이를 토대로 〈홍길동전〉, 〈조웅전〉, 〈유충렬전〉, 〈이대봉전〉, 〈유문성전〉 등의 대표 작품들이 어떻게 전개되어 나가는지 살펴보기로 한다.

먼저 〈홍길동전〉의 경우, 단일한 사적(事蹟)으로 이루어진 작품이 아니다. 특정 대적자(對敵者)를 상대로 집요하게 대결을 벌여나가면서 최종적인 승부를 노리는 작품이 아니라 처음 시작한 문제에서부터 출발하여 계속 다른 문제로 이동해나가는 형국을 취하고 있는 것이다. 문제는 제일 먼저 나타난 유형이 왜 이런 연쇄형의 구성을 취하는가 하는 점이다. 하나의 사적을 중심으로 일관성 있게 서술하지 않고 계속적으로 다른 사적들을 쌓아 올려놓는 방식으로 이야기를 전개해나가는 방법은 제일 먼저 작품의 내적 일관성에 손상을 주기 쉽다. 그 동안 초기소설의 성립에 대한 논의에서 여러 가지 설화, 혹은 한문단편들에서 그 내적 원인을 찾으려 한 시도는 높이 살 만한 것이지만 한 가지 간과한 것은 전초단계의 소설과 후행 군담소설간의 기본 성격문제였다. 전초단계의 소설은 주로 단편적 구성형식이었던 데에 반해서 후행 군담소설은 장편소설이었던 사실에 주목하여 보면 이런 문제점은 여실히 드러난다. 〈홍길동전〉이나 〈소대성전〉이 요즈음 소설에 준하여 생각한다면 최소한 그 길이 면에서 장편이 될 수는 없겠지만, 한 인간의 일대기를 쭉 나열한다는 점에서 장편적 특질을 무시할 수는 없는 것이다.

이는 조동일이 초기소설의 유형으로 꼽은 '명혼소설, 몽유소설, 일사소설, 영웅소설'[364] 등과의 관련에서 논의됨직하다. 그는 〈전우치전〉, 〈소대성전〉, 〈장풍운전〉, 〈장경전〉 등의 작품이 일사소설적 면모를 지니고 있음을 주목했는데[365], 이 작품들의 공통점으로 꼽히는 '일사소설'의 특성은 바로 지금 다루려고 하는 연쇄형 작품과 밀접한 관계가 있다. 우선

364) 조동일, 앞의 책에 있는 「소설의 성립과 초기소설의 유형적 특징」 및 「영웅소설 작품 구조의 시대적 성격」 참조.
365) 조동일, 앞의 책, 282쪽.

〈전우치전〉의 경우만 하더라도 〈홍길동전〉의 아류라는 인식이 일반적일 뿐만 아니라 작품을 이어나가는 방식이 흡사해서 함께 논의할 수 있다. 조동일은 "영웅소설은 처음부터 명혼소설·몽유소설·일사소설과는 다른 성격을 지니고 있다"고 전제하고 "이미 〈홍길동전〉에서부터, 영웅소설에 설정된 자아는 탁월한 능력을 발휘해 세계와의 대결에서 승리를 거둔다"366)고 했다. 이런 인식의 근저에는 〈홍길동전〉은 기존의 일사소설류에서 주인공이 어이없이 패배하는 방식과 결별을 하고 주인공의 승리로 점철되는 새로운 유형이 탄생되었다는 인식이 깔려 있다. 그러나 그렇게 단순하게 주인공이 패배하느냐 승리하느냐만을 가지고 문학사적 절연을 선언할 것이 아니라, 이 유형의 작품군이 갖고 있는 소설구성방식이 전대의 소설과 어떤 맥락에서 이어질 수 있는지 살피는 일이 중요한 논제가 될 것이다.

조동일이 지적한 초기소설 중 '영웅소설'을 제외한 나머지 세 유형은 사실 모두 단편소설에 지나지 않는다. 길이로 따져도 그렇고 이야기의 전체 구성으로 보아도 단편적인 구성, 삽화형식의 제시로 그치고 있는데, 우리는 바로 이 사실에서부터 〈홍길동전〉의 유형, 곧 연쇄형 군담소설의 문학사적 의의를 해명해낼 수 있다. 군담소설 이전에 이렇다 할 전범으로 삼을 장편 작품이 없다면, 필연적으로 기존의 단편에서 장편을 이끌어낼 방법을 찾게 되는 것이야 어쩌면 너무도 당연한 일이다. 그렇다면, 문제는 단편을 장편으로 만드는 기법으로 좁혀진다.

어떻게 하면 짧은 이야기를 긴 이야기로 만들 수 있을까. 간단하게는 짧은 이야기를 부연하고 늘여서 만드는 것이 제일 좋을 듯 싶지만, 짧은 이야기와 긴 이야기는 그 길이뿐만 아니라 이야기의 성격이 아예 다르기 때문에 동일한 이야기만을 가지고 확대 혹은 부연을 하여 긴 이야기로 구

---

366) 조동일, 앞의 책, 283쪽.

성하기에는 일정한 한계가 따르기 마련이어서 곤란한 점이 있다.[367] 장편소설과 단편소설은 단순히 길이만의 문제뿐만 아니라 그 구성방식에서 첨예한 대립을 보인다.[368] 장편소설은 하나의 긴 이야기를 일정한 기둥줄기에 의해서 한 가지로 일관되게 진행하는 것이 상례이다. 따라서 일정 부분에서 절정을 이루고 나중에는 에필로그 정도에 해당하는 뒷이야기가 나오게 되어있지만, 단편소설은 모든 이야기를 결말의 극적인 사건을 위해 치닫게 만들어서 절정은 맨 뒤에 나오게 된다. 물론, 우리 고소설에서 말하는 『금오신화(金鰲新話)』류의 단편소설이 이 서구 단편소설의 이론에 잘 들어맞는다고 강변할 이유는 없지만, 적어도 단편에서 장편으로 옮겨가는 전환이 단순히 길이를 길게 늘이는 문제만이 아님은 쉽게 수긍할 수 있다. 그렇다면 짧은 이야기를 엿가락처럼 늘여서는 본래적 의미의 장편이 되기 어려울 것이고, 이때 가장 손쉬운 방법은 여러 가지 단편을 병렬로 덧보태는 방법이 될 것이다. 하나의 이야기가 끝나면 다른 이야기를, 또 그 이야기가 끝나면 또 다른 이야기를 덧보태는 식으로 이야기를 늘려 가면 손쉽게 장편화할 수 있는 길이 열린다는 말이다.

다시 〈홍길동전〉으로 돌아가보자. 앞서 대결유형에서 살핀 바 있듯이 이 작품에서 주인공 홍길동은 계속 여러 대적자를 바꿔가면서 자신의 능력을 과시하는 방식을 구사하고 있다. 제일 먼저 만나는 대적자는 곡산모의 사주를 받은 자객인데, 그 다음 대적자는 엉뚱하게도 도적 소굴의 괴수였고, 그 다음은 해인사와 함경감영, 그 다음은 관군, 그 다음은 제도, 그 다음은 망당산 괴물 율동, 그 다음은 율도국 등으로 계속 그 상대를 옮겨 나가지만 그들 사이에 필연적인 연결고리를 발견하기는 매우 어렵

---

367) 이런 소설의 장형화 문제에 대해서는 가문소설을 통한 연구이기는 하지만 김홍균, 「복수주인공 고전장편소설의 창작방법 연구」(한국학대학원 박사학위논문, 1990)에서 그 원리가 다루어진 바 있다.

368) 보리스 아이헨바움, 「산문의 이론에 관하여」, 츠베탕 토도로프 편, 김치수 역, 『러시아 형식주의』, 이화여자대학교 출판부, 1981, 153-155쪽에 자세한 내용이 실려있다.

다. 논자에 따라서는 그것이 마치 개인적인 문제에서 가정적인 문제로, 가정적인 문제에서 사회적인 문제로, 사회적인 문제에서 국가적인 문제로, 국가적인 문제에서 그 이상의 문제로 논리적으로 확대된 것처럼 설명하기도 하지만[369], 어떤 식으로 설명하든 앞의 대적자가 뒤의 대적자와 꼭 연결될 필요가 없다는 사실은 매우 중요하다.

결국, 〈홍길동전〉은 하나의 이야기를 일관되게 서술하면서 하나의 정점을 그리다가 하강하는 장편소설의 기본형식과는 일정한 거리를 두게 된다. 비유를 들어 말하자면 이 작품은 영화의 필름이 돌아가듯 일정한 연속화면으로 매끄럽게 이어지기보다는 환등기의 필름이 바뀌듯 매단위마다 일정한 불연속화면으로 끊어지면서 이어지는 것이다. 앞서 인용한 부분으로 설명하자면 전체작품의 부분부분이 하나의 정점을 향해 치닫는 형국으로, 마치 몇 개의 단편을 묶어놓은 듯한 삽화나열형식을 보인다고 할 수 있다. "하위 단계의 갈등이 확대 고조되어 필연적으로 상위 단계의 갈등으로 이전되면서 보다 포괄적이고 본질적인 문제제기 형태로 통합되어 나타나는 것이 아니라, 하위 단계의 갈들이 잠정적인 해소를 보인 후 상위 단계의 갈등으로 옮아가는 형태를 보이기 때문에, 그것들은 층위는

---

369) 연구사를 검토해볼 때 이런 문제는 대단히 심각한 논쟁거리였음을 알 수 있다. 비교적 초기의 연구자들이라 할 수 있는 이재수, 김동욱, 여증동 등이 불통일성, 일관성의 파탄, 상호 모순 등을 지적한 데 반하여 김일렬, 임형택은 작품의 내재적 통일원리를 찾으려고 애썼다. 자세한 사항은 아래의 논문들을 참조할 것.
이재수, 「蛟山小說考」, 『韓國小說硏究』, 선명문화사, 1973.
여증동, 「洪吉童傳의 構造論」, 『常山 李在秀博士 還曆記念論文集』, 형설출판사, 1972.
김동욱, 「洪吉童傳의 傳記的 類型」, 『허균의 문학과 혁신사상』, 새문사, 1981.
김일렬, 「洪吉童傳의 不統一性과 統一性」, 『語文學』17, 한국어문학회, 1972.
임형택, 「洪吉童傳의 新考察」上·下, 『創作과 批評』42호·43호, 1976 겨울·1977봄.
이 외에도 율도국 부분을 갈등의 완전한 중재를 위해 등장된 것으로 해석해서 결국은 그 통일성을 입증한 김재용, 「갈등중재 이론으로 본 〈홍길동전〉의 구조와 의미」(『한국언어문학』 21집, 한국언어문학회, 1982)이나 장소이동을 통한 확대를 꾀한 원심적 구조라는 점을 지적하여 결국 유사한 결론에 이른 김연호, 「〈홍길동전〉의 원심적 구조」(『于雲 朴炳采 博士 還曆記念論叢』, 고려대국문학연구회, 1985)도 있다.

다르지만 각기 다른 별개적인 문제가 병렬적으로 연결되는 것처럼 느껴진다."는 진술은 이러한 상황을 뒷받침해준다.[370]

〈홍길동전〉에 나타나는 이런 특성은 〈전우치전〉의 경우 좀 더 명확히 드러난다. 〈홍길동전〉도 부분적으로 그렇지만 특히 이 작품의 경우는 그 근간이 된 설화의 추적이 주요 연구영역의 하나로 자리잡아가고 있는데[371], 이는 바로 이 작품이 기존의 여러 설화들을 취합하여 하나의 작품으로 묶었다는 증거가 될 것이다. 전우치가 보이는 숱한 행적들은 사실 하나하나의 이야기가 독립적으로 꾸며져 있어서 전우치라는 단일한 인물에 의한 행위라는 점만 고려하지 않는다면 거기에서 어떠한 일관된 내적 원리도 찾아보기 어렵다. 전우치는 여기저기 옮겨 다니며 그 신비한 도술을 펼쳐 보이고, 이 사람 저 사람이 그 도술에 의해 농락당하는 이야기들이 모아져있을 뿐이다.

이처럼 이 연쇄형은 전초단계로서의 단편적 소설 혹은 설화를 단순히 병렬연결시키는 간단한 조작만으로 그 분량을 늘이고 앞뒤에 한 인물의 출생과 종결을 집어넣은 정도의 소박한 단계에 머문 것이므로, 초기 군담소설의 한 틀을 보여준다. 그런데 이런 방식만으로는 소위 영웅의 일대기라는 완벽한 짜임새를 드러내기 힘든 한계가 있으므로 삽화의 집합같은 비조직적인 짜임을 벗어나 어느 정도 일관된 연결을 시도하게 마련인데, 연쇄형 중에서도 〈소대성전〉같은 부류는 단일한 사적 중심은 아닐지라도 어느 정도 단일한 사적으로 모아지는 과도기적 변이형을 보인다. 소대성

---

370) 박일용, 「〈홍길동전〉의 문학적 의미 재론」, 『영웅소설의 소설사적 변주』, 월인, 2003, 167쪽.
371) 기존 연구사에서 전우치 설화와 소설을 연계하여 설명한 예는 어렵지 않게 찾아볼 수 있다. 다음 논문들이 그런 예이다.
    정규복, 「서유기와 한국고소설」, 『아세아연구』48호, 1972.
    임철호, 「전운치전 연구」I·II, 『연세어문학』9·10합집·11집, 연세어문학회, 1976·1978.
    박일용, 「전우치전과 전우치설화」, 『국어국문학』92호, 국어국문학회, 1984.

이 제일 먼저 만난 고난은 알 수 없는 지위 하락이었고, 그 다음 닥친 고난은 처가의 박대였으며, 맨 끝에 문제해결법으로 택한 것은 외적의 격퇴였다.

〈소대성전〉에서는 〈홍길동전〉이나 〈전우치전〉처럼 산만한 열거는 상당히 축소되었다고는 해도 여전히 서로 필연적으로 연관되기 힘든 서로 다른 사적인 연결되어 있는 것이다. 문제의 발단과 문제의 해결이 사실은 서로 다른 곳에서 이루어지기에 전체적으로는 연쇄형의 범위를 벗어날 수는 없지만, 〈홍길동전〉이나 〈전우치전〉같은 단순병렬식 나열이 아닌 단계적 획득으로 나아간다는 점은 주목할 만한 변화라고 하겠다.372) 아울러, 이 작품 역시 일사소설적(逸士小說的) 면모를 강하게 풍기는 것이어서 문제의 핵심이 자신의 능력을 알아주지 않는 세상에 있는 것이며, 따라서 자신의 능력을 과시하는 수단으로 이러저러한 사적을 끌어대기만 하면 되므로 연쇄형 구성을 띠는 것은 매우 자연스러운 현상이다.

결국, 우리의 첫 분석대상인 〈홍길동전〉의 유형론적 접근에 의하면, 이 작품은 전초단계의 설화나 일화형 단편들을 병렬적으로 접속하면서 분량을 늘여나가는 방식인 연쇄형이어서, 아직 본격적인 일대기형 장편이 되지는 못하지만 거기로 가는 시발점으로 잡을 수 있을 것이다. 또 같은 연쇄형의 범주에 드는 〈소대성전〉같은 경우는 〈홍길동전〉이나 〈전우치전〉처럼 계속적인 연쇄로 해서 맨 처음의 문제에서 아주 벗어나는 것이 아니라 다시 회귀하게 구성함으로 해서 다음에 있을 기본형으로 가는 과도기적 역할을 충분히 수행하는 것으로 판단된다.373)

---

372) 단계적 변화라고 말하는 것은 단순히 연쇄되는 사건의 수가 적기 때문이 아니라, 결국 맨 마지막에는 맨 처음의 문제, 곧 지위 하락과 처가의 박대를 극복하는 방향으로 귀결되어서 그 중간의 사적들이 연결되지 않는 듯해도 그것이 최종목표에 도달하기 위한 한 과정으로 인지될 수 있음을 뜻한다. 〈홍길동전〉이나 〈전우치전〉이 여러 이야기를 고리로 연결해놓은 형국이라면, 〈소대성전〉은 앞뒤의 이야기가 연계되어 계단을 놓은 방식의 연결법이라 하겠다.

다음으로 살필 작품은 〈조웅전〉이다. 〈조웅전〉은 우선 서두부터 명확한 적대자에 의해 모든 문제가 야기될 뿐만 아니라 차후의 모든 문제, 모든 해결 방법이 오로지 간신 이두병에게로 집중된다는 점에서 단일한 중심 줄거리로 구성되는 특성을 지닌다. 조웅의 부친은 이두병 때문에 자결했고, 조웅은 이두병에게 쫓겨서 세상을 떠돌게 되며, 결국 이두병을 물리치고 나서야 모든 문제가 해결되는 것이다. 이는 앞서 보인 연쇄형의 작품이 문제의 발단과 전개, 그 해결이 서로 다른 방향으로 치닫는 데 비한다면 확실히 장편적 특성을 지니는 것이다.[374]

조웅이 대적하는 상대는 앞서 대결양상을 논하면서 밝혔듯이 한두 명이 아니지만, 모든 대적자는 사실 이두병 한 명에게 집약되어 있어서 결국 맨 마지막으로 그를 잡는 것으로 문제는 일거에 해결된다. 〈소대성전〉에서만 해도 최소한 대적해야할 상대는 두 곳 이상으로 나뉘어져 있었지만 이제 처음부터 끝까지 한 세력만 염두에 두면 사태는 간단히 해결될 수 있게 된 것이다. 이 점에서 〈유충렬전〉 역시 마찬가지이다. 유충렬은 정한담이라는 대적자와 처음부터 끝까지 물고 물리는 접전을 벌인 끝에 최종적인 승리로 모든 문제를 일거에 해결하게 된다.

이 점에서 〈조웅전〉과 〈유충렬전〉은 모두 기본형에 속하는 것으로 그 둘 사이에는 별다른 유형상의 변별점은 없을 듯이 보이지만 자세히 살피면 이들 사이에는 중대한 변별점이 있다. 〈조웅전〉에서는 조웅의 아버지를 이어서 조웅이 그 힘든 과업을 맡지만, 원조자라고 할 만한 세력이 구

---

373) 물론, 〈홍길동전〉의 경우도 홍 판서의 장례문제 등을 둘러싸고 맨 처음의 문제로 돌아가는 듯한 인상을 주지만, 〈소대성전〉의 그것과는 본질적인 차이를 보인다.
374) 〈조웅전〉의 인기를 이런 일관성에서 찾은 예는 조동일의 경우에서 이미 발견된다: "〈洪吉童傳〉은 사건의 내용은 단순하면서도 부분들 사이의 연관은 그리 긴밀하지 않다고 할 수 있는데, 〈趙雄傳〉은 다양한 複合性과 긴밀한 연관성의 조화에서 생기는 흥미와 긴장감을 잘 갖추고 있다. 〈趙雄傳〉이 독자들에게 크게 환영받을 수 있었던 이유의 일단이 이런 데 있었을 것 같다." (조동일, 앞의 책, 317쪽)

체화되어 나타나지 않는다. 물론 영험스러운 능력을 지닌 도사가 그에게 힘이 되기는 해도, 실제로 자신과 대등한 위치에 선 원조자가 나타나지 않는다는 말이다. 그런데, 〈유충렬전〉에 이르면 사정이 달라진다. 유충렬 역시 간신의 농간으로 부친과 결별하고 도망 다니는 신세가 되지만 그에게는 강희주라는 승상의 도움이 있게 되고 강희주는 그의 딸과 유충렬을 맺어주고는 기꺼이 그의 동조자가 되어준다.

이렇게 되어 〈유충렬전〉에서 핍박받는 무리는 유심 가문과 강희주 가문, 유충렬과 강소저 두 무리로 나뉜다. 유심의 충언 못지않게 강희주도 충간을 하고, 유심의 고초만큼이나 강희주도 고난을 당한다. 또 유충렬이 받는 핍박받듯이 강소저 역시 핍박을 받게 되는데, 이런 양상이 정확하게 짝을 이루면서 나타난다는 사실은 매우 중요한 변화가 아닐 수 없다. 물론, 더 후대의 것으로 추정되는 쌍웅형(雙雄型)에 비한다면 그 정도가 약할 뿐만 아니라 무엇보다도 한 쪽의 영웅성 혹은 비범성이 몹시 떨어지는 것이기는 해도 그것이 적어도 양쪽으로 관심이 확산되게 꾸며졌다는 점만은 부인할 수 없는 것이다.

이 점에서 이 작품은 기본형, 즉 단일한 영웅의 사적으로 꾸며진 유형이면서도 교체형으로 전이되는 과정을 보여주는 것이다. 일단, 주인공 유충렬의 배필로 상정되는 여인이 단순히 자신의 정혼자로서의 장식적 구실을 하는 데 그치지 않고 이념적 동반자로 설정되면서, 자신이 겪는 고난을 함께 감내한다는 것은 앞서 예거한 〈홍길동전〉이나 〈소대성전〉, 〈조웅전〉 등과는 확실한 거리를 드러낸다. 더 이상 군담소설이 한 인물을 중심으로 이야기를 진행하는 방식으로는 큰 흥미를 끌어내기 어렵다고 판단되면 이런 식의 변형이 필요했을 것으로 짐작할 수 있다. 작품의 문면으로는 한 명의 영웅의 일대기를 따라가기만 하면 되는 기본형인 것처럼 보이지만, 그 안으로 파고들면 사실은 두 명의 사적을 번갈아 보아야 이야기의 전체가 제대로 파악될 수 있는 작품이 바로 이 작품인 것이다.

이런 변화를 좀 더 강력하게 밀고 나가면 명실상부한 교체형이 되는데, 〈이대봉전〉은 그 단적인 예이다. 〈이대봉전〉은 그 제명이 말해주듯이 이대봉이 그 주인공이지만, '대봉(大鳳)'과 '애황(愛凰)'이 정확하게 짝을 이루면서 기본형이 교체되면서 진행되는 듯한 느낌을 준다. 그 출생부터 두 인물이 예사롭지 않게 태어났을 뿐만 아니라, 남성의 영웅적 활약 못지않게 여성의 영웅적 활약도 함께 부각시킴으로 해서 사실 어느 인물이 주인공인지 모를 정도이다. 이는 〈유충렬전〉의 경우 남녀 두 인물을 설정해 놓고도 남자주인공에게만 능력을 부과하여 남성은 고난과 그 극복을 모두 감당하지만, 여성은 일방적으로 수난만 받는 불균등한 상태를 많이 시정한 증표이다. 한 인물 중심의 단일한 사적을 다룬 기본형만으로는 단조로움을 피하기 어렵다고 판단될 때, 수평적인 확대 방식은 누구나 쉽게 상정할 수 있는 것이지만, 그것이 〈유충렬전〉과는 달리 아예 문제의 확대뿐만 아니라 그 해결까지 확대해놓는 방식은 상당히 파격적이다.

사실, 소설이 어차피 허구라고는 해도 소설 나름의 그럴듯함을 고려한다면 한 인물의 비범성을 그려놓는 것만 해도 상당한 정도의 위험부담을 주게 되는데, 이처럼 동시에 두 인물에게 초월적인 힘을 주고, 그것도 여성에게 남성적인 무력을 행사할 수 있게 하면서, 그런 두 주인공이 처음부터 맺어지는 우연을 상정하는 것 자체가 흥미를 넘어선 진실을 추구하는 독자들에게는 대단한 걸림돌이 되었을 것이다. 쌍웅형으로 통칭되는 이런 유형의 작품의 경우는 부분적으로는 심한 쾌감과 통쾌감, 혹은 특정 독자들에게 공감대를 불러일으킬 수 있는 반면 그에 따른 반감 역시 무시할 수 없다는 말이다.

따라서 교체형을 택하더라도 일정한 정도의 사실성을 강화하는 방식으로 이야기 전개를 선회할 수 있는데, 〈유문성전〉은 이런 변화를 잘 보여준다. 〈유문성전〉 역시 남성 주인공 유문성과 여성주인공 이춘령의 두 인물의 사적을 교체하면서 보여주는 전형적인 교체형 작품이므로 그런 측면에서 〈이대봉전〉과 크게 다를 것이 없다. 그런데 앞서 언급한 바 있듯 이 맨처음 등장하는 인물은 이춘령이고, 그의 탄생에서 신이함을 강조하 기는 했어도 뒤에 서술되는 유문성에게는 그런 신이함을 강조하지 않고 곧바로 간단한 정보제시와 둘의 만남을 서술한다.

그런데 이들의 만남이 다른 작품에서 보듯이 부모의 혼약이나, 전생의 인연 등으로 시작되는 것이 아니라, 유문성이 우연히 아름다운 한 여자를 보고 자신의 짝으로 결정하는 데에서 비롯된다는 점이 충격적이다. 이 정 도의 일은 세상 어디에고 흔할 터여서 별로 이상하게 생각할 것도 없고 또 그 개연성이 무시될 수 있는 것도 아니므로, 사실성의 측면에서는 상 당히 앞선 것이다. 이 점에서 이 작품은 남녀 두 영웅의 사적을 교체하는 교체형이기는 해도 도식적인 교체방식에 의한 부자연스러움에서 상당히 많이 벗어난 것이어서 〈이대봉전〉 부류와는 질적인 차이를 드러낸다.

〈이대봉전〉같은 교체형의 경우는 이대봉의 출생이 나오면 곧 이어 장 애황의 출생이 나오고, 이대봉의 출전이 나오면 또 곧 이어 장애황의 출 생이 나오는 식의 기계적인 교체로 일관되는 데 비해서 이 〈유문성전〉에 이르면 이처럼 한 쪽의 영웅적 출생이 나와도 한 쪽은 그럴 필요가 없다 면 과감하게 생략하기도 하고, 하늘에서 부여된 운명에 의해서 좌지우지 되면서 두 인물이 병렬로 서술되는 방식을 탈피하여 자유로운 서술기법 을 구성하는 것이다. 물론, 이 작품이라고 해도 그런 속성을 완전히 벗어 난 것은 아니지만[375] 적어도 고소설적 기법을 충실히 유지하는 범위 내에 서 상당히 참신한 성격을 지닌 것이다. 만일 이 정도의 이야기에서 그 터 무니없는 비범성, 그럴법하지 않은 우연성을 약간만 소거한다면 이 작품 이 생성될 무렵의 신문학에 견주어도 그리 손색이 없는 소설적 흥미와 수 준을 유지한 작품으로 평가될 정도이다.

---

375) 가령, 성현경, 앞의 논문에서 이 작품을 적강형(謫降型)으로 설명하는 것은 그런 사정 을 잘 보여준다.

3) 유형 변이의 의미

이제 이상의 다섯 작품을 통해서 그 전개양상이 연쇄형을 거쳐서 기본형으로, 기본형을 거쳐서 교체형으로 변전되는 사실이 확인되었다. 또 연쇄형이라고는 해도 〈홍길동전〉처럼 연속적인 사적의 나열로 일관되면서 앞의 문제와 연결되지 않는 것도 있고, 〈소대성전〉처럼 서로 다른 사적이 연쇄되더라도 우선 그 수효가 적은 데다 좀 더 구체적으로 앞의 문제에 접근하는 기본형으로 진행하는 과도기적 성격이 짙은 연쇄형이 있음을 알았다. 이런 과도기적 작품을 지나면 〈조웅전〉처럼 본격적인 기본형이 성립되는데, 여기에 여주인공편의 동조세력을 구체화하면 〈유충렬전〉처럼 교체형으로 가는 발판을 마련하는 기본형이 있게 되고, 이것이 더욱 확대되면 순연한 쌍웅으로 드러나는 〈이대봉전〉과 같은 교체형이 나타난다. 또 이런 교체형은 그 기계적인 교체방식을 지양하고 자연스러운 만남과 영웅적 사적을 강조하는 〈유문성전〉같은 작품을 생성하게 된다.

이는 다시 정리하면 ①연쇄형(홍길동전)→②과도기 연쇄형(소대성전)→③기본형(조웅전)→④과도기 기본형(유충렬전)→⑤교체형(이대봉전)→⑥과도기 교체형(유문성전)의 순서가 될 것이다. 그런데, 문제는 앞서 살핀 다섯 대표작품의 예에서는 삽입형이 존재하지 않기에 이들 유형을 어디에 위치시킬 것이냐 하는 점이다. 〈창선감의록〉이나 〈구운몽〉등을 고려한다면 적어도 ①과 ②의 사이 정도에는 있어야 할 것이지만, 기타 쟁총형이나 애정물이 얽힌 경우라면 ⑤이후에 들어가는 것이 타당할 것이기 때문에 대단히 복잡한 양상을 보인다. 이는 군담소설이 생성되기 이전에 다른 유형에 시험적으로 군담이 들어간 경우인가, 아니면 군담소설의 유행과 인기에 힘입어서 그에 편승하여 애당초 다른 유형의 작품에 군담을 끼워 넣은 것인가에 따라서 달라질 것이기에, 작품에 따라서 개별적인 순서로 논의하는 편이 정확하리라 여겨진다.

이런 변화는 군담소설의 형성과 변이가 단순히 신화적 모티프나 여타 소설의 특정 소재를 이어받아서 그 내용을 변개하면서 이루어진 것이 아니라 그보다는 오히려 군담소설 특유의 형식을 갖추어나가면서 이룬 것임을 입증해준다. 오로지 한 인물의 이동을 따라서 이야기를 서술해나가기만 하는 신화에서라면 그 신화의 주인공의 행적을 좇는 것 자체로 훌륭한 이야기가 성립되겠지만, 그런 단일한 인물의 절대적 행적만으로는 소설적 갈등을 표출해낼 수 없는 군담소설에서는 한 인물의 행적을 좇는 것만으로 작품의 완성도를 높이기 어려웠을 것이다.

결국, 잡다한 삽화들이 연이어 나오는 연쇄형에서 기본형으로, 또 기본형의 통일성을 깨지 않고 확장해나가는 여러 유형으로 전이는 필연적이었을 것이다. 이때 통일성을 깨지 않고 확장하려면 기본적인 주인공과 적대자를 가만히 둔 채 각각의 편에 동조자를 두는 수평적인 확장을 꾀하고, 나아가서는 거기에 약간의 영웅성만 덧보태면 교체형으로 전이하게 된다. 이런 교체형의 경우는 소설적 흥미를 강화하는 상업적 계산이 짙은 것이기는 하지만, 사실 대적자에 대해 서로 다른 영웅이 공동으로 출전하는 방식을 택함으로 해서 결과적으로는 한 영웅의 절대성을 상당히 삭감한 셈이 된다.[376] 따라서 기본형에서 보여주던 영웅의 절대적 힘은 약화되는 형국을 맞는다.

이렇게 보면 연쇄형의 경우 그 영웅적 힘이 신화에 근접하면서 가장 강하다고 할 수 있다.[377] 통상적으로 영웅 신화의 주인공들은 자신의 영웅성을 증명하기 위해 여러 가지 능력을 발휘해 보인다. 주몽을 예로 들자

---

376) 여성영웅소설 등으로 통칭되어오곤 했던 이 부류의 작품이 겪는 후대적 변모양상에 대해서는 민찬(1986)에서 상세히 논의된 바 있는데, 그는 이 유형의 변모를 영웅소설이 남녀이합형(男女離合)으로 전이해가는 과정으로 설명하고 있다.

377) 영웅 신화에서 주인공의 영웅성을 입증하기 위해 여러 과업을 제시하는 예는 아주 흔하다. 예를 들어 그리스신화의 헤라클레스는 12가지의 과업을 제시받고 차례로 그 일을 해내면서 자신의 영웅성을 입증한다.

면 어릴 때부터 활쏘기를 잘했고, 사냥대회에서 능력을 발휘했으며, 부여 군의 추적을 따돌렸으며, 비류국의 왕 송양(松讓)과의 결투에서 이겼다. 또, 헤라클레스는 제우스가 바람을 피워 얻은 자식인 탓에 헤라의 분노를 사서 요람에 뱀을 들여보냈지만 헤라클레스가 도리어 그 뱀을 목 졸라 죽임으로써 그 능력을 인정받는다. 결국 열두 가지의 과업을 차례로 해치우고 맨 마지막으로는 저승 문을 지키는 머리 셋 달린 개 케르베로스를 잡아옴으로써 경탄을 자아낸다. 캠벨은 이런 영웅의 모험을 일상적인 삶의 세계에서 초자연적인 경이의 세계로 떠나 엄청난 세력과 싸워 결정적인 승리를 거둠으로써 동료들에게 이익을 줄 수 있는 힘을 얻어 현실 세계로 귀환하는 것으로 설명한다.378) 연쇄형의 작품에서 여러 상대를 연거푸 맞아 격퇴하는 것은 그러한 신화 주인공의 모험에 닿아 있다고 하겠다.

　이에 비해 기본형의 경우는 그 절대성은 보장되지만 그가 싸워야하는 대적자가 하나 혹은 극히 적은 수로 제한되어서 결과적으로는 그 힘이 많이 약화된다. 〈유충렬전〉에서 보듯이 대적자 또한 적강(謫降)한 인물이어서 도리어 상대의 힘이 만만치 않음을 보여주고, 양자의 맞섬에 의해 소설적 긴장을 높여 놓는다. 교체형의 경우는 이런 경향이 더 짙어져서 일단 혼자 감당하기 어려울 정도의 상대자를 상정하는 것부터가 그렇겠지만, '절세의 둘도 없는 영웅'이라는 초시간적 초공간적 절대성에 타격을 주어서 군담소설의 후대적 변모양상을 짐작하게 해준다. 아울러 삽입형의 경우는 군담소설의 형성시기는 물론, 성행 이후로도 다른 유형의 소설군과의 교섭과정을 해명하는 데 요긴한 증거가 될 수 있다.

---

378) 조셉 캠벨, 앞의 책, 34쪽.

고소설의 신화적 주제 탐색

1. 신화적 주제 : 중심, 통합, 균형

'신화적 주제'라는 말은 필경 오해를 불러오기 십상이다. 어쩌면 신화는 사실상 인간이 생각할 수 있는 모든 주제를 다 아우를 수 있을 것이기 때문이다. 가령, 최근에 나온 어느 신화 관련 서적에서는 모두 열아홉 개의 모티프를 망라하고 있다: 출생의 비밀, 아비 찾기, 형제 갈등, 알파걸, 팜므 파탈, 사랑, 우정, 희생, 탐욕, 질투, 복수, 오만, 근친상간, 간통, 금기, 술, 수수께끼, 납치, 변신.[379] 물론 이것만으로도 신화가 다 설명될 수는 없겠지만 과연 그것들을 모두 다 벗어나는 이야기가 있을까 반문해본다면 회의적이다. 물론 아주 짧은 설화라면 또 그럴 여지가 있다 해도 적당한 길이를 지닌 소설이라면 아예 불가능해 보이기도 한다.

그럼에도 불구하고 신화에는 언제나 '진실된 이야기'라는 규정이 따랐던 것을 보면 그 진실성을 의심케 하는 주제는 신화적 주제가 못 된다. 물론 아무리 거짓된 이야기라 하더라도 그것을 통해 진실에 도달하려 한다는 식의 강변으로 모든 이야기를 신화적이라고 우길 방법이 아주 없는 것은 아니다. 그렇지만 적어도 '신화적 주제'라고 할 때, 인간의 삶에 있어서 본질적인 측면을 추구하는 점마저 부인할 수는 없다. 엘리아데가 "신화는 신성한 역사를 이야기하고 있으며, 그것은 원초의 때에, 시원(始原)

---

379) 김원익, 『신화, 세상에 답하다』, 바다출판사, 2009.

의 신화적인 때에 생겼던 일들을 이야기하고 있다"380)고 한 바, 원초의 때에 벌어졌다고 믿어지는 신성한 일들이 그 주제인 것이다.

그렇다면 무엇이 본질적인 측면인가가 논의되어야 마땅하다. 사실 인간의 삶에서 본질/비본질을 가린다는 게 어불성설이기도 할 터이다. 참/거짓, 본질/비본질, 선/악의 구분의 추상적인 영역은 물론, 나아가서 남/녀, 나/남, 이쪽/저쪽의 구체적인 영역까지도 그 구분이 모호해지는 것이 신화이기도 하기 때문이다. 그래서 캠벨은 악(惡)이 언젠가 이 세상에서 사라질 것이라고 믿는 사람에게 신화는 필요 없다고 공언했고, 캇시러 또한 신화에서 악과의 제휴 문제에 대해 진술한 바 있는데381) 아닌 게 아니라 어느 한 편의 일방적인 승리를 꿈꾸는 사람에게 필요한 것은 신화가 아니라 민담이나 동화일 것이다. 이 점에서 앞서 살핀 군담소설은 상당부분 비(非)신화적이다. 충(忠)이나 효(孝)와 같은 윤리의 화신으로 드러나는 주인공은 서로 다른 두 세계를 비끄러매는 데 아무런 관심을 가지 않기 때문이다.

이렇게 신화적 주제를 탐색해 나갈 때, 앞서 살핀 대로 영어의 whole, holy, heal, health가 모두 동일한 어원에 근거한다는 점은 흥미롭다. 성(聖)스럽다는 말의 뜻은 곧 전체를 아우른다는 말이며, 그럴 때 아픈 삶이 치유되고 건강한 삶이 보장된다는 뜻이겠다. 가장 작은 범위에서는 우선 한 개인의 존재가 온전한 것을 뜻하겠지만, 개인을 둘러싼 사회, 사회를 넘어서는 국가나 세계 질서, 인간이 사는 세계 위의 우주까지 그 범위를

---

380) 미르세아 엘리아드, 『신화와 현실』, 이은봉 역, 성균관대학교 출판부, 1985, 18쪽.
381) 카시러는 매우 원시적인 단계에서도 신화가 악마적 세력과의 협동의 필요성을 알았다고 진술한다. "신화적 사상의 매우 원시적인 단계에서도 우리는 인간은 그가 바라는 목적을 달성하기 위하여 자연 및 자연의 신적 혹은 악마적 세력들과 협동하지 않으면 안 된다는 확신이 있음을 발견하다. 자연은 그 선물을 인간의 적극적인 도움 없이는 인간에게 주지 않는다." -에른스트 캇시러, 『인간이란 무엇인가』, 최명관 옮김, 창, 2008개정판, 180쪽.

넓힌다면 그 전체성의 폭 또한 대단히 확장될 수 있다.

이를 앞 장에서 살핀 바 있는 천지인(天地人) 삼재(三才)로 견주어 설명한다면, 신화적 주제란 곧 하늘-땅-사람, 곧 온 세상이 빚어내는 제(諸) 관계가 두루 원만하게 이루어질 수 있도록 하는 것과 다르지 않겠다. 결국 일견 황당해 보이기까지 하는 다양다기한 신화적 화소들을 통해 원만하고 건강한 삶을 희구한다 하겠는데, 질메르 뒤랑이 신화 등에 등장하는 상상력의 기능을 '균형 잡기'에 둔 것은 우연한 일이 아니다. 그에 따르면 상상력은 1)생물학적 균형 잡기, 2)심리사회학적 균형 잡기, 3)인류학적 균형 잡기 등의 세 층위가 있다고 한다. 먼저 생물학적 균형 잡기란 살아있는 생명체는 모두 죽는다는 바탕 위에 삶과 죽음 사이의 균형 잡기이며, 둘째, 사회심리학적 균형 잡기란 상징 또는 이미지를 통해 심리사회학적 조정이라는 역동적 기능으로 사용하는 것을 말하며, 셋째, 인류학적 균형 잡기란 지성 중심의 서구 문명으로 치우치지 않기 위해 동양과 같은 다른 문명의 예술이 제공하는 상징을 받아들이는 것 같은 기능을 뜻한다.[382)]

이런 견지에서 맨 처음 다루는 작품은 〈구운몽〉이다. 이 작품은 양소유를 중심으로 한 영웅적 일대기와 성진을 중심으로 한 구도자적 삶이 함께 드러나는 매우 독특한 구성을 하고 있다. 이미 제II장에서 언급한 대로 영웅(英雄)과 성자(聖者)의 양갈래에서 고민을 피하고 그 둘의 화합을 꾀한 것이다. 그러나 적절한 타협 내지는 대략적인 절충을 꾀한 것이 아니라 양자를 서로 극단에 놓고 또 배척하고 동경하며 전체성을 확보하도록 짜여 있다. 특히 여기에서 관심을 갖는 것은 '공간'이다. 신화에서 성소(聖所)로서의 중심(中心)이나, 주인공의 여정에 따라 전체성을 확보하는 일은 상식화된 것이기도 하다. 주인공은 세상의 정점에 서기 위해 부단히

---

382) 뒤랑의 이러한 견해에 대해서는 서정기, 『신화와 상상력』, 살림, 2010, 30-33쪽의 정리에 따른다.

고난의 길을 가며 그 과정에서 세상의 여러 곳을 돌며 전체성을 확보하고, 마침내 목표한 정점에 이르면 그곳이 바로 세상의 중심이고 자신의 참-자리임을 선포하는 것이다.

〈구운몽〉은 고소설 가운데 그 스케일이나 정확도에 있어서 이러한 공간 문제를 다루기에 가장 적절한 작품인데, 이 작품 속 등장인물의 발자취를 따라가며 그 신화적 여정(旅程)을 추적해보도록 한다. 흥미로운 사실은 〈구운몽〉이 지나칠 만큼 실제 지명(地名)이나 거소(居所)를 열거한다는 점이다.[383] 이를테면 남쪽이나 북쪽으로 갔다가 아니라 어느 현(縣) 어느 고을로 갔다는 식의 서술이 빈출(頻出)하며, 미인을 설명할 때는 출신지가 어디인지 빼지 않고 설명한다. 한마디로 인물의 동선(動線)이 너무도 또렷해서 지도 위에 점을 찍어두기에 부족함이 없다. 이 글은 이 점에 착안하여 〈구운몽〉의 지도를 그려보고, 그 지도에 해석을 달고자 한다. 기대하는 바는 인물의 움직임에 따라 지도 위에 일정한 패턴이 형성되고 그 패턴이 작품의 해석에 일조하는 것이다. 〈구운몽〉이 분명 '초월적' 세계를 다루고 있지만, 육관대사든 위부인이든 동정호의 용왕이든 모두 사실은 중국이라는 땅의 특정 지점에 위치하는 '현실적' 존재로 그려진다는 점은 이 작업을 촉발시킨 요인이다.

문학 작품에서 시간과 공간은 매우 중요한 구실을 한다. 구체적인 사건이 드러날 수밖에 없는 서사문학의 경우는 더욱 그러한데, 사건은 등장인물이 특정한 시공간에서 펼치는 행위이기 때문이다. 그럼에도 불구하고 문학에서의 시간과 공간은 상당히 추상적인 개념이어서 자의적인 해석이

---

383) 이것이 우연의 일치가 아님은 작가가 지도에 많은 관심을 보였을 뿐만 아니라 실제로 天下地圖의 제작 당시에 그가 대부분의 고증을 맡았다는 데("홍문관에서 천하지도를 올렸는데, 그에 대한 고증은 수찬 김만중에게서 대부분 나왔다고 하였다."-『조선왕조실록』, 현종 15년 7월 11일조)에서도 확인된다. 이에 대해서는 설성경, 「서포의 세계 인식과 구운몽의 우의성」, 『인문과학』제83집, 연세대학교 인문과학연구소, 2001), 97쪽 참조.

들어설 여지를 남겨둔다. 일례로 〈춘향전〉에서 이몽룡이 과거 공부를 하는 시간은 스토리 상 반드시 있을 것 같지만 작품의 서술에서는 빠져있으며, 〈만복사저포기〉의 양생은 지리산으로 들어가는 것으로 끝을 맺는다. 이 경우, 그 빠진 시간을 어떻게 이해할지, 지리산에는 어떤 의미를 부여할지는 여전히 주관적인 해석 영역으로 남게 마련이다.

그러므로 서사문학에서 시간과 공간을 다룰 때 가장 먼저 염두에 둘 것은 객관성이다. 작품 내에 기술된 시간과 공간을 구체적으로 논의하지 않은 상태에서 주관적 해석에 빠질 경우, 자칫하면 작품과는 유리된 자의적 해석으로 떨어질 염려가 있기 때문에 '문학지리학'의 입장에서384) 논의가 추상적이며 주관적으로 떨어지는 것을 경계해야 한다. 예를 들어, 〈구운몽〉에는 성진과 양소유가 등장하는데 성진의 공간을 신성계(神聖界), 양소유의 공간을 세속계(世俗界)로 구분해 본다면, 이미 거기에는 관념적 2분화가 깔려있게 된다.385) 그러나 우리가 문학지리학을 논의하려면 성진

---

384) '문학지리학'은 그 명명부터 문학과 지리학의 교집합에서 생성된 것이지만, 또 그 때문에 문학연구자와 지리연구자의 시각 차가 크다. 예를 들어, 이은숙은 "경관에 대한 해석으로서의 문학작품, 또는 지리학적 현상으로서의 문학작품을 연구하는 지리학의 한 분야"(이은숙, 「문학지리학 서설 -지리학과 문학의 만남-」, 『문화역사지리』제4호, 한국문화역사지리학회, 1992.8, 164쪽)라고 했는가 하면, 조동일은 "문학지리학은 문학사학과 대조가 되는 개념"으로 "문학을 문학사에서는 시간, 문학지리에서는 공간을 주축으로 이해"(조동일, 「문학지리학을 위한 출발선상의 토론」, 『한국문학연구』27, 동국대학교 한국문학연구소, 2004.12, 150쪽)하는 것으로 보았다. 여기에서는 후자의 입장을 취하여, '문학에 나타나는 지리적 사실을 활용하여 작품을 이해하고 해석하는 학문의 한 분야'로 정의하기로 한다.

385) 기존 논의에서 〈구운몽〉의 공간을 '현실→꿈→현실'(이가원), '꿈 이전(迷)→꿈(幻夢)→꿈 이후(覺)'(정규복), '천상계→인간계→천상계'(성현경), '現實→思惟→現實'(설성경) 등등으로 용어상의 상이점이 있기는 해도 2원적 대립이라는 점에서 일치점을 찾을 수 있다. -이가원, 「『구운몽』評攷」, 이가원 譯註, 『九雲夢』, 연세대학교출판부, 1954) ; 정규복, 『九雲夢 硏究』, 고려대학교출판부, 1974 ; 성현경, 「李朝夢字類小說硏究 -특히 〈九雲夢〉과 〈玉樓夢〉을 中心으로-」, 『국어국문학』54, 국어국문학회, 1971.12 ; 설성경, 「『九雲夢』의 構造的 硏究(I) : 時間論」, 『인문과학』27 · 28, 연세대인문과학연구소, 1972.

이 있던 형산(衡山)과 양소유가 태어난 회남도(淮南道)를 생각하지 않을 수 없으며, 그렇게 파악할 때의 의미는 아주 다를 수 있을 것이다. 모레티 (Moretti)의 논문 〈문학의 지도: 이론, 실천, 실험들〉은 이러한 작업에 좋은 좌표가 되었다. 그는 소설의 공간지도를 설명하면서 "여기에서 지도는 '진짜'지도라기보다는 '지리적 평면에 부과된 도식'이라[386] 한 바 있는데, 〈구운몽〉의 공간이동을 따라가면서 지도 위에 도식을 부과해 보면, 〈구운몽〉을 새롭게 해석해볼 만한 여지가 발견될 수 있을 것이다.

다음으로 다룰 작품은 〈옹고집전〉이다. 이 작품은 여느 고소설에 비해 여러모로 특이한 까닭에 다양한 논의가 있어왔다. 흔히 판소리계소설로 분류하지만, 여느 판소리계 소설에 드러나는 만큼의 현실성은 고사하고 도술로 인한 둔갑 문제로 전체 이야기가 구성되는 듯이 보인다. 판소리 전승이 끊긴 실전(失傳) 작품임을 감안하더라도 디테일에서의 생동감이 크게 떨어져서 좋은 평가를 받기 쉽지 않다. 또, 옹고집을 제외하면 여타의 인물이 성격화되어 나타나지 않고 주변화되어 있는 등, 작품전체가 그저 진짜 옹고집과 가짜 옹고집이 벌이는 한바탕의 해프닝처럼 여겨지기 십상인 것이다. 이 작품에 대해서는 대체로 윤리를 도외시한 패륜적 인물의 수모담이거나 당대에 새롭게 등장한 경제적 기득권층에 대한 풍자 정도로 읽히는 경향이 있다. 그러나 표제에 내건 그대로 이 작품의 등장인물은 '고집(固執)'이 이만저만이 아닌데, 고집이라 함은 대체로 사람의 성격을 일컫는다. 이는 통상 자신과 타인 사이의 소통이 불가능한 인물을 가리킬 때 쓰이며, 이 점에서 내적 욕망에 시달린 나머지 소통이 단절된 인물을 가리키는 것으로 보아도 무방하다. 하나의 욕망을 관철하기 위해 자신의 의지를 한껏 키워 노력할 때, 이른바 '자아(自我)'가 실현될 개연성이 높다. 그러나 그 이면에는 자신이 미처 돌보지 못한 '또 다른 나'가 있

---

386) Franco Moretti, 「문학의 지도: 이론, 실천, 실험들」, 『안과 밖』2002 상반기, 255쪽.

을 수 있겠는데, 〈옹고집전〉은 그런 면모를 잘 보여준다.

〈옹고집전〉의 연구사를 일별하면, 먼저 근원설화 연구가 두드러진다.[387] 이는 '근원설화→판소리→판소리계 소설'의 전개도식에 따른 것이지만, 다른 작품에 비해 설화와의 밀착도가 훨씬 심한 데다 다양한 문학적 해석을 이끌 만한 작품적 매력이 떨어지는 데 기인하는 것으로 보인다. 그런 가운데 의미해석은 대략 두 갈래로 나누어볼 수 있는데, 하나는 서민과 배금주의자와의 대립으로 보는 것이고 또 하나는 옹고집의 세속적 가치관과 도승의 초월적 가치관의 대립으로 보는 것이다. 전자의 입장이라면 사회경제적 의미 추출이 주된 관심이겠고, 후자의 입장이라면 불교라는 종교적 의미의 추출이 주된 관심이겠다.[388]

그러나 여러 이본들을 놓고 볼 때, 그 둘이 정말 핵심적인 의미인지에 대해서는 이견이 있을 수 있다. 이본에 따라서는 옹고집 가문의 부(富)에 대해 사회적 맥락에서 의미를 짚어내기에 무리가 따를 만큼 소략한 경우도 있으며, 학승(虐僧)모티프와 불효(不孝)모티프의 배합 비중도 꼭 같지는 않다. 더욱이 몇몇 논자들이 해석의 단서로 잡았던 '허수아비 꿈'이나 '학대사 출현' 역시 특정 작품의 예외적인 현상이라는 진단이 있고 보면,[389] 이 작품 전체를 관통하는 핵심의미를 잡아내는 일은 여전히 어려워 보인다. 근원설화를 지목함에 있어서도 〈장자못 전설〉과 진가쟁주담(眞假

---

387) 최래옥, 「설화와 그 소설화 과정에 대한 구조적 분석 -특히 장자못 전설과 옹고집전의 경우」, 『국문학연구』제7집, 서울대학교 대학원, 1968.
장덕순, 「옹고집전과 둔갑설화」, 『한국설화문학연구』, 서울대학교출판부, 1970.
김현룡, 「옹고집전 근원설화 연구」, 『국어국문학』, 국어국문학회, 제62·63호, 1973.
정인한, 「옹고집전의 설화 연구」, 『문학과 언어』1, 문학과 언어연구회, 1980.
388) 전자의 대표적인 예는 이석래, 「옹고집전의 연구」(『관악어문연구3』, 서울대학교 국어국문학과, 1978)를 들 수 있고, 후자의 대표적인 예는 곽정식, 「옹고집전 연구」(한국문학논총』, 8·9집, 한국문학회, 1986)을 들 수 있다. 그밖에 佛敎와 '近代的인 寓意性'을 접합한 설중환, 「甕固執傳의 構造的 意味와 佛敎」(『문리대논집』4집, 고려대문리대, 1986) 등이 특이한 해석을 내린 경우이다.
389) 정충권, 「『옹고집전』 이본의 변이양상과 그 의미」, 『판소리연구』제4집, 1993, 319쪽.

爭主談)의 둘을 잡는 데는 대체로 합의하면서도, 후자의 경우는 〈쥐 둔갑 설화〉, 〈김경쟁주설화(金慶爭主說話)〉, 〈유연전(柳淵傳)〉, 『본생경(本生經)』의 〈일리사 장로의 전생 이야기〉나 『서유기(西遊記)』의 양행자(兩行者)·삼장(三藏)쟁주담(爭主談)까지 다양한 이야기들이 지목되곤 했다.

그러나 여기에서는 매우 간단한 전제에서 출발하기로 한다. 하나는 〈옹고집전〉의 근원설화로 〈장자못 전설〉과 진가쟁주담(眞假爭主談)을 수용하는 것이고, 또 하나는 그 둘이 보여주는 핵심 의미가 대립을 넘어선 '통합'이라는 것이다. 흔히 '자아실현'이라는 말이 쓰이지만 절의 제목으로 굳이 '자기실현'을 택한 것은 그러한 통합성을 강조하기 위함이다.[390] 설화적 근원을 통해 통합의 가능성을 탐색하고, 작품의 서사구조를 더듬어서 통합의 실상을 확인하여, 궁극적으로는 〈옹고집전〉에 담긴 선악의 문제, 곧 자기실현과 연결되는 '개과천선'의 의미를 새롭게 조망해 보려는 것이다. 텍스트는 정주동 주해본을 주자료로 하여 필요에 따라 몇 가지 이본들을 참조하는 방식을 택하기로 한다.[391]

다음으로, 〈장화홍련전〉을 다룬다. 이 작품은 고소설 중 손꼽히는 인기 작품이다. 이본의 수효만을 놓고 보든, 일반인에게까지도 귀에 익은 작품이라는 점에서 보든 그 점을 의심할 여지는 별로 없어 보인다. 그런데 신기하게도 〈장화홍련전〉의 줄거리를 다 알고 있다고 생각하는 사람들에게서조차도 일부 이본들에서 발견되는 재생담(再生譚)의 존재를 아

---

390) '자기실현'은 분석심리학에서 차용한 용어이다. "분석심리학에서는 자아와 자기를 구분한다. 자아는 의식의 중심이지만 자기는 의식과 무의식을 통틀은 전체정신의 중심이다. 전체정신은 실현될 수 있다. 그러나 의식은 발달, 분화, 또는 강화될지언정 '실현'되는 것이 아니다. 자기실현(Selbstverwirklichung)이란 아직 모르는 크기의 전인격을 실현하는 것을 말한다. 그러나 자아는 알고 있는 정신세계, 즉 의식계의 주인이므로 자아실현이라는 말은 어울리지 않는다. '자아의 확대', '자아의 발달' 혹은 '자아기능의 분화' 등으로 말할 수는 있을 것이다." -이부영, 『자기와 자기실현』, 한길사, 2002, 29쪽.

391) 정주동 註解, 〈雍固執傳〉, 김기동 편, 『韓國古典小說選』, 새글사.

는 일은 그리 흔치 않다. 이는 일차적으로 재생담이 〈장화홍련전〉의 공통서사가 아니라 일부 이본들에서만 드러나는 점 때문일 것이다. 그러나, 근본적으로는 그 재생담이 전체서사의 구조와 정합적으로 들어맞지 않는 것이 아닌가 하는 의구심을 갖게 하여 적극적인 의미를 부여하기 주저하는 까닭이 있을법하다. 아닌 게 아니라 만일 그것이 꼭 필요하다면 누구나 그것을 선호할 것이고, 앞부분의 서사와 잘 맞아떨어지는 것이라면 한번 보기만 하면 금세 기억될 것이므로 각인하기 어려운 내용이라면 대수롭지 않게 여기는 것도 당연하다. 또한 고전서사에서 재생이나 환생이 드문 일은 아니어서 범상하게 볼 가능성 또한 높다. 그러나 이 작품은 특이하게도 다음 생에서 아버지의 세 번째 부인인 윤씨의 쌍둥이 자매로 다시 태어나서 특별한 의미를 짐작케 한다.[392]

이 작품에서 관심을 두는 대목은 바로 장화홍련이 죽은 이후의 삶이다. 신화가 삶의 근원적인 부분을 다룬다고 할 때 삶과 죽음의 문제를 벗어날 길이 없다. 그런데 죽음 이후의 삶이 또 필요하다면, 사실은 삶에서의 부족한 부분이 노정되기 십상이다. 〈장화홍련전〉 역시 그 점에서 이승에서의 미진한 부분이 절절하게 드러난다. 여기에서는 장화홍련이 품은 한(恨)의 실체를 확인하고 그 한 풀이로서의 재생에 대해 탐구하기로 한다. 거듭 강조하지만 신화는 언제나 '균형 잡기'에 많은 관심을 보였다. 이승에서의 삶이 부족하다면 저승에서의 삶으로 보완해줌으로써 균형에 한 발 다가설 수 있으리라 본다. 재생(再生)과 갱신(更新)이라는 신화의 보

---

392) 유병일은 재생담을 復活的 再生, 輪生的 再生, 幻生的 再生, 象徵的 再生의 넷으로 나누고, 再生話素가 등장하는 소설 역시 그에 따라 구분하면서 〈장화홍련전〉을 輪生的 再生에 분속했다. "윤생이란 죽은 사람의 영혼이 다른 사람으로 다시 태어나거나 동물, 식물, 광물로 轉化하여 그 생명을 연장하는 것을 말한다."(유병일,『韓國敍事文學의 再生話素 研究』, 보고사, 2000, 74쪽)고 한 대로, 〈장화홍련전〉은 분명 다른 사람으로 태어난 것이 맞지만, 다시 자신의 집에 같은 아버지의 자식으로, 똑같은 형제로 태어나, 똑같은 이름을 쓴다는 점에서 여느 '다른 사람'과는 다르며, 사실상 '같은 사람'이 아이 때부터 다시 한 번 더 살아보는 양상을 방불케 한다.

편적인 주제가 소설에서는 어떻게 변주되는지 살피게 될 것이다.

끝으로, 신화에 빈번히 등장하는 짝패(double)인물을 통해 몇몇 고소설을 조망하고자 한다. 제II장에서 다루었듯이 짝패는 서로 맞서면서 그 근원이 하나인 인물로 신화에서는 쌍둥이나 형제 등으로 나오곤 했다. 이들은 본래 둘이 함께 있어야 전체성을 지니게 되어 있는 존재가 둘로 분화하여 나타나서, 궁극적으로는 다시 그 잃어버린 전체성을 추구하는 한 쌍의 인물이다. 고소설에서 그런 인물을 꼽자면, 〈흥부전〉의 흥부/놀부, 〈옹고집전〉의 실옹/허옹, 〈구운몽〉의 성진/양소유 등이 있다. 이들은 여느 서사에서 볼 수 있는 주동인물/반동인물의 대립만으로는 설명이 불가능할 뿐만 아니라, 실제로 그 둘이 직접 맞서는 대결을 펼치지 않고 연속적으로 이야기가 서술되기도 해서 색다른 접근을 요구한다. 흥부와 놀부가 일면 앙숙처럼 드러나기도 하지만 궁극적으로는 놀부의 개과천선에 의한 화합이 강조되며, 실옹과 허옹은 잠깐의 충돌 이후에는 서로 다른 삶을 살아가며, 성진과 양소유는 현실과 꿈이라는 아예 다른 층위에서 삶을 영위한다.

2. 중심 : <구운몽>의 신화적 공간

1) 수도(修道)의 공간 : 응축(凝縮)의 세계

〈구운몽〉의 서두는 천하의 명산을 열거하는 것으로 시작된다.

천하에 이름난 산이 다섯이 있다. 동쪽에 동악, 즉 태산이 있고, 남쪽에는 남악, 즉 형산이 있으며 북쪽에는 북악, 즉 항산이 있는데, 가운데 산을 일컬어 중악, 즉 숭산이라고 하니 이들이 이른바 오악(五嶽)이다. 오악 중에는 오직 형산이 중토에서 가장 멀어 구의산이 그 남쪽에 있고, 동정호가 그 북쪽을

지나며……393)

   5악은 오행(五行) 사상에 따라 5방위인 동-서-남-북-중앙에 큰 산을 배
속시킨 것이다. 방위 체계에 따른 것이라고는 해도 다분히 철학적인 사상
이 강하다. 한 나라의 5악을 운위할 경우, 당연히 중심에 있는 산이 중요
하게 취급될 것은 말할 나위가 없겠는데, 문제는 이 작품에서 주목하는
산이 중심에서 가장 멀리 떨어진 산이라는 점이다.
   다음의 〈지도 1〉을 통해 보면 알겠지만,394) 형산은 다른 동, 서, 북의
세 산에 비해 상당히 치우쳐 있는 편이다. 더욱이 통일 중국의 도읍지들
에서도 그 중 멀리 떨어져 있다. 문제는 하필이면 왜 그런 지점을 택했는
가 하는 점인데, 이에 대한 가장 상식적인 해답은 속세를 등지고 수도하
는 모습을 부각시키기려는 의도라고 하겠다. 그러나 작품 속에서는 그 산
에 단순한 거리나 위치만을 문제 삼지 않는다.

   옛적에 우임금이 홍수를 다스리고 산 위에 올라 비석을 세워 공덕을 기록
했는데, 하늘 글과 구름 전자가 수많은 세월이 지났지만 아직도 남아 있었다.
진나라 시절에 선녀 위부인이 수련하여 도를 깨우치고서, 옥황상제가 맡긴 직
분을 받들어 선동과 옥녀를 거느리고 와 이 산을 평정(平定)하니 곧 이른바
남악위부인(南岳魏夫人)이다. 대개 예로부터 신령스럽고 이상한 자취와 신기
한 일을 이루 다 적을 수 없다.
   당(唐)나라 시절에 어느 고승이 서역 천축국(天竺國)에서 중국에 들어왔
다. 형산의 빼어난 경치를 사랑하여 연화봉395) 위에 나아가 따로 엮은 암자를

---

393) 이하 원문 자료는 정규복 · 진경환 역주, 『구운몽』(고려대학교민족문화연구소, 1996)
    에 실린 노존 B본을 쓰며, 이 본의 경우에는 쪽수만 표시하기로 한다.
394) 이 이하의 지도는 譚其驤 主編, 『簡明中國歷史地圖集』, 中國地圖出版社, 1991에 의함.
395) 연화봉 : 在湖南衡山縣 衡山之一峯也 疊嶂簇立 狀如蓮花 故名. -謝壽昌 외 편, 『中
    國古今地名大辭典』臺灣商務印書館, 1931, 1193쪽.

지어 살며, 대승(大乘)의 불법을 강론하여 중생을 교화하고 귀신을 제어하니, 이에 서역 종교가 크게 행해져 사람들이 모두 공경하여 믿고 '산부처께서 세상에 나셨다.'하였다.[396)

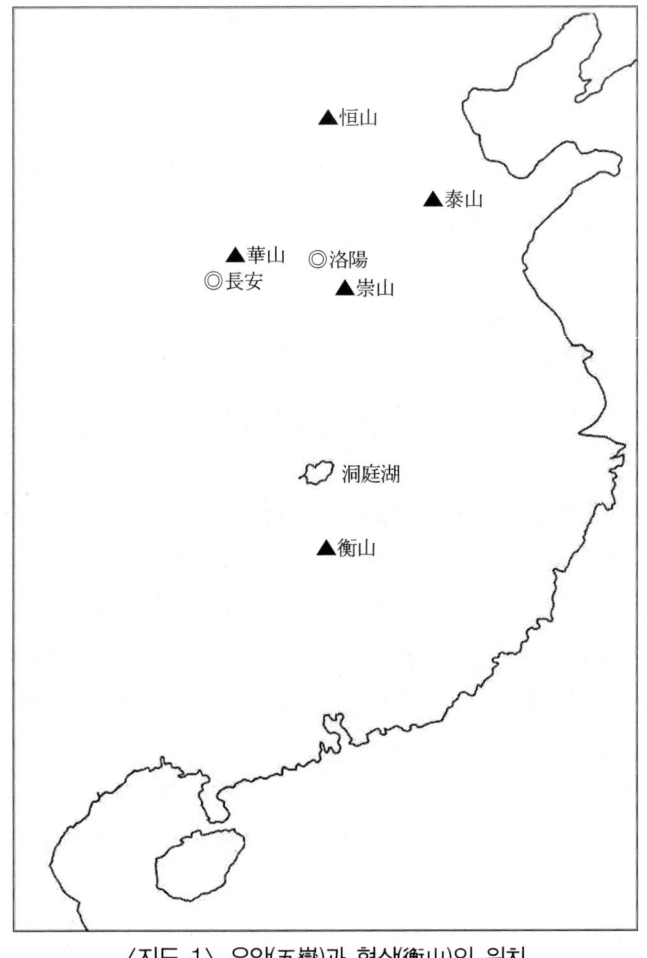

〈지도 1〉 오악(五嶽)과 형산(衡山)의 위치

___

396) 13-14쪽.

여기에서는 크게 두 가지 사실이 강조된다. 하나는 위부인이 옥황상제의 뜻을 받들어 형산에 좌정했다는 것이고, 하나는 어느 고승[육관대사]이 불법을 전하러 역시 형산에 좌정했다는 것이다. 형산은 중국을 중심으로 할 때 치우쳐 있다는 점에서 변방임이 확실하지만, 지도의 영역을 좀 더 크게 놓고 보면 상당히 다른 결론에 도달할 수 있다.

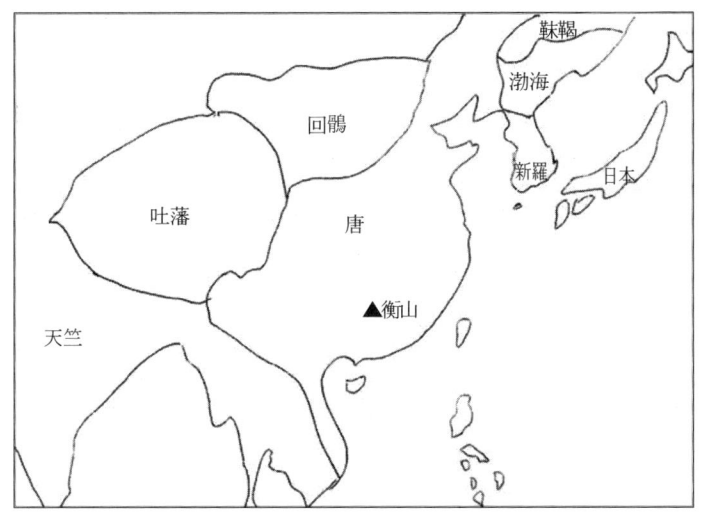

〈지도 2〉 아시아대륙에서 형산의 위치

〈지도 2〉는 아시아 대륙 전체에서 남악의 위치를 나타내고 있다. 보는 대로 남악은 아주 남쪽 변방에 치우쳐 있지만, 천축국[인도]과는 가장 가까운 거리에 있는 산이기도 하다. 물론, 실제 불교사를 훑어볼 때, 당시 중국에는 장안(長安)을 중심으로 불교가 성행했던 것이 사실이다. 그러나 상대적으로 볼 때, 장안의 불교가 집권층을 파고드는 귀족불교였던 데 반해 남악 형산의 불교는 서민적 불교였음이 분명한 점은 〈구운몽〉의 해석에 중요한 지침을 마련해준다.[397] 또 위부인이 옥황상제[天]를 받들었다

고 했으므로 이곳이 하늘과 땅을 연결해주는 통로로 인식되었음을 알 수 있다. 이는 둘이 모두 대지의 배꼽[omphalos]임을 분명히 하는 것이다. 배꼽이 바로 어머니와 자식의 연결고리였던 것처럼, 형산은 한편으로는 수평적으로는 서와 동의 연결고리이며 수직적으로는 하늘과 땅의 연결고리인 것이다.

"상인(上人)께서는 산 서쪽에 계시고 저는 산 동쪽에 있어 기거하는 곳이 서로 가깝고 먹고 마시는 것도 서로 접해 있지만, 천한 무리들이 많아 저를 수고롭고 번민케 하여 아직 한번도 법석(法席)에 나아가 오묘한 말씀을 듣지 못하였으니, 사람을 대하는 지혜가 부족하고 이웃을 사귀는 도리를 어겼습니다. 이에 시비들을 보내어 안부를 여쭙고, 아울러 신선과일과 칠보와 비단을 드려 보잘것없는 정성을 표합니다."[398]

즉, 형산이 이중의 배꼽 역할을 하면서 향후 펼쳐 보일 사상적 주제를 슬쩍 내비춘다 하겠다. 이 의미를 간단히 그림으로 표시하면 다음과 같다.[399]

---

397) 중국불교사에서 長安(洛陽 포함)의 의미는 지대하다. 수나라 문제 이후 장안과 낙양에 집중되는 경향이 뚜렷하다. 581~667년간의 고승들 중 과반수가 장안과 낙양에 모였던 것으로 파악되어, 이 지역의 불교는 사실상 국가권력과 밀착됨을 알 수 있다. -藤堂恭俊, 『중국불교사』, 차차석 옮김, 대원정사, 345쪽 참조.

398) 17쪽.

399) 육관대사와 위부인이 형산에 좌정하는 것을 수평적 이동과 수직적 하강으로 파악한 예는 설성경 교수의 다음과 같은 언급에서 이미 밝혀진 바 있다. "이처럼 다양한 심상을 지닌 채 장엄하고 신비로운 情態를 보이는 형산에 天仙인 魏夫人이 하늘의 벼슬을 하여 그 山頂에 <u>수직적 하강</u>을 한다. 또 天竺國으로부터 六觀大師가 佛法을 전파하기 위하여 金剛經을 지니고 <u>수평적 이동</u>으로 이것에 와 蓮花道場을 연다."(밑줄 필자) 설성경·박태상, 『고소설의 구조와 의미』, 새문사, 1986, 217쪽.

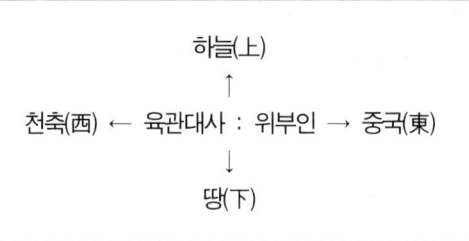

〈그림 1〉 '배꼽'으로서의 형산

성진과 팔선녀는 한 번도 형산 안의 동과 서로 나뉜 구역 밖을 나서보지 못하다가 처음으로 바깥나들이를 했다. 그런데 그 나들이라는 것이 위의 지도에서 보면 알겠지만 중국 땅 전체에서 보면 그리 먼 거리가 아니다. 하지만 성진이 동정호를 다녀오고 팔선녀가 형산 안에서 봉우리를 하나 넘어서는 그 나들이는 향후의 행보를 정하는 데 결정적인 구실을 한다.

"이 남악 형산의 한 물과 한 언덕도 우리 집의 경계가 아닌 것이 없는데, 화상께서 도량을 연 후로는 홍구(泓溝)의 나누임이 되어서 연화봉의 빼어난 경치가 지척에 있지만 여지껏 구경하지 못하였다. 오늘 우리가 낭랑의 명령으로 다행히 이곳으로 왔고 봄빛도 아주 아름다우며 날이 아직 저물지 아니하였으니, 이 좋은 계절을 타 저 가파른 산 언덕에 올라 연화봉에서 옷을 훌훌 벗어던지고, 폭포수에 갓끈을 씻고, 시를 지어 읊조리며 흥을 타 그대로 지닌 채 돌아가 궁중 여러 자매들에게 자랑하는 것이 또한 즐겁지 아니하겠는가?"400)

"남자가 세상에 태어나 어려서는 공맹의 글을 읽고 자라서는 요순 같은 임

---

400) 18쪽.

금을 만나 싸움터에 나가면 삼군(三軍)의 총수가 되고 조정에 들어서면 백관(百官)의 우두머리가 되어 몸에 비단도포를 입고 허리엔 자수(紫綬)를 띠며 임금에게 충성하고 백성을 이롭게 하며, 눈으로는 고운 빛을 보고 귀로는 오묘한 소리를 들어 당대에 영화를 누릴 뿐만 아니라, 죽은 후에도 공명을 남겨 놓는 것이 진실로 대장부의 일인데, 슬프다! 우리 불가의 도는 다만 한 바리 밥과 한 병의 물과 수삼 권의 경문(經文)과 백팔염주뿐이구나. 그 도가 비록 높고 깊지만 적막하기가 너무 심하고 그러나 상승(上乘)의 법을 깨닫고 대사의 도통(道統)을 이어받아 연화봉 위에 꼿꼿이 앉았다한들, 삼혼구백(三魂九魄)이 한번 불꽃 속에 흩어지면 어느 누가 성진이 세상에 났던 줄 알 수 있겠는가?"[401]

팔선녀와 성진의 생각은 사실상 동일한 궤적을 그리고 있다. 다른 점이 있다면 팔선녀가 잠시 자유롭게 노니는 데 생각이 머문다면, 성진은 입신양명을 못하고 죽을 신세에 대해 한탄한다는 사실뿐이다. 흥미로운 사실은 성진은 남에서 북으로 팔선녀는 동에서 서로 이동하면서 그런 생각에 이르게 되었다는 점이다. 이는 속세의 끝에서 속세의 중심으로 옮겨가고자 하는 성진의 욕망과, 남녀의 분리에 반발하는 팔선녀의 욕망이 자연스럽게 그렇게 방향을 잡아간 것으로 풀이할 수 있다. 그들 아홉은 육관대사와 위부인 밑에서 고된 수행을 하며 지내기에는 너무 젊고 그만큼 욕망으로부터 자유롭기 어려웠던 것이다.

그런데 그 잠깐의 일탈을 경험하면서, 한껏 내적으로 응축되었던 삶이 외적으로 확산될 조짐을 보인다. 실제로 동정호의 나들이는 그 인근의 구의산, 소상강 등의 역사적 의미를 염두에 둔다면, 이곳은 "충렬(忠烈)의 땅으로 유가 본원의 정신을 환기해주는"[402] 장소로 볼 여지까지 갖추고

---

401) 24쪽.
402) 설성경, 앞의 논문, 114쪽.

있어서 상대적으로 세속적 이미지가 짙다. 이는 성진과 팔선녀가 있던 형산이라는 공간이 성(聖)의 중심이면서 향후에 전개될 속세의 공간으로 뻗어나갈 가능성을 잠재하고 있다는 뜻이다. 서사적 맥락에서 양소유/성진이 단절되지만 공간상으로 성(聖)/속(俗)의 연속점을 보여주는 것이다.

2) 전생(轉生)과 이동 : 응축에서 확산으로

이제 세속의 양소유와 팔선녀가 옮겨가는 공간을 따라가면서 그 의미를 추적해보자. 맨 먼저 주인공 성진은 풍도성(酆都城, 地獄)을[403] 거쳐 양소유로 다시 태어나게 된다. 이 과정을 〈구운몽〉에서는 다음과 같이 표현하고 있다.

성진은 할 수 없이 불상과 스승에게 절하고 여러 동문들과 이별한 후 황건역사를 따라 저승을 향하였다. 음혼관(陰魂關)을 들러 망향대(望鄕臺)를 지나 풍도성(豊都城)에 이르니 성문을 지키던 귀졸이 어찌 왔는가를 물었다.[404]

이러한 이동선(移動線)에 대해서는 약간의 의문이 든다. 만일 성진의 소원을 들어주려 했다면 속세로 보내서 세상의 부귀영화를 누리게 하면 될 것이고, 또 성진을 벌하려 했다면 지옥에 내쳐서 영겁의 고통을 겪게

---

403) 이 풍도성을 관념적인 地獄으로 상정하면 성진의 행적은 매우 애매해진다. 그러나 비록 나중에 附會된 것이라고는 해도 豊都는 실존하는 지명일뿐더러, 현재에도 長江유역의 관광코스에서 '豊都(鬼城)'로 소개되는 곳이다. "중국관광에서 배를 타고 충칭의 조천문(朝天門) 선착장을 나서면 앞으로 창강의 흐름이 끝없이 이어진다. 첫째날은 충칭에서 완셴(万縣)까지 327㎞의 물길을 내려간다. 150㎞ 정도 갔을 때 왼쪽으로 풍도(豊都)를 거쳐, 석보채(石寶寨)를 거치고 날이 저물 무렵 완셴에 도착한다. 풍도(豊都: 펑두) : 사람이 죽으면 혼은 풍도에 있는 명도(冥途)의 입구에서 염라대왕에게 재판을 받는다는 전설이 있는 곳. 귀성(鬼城)이라고 불리기도 한다."
-http://www.travel-silkroad.com/Korean/travel/china/hubei/travel1.htm(06.10.31)
404) 20쪽.

하면 그뿐일 것이다. 그런데 육관대사는 묘하게도 그 둘을 모두 시행함으로써 만만찮은 문제를 제기한다. 작품 속에서는 지옥에서 당하는 고통이 거의 생략되다시피 해서 그 부분이 눈에 잘 띄지 않지만, 신화 속 영웅의 저승여행은 신화에서 몹시 중요한 모티프이기도 하다. 이 작품의 주인공 역시 '천상↘지하↗지상'의 단계를 거치는 것이다. 그런데 이런 과정의 맨 마지막 단계는 아래처럼 구체화된다.

"여기는 대당국(大唐國) 회남도(淮南道) 수주(壽州)의405) 땅이고, 너의 부친은 양처사요, 모친은 유씨다. 너는 전생의 인연으로 이 집에 태어났으니 속히 들어가 좋은 때를 잃지 말라."406)

이 〈지도 3〉에서 보여주는 바는 성진에서 양소유로 이어지는 궤적이 여전히, 적어도 중국이라는 물리적 국토 상으로 볼 때, '변방'에 놓인다는 점이다. 풍도성 역시 애초에는 도가(道家)에서 말하는 나풍산(羅酆山)에서 기인하는 것이지만, 나중에 중국 사천성(四川省)의 실제 지명인 풍도성으로 굳어진 것으로 보면, 형산→풍도성→수주의 궤적이 위의 지도처럼 남변(南邊)에서 서변(西邊)을 거쳐 동변(東邊)으로 옮겨간 것뿐이다. 실제로 양소유와 양소유의 어머니 유씨는 작품의 곳곳에서 변방에 사는 곤궁한 처지를 한탄하고 있다. 참고로 당나라 후기 진사 급제 인원 분포도를 보면407) 수주의 위치가 어떠한지 좀 더 분명하게 확인할 수 있다. 〈지도 4〉는 756년에서 907년 동안의 진사 합격자 713명의 합격자 분포를 나타낸 것이다. 제일 큰 원이 50인이며 제일 작은 원이 1인인데, 네모로

---

405) 異本에 따라서는 壽州를 '秀州'로 표기한 경우도 있는데, 착오이다. 회남도에 속한 州 중에는 壽州만 있고 秀州는 없다. 秀州는 金南宋 시기에 현재의 수주에서 동남쪽 해변에 있다. 譚其驤 主編, 앞의 책, 54쪽 참고.
406) 32쪽.
407) 陳正祥, 『中國歷史·文化地理圖册』, 東京: 原書房, 1982, 40쪽.

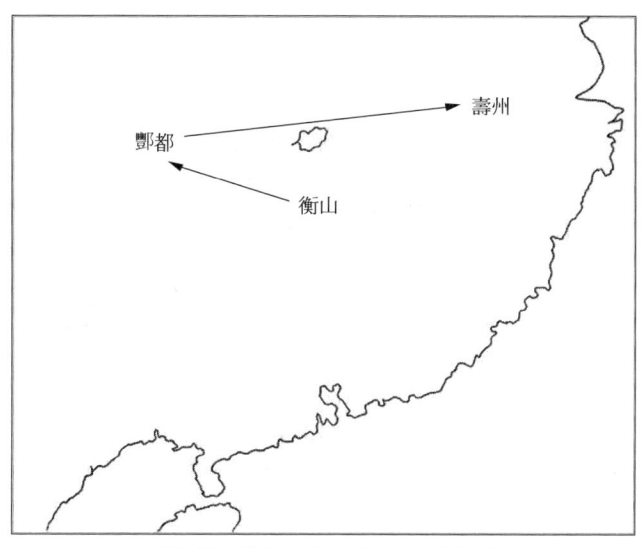

〈지도 3〉 성진에서 양소유로 이동 경로

표시한 부분이 수주(壽州)에 해당하며 가장 작은 원으로 되어 있다. 이런
정황에 비추어 이 지역 출신으로는 중앙에 진출하기 어려운 사정에 있음
이 분명하다.408) 이렇게 양소유가 궁벽한 곳 한미한 집안에서 출생하게
한 것은, 결국 변방에서 중심으로 맨 밑바닥에서 최상층으로 가는 성취감
을 한껏 맛보게 하려는 의도로 보인다. 실제로 당시의 과거시험에서 명경
과(明經科)보다 진사과(進士科)에 급제하는 것이 하도 어려워서, "30세에
명경에 합격하면 늙은 것이고, 50이면 진사로서 젊은 것이다."(三十老明
經, 五十少進士)409)라는 속언이 있었다고 할 정도여서, 양소유의 극적인
입신양명은 더욱 돋보인다.

---

408) 文人을 대상으로 하여 통계를 낼 때 역시 크게 다르지 않은 결과가 도출된다. 허세욱,
「중국문학지리학의 형성과 그 인과연구」, 『中國語文論叢』18집, 중국어문연구회,
2000, 165-168쪽 참조.
409) 徐連達·吳浩坤·趙克堯 지음, 『중국통사』, 중국사연구회 옮김, 청년사, 1989, 384-
385쪽.

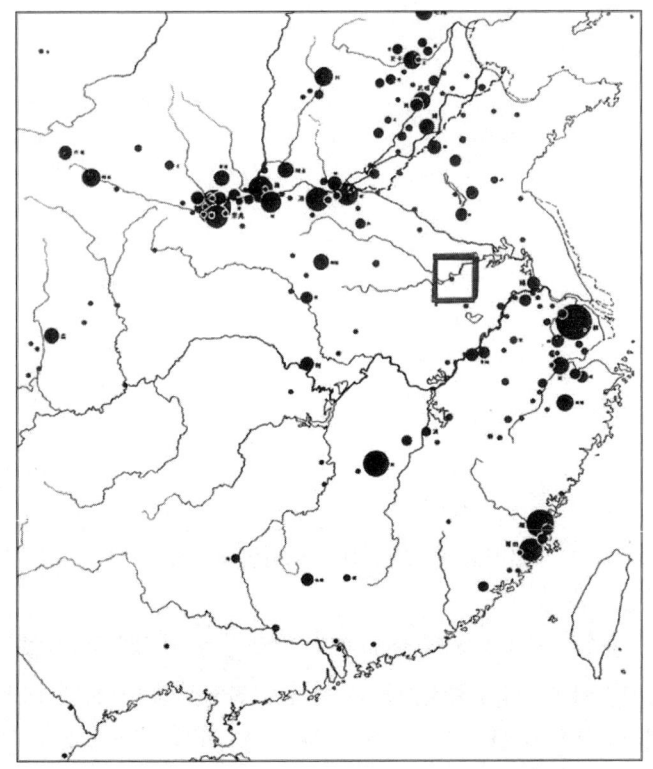

〈지도 4〉 당대(唐代) 후기(後期) 진사(進士) 배출 분포도

　다음으로, 팔선녀가 팔미인으로 다시 태어나는 과정은 성진이 양소유로 태어나는 과정처럼 간단하지 않다. 우선 각자의 출신지가 너무도 다르다.

　　염왕이 사자 아홉 사람을 불러 각각에게 면밀히 분부하여 인간계로 보내니, 갑자기 전각 아래 큰 바람이 일어나 모든 사람들을 공중으로 올려 사면팔방으로 흩어지게 하였다.[410]

---

410) 31쪽.

이 '사면팔방'의 진면목은 여덟 여자가 중국 각지로 흩어져 태어나는 과정에서 유감없이 펼쳐진다. 다음은 〈구운몽〉 본문 가운데 여덟 여자의 출신지를 알게 해주는 대목을 뽑아본 것이다.

① 진채봉(秦彩鳳)

양생이 서동 한 사람과 나귀 한 필로 모친을 떠나 여러 날 만에 화주(華州) 화음현(華陰縣)에 이르니 장안(長安)이 점점 가까워지며 산천의 경치가 매우 화려하였다.[411]

② 계섬월(桂蟾月)

"첩의 종신대사(終身大事)를 낭군께 의탁하오니 첩의 사정을 들어주십시오. 첩은 본래 소주(蘇州) 사람인데, 부친은 이 지방의 역승(驛丞)을 지내시다가 불행하게도 타향에서 객사하시니, 집은 가난하고 고향은 멀어 반장(返葬)할 힘이 없어 계모가 백금을 받고 첩을 창가(娼家)에 팔았습니다.……"[412]

③ 적경홍(狄驚鴻)

"…… 경홍은 패주(貝州) 지방의 양가(良家) 여자로 부모가 일찍 죽자 숙모에게 의지하였는데, 열네 살에 용모가 아름다워 하북(河北)에 이름이 자자했습니다. ……"[413]

④ 정경패(鄭瓊貝)

"춘명문 안 정사도 집으로 주문(朱門)이 길에 임해 있고 문에 계극(棨戟)을 설치해 놓은 것이 그 집이다.……"[414]

⑤ 가춘운(賈春雲)

대개 춘랑은 성이 가씨로 원래 서촉(西蜀) 사람이다.[415]

---

411) 36쪽.
412) 63쪽.
413) 66쪽.
414) 72쪽.

⑥ 이소화(李蕭和)

이때 황태후에게는 아들 둘과 딸 하나가 있었는데, 지금의 임금과 월왕과 난양공주였다. 공주가 탄생할 때, 태후가 꿈속에서 신선의 꽃과 붉은 진주를 보았다. 공주가 자라면서 용모와 기질이 신선 같아 세속의 태도는 한 점도 없고……매번 한번 통소를 불면 뭇학이 내려와서 춤을 추었다.[416]

⑦ 심요연(沈梟烟)

"첩은 본래 凉州 사람으로 조상 때부터 大唐의 백성입니다."[417]

⑧ 백능파(白陵波)

"첩은 동정용왕(洞庭龍王)의 막내딸입니다."[418]

"첩 능파는 성이 백씨이고 집은 동정호와 소상강 사이에 있는데, 환란을 만나 서변(西邊)으로 이사 갔다가 변방에서 양승상을 따라왔습니다."[419]

〈지도 5〉에서 보다시피 여덟 명의 미인들은 동-서-남-북-중앙에 고루 분산되어 있다. 소설 원문에서 언급한 '사면팔방(四面八方)'의[420] 진면목이 유감없이 발휘되는 것인데, 여기에서 우리는 작가 김만중이 굳이 '본디 어디 사람'임을 강조한 고충을 알 수 있다. 그냥 어디에서 만났다고 한다면, 사실 양소유의 행로에 따라 지역이 국한될 수밖에 없다. 그렇다고 아무 일도 없이 중국 땅 전체를 다 돌 수도 없는 일이고 보면, 작가는 '여기'

---

415) 86쪽.
416) 142쪽.
417) 160쪽.
418) 176쪽.
419) 292쪽.
420) "염왕이 사자 아홉 사람을 불러 각각에게 면밀히 분부하여 인간계로 보내니, 갑자기 殿閣 아래 큰 바람이 일어나 모든 사람들을 공중으로 올려 '사면팔방'으로 흩어지게 하였다."(31쪽. 강조표시 필자)

에서 만나고 있지만 '저기'의 여자를 밝히는 방법으로 사실상 전체 지역의 여자를 섭렵하게 한다. 이는 양소유의 천하주유(天下周遊)를 여성을 통해 상징화하는 기법이라고 할 수 있다.

〈지도 5〉 팔미인의 출신지별 분포

그런데 여덟 미녀들은 대부분 자신의 의지와는 상관없이 출신지를 떠나서 살게 되고, 거기에서 양소유를 만나게 된다. 진채봉은 화주 사람이지만 아버지가 역적 누명을 씀에 따라 궁궐에 궁녀로 들어가고, 계섬월은 소주 사람이지만 아버지 장사를 치르기 위해 낙양에 기생으로 팔려 눌러앉게 되며, 가춘운은 서촉(西蜀) 사람인데 아버지가 돌아가시고 서울 정사도 집에 하인 신세로 있게 되며, 심요연은 양주 사람인데 토번에서 자객 생활을 하며, 백능파는 동정용왕의 딸인데 남해용왕의 오현태자를 피해 백룡담에서 숨어 지낸다. 이소화와 정경패를 제외한 여섯 여자가 사실상 집을 잃고 원치 않는 곳에서 살아야 하는 비참함을 맛본다. 어떤 경우는 전란 때문에, 어떤 경우는 경제적인 이유로, 또 어떤 경우는 정치적인 이유로 이들은 한곳에 정착할래야 정착할 수 없는 모습을 보여준다.

〈지도 6〉은 이러한 미인들의 이동 상황을 보여준다. 형산에서 팔선녀들이 한 곳에 갇혀 있는 답답함에 불평했다면, 이제 팔미인들은 원치 않는 곳으로 옮겨지면서 자기 신세를 한탄하게 된다. 여자의 몸으로 이 지도상에 펼쳐진 거리를 옮겨다니는 것은 만만치 않은 일이다. 때로는 자신의 짝을 찾기 위해 자발적으로 집을 나서는 경우가 없는 것은 아니나, 결국은 더욱 심한 속박이 주어진다. 이소화나 정경패가 뭇 남성들의 선망의 대상이지만 좋은 짝을 찾는 데 장애가 있었던 것과는 달리, 나머지 여섯 여자들은 좋은 짝을 찾는 데 일정한 제약을 갖는다. 계섬월은 기생이어서 연애는 자유로운 반면 정상적인 결혼이 어렵고, 적경홍과 진채봉은 궁궐에 갇힌 몸으로 여느 남성과 만나기조차 어려우며, 가춘운은 하인 신세여서 보통 남자와 짝을 맺을 수 없고, 심요연은 조실부모한 자객의 몸으로 토번 왕에게 매여 있으며, 백능파는 우선 사람이 아니기 때문에 정상적인 혼인을 기약할 수 없었던 것이다.

〈지도 6〉 미인의 이동도

　그런 여덟 여자가 결혼을 하는 것은 행복한 일임에 틀림없다. 그것도 양소유 같은 영웅과의 혼인이라면 더더욱 그렇다. 그러나 가만 보면 그들의 결혼이 동일한 층위에서 이루어지는 것이 아님을 알 수 있다. 흔히 2처6첩이라고는 해도 균질의 처첩이 아니다. 어떤 경우는 정상적인 혼례이지만 또 어떤 경우는 거의 겁간 형식의 통정으로 첫 결연을 이루기도 한다. 중심부에는 정경패와 이소화가 처(妻)가 되면서, 가춘운과 진채봉이 시첩(侍妾)으로 주어지는 형식인 데 반해, 그 외곽의 네 사람은 여성들이 스스로 양소유의 짝이 되기를 원했거나(계섬월, 적경홍), 양소유가 거의 강제로 취하다시피하여 결연한 경우이다. 물론 종국에는 그들이 모두 양소유의 첩이라는 지위를 얻기는 하지만 다분히 야합(野合)의 성격이 강하다. 이렇게 볼 경우 이 여덟은 다음과 같은 도식이 가능해진다.

정상적인 혼인 관계	야합(野合) 관계
정경패 - 가춘운 (여염집)	계섬월 - 적경홍(靑樓)
이소화 - 진채봉 (궁궐)	심요연 - 백능파(山水)

〈그림 2〉 결연 관계의 두 종류

〈그림 2〉는 3층위에서의 결연을 보여준다. 이소화는 속세의 최고정점에 있는 인물로 사실상 하늘에서 내려온 것으로 그려진다. 학(鶴)이 상징하는 바가 '하늘', '중심'이라 할 때, 왜 소화의 퉁소소리에 맞추어서 학이 내려와 앉는지 알 수 있다.[421] 양소유의 아버지인 양처사 역시 푸른 학을 타고 하늘로 올라갔듯이 학이 하늘과 연관되는 사실은 너무도 분명하다. 하늘은 바로 지상의 인간이 선망하는 상층세계인 것이다. 반면, 백능파의 경우는 지상인을 동경하는 하층세계에 사는 존재이다. 언니가 인간과 결혼했을 때 사람들이 기뻐했다는 것은 물밑세계가 지상세계의 하층으로 자리 잡고 있다는 뜻이다. 결국, 이 세 층위는 다음과 같이 도식화될 수 있다.

---

[421] 여기에서 鶴이 등장하는 것은 蕭史와 弄玉의 고사에서 연유하지만 鶴이 본디 하늘과 땅을 잇는 일종의 매개로 작용함은 분명하다. 참고삼아『한국문화상징사전』의 '두루미' 살펴보면 이런 상황을 쉽게 이해할 수 있다. "두루미는 仙道에서 두 가지 방향으로 생각되었다. 그 하나는, 사람이 도를 닦아 功行이 차면 신선이 되어 두루미로 변해 선계로 날아간다는 것이다. 다른 하나는, 두루미는 선계의 새로서 신선의 천리마라고 생각했다." -한국문화상징사전편찬위원회 편,『한국문화상징사전1』, 동아출판, 1992, 241쪽.

하늘→땅	이소화
땅	정경패, 가춘운, 계섬월, 적경홍, 진채봉, 심요연
땅밑[水中]→땅	백능파

〈그림 3〉 결연의 세 층위

이상의 지도와 그림을 통해 볼 때, 구운몽의 여덟 여인이 사실은 세계의 전체를 의미함을 알 수 있다. 첫째, 사면팔방으로 흩어진 모습을 통해 수평[평면]에서의 전체를 구현한다. 둘째, 비교적 중심부 출신의 여인과의 정상적인 혼인관계 및 변방 출신의 기녀 등의 여인과의 야합을 통해 중심/주변의 전체를 구현한다. 셋째, 천상-지상-지하의 3층위를 통해 수직[입체]에서의 전체를 구현한다.[422] 결국, 남녀주인공의 결합을 통해 부분이 아닌 세계 전체를 표상하려는 경향이 강한 것이다.[423]

그런데, 주인공 양소유는 어느 한 곳에 있지 못하고 세상 곳곳을 돌아다니는 이른바 천하주유(天下周遊)를 보여주고 있어서 의미를 추적해볼 필요가 있다. 제일 먼저 과거 시험을 보러 가는 길부터가 예사롭지 않다. 직접 장안으로 들어가지 않고 특이하게도 두 차례에 걸쳐 다른 길을 택한다. 즉, 맨 처음은 난리가 나서 과거가 연기되는 바람에 되돌아오고 두 번째에야 목적을 이루는 것이다. 그러나 만일 과거를 보는 것만이 목적이었다면 어느 쪽이든 최단거리를 택해 비용과 힘을 적게 들이는 편이 합리

---

422) 이는 엘리아데가 말하는 三界의 접합점으로서의 '중심'이라 할 만하다. 융에 따르면 "신화적 지리학에서 신성한 공간은 본질적으로 실재적인 공간"으로 "하늘, 땅, 지옥이라는 우주 삼계의 개념을 알고 있는 문화에서 '중심'은 이 삼계의 접합점을 이룬다."고 하는데 이 접점이 "각 차원간의 분리가 가능한 동시에 이 세 영역간의 소통이 가능한 곳이 바로 이곳"이라고 했다. -미르치아 엘리아데, 『이미지와 상징』, 이재실 역, 까치, 46-47쪽.

423) 〈구운몽〉의 양소유가 여러 여성과 맺는 인연에서 특히 그 과정을 중시하여 다른 나라의 소설과 비교한 결과 '교양', 특히 '사대부적 교양'을 중시한 논의가 있으나, 지역적 전체성에는 주목하지 않았다. -정길수, 「17세기 동아시아 소설의 遍歷構造 -〈구운몽〉, 〈肉蒲團〉, 〈好色一代男〉의 경우」, 『고소설연구』21집, 한국고소설학회, 2006.6.

적일 텐데 양소유는 전혀 그렇지 않다. 멋진 풍광을 보고 감회에 젖어 시를 한 수 읊조리는가 하면, 난리를 피해 남전산(藍田山)에 들어가서는 도인(道人)의 제자가 되기를 청하기도 한다. 입신양명을 위해 전력질주하는 자세는 어디에도 보이지 않는 것이다. 다만 진채봉과의 이별이 아쉬울 뿐이다.

이런 모습은 두 번째 과것길에 더욱 분명히 드러난다.

> 양생이 생각하기를, '낙양은 옛날부터 제왕의 도읍이요, 천하의 번화한 땅이라. 내가 작년에 다른 길을 취한 까닭에 이 땅의 경치를 보지 못하였는데, 이번은 헛되이 지나지 않겠다.' 하고, 나귀를 타고 천진교 쪽으로 향하여 갔다.424)

결국, 양소유는 고향 수주에서 시험이 치러지는 수도 장안까지 가는 데 있어서 다음과 같은 복잡한 과정을 거치게 된다: 수주→화주 화음현→남전산→화주 화음현→수주→낙양→장안. 다음의 〈지도 7〉은 그 복잡한 과정을 간단하게 보여준다.

그렇다면 이 의미는 무엇인가? 왜 무슨 이유로 손쉬운 접근을 차단하여 주인공이 에둘러 가게 하는가? 혹은 왜 주인공은 한 번에 가지 않고 에둘러 가면서 일부러 시간을 소비하는가? 이는 일단, 당시의 시대배경을 혼란기로 하여 영웅이 요구되는 상황을 극명히 하기 위한 것으로 보이지만, 여기에 신화적인 해석을 가한다면 좀 더 다른 의미를 도출해볼 수도 있다. 양소유가 과거시험을 보러가기 위한 서울, 곧 장안(長安)은 신화속의 미로나 미궁의 이미지를 닮아 있다. 성진이 세속을 꿈꾼 죄로 속계로 떨어진 것이 사실이라면 그에게 세속의 중심으로 가는 일은 매우 중요한 의

---

424) 52쪽.

미를 지닌다. 그런데 양소유로 태어나 보니 그는 여전히 변방에 있었던 것이다. 남쪽 끝 변방에서 동쪽 끝 변방으로의 변화가 있었을 뿐이다. 그러므로 그는 이제 중심을 향하여 발걸음을 옮겨야 한다. 그런데 보다시피 그 중심으로의 접근은 쉽게 허락되지 않는다. 이것은 어느 이야기에서나 마찬가지이다. 그 중심으로의 접근이 얼마나 험난한지를 단적으로 보여주는 예가 바로 미궁이다. 미궁은 언제나 무언가 중요한 것을 감추어두었기 때문에 손쉽게 들어오는 길을 차단해놓는다.[425]

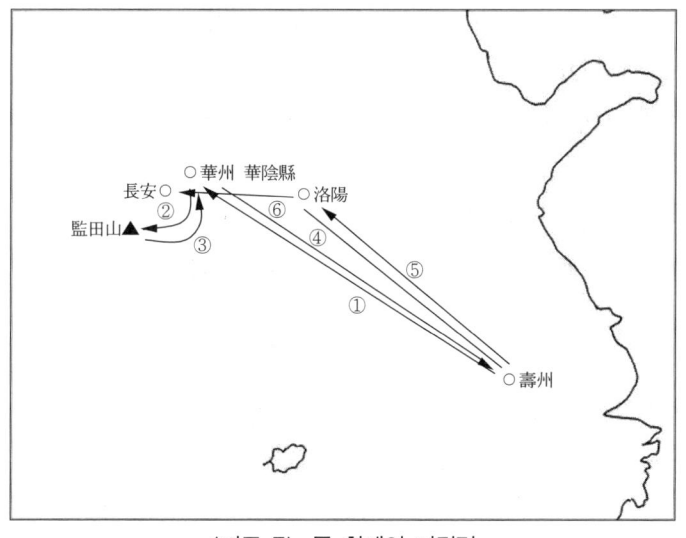

〈지도 7〉 두 차례의 과것길

이 점에서 남전산(藍田山)의 존재는 그 의미가 적지 않다. 남전산은 진(秦)나라 때 상산사호(商山四皓)가 난리를 피해 숨어들었다는 산으로, 전란을 피해 몸을 숨기기에 좋은 곳이다. 그러나 단순한 피란(避亂)이 아닌

---

425) "중심'의 방어'로서 미궁이 갖는 의미에 대해서는 미르치아 엘리아데, 『종교사개론』, 이재실 옮김, 까치, 1993, 356쪽 참조.

도가적 깨달음까지 얻고자 할 때, 여기는 형산(衡山)이 그랬던 것처럼 하나의 중심의 역할을 하게 된다. 실제로 양소유는 거기에서 학을 타고 신선세계로 떠났던 아버지 양처사의 친구인 도인을 만난 것이다. 이처럼 〈구운몽〉은 이야기 속에 여러 개의 중심을 담아두고 새로운 의미를 찾을 수 있도록 배려하면서, 하나의 중심에 머물지 않고 계속 가도록 독려하여 의미가 가중되도록 한다. 도사 밑에서 수련하기를 바라는 양소유에게 "인간 부귀는 자네가 면치 못할 것이니, 어찌 이 늙은이를 좇아 바위구멍에게서 살겠는가?"[426)라고 한 도사의 말은 그런 점을 잘 뒷받침해준다. 결국, 양소유가 두 차례에 걸쳐서 과걋길을 바꾸어가며 여기저기 돌아가는 것은 '중심' 찾기의 한 과정인 셈이다.[427)

그런가 하면 〈구운몽〉의 양소유는 과거에 급제한 뒤 벼슬을 하면서 크게 두 차례에 걸쳐 출정(出征)한다. 1차는 하북의 절도사 셋이 각기 연왕(燕王), 위왕(魏王), 조왕(趙王)을 칭하며 반란을 일으키자, 양소유가 글로써 두 나라의 항복을 받은 후, 끝까지 버티는 연왕을 정벌하러 간 것이다.

양한림이 여러 날을 가다가 낙양에 이르렀다. 그가 십육 세 서생으로 베옷과 절룩거리는 나귀로 이 땅을 지나갔는데, 한 해 사이에 옥절(玉節)을 세우고 사마를 몰아 낙양 현령이 길을 정돈하며 하남 부윤이 앞을 안내하니, 광채가 온 길에 비치어 구경하는 사람이 신선 같다고 하였다.[428)

---

426) 48쪽.
427) 양소유의 科擧行을 여기저기 반복해서 움직이는 과정으로 보지 않고 行路의 直線 여부에 관심을 두면 이와는 상반된 해석이 나오게 된다. "양소유의 科擧行 과정은 그 좋은 예가 된다. 양소유가 과거에 응시하기 위해서는 서울로 올라가야 한다. 과거 응시가 목적이니, 길을 우회하지 않고 똑바로 갈 필요가 있다. 이 점에서 고향인 회남도 수주현을 기점으로 하여 연속적으로 이어지는 화주 땅의 회음현, 남전산, 수주, 낙양은 일직선이라고 보아도 좋다." -신태수, 「『구운몽』에 나타난 對稱的 世界觀」, 『한민족어문학』48집, 한민족어문학회, 2006.

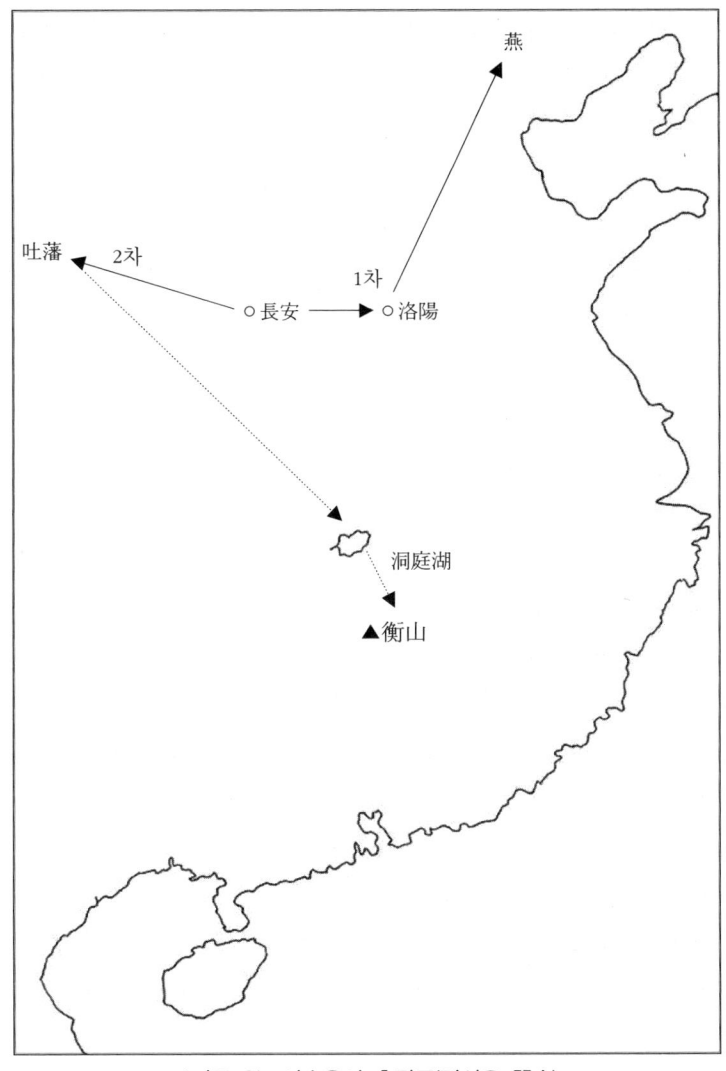

〈지도 8〉 양소유의 출정도(점선은 꿈속)

428) 130쪽.

보다시피 다시 낙양땅을 거치도록 함으로써 일종의 금의환향(錦衣還鄕)을 경험토록 하지만, 이 역시 천하주유(天下周遊)의 욕망을 실현하는 한 방편으로 볼 수 있다. 그러나 평정길의 이런 장황함과는 달리 실제의 평정은 싱겁기 그지없다. 그저 양소유의 풍채와 글 솜씨에 압도되어 "연왕이 기가 꺾여 마음으로 복종하여 즉시 표문(表文)을 닦아 왕호를 없애고 귀순하기를 청하였다."[429] 이 일의 전후로 낙양의 객관에서 묵으면서 생긴 에피소드나 한단(邯鄲)에서 적경홍을 만난 일들이 장황하게 그려진 데 비한다면 평정 그 자체에는 관심이 없다 하겠다. 주인공이 장안에서 낙양으로, 낙양에서 북방으로, 북방에서 한단을 거쳐 낙양으로 오는 과정들만 중시될 뿐인 것이다.

2차 출정 역시 크게 다르지 않다.

이때 토번(吐藩)이 중국을 업신여겨 군사 사십 만을 동원해 잇달아 변방의 여러 군을 함락하였다. 선봉(先鋒)이 위교(渭橋) 가까이까지 와 서울이 들썩들썩하자…[430] 상서가 삼군(三軍)을 지휘하여 위교를 건너 오랑캐의 선봉과 싸워 좌현왕(左賢王)을 쏘아 사로잡으니 적군이 일시에 후퇴하였다.[431] 적을 쳐부수기 마치 대나무를 쪼개는 듯 거칠 것이 없어 몇 달 사이에 이미 토번에게 빼앗긴 읍 오십여 성을 회복하였다. 군대가 행군하여 적석산(赤石山)[432] 아래에 도착하였는데……복파(伏波) 장군의 군영에 달빛이 뚜렷하고 옥문관(玉門關) 밖에 봄빛이 가득하여 한 조각 사랑은 깊은 밤 비단 장막을 넘을 듯하였다.[433] 그렇게 수백 리나 가서야 겨우 조급 넓은 곳이 나오기에 영채를

---

429) 131쪽.
430) 163쪽.
431) 165쪽.
432) 이 부분이 다른 본과는 차이가 있다. 積石山이라고 하는 것이 일반적인데, 赤石山이라고 할 경우, 절강성에 있는 산 이름이어서 서쪽 변방에 있는 토번으로 나아간 양소유의 행적과 배치된다.
433) 171쪽.

짓고 삼군을 쉬게 하였다. 오래 수고한 다음인데다 산 아래에 맑은 호수[盤蛇谷, 백룡담]가 있어 군사들이 가서 앞 다투어 물을 마셨는데 온몸이 파래지면서 말을 못하고 추워 떨며 거의 죽을 듯하였다.434) 동정호에 도착하자 용왕이 멀리 마중 나와 손님과 주인의 예를 행하니……435) "원수는 이 산을 모를 것입니다. 이 산이 바로 남악 형산입니다."436)

(*밑줄친 부분은 꿈 부분임)

이 두 차례 출정이야말로, 동변(東邊)인 수주(壽州)에서 출발한 양소유가 북변(北邊)과 서변(西邊), 남변(南邊)을 두루 통함으로써 천하주유를 실현하는 확실한 행보가 되게 한다. 더욱이 작품에서는 양소유가 이렇게 큰 일을 이룬 공적을 인정받아 고향 수주(壽州)에 있는 어머니를 모셔오게 함으로써437) 열십(十)자로 사방을 두루 통하게 만들어놓는다.

다음 그림은 그 1, 2차 출정과 고향 방문을 통합하여 간단히 제시한 것이다.

이 그림대로 양소유의 천하주유의 꿈은 온전하게 이루어질 수 있게 된다. 그리고 양소유가 꿈속에서 형산(衡山)을 구경하면서 "어느 날에 공을 이루고 은퇴하여 속세를 떠나 한가롭게 살 수 있을까?"(187쪽)하고 탄식함으로써, 새로운 천하주유를 통한 확장이 종착점에 이르렀음을 암시한다. 이런 식으로 양소유의 출정이 마감되면서, 양소유는 정착을 하면서 다시 응축(凝縮)으로 접어들 조짐을 보인다.

---

434) 173쪽.
435) 184쪽.
436) 186쪽.
437) "양소유가 십육 세에 집을 떠나 삼사 년 사이에 승상의 위의에다 위국공의 인끈을 차고 고향에 돌아와 어머니를 뵈니 유부인이 기쁘기 한량없어 눈물을 흘렸다. 승상이 부인을 모시고 떠나자 제도방백이며 자사 현령들이 달려와 길을 모시니 영화의 빛남이 옛날에도 비길 곳이 없었다. 승상이 낙양을 지나면서 계섬월과 적경홍을 찾으니 부리는 사람이 상경한 지 오래되었다고 아뢰었다."(266쪽)

```
                          연(燕)
                           ↑
        토번(吐藩) ← 장안(長安), 낙양(洛陽) → 수주(壽州)
                           ↓
                   동정호(洞庭湖), 형산(衡山)
```

〈그림 4〉 출정(出征)과 환향(還鄕)

결국, 양소유와 팔미인이 보여주는 세속의 삶은 변방에서 중심으로 향하면서, 천하를 두루 도는 것으로 귀결된다. 양소유의 입장에서 변방에서 중심으로 가는 것은 세속적인 '상승'을 의미하며, 온 천하를 도는 것은 '대장부'로서의 욕망을 펼치는 일이다. 또, 팔미인의 입장에서 변방에서 중심으로 가는 것은 떠돌이 삶을 끝내고 '정착'을 의미하며, 온 천하를 도는 것은 훌륭한 '남성'을 만나고 싶은 욕망이다. 이처럼 지도상에서 확인한 9인의 행적은 정합적으로 맞물리면서 온전한 전체를 획득하는 방향으로 나아가고 있음을 엿보게 한다. 그리고 최종적으로 그렇게 얻은 전체의 이미지 역시 불완전함을 암시하면서 새로운 단계로의 이동을 재촉하는 것이다.

3) 정착(定着) : 또 다시 응축(凝縮)으로

양소유가 두 차례의 출정에 대성공을 거두고 최고의 벼슬을 내려 받은 후, 다시는 천하주유를 할 필요가 없게 되었다. 비로소 정착(定着)이 있게 된 것인데, 〈구운몽〉에서는 양소유와 어머니 유씨 부인, 그리고 여덟 부인들의 거처를 마련하면서 다시 응축된 세계를 제시한다. 〈구운몽〉에서는 이에 대해서 소상히 밝혀놓고 있다.

경홍과 섬월이 들어온 후에 승상을 모시는 사람이 점점 많아졌기에 승상은 각기 거처를 정해주었다. 정당의 이름은 경복당(慶福堂)이니 유부인(柳夫人)이 거처하는 곳이다. 그 앞 연희당(燕喜堂)에는 좌부인 영양공주가 살고, 경복당 서쪽 봉소궁(鳳簫宮)에는 우부인 난양공주가 산다. 연희당의 앞쪽 응향각(凝香閣)과 그 앞 청하루(淸霞樓), 이 두 채는 승상이 평소에 거쳐하면서 궁중 잔치를 여는 곳이다. 청하루 앞 최사당(催事堂)과 그 앞 외당인 예현당(禮賢堂), 이 두 채는 승상이 손을 접대하고 공무를 보는 곳이다. 봉소궁 앞에 희진원(希秦院)이 있는데 숙인 진채봉의 집이다. 연희당의 동남쪽으로 별당이 있으니 이름이 영춘각(迎春閣)이고 가춘운의 집이다. 청하루의 동서에 각각 소루가 있는데 푸른 창에다 붉은 난간이 지극히 화려하고 행각이 청하루와 응향각이 잇따라 통해 있다. 동쪽을 산화루(山花樓)라 하고 서쪽을 대월루(待月樓)라 하니 계섬월과 적경홍의 거처이다.[438]

승상은, 요연과 능파 두 사람의 천성이 산수를 좋아하기 때문에 화원 가운데에 거처를 청해주었는데 맑은 물이 넓기가 호수 같았다. 그 가운데에 채색한 누각이 있으니 이름은 영아루(迎迓樓)라 하는데 능파의 거처로 삼게 하였다. 호수의 북쪽에 가산이 있는데 많은 옥돌들이 울쑥불쑥하고 늙은 소나무와 마른 대나무가 서로 그늘을 드리우고 있었다. 그 사이에 정자가 있으니 이름은 빙설각(氷雪閣)이라 하는데 요연의 거처로 삼게 하였다. 여러 부녀들이 화원에서 노닐 때는 이 두 사람을 주인으로 삼았다.[439]

〈지도 9〉의 전각 배치는 사실상 〈지도 5〉의 축도(縮圖)이다. 중심부에서 만난 네 여인(이소화, 정경패, 진채봉, 가춘운)을 중앙에 밀집하여 배치하고, 변방에서 만난 기생 출신 여인(계섬월, 적경홍)은 바깥으로 멀리

438) 271쪽.
439) 310쪽.

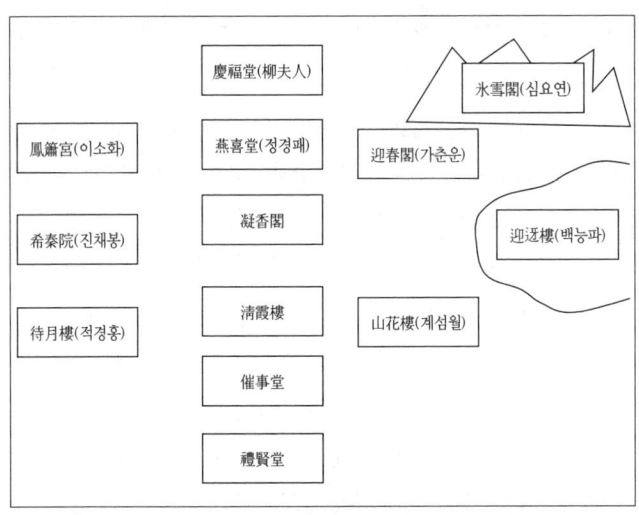

<지도 9> 전각(殿閣)의 배치

배치하였으며, 산수(山水)에서 만난 여인(심요연, 백능파)은 화원에 있는
산(山)과 수(水)에 배치한 것이다. 게다가 각각의 등급과 특성에 따라 궁
(宮), 당(堂), 원(院), 각(閣), 루(樓)로 명명함으로써 명확한 구분을 시도
하고 있다. 출생에서부터, 과거시험을 치르고, 세상을 평정하기 위해 돌
아다니면서 인연을 맺은 아홉 여인들이 한 곳에 모임으로써, 수주(壽州,
柳夫人), 화주(華州, 秦彩鳳), 소주(蘇州, 桂蟾月), 패주(貝州, 狄驚鴻), 장
안(長安, 鄭瓊貝), 서촉(西蜀, 賈春雲), 궁궐(宮闕, 李蕭和), 양주(凉州, 沈
裊烟), 동정호(洞庭湖, 白陵波)가 하나의 공간에 응집(凝集)된 것이다.

　그러나 이 응집은 단순히 흩어졌던 것을 모아놓는 데 그치지 않고 새로
운 의미를 부여하게 꾸며진다. 만일 단순하게 모아놓은 데 지나지 않는다
면 언제든 다시 돌아가서 흩어질 수 있는 것인데 작품에서는 그럴 가능성
을 차단해놓는다. 이 아홉 여인 중 중심에서 가장 멀리 떨어진 산수(山水)
출신의 두 여인을 보자.

여러 부인들이 용녀에게 조용히 물었다.

"낭자의 신통변화하는 모습을 구경할 수 있겠습니까?"

용녀가 말하였다.

"이것은 첩이 이전의 몸으로 하던 일입니다. 첩이 천지조화의 힘을 입어 사람의 몸을 얻을 때 몸이 빠져나오니 뼈와 비늘이 마치 산같이 쌓였습니다. 참새가 조개로 변한 후에도 어찌 두 날개로 높이 날 수 있겠습니까."

요연도 비록 부인이나 승상의 앞에서 때때로 검무를 추면서 오락거리로 삼곤 했지만 또한 자주 하지는 않았는데 그 이유를 이렇게 말하였다.

"처음에는 검술을 빌어 승상을 만났지만 살벌한 일은 항상 볼 만한 것이 아닙니다."[440]

보다시피 이미 이들에게 다시 자연으로 돌아갈 수 있는 길은 막혀있다. 백능파는 이미 사람이 되어서, 즉 물속 존재가 지상의 존재로 격상됨으로써 다시는 물속으로 들어갈 수 없는 몸이 되었다고 했다. 심요연 역시 여자 협객으로 행하던 검무를 더 이상 펼쳐보일 수 없다고 함으로써 제 스스로 변방 산야(山野)에 사는 여자로 돌아갈 수 없는 몸임을 확실히 하고 있는 것이다. 단순히 양소유에게 매인 부인이 되었다는 의미에서만이 아니라, 이 응축(凝縮)으로 인해 이들은 새로운 길을 모색하고 있는 것이다. 이로써 형산에서 여덟 미인이 함께 있을 때와 같은 모양으로, 그러나 개개인의 특성이 소거된 팔미인이 아닌, 각각의 개성을 지니고 그에 따라 제 영역을 확보한 채 다음 행보를 기다린다.

다음으로 중요한 공간은 양소유가 월왕과 함께 사냥한 낙유원(樂遊原)이다. 〈구운몽〉의 주제를 '부귀영화'로 보고자 할 때, 빠질 수 없는 요소가 풍류와 미색이라면 낙유원은 그런 의미가 집약적으로 드러나는 공간

---

440) 310-311쪽.

이다. 성색(聲色)은 옛 성인이 경계했던 바이지만, 주인공 양소유가 처음으로 진채봉의 모습을 보았을 때부터 줄기차게 서술되는 핵심 요소이다. 양소유 자신이 여도사(女道士)의 복장으로 거문고를 타던 데에서, 혹은 정경패가 그런 양소유와 음악에 대한 일가견을 나누는 데에서 풍류와 미색에 대한 관심은 유별나다. 실제로 양소유가 세속의 권력을 극대화하여 부귀영화의 정점에 자리 잡은 뒤에도 그에 대한 관심만은 놓지 않고 있으며, 그것은 흡사 변방에 출정하여 적과 대결할 때의 양상을 방불케 한다.

이는 월왕이 낙유원에서[441] 사냥놀이를 하자고 제의해 왔을 때, 난양공주가 그 의미에 대해서 소상히 밝혀주는 다음과 같은 대목을 통해 쉽게 확인된다.

"승상께서 상세히 아시지 못하시는군요. 이 오라버니가 좋아하는 것은 미인과 풍악입니다. 궁중에 절색가인이 한둘이 아닌데 근래 총애하는 한 미인을 얻으니 무창 사람으로 이름은 옥연입니다. 제가 비록 보지는 못했지만 재주와 태깔이 천하에 으뜸이라고 합니다. 제 생각에는 월왕이 우리 궁중에 미인이 있다는 말을 듣고 왕개(王愷)와 석숭(石崇)이 겨루듯 해보자는 것입니다."[442]

보는 대로 월왕이 겨루고자 하는 바는 어느 쪽의 미인과 풍악이 더 훌

---

441) 낙유원에 대한 설명은 다음 기록을 참조. "낙유원은 곡강보다 조금 북쪽에 위치한 작은 언덕으로 성안에서는 가장 높은 곳이다. 당나라 초기 장안 연간(701-705)에 태평공주가 정자를 짓고 유람지로 삼은 이래, 차츰 장안 사람들이 하루 나들이를 위해 지팡이를 짚고 오르는 명승지가 되었다. "이곳은 사방이 널리 탁 트여 있어, 매년 3월 상사일이나 9월 중양절이면 선남선녀들이 여기 놀러 와서 액을 씻고자 높은 곳에 올랐다. 장막이 구름처럼 펼쳐지고 수레가 길을 가득 메웠으며, 알록달록 고운 옷은 햇빛에 아롱거리고, 향긋한 내음이 길가에 가득했다. 조정관리나 시인들이 시부를 지으면, 다음날 아침 장안바닥에 쫙 퍼졌다"고 하는 장소이다. -이시다 미키노스케,『장안의 봄』, 이동철·박은희 옮김, 이산, 2004, 18-10쪽.
442) 272쪽.

륭한가이다. 양소유가 평정 길에 나서서 반역의 무리와 무력을 겨루었듯이 여기에서는 미색과 풍류를 겨룬 것이다. 이는 사실 양소유가 계섬월을 처음 만났을 때부터, 계섬월이 여러 지역의 명기(名妓)들을 나열하며 세상에는 훌륭한 미색(美色)이 많음을 알려준 데에서부터 조짐을 보인 바이기도 하다. 양소유에게는 사방의 현숙한 여인들을 불러 모아 부인으로 맞는 것 못지않게 절세미인과 풍류를 즐기는 호사(豪奢) 역시 중요한 과업인 셈인데, 낙유원의 사냥놀이는 그런 욕망을 풀어내는 장소를 제공한다.

사냥놀이에서 만난 양쪽 미인들을 서로 소개하는 자리에서 월왕의 네 미인은 자신들을 "첩 등은 금릉(金陵) 두운선(杜雲仙), 진류(陳留) 설교오(薛嬌五), 무창(武昌) 만옥연(萬玉燕), 장안(長安) 해연연(海燕燕)이라고 합니다."(285쪽)라고 소개한다. 이로써 양소유의 네 여인인 계섬월, 적경홍, 심요연, 백능파와, 월왕의 네 여인인 두운선, 설교오, 만옥연, 해연연이 한 자리에 모이게 된다. 낙유원이라는 장소를 빌려서 경향 각지에 흩어져 있던 기녀와 미인들이 집결하는 것이다. 계섬월 같은 경우가 그 출신지에 관계없이 낙양의 이름난 기생이고 보면, 이들 여덟 미인의 분포 역시, 〈지도 5〉를 방불케 한다.

〈지도 10〉에서 보듯이 여기에 여덟 미녀는 '사면팔방'의 미인들임에 틀림없다. 양소유가 낙유원 사냥놀이에 나갈 때 무려 사냥꾼 3,000명에 800명의 여기(女妓)를 이끌고 나갔다고 했는데[443], 여기에서 다시 8미인이 등장하는 것은 예사로 볼 일이 아니다. 8이 상징하는 바가, 동서남북의 사방(四方)과 그 사방 사이의 모서리인 사우(四隅)를 합친 숫자임을 생각할 때, 이 미인들이 공간의 전체를 표상한다고 보는 데 전혀 어색할 것이 없다. 이렇게 본다면 〈구운몽〉에서의 미인들은 첫째, 형산에서 팔선녀, 둘째, 중국 전역에서의 팔미인, 셋째, 전각에 모인 팔미인, 넷째, 낙유원

---

443) 270쪽.

사냥놀이에서의 팔미인 등등의 변주(變奏)를 보이면서 확산과 응축을 반복하는 것을 알 수 있다.

〈지도 10〉 낙유원 잔치에 모인 미인들의 출신지

그러나 그러한 낙유원의 놀이가 끝남과 동시에 극(極)으로 이른 즐거움은 쇠(衰)할 기미를 보인다. 양소유 일행이 놀이를 마치고 돌아오는 길을 이렇게 묘사해놓을 정도이다.

　이날 낙유원에서 열린 잔치는 요연과 능파 두 사람이 뒤따라 와서 손님과 주인의 즐거움을 도왔다. 흥이 넉넉해지자 해가 이미 저물었다. 잔치를 파하고 두 집안에서 각각 금은과 비단을 내어 전두(纏頭)를 하니 진주를 섬으로 헤고 비단 쌓인 것이 자각봉 높이와도 같았다. 월왕과 승상이 말에 올라 달빛을 받으며 성문으로 들어왔다. 두 집안의 여악(女樂)이 길을 다투어 오는데 패옥(佩玉) 소리는 흐르는 물소리 같고 향기로운 바람은 천리에 이어졌으며, 떨어진 비녀와 깨어진 진주가 길에 깔려서 말이 밟아 소리가 날 정도였다. 장안의 남녀들이 집을 비우고 거리를 메워 구경을 하는데 백세 늙은이가 눈물을 흘리면서 말하였다.
　"어릴 적 현종 황제께서 화청궁에 거둥하시는 것이 바로 이와 같았다. 뜻밖에 늘그막에 다시 태평한 기상을 보는구나."[444]

　한쪽에서만 수천 명을 거느리고 가는 놀이의 끝이라는 점을 감안하더라도 확실히 과장된 감이 없지 않다. 굳이 백 세 된 노인을 들고 나온 것은 이런 경사가 100년을 살아도 보지 못한 희한한 경우로, 그저 옛이야기에나 전해 듣던 정도라는 것이겠다. 양소유가 장원급제를 하여 천하를 평정하는 일이 공적인 영역에서 이루어진 부귀영화의 극점이었던 것처럼 이 놀이 역시 사적인 영역에서 이루어진 극점이라고 할만하다. 실제로 작품에서 월왕의 입을 빌려서 양소유가 계섬월을 만났던 일을 가리켜 "승상께서 두 번이나 장원이 되신 것을 천하의 통쾌한 일로 알았는데, 이날의 통쾌함은 장원하신 것보다 더합니다."[445]라고 하여 기생을 만나 풍

444) 297쪽.

류를 즐기는 일을 과거의 장원급제와 비교할 정도의 성대한 일로 치부하고 있다.

무슨 일이든 성대함이 극에 이르면 얼마간의 허망함이 찾아오는 법이다. 양소유는 벼슬을 물리고자 황제에게 상소를 올리고, 마침내 황제는 도리어 비취궁(翠微宮)을 하사하면서 식읍(食邑) 오천호를 더하여 편히 쉴 수 있게 해준다. 이리하여 양소유는 비로소 속세를 떠나 신선 같은 삶을 살지만 허망함을 아주 물리칠 수 없었다. 양소유가 취미궁에 있는 높은 대(坮)에 올라 불가(佛家)로 기울어지는 자신의 뜻을 말하고는 부인들과 작별의 잔을 나누려는 차에 그는 꿈결인 듯 연화사(蓮花寺)로 가게 된다.

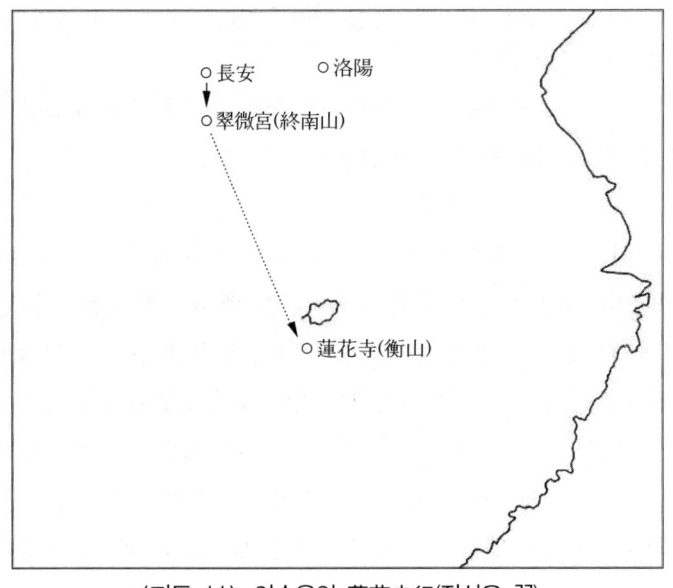

〈지도 11〉 양소유의 蓮花寺行(점선은 꿈)

---

445) 287쪽.

〈지도 11〉은 양소유가 세속을 떠나는 궤적을 보여준다. 단번에 연화사로 가는 길을 제시하지 않고 취미궁이라는 도가적인 이상향을 거친 후 거기에서도 만족할 수 없음을 느끼고 큰 깨달음을 찾아가는 형식으로 되어 있는 것이다. 우리는 여기에서 〈지도 3〉을 다시 한 번 상기해볼 필요가 있다. 여기에 따르면 성진이 양소유로 되는데 형산(衡山)→풍도(豊都)→수주(壽州)로 가는 것으로 되어 있지만, 사실은 그 이전에 '형산→동정호→형산'의 궤적이 진행된다. 동정호 역시 속세는 아니지만, 양소유가 거기에서 술을 마심으로써 결정적인 죄를 짓는다는 점을 생각해보면, 동정호는 신성계와 세속계의 중간쯤에 놓이는 것으로 볼 수 있다. 마찬가지로 이 〈지도 11〉의 취미궁 역시 세속계에서 신성계로 옮기는 이전(轉移) 단계쯤으로 작용하는 셈이다.

이처럼 〈구운몽〉의 공간은 상호(相互) 조응(照應)이 잘 이루어지고 있다. 수도(修道)의 공간이 응축(凝縮)된 것이라면 세속(世俗)의 공간은 그것의 확산(擴散)이며, 확산된 공간은 정착(定着)과정을 거쳐 탈속(脫俗)을 지향하며 다시 응축된다. 이는 공간적으로 볼 때, 성(聖)/속(俗)의 분화와 대립을 넘어설 통합의 가능성을 열어주는 것으로 풀이될 수 있다. 성진이 활동하는 성계(聖界)의 공간이 양소유가 활동하는 속계(俗界)의 공간을 잠재하고 있는 것이며, 양소유가 활동하는 속계의 공간은 다시 그 다음의 성진으로 돌아갈 탈속의 공간을 잠재하고 있는 것이다. 이 점에서 각 층위의 공간 이동이 그 규모상의 차이는 있을지언정 흡사 변주(變奏)와 같은 방식으로 일정한 패턴을 형성하면서 맞대응하고 있다.

3. 통합 : 자기실현으로 읽는 <옹고집전>

1) 근원설화, '자기실현'의 단서

기왕의 논의에서 〈옹고집전〉의 설화적 근원으로 지목되었던 것은 앞서 언급했듯이 〈장자못 전설〉과 여러 진가쟁주담(眞假爭主談)들이다.[446] 후자의 경우는 전자와 달리 계통도 다양하고 논의도 분분해서 정리가 필요하다. 진(眞)/가(假)의 대립이 드러나는 이야기를 전부 다 근원설화로 설명하자면 여러 변신담들이 필요 이상으로 거명될 것이므로,『옹고집전』과 직접적으로 관련되는 이야기로 제약할 필요가 있다. 첫째, 전체 서사 구조가 단일한 인물의 진가쟁주(眞假爭主)로 집중되며, 둘째, '진짜:가짜≒선:악'의 보편성을 거부하는 내용 정도로 한정해보는 것이 좋겠다. 이렇게 볼 때 〈김경쟁주설화(金慶爭主說話)〉는 김가(金家)와 경가(慶家)의 모방담적 특성 아래 진경(眞慶)과 가경(假慶)이 삽입되는 형식이며,『서유기』의 진가쟁주담은 진짜와 가짜가 그대로 선(善)과 악(惡)을 대변하는 인물구도를 보인다. 또, 〈유연전(柳淵傳)〉은 사실(事實)에 근거한 만큼 변신이 등장할 리도 없고 오직 진짜 형으로 위장한 가짜를 몰아내고 진짜 형을 찾는 데 관심을 가질 뿐이다.

이런 이야기들에 비추어 볼 때, 〈옹고집전〉은 확실히 다른 면이 있다. 실옹(實雍)이 허옹(虛雍)에게 쫓겨날 때까지 실옹의 도덕적 우위는 어느 곳에서도 확보되지 못하고 있어서 물리적 의미에서의 참옹고집을 주장할 수 있을지언정 도덕성을 갖춘 참인간을 내세우기는 어렵다. 적어도 진짜

---

446) 〈유연전〉은 이항복의 『白沙集』에 전하는 傳이며, 〈김경쟁주설화〉(최영오 편, 『實事叢譚』 권2)와 일리사 이야기는 장덕순, 앞의 책에 나와 있다. 〈쥐둔갑설화〉의 경우, 한국구비문학대계의 유형분류표상의 '631-2 둔갑해서 주인을 몰아낸 쥐 물리치기(옹고집전 유형)'로 집약되어 있다.(조동일 · 이복규 · 김대숙 · 강진옥 · 박순임, 『한국구비문학대계 별책부록(I) 한국설화유형분류집』, 한국정신문화연구원, 1989, 533-534쪽)

라고 할 때는 '참됨[眞]'이 드러나야 하는데, 〈옹고집전〉의 옹고집은 진(眞)임에도 비진(非眞)의 행투를 보이는 것이다. 그런데 정확하게 그런 식의 엇갈림이 드러나는 이야기는 〈쥐 둔갑 설화〉와 〈일리사 장로의 전생 이야기〉 등에서 그런 특성이 충분히 드러나므로, 일단 이런 설화들에서 『옹고집전』 논의를 위한 단초를 마련할 수 있겠다.

이제, 첫 번째의 〈장자못 전설〉부터 보자. 이 이야기의 핵심은 '장자(長者)'가 승려에게 인색하게 굴어서 모두 물에 잠기는 응징을 받게 되었는데, 온정을 베풀었던 며느리만은 그 응징을 피할 수 있는 방법이 주어졌지만 뒤돌아보지 말라는 금기를 어기고는 돌이 되었다는 것이다. 이 이야기가 전세계에 널리 퍼진 홍수신화와 맞닿아 있다는 것은 이미 널리 알려진 사실이다. 그런데, 이 〈장자못 전설〉에 있는 것처럼 못[池]이라는 지형을 생각할 때 홍수가 자연스럽지만 굳이 홍수가 아니어도 인간을 멸망시키는 방법은 많을 것이므로, 홍수신화의 중심 모티프는 '홍수'에 의한 멸망이라기보다는 그렇게 '멸망시키기로 결정한 사건'에서부터 시작한다고 보는 편이 옳겠다. 아마도 홍수신화의 최초의 기록이라고 할 만한 중동신화 가운데, 수메르 토판(土版)에서 발견된 이야기에서 그 핵심을 분명히 드러내준다.[447) 여기서의 '결정적 사건'은 신의 피조물인 인간이 자신이 해야 할 일을 하지 않고 불평하는 데에서부터 발생한다. 마찬가지로 장자가 시주승을 능욕하고, 일리사가 집안에 7대째 내려오는 자선당(慈善堂)을 불 지르고 거지를 내쫓은 것이 바로 결정적 사건이다. 여건이 마련

---

447) "인간들은 작은 신들이 그랬던 것처럼 신에게 입을 것과 먹을 것을 바쳐야 하는 노동과 노역에 대해 심한 불평을 토로했다. 신들은 인간들이 불평하는 소리가 거세지자, 그 시끄러운 소리 때문에 조용히 쉴 수가 없었다. 견디다 못한 신들은 인간들을 모두 없애기로 결정한다. 그러나 구원의 신 엔키만은 인류의 파멸을 막기 위해 시파르의 선한 왕 지우쑤드라에게 나타나서 앞으로 대홍수가 일어날 것이며 이를 피하기 위해서는 커다란 배를 만들어야 한다고 일러준다." -사무엘 헨리 후크, 『중동신화』, 박화중 옮김, 범우사, 2001, 61-62쪽.

되었어도 마땅히 해야 할 일을 거부하는 데서 심판이 빚어진 것이다.

이 점에서 〈장자못 전설〉의 '장자(長者)'에 주목할 필요가 있다. 장자란 부자 중에서도 큰 부자를 이르는 말이다. 큰 부자야말로 당연히 남들에게 베풀 수 있는 것이 많다. 그럼에도 불구하고 그 당연한 의무를 거부할 때, 하늘의 심판이 내린다는 설정이 바로 이 이야기의 핵심이다. 그렇다면, 이 이야기에서 엿볼 수 있는 자기실현의 단서는 다른 사람을 위해 자신의 무언가를 베풀어주는 것이다. 만일 그런 이치를 모른 채 자기 욕심에만 사는 인간은 편협할 뿐만 아니라 파멸로 귀결된다. 에릭슨(Erikson)은 어른이 살아가면서 꼭 해결해야 할 과제 중에 다음 세대에 대한 이타적인 배려를 개발하는 일을 중시했다. 그는 그것을 '생성성(生成性, 혹은 生殖性, generativity)'이라 불렀는데, 이 생성성이 곧 참된 자기를 실현하는 핵심요소임은 두말할 나위가 없다. 〈장자못 전설〉은 생성성이 결여된 인간에 대한 응징을 다룬 이야기로 볼 수 있다.

다음으로 둔갑 설화를 보자. 〈쥐 둔갑 설화〉는 대략 두 갈래이다. 하나는 어느 부잣집 며느리가 부뚜막에서 바짝 마른 쥐를 발견하고 쥐에게 매일 밥을 주었더니 시아버지로 변신하여 진짜 시아버지를 몰아내고 진짜 행세를 하다가 나중에 고양이로 물리쳤다는 이야기(〈쥐 둔갑 설화 1〉)이며, 또 하나는 어느 양반이 절간에서 공부하던 중 손톱 발톱을 깎아서 버린 것을 어느 쥐가 먹고서는 그 양반의 행세를 하여 역시 진짜 양반을 몰아냈다가 나중에 고양이에 의해 정체가 탄로 났다는 이야기(〈쥐 둔갑 설화2〉)[448]이다. 두 이야기 모두 쥐가 사람으로 변했다가 다시 쥐로 변했다는 내용인데, 문제는 그 숨은 의미이다.

---

448) 두 설화를 구분하기 위하여 임의로 붙인 설화명이다. 〈쥐둔갑설화 2〉는 흔히 '怪鼠'라는 제목으로 알려진 작품으로, 필자는 이 설화를 '성숙'이라는 주제와 연관하여 다룬 바 있다. -이강엽, 「디지털 시대의 구비문학 교육 -成長·成熟'을 중심으로-」, 『국제어문』 제24집, 국제어문학회, 2001.

이 이야기에서는 본래 주인 영감과 사람으로 둔갑한 쥐가 진짜와 가짜의 대결을 벌인다. 당연히 쥐의 상징성이 문제될 수 있겠는데, 두 이야기의 쥐는 성격이 달라 보인다. 부잣집 며느리가 키운 쥐는 '부엌'이라는 점이 강조되고, 손톱을 먹은 쥐는 '집 밖'이라는 점이 도드라진다. 주인 영감은 모두 사랑채에 기거하는 남성임을 생각한다면, 이 두 이야기의 쥐가 각각 상징하는 것은 '부엌 혹은 여성문화'와 '야성(野性, 혹은 獸性)'일 것이다.449) 유교에 침윤된 사대부 문화에서라면 남성이란 모름지기 사랑채에 거하면서 열심히 학업을 닦아야 하는 존재였다. 많은 이야기들에서 집을 떠나 절간 같은 데에서 학문에 매진하는 주인공이 내세워진 것은 그런 이유 때문이겠다.

그런데 많은 이야기에서 진짜를 판별하는 기준으로 그러한 사대부 남성이 가장 취약한 부분을 잣대로 삼았다는 점이 흥미롭다. 가령 벼루나 붓, 담뱃대의 개수 같은 것을 묻기보다 숟가락은 몇 개이며 안방이나 부엌의 세간살이는 어떤지를 묻는 것이다. 진짜 주인영감이 누구인지를 알아보려는 방법치고는 매우 비현실적이다. 그러나 그렇게 등한시하는 삶의 영역이 정말 쓸모없는 것인가 반문해볼 때, 이 비현실적인 잣대에 대한 의문이 쉽게 풀릴 수 있다. 문화나 문명을 내세우며 최대한 억제하는 야성(野性)이나, 사랑채의 남성 문화를 우월하게 여기며 천시(賤視)하는 안채나 부엌의 여성(女性) 문화가 결코 '가짜'는 아니다. 삶의 어느 한 부분만을 진짜라고 여기면서 무시하는 통에 어쩔 수 없이 억제되어 있는 한 영역일 뿐이다. 〈쥐 둔갑 설화〉는 그렇게 서로 다른 두 가짜를 등장시킴으로써, 그 이전에 우리들이 가짜라고 내몰았던 것들의 참의미를 되새길 수 있도록 한다.

---

449) 손톱 발톱을 野性의 상징으로 보는 것은, 프레이저의 『황금가지』에서 類感呪術의 대표로 설명된 바 있고, 이부영의 『한국민담의 심층분석』(집문당, 1995, 55-87쪽)에서 쥐의 둔갑설화와 관련하여 상세히 다루어진 바 있다.

이제, 〈장자못 전설〉과 〈쥐 둔갑 설화〉 두 이야기를 통해서 얻게 되는 자기실현의 단서는 매우 극명해졌다. 자기 세대의 부(富)를 다음 세대의 밑거름으로 쓰기를 거부하다가 파멸하는 장자(長者)와, 자신이 추구하는 방향과 다른 삶의 영역을 도외시했다가 쫓겨나는 주인영감의 이야기를 통해서 삶의 과업을 환기시키는 것이다. 단적으로 말하자면, 하나는 윗세대에서 아랫세대로 이어지는 이타적 베풂이며, 또 하나는 여성문화의 섬세함 바로 그것이다. 만일 인간의 삶이 대립되는 두 요소로 이루어지며 그것을 피할 수 없는 일이라 할 때, 어느 한쪽으로만 치우치면 중대한 과오를 범하게 되는데 이 두 설화를 통해서 그것을 통합하는 과업을 상기하게 된다. 『본생경』의 일리사가 절름발이이자 애꾸눈으로 설정된 것은 그런 편협성을 보여주는 상징이기도 하다.450) 극단적으로 대립되는 성향을 통합함으로써, 두 눈과 두 발이 성한, 건강하고 건전한 인간을 만드는 일이 이 설화들이 촉구하는 인간형이 아닐까 조심스럽게 추정해볼 수 있다.

2) 대립의 통합과 자기실현

앞서 살핀 대로 〈장자못 전설〉에서는, '결정적 사건'에 의해 주인공인 장자(長者)가 쫓겨나는데 바로 여기에서 우리는 특별한 대립을 엿볼 수 있다. 다 아는 대로 장자는 쌀 한 됫박의 시주조차 거부하는 악행을 함으로써 그 결정적 사건을 자초하고 있다. 이렇듯 〈장자못 전설〉의 결정적 사건이 학승(虐僧) 모티프와 연결됨으로써 〈옹고집전〉에도 그대로 이어진다는 데에는 이견이 있을 수 없다. 그러나 〈장자못 전설〉과 〈옹고집전〉이 갈라서는 기점은 그런 결정적인 사건이라는 공통점을 넘어선 곳

---

450) "그는 8억의 재산을 가졌으나, 사람으로서의 온갖 결점을 다 갖추어 절름발이로서 꼽추요 또 애꾸였으며, 인색하고 그릇된 소견을 가졌으며…" -『본생경 1』, 역경위원회 역, 동국역경원, 1991, 351쪽.

에 있다. 〈장자못 전설〉이 그 결정적 사건 하나만으로 단일하게 플롯을 이어감에 비추어 〈옹고집전〉에서는 다양한 사건들을 첨가하면서 복합성을 띤다.

(가) 가사를 볼작시면 석숭의 부자와 도주공의 성세를 불워 아니 하더라. 앞뜰에 노적이요, 뒤뜰에 장옥이라. 울 밑에 벌통 놓고, 오동 심어 정자 삼고, 송백 심어 차면(遮面)하고 …(중략)… 팔십 당년 늙은 모친 병들어 누웠는데 닭 한 마리 약 한 첩도 봉양은 아니 하고 조반석죽 대접하니, 냉돌방에 홀로 누워 설히 울며 하는 말이, "너를 낳아 길러낼 제 애지중지 나의 마음 보옥같이 사랑하여 …(중략)… 옛날 왕상이는 어름 속에 잉어 낚아 부모봉양하였으니 그렇지는 못하여도 불효는 면하여라." 불측한 고집이놈이 어미 말 대답하되, "진시황 같은 이도 만리장성 쌓아 두고 아방궁 높이 지어 삼천궁녀 시위하여 천년이나 사잤더니…(중략)…" / (나) 이놈 심사 이러한 중에 또한 불도(佛道)를 능멸하여 무죄한 중 곧 보면 결박하여 귀틀기와 어깨타고 뜸질하기 유명하더라. 이놈 욕심 이러하니 옹가집 근처에는 동년중이 갈 수 없다.[451]

결정적 사건이 등장하는 것은 (나) 부분의 학승 모티프일 것이다. 그러나 『옹고집전』은 학승 모티프 이전에 (가)를 배치함으로 해서 설화 〈장자못 전설〉과는 다른 길을 가게 만들었다. 본시 시주(施主)가 종교적, 혹은 대(對)사회적 의미를 갖는 것임에 비추어, (가)의 배치는 혈육간의 문제라는 점에서 그가 최소한의 베풂마저 거부하는 냉혈한인 사실이 더욱 부각되는 것이다. 이본에 따라서는 나타나는 장모의 박대 역시 같은 맥락에서 이해할 만하다. 거부(巨富) 사위를 두고도 구걸에 나서는 장면을 연출함으로써 주인공의 인색함을 부연하고 극대화한다.[452] 자신은 "고량진미 죠

---

451) 정주동 주해, 앞의 책, 271-272쪽.
452) 최래옥은, 〈옹고집전〉의 이본을 이런 장모 구걸 장면의 유무에 따라 두 계열로 나눈

흔 음식 쥬야로 포식"하면서도 병든 노모에게는 "건지 업난 말근 죽을 하로 한썬 봉양"하며, 구걸하는 장모에게 쌀 한 말을 준 아내에게는 "네가 님의로 약간 양식얼 출납흐니, 너갓튼 연얼 다리고 살님스리흐다가는 탕픽가산"하겠다며 내치면서 첩에게는 금보료에 좋은 음식으로 흥청망청했던 것이다.[453]

사람은 어차피 혼자 살 수가 없다. 세상살이는 철저하게 사회적인 관계를 이루기 때문이다. 그러나 그러한 공생이 파괴되었을 때 삶은 걷잡을 수 없이 황폐해지고 거기에 대한 경고의 목소리는 높아지기 마련이다. 일례로, 가장 유명한 홍수신화라고 할『구약성서』중의 〈노아의 방주〉 같은 데에 보면, 굳이 선한 인간과 더불어 각종 동물들까지 쌍으로 구제하고 있다. 그러므로 신화에서 '결정적 사건'을 이어 멸망으로 진행해 가는 서사를 통해, 그 잘못된 관계의 원상회복(原狀回復)에 대한 강렬한 염원을 엿볼 수 있다. 〈옹고집전〉의 옹고집은 결정적 사건이 있기 전에 먼저 가정이라는 작은 울타리 안에서 그러한 공생관계를 깨어버렸던 것이다.

이제 그러한 공생이 깨어지고 나면 그 문제를 명확히 깨닫는 계기가 마련되어야 하는데, 그것은 당연히 진짜 옹고집이 내쫓아짐으로써 마련된다. 버림받는 일은 곧 자기실현의 단초이다. 버림받음의 고통은 성인의례(initiation)의 3단계, 즉 '고통-죽음-재생' 가운데 첫 단계에 해당할 법한 것으로 사람이 새로워질 수 있는 기회이기도 하다. 버림받음의 고통을 통해 자신이 누구인가 자문하여 중요한 통찰을 얻게 되고 '새로워짐'이 곧 자기실현이다.[454] 그러한 과정이 이 작품에서 구체화되기 시작하는 것은 그

바 있는데(「옹고집전의 제문제 연구」,『동양학』제19집, 1989, 188쪽), 이런 내용이 들어가는 이본으로는 김일근본·연세대본, 박순호본 33장, 강전섭본, 사재동본이 있다.
453) 이상의 인용은 연세대본(최래옥 주석, 〈연세대본 옹고집전〉,『동양학』19집, 단국대학교 동양학연구소, 1989). 이 이하 원문 인용에서 굵은 글씨 표시는 중요부분을 강조하기 위해 필자가 붙인 것임.
454) 이부영, 앞의 책, 104쪽 참조.

버려짐 이전에 벌어진 진가(眞假)의 쟁송(爭訟)에서부터이다.

　　형방이 아뢰되, "두 백성의 호적을 상고하여지이다." 허허 그 말을 옳다 하
고 호적색을 불러 양옹의 호적을 강 받을 제 실옹가 나왔으며, ①"민의 애비
이름은 옹송이옵고 조는 만송이로소이다." 사또 왈, "그놈 호적은 옹송만송하
다. 알 수 없으니 저 백성 아뢰어라." 허옹가 아뢰되, ②"자아골 김등내 좌정
시에 **민의 애비가 좌수를 거행하올 때에 백성을 애휼한 공으로 하여금 연호
잡역을 삭감하였기로 경내 유명**하오니, 옹돌면 제일호 유학에 옹고집이라. 고
집의 연이 삼십칠이요, 부 학생에 옹송이오니 절충장군하옵고, 조는 상이오나
오위장하옵고, 고조는 맹송이요, 본은 해주오며, 처는 최씨요 본은 진주요 …
(이하생략)…"455)

　　①과 ②는 진짜 옹고집과 가짜 옹고집이 각각 자신의 호적을 상고하는
대목이다. 결과적으로 ②가 진짜임을 인정받은 이유는 무엇보다 그것들
이 모두 사실이기 때문이다. 그렇다면 ①의 소략함을 설명할 길은 한 가
지이다. 누구나 분명히 알 수 있을 만큼 명확한 내용을 진짜 옹고집은 숙
지(熟知)하지 못했거나 대수롭지 않게 여겨서 진술하지 못했던 것이다.
가장 분명한 점은 그 상세화 정도이겠으나, 질적인 면에서 볼 때 더 많은
조상들을 정확하게 나열했다는 사실을 넘어서 구체적인 사적(事績)을 적
시(摘示)한 점이 가짜 옹고집의 진술에서 두드러진다. ②의 고딕 부분에
유념해 보면, 옹고집의 집안이 그만큼 융성한 것은 모두 그 아버지가 다
른 사람들에게 베풀기를 잘했기 때문이다.
　　이제, 이로써 아버지/자식의 대물림, 곧 베풂에 의한 상생(相生)이 중심
문제로 떠오른다. 옹고집의 아버지는 뭇사람들에게 잘 베풂으로써 유명

---

455) 정주동 주해, 앞의 책, 284쪽.

해졌던 인물인 데 비해서, 옹고집은 혈육에게까지 인색하게 함으로써 그런 참상을 겪게 되었다. 이러한 극단적 대비는 확실히 이 소설이 단순히 효(孝)의 문제를 넘어서고 있음을 암시해준다. 어떤 이본이든 옹고집은 이미 자식들까지 성가(成家)한 어른으로 나오는 만큼, 그는 그런 여러 어른들을 거느린 큰어른이었으나 집안의 어른구실을 전혀 못하고 있다. 단순히 부모 봉양을 잘 못한다는 점에서가 아니라, 자신의 나이에 감당해야 할 베풂의 미덕, 생성성의 묘미에 몽매했다 하겠다.

『옹고집전』의 경우, 이처럼 불효와 조상에 대한 인식 등을 통해서, 학승(虐僧)모티프에 잠재된 추상적이고 심원(深遠)한 의미에 보다 구체적이며 천근(淺近)한 의미를 붙여갔던 것이다. 그 결과, 나와 남의 대립을 넘어선 통합이 중시되게 되었다. 가령, 아내를 구박하며 내치는 장면에서 "잘 살아도 **늬** 복이요 못 살아도 **네** 팔자라."[456]라는 말을 대수롭지 않게 하는 이면에는, '늬/너'가 '잘 삶[福]/못 삶[八字]'을 따로이 나누어 가지는 이상한 분배를 시행한다. 물론 이러한 해석이 과도하게 여겨질 소지가 있지만, 『본생경』의 〈일리사 장로의 전생 이야기〉에도 같은 양상인 것을 보면 결코 가볍게 넘기기 어렵다.[457]

다음으로, 그렇게 생각하는 옹고집이 축출됨으로써, 그런 대립은 통합될 가능성을 얻는다. 좁게는 부모와 자식 사이의 통합이며 나아가서 나와 너의 통합이고, 궁극적으로는 나와 남, 나아가서는 나와 내가 아닌 다른 모든 개체, 모든 존재들간의 통합이다.

---

456) 연세대본, 최래옥 교주, 앞의 책, 223쪽.
457) "그 **조상은 7대로 내려오면서 모두** 慈善家였었는데, 이 사람이 장자의 지위를 상속받자 그 家法을 버리고는, 慈善堂을 불살라 버리고 가난한 거지가 오면 그를 때려 내쫓고 오직 재산만을 소중히 지켰다.", "그는 자기 생전의 자선사업이 그대로 행해지는가 인간세계를 살펴보다가, 그 아들이 가법을 깨뜨리고 자선당을 불살라 버리며 가난한 거지를 내쫓으면서, 탐욕을 고집하여 남에게 보시하지 않고 혼자서 몰래 술을 마시고 있는 것을 보았다." -『본생경 1』, 앞의 책, 351쪽.

한편, 이미 설명한 대로 〈쥐 둔갑 설화〉에 나오는 쥐는 집 안의 부엌쥐와 집 밖의 들쥐로 나뉜다. 전자의 상징값이 부엌이나 안채에는 등한시한 채 사랑채의 남성 문화에만 경도된 인간에 대립하는 인간형이라면, 후자의 그것은 집 안의 세세한 사정에는 어두운 채 문화화(文化化)로만 치닫는 인간에 대립하는 인간형이겠다. 그런데 만일 이 설화의 주인 영감처럼 자기 안의 어느 한쪽으로 경도되어 대립되는 양상을 보이게 되면 불균형과 분열로 치달을 위험이 있다. 한마디로, 이 설화의 주인공은 집안의 세세한 일에는 무심한 권위적인 가부장이다.

일례로, 박순호 소장 〈용싱원전〉은 사또 앞에서 자기 재산을 낱낱이 고하는 대목이 아마도 제일 장황한 편에 속하는 이본일 텐데, 장장 3면에 걸쳐서 너무도 세세하게 외워댄다. 이 모양을 보고 있던 진짜 옹고집이 보인 반응은 참으로 어이없다는 투이다.

> 원님이 분부ᄒ되 "네 셰간사리 자셰이 아ᄂᆞ다. 그ᄂᆞ 그려ᄒ거니와 져 용가 알외라." 헷 용가 겻틱 셧다가 급희 지쵹ᄒ니 참용 긔 막혀 연긔 마슨 고양이 갓타야 집 셰간을 딕강도 알길 읍셔 묵″키 셧실 젹의 좌우 나졸이 밧비 알외랴 ᄒ니 총망즁 가산을 외오되 "밋도 긋도 없시 문젼옥답 무슈ᄒ고 오려논 닷마지기 기쫑밧 열 마지기요, **집안셰간은 예편뇌가 알지 민은 아지 못ᄒ나 이다.**"[458]

458) 『한글필사본고소설자료총서』37(영인본), 오성사, 1986, 464-465쪽. 이런 류의 항변은 설화에서 화자의 입을 통해 직접 설명되기도 하는 것이어서 남자에게 세간살이를 물어서 眞假를 가리는 데 특별한 문제가 있음을 일러준다. "그랑께 인자 **욍길(진짜) 즉 아부지는 남자들이 해주는 밥이나 해묵고 농사해서 모두(모두) 긁어 디려노먼(들여 놓으먼) 여자들이 이라고 저라고 하제, 안에서(부인이) 하는 일은 몰라라우.** 그랑께는 살림 조사를 '정제 가서 본께 때까리도 있고 쪼각(깍두기)도 있고 짐치도 있고 묏도 있고 그라고 말리(마루) 가서 본께 보리쌀도 있고 쌀도 있고 깨도 있고 뭐 그른 것 뿐이제 뭐 있다냐?' 욍길 즉아부지는 그란단 말이요. 그란디 인자 쥐가 둔갑해서 아부지 된 사람은 말리로 가서도 아조 뱉것(별 다른 것) 다 인자 '여그는 깨가 있고 여그는 보리쌀 있고…(이하생략)…'" -〈둔갑한 쥐(I)〉, 이현수, 『한국구비문학대계6-5』, 한국정신

굵은 글씨 부분은 분명 이유 있는 항변이다. 모름지기 양반이라 함은 돈 소리를 입 밖에 내지 않고 재산 등에 대해서는 무심하거나 최소한 무 심한 척이라도 해야 하는 것이 불문율이었다. 쥐는 사람들이 활동하는 낮 에는 숨어 있다가 밤이 되면 활동하는 야행성 동물이다. 그렇다 보니까 밤에 곳간 등을 뒤지면서 온갖 세간과 곡물들을 속속들이 파악했을 것으 로 짐작할 만하다. 따라서 〈쥐 둔갑 설화 1〉에서 그것들을 얼마나 많이 알고 있느냐로 진가(眞假)를 가리게 하는 것은 또 그만한 합리성이 담긴 처사이다.

그러나, 그 설화의 영향을 받기는 했다 해도 쥐가 전혀 등장하지 않는 〈옹고집전〉에서도 똑같은 문제를 들이댄 데에서는 색다른 주제의식을 찾아볼 법하다. 우선 상당수의 이본이 경상도 안동 땅을 배경으로 삼으 면서 옹고집을 상당한 가문의 양반으로 설정해놓았다는 데에서 그 변화 의 한 축을 엿볼 수 있다. 예문(禮文)을 숭상하는 사대부 남성문화에서, 그 담당층인 사대부들이 가장 취약한 부분이 바로 그런 세간살이 등 집 안살림에 대해 소상히 아는 일이다. 그러므로 그런 판별 기준을 내세우 는 것은 결국 사대부 남성 문화에 대한 비판적 시선을 내비추는 것으로 해석할 만하다.

같은 맥락에서, 생활 태도 역시 그 잣대로 등장하기도 한다. 몇몇 이본 에서 고을 원에게 가서 쟁송(爭訟)하기 전에 이미 옹생원의 가족들이 중 심이 되어 진가(眞假)를 가려보려는 노력이 펼쳐지는데, 이때 아내, 아들, 며느리 등이 차례로 나서면서 그 진위를 알아보려는 내용은 다음과 같다.

이같이 자탄할 때 며늘아기 여쭈오되, "집안에 변을 보매 무슨 체모 있으 리까." 사랑문을 열고 들어가니 허(虛)옹가 나앉으며, "아가, 자세히 들어 보

문화연구원, 1985, 29쪽.

아라. 창원 마산포서 너희 신행(新行)하여 올 때 가마 십여 필에 온갖 기물 실어 두고, 나는 후배(後陪)하여 따라올 제 상사마 한 필 뒤등 걸어 실은 것이 모두 다 파삭파삭 절단 나서 놋동이 한복판이 떨어져서 쓰지 못하고 벽장에 넣었으니, 그도 또한 헛말이냐. 너의 애비는 내로다." 실(實)옹가 나앉으며, "애고 저놈 보소. 내가 할 말 제가 하네. 애고애고 이 일을 어찌하리. 새아가, 내 얼굴 자세히 보아라. 네 시아비는 내 아니냐."[459)

보다시피 가짜 옹고집의 이야기 끝에 진짜 옹고집은 "애고애고 저놈 보소. 내가 할 말 제가 하네."로 원통해 한다. 그런데 가짜 옹고집이 말하는 내용을 가만 보면 그렇게 심각하고 중대한 사건들이 아니다. 어찌 보면 모두 신변잡사(身邊雜事)들로 이 역시 유교문화에 침윤된 사대부들이라면 여간해서는 입밖에 내지 않을 일일에 틀림없다. 가짜 옹고집의 진술 뒤에 진짜 옹고집이 상투적으로 토해내는 말로 미루어, 진짜 옹고집 역시 다 알고 있는 뻔한 사실이었지만 그가 미처 말할 필요조차 느끼지 못했던 세세한 일들이 진짜 옹고집을 가짜로 내몰았던 것이다. 아내와의 첫날밤을 소상히 기억하고, 며느리들이던 일을 소중하게 생각하는 일이 가장으로 당연히 내보여야 했던 것인데 진짜 옹고집은 거기에 실패하는 바람에 결국은 쟁송(爭訟)까지 가야만 했다.

나아가서 이본에 따라서는, 아예 정말 규방(閨房)에 있는 안주인이 아니고서는 도저히 알 수 없는 내용을 읊어대는 것으로 진가(眞假) 판명을 하고 있는 대목도 있다. 예를 들어, "안히 치장 일을진듸, 쌴머리 다섯 치요 금보최 옥빈여 난싴임 싴여두고, 졍지 셰간 볼작시면, 밥소시 열기요, 가마소시 다섯 긔, 쇼반이 열 죽이요……"[460) 같은 대목은 정도가 매우 심하다. 이 정도라면 그것을 매일 쓰는 안주인조차도 정확하게 파악하기 어

---

459) 정주동 주해, 앞의 책, 280쪽.
460) 연세대본, 앞의 책, 234쪽.

려운 것이다. 그럼에도 불구하고 가짜 옹고집은 줄줄이 꿰고 있다. 〈쥐 둔갑 설화 2〉의 쥐가 부엌에서 며느리가 주는 밥을 먹고 외운 그 솜씨에 아주 가깝다 하겠는데, 상식적으로 볼 때, 자상한 남편이라면 알 만한 범위를 넘어선다. 남성 중심 세계에서 치지도외(置之度外)하던 내정(內庭)과 안방에서 벌어지는 여성들의 생활 내지는 문화를 어떻게 인식하느냐 하는 문제가 부각될 만한 대목이다.

지금까지 살핀 일련의 사건 전개에서 보여주는 대립은, 표면상으로 진옹(眞雍)과 가옹(假雍) 사이의 한바탕 대결로 꾸며지고 있지만, 꼼꼼히 살펴보면 사실은 대부분의 사람들이 직면하는 자기 마음속에서 일어나고 있는 대립이기도 하다. 남성과 여성의 역할을 배타적으로 구분하는 '사회적 통념'이 지배하는 사회에서, 거기에 속한 개인은 자신의 의지와는 상관없이 사회에서 터부시하는 쪽의 성향을 고의적으로 억제하기 마련이다. 그런데 이 작품에서는 그렇게 성공적으로 억제한 결과, 다시 말하면 사회에서 참으로 인정하는 상(像)을 구현한 결과, 도리어 가짜로 몰리는 비극을 맞게 된다. 그가 다시 가짜로 내몰리지 않으려면 택할 수 있는 길은 하나이다. 그 동안 가짜로 여겨서 방치해 두었던 진짜 삶의 소중한 자양분들을 자기 안으로 진지하게 받아들이는 것이다. 그리고 그 길은 곧 자기 내의 양극적 대립을 통합하는 인생 과업을 뜻하기도 한다.

그렇다면, 이제 이러한 자기실현이 선악의 문제와 어떻게 연결될 수 있는지 살펴보자.

〈옹고집전〉의 진가(眞假)를 윤리문제로만 포착할 경우, 가짜를 버리고 진짜로 돌아가야 한다는 당위성에 머물기 쉽다. "마땅히 주인 남자가 알아야 하는 제반 지식과 정보를 쥐가 더 많이 알고 있을 때 그 주인은 집주인, 가장 노릇을, 나아가서 사람 노릇을 제대로 할 수가 없는 것이다"[461]

---

461) 최래옥, 「옹고집전의 제문제 연구」, 앞의 논문, 207-208쪽.

라는 작품 분석이 탁견임에도 불구하고, 왜 쥐가 더 많이 알아야 했는지에 대한 논구(論究)가 생략되면 악(惡)을 물리치고 선(善)으로 가야한다는 권선징악(勸善懲惡) 내지는 개과천선(改過遷善)이라는 보편 주제에 회귀(回歸)할 소지가 많다.

옹고집은 그 이름의 뜻대로 의지가 매우 강한 인물이다. '고집(固執)'의 고(固)가 본래 나라의 사방을 빈틈없이 막는다는 뜻이며, 집(執)이 죄인을 차꼬에다 잡아 매어놓은 모양에서 나온 글자임을 안다면,462) 고집은 꽉 막혀서 융통성이 전혀 없음을 뜻하는 것이다. 성씨인 옹(雍) 역시 그 훈(訓) 중에 '막다, 메우다'가 있는 것을 보면, 옹고집 같은 인물은 악(惡)을 행하는 악인이라는 데 핵심이 두어지기보다는 꽉 막혀서 소통되지 않는 딱한 삶이라는 데 핵심이 두어지는 것으로 보인다.

이렇게 볼 때, 이 작품에서 전개되는 선악의 문제는 여느 소설과는 사뭇 다른 양상을 띤다. 다른 소설에서의 선악은 선인이 악인과 대결하여 승리해야 하는 문제로 집약되는 데 비해서 이 소설에서는 자기 안에 있는 온갖 허위나 치레를 벗어 던지는 문제로 귀착되기 때문이다. 인생의 후반기에는, 그 동안 하찮은 것이라 생각하여 물리쳤던 것들 때문에 고통스러운 삶이 펼쳐지는 일이 흔한 법이다. 분석심리학의 입장을 원용한다면 이 문제는 철저하게 중년 이후의 과업과 연결된다.463) 청년기처럼 자기 바깥의 악을 물리치기만 하면 모든 것이 보장될 듯 보이는 세계도 있겠지만, 한편으로는 중년기처럼 세상에서 중시하는 온갖 허울들을 물리치지 않는 한 온전한 자기 삶을 꾸려내기 힘든 세계도 있는 법이다. 옹고집을 죽여

---

462) 윤주필, 『틈새의 미학』, 집문당, 2003, 178쪽.

463) "청소년기 신경증은 대개 삶을 두려워하고 삶에서 후퇴하는 데서 생기므로 이들의 치료는 다시 삶 속으로 나아가게 하는 것을 돕는 일이다. 반대로 중년 이후의 신경증은 너무 많은 시간을 바깥생활 속으로 나가 있어 본래의 자기를 망각한 데서 발생하기 때문에 이들에게는 내면을 보고 자기를 찾는 개성화(자기실현)의 작업이 바로 치료의 원칙이 된다고 융은 말했다." -이부영, 『자기와 자기실현』, 한길사, 2002, 100쪽.

야 한다는 여러 상좌들의 말에 고승이 그럴 수 없다고 우긴 것은, 선악의 대결구도에 비추어 본 〈옹고집전〉의 세계가 확실히 후자 쪽에 가까움을 암시한다.

따라서, 이 소설에서는 선악의 대결이 상대편과 싸우는 데 있지 않고, 자기의 내면을 응시하는 데 있다. 쫓겨난 옹고집은 여기저기 배회하는데, "배회란 목적지 없이 길을 가는 것이다. 그렇기 때문에 그것은 동시에 탐색이며 변환이기도 하다."[464] 그리고 그 결정적인 돌파구는 죽음을 각오한 자포자기에 있었다. 많은 이본에서 채택하고 있는 금강산 입산 장면 등등은 서정적인 회한(悔恨)을 불러일으키기에 충분하다. "죽을박게 할일 없다", "슬푸다, 두견시는 제 깃버 혈혈ᄒ야 곳허리에 물드리고 불여귀를 일삼으니"(연세대본), "늬 집 망종 보고 죽으리라 ᄒ고 죽장밍으로 ᄎ즘〃〃 늬려 온니"(최래옥본), "슬프다. 이런 공산 중에 아무리 철석간장이라고 아니 울고 못하리라"(정주동 교주본), "이러케 울다가 물의나 쌰져 죽즈 ᄒ고"(박순호 소장 〈용싱원젼〉) 등등이 산견(散見)된다. 대체적인 공통점을 찾아보자면, 첫째, 죽겠다는 생각을 한다는 점, 둘째, 회한의 눈물을 흘리는 등 절절한 회과(悔過) 장면이 등장한다는 점, 셋째, 여기저기 배회하다 산이나 물을 찾는다는 점이다. 이때 죽음을 각오하는 것은 극적 반전의 계기를 마련하는 것이며, 회한의 눈물을 흘리는 대목을 통해서는 마음 속 깊이 회과함을 보여주는 것이겠다.

그런데, 셋째의 산이나 물은 상당히 의미심장한 선택으로 보인다. 고소설 중에서 개과천선으로 마무리되는 작품이 적지 않지만, 대체로 자신이 죄를 지은 사람 앞에서 애긍히 빌고 사죄함으로써 문제가 해결되는 데 비해서 여기에서는 저 혼자서 헤매는 특이함을 보이는 것이다. 그런데, 신화나 민담에서 등장인물이 숲이나 물에서 방황할 때는 대개 무언가를 탐

---

464) C. G. 융, 『꿈에 나타난 개성화 과정의 상징』, 한국융연구원 C. G. 융 저작 번역위원회 옮김, 솔, 2002, 103쪽.

색하여 깨달음을 얻기 직전임에 유념할 필요가 있다. 숲이나 물은 언제나 죽음과 삶이 공존하는 곳이다. 한편으로는 언제 죽음이 닥칠지 모르는 무서운 곳이지만, 또 한편으로는 거기에서 모든 생명이 움트는 평온한 곳이기도 하다. 어떻게든 거듭나야 하는 옹고집으로서는 과거의 삶을 죽이고 새로운 삶을 키워내야 하므로 이러한 장소가 택해지고 또 거기에서 죽을 결심으로 새 삶을 찾는 것으로 보인다.465) 즉, 숲이나 물은 자기를 위협하는 상대를 물리쳐 없애는 곳이 아니라, 자기 자신을 정화(淨化)하고 마음 속의 악을 제압해야 하는 곳이다.

그리하여 숲과 물에서는 나와 내가 아닌 모든 존재를 통괄하는 전일성(全一性)이 회복된다. 이 작품이 보여주는 선악의 문제가 여느 작품과 다른 점은 바로 그러한 의미에서의 전일성의 회복이다.466) 물론 기존논의에서처럼 "이 작품이 권선징악(勸善懲惡)이고 행복한 결말이며, 사람에게는 본디 악(惡)과 선(善)이 공존하되 어떤 계기가 있어야만 선(善)이 표출될 수 있고 내버려두면 악(惡)이 득세하여서 세상에 폐를 준다는 인간의 본

---

465) 숲과 물이 갖는 상징성은 다음과 같이 요약될 수 있다. "**숲**은 마음의 영역이며 여성원리이다. 시련과 이니시에이션이 벌어지는 곳이며, 미지의 위험과 암흑이 지배하는 곳이다. (중략) 숲으로 끌려들어가는 것은 이니시에이션에서 재생하기 전의 상징적인 죽음을 의미한다."(진 쿠퍼, 이윤기 옮김,『그림으로 보는 세계문화상징사전, 까치, 1994, 143쪽) "**물**은 어떤 종교적 유형 속에서 표현되든 간에, 그 기능은 항상 동일하다. 즉 물은 형태를 해체 소멸시키고 '죄를 씻어서' 정화시키고 재생시킨다. (중략) 물은 잠재성, 배아, 잠복이라는 조건을 초월할 수 없다."(미르치아 엘리아데,『종교사개론』, 이재실 옮김, 까치, 1993, 207쪽) 최래옥은 "가정이 때로는 악으로 충만할 때는 구원의 자리가 되지 아니하기에 과감하게 집을 탈출하여서 금강산과 같은 순결하고 위대한 대자연에서 개조가 되어야 한다"(「옹고집전」,『고전소설연구』, 1993, 일지사, 575-576쪽)고 한 바 있다.
466) 여기에서 각종 설화에 등장하는 쌍둥이 이야기를 주의 깊게 볼 필요가 있다. 쌍둥이는 이원성의 상징으로, 하늘에 속하는 시원적 쌍둥이, 태양신의 두 명의 자녀, 쌍둥이 형제는 인간의 본성이 가지고 있는 양면성, 행동하는 인간과 생각하는 인간, '자아'와 '제2의 자아'를 나타낸다.(진 쿠퍼, 앞의 책, 431쪽)『옹고집전』의 實雍과 虛雍은 그러한 쌍둥이처럼 대립적인 두 자아를 표상하는 것으로 본다면, 이 이야기의 궁극적인 목표는 그런 대립적인 두 자아의 통합에 있다고 할 수 있다.

성을 문학적인 굴절을 통하여 제시하는 것"[467]이라는 점이 인정될 수는 있지만, 이 작품의 독자성은 그런 일반적인 권선징악담을 넘어선다. 악을 응징함으로써 선을 권하는 것이라기보다는 가짜[惡]로 치부했던 여러 가지 삶의 양태들이 진짜[善]로 치부했던 그것들과 자기 안에서 하나로 통합되고, 끝내 '자기실현'을 이루어내는 힘든 과업을 보여준다 하겠다.

이제 다시 한 번 '고집(固執)'을 염두에 두고 이 작품의 특성을 정리해 보자. 옹고집이 작품의 전반부에서 보여주었던, 자기고집에 의해서 남들에게 무언가를 베푸는 행위를 거부하며, 가부장제에서 빚어진 사회적(社會的) 가면(假面)에 숨어서 삶의 섬세함을 가짜로 여기며 자족하던 삶은 확실히 미숙한 아이의 그것이다. 그러나 그가 한바탕의 소동을 겪고 나서 그것을 넘어설 수 있는 힘을 발견했을 때, 그는 단순히 선한 인간이 아니라 자기 안의 모든 것들을 한데 아우를 수 있는 '온전한 인간'으로 거듭났다. 회과(悔過)하기 전의 옹고집이 현실에서는 좀처럼 있을 것 같지 않은 유별난 악인임에는 분명하지만, 또한 모든 인간들이 빠지기 쉬운 함정을 실화적(寓話的)으로 잘 표현한 것이기도 하다. 누구나 느끼듯이, 한 가지 역할만으로 고집하면서 역할을 뒤바꾸는 역동성을 잃을 때 인간은 무기력해지기 쉬우며, 커다란 목표에만 매진하면서 삶의 섬세함을 무시할 때 삶은 황폐해질 가능성이 높다.

물론, 고집을 좋게 보자면 '한 가지 목적에만 집중하는 감각'이라고 할 수 있겠는데, 이런 감각은 젊은이들이 이 세상을 살아가는 데 꼭 필요한 덕목임에 틀림없다 하더라도, 그것이 필요 이상 지속될 때는 완고하고 어리석은 일임에 틀림없다.[468] 옹고집은 특정시기의 사회문화적 산물로 등

---

467) 최래옥, 「옹고집전의 제문제 연구」, 『동양학』 제19집, 단국대학교 동양학 연구소, 1989, 194쪽.
468) 알렌 B. 치넨, 『인생으로의 두번째 여행』, 이나미 역, 황금가지, 1999, 83쪽 참조. 이 책에서는 중년에서의 性역할 바꾸기 등이 상세히 소개되고 있는데, 『옹고집전』의 세간살이 묻기 등도 이와 연관지어 볼 수 있겠다.

장한 요호부민(饒戶富民)이나 배금주의자(拜金主義者)이기에 앞서,[469] 왜곡된 자기신념도 떨쳐버릴 수 없고, 또 사회가 덮어씌운 욕망에서부터도 자유로울 수 없는 고립된 인물이기도 하다. 옹고집이 부모 봉양을 거부하고 시주승을 능멸한 것, 집안의 안살림을 무시하고 처자식들과 함께 했던 잔재미를 소중히 여기지 않은 것은, 결국 욕망에 시달리느라 참 자기를 잃고 사는 보통 인간들에게 들려주는 경종(警鐘)인 셈이다.

4. 균형 : <장화홍련전>의 재생담

1) 재생담의 의미와 〈장화홍련전〉

〈장화홍련전〉의 이본 가운데는 죽은 장화 자매가 똑같은 집에 쌍둥이 자매로 재생하여 쌍둥이 형제와 결혼하는 내용이 있다. 물론 이 재생담을 〈장화홍련전〉의 필수적인 서사단락으로 보지 않고 특이한 내용으로 처리하고 만다면 달리 논의할 필요가 없겠지만, 엄연히 현존하는 내용을 무시하는 것은 온당한 처사가 아니다. 이를 두고 기왕의 논의에서 '전기류소설로서의 형식의 완성'과 '가문의식의 강화',[470] '인과응보의 논리'[471] 등을

---

469) 요호부민이라는 시각은 김종철, 「〈옹고집전〉과 조선후기 요호부민」, 『판소리의 정서와 미학』(역사비평사, 1996)에서 배금주의자라는 시각은 이석래, 앞의 논문에서 집중적으로 조망된 바 있다. 이렇게 살필 경우 조선후기에 나타난 새로운 인간상을 탐구한다는 의미에서는 긍정적으로 부각되지만, 한편으로는 여타의 작품들과 비교했을 때 그 엉성함 때문에 부정적으로 폄하될 수 있다. 예를 들어, 조동일은 "조선 후기에 화폐경제가 발달하면서 오직 부를 추구하는 데만 몰두하며 윤리도덕이나 인정 같은 것은 온통 저버린 부류가 나타나자, 이에 대한 반감이 작품을 통해서 반영된 결과라 할 수 있다. 그런데 반감이 새로운 사회윤리를 제시한 데 이르지 못하고, 전래적인 가치관과 불교신앙을 다시 긍정하고 만 것은 작품의 한계라 할 수 있다."(〈옹고집전〉 항목, 『한국민족문화대백과사전』, 한국정신문화연구원, 1991)고 했다.

470) "그럼에도 불구하고, 그들을 재생시켜 영화를 누리게 하고, 자손이 번성하도록 하는 것은 서술자의 의도적인 행위로 볼 수밖에 없다. 그 의도는 두 가지이다. 하나는, 이미

내세운 예가 있다. 어느 것이나 타당성이 없다고는 할 수 없겠지만 여전히 의문이 남는다. 만일 그런 의도에서였다면 다른 가정소설이 그랬듯이 죽은 몸에 영혼을 불어넣어서 환생시키는 것이 훨씬 더 효과적일 것이기 때문이다. 〈정을선전〉이나 〈콩쥐팥쥐전〉처럼 일단 죽은 몸이 다시 살아나 미진한 이승의 행복을 누리면 그뿐인 것이다. 더욱이 인과응보의 논리 같은 것이야말로, 악행을 저지른 악인을 응징하고 선인의 억울함을 신원(伸冤)하는 설정만으로도 충분히 설명이 되기에 다른 해석이 필요하다.

이런 문제를 염두에 두고, 이 절에서 풀어내고자 하는 내용은 대략 다음과 같은 것들이다. 첫째, 재생담이 갖는 민족 정서적인 측면이다. 흔히 '한(恨)'을 거론할 때면 이 작품이 대표적인 예로 꼽히곤 했는데, 이 작품의 독자적 특성을 드러내기보다는 우리 문학의 일반적 속성을 확인하는 데 그치지 않았는가 반성하면서, 새로운 시각을 마련해보고자 한다. 둘째, 〈장화홍련전〉 재생담의 독자성이다. 그냥 '재생담'으로 몰아간다면 이 작품의 재생담이 여느 고전서사물의 그것과 다르지 않겠지만, '환생(還生)'이 아니라 '전생(轉生)'이라는 점에서 여느 작품과는 뚜렷이 구별된다. 그렇다면, 그런 독특한 방식을 택한 이유가 무엇일지 작중 인물의 행동과 심리 양태를 따라 추적해보기로 한다. 셋째, 적층문학적 해명이다. 〈장화

지적했듯이, 傳記類 小說로서의 형식을 완성하기 위한 것이고, 다른 하나는 가문 의식을 강화하기 위한 것이다. 가문 문제와 관련하여 여성은 남성과 결혼하여 남성 집안의 가문을 번성시킬 사회적 책무가 있다. 아들을 낳지 못한 것이 七去之惡의 하나로 대두된 것도 그러한 사정을 반증한다. 그 점에서 여성의 존재 이유가 명백해진다. 그런데 장화와 홍련은 처녀로서 죽었으니 여성으로서의 사회적 존재 가치를 剝奪당한 셈이다. 그리하여 장화와 홍련에게 여성으로서의 사회적 가치를 부여해 주기 위해서는 가문의 번성에 이바지할 계기를 마련해 주어야 했다. 그러한 계기는 재생을 통하여 마련되었고, 자식을 낳아 가문의 영속에 이바지함으로써 완성된다. 재생담은 여성이 가문의 영속에 이바지한다는 사실을 은유적으로 보이고 있는 셈이다." -김재용, 『계모형 고소설의 시학』(집문당, 1996), 102-103쪽.

471) "억울하게 죽은 사람의 경우는 반드시 원수를 갚고 再生해야 된다는 소박한 因果應報의 논리가 어느 소설에나 깊숙이 배어 있다." -김귀석, 『朝鮮時代 家庭小說論』, 국학자료원, 1997, 52쪽.

홍련전〉은 특이하게도 실사(實事)를 근거로 기록화하고, 그것이 부연되면서 소설화한 작품으로 필연적으로 식자층과 비식자층, 상층과 하층의 문학적 기호가 두루 뒤섞일 수밖에 없겠으며, 이 점에서 재생담 역시 적층문학적(積層文學的)인 해명이 필요하다고 생각된다.

대개의 고소설이 그렇듯이 〈장화홍련전〉 역시 그 이본의 계통을 나누기란 그리 쉬운 일이 아니다. 더욱이, 지금까지 학계에 보고된 〈장화홍련전〉의 이본이 국문필사본 47종, 국문경판본 5종, 국문 석인본(石印本) 1종, 국문활자본 20종, 한문판각본 4종, 일어번역본 3종이나[472] 된다는 사실은 그 작업의 어려움을 단적으로 드러내준다. 그러나 이본의 계통구분에서 가장 일반적으로 쓰이는 방법대로 특정 서사단락의 유무에 따르고자 할 때, 이 작품에는 상당히 명백한 기준이 있다. 즉, 〈장화홍련전〉은 '재생담(再生譚)'이 있는 본과 없는 본으로 양대별될 수 있는 것이다.

이 재생담이 그처럼 명백한 기준이 될 수 있는 것은 아마도 다음의 두 가지 이유 때문이다. 첫째, 〈장화홍련전〉은 명백하게 설화와 실화(實話)를 근거로 소설화과정을 거친 것이다. 둘째, 재생담이 있는 이본은 비교적 늦은 시기에 등장했다. 즉, 철산 지방에서의 실화에 초점을 둔다면 올바른 재판과 신원(伸冤)으로 모든 사건이 종결되기 때문에 재생담은 철저하게 부수적인 것이며, 실제로 후기에 나온 몇몇 이본들에서만 재생담이 발견되기 때문에 재생담이 있는 이본은 '확실한 변개'를 거친 특수한 계통인 것이다.

이런 점을 감안하여, 김재용은 배좌수(혹은 전동흘)의 결혼, 장화홍련의 환생, 장화홍련의 행복한 삶, 장화홍련의 죽음 등 일련의 서사단락이 장화와 홍련의 생을 불행에서 행복으로 바꾸어서 전기류 소설의 일반적 형식에 근접하고 있다고 보아 재생담을 이본 분류의 주요 기준으로 삼은

---

472) 조희웅, 『고전소설 이본목록』(집문당, 1999)에 따른 것인데, 이들 중 상당수는 사실상 서로 같은 내용일 것으로 추정되므로 실제적인 이본의 수는 이보다는 적을 것이다.

바 있다.[473] 그러나 재생담의 의미를 그저 불행이 행복으로 바뀌고, 온전한 일대기를 완성시키는 역할로만 설명하고 넘어가기에는 상당한 의문이 따른다. 실제로 문제작인 소설이라면 행복한 결말보다는 불행한 결말일 경우가 더 많고, 또 주인공이 요절했다고 해서 일대기가 아닌 것도 아니기 때문이다. 따라서 이보다 더 중요한 사실은 재생담이 들어가서 작품성에 어떤 영향을 미쳤는가일 것이다. 즉, 간단하게 말해 재생담이 들어가서 더 나은 작품이 되었는가 더 하찮은 작품이 되었는가의 문제이다.

그러나 작품성을 정확하게 측정할 만한 잣대는 없다. 아무리 훌륭한 잣대를 들이댄다 하더라도 보는 이의 주관에서 크게 벗어날 수 없기 때문이다. 바로 이런 난점 때문에 거꾸로 되짚어볼 필요가 있다. 재생담이 들어있는 작품들은 대체 어떤 본들인가를 따져보자는 것이다. 지금까지 보고된 이본들 중 재생담이 들어있는 이본을 열거해보면 다음과 같다.[474]: 가.〈장화홍련전〉(박순호소장본), 나.〈薔花紅蓮傳〉(김동욱소장본), 다.〈薔花紅蓮傳〉(서울대도서관 소장본), 라.〈薔花紅蓮傳〉(경판28장본), 마.〈薔花紅蓮傳〉(경판18장본), 바.〈薔花紅蓮傳〉(東明書館 구활자본).

여기에서 주목할 만한 사실 한 가지는 목판본이든 구활자본이든 인쇄된 본의 경우, 예외 없이 재생담이 삽입되어 있다는 점이다. 분량으로 볼 때에도 경판본(京板本) 특성상 극히 축약된 내용이겠으나 재생담만큼은 삽입해두었다. 판각본(板刻本)이나 딱지본은 영리를 목적으로 한다는 점에서 대중적 지지를 얻는 쪽으로 개편되게 마련이다. 그런데 지금까지 밝혀진 인쇄본은 한결같이 재생담을 삽입해놓고 있으므로 재생담이야말로 독자의 인기를 끄는 한 요인이라고 하겠다.[475] 이들 여섯 작품 중 필사본

<hr>

473) 김재용, 앞의 책, 82-83쪽.
474) 이는 김재용, 앞의 책, 72-74쪽에 따른 것이다.
475) 이 점에서 김재용이 '수적으로 재생담이 없는 이본이 더 많이 출현했다는 사실이 독자들의 이야기에서 기대하는 의식의 방향을 잘 대변해주고 있는 것'(김재용, 같은 책, 98쪽)가고 한 것과 필자의 의견은 갈린다. 필사본의 특성상 대동소이한 것들이 옮겨다니

'나'와 '다'에 장화홍련의 태몽이나 수용못에서 선녀를 만나는 대목이 없다는 것을 제외하면서, 사실상 재생담 부분은 완벽히 일치하므로, 어느 본을 택하든 논의결과에 큰 차이는 없을 것이다. 이 글에서는 '마'의 경판18 장본을 기본텍스트로 하여 논의를 펼치기로 한다.

2) 원(怨)과 한(恨), 그리고 해한(解恨)

〈장화홍련전〉을 '한(恨)'이라는 측면에서 논의한 연구는 많이 있다. 사실 '한(恨)' 하면 가장 먼저 떠올리게 되는 작품이 이 작품일 정도로 〈장화홍련전〉의 한(恨)의 전례를 보여주는 전형적인 사례이다. 그러나 이 '한(恨)'이라는 말이 종종 '원한(怨恨)'으로 통용되면서 '원'과 '한, 탄식'이 모호하게 뒤섞인 느낌을 준다.[476] 물론 실제적으로 그렇게 사용된다면 그것을 굳이 나누는 일은 매우 무의미할 것이다. 그러나, 원(怨)과 한(恨)이 본질적으로, 어떤 의미에서는, 서로 대립하는 개념이기도 하다면 그 둘을 구분하는 일은 매우 중요하다. 가령, 다음 인용문을 보자.

사서에 씌어진 자해를 보면 원은 '원망할 원'으로 주로 남에게 대한 것, 또는 자기 밖에 있는 대상물과 그에 대한 감정을 일컫는다. 그러나 한은 '뉘우칠 한'이라고도 되어 있듯이 오히려 자기 자신에게 향한 마음이며, 자기 내부에 쌓여가는 정감을 나타낸다. 남에게서 피해를 본 것만으로도 원의 감정은 생겨나지만 한은 자기 마음속에 무엇인가를 희구하고 성취하려는 욕망 없이는 절대 이루어질 수가 없다. 절망이나 단순한 복수심으로 전락되고 만다.[477]

기 때문에 대중적 인기도를 재생담이 없는 이본의 수효가 더 많다는 것만으로는 측정할 수 없다고 보기 때문이다. 그보다는 오히려 가장 상업적이고 대중적인 작품에서의 향방을 따져보는 것이 더 옳을 것이다.

476) 실제로 『새국어사전』(동아출판사, 1994 개정판)에서는 '② 〈원한〉의 준말, ③ 〈한탄〉의 준말'이라고 되어 있다.

이런 설명이 보편성을 갖는 것인지에 대해서는 좀 더 따져보아야 할 일이지만, '원(怨)은 갚고, 한(恨)은 푼다'는 대비가 실제로 통용되는 것임은 분명하다. 당연히 원은 갚아야 할 대상이 자기 바깥에 있고, 한은 자신의 속에 있게 되는 것이다. 이런 대비를 염두에 두고 〈장화홍련전〉의 서사단락을 따라가보기로 하자.

(가) 강씨부인의 태몽
(나) 장화홍련의 탄생
(다) 강씨부인의 죽음
(라) 후처를 얻음
(마) 후처의 박대와 모함
(바) 장화의 죽음
(사) 장쇠의 호환(虎患)
(아) 홍련의 죽음
(자) 원귀의 출현
(차) 홍련의 지시로 부사가 나섬
(카) 계모와 장쇠를 처벌
(타) 장화홍련의 치제
(파) 배좌수가 윤씨와 결혼
(하) 장화홍련의 환생과 행복한 삶

이것들 중에서 한(恨), 또는 원(怨)을 불러일으킬 만한 것은 (다) 강씨부인의 죽음, (마) 후처의 박대, (바) 장화의 죽음, (아) 홍련의 죽음이다. 그런데 이 넷의 원인을 파고들면 재미난 결과가 도출된다. 어느 것이나

---

477) 이어령, 「춘향전과 츄우신구라(忠臣藏)를 통해서 본 한일 문화의 비교」, 최정호 외, 『일본문화의 뿌리와 한국』(문학과지성사, 1992), 153쪽.

한(恨)이요, 원(怨)일 듯하지만, 사실은 어떤 것은 그 행위를 직접 몰고 온 대상이 있고, 또 어떤 것은 그 대상이 매우 막연하다. (다)와 (마)가 '친모 (親母)/계모(繼母)'의 쌍이라면 (바)와 (아)가 '자(姉)/매(妹)'의 쌍으로 묘한 대비를 이룬다.

먼저 (다), (마)부터 보자. 어느 것이든 한스럽고 원통한 일로 구별이 안 될 듯싶지만 실제 작품을 읽어보면 그렇지 않다. (다)에서 친모 강씨가 "시운이 불힝ᄒ여 강씨 홀연히 병을 어더 증세 위즁ᄒ여 늘노 더ᄒ"여[478] 죽었다고 했으니 강씨의 죽음에 대고 마땅히 원망할 대상이 있을 리 없다. 굳이 원망하려 든다면 명(命)을 주관한다고 믿어지는 하늘이라 할 수 있겠으므로 앞의 구분에 따른다면 원(怨)이 아니라 한(恨)이다. 실제 작품에서도 강씨가 죽기 전에 한 유언에서 "유ᄋ 형계를 부탁홀 고시 업스미 지하의 가도 눈을 감지 못ᄒ리니 슬픈 유ᄒᆞᆫ을 머금고 도라"간다고 하여 그것이 풀지 못하고 남긴 한, 즉 '유한(遺恨)'임을 명확히 하고 있다. 반면 (마)는 "팔지 긔구ᄒ여 허씨갓튼 계모를 맛ᄂᆞ"[479] 생긴 일이며, 따라서 원망할 대상은 구체적인 인물인 허씨이다.

다음으로 (바)와 (아) 역시 동일한 죽음, 그것도 억울한 죽음임에도 불구하고 둘의 구분이 어느 정도 가능하다. (바)는 계모 허씨의 흉계와, 그 사주를 받은 장쇠의 실행에 의해 이루어진 죽음이다. 날이 새거든 가겠다고 애걸하는 장화를 허씨는 매몰차게 내쳤으며, 못 앞에서 백방으로 빌어보는 장화에게 장쇠는 잔인하게도 죽음을 재촉한다. 즉, 그 죽음에는 명확한 원망의 대상을 갖게 되는 것이며 이 점에서 원(怨)이라 하겠다. 반면 (아)는 그런 절박한 상황에서의 죽음이 아니다. 장화가 죽은 것을 알게 된 홍련이, 장화와 함께 할 수 없음을 서러워하면서 스스로 택한 죽음이다.

---

478) 『장화홍년젼』1b, 김동욱편『景印古小說板刻本全集(二)』, 연세대인문과학연구소, 1973, 579쪽. 이 이하는 '1b, 579쪽'으로 표기하며, a, b는 張의 前, 後面을 가리키는 약호이다.
479) 2b, 580쪽.

이렇게 보면 이 작품에는 적어도 두 가지 원(怨)과 한(恨)이 존재한다. 즉, 장화홍련을 박대하고 누명을 씌운 계모 허씨에 대한 원(怨)과, 직접적인 죽음으로 몰고 간 이복 동생 장쇠에 대한 원(怨), 그리고 일찍 죽은 친모 강씨의 단명(短命)에서 오는 한(恨)과, 장화홍련 형제가 끝내 동락(同樂)할 수 없는 상황이 빚은 한(恨)이 바로 그것이다. 이 원(怨)과 한(恨)의 문제를 해결해주는 대목은 당연히 장화의 죽음 이후 단락에서 자세히 드러나게 되는데 해당대목을 열거하고 그 의미를 밝혀보면 다음과 같다.

(사) 장쇠의 호환(虎患) - 장쇠에 대한 응징 - 원(怨) 갚기 ①
(카) 계모와 장쇠를 처벌 - 허씨와 장쇠에 대한 응징 - 원(怨) 갚기 ②
(타) 장화홍련의 치제(治祭) - 누명을 벗겨주기 - 한(恨) 풀이 ①
(파) 배좌수가 윤씨와 결혼 - 친모의 단명(短命) 극복 - 한(恨) 풀이 ②
(하) 장화홍련의 재생과 행복한 삶 - 장화홍련의 동락(同樂) - 한(恨) 풀이 ③

이제, 재생담이 없는 이본과 재생담이 있는 이본 사이의 원(怨)과 한(恨)의 차이가 분명해진다. 재생담이 없는 이본은 당연히 (타)에서 이야기가 종결되므로 (파), (하)가 빠지게 된다. 그 결과 원(怨) 갚기에는 아무런 문제가 없지만 한(恨) 풀이로는 몹시 미흡한 것이다. 물론, (타)만 해도 상당한 한(恨) 풀이 기능이 있으므로 (파), (하)는 사족처럼 느껴질 수도 있겠으나, 재생담이 있는 작품에서는 실제로 장화홍련 형제가 동락(同樂)하지 못한 데 대한 한(恨)이 매우 강렬하게 드러날 때, 문제는 달라진다. 다음과 같은 홍련의 유서 내용을 통해 왜 (파)나 (하)가 요구되는지 충분히 짐작해볼 수 있다.

인하여 지필을 나와 유서를 쓰니 뒤개 왈, '슬프다, 모친을 일즉 니별ᄒᆞ고

형제 샹의ᄒ여 세월을 보나더니 형이 무죄히 악명을 시러 맛츰늬 이 지경의 이르오니 엇지 슬프며 원통치 아니리오. 젼일 형제 일시도 슬하를 써ᄂ미 업ᄉ와 장근 이십년의 한갈갓치 지늬옵다가 금일 이 지경에 니를 쥴은 쑴의도 쑷흔 빅 아니라, ᄌ금 이후로 다시 부친의 용모를 뵈옵지 못ᄒ오며 셩음을 드를 길 업ᄉ오니 엇지 통한치 아니ᄒ리잇가. 불초녀 홍년은 지원흔 익ᄉ를 알외오믹 눈물이 압흘 가리와 흉격이 억식ᄒ옵ᄂ지라. 바라건딕 부모ᄂ 불초녀를 ᄉ렵치 마르시고 만슈무강ᄒ쇼셔.' 하엿더라.[480]

모든 일의 발단은 계모 허씨와 그 아들 장쇠에게 있다 할지라도 홍련의 유서 내용은 이상하게도 '모친을 일즉 니별하고', '형졔 샹의하여 세월을 보'낼 수 없으며, '부친의 용모를 뵈옵지 못하'는 데 집중된다. 이는 장화가 죽음에 임박하여 "궁흉극악흔 계모의 독슈를 버셔ᄂ지 못ᄒ여 오ᄂᄂ 이 물의 ᄲ져 죽ᄉ오니 이 쟝화의 쳔만 익믹흔믈 쳔지일월은 질졍ᄒ쇼셔"[481]라고 천명한 것과는 좋은 대조를 이룬다. 즉, 장화는 자신에게 억울한 누명을 씌운 사람들을 원망하며 그것을 바로잡아줄 것에 초점을 두는 데 비해, 홍련은 어머니가 일찍 죽고 언니와 헤어지며 아버지와 함께 살 수 없는, 한마디로 한 가족이 단란하게 살 수 없는 한(恨)에 초점을 두고 있는 것이다.

이 점에서 (파)와 (하)를 다시 살펴볼 필요가 있다. 한 차례의 재혼에서 쓰린 시련을 맞은 배좌수가 다시 결혼을 결심할 때는 무언가 그럴 법한 이유를 마련해주어야 하는데 그 이유가 매우 놀라운 것이다. 허씨와의 결혼의 명분을 '후사를 잇는 것'에 두었던 데 비한다면 참으로 특이한 이유가 제시되고 있기 때문이다. 거의 미칠 듯하여 "다만 차셰의 다시 부녀지의를 믹지믈 십이시로 츅원ᄒᄂ 즁 가ᄂ의 쥬쟝ᄒ리 업스믹 그 지향홀 곳

480) 9b, 583쪽.
481) 6b, 582쪽.

이 더욱 업셔 부득이 후쳐를 구"[482]했다고 했다. 딸의 억울한 죽음을 애통해하고 다만 죽은 딸들과 다시 부녀관계를 맺고 싶어하던 중 지향할 바를 몰라 결혼한 것이다. 그러므로 혼인은 미진한 부녀지의(父女之義)를 다시 맺도록 한 배려임을 익히 짐작할 수 있다.

부녀지의를 다시 맺기 위한 결혼이라면 당연히 이미 죽은 딸들이 다시 태어나야만 한다. (사), (카)로 악인이 제거되고 (타)로 억울함이 풀렸지만, 이들이 다시 태어나야 하는 이유는 바로 그 한(恨) 때문인 것이다. 이 점에서 (하) 단락에 나오는 장화홍련의 재생은 그 한풀이에 역점을 둔다고 하겠다. 원(怨)을 갚고 나도 여전히 남는 한(恨), 그것은 사람의 내부에 있는 못다한 욕망의 다른 이름일 터, 이 작품에서도 그런 면이 유감없이 발휘된다. 배좌수가, 국가의 처분으로 허씨를 능지처참하여 "양녀의 원혼을 위로하나 오히려 쾌한 거시 업스매 오직 녀익 이미히 죽으물 쥬야 슬허"[483]했다고 서술된 부분이야말로, 원(怨) 갚기만으로는 한(恨) 풀이가 안되는 상황을 적시한 예이다. 이제, 하필이면 왜 쌍둥이로 태어나서 쌍둥이 형제에게 결혼을 하는가 하는 문제만 남는다. 요즈음의 결혼 풍속으로는 도대체 이해가 되지 않는 것이지만, 이는 친모 강씨의 유언에서부터 비롯된 일로 보인다. "두 낫 유아를 어엿비 녀겨 거두어 길너 갓튼 가문의 혼인하여 봉황의 짱이 놀게 하시면 쳡이 명명지즁이라도 낭군을 은퇵을 감츅하여 플을 미자 갑프리이다."[484]고 하여 한 집안에 함께 출가시킬 것을 희구한 것이다.

결국, (파)와 (하)는 배좌수, 강씨, 장화, 홍련의 한(恨)을 풀어주는 장치이다. 미진한 부녀(父女)의 의(義)를 맺어주고, 함께 상의(相依)하여 살게 하며, 한 집안에 출가하기를 소망하는, 이 네 인물들의 소망이 총체적으

---

482) 16b, 587쪽.
483) 16b, 587쪽.
484) 2a, 579쪽.

로 표출된 셈이다. 이 점에서, 이 작품은 우리 고전문학 작품에서 원(怨)과 한(恨)을 가르는 좋은 잣대가 될 수 있으리라 생각한다. 보원(報怨)이 충분히 이루어진 뒤에도 여전히 미진한 채로 있는 한(恨)을 풀어주는 해한(解恨)이 재생담의 형식으로 형상화되었다 하겠다.

3) 어머니 떠나기와 참어머니 찾기

〈장화홍련전〉은 흔히 계모형 고소설로 분류될 뿐만 아니라 그 대표격으로 꼽히는 작품이다.[485] 그만큼 '계모'라는 모티프가 중요하다는 말이다. 그런데 이 계모 모티프는 사실 우리문학의 영역을 뛰어넘는 광포형(廣布型) 모티프임에 유념할 필요가 있다. 신데렐라든 백설공주든 묘하게도 선량한 주인공이 계모에게 핍박받는 이야기가 아주 흔한 것이다. 이런 이야기는 외견상 '선한 딸 - 악한 계모'의 이원적 대립처럼 보이지만 사실은 '아버지-계모-딸'의 삼각관계로 이루어져 있음을 조금만 눈여겨 보면 충분히 알 수 있다.[486] 즉, 계모가 전실소생의 딸을 박해하는 것만으로는 계모형 이야기의 충분조건이 성립하지 않는 것이다. 이런 이야기들의 고정적인 패턴은 딸은 아버지를 사랑하고, 아버지 역시 딸을 사랑한다, 그런데 그 사이에 계모가 끼어들면서 부녀 사이에 금이 가기 시작하고, 그것을 주요 갈등으로 하여 전개되는 이야기이다.

이런 이야기라면 계모가 아닌 친모여도 그렇게 전개될 개연성은 충분

---

485) 김재용, 앞의 책이나, 박태상, 「조선조 가정소설 연구 -계모형·쟁총형 소설을 중심으로-」 (연세대 박사논문, 1989) 등 이 방면의 연구물에서는 늘 대표작품으로 꼽히곤 한다.
486) 실제로 〈신데렐라〉 같은 경우, 초기에 만들어진 이야기에서는 "아버지가 딸에게 성적 욕망을 가지고 있어서 아버지로부터 도망치는 딸, 딸이 자신을 충분히 사랑하지 않는다고 딸을 내쫓는 아버지, 남편이 자기보다 딸을 더 사랑하기 때문에 딸을 구박하는 어머니, 그리고 드물게는 새엄마를 가기가 선택한 여성으로 바꾸는 딸 등이 나온다"(브루노 베텔하임, 『옛이야기의 매력2』, 김옥순·주옥 옮김, 시공주니어, 397쪽)고 한다.

히 인정된다. 또 실제로 외국에서 보고된 사례들에 의하면 '아버지-친모-딸'에서도 그런 이야기가 성립됨을 알 수 있다. 그럼에도 불구하고 '계모'가 선호되는 이유는 계모로 했을 때, 쉽게 그 개연성을 부여하고 적대적인 관계로 설정할 수 있을 것이기 때문이다. 혈연으로 이어진 사이에서 맞경쟁을 한다는 것은 여간 부담스러운 일이 아니지만, 아무런 혈연관계가 없는 계모로 바꾸어놓는다면 훨씬 더 부담 없이 그런 이야기를 펼쳐나갈 수 있게 된다. 더욱이, 이런 계모 이야기가 대개 동화에서 많이 나온다는 점에서 성장기의 어린이 심리와 잘 맞아떨어지는 면이 있다. 어린이와 어머니는 항용 밀착된 관계여서, 어머니를 떠나서는 살 수 없을 것 같은 것이 아이들이기도 하다.

그러나 그런 아이들도 언젠가는 어머니 곁을 떠나야만 하는데 그것은 매우 두려운 일이다. 그러나 아이들이 그 어머니를 떠나서도 잘 살 수 있다는 것을 입증하기만 한다면 그때부터 이미 아동이 아니고 성인이 되는 것이므로, 이 계모 이야기는 사실상 성인식의 동화적 표현에 접근한다. 이 때문에 이런 이야기들에서는 항상 '약한 아버지'가 나타나는 것이 공통적이다.[487] 아버지는 아이들의 편인 듯하지만 별 도움을 줄 수 없고 계모는 악할 때, 문제가 훨씬 더 증폭되기 때문이다. 〈장화홍련전〉에 드러나는 배좌수의 이미지야말로 이 계모형 이야기에 등장하는 아버지의 전형이다.

(ㄱ) 미양 녀ᄋᆞ로 더브러 강부인을 싱각ᄒᆞ며 일시라도 녀ᄋᆞ를 못보면 삼츄갓치 너겨 나갓다가 드러오면 몬져 냥ᄋᆞ의 방의 드러가 손을 잡고 눈물을 흘려 왈 "너희 심규의 이셔 어미 그리워ᄒᆞᆷ를 노뷔 미양 슬허 ᄒᆞ노라." ᄒᆞ며……[488]

____

487) '악한 계모 / 약한 아버지'의 대립쌍에 대해서는 브루노 베텔하임, 『옛이야기의 매력』2, 김옥순·주옥 옮김, 시공주니어, 1998, '27. 〈백설공주〉'를 참조.

(ㄴ) 흉녜 왈 "쟝화를 블너 거즛말노 져의 외삼촌 집의 다녀오라 ㅎ고 쟝쇠를 명ㅎ여 가라ㅎ여 뒤못셰 밀쳐죽이라 ㅎ면 샹칙일가 ㅎᄂ이다." 좌쉬 올히 여겨 쟝쇠를 불너 계교를 이르고 쟝화를 부르니…489)

(ㄱ)의 아버지는 딸을 극진히 사랑하는 아버지이다. 새로 결혼을 하였음에도 불구하고 여전히 전실 딸에게만 애정을 주는, 언제나 딸의 편이 되어 주는 아버지이다. 그러나 (ㄴ)에 이르면, 비록 후처의 계교에 속았다고는 해도 아주 쉽게 딸을 처치할 궁리를 한다. 물론 약간의 반발을 해보기도 하지만 자살하겠다고 죽는시늉을 하고, 집안이 망했다고 발악을 하는 후처 앞에서 맥없이 무릎을 꿇고 마는 약한 아버지인 것이다.490) 또, 계모 허씨의 입장에서 본다면 (ㄱ)에서는 자신만 따돌리고 딸들과의 밀담을 즐기면서 자신을 따돌리는 대립적 인물이지만, (ㄴ)에서는 자신의 계략에 순순히 응하여 딸의 죽음에 흔쾌히 응하는 동조적 인물이다.

장화홍련이 왜 아버지를 사이에 두고 계모와 사랑다툼을 해야 하고, 왜 계모와 극심한 갈등을 벌여야만 하는가가 이제 분명해진 셈이다. 장화홍련은 여전히 죽은 어머니를 잊지 못하면서 아버지와는 평상의 부녀관계 이상으로 밀착되어 있기 때문에, 작품에 서술되어 있다시피 허씨의 '시기지심'을 촉발시켰던 것이다. 문제의 악인 허씨 역시 실제로 장화홍련에게 처음부터 그런 악감이 있었던 것이 아님은 나중에 철산부사 앞에서 자신의 죄를 고백할 때 잘 드러난다.

---

488) 2a, 579쪽-2b, 580쪽.
489) 3b, 580쪽.
490) 이 점에서 〈장화홍련전〉에 나타난 가정비극의 원인으로 '배좌수의 우둔과 무능'을 꼽은 김일렬의 소론은 음미해볼 가치가 있다. 그는 표면상에 나타난 善惡 대결 이면에 그런 심층적 의미가 있음을 피력한 바 있다. 자세한 내용은 김일렬, 「장화홍련전에 나타난 두 의미층」, 『조선조소설의 구조와 의미』(형설출판사, 1984) 참조.

소첩의 몸이 듸듸거죡으로 문즁이 쇠잔ᄒ고 가시 탕픽ᄒ던 츳 좌쉬 간쳥ᄒ므로 후쳬 되오니 젼실의 낭녜 잇ᄉ오듸 그 ᄒᆡᆼ동거지 심히 아롬다옵기의 친ᄌᆞ식갓치 양휵ᄒ여 이십의 이르러ᄂᆞ 져의 ᄒᆡᆼ식 점점 블측ᄒ여 빅말의 혼 말도 듯지 아니ᄒ고 셩셜치 못ᄒᆞᆯ 일이 만ᄉ와 원망이 비경ᄒ옵기로 씩씩 져의를 경기ᄒ고 기유ᄒ여 아모조록 ᄉᆞ롬이 도고져 ᄒᆞ옵더니 일일은 져의 형 졔의 비밀ᄒᆞᆫ 말을 우연히 여허듯ᄉᆞ온즉 그 흉픽ᄒᆞ온 말이 층냥치 못ᄒᆞᆯ지라……491)

허씨의 이 발언이 얼마간은 자신의 죄를 덮기 위한 기만책이라고는 해도 상당부분 일리가 있게 받아들여진다. 특히 배좌수가 딸들을 위무하기 위하여 앞으로도 계모의 박대가 있게 되면 '처치'하겠다는 극언을 서슴지 않았으니 그 사실을 알게 된 허씨로서는 일정 부분의 자기방어가 필요했을 법하다. 그런데 바로 이런 상황에서 벌어진 계모의 극악무도한 행위는, 통상적인 계모 이야기라면 ─ 백설공주가 그랬고, 신데렐라가 그랬듯이 ─ 어린 딸이 가정에서 떠나는 계기가 되고, 그것이 더 큰 성공의 문을 들어서는 열쇠가 되어야 마땅하다. 그러나 〈장화홍련전〉에서는 우리가 아는 대로 참혹한 죽음이 있을 뿐이다. 계모 이야기가 줄 수 있는 최대의 미덕인 '어머니 떠나기'와 온전한 삶 가꾸기를 순차적으로 이루어지지 못하고 마는 것이다.

그렇다면, 장화홍련이 온전한 삶을 이루는 방법은 무엇인가? 당연히 어머니를 떠나서도 독립된 성인으로 잘 살아가는 것이다. 그러나 생명이 멎은 인간이 온전한 삶을 살아낼 수 없기에 문제가 복잡해진다. 현대소설처럼 그것이 불가능함을 보여줌으로써 역설적으로 그 중요성을 인지시키는 방법도 있겠지만, 고소설에서는 통상 제기한 문제들을 다 해결해주는 방

---

491) 15a, 586쪽.

식을 택한다. 결국 매우 비현실적임에도 불구하고 재생을 택하게 되는데, 문제는 바로 여기에서부터 시작된다. 〈장화홍련전〉의 재생은 죽었던 사람이 다시 살아난다는 점에서 여느 재생담과 전혀 다르지 않지만, 찬찬히 뜯어보면 다른 고소설의 그것과는 사뭇 다른 양상을 보인다. 흔히 〈장화홍련전〉의 영향을 받은 것으로 평가되는 〈김인향전〉과 비교하여 살펴보면 어렴풋이나마 그 윤곽이 잡힐 듯하다.[492]

양자간의 명백한 차이는 〈장화홍련전〉이 '다른 인물로 다시 태어나'는 데 비해서 〈김인향전〉은 '같은 인물로 되살아난다'는 데 있다. '재생(再生)'이라는 점에서는 같을지 모르지만, 하나가 '전생(轉生)'이고 하나는 '환생(還生)'이라는 점이 크게 다르다. 이 차이를 어떻게 해석해야할지 참으로 궁금하지 않을 수 없으나, 딱히 엇비슷한 선례도 없고 보면[493] 퍽이나 난감하다. 혹, 작품 속에 그럴 수밖에 없는 이유를 상정해놓았다면 그

492) 비교를 돕기 위해 〈김인향전〉의 재생 대목을 옮겨보면 다음과 같다 : 그 제문에 하엿스되 '유세차모년모월모일에 감소고우 할임은 옥황상뎨전에 일배주로 축원하오니 불상하온 김낭자을 다시 희생케 하옵시면 미진한 인연을 다시 이어 백년동낙으로 지낼가하오니 복원옥황상계님은 다시 희생케 하옵소서.' 하며 빌기을 무수히 한 후 제물을 파하고 다시 제물을 차려 묘전의 버려놋코 재배한 후 축문을 일그니 하엿스되, '유세차 모년모월모일에 한림 유성윤은 일배쥬을 김낭자 좌하에 올리나니 흠양하옵소서. 도시 액운이 한림의 죄오니 모든 갓을 용서하시고 구구히 축원하는 한림을 보아 희생하여 연은 다시 이어 살으스면 지금 죽어도 한이 업겟나이다.' 하고 즉시 인형과 갓치 분묘을 헐고 신체을 보니 목과 얼골이 조곰도 셕지 안이하고 두 소저 자는 듯하거날 할림이 즉시 희생수을 쑤리니 얼마 후에 숨을 후유 쉬고 두 소저 도라눕는지라 -『인향전』(중흥서관, 1938), 동국대학교 한국학연구소 편,『舊活字本古典小說全集(제2권)』, 아세아문화사, 52-53쪽. 실제로 이 대목은『장인홍연전이라』(고려대학교본) 같은 데에서 보이는 것을 그대로 모방한 것으로 평가된 바(전성탁,「장화홍련전 연구」, 고려대 교육대학원 논문, 1975, 9쪽), 장화홍련전 재생담 역시 이본에 따라 還生과 轉生의 양 갈래로 나뉠 수 있을 것이다.

493) 轉生의 전례가 아주 없는 것은 아니다,『三國遺事』만 해도 고구려의 점쟁이 秋南이 金庾信으로 다시 태어났다든가(卷第一「紀異」)나 金大城이 미천한 집에서의 생을 마감하고 곧바로 귀족 벼슬아치 집안의 자식으로 다시 태어나는 예(卷第五「孝善」) 등이 보인다. 그러나 같은 가정의 아버지 밑에 '처음부터 다시 시작'하는 모습으로 태어나지 않는다는 점에서 〈장화홍련전〉의 그것과 구별된다.

자체로 이해가 가능할 것인데, 실제 내용을 떠들어보면 역시 석연치 않다. 장화홍련 또한 김인향처럼 그 시신이 생시의 모습과 똑같다고 했으니 사실상 그냥 살려두어도 무방한 것이다. 그럼에도 불구하고 아기부터 다시 시작하겠다는 것은 무언가 다른 의도를 짐작케 한다. 이제 다시, 어머니를 떠나 온전한 삶을 일구어내는 성장담이라는 측면에서 생각해보자. 재생 이전까지 등장한 어머니는 다음의 둘이다.

강씨 / 어머니1 - 자신을 가장 사랑하지만 함께할 수 없는 어머니
허씨 / 어머니2 - 함께하지만 사랑하지 않는 어머니

친모 강씨는 내내 그리움의 대상이 될 만큼 사랑이 깊은 어머니이지만 부재하는 어머니이다. 반면 계모 허씨는 존재하는 어머니이지만 증오심에 불타는 어머니이다. 이처럼 이 둘은 외견상 양극이지만, 실제로 장화홍련에게는 동일한 질량의 고통을 안겨준다. 이 문제를 해결하는 길은 사실상 한가지이다. 어릴 적에 함께 있어주면서 자신을 돌보아주고 사랑해주는 어머니를 맞이하는 것뿐이다. 그리고 그 역할을 바로 윤씨가 맞는다.

윤씨 / 어머니3 - 함께하면서 사랑하는 어머니

그리고 이 '함께하면서 사랑하는 어머니'는 정상적인 가족관계로의 복원(復元)이기도 하다. 사실상 〈장화홍련전〉 곳곳에는 부녀간에 서로 의지하는 정도가 비정상적으로 보일 법한 부분이 즐비해서 한편으로 죽은 아내나 어머니에 지나치게 집착하여 가족관계의 파탄을 몰고 온 측면이 농후하다. 배좌수 부녀와 허씨 모자가 일종의 편 가르기 식(式) 감정싸움을 펼치게 되면서, 장화와 홍련은 어머니를 떠날 나이에 더욱 심히게 집

착하게 된 것이다. 만일 그런 집착만 보이지 않았더라면, 장화와 홍련이 가정을 떠나 새로운 가정을 꾸리고 그것으로 고통스러운 성인식을 마치는 셈이 되었을 텐데, 실제 작품에서는 그럴 가능성이 희박해졌기 때문에 전혀 다른 방식을 택하지 않았나 생각된다.

그 다른 방식이란 바로 이상적인 어머니를 새로 만나, 행복한 가정을 맛보고, 아주 자연스럽게 출가하는 것이며, 〈장화홍련전〉의 재생담은 바로 그런 기능을 맡은 것으로 여겨진다.494) 이는 사실 일종의 퇴행(退行)인데, 일반적으로 퇴행이 심각한 부정적인 기능을 수행함에도 불구하고, 이 작품에서처럼 자기에게 요구되는 역할이나 성격에 지나치게 적응하려다 그 어긋남을 이기지 못하고 퇴행하는 경우라면 그로 인해 새로운 균형을 얻을 수 있으며 작품 속의 장화홍련 역시 그렇다고 할 수 있다.495) 퇴행은 자신이 제대로 된 성장과정을 거치지 못했을 때 그것을 보상하기 위해 뒤로 물러서는 행위라 할 수 있겠는데, 캠벨은 네 가지 유형의 퇴행을 설명하면서 제일 먼저 어릴 적 사랑받지 못한 사람은 진심으로 따스하거나 편히 쉴 수 있는 사랑의 중심을 찾았을 때 완전함을 느낄 수 있을 수 있을 것이라고 하면서 그 깨달음은 아내와 같은 모성애(혹은 그냥 모성애)를 가진 존재와의 성스러운 합일이라는 경험을 통해 얻을 것이라고 했

---

494) 이런 판단에 대해서 예상되는 반론 중에 '과연 다른 계모형 소설과 정말 변별성이 있느냐?' 하는 점일 것이다. 이는 일단 두 가지 방향으로 설명해볼 수 있겠는데, 하나는 재생담이 나오지 않는 이본에서는 확실히 죽은 어머니(혹은 아내)에 대한 固着 정도가 약하다는 것이며, 또 하나는 다른 계모형 소설은 그 자체로 전통적인 계모형 이야기의 플롯을 거의 답습하고 있다는 것이다. 고착이 심하지 않은 상태라면 상대적으로 恨 역시 쉽게 풀릴 수 있으며, 일반적인 계모형 이야기라면 계모의 억압으로 오히려 더 큰 행운을 얻게 되므로 恨은 자연스럽게 풀린다.

495) "재생의 전설은 퇴행의 이점을 신화적인 형태로 표현하고 있다"(캘빈 S. 홀 외, 『융 심리학 입문』, 최현 옮김, 범우사, 1985, 114쪽) 는 지적이 이 경우 적절한 예라고 생각한다. 또, 실제로 장화와 홍련이 지나치게 페르소나를 발달시켰음은 다음의 예에서 쉽게 확인되는 바이다: "장홰형졔 졈졈 조라미 얼골의 화려함과 직질의 긔묘ᄒᆞ미 셰상의 무쌍ᄒᆞ고 효힝이 더옥 특츌ᄒᆞ니 좌슈부쳬 ᄉᆞ랑ᄒᆞ미 비홀 듸 업는 즁의 <u>그 너모 슉셩ᄒᆞ믈 미양 념녀ᄒᆞ더니</u>…"(1b, 579쪽. 밑줄 필자)

다.[496] 장화홍련에게 결핍되었던 것 역시 충만한 모성애였으며, 윤씨 부인은 그러한 모성애를 채워주는 사람이었다. 아이러니컬하게도 '참어머니'를 찾아서 비로소 '어머니 떠나기'를 실현하는 것이다.

4) 적층문학적 변모

〈장화홍련전〉은 흔히 실사(實史)를 바탕으로 한 작품으로 평가된다. 이는 김태준(金台俊)이 『조선소설사(朝鮮小說史)』에서 "장화홍련전(薔花紅蓮傳)은 한문본(漢文本) 원본(原本)은 전동흘(全東屹)의 저(著) 가재집(嘉齋集) 속에 있다."[497]고 한 이래로 사실상 공공연히 인정되는 바이다. 게다가 이런 한문 작품 이전에 이미 '아랑각전설(阿娘型傳說)'로[498] 존재하던 설화군(說話群)이 있고 보면, 결국 이 이야기는 설화→실사(實史)→소설(小說)의 변모과정을 거친 것으로 파악된다. 그러나 이 실사(實史)의 대목은 어딘가 석연치 않은 구석이 있다. 『가재공실록(嘉齋公實錄)』이라는 '실록(實錄)'을 표방한 책에 실렸다는 점에서[499] 실사(實史)라고 하는 데 이견을 달기는 어렵다 해도, 상식적인 선에서 거기에 실린 내용이 실제 역사적으로 있었던 일이라고 믿을 수 없기 때문이다. 원귀출현(冤鬼出現)에 관한 이야기들은 현재까지도 그 힘을 잃지 않고 전해오는 바여서 그런 데 대한 속신(俗信)까지 없었던 것으로 치부할 수는 없겠지만, 정말 원혼이 출현하여, 그의 이야기를 듣고, 그의 말대로 해결하는 과정을 거쳤다는 내용까지를 액면 그대로 사실(事實)로 수용할 수는 없겠다.[500] 결

---

496) 조지프 캠벨, 『신화와 함께 하는 삶』, 이은희 옮김, 한숲, 2004, 261-262쪽.
497) 金台俊, 『朝鮮小說史』, 학예사, 1939, 181쪽.
498) 이 용어는 孫晉泰, 「朝鮮民間說話의 硏究」(『新民』31-41호, 1928.9)에서 처음으로 쓰였으며, 그 뒤 『韓國民族說話의 硏究』(을유문화사, 1946)에 그대로 재수록되어 있다.
499) 이에 대한 자세한 내용은 전성탁, 앞의 논문을 참조.
500) 이 방면 연구의 先鞭을 잡은 孫晉泰 역시 아담류의 이야기 속에 널리 퍼진 阿娘型

국, 〈장화홍련전〉의 형성과정에서 특기사항으로 거론되던 전동흘(全東屹)의 실화(實話)는, 사실상 실화하기보다는 실화처럼 꾸며진, 혹은 그렇게 인식된 설화에 다름 아니다.

따라서 이 작품의 형성과정 '설화→실사(實史)→소설(小說)'은 곧 '이야기1→이야기2→이야기3'이며, 그 이야기를 향수하는 계층별 인식이 담겨 있다고 하겠다. 이제 이들 셋에서 무게중심이 어떻게 변하는가를 추적하여 이야기3에 내재한 재생담의 의미를 파헤쳐보도록 한다.

이야기1은 이른바 '아랑형 전설'이 그 근간이다. 물론 이야기2 이하의 작품에서는 태몽설화나 청조(靑鳥)의 길 안내 설화 등 여러 가지 이야기들이 거론될 수 있겠으나, 적어도 소설화가 이루어지는 전단계의 모습으로 서사구조상 가장 유사한 설화는 '아랑형 전설'임을 부인할 수 없다. 이 이야기는 대체로, '어떤 고을에 부임하는 신관(新官)마다 죽어나가는 괴변이 생기고, 한 신관 사또가 자원하여 나섰더니, 전 사또의 딸이 통인(通引)에게 억울하게 욕을 당하고 죽어서 그것을 호소하러 온 원귀(冤魂) 때문이었다. 그래서 그 사또는 못된 통인을 징치하고 시신을 수습하여 원혼을 풀어주었다'는 이야기이다. 그리고 이때에 억울하게 죽었다는 사실 못지않게 중요한 요소는 아마도 많은 원님들이 죽어나갔다는 사실과 문제를 해결한 새로운 원님은 매우 담대(膽大)한 사람이었다는 사실일 것이다.

그렇다면, 이미 기왕에 지적된 대로 "권력이 당당한 그의 친부(親父)에게 호소(呼訴)"하거나 신임 사또를 번번이 죽게 할 만한 힘으로 못된 통인을 "직접 공격하여도 될 것"[501]이므로, 어딘가 결함이 있는 것이나 아닌

이야기들에서 사실과 설화적 요소를 분별해내고 있다: "한데, 위선 密陽의 阿娘說話를 吟味하여 보면, 尹貞玉이란 美女가 그의 父親과 함씌 密陽에 와서 잇는 중, 通引의 毒手에 被殺되엿다고 하는 點까지는 事實이엿을 것이라고도 말할 수 잇스나, 그의 冤魂이 출현하야 자조 新官을 變死케 하엿다는 점은 물론 後人의 附加한 <u>說話的 分子</u>일 것이다."(밑줄 필자) -손진태, 같은 책, 43쪽.

지 의심하게 한다. 원귀(冤鬼)가 나타나서 복수극을 펼치는 대신 해결자를 구한 데에는 그럴 법한 이유가 따라야하겠기 때문이다. 이에 대해서 '여성의 좌절'임에 착안하여 자신이 풀 수 있음에도 불구하고 신임사또를 죽게 만들어서 "온 고을과, 나라 전체에까지 사건화시킨 것처럼, 아랑 혼자만의 한풀이가 아니라 사회적 차원으로서의 해소가 있어야 한다는 확신"[502]이라는 해석을 음미해볼 필요가 있다. 하지만, 역시 곤경에 처한 여성을 구해내는 설화인 〈지하국대적제치설화(地下國大賊除治說話)〉를 생각해볼 때, 이야기의 핵심은 여러 명이 죽어나가게 하는 데 있기보다는 '담대한 사람'을 구하는 데 있을 듯하다. 잘 알지 못하는 악을 두려워하는 사람은 악에 패퇴하지만, 그에 맞서서 담대하게 싸우는 사람은 승리를 거둔다는 메시지로 풀이할 수 있기 때문이다.[503]

그런데 이야기2에 오면 그런 성격에 상당한 변화가 이루어진다. 한문본으로 일컬어지는 『가재공실록(嘉齋公實錄)』(혹은 『嘉齋事實錄』) 소재 작품은 소설적인 수식이 없는 대신, 상대적으로, 가재(嘉齋) 전동흘(全東屹)의 영웅적인 면모를 부각시키는 쪽으로 방향이 선회하고 있다. 또 재생담이 없는 대부분의 한글본에서 장쇠의 호변(虎變), 청조(靑鳥)의 길안내 등이 덧붙여진다. 곧 악인에게는 가혹한 벌을 선인에게는 하늘의 도움을 내리는 쪽으로 강화되어 가는 것이다. 한마디로 권선징악적(勸善懲惡的) 구도에 충실한 경우라 하겠는데, 어떤 이본에서는 계모 모녀를 톱으로 켜서 처벌한 후 염라대왕의 지시로 온갖 지옥을 순례하면서 잔혹한 보원(報怨)을 맛보게 하기까지 한다.[504]

---

501) 손진태, 같은 책, 43쪽.
502) 강은해, 「傳說의 삶과 죽음 以後의 세 變容」, 김열규 편, 『韓國文學의 두 問題 -怨恨과 家系-』, 학연사, 1985, 106쪽.
503) 〈아랑설화〉와 〈지하국대적제치설화〉를 이런 식으로 해명한 예는 이부영, 앞의 책 참조.
504) 金光淳 소장 필사본인 『장화홍연전니라』(金光淳 所藏 筆寫本 韓國古小說全集』32, 경인문화사, 1994, 113-165쪽)가 그렇다. 특히 이 본 같은 경우, 서두부분이 흡사 설화

이런 이본들에서는 선인과 악인의 극명한 대립이 돋보인다. 그러나 누구나 수긍할 수 있는 대로 악인에 대한 섬세한 관찰을 행하지 않고는 그 안에 담긴 필연성을 그려내기는 어렵다. 그리고 그 필연성을 그려내지 못할 때, 작품 속의 악인은 박제화된 악의 화신으로 기능할 뿐이다. 계모형 소설의 경우라면, 전실 딸은 마냥 선하고 계모는 마냥 악하다는 구도 아래서는 악에 대한 강한 응징만이 선을 보상하게 되어, 본래 선인이 추구하던 선의 지향점조차 잃기 십상이다. 그럼에도 불구하고 이런 문제를 조선조 가부장제의 잘못된 가족제도에서 비롯된 구조적인 악이라고 여기면서도, 한편으로는 이 작품의 의미를 권선징악(勸善懲惡)의 범주에서 악인에 대한 경계로 결론짓게 만들곤 했다.[505] 그러나 실제 현실에서는 그와 역전되는, 오히려 전실(前室) 자식에게 박대를 받는 일도 있을 것인데,[506] 그런 문제가 드러나는 소설이 없다는 것은 여전히 가족제도를 둘러싼 현

처럼 축약되어 있어서 재생담이 있는 이본들에서 볼 수 있는 가족구성원간의 심리적 갈등 등의 디테일을 엿볼 수 없게 되어 있다: "임진연후의 평안도 철슨 짜의 빅쟈슈라 ᄒᆞᄂᆞ는 사람니 여식 둘을 두어시ᄃᆡ 맛든 쟝화요 둘직는 홍연이라. 그 못친 일즉 여히고 흔 기모 호시랄 졍ᄒᆞ시더니, 기모 ᄯᅩ흔 삼남일여랄 두엇난지라. 좌슈 마양 쟝화형졔롤 어미 업ᄂᆞ 지 즉식이라 ᄒᆞ야 더옥 ᄉᆞ량ᄒᆞ니 호시 미양 싱각ᄒᆞᄃᆡ 늬의 ᄌᆞ식을ᄂᆞ 쟝화 형디갓치 ᄉᆞ랑 안니ᄒᆞ니 못슬 쇠을 늬야 쟝화형재랄 박듸ᄒᆞ믜……"(114쪽)

505) 일례로, 金台俊은 "後室이 된 無智한 婦女가 죽은 前室에 對한 憎惡와 남편의 愛情의 分散에 對한 猜忌와 母女間에 互議치 않으려 하는 雅量없는 다툼이 날이 지날수록 度를 加하여 來從에는 前室所生의 子女를 가해하려고 하는데 이르는 것이니 이것은 거위 우리 社會의 茶飯事라고 하여도 過言이 아니다."라고 하여 실제 사회를 반영한 것으로 인정했다.(金台俊, 앞의 책, 185쪽) 또, 작품의 말미에 붙여진 촌평에서도 당대 독자들이 '전실자식을 기르는 계모에 대한 경계'로 이 작품의 의미를 부여하는 것을 확인할 수 있다. 이런 사정에 대해서는 유탁일 편, 『韓國古小說批評資料集成』, 아세아문화사, 1994, 267-268쪽 참조.

506) 丁若鏞이 강진의 소경 아내의 사실을 취해서 만들었다는 180운의 장형 서사시(〈道康瞽家婦詞〉)에서는, 오히려 전실 아들 딸들의 고자질에 고초를 겪는 후실의 이야기가 나오고 있어서, 당대 현실에서도 계모는 곧 악인이라는 등식이 잘 드러맞지 않음을 알 수 있다. 자세한 내용은 임형택, 「茶山詩의 현실주의에 대한 재인식」(『창작과 비평』, 1988 겨울)에 있으며 임형택, 『이조시대 서사시』하, 창작과비평사, 1992, 196-220쪽에 번역과 원문, 논고가 실려 있다.

실문제만으로 파악하기 어려운 점이 있음을 암시한다.

이처럼 이야기2가 어떤 실존인물의 영웅적 면모의 부각과 권선징악의 범주 안에서 선과 악의 강한 대립구도로 몰고 갔다면, 이야기3은 그와는 다른 면을 보여준다. 이미 기왕의 논의에서 재생담이 있는 이본들이 "계모와 그 자식의 입장에서 사건의 원인이 다른 각도에서 제시되고 사건의 처리에 대한 자신의 생각이 노정된다"[507]거나 "묘사의 세련성과 다양한 설화의 조합이 엿보"[508]인다고 했듯이 이야기3에는 앞의 두 유형의 이야기군(群)과는 다른 무언가가 있다. 가장 눈에 띄는 점은, 물론 계모 허씨와 장쇠를 처벌하기는 하지만, 그들의 악행에 내적인 이유를 주는 것이다. 질투심으로 전실 자식을 박해했다는 것이 아니라, 어째서 질투심이 일어났는지를 먼저 설명하고, 계모는 본래 악인이라고 설명하고만 넘어가는 것이 아니라 그의 간단치 않은 가족사를 보여주는 것이다. 아울러 선인으로 등장하는 인물군 역시 심리적 억압 혹은 과잉 상태를 노출시켜서 인간적인 결함을 엿보이게 하고, 아버지 배좌수를 중심 없이 흔들리는 나약한 인간으로 만들어놓고 있다.

이런 변화를 단순히 국문소설의 기본틀을 따르기 위한 장치로 설명하고 넘어갈 수 없다.[509] 악인의 악행을 섬세하게 살필 때 거기에 동정심을 갖게 되며, 그에 대한 응징만으로 모든 문제가 해결되지 않음을 깨닫게 될 것이다. 그리고 그런 불만을 느낀 수용자층이 생긴다면, 그에 대한 해결책이 제시되어야 하는데 그것이 바로 특이한 재생담으로 실현된 것이라고 하겠다. 즉, 먼저 선악의 단순대립 구도만으로는 해결되지 않는 복잡한 문제를 디테일을 통해 펼쳐 보이고, 도저히 해결될 수 없는 복잡한

---

507) 김재용, 앞의 책, 92쪽.
508) 박태상, 앞의 논문, 54쪽에서 18장본 경판을 분석텍스트로 삼으면서 내린 평가이다.
509) 金台俊, 앞의 책, 184쪽에서 "끝은 喜劇으로 맺으려는 當時小說의 常套가 보인다."고 하면서 "한글본의 그만한 進步를 보여주는 것"이라 해서 이율배반인 평가를 내린 바 있다. 한편으로는 상투적인 마무리이지만, 또 한편으로는 상당한 진보라는 것이다.

문제를 뛰어넘는 방식으로 재생담이 채택된 셈이다. 따라서, 이 재생담을 통한 문제해결은, 역으로 쉽게 풀리지 않는 인간 내면 복잡다단한 문제가 현실적으로 풀리기 어려움을 간접적으로나마 제시하는 것이다. 이는 적층문학의 대표적 사례라 할 수 있는 판소리계 소설군에서 전반부의 현실적 문제제기와 후반부의 비현실적 문제해결이라는 틀과 유사한 것으로, 〈장화홍련전〉 재생담은 마치 〈춘향전〉의 어사출도, 〈흥부전〉의 박, 〈심청전〉의 환생 등과 그리 멀지 않음을 쉽게 짐작할 수 있다.[510] 요컨대, 이런 장치들은 오랫동안 여러 계층의 참여로 이루어진 적층문학에서 서로 이질적인 요구를 하는 여러 계층의 욕구를 동시에 수용하는 한 처방임을 확인하게 해준다.

5. 또 다른 나 : 고소설의 짝패

1) 고소설에 등장하는 짝패의 양상

짝패(Double)는 제II장에서 논의한 대로 대립(對立)과 통합(統合)을 전제로 한 것이다. 고소설의 짝패 또한 마찬가지로 그 대립과 통합에서부터 문제의 실마리를 찾을 수 있겠는데 이는 곧 다음의 둘로 귀결된다. 하나는, 대립과 통합의 요건을 찾는 것이며, 다른 하나는, 그렇게 규정된 짝패가 어떻게 분화되는지를 살피는 것이다. 전자가 짝패의 범위를 설정하는 일이라면, 후자는 짝패의 양상을 세분화해보는 데 도움이 된다.

---

510) 특히 〈심청전〉은 환생이라는 점에서 충분한 비교 거리가 된다. 둘 다 재생이라는 점 말고도, 심봉사나 배좌수가 모두 우유부단하고 나약한 인물이라는 점, 그리고 그들이 모두 세 아내를 차례로 맞는다는 점이 그렇다. 심봉사의 경우, 곽씨→뺑덕어미→안맹인을 거쳐 온전한 가정을 이룰 수 있게 되는 것은 배좌수가 강씨→허씨→윤씨를 거쳐 그렇게 되는 것과 방불하며, 그 온전함은 딸의 재생과 맞물린다는 점 역시 특기할 만하다.

첫째, 대립과 통합이 이루어지는 기제를 포착하는 방법에 대해 살펴보면 다음과 같다.

지라르는 『폭력과 성스러움』을 '희생'으로 시작하면서 구약성서의 〈가인과 아벨〉 이야기를 끌어들이고 있다. 하나님은 아벨의 공물(供物)만을 받아들이고 가인의 공물은 거부한다. 이 때문에 가인은 아벨을 죽이게 되는데 이 살해가 '제의적 살해'임은 분명하다. 흔히 '가인/아벨'의 대립을 '악(惡)/선(善)'의 대립처럼 이해하곤 하지만, 그런 대립으로는 '짝패'에 대한 해명이 온전하게 이루어질 수 없다. 지라르는 원시사회에서 '쌍둥이'가 두려움을 불러일으키는 대상임에 주목하여, 쌍둥이가 특별한 유사성을 갖기 때문에 위기가 발생한다고 보았다.[511] 만약 그 둘 중 어느 한쪽을 제거하고자 하는 것은 그 두려움에서 자유롭고자 한다는 것이다. 그러나 가인은 아벨을 죽임으로써 큰 죄를 범하게 되고, 하나님은 "네 아우의 피가 땅에서 나에게 울부짖고 있다."고 말함으로써 그 폭력의 고리를 끊고자 한다. 바로 여기에서 짝패의 어느 한쪽에 가해지는 폭력, 그리고 그 폭력에 의한 희생을 통해 그 둘을 하나로 통합하려는 의도를 엿볼 수 있다. 이처럼 유사성이 가장 강한 두 존재는 그 유사성 때문에 차이가 더욱더 극명히 드러나며, 그 차이를 없애려는 시도는 선망이나 동경, 질투나 증오, 폭력이나 살해 등으로 다양하게 드러난다.[512]

이러한 방법은 그대로 〈흥부전〉에서도 통용될 법하다. 흥부와 놀부는

---

511) 르네 지라르, 『폭력과 성스러움』, 김진식 · 박무호 역, 민음사, 1993, 87쪽.

512) 신화사전에 등재된 '쌍둥이' 항목을 보면 이런 양상이 매우 보편적임을 알 수 있다. "쌍둥이는 이원성의 상징이다. 하늘에 속하는 시원적 쌍둥이, 태양신의 두 명의 자녀, 쌍둥이 형제는 인간의 본성이 가지고 있는 양면성, 행동하는 인간과 생각하는 인간, 〈자아〉와 〈제2의 자아〉를 나타낸다. 쌍둥이는 종종 적대관계에 있으며, 한쪽이 다른 쪽을 살해한다. 이 경우에 형제는 빛과 어둠을 나타내며, 공희(供犧)와 공희 집행자, 밤과 낮, 광명과 암흑, 하늘과 땅, 현현(顯現)과 비현현, 생과 사, 선과 악, 두 개의 반구, 양극성, 차오르는 달과 이지러지는 달 등을 상징한다." -진 쿠퍼, 『그림으로 보는 세계 문화상징 사전』, 이윤기 옮김, 까치, 1994, 431쪽.

한 아버지 밑에서 자란 형제임에도 아버지는 흥부를 편애하고, 놀부는 흥부를 질시한 나머지 종내 내쫓는다. 흥부는 그런 형에 대한 직접적인 응징을 시도하지 않고, 박에서 나온 장비 등이 대신 징치(懲治)하러 나서는데, 문제는 이 경우 역시 폭력의 악순환을 멈추고 우애를 강조한다는 점이다. 〈구운몽〉 또한 성진이 겪는 심적 갈등을 없애주려는 육관대사의 축출에 의해 이야기가 시작되는 점은 크게 다르지 않다.

둘째, 대립과 통합이 이루어지는 근원을 찾아보는 방법에 대해 살펴볼 필요가 있다. 〈흥부전〉의 흥부와 놀부는 '윤리/경제'가 편재(偏在)함으로써 대립한다. 흥부는 윤리성만을 갖고 있을 뿐 그 윤리를 떠받칠 경제적 능력을 갖지 못했고, 반대로 놀부는 경제력만 갖고 있을 뿐 그 경제력을 떠받칠 만한 윤리적 심성을 갖지 못했다. 따라서 그 둘은 분화되었다가 통합되는 것이 당연한 일로 여겨진다. 〈구운몽〉의 성진과 양소유는 성(聖)/속(俗)의 편재로 같은 효과를 나타내며, 여타의 작품 역시 그러한 대립자질을 추출해낼 수 있을 것이다.

문제는 그러한 대립자질은 '무엇'이며 작품에서 '어떻게' 드러나는가에 있다. 지라르의 표현을 빌자면, "욕망의 공간은 '유클리드적'이다. 우리는 늘 우리의 욕망과 증오의 대상을 향해 직선으로 움직이고 있다고 믿는다. 소설의 공간은 '아인슈타인적'이다. 소설가는 직선이 실제로는 우리를 필연적으로 우리 자신에게로 되돌아오게 만드는 원이라는 사실을 보여준다."[513] 이 점에서 만일 흥부의 욕망이 윤리적이고자 하는 그 참된 욕망만으로 점철된 것이었다면, 우리는 소설을 읽을 필요도 없을지 모른다. 그렇다면 소설 이전에 실제 인간들의 삶이 그렇게 윤리적일 것이기 때문이다. 작중 인물이 제 아무리 다른 인물을 비난하며 발버둥대도 그것이 부메랑으로 되돌아오는 현실을 직시할 때, 작품은 우리에게 새로운 이야기

---

513) 르네 지라르, 『낭만적 거짓과 소설적 진실』, 앞의 책, 128쪽.

를 건네준다.

    등장인물이 추구하는 욕망은 항용 표면적으로 드러난 욕망 그 이상이다. 가령, 흥부가 정말 밥이나 먹었으면 하고 바란 것이 욕망의 전부였다면 흥부가 박을 타는 대목으로 이야기가 종결되어야 마땅할 텐데, 이야기는 그렇게 끝나지 않는다. 그 욕망만으로는 다 해결되지 않기 때문이다. 이 경우, 흥부가 추구하는 욕망과 놀부가 추구하는 욕망이 양립할 수 있는 것인가 하는 문제가 중요하게 된다. 만약 양립이 가능하다면 그것을 각 인물이 함께 갖추도록 하면 끝나기 때문이다. 그러나 원천적으로 양립할 수 없는 것이라면 이야기는 달라진다. 많은 신화에서 도저히 둘이 나누어 가질 수 없는 것들을 서로 다른 주체들이 다투는 까닭에 사태가 심각해지는데,[514] 소설이라고 예외는 아니다. 짝패들이 벌이는 욕망의 대상이 나누어 가질 수 있거나 양립할 수 있는 경우라면, 그 둘을 함께 갖게 하면 그뿐이며 그것은 아주 쉬운 일이다. 그러나 전혀 그렇지 않은 경우라면 문제는 복잡해진다.

    다음으로, 그렇다면 각각의 작품에서 짝패는 어떠한 양상으로 나타나는지 살펴보자. 논의 대상 작품은 〈흥부전〉, 〈구운몽〉, 〈옹고집전〉, 〈양반전〉의 넷이다. 이들의 대표성에 반론이 있을 수도 있겠으나, 〈흥부전〉, 〈구운몽〉, 〈양반전〉은 대표적 고전이며, 〈옹고집전〉은 우리 소설사에서는 보기 드문 '이중자아(二重 自我)'를 드러낸다는 점에서 큰 무리는 없으리라 본다. 예를 들어 〈흥부전〉의 경우, 대개의 이본군들에서는 "놀부는 형이오 흥부는 아이라. 놀부 심사 무거ᄒ여 부모 싱젼 분직젼답을 홀노 츳지ᄒ고 흥부 갓튼 어진 동싱을 구박ᄒ여 건넌산 언덕 밋히 닉쎠리고 나가며"[515]와 같은 식으로 간단하게 전개되지만, 신재효본 〈박타령〉 같은

---

514) "선신과 악신은 창조 전체를 두고 다투는데, <u>그 대상은 흔히 나누어 가질 수 없는 것들입니다</u>. 그 이유는 실제의 물건이 아니라 어떤 추상적인 것이 문제가 되기 때문입니다."(밑줄 필자) -르네 지라르, 『문화의 기원』, 김진식 옮김, 에크리, 2006, 74쪽.

데에서는 최종적으로 장비(張飛)가 나타나서 "네 아무리 회과(悔過)하여 형제 우애하자 한들 목숨이 죽어지면 어쩔 수가 없겠기에, 네 목숨을 빌려주니 이번은 개과(改過)하여 형제우애하겠는가?"[516]로 일침을 놓는다. 양자의 적잖은 차이에도 불구하고, 응징의 대상이 되는 인물을 살려둠으로써 더 큰 뜻을 펼치려 했다는 점에서만큼은 동일하다.[517]

이런 양상은 다른 작품에도 공통적이다. 성진의 부정으로 양소유가 되지 않으며, 실옹(實雍)의 부정으로 허옹(虛雍)이 되지 않고, 정선양반의 부정으로 군수가 되지 않는다. 이중부정은 긍정이라는 형식논리가 통용되지 않는 곳에 이런 작품이 놓이는 것이다.

성진이 고두ᄒ고 울며 굴오딕, "스승님아, 성진이 진실노 죄 잇거니와 쥬계를 파ᄒ기ᄂᆫ 쥬인이 괴로이 권ᄒ기의 마디 못ᄒ미오 (중략) ᄂᆞᆯ을 어딕로 가라 ᄒ시ᄂ니잇가?" 대시 닐오딕, "네 스ᄉ로 가고져 훌식 가라 ᄒ미니 네 만일 잇고져 ᄒ면 뉘 능히 가라 ᄒ리오? 네 ᄯᅩ 닐오딕 어딕로 가리오 ᄒ니 너의 가고져 ᄒᄂ 곳이 너의 갈 곳이라."[518]

제승이 대왈, "스승의 높은 술법으로 염라왕께 전갈하여 각임도령 치사 노아 옹고집을 잡아다가 지옥에 엄수하여 영불출세하게 하옵소서.", "그는 불가

---

515) 〈흥부전〉(경판25장본, 국립중앙도서관 소장), 1-앞; 김진영 외 편저,『흥부전 전집』2, 박이정, 2003, 11쪽.
516) 강한영 교주,『신재효판소리사설집(全)』, 보성문화사, 1978, 443쪽.
517) 희생제의가 "곡식의 수확에 실패하여 기근에 시달리던 원시농경사회에서는 구성원 사이의 갈등으로 인한 폭력 사태가 발생"한 데서 출발하였으며, "폭력을 미연에 막기 위해 폭력에의 욕구를 초자연적 신에 대한 폭력으로 유인했고 그렇게 하여 사회적 위기를 극복했다"는 웨스터마크(E. A. Westermark) 주장을 상기하면, 개인적 원한이나 복수의 문제가 아닌 전체 사회의 유지 차원에서 이런 문제가 중요하다. 류성민,『성스러움과 폭력』, 살림, 2003, 25-26쪽.
518) 김만중,〈구운몽〉(서울대학교 규장각 소장 필사본), 김병국 교주,『구운몽』, 서울대학교출판부, 2007, 15-16쪽.

하다.", "그러하오면 해동청 보래매 되어 청천운간 높이 떠서 서산에 머물다가 표연이 달려들어 옹가 대가리를 두 발로 덥벅 쥐고 두 눈을 이근한 오수박 파듯 하여이다.", "아서라 그도 못하리라.", "그러하오면 만첩청산 맹호 되어 야삼경 깊은 밤에 담장을 넘어가서 옹가를 물어다가 산고곡심 무인처에 뼈 없이 먹사리다.", "그도 또한 못하리라."519)

〈구운몽〉의 성진은 육관대사에 의해 내쳐지는 것 같지만, 작품에서는 대사의 말대로 "가고자 하는 곳"으로 보냈을 뿐이다. '가고 싶은 곳'은 현재 '있는 곳'이 아니다. 그러므로 이 작품에서는 '있고 싶은 곳/있는 곳'이 대립을 이루며, 그 두 곳에 있는 인물이 짝패를 이룬다. 문제는 여전히 '있는 곳'을 부정하여 '있고 싶은 곳'이 되지 않는다는 점이다. 작품의 말미에 붙은 대사와 성진의 대화에서 "어느 것이 참이고 어느 것이 거짓이냐?"520)고 힐문하는 대목을 상기해보면 이 점이 한층 분명해진다. 『옹고집전』 또한 마찬가지이다. 대사의 능력으로 옹고집을 응징할 능력은 충분했지만 대사는 그 모든 방법을 거부한다. 이본에 따라서는 "그난 너무 박절ᄒᆞᆮ"521)처럼 인정에 기대는 발언이 나오기까지 한다.

이런 측면에서 〈양반전〉은 나머지 작품들과 커다란 차이를 보인다. 우선 등장인물 중 누가 누구와 짝패를 이루는가가 불분명하다. 휴머니즘의 견지에서 보자면 군수와 천부(賤富)가 대척점에 서 있는 것이 분명하지

---

519) 〈옹고집전〉, 김기동 편, 『한국고전소설선』, 새글사, 1965, 276쪽.
520) 딕시 글오딕, "네 승흥ᄒᆞ야 갓다가 흥진ᄒᆞ야 도라와시니 내 므슨 간녜ᄒᆞ미 이시리오? 네 ᄯᅩ 니ᄅᆞ딕 '인셰의 눈희홀 거슬 ᄭᅮᆷ을 ᄭᅮ다'ᄒᆞ니 이는 인셰와 ᄭᅮᆷ을 다ᄅᆞ다 ᄒᆞ미니 네 오히려 ᄭᅮᆷ을 치 ᄭᅢ디 못ᄒᆞ엿도다. '댱쥐 ᄭᅮᆷ의 나븨 되여다가 나븨 댱쥐 되니', 어니 거줏 거시오 어니 진짓 거신 줄 분변티 못ᄒᆞᄂᆞ니, <u>어졔 셩진과 쇼위 어니는 진짓 ᄭᅮᆷ이오, 어니는 ᄭᅮᆷ이 아니뇨?</u>" 셩진이 글오딕, "뎨지 아득ᄒᆞ야 ᄭᅮᆷ과 진짓 거슬 아디 못ᄒᆞ니 ᄉᆞ부는 셜법ᄒᆞ샤 뎨즈를 위ᄒᆞ야 ᄌᆞ비ᄒᆞ샤 ᄭᅢᄃᆞᆺ게 ᄒᆞ쇼셔."(밑줄 필자), 〈구운몽〉, 앞의 책, 293-294쪽.
521) 〈옹고집젼〉(단국대학교 소장 34장본), 5장.

만,522) 그들이 여느 짝패처럼 통합되는 인물로 처리되기에는 공통점이 너무 적다. 반면, 정선 양반과 군수는 그럴 소지를 보인다. 이는 첫 문권(文券)에 나와 있는 양반에 대한 정의에서부터 그 근원을 찾아볼 수 있다. "대체 양반이란, 이름이 각각이라. 글 읽는 사람은 선비가 되고 정치에 종사하면 대부가 되며 덕이 있으면 군자라고 한다."523)는 진술의 핵심은 '사(士)/대부(大夫)'의 대립이다. 사(士)는 공부하고 대부(大夫)는 벼슬을 하지만, 사실 사대부의 이상은 그 둘이 나뉘지 않고 아름답게 순환하는 데 있을 터이다. 작품 내에서는 그런 통합을 직접 서술하면서도 등장인물은 사실상 두 쪽으로 나뉘어 있는 파행을 보여주고 있는 셈이다.

이 작품의 경우, 두 문권이 서사에 매우 중요한 구실을 한다. 첫째 문권에서는 양반이라면 마땅히 지켜야할 덕목을 나열하는 데 반해, 둘째 문권에서는 양반이 누릴 수 있는 특권에 대해 이야기하고 있다. 전자가 양반의 의무 조항이라면 후자는 양반의 권리 조항으로 열거되는 것이다. 다만 박지원 특유의 풍자적인 기법으로 과장되어 나타난 결과 현실성과는 어긋나 보일 뿐, 사(士)와 대부(大夫)의 분열이 고스란히 감지된다. 결국, 두 문권에 교술적으로 언급된 내용을 정선양반과 군수가 행동으로 보여준다.524) 한 양반은 공부만 하느라 생계를 잇기도 어려운 인물이며, 또 한 양반은 딱한 처지의 양반을 돕기 위해 파렴치한 위계(僞計)를 마련하는 인물이다.

---

522) 천부와 군수를 휴머니즘적 관점에서 대비한 예는 황패강, 「양반전 연구」, 이상택 · 성현경 편, 『한국고전소설연구』, 새문사, 1983이 있다. "진실로 내면적으로 고양하고 있는 것은 천부로 상징한 가식 없는 인간주의적 정신이다."(394쪽)

523) 維厥兩班 名謂多端 讀書曰士 從政爲大夫 有德爲君子. 『燕巖集』, 권8, 別集, 〈放璚閣外傳〉

524) 이러한 시각에서 두 문권을 살핀 예는 이강엽, 「소설교육에서의 주제 탐색 방법 試論 -〈양반전〉을 실례로-」(『국어교육』 87 · 88합집, 한국국어교육연구회, 1995)에서 시도된 바 있다. 여기에서는 양반, 천부, 군수의 3인이 '신분, 재력, 덕망, 권세'의 네 자질을 두고 상보적인 분포를 이루는 것으로 보았는데, 이렇게 볼 때 세 인물이 한 짝을 이루는 패가 되는 셈이다.

그러나 이 네 작품 모두가, 두 인물이 근원을 함께하면서도 대립되는 두 자질로 맞선다는 공통점만으로 작품의 디테일이 온전하게 설명될 수는 없다. 대체 무엇을 두고 맞서는지, 그리고 맞선 결과는 어떠한지 세밀하게 살필 때 작품의 특성이 차별화될 것이다.

　　가장 먼저 생각할 수 있는 것은 두 인물이 추구하는 욕망의 관계이다. 짝패 인물들은 언제나 서로 맞서는 내용을 가지고 서로 다툰다는 점에서 대립적인 특성은 동일하지만, 문제는 그 욕망이 양립 가능한 것인가, 불가능한 것인가 하는 데 있다. 〈흥부전〉과 〈옹고집전〉이 전자에 속한다면, 〈구운몽〉과 〈양반전〉은 후자에 속한다. 흥부와 놀부는 알력이 있기 전에는 모두 넉넉한 재물을 가지고 선량하게 살아갈 수 있었다. 굳이, 부(富)와 윤리의 불균형에 의한 '불구적 인간'이[525] 될 필요가 없었다는 말이다. 옹고집 역시 많은 재산으로 노모를 봉양하고 이웃에 베풀며 충분히 살 수 있었다는 점에서 〈흥부전〉과 비슷한 양상이다. 게다가 실옹이 허옹에게 밀려나는 계기가 삶의 세심함을 모르는 데에 기인했다는 점은 의미심장하다. 가짜는 가정사의 세세한 일을 일일이 꿰고 있는데 정작 진짜는 그 일에 대해 크게 신경 쓰고 있지 않았기 때문에 가짜로 몰려 쫓겨나는 것이다.

　　〈구운몽〉과 〈양반전〉은 그와는 사뭇 다르다. 성진은 산속에서 수도하며, 양소유는 속세에서 평천하의 길을 걷는다. 그 둘을 동시에 이루겠다는 것은 어불성설이다. 평천하를 하겠다면서 승려일 수 없고, 승려이면서 평천하를 도모할 수는 없다. 그래서 작품에서는 꿈이라는 형식을 빌려서 두 인물이 아예 다른 공간에서 살아가게 한다. 이에 비해, 〈양반전〉은 양립 가능성이 훨씬 높아 보인다. 공부를 하다가 벼슬을 하고, 벼슬을 하다가 공부하는 일이 가능하기 때문이다. 그러나 작품에서는 의도적으로 그럴 가능성을 배제한다. 한껏 과장된 문권 두 장에서 보듯이, 사(士)는 사

---

525) 이러한 의미에서의 '불구적 인간'의 규정은 설성경, 「桐里의 〈박타령〉 사설 연구」, 『한국학논총』 6(계명대 한국학연구소, 1979)를 참조.

로만 살다가 사로 삶을 마감하고, 대부는 대부가 되는 순간 사와는 결별한 채 특별한 권한 챙기기에만 급급한다. 그래서 작품의 결말에 가도 양자의 통합 가능성은 배제된 채, 여전히 가난한 선비와 여전히 권세 당당한 군수로 남게 된다.

다음으로, 짝패를 이루는 인물들의 관계에 따른 양상을 살펴보자. 여기에서는, 이른바 '객관적 이중'과 '주관적 이중'이 짝패 인물의 구분에서 중요한 잣대가 될 수 있다. 전자는 객관적으로 실재하는 두 인물이 등장하는 경우이며, 후자는 주관적으로 분열되어 두 인물이 등장하는 경우이다.[526] 이러한 관점에서 〈흥부전〉과 〈양반전〉은 독립된 두 인물이 동일 공간에서 벌이는 이야기로 전자에 해당하고, 〈구운몽〉과 〈옹고집전〉은 꿈이나 환술(幻術)에 의해 분열, 혹은 복제된 또 다른 자아가 주인공의 짝패로 작용한다. 전자가 독립된 인물이 패를 이루며 등장하는 데 반해 후자는 분신(分身), 곧 도플갱어(doppelgänger)의 꼴을 취한다.[527] 내용상으로는 성진과 양소유가 욕망과 꿈의 세계를 통해 서로 삼투하는 관계에 있다고는 해도, 적어도 서사의 문면대로라면 그 둘은 아주 다른 층위의 세상에 살고 있으며, 둘은 작품 안에서 어떠한 만남도 갖지 않는다. 〈옹고집전〉의 옹고집 역시 그 짝으로 등장하는 가짜 옹고집은 기껏해야 짚

---

526) 이는 Robert Rogers의 *A Psychoanalitic Study of the Double in Literature* (Detroit, 1970)에 따른 구분으로 이재선, 앞의 책에서 옮긴 용어를 그대로 쓴 것이다. "전자가 두 인물 간의 신체적인 유사성을 전제로 한 것으로 주로 외양적이거나 행동의 동기화와 관련됨에 비해서 후자는 분열된 자아의 상상력과 관련된 심리적인 듀얼리즘이거나 주관 관계적 반응의 동기화와 관련된다." -이재선, 앞의 책, 307쪽.

527) 양소유를 어떤 관점에서 이해할 것이냐에 따라서 '객관적 이중성'으로 볼 여지가 아주 없지는 않다. 꿈이라는 장치를 덜어내고 본다면, 기존 논의대로 전생(轉生)으로 볼 여지도 있기 때문이다. 다만, 전생(轉生)으로 보더라도 두 생에서의 삶이 정합적으로 대응되기 때문에 '주관적 이중성'의 특성을 배제하기는 어렵다. 〈구운몽〉을 전생의 시각에서 이해한 연구는 김대숙, 「轉生설화에서 본 〈구운몽〉」(『이화어문논집』 13, 이화어문학연구소, 1994)이 있으며, 동일한 맥락에서 김병국의 「성진 환생의 심리적 의미」(『한국고전문학의 비평적 이해』, 서울대학교출판부, 1995) 등도 '還生'이 갖는 심리적 측면을 강조하면서, 사실상 동일한 인물의 심리적 분열로 해설될 여지를 제시해주었다.

단의 변신일 뿐 실제 사람이 아니다. 두 작품 공히 한 인물이 만들어낸 또 다른 인물이거나 그 인물을 모델로 한 또 다른 인물이다.

끝으로, 짝패 인물이 궁극적으로 어떤 관계를 맺으며 이야기가 귀결되는지에 따라 그 양상 역시 아주 다르게 드러날 것이다. 가령, 〈흥부전〉은 대체로 박을 타서 쫄딱 망한 놀부가 흥부를 찾아가는 것으로 종결된다. 놀부의 회과(悔過)와 흥부의 분재(分財)로 두 인물이 균형을 찾는 것으로, 둘 사이에 놓여 있는 부와 윤리의 불균형이 종내는 균형을 찾아가는 이야기이다. 즉, 흥부와 놀부는 사사건건 대립하지만 우여곡절 끝에, 인물 간의 균형은 물론 대립자질 간의 균형이 이루어지는 이야기라 할 수 있다. 그러나 〈양반전〉은 그렇게 균형을 맞추어 가는 것이 아니라 끝내 파탄에 이르게 된다. 양반이 군수의 도움으로 빚을 청산할 수는 있었지만 여전히 '가난한 선비'의 신세를 벗어날 수 없었다. 도리어 가난할 뿐만 아니라, 고의성은 없더라도 결과적으로 선량한 상민을 등쳐서 가로챈 인물로 전락하는 꼴이다. 군수 역시 본래 그리 심성이 곱지 못한 사람이기도 하겠지만 집단 이기주의에 사로잡혀 자기와 다른 신분의 재산을 갈취함으로써 같은 신분의 양반을 돕는 타락상을 보인다.

이렇듯 짝패는 외견상 대립적인 자질을 강하게 대비시키면서 맞서지만, 맞서다 보면 서로 닮아가게 마련이며 그런 과정이 바로 이 관계를 푸는 열쇠이다. 〈구운몽〉에서도 최고의 스승인 육관대사를 모시고 수제자가 된 성진이나, 변방의 유복자로 태어나 황제의 바로 아래까지 치고 오르는 양소유는 최고가 되겠다는 욕망에 충실하다는 점에서 닮은꼴이다. 남에게 이로운 짓은 전혀 하지 못하는 놀부나 제 실속이라고는 전혀 못 챙기는 흥부 역시 그 치우침에서는 우열을 가리기 어렵다.[528] 집안 내력

---

528) 실제로 신재효본 〈박타령〉 같은 데에서는 흥부의 선행을 두고 "나무 일만 ᄒ노라고 흔푼 돈을 못 버느니 놀보 오작 미워ᄒ랴"(앞의 책, 328쪽)고 하여 잇속 없이 착하기만 한 성정(性情)에 대한 비판이 그럴 법한 것임을 뒷받침해준다.

이나 지나온 가정사를 전혀 떠올리지 못하는 실옹이나 너무도 세세한 신변잡사(身邊雜事)까지 기억해 내는 허옹, 공부만 하느라 식솔의 호구지책도 세우지 못하는 정선 양반과 그 양반의 처지를 고려해서 사술(詐術)까지 감행하는 군수 등은 모두 닮아있다.

그렇다면 그렇게 닮은꼴로 치닫는 짝패는 결국 어떻게 되는가? 물론 흥부와 놀부처럼 두 인물이 함께 개선책을 찾아내며 화합하는 이야기도 있지만, 대체로는 그렇게 되지 않는다. 짝패가 본시 동일한 근원에서 출발한 까닭에 그렇게 "닮아가다가는 어느 하나가 크게 탈이 나면 다른 하나만 남거나 또는 다른 하나도 마찬가지로 탈이 나"[529]는 게 정한 이치이기 때문이다. 〈구운몽〉은 성진과 양소유를 초월하는 큰 깨달음을 지향하며 이야기가 종결되고, 〈옹고집전〉은 가짜 옹고집이 사라짐으로써 진짜 옹고집이 자기 자리를 찾아오는 것으로 끝난다. 물론 양자 간의 통합을 지향하는 것은 당연하지만, 서사전개가 그렇다는 말이다. 이에 반해 〈양반전〉은 양자 간의 골이 더욱 깊은 채로 이야기가 마감된다.

이상의 내용을 간단히 정리해보면 다음과 같다.

항목 \ 작품	〈흥부전〉	〈구운몽〉	〈옹고집전〉	〈양반전〉
공통 요소 (대립관계)	흥부 : 놀부 (윤리 : 경제)	성진 : 양소유 (수도 : 평천하)	실옹 : 허옹 (무심 : 세심)	정선양반 : 군수 (의무 : 권리)
짝패 인물의 관계	객관적 이중(형/아우)	주관적 이중(현실/꿈)	주관적 이중(진짜/가짜)	객관적 이중(사(士)/대부(大夫))
짝패 인물의 귀결	균형적 화합	두 세계의 초월	회과(悔過)와 함께 가짜가 사라짐	대립의 지속

529) 김진석, 앞의 글, 82쪽.

2) 고소설 짝패의 의미

이제 지금까지의 논의에 비추어 이런 접근방법의 의미를 살펴보자.

첫째, 고소설에 대립하는 두 인물을 짝패인물로 파악함으로써 고소설 인물론에 깊은 영향을 미치고 있는 이분법적 선악론을 넘어설 가능성이 열린다. 만약 〈흥부전〉, 〈구운몽〉, 〈옹고집전〉, 〈양반전〉을 이분법적 선악론의 잣대로 읽는다면, 흥부와 성진, 가짜옹고집, 정선양반은 선인이며 놀부와 양소유, 옹고집, 군수는 악인으로 규정될 것이다. 물론, 그렇게 읽힐 법한 가능성이 충분하지만, 그렇게만 해서는 작품의 개성과 탁월함이 묻히게 된다.

〈흥부전〉의 흥부는 흡사 양반이 가져야할 윤리를 모범적으로 지닌 인물로 그려지지만, 실제 작품에서는 때때로 '양반이라면 가져야 한다고 믿어지는 이미지'를 욕망하는 모습이 엿보인다. 관아에 환자를 타러 가면서도 양반연하며 거드름을 피우는 흥부나 밥 굶는 식솔들 앞에서 가장 체통을 내세우는 허세 등이 그렇다. 이처럼 허영과 허세가 포착되는 순간 윤리적 우위는 쉽게 무너진다. 그러나 그렇다고 해서 놀부의 윤리성이 올라설 수 있는 것도 아니다. 신재효본에서 놀부가 "아버지 계실 적에 나는 생판 일만 시키고서 작은 아들이 사랑옵다 글공부만 시키더니, 너 매우 유식하다."[530]고 일갈했던 데서 알 수 있듯이, 이 일의 발단은 부모의 편애에서 비롯된 극히 정상적일 수 있는 결과일 따름이기 때문이다. 이는 〈적성의전〉 같은 데에서도 같은 양상이어서 "셩의의 쳔품이 슌후ᄒ고 긔골이 쥰슈ᄒ매 왕의 부뷔 과이ᄒ고 일국이 흠양ᄒ니 항의 ᄆᆡ양 불측ᄒᆫ ᄆᆞᆷ으로 셩의의 인효를 ᄉᆡ긔ᄒ여 음히홀 ᄯᅳᆺ"[531]을 두게 되는 일이 생긴다.

---

530) 신재효, 『판소리사설집(全)』, 앞의 책, 330쪽.

531) 〈적성의전〉(경판), 김동욱 편, 『영인 고소설판각본전집』 3, 연세대학교 인문과학연구소, 1973, 1쪽.

애초에 문제를 야기할 소지를 안고 있던 형제가 서로 다른 방향으로 나가면서 갈등을 빚은 것이다.

〈구운몽〉의 성진 역시, 좋은 스승 밑에서 정진하던 끝에 우연히 8선녀를 만나고는 마음이 뒤바뀌게 된다. "남이 셰샹의 나 어려셔 공밍의 글룰 닑고, 자라 요순ㄱᄐ 님군을 만나 나면 당쉬 되고 들면 졍승이 되어 비단옷슬 입고"[532] 호사하는 데 마음이 쏠린다. 그러나 바로 이 지점에서 성진이 육관대사의 수백 제자 가운데 특히 총애를 받는 수제자로 의발(衣鉢)을 전수받을 것이 확실시되는 인물이라는 점에 주목할 필요가 있다. 수도에 실패해서 다른 세상을 꿈꾸는 것이 아니라, 그 최고 정점에 이르러서 다른 편 세계를 선망하는 것이다. 양소유는 양소유대로 성진이 꿈꾸었던 그 세속의 영화를 다 누린 후에 수도를 꿈꾸는데, 이는 성진의 꿈과 정확히 짝을 이룬다.

이런 관점에서 보자면 확실히, 〈흥부전〉에서 놀부를 징치(懲治)하고 〈구운몽〉에서 양소유의 삶을 부정하는 것은 그 궁극의 목표가 아니다. 놀부와 양소유가 부재하는 한, 그 짝이 되는 인물 또한 온전한 삶을 누릴 수 없기 때문이다. 이들의 대결은 윤리를 지향하는 인물과 경제를 지향하는 인물, 세속의 출세욕을 지닌 인물과 탈속의 구도자와의 대결이었고 그 결과는 1차적으로 어느 한쪽의 승리임에 분명하다. 그러나 그 한쪽의 승리는 사실 '하나의' 방향일 뿐이다. 형제간의 다툼을 다룬 중동신화에서는 농부가 양치기를 이기지만, 이스라엘 신화에서는 양치기 아벨의 승리로 귀결되는 것만 보아도 그 방향은 임의적일 뿐 필연성을 갖지 못한다.[533]

---

532) 〈구운몽〉, 앞의 책, 13쪽.
533) 노드롭 프라이는 이에 대해 "수메르가 윤작(輪作)과 관개(灌漑)에 의존하는 나라였으므로 당연히 그들의 문학에서는 양치기의 코를 납작하게 만들고 있다. 그러나 성서 저자들은 농경 단계와 대조시켜, 이스라엘의 목축단계를 이상화하려 하였다."고 풀어낸 바 있다. -노드롭 프라이, 김영철 옮김, 『성서와 문학』, 숭실대학교출판부, 1993, 212쪽.

이 점에서 〈흥부전〉과 〈구운몽〉이 표면상 놀부와 양소유의 승리로 끝났다고 해도 작품의 의미가 크게 훼손되지 않을 것이며, 이것이 이러한 작품의 깊이를 드러내준다. 이런 작품들은 분명히 작가나 작가를 떠받치고 있는 문화공동체가 이상화하려는 삶이 어느 한쪽에 있다고 해도 그 대척점에 놓인 삶을 도외시하고 있지 않기 때문이다.534)

〈옹고집전〉 역시 동일선상에서 논의가 가능하다. 주인공 '고집(固執)'의 작명에 유념한다면 옹고집은 악인이기에 앞서서 어느 한쪽에 완고(完固)하게 집착(執着)하는 인물이다. 옹고집이 겪는 그러한 파탄은 투철한 의지를 지닌 채 열심히 살아간다는 사람들이 일반적으로 만나게 되는 패착(敗着)이기도 하다. 그러나 허옹은 실옹이 무시하거나 도외시했던 그런 삶을 잘 보듬어서 향후 평온한 삶을 영위한다. 허옹이 집에 들어앉은 이후 자식을 많이 낳고 화목하게 지냈다고 한다거나 〈옹고집전〉을 배제하고는 설명하기 힘든 '쥐좆도 모른다'는 속담 등을 통해 볼 때, 진짜 옹고집은 자신의 삶에 집착하느라 그 이면에 잠재한 진정한 가치를 몰랐던 것이 분명하다. 이는 짝패 인물을 그려내는 소설이 "대체로 인정된 한쪽 사태에 대립된 또 다른 사태를 통합적으로 인정하는 것을 목표"535)로 했다는 점을 생각할 때, 이 작품 이해의 핵심이라 할만하다.

---

534) 이는 〈흥부전〉과 똑같은 우애를 주제로 한 소설인 〈적성의전〉이나 〈목시룡전〉 등과 비교해볼 때 더욱 분명히 드러난다. 〈적성의전〉에는 형과 아우를 극단적인 선인과 악인으로 대비시켜놓음으로써 결국 형의 죽음으로 이야기가 종결되며, 〈목시룡전〉은 형제 모두 선인으로 설정하여 악한 적대자에게 공동으로 대응하도록 한다. 그 결과, "훼손된 가정윤리를 확립하고 가문의 결속과 도덕의식 확장을 꾀하고자 하는 의지를 형상화"(〈적성의전〉)한 것이라거나, "지나친 윤리성의 강조는 작품의 미적 가치를 떨어뜨리는 요소로 작용하기도 한다."(〈목시룡전〉)는 소극적이거나 제한된 평가를 받기도 한다. 김응환, 『고전소설의 윤리적 조명』, 한국학술정보, 2006, 201쪽 및 192쪽. 또, 우애를 주제로 한 소설에서 화해가 아닌 악한 형제의 징치가 일어나거나 대립의 지속이 일어나는 유형에 대해 "실제와 당위규범 사이에서의 작가의식의 한계를 드러낸 것"(조춘호, 『우애소설 연구』, 경산대학교출판부, 2001, 174쪽)으로 평가된 연구를 참조하면, 우애 소설의 최종 귀착점은 아무래도 화해(和解) 쪽이다.
535) 김진석, 앞의 글, 81쪽.

〈양반전〉은 일단 풍자적인 특성 때문에 사실적으로 그려지기보다는 과장되고 희화화(戱畵化)되어 문면대로의 선/악 구분에 주저하게 된다. 정선 양반은 군수가 부임해올 때마다 인사를 올 정도로 학식과 덕망을 갖춘 선비이고, 군수는 부자를 한껏 칭송해놓고는 잔꾀를 써서 스스로 달아나게 만드는 위인이다. 이 점에서 정선 양반은 선이고 군수는 악임이 분명하다고도 하겠다. 그러나 정선 양반은 공부를 한다는 이유로 빚을 지고도 갚을 길이 없을 만큼 무능한 인물이며, 군수는 어쨌거나 동료 양반의 처지를 딱하게 여겨 도와야 하며 당시의 굳건한 가치 체계인 신분제를 유지해내야 하는 임무를 지닌 사람이다. 이 둘은 곧, 학인(學人)의 도리를 해내느라 제 의무를 다하지 못한 사람과 관장(官長)의 의무를 해내느라 학인의 도리를 내팽개친 사람이라는 점에서 공히 불구적 인물인 셈이다.

흔히, 고소설의 주제는 그 결말의 해피엔드를 들어 "결국 권선징악이라는 사회윤리가 침투"[536]한 것으로 파악하거나, "그 도덕문제는 권선징악적인 주제성"[537]라는 식으로 단순하게 인식되어 온 경향이 짙다. 그러나 짝패 인물이 보여주는 대립과, 그 대립의 통합이라는 주제는 확실히 기존의 선악 논의와는 구분될 수 있고, 또 그래야 할 것이다. 한쪽을 징치할 수도 있고 또 더러는 그렇게 되기도 하지만 선뜻 그럴 수 없고 또 그렇게 할 때는 심각한 파탄이 일어난다는 설정은 선악을 넘어서는 새로운 층위의 해법을 요구하기 때문이다. 이는 문제를 단선이 아닌 복선, 단층이 아닌 중층으로 몰아가는 것이며, 짝패 양쪽의 문제를 동시에 드러내는 방법이기도 하다.

둘째, 짝패 인물이 서로 맺는 관계와 귀결의 양상은 고소설의 중심으로 서사학을 확립하는 데 지침을 제공할 수 있다.

앞서 살폈듯이, 짝패 인물이 맺는 관계는 객관적 이중과 주관적 이중으

---

536) 정형용, 「소설」, 우리어문학회, 『국문학개론』, 일성당, 1949, 251쪽.
537) 김기동, 『이조시대소설론』, 정연사, 1959, 585쪽.

로 갈렸다. 전자가 두 인물이 어떤 문제의 상반된 측면을 반씩 보여주게 하는 것이라면, 후자는 한 인물에 내재한 심층적 분열을 이중(二重)으로 보여주는 것이다. 따라서 전자는 대체로 개인의 문제이면서 타자와의 관계를 문제 삼는 작품으로 환영받을 것이고, 후자는 거꾸로 타자와의 관계가 문제되더라도 개인 내면의 심리 문제 등을 풀어나가는 데 적절한 것이다. 객관적 이중이 드러나는 〈흥부전〉과 〈양반전〉이 사회·경제적인 주제를 드러낸 데 비해, 이미 앞 절에서 살핀 대로 〈구운몽〉과 〈옹고집전〉이 이원적 대립의 '초월'과 '자기실현' 같은 깨달음이나 '성숙'을 문제 삼고 있는 것은 그 좋은 증거이다.

좀 더 파고들면, 객관적 이중이나 주관적 이중에도 정도의 차이가 있다. 똑같은 객관적 이중이더라도 〈양반전〉의 짝패는 사실상 전혀 다른 별개의 개인이며, 〈흥부전〉의 짝패는 말 그대로 같은 기운을 받고 태어난 동기(同氣)이다. 이 점에서 〈양반전〉의 객관성이 〈흥부전〉보다 더 높다고 하겠다. 마찬가지로 주관적 이중인 〈구운몽〉과 〈옹고집전〉 또한 다소의 차이를 보인다. 〈구운몽〉의 실재 인물을 성진으로 잡을 때 양소유는 꿈속 인물에 불과하다. 그러나 양소유는 사실상 소설의 대부분을 차지하며 독립적인 인물로 또렷이 기능하는 존재이다. 이에 비해 〈옹고집전〉의 허옹은 그 역할도 미미하지만 특별한 목적을 위해 임시변통으로 만들어놓은 헛것으로 등장했다 사라지곤 만다. 이렇게 보면 〈구운몽〉의 분열이 훨씬 더 분명하다.

결국, 짝패의 분열상이 그렇게 나뉠 때에는 통합 역시 거기에 따라 달라지게 마련이다. 객관적 이중을 띠는 〈양반전〉은 제도적인 문제가 깊숙이 개입하는 까닭에 그 통합은 이상에 불과할 뿐 실제로 이루어지기 어렵다. 그만큼 심각한 문제를 제기하는 소설이다. 이에 비해 〈흥부전〉은, 비록 박을 타는 환상이 개입하기는 하더라도, 비교적 쉬운 과정을 거쳐 수월하게 통합이 이루어진다. 주관적 이중을 띠는 〈옹고집전〉 역시 쫓겨나서 뉘우치는 것만으로도 온전한 삶으로 거듭날 수 있는 길이 열리지만, 〈구운몽〉은 그 정도보다 훨씬 더한 깨달음을 요구한다. 옹고집이 쫓겨나서 배회하는 것만으로도 새로운 삶을 찾아낸 데 비해 성진은 풍도(酆都) 지옥을 거쳐 양소유로 전생(轉生)하고도 그 깨달음이 미흡하여 다시 육관대사의 질책을 받는다.

이 네 작품의 스펙트럼을 기준으로 짝패 인물이 등장하는 고소설을 줄 세워 본다면 이중 인물이 갖는 의미가 좀 더 구체적으로 드러나리라 본다. 가령, 심성(心性)을 의인화한 소위 '천군(天君)소설'[538] 계열의 작품군 같은 경우 짝패 인물의 등장은 필연적인데 이들이 스펙트럼 상 어떤 위치를 차지하는지 밝혀진다면 이런 연구의 의미가 더욱 깊어질 것이다. 뿐만 아니라 여느 몽자류(夢字類) 소설이나 몽유록(夢遊錄) 같은 데에서도 필연적으로 두 인물이 짝패로 나서거나, 서술자와 꿈속의 인물이 짝패처럼 기능하는 경우가 적지 않을 것으로 여겨지는 만큼 이런 데 대한 세심한 논의가 필요하다.

끝으로, 짝패인물이 벌이는 승패의 귀결 역시 중요한 관심거리이다. 주인공의 명쾌한 승리로 점철되는 고소설의 관행에서 볼 때, 어느 한쪽의 일방적인 승리가 불가능하게 인물이 설정된 구성 방식은 그 자체만으로도 의미가 크다. 더구나 쌍방의 화합을 통해 공동선(共同善)을 추구하는 〈흥부전〉 같은 경우는 물론, 잠깐의 조작을 거쳐 문제가 일시적으로 해결되기는 하지만 문제의 근원이 그대로 남아있다는 점에서 끝없는 대립이 이어질 수밖에 없는 〈양반전〉의 귀결 방식은 가히 극과 극이다. 전자가 이것도 있고 저것도 갖춘 인간다운 인간이 가능하다는 소박한 세계관을 펼친다면, 후자는 사회제도의 이상과는 달리 특단의 조치가 없이는 이것은 있고 저것은 없는 인간과 저것은 있고 이것은 없는 불구적 인간이 속

---

538) 이 개념과 범주에 대해서는 김광순, 『天君小說研究』, 형설출판사, 1980, 9-11쪽 참조.

출할 수밖에 없다는 암울한 경고를 내보낸다.

반면, 〈옹고집전〉과 〈구운몽〉은 사상적 혹은 성찰적 해결책을 꿈꾼다.[539] 아무리 사회제도가 좋게 바뀌어도 세속에 깊이 관여하여 큰일을 하면서 세상을 완전히 떠나 수행할 수는 없는 일이다. 또한 고집스럽게 제 일에만 매몰되다 보면 다른 데에는 눈을 돌리기 어렵고, 다른 사람 일에 두루 배려하면서 제 일까지도 억척스럽게 해낼 재간은 없는 것이다. 어느 한 곳에 무게 중심이 옮겨가는 순간, 어느 한 곳과는 절연되는 것이 인지상정이기 때문이다. 그러나 〈구운몽〉과 〈옹고집전〉은 그러한 문제를 서로 다른 해법으로 풀어나가려 한다. 〈구운몽〉은 이중부정을 통해 본자리로 돌아가는 단순함 대신 초탈(超脫)함으로써 사상적 해방을 누리려 하고, 〈옹고집전〉은 지나온 삶에 대한 반성을 통해 세심하고 배려 깊은 인간으로 거듭남으로써 '고집(固執)'의 족쇄를 풀어낸다.

이렇듯, 짝패로 분열되는 양상도 다양하고 통합되는 과정 또한 복잡하지만, 짝패 인물이 등장하는 고소설에서는, 인간에 내재한 이질적인 삶의 양면이 어떤 방식으로 대립하고 화해하며, 통합되거나 끝내 분열하지만 궁극적으로는 그러한 일련의 과정을 통해 그 통합의 당위성을 역설한다는 점에서 짝패 인물은 중요한 의미를 갖는다. 결국, 이렇게 짝패가 등장하는 소설의 미덕은 짝패 인물의 대결이 어떻게 귀결되느냐에 구애받지 않고, "두 가지 상반된 가치를 동시에 함유하는 자유의 양가적 특성을 몸에 지닌 채 살아가는"[540] 이상적 모형을 제시하는 데 있을 것이다.

---

539) 논의의 방향을 다르지만, 이 두 작품의 비교연구는 장석규, 「〈구운몽〉과 〈옹고집전〉의 상관성」(『국어교육연구』 23, 국어교육연구회, 1991)에서 이루어진 바 있어서 참고할 만하다.
540) 안네마리 피퍼, 『선과 악-그 하나의 뿌리를 찾아서』, 이재황 옮김, 이끌리오, 2002. 192쪽.

VI. 마무리 : 신화 전통의 의미

　지금까지 신화가 인간이 자신을 둘러싼 외부의 모든 것들과 신비롭게 조화를 이루어내도록 자양분을 공급해주는 이야기라는 전제에서, 신화를 읽어내는 기본 시각, 『삼국유사』의 성(聖)과 속(俗), 군담소설의 서사구조와 신화, 신화적 주제의 고소설 등에 대해 논의하였다. 이제 이상의 논의를 정리하며 그 의미를 가다듬어보기로 한다.

　II장에서는 제일 먼저 신화를 보는 기본 시각에 대해 살폈다.

　이를 위해 『삼국유사(三國遺事)』「기이(紀異)」편의 서(敍)가 집중적으로 검토되었다. 그 결과, 이 책에서 말하는 신이(神異)함은 이야기 주인공의 '영웅적인 행위'와 함께 '하늘의 표지'와 '땅의 변화조짐'이 함께 일어나는 것으로 정리될 수 있다. 하늘의 부명(符命)이 내리고, 땅이 대변(大變)을 보일 때 사람이 대기(大器)를 잡아 대업(大業)을 이루는 것이며 그것들은 상호 긴밀히 연관되며, 이는 천(天)-지(地)-인(人) 삼재(三才)의 조응(照應)으로 이해됨직하다. 『삼국사기(三國史記)』 등의 자료와 비교한 결과, 그러한 내용을 충분히 입증할 수 있었다. 나아가 「기이(紀異)」의 제1과 제2의 구분이 국가의 흥망성쇠의 기준에 따른 것으로, 신화 주인공 [제왕, 영웅]이 하늘의 표지와 땅의 변고를 제대로 이해하고 대응하는가에 따라 달라짐으로 알았다. 이러한 현상은 중국 중심의 동양신화 전통에서 찾을 수 있는, '창조'가 아닌 '운행'의 관점에서 쉽게 이해될 만하다. '운행'의 관점에서라면 하늘, 땅, 사람은 고정된 실체를 가지고 영속하는 것이 아니기 때문에 똑같은 인물이 조목마다 다른 모습으로 나타날 수도 있고, 초기 대응의 사소한 차이가 국가를 흥성하게도 하고 쇠망하게도 하는 것이다.

다음으로는 하늘에 대칭되는 땅을 관장하는 여신(女神)의 의미에 대해, 동아시아 신화를 사례로 고찰해보았다. 그 결과, '생성력, 주신(主神)출산, 존재의 시원(始原), 남신(男神)에 종속(從屬)'이라는 네 유형이 도출되었다. 첫째, 생성력(生成力)의 출발은 출산에 있으며 이는 곧 생명체의 시작이다. 여신 창조 행위는 곧 대지(大地)가 만물을 화육하는 내용의 알레고리이다. 자청비 같은 여신이 죽음의 세계에서 삶을 가져오는 행위는 대지가 죽음을 받아서 삶으로 싹틔우는 것을 유추하게 한다. 둘째, 주신(主神) 출산은 흔히 영웅신화로 통칭하는 신화에서 속출한다. 이때 주신의 출산은 대지에서 만물이 생성해 나오는 과정을 의인화한 것이다. 웅녀나 유화 등이 모두 대지에 기반을 둔 존재로, '지상을 뚫고 태어난 인간의 한계'를 보여주면서 향후 그 불균형과 불완전함을 벗어나는 험난한 모험을 예고해준다. 셋째, 존재(存在)의 시원(始原)으로서의 여신은 천지개벽(天地開闢)과 관련된다. 여와가 오색의 돌로 하늘의 터진 곳을 기우고 자라의 발목을 잘라 사극(四極)에 우주의 기둥을 세운 것이 그런 예로, 땅은 사실상 하늘신을 배태(胚胎)하고, 하늘신의 잘못을 바로잡는 역할을 수행한다. 넷째, 남신(男神)에 종속되는 여신은 물리적 상/하를 지위의 상/하로 틀어놓은 경우이다. 이자나기와 이자나미의 경우처럼 과(過)/부족(不足), 좌(左)/우(右), 선(先)/후(後)의 불균등이 엿보이는데, 이는 여신이 갖던 양성성(兩性性)을 남신과 여신으로 역할분담을 한 것이다.

끝으로, 신화, 전설, 민담 등의 설화에서 짝패 인물에 대해 살폈다. 짝패란 본래 둘이 함께 있어야 전체성을 지니게 되어 있는 존재가 둘로 분화하여 나타나서, 궁극적으로는 다시 그 잃어버린 전체성을 추구하는 한 쌍의 인물로, 통상 형제간처럼 불가분의 관계에서 잘 드러난다. 〈천지왕본풀이〉, 〈오뉘 힘내기〉, 현우형제담(賢愚兄弟譚)등이 논의대상이었다. 〈천지왕본풀이〉의 '대별왕/소별왕'의 짝은 그 근원에서 볼 때 '천지왕/수명'의 '선/악' 구도와 '천지왕/서수암'의 '존귀(尊貴)/미천(微賤)' 구도를 함께 갖는 짝패로 정리될 수 있다. 대별왕의 선(善)이 소별왕의 악(惡)을 물리쳐 없앨 수 없으며, 대별왕의 존귀한 정신이 저승을 다스리고 소별왕의 미천한 정신이 이승을 다스리는 문제가 계속됨으로써, 이 세상의 공명정대하지 못한 질서에 대한 해명을 시도하고 있는 것이다. 〈오뉘 힘내기〉는 그 근원에서 천부신과 지모신, 남성성과 여성성의 맞대결 양상을 띠며, 우여곡절 끝에 얻어진 어느 한쪽의 승리에 의해 새로운 질서가 탄생하는 안정감을 얻기는커녕 도리어 엄청난 파탄을 몰고 온다. 이는 역설적으로 그 둘이 본래 통합되어 있었고 서로를 보족적(補足的)으로 필요로 하는 짝패였음을 일깨워준다. 현우형제담(賢愚兄弟譚)의 형제가 보인 두 가지 재능은 상보적이어서, 어느 한쪽이 없으면 나머지 한쪽도 제대로 존립할 수 없는 것이다. 비록 승패가 갈린 듯이 보이지만, 결과적으로는 어머니를 되살리는 기적을 이루어낸다. 이 세 작품은 각기 '수수께끼 / 꽃 피우기', '서울 다녀오기 / 성 쌓기', '처방전 내기 / 약 구하기'로 각각 남성성과 여성성을 상징하는 내용을 채워지면서 새로운 질서를 확립하고, 승패를 뒤바꿔 파탄이 일어나며, 서로 협력하여 질서를 회복하는 등의 다양성을 보인다.

Ⅲ장에서는 성(聖)과 속(俗)의 관점에서 『삼국유사(三國遺事)』를 살폈다. 『삼국유사』의 설화에서는 성(聖)과 속(俗)이 자유롭게 넘나들 수 있도록 서사가 배열되어 있을 뿐만 아니라 그를 통해 대극적 통합 내지는 불필요한 분별심으로부터의 해방을 이끌어냈다. 각 절의 내용을 요약하면 다음과 같다.

첫 번째 대상은 〈경흥우성(憬興遇聖)〉조로, '성(聖)'으로 칭해지는 보살을 만나는 양상에 대해 살폈다. 여기에는 관음보살과 문수보살 두 대립적

인물이 등장하여 서사를 이끌어간다는 점에 착안하여, 하늘-아버지와 땅-어머니라는 견지에서 남신과 여신의 특성을 간략히 정리했다. 남성은 머리이고 여성은 몸이라는 대립적 자질을 보이는 것을 필두로 하여, 차별성과 평등성, 지혜와 사랑 [불교의 '자비(慈悲)']을 추구하는 것으로 정리되었으며, 그것이 관음과 문수로 나뉘어 드러나는 양상임을 확인했다. 다음으로, 두 삽화가 어떻게 연결되는지 살펴보았다. 먼저, 마음과 몸의 대립에서, [관음] 삽화는 경흥이 불법에 능통한 지혜(智慧)를 내세웠고, 그에 따른 문제 해결을 위해 따스한 마음으로 부족한 감성(感性)을 보충하는 방법이 쓰였다. 반면, [문수] 삽화에서는 교만한 마음이 들어 문제를 일으키자 혹독한 질책으로 문제를 깨우치게 했다. 궁극적으로는 두 삽화는 먼저 지혜를 깨쳐준 후, 거기에 자만하여 청정(淸淨)함을 잃은 데 대해 질책하여 다시 중심을 잡아주는 식으로서 서사가 통합되었다. 또한 이러한 서사의 이면에는 경흥의 처세(處世)와 처신(處身)이라는 현실적인 문제가 숨어있음을 알았다.

두 번째 대상은 〈낙산이대성관음정취조신(洛山二大聖觀音正趣調信)〉조(條)로, 먼저 개별삽화들이 갖는 공통적 특성을 찾아보았다. 이 조목에는 의상(義湘), 원효(元曉), 범일(梵日), 걸승(乞升), 조신(調信)의 다섯 인물의 삽화들이 이어지는데, 내용은 각기 달라도 구조적인 상동성(相同性)을 보인다. 어느 이야기에서든 중심 되는 사건은 두 차례에 걸쳐 반복되는 행위를 하도록 구성되어 있는 것인데 이러한 반복패턴은 전체 이야기에 통일성을 주는 중요한 요소이면서 각 삽화들의 다양성을 짚어낼 근거를 주기도 한다. 이어서 이 조(條)의 전체 구성과 조신(調信) 삽화의 의미에 대해 살폈다. 먼저, 각 삽화 주인공들의 발원(發願)과 그 발원에 대한 결과를 추적했다. 문면에 드러난 사실은 의상(義湘)은 절을 짓고 관음보살을 친견하였고, 원효(元曉)는 진신(眞身)의 현신(現身)을 뒤늦게 깨닫지만 끝내 친견(親見)하지 못하고, 범일(梵日)은 뒤늦게 깨달은 뒤

절을 세우며, 걸승(乞升)은 땅에 묻어 보물을 지키며, 조신(調信)은 잘못을 뉘우치며 절을 세우고 정진하는 것이다. 이는 인간의 뜻이 부처의 뜻과 조응할 때 더욱 큰 성취가 일어나는 것을 강조한 처사로 보인다. 끝으로, 전체구성의 관점에서 〈조신(調信)〉삽화의 의미에 대해 살폈다. 〈조신(調信)〉삽화에서는 앞서 보인 네 삽화의 핵심적인 내용들이 조금씩 스며들어있어서 전체적으로는 종합적인 완결판처럼 여겨지게 되어, 앞선 삽화들에서 부분적으로 드러나던 관음보살의 자비와 정취보살의 지혜가 극적으로 통합하는 구성을 취함으로써 전체 조목이 하나의 주제로 응집되었다.

　세 번째 대상은 『삼국유사』에 등장하는 '신발 한 짝' 모티프였다. 성(聖)과 속(俗)의 경계에서 신발 한 짝이 어떻게 중개되어 그 둘이 하나로 합치되는지 밝힌 것이다. 먼저 '신발 한 짝'의 신화적 의미를 살펴보았다. 신발 한 짝이 신데렐라형(型) 이야기에서 흔히 신원 확인의 수단으로 사용되지만, 근원적으로 따지자면 한쪽 신발은 이쪽 세계에 한쪽 신발은 저쪽 세계에 둠으로써 그 주인이 양쪽에 걸쳐진 존재를 표상하게 됨을 알았다. 특히 우리 불교설화에서는 '관음'이라는 상징을 통해 아래로는 중생을 구제하고 위로는 부처의 깨침을 추구하는 중간자적 존재로 드러날 때 신발 한 짝이나 버선 한 짝 같은 식의 상징물이 사용되는데, 이런 양상은 『삼국유사』 소재 설화에도 그대로 드러난다. 이어서 『삼국유사』에서 신발 한 짝이 나오는 자료를 살폈다. 〈남백월이성노힐부득달달박박(南白月二聖努肹夫得怛怛朴朴)〉, 〈낙산이대성관음정취조신(洛山二大聖觀音正趣調信)〉, 〈이혜동진(二惠同塵)〉, 〈욱면비염불서승(郁面婢念佛西昇)〉 등 네 자료를 살폈다. 그 결과 신발 한 짝으로 드러나는 구체적 대립물이 신라/중국, 관음/여인, 세속의 혜숙/수행하는 혜숙, 해탈한 욱면/윤회하는 욱면 등으로 다양하게 표출되었지만, 그것들은 각기 진짜(실물)/가짜(그림자), 초월적 존재/미천한 여인, 정토/진세, 해탈/윤회의 의미를 띠었다.

그리고 이 대립물의 통합 양상은 차례로 '성(聖)에서 속(俗)으로 이동'하며, '비속(卑俗)이 곧 고귀(高貴)임'을 깨쳐주고, '정토와 진세의 공존', 윤회를 벗고 열반하는 등의 차별성을 보인다.

네 번째로는 「흥법(興法)」, 「탑상(塔像)」 편에 드러난 탈신화화(脫神話化) 전략에 대해 살폈다. 이를 위해 자료를 통해 신화화의 원인을 검토한후, 그 논의를 근거로 탈신화화가 진행되는 양상에 대해 분석했다. 탈신화화의 원인을 살핀 결과, 무지의 교정, 공포의 극복, 갈등의 중재라는 세방식으로 나타났다. 먼저, 무지의 교정은 주로 합리적 자료의 선택에 의해 이루어졌다. 『삼국유사』에서는 숱한 자료들을 취사선택하는 과정에서 신뢰도를 높일 수 있도록 배려했다. 공포의 극복은 주로 속신(俗信)을 경계하는 방향으로 진행되어 대단한 불심(佛心)이 깃든 탑도 세월과 변란(變亂)에 따라 없어진 사실까지도 담담히 기술하는 등 합리성을 키워나갔다. 끝으로, 갈등의 중재는 경쟁하는 두 사람의 공동승리로 몰아감으로써 이룩되었다. 미시랑/진자사, 노힐부득/달달박박 등의 인물쌍이 선후와 우열은 있더라도 결국 모두 같은 목표에 이르는 과정을 서술함으로써 양자간의 괴리를 좁혀나갔다.

IV장에서는 군담소설의 서사구조를 신화와 연관하여 논의했다.

첫째, 군담소설은 '영웅의 일생'이라는 서사구조를 근거로 신화의 연장선상에서 논의되어오곤 하던 유형이므로 서사구조론에 대한 연구사 점검을 통해 문제점을 짚어보고 논의방향을 잡아보았다. 이를 위해 서사구조론의 발단이 되는 선구적 논문들을 검토하여 군담소설 그 문제를 짚어보았다. 논의 결과, 군담소설 서사구조론의 발단은 대체로 신화나 민담의 구조론에서 영향 받은 것으로, 소설의 이야기방식을 제대로 설명해내기 어려운, 특정목적의 문제를 해결하기 위하여 몇몇 단락으로 구분하는 작업에 귀착하는 경향이 있었다. 즉, 작품의 서사를 따라가는 것이 아니라 주인공의 삶으로 재구성한 틀이라는 점에서 작품의 실제와는 많은 괴리를 보였다. 실제로 군담소설은 '영웅' 중심의 시각만으로 서술되지는 않으며 '일대기'의 연속나열만으로 서술되지 않는다.

이러한 문제점을 보완하는 방안으로, '고난과 고난의 극복'이라는 서사를 확실히 보여줄 만한 이별 양상에 주목하였다. 군담소설에 두루 드러나는 부(父)-자(子), 모(母)-자(子), 군(君)-신(臣), 남(男)-녀(女)의 분리 내지는 이별이 어떻게 전개되는지 살피려는 것이었다. 〈홍길동전〉에서는 부자간이나 군-신간의 이별과 재회만이 문제가 되고 간접화되어 있다. 이에 비해 〈조웅전〉에서는 네 가지 이별이 다 드러나는데 특히 군-신, 부-자간의 관계가 그 중심에 있고 모-자, 남-녀 간의 관계는 부수적으로 취급된다. 〈유충렬전〉에서는 네 가지가 균등하게 드러나면서 모-자, 남-녀간의 수평적 이별을 강조한다. 〈이대봉전〉은 모든 고난의 근원이 남-녀간의 수평적 질서에서 야기되다가 〈유문성전〉에서는 최고조에 도달한다. 이는 결국, 군담소설이 그 서사구조 상 수평적 질서와 수직적 질서, 원(怨)과 한(恨), 강한 부성(父性)과 자애로운 모성(母性) 등의 대립선상에 작품 파악이 가능함을 뜻한다.

다음으로, 군담소설에서 거의 빠지지 않고 등장하는 결연담을 바탕으로 애정의 문제를 살폈다. 그 결과 남성 주인공의 배필로 등장하는 처음에는 전리품에서 출발하여, 야합을 거쳐서 이념적 동지로, 또 더 나아가서 순수 애정으로 변전해나감을 알았다. 또한 결연담의 위치가 작품의 후반부에서 뒤에서 점차 전반부 쪽으로 옮겨오고, 애정관계 삽화 등장의 빈도도 1회에서 수회로, 더 나아가서 작품 전체로 옮겨가는 등 점차 확대됨을 알았다. 아울러, 군담중심에서 애정중심으로, 연쇄적이고 병렬적인 이야기에서 단일하고 집약적인 이야기로 변해가는 과정에서 방해자의 방해 정도가 더 심해져나가면서 애정의 문제가 확대되어가는 양상을 보였다. 그러나 주인공의 상대자로 등장하는 여주인공이 배필(配匹)이라는 역할에 빠지면서, 신화에서 남신을 유혹하여 깨침을 불러일으키거나 남신의 새로운 질서 찾기에 적극적으로 나서는 등의 역할은 하지 못함으로써 신성성은 많이 약화되었다고 하겠다.

끝으로, 기존의 유형론이 주로 내용 중심인 점을 감안하여 새로운 유형론을 구상해보았다. 단일한 주인공의 단일한 사적을 중심으로 집중되는 유형을 기본형으로, 단일한 주인공의 여러 사적이 연쇄되는 유형을 연쇄형으로, 복수의 주인공이 등장하여 두 영웅의 사적이 교체되면 전개되는 유형을 교체형으로, 군담 이외의 사적이 삽입되는 유형을 삽입형으로 나누고, 그들이 어떻게 변해가는가를 추적했다. 〈홍길동전〉 같은 연쇄형은 여러 설화들의 혼합한 형태로써, 근원적으로는 영웅신화에서 영웅에게 부과된 여러 가지 과업을 차례로 펼쳐나가는 형태에 근접함으로써 초기적인 특징을 보인다. 그러던 것이 특정한 대적자를 상정하여 기본형으로 전이하고, 거기에 다른 영웅이 병렬적으로 포개짐으로써 교체형이 생성될 수 있었다. 군담이 아닌 가정문제 등등이 혼합되는 삽입형의 경우는 기존의 서사에 군담이 삽입되거나 군담소설이 정착된 이후에 다른 서사가 삽입되면서 변이한 경우로 파악되었다.

그러나 이러한 내용은 군담소설이 신화 전통을 잇고 있음에도 불구하고 신화와는 상당한 거리를 보이고 있음을 일러주기도 한다. 우선, 기존 연구에서 '서사구조'라는 용어를 쓰면서 마치 작품에서의 실제 서술이 그러한 한 영웅의 일대기를 따라 순차적으로 나아간 것처럼 여기지만, 실제로는 그보다 훨씬 복잡한 양상을 띠며 실제 독자들의 향유 또한 그랬다. 일례로 군담소설이라면 으레 등장하는 결연담의 경우, 전체 서사에서 어디에 위치하느냐에 따라 그 의미가 달라졌다. 이는 소설 내용을 재배치하여 영웅의 일대기를 재구(再構)하는 방식으로는 작품의 전모가 온전히 밝혀지기 어려움을 의미한다. 다음으로, 고난과 고난의 극복의 한 양상으로 드러나는 부자, 군-신, 모-자, 남-녀의 이별과 만남 또한 신화 전통과 유사하면서도 내용상 상당한 차이를 보였다. 주인공의 아버지가 주인공보다 신성성이 떨어짐으로 해서 부-자의 이별과 재회는 신화의 부친탐색담이 갖는 무게를 잃었으며, 유교(儒敎) 윤리에 기반한 군(君)-신(臣)의 이별과 재회는 신화시대에는 찾기 어려운 새로운 서사이며, 모(母)-자(子)의 이별과 재회에서는 지모신(地母神)으로서의 성모(聖母)의 기능이 떨어졌다. 반면 남(男)-녀(女)의 이별과 재회 역시 애정담의 흥미소로 작동하는 가운데 천정(天定) 배필을 지켜야 한다는 열(烈) 윤리가 압도함으로써 애정을 주제로 한 신화가 갖던 의미에서 크게 변했다. 서사적 대결의 유형으로 보더라도 신화에서 찾을 수 있는 유형은 기본형에 국한되는 것이어서 소설적 흥미와 새롭게 등장한 사회적 의미 등을 집어넣기 용이한 다양한 유형이 등장함으로써 서사가 훨씬 더 풍성하게 되었다.

V장에서는 신화적 주제의 고소설에 대해 다루었는데, 먼저 고소설에서 신화적 주제로 떠오를 수 있는 것으로 중심, 통합, 균형 등을 선별하였다. 이러한 주제가 중심인 작품이라면, 영웅적 능력을 지닌 주인공의 승리를 부각시키는 데 중점을 두기보다는 대극적 합일을 추구하면서 삶의 질적 변환에 대한 모색을 하는 작품들인 바, 〈구운몽〉, 〈옹고집전〉, 〈장화홍련전〉 및 짝패 인물이 등장하는 몇몇 작품들을 대표적으로 살폈다.

첫째, 〈구운몽〉의 신화적 공간을 문학지리학적 해석을 시도하였다. 주인공의 행적을 좇아 지도를 그려본 바로는 전체적으로 응축(凝縮)과 확산(擴散)이 반복되면서 서사가 진행되는 것으로 파악되었다. 성진이 머물던 형산(衡山)은 수도(修道)의 공간(空間)으로 세계의 중심에 선 응축(凝縮)의 세계를 보여준다. 형산은 동(東)/서(西)쪽을 육관대사와 위부인(魏夫人)이 반분(半分)함으로써 하늘에서 온 위부인, 서역(西域)에서 온 육관대사가 거처하는 까닭에 천(天)과 지(地), (東)과 서(西)를 잇는 중심으로서의 위치를 확고히 한다. 다음으로, 성진과 팔선녀가 전생(轉生)과 이동(移動)을 통해 응축에서 확산으로 변화되는 모습을 보여준다. 이 과정에서 남변(南邊)의 형산에서 서변(西邊)의 풍도(酆都)로 갔다가 다시 동변

(東邊)의 수주(壽州)로 이동하며, 양소유는 과것길과 두 차례의 출정(出征)을 통해 천하주유(天下周遊)를 펼쳐 보인다. 그 뒤에 양소유가 부귀영화의 극점에 이르러서 한 곳으로 정착하는데 전각(殿閣)의 배치를 통해 팔미인을 하나의 공간에 응집(凝集)시키며, 낙유원(樂遊原)의 사냥놀이를 통해 각지의 기생들을 한 곳에 불러 모으는데 어느 곳이든 구체적인 공간과 지역을 안배함으로써 응축된 전체 세계가 되도록 하고 있다. 끝으로 양소유가 세속을 떠나는데 이때, 취미궁이라는 도가적인 이상향을 거친 후 거기에서도 만족할 수 없음을 느끼고 큰 깨달음을 찾아 연화사로 가는 과정을 보여준다. 이는 '중심'과 '전체', '상승'이라는 신화적으로 이상(理想的) 공간을 구현한 것이다.

둘째, 〈옹고집전〉을 '자기실현'이라는 측면에서 '통합'이 구현되는 양상을 살폈다. 먼저, 근원설화의 측면에서, 〈장자못 전설〉은 남에게 베푸는 문제를 통해 자신과 남과의 통합문제를, 〈쥐 둔갑 설화〉는 진짜가 가짜로 내몰리는 상황을 통해 유교문화에서 도외시하던 야성(野性) 및 여성문화와, 자신이 그간 추구해온 문명 및 남성문화와의 내적 통합을 촉구한 것으로 파악되었다. 이런 논의에 근거하여, 〈옹고집전〉을 분석해 보면, 먼저, 노모 봉양에 몰인정한 모습이나 원님 앞에서 제 신원을 밝히는 대목에서 아버지/자식의 대물림이 중심문제로 떠오르며, 이를 확대하면 나와 내가 아닌 다른 모든 개체들간의 통합이 중시된다 할 수 있다. 다음으로 신변의 세사(細事)나 세간살이 나열 등을 통해 남성 중심 세계에서 도외시하던 삶의 섬세함을 끌어안는 자기내의 통합이 중요한 문제로 떠올랐다. 그 결과, 이 소설에서는 선악의 대결이 상대편과 싸우는 데 있지 않고 자기의 내면을 응시하는 데 있는 것으로 보인다. 주인공이 세상을 배회하고 죽을 결심으로 산이나 물을 찾으면서, 궁극적으로는 온전치 못한 삶을 제어하고 통합하여 온전한 '참'나를 얻어 가는 특별한 과정이다.

셋째, 〈장화홍련전〉의 재생담의 의미에 대해 살폈다. 먼저 우리 고유의 정서적인 측면에서 한(恨)과 원(怨)의 문제로 풀어 보았다. 죽음 이후의 재생을 통해 못다 한 부녀(父女)와 자매(姉妹) 간의 의(義)를 다해보는 한(恨) 풀이의 과정이었다. 다음으로 계모라는 모티프를 통한 '어머니 떠나기' 문제에 대해 논의했다. 첫째 어머니인 친모(親母)는 자신을 가장 사랑하지만 함께할 수 없는 어머니였고, 둘째 어머니인 계모(繼母)는 함께 하지만 사랑하지 않는 어머니였으므로, 이 둘을 넘어설 수 있는 함께 하면서 사랑을 함께 할 수 있는 새로운 어머니가 필요했고, 그런 어머니 아래 다시 자매로 태어남으로써 제대로 '어머니 떠나기'를 할 수 있게 된 것이다. 또, 실화(實話)에서 설화로, 설화에서 소설로 옮겨오는 적층문학적 변전 과정을 통해 개인의 문제를 사회 문제로까지 폭을 넓히는 과정에서 재생담은 새로운 의미로 작용했다. 세세한 상황을 그려냄으로써 악인에 대한 일방적인 응징만으로 모든 문제가 해결되지 않음을 깨닫고, 그런 데에 불만을 느끼는 수용자층의 요구에 부응하는 재생담이 필요했던 것이다. 즉, 여러 계층의 복잡다양한 이질적인 요구에 대한 대응이라고 하겠다.

끝으로, 고소설에 등장하는 '짝패' 인물에 대해 탐구했다. 짝패는 본래 둘이 함께 있어야 전체성을 지니게 되어 있는 존재여서 둘의 분리는 곧 불완전함을 야기하여 갈등을 빚는다. 이런 맥락에서 소설에서 대립과 통합의 요건을 찾아 범주를 정하고 그 다음에 그렇게 규정된 짝패가 어떻게 분화되는지 살피는 방식이 타당함을 알았다. 이런 요건에 부합하는 작품은 〈흥부전〉, 〈구운몽〉, 〈옹고집전〉, 〈양반전〉 등을 꼽을 수 있었으며, 이들은 이원적인 대립을 보인다는 점에서는 공통적이었지만 그 대립자질들은 각기 달랐으며, 짝패 인물의 관계와 그 둘의 귀결점 역시 차이가 있었다. 〈흥부전〉과 〈양반전〉은 '객관적 이중'을, 〈구운몽〉과 〈옹고집전〉은 '주관적 이중'을 보였고, 같은 유형의 짝패이더라도 세부의 차이가 있어서 스펙트럼화할 수 있었다. 또한, 그 귀결점은 순서대로 균형적 화합, 두 세계의 초월, 가짜가 사라짐, 대립의 지속 등으로 차이가 있었다. 이러한 접근 방법을 통해 이분법적 선악론을 넘어설 가능성이 커지는데, 객관적 이중이 드러나는 〈흥부전〉과 〈양반전〉이 사회경제적인 주제를 드러낸 데 비해, 〈구운몽〉과 〈옹고집전〉이 이원적 대립의 초월(超越)과 '자기실현' 같은 깨달음이나 성숙(成熟)을 문제 삼고 있는 등의 의미 있는 변별점을 보였다. 결국, 이런 작품들에서는 인간에 내재한 이질적인 삶의 양면이 어떤 방식으로 대립하고 화해하며, 통합되거나 끝내 분열하지만 궁극적으로는 그러한 일련의 과정을 통해 그 통합의 당위성을 역설하는 수준 높은 주제의식을 구현한 것으로 볼 수 있다.

이처럼 신화 전통은 오래도록 소멸되지 않고 여러 서사에 숨어서 다양한 모습을 보여주었다. 그 주인공들이 때로는 초월적인 능력을 지인 신인(神人)으로, 때로는 호쾌한 영웅으로, 때로는 고뇌하는 구도자로, 때로는 번민에 빠진 범인(凡人)으로 다양하게 등장했지만 그 진실됨을 찾고 온전한 삶을 희구한다는 점에서는 크게 다르지 않을 것이다. 그 때문에 현대에 이르러도 그러한 작품은 끊임없이 양산되고 있다. 일례로 〈옹고집전〉이 고전소설로서 그리 큰 주목을 받지 못한 것과는 달리, 현대문학에서 여러 차례 소재원으로 쓰이면서 그대로 현대인의 삶을 조망해주었다. 실직 상태에서도 고집 때문에 살길이 막막하다는 평가를 듣는 소심한 사내를 다룬 〈옹고집뎐〉541)이나, 남북한으로 갈라진 쌍둥이 형제가 한쪽은 구두쇠 부자 김치국으로 또 한쪽은 남파간첩이면서 김치국의 이름으로 자선 행위를 하는 희곡 〈김치국씨 환장하다〉542), 남편의 의식과 무의식을 표상하는 두 인물과 갈등하는 결혼 3년차 주부의 이야기인 〈나의 당신〉543), '사람에 대한 이해와 나눔의 의미 -고집과 교만의 틀에서 깨어나기 위한

---

541) 최인훈, 〈옹고집뎐〉, 『총독의 소리-최인훈전집9』, 문학과지성사, 1980.
542) 장소현, 『김치국 씨 환장하다』, 평민사, 2003.
543) 오영진, 〈나의 당신〉, 이근삼·서연호 편, 『오영진전집』2, 범한서적주식회사, 1989.

옹고집의 절규'라는 긴 부제를 단 이청준의『옹고집이 기가 막혀』[544], 친구들과 노는 수일이와 학원에 가서 공부하는 수일이가 분리된 동화『수일이와 수일이』[545] 등이 보여주는 메시지는 분열된 자기의 통합이라는 문제였다.

인간이 살아간다는 것이 곧 이야기로 살아간다는 뜻이라면, 인간의 삶이 존속되는 한 신화는 영속할 것이다. 왜냐하면 인간은 언제나 지금보다 나은, 지금보다 진실한, 지금보다 온전한, 지금보다 원만한 삶을 원했기 때문이며, 그럼에도 불구하고 쉽게 그렇게 될 수 없는 대립요인들을 자신의 안팎에서 완전히 떨쳐낼 수 없기 때문이다. 신화 전통은 그러한 인간의 염원과 현실을 충실히 보여줄 수 있는 소중한 자산이다. 현대에 이르러서도 소설은 물론 영화나 드라마 등에서 신화가 지속적으로 문제되는 것은 그런 이유 때문이며, 고전서사에 담긴 신화 전통의 힘은 신화가 본래 그렇듯이 갱신에 갱신을 거듭해서 새로운 질서를 찾아 나서고 또 만들어가리라 믿는다.

---

544) 이청준,『옹고집이 기가 막혀』, 파랑새, 1997.
545) 김우경,『수일이와 수일이』, 우리교육, 2001.

자료 및 참고문헌

<자 료>

김만중, 〈구운몽〉(서울대학교 규장각 소장 필사본), 김병국 교주,『구운몽』, 서울대학교출판부, 2007.

김부식,『삼국사기』I,II, 이강래 옮김, 한길사, 1998.

김우경,『수일이와 수일이』, 우리교육, 2001.

박지원, 〈薆洋詩集序〉,『燕巖集』「鍾北小選」卷之七 別集.

역경위원회 역,『본생경 1』, 동국역경원, 1991.

오영진, 〈나의 당신〉, 이근삼·서연호 편,『오영진전집』2, 범한서적 주식회사, 1989.

이규보, 〈東明王篇〉,『東國李相國集』.

이범교 역해,『삼국유사의 종합적 해석』上, 민족사, 2006.

이병도,『譯註 三國遺事』, 동국문화사, 1956.

이승수·서신혜 역주,『삼한습유』, 박이정, 2003,

_____,『삼국유사』, 고운기 역, 홍익출판사, 2001.

_____,『삼국유사』, 이병도 역, 광조출판사, 1977.

_____,『三國遺事』,『原本 三國史記 三國遺事』, 대제각 영인본(壬申刊本), 1987.

일연,『삼국유사』I·II, 강인구 외 역, 이회문화사, 2002.

장소현,『김치국 씨 환장하다』, 평민사, 2003.

정규복·진경환 역주,『구운몽』, 고려대학교민족문화연구소, 1996.

정주동 註解,「雍固執傳」, 김기동 편,『韓國古典小說選』, 새글사, 1965.

최래옥 주석, 〈연세대본 옹고집전〉,『동양학』19집, 단국대학교 동양학연구소, 1989.

최인훈, 〈옹고집뎐〉, 『총독의 소리-최인훈전집9』, 문학과지성사, 1980.

하정룡, 『교감 역주 삼국유사』, 시공사, 2003.

〈둔갑한 쥐(I)〉, 이현수, 『한국구비문학대계6-5』, 한국정신문화연구 원, 1985.

〈修德寺 보신바위와 보신꽃〉(『韓國口傳說話』(임석재전집6)』, 평민 사, 1990.

〈옹고집젼〉(단국대학교 소장 34장본)

〈적성의전〉(경판), 김동욱 편, 『영인 고소설판각본전집』 3, 연세대학 교인문과학연구소, 1973.

〈콩쥐팥쥐〉, 조희웅, 『한국구비문학대계』1-4, 한국정신문화연구원, 1981.

〈홍길동전〉(완판 36장본), 김일렬 역주, 『홍길동전/전우치전/서화담 전』, 고려대학교민족문화연구소, 1996.

〈흥부전〉(경판25장본, 국립중앙도서관 소장)(김진영 외 편저, 『흥부 전 전집』 2, 박이정, 2003.

『古事記』上, 노성환 역주, 예전사, 1999 개정판.

〈됴웅젼〉완판 92장본. 이화여대 한국문화연구원 편, 『한국고대소설 총서(韓國古代小說叢書) 3』, 통문관, 1960.

〈옹고집전〉, 김삼불 교주, 『비비장전·옹고집전』, 국제문화관, 1950.

〈유문성전〉(조선도서주식회사 간, 1925), 동국대학교 한국학 연구소 편, 『활자본 고전소설전집』5권, 아세아문화사, 1976.

〈유충렬전〉(완판 86장본), 김동욱 편, 『景印 古小說板刻本全集』2, 연세대학교 인문과학연구소, 1973.

〈이대봉전〉(완판 81장본), 김동욱 편, 『景印 古小說板刻本全集』2, 연세대학교 인문과학연구소, 1973.

〈조웅전〉(완판 88장본), 김동욱 편, 『景印 古小說板刻本全集』3, 연세대학교 인문과학연구소, 1973.

〈홍길동전〉(완판 36장본), 김동욱 편, 『景印 古小說板刻本全集』3, 연세대학교 인문과학연구소, 1973.

〈흥부젼〉, 세창서관, 1962.

<참고문헌>

강상순, 「영웅소설의 形成과 變貌 樣相 研究-敍事構造와 人物 形象化의 樣을 중심으로-), 고려대 석사학위논문, 1991.

_____, 「〈구운몽〉의 상상적 형식과 욕망에 대한 연구」, 고려대 박사논문, 1999.

강은해, 「한·중·일 신화의 오뉘모티프 형성과 변화」, 『한국문학이론과 비평』16집, 한국문학이론과비평학회, 2002.

강한영 교주, 『신재효 판소리사설집(全)』, 보성문화사, 1978.

고운기, 「일연의 세계인식과 시문학 연구」, 연세대 박사논문, 1993.

_____, 『삼국유사 글쓰기 감각』, 현암사, 2010.

곽정식, 「옹고집전 연구」, 한국문학논총』, 8·9집, 한국문학회, 1986.

권순긍, 『활자본 고소설의 편폭과 지향』, 보고사, 2000.

권태효, 『한국의 거인설화』, 역락, 2002.

길태숙·윤혜신·최선경, 『삼국유사와 여성』, 이회문화사, 2003.

김광순, 『天君小說研究』, 형설출판사, 1980.

김기동 편, 『한국고전소설선』, 새글사, 1965.

김난주, 『융 심리학의 관점으로 본 한국의 신화』, 집문당, 2007.

김대숙, 「轉生설화에서 본 〈구운몽〉」, 『이화어문논집』 13, 이화어문학연구소, 1994.

김동욱, 「洪吉童傳의 傳記的 類型」, 『허균의 문학과 혁신사상』, 새 문사, 1981.

김민수, 「〈유충렬전〉의 결연에 대하여」, 『연민학지』10호, 연민학회, 2002.

김병국, 『한국고전문학의 비평적 이해』, 서울대학교출판부, 1995.

김선자, 「창조신화를 통해서 본 고대 중국인들의 우주 및 우주적 인 간」, 신화아카데미, 『세계의 창조신화』, 동방미디어, 2001.

김수봉, 『서사문학의 반동인물 연구』, 국학자료원, 2002.

김수태, 「백제 의자왕대의 불교 -경흥을 중심으로-」, 『백제문화』제41 집, 공주대학교 백제문화연구소, 2009.

김연호, 「〈홍길동전〉의 원심적 구조」, 『于雲 朴炳采 博士 還曆記念 論叢』, 고려대국문학연구회, 1985.

김열규, 「'낙산이성'과 그 신비체험의 서술구조」, 『삼국유사연구(상)』, 영남대민족문화연구소, 1983.

_____, 『동북아시아 샤머니즘과 신화론』, 아카넷, 2003.

_____ 편, 『한국문학의 두 문제 -怨恨과 家系- 』, 학연사, 1985.

_____, 『韓國民俗과 文學研究)』, 일조각, 1971.

_____, 『韓國神話와 巫俗研究』, 일조각, 1982중판,

김영선, 「〈양산백전〉의 구조와 의미」, 『청람어문학』3, 청람어문학 회, 1990.

김용철, 「〈조신〉에서 깨달음의 실천지향과 변증법적 삼단구조」, 『한 국학연구』7집, 고려대학교한국학연구소, 1995.

김응환, 『고전소설의 윤리적 조명』, 한국학술정보, 2006.

김일렬, 「洪吉童傳의 不統一性과 統一性」, 『語文學』17, 한국어문학 회, 1972.

김재용,「갈등중재 이론으로 본 〈홍길동전〉의 구조와 의미」,『한국
　　　언어문학』21집, 한국언어문학회, 1982.

김정란,『신데렐라와 소가 된 어머니』, 논장, 2004.

김종철,「〈옹고집전〉과 조선후기 요호부민」,『판소리의 정서와 미학』,
　　　역사비평사, 1996.

김진석,「짝패와 기생 : 권력과 광기를 가로지르며 소설은」,『작가세
　　　계』14호, 1992 가을.

김진식,「르네 지라르의 욕망 모방과 소설적 진실-소설의 이해와 문
　　　명의 이해」,『울산대학교연구논문집』제20권(인문사회과학
　　　편), 1989.

김탁환,「〈쌍천기봉〉의 창작방법 연구」, 이수봉 외,『가문소설연구
　　　논총』II, 경인문화사, 1999.

김태준,『조선소설사』, 청진서관, 1933.

김헌선,「〈베포도업침 · 천지왕본풀이〉에 나타난 신화의 논리〉」,『비
　　　교민속학』28집, 비교민속학회, 2005.

_____,「불교관음설화의 여성성과 중세적 성격연구」,『구비문학연
　　　구』9집, 한국구비문학회, 1990.

_____,「불교설화의 口傳과 文傳 의 틈새, 그리고 불교적 의미」,『콘
　　　텐츠 문화』1집, 문화예술콘텐츠학회, 2012.

_____,『한국의 창세신화』, 길벗, 1994.

김　현,『르네 지라르 혹은 폭력의 구조』, 나남, 1987.

_____,『폭력의 구조/ 시칠리아의 암소』, 문학과지성사, 1992.

김현양,「〈유충렬전〉의 가족애」,『고소설연구』21권, 한국고소설학
　　　회, 2006.

김현룡,「옹고집전 근원설화 연구」,『국어국문학』, 국어국문학회, 제
　　　62 · 63호, 1973.

김현자, 「창조신화를 통해서 본 고대 중국인들의 우주 및 우주적 인간」, 신화아카데미, 『세계의 창조신화』, 동방미디어, 2001.

김현주, 「고소설의 구술적 서사 패턴 -〈유충렬전〉에 나타나는 반복 병치 및 중첩 연쇄의 서사패턴을 중심으로-」, 『고소설연구』 11집, 한국고소설학회, 2001.

김홍균, 「복수주인공 고전장편소설의 창작방법 연구」, 한국학대학원 박사학위논문, 1990.

김화경, 『일본의 신화』, 문학과지성사, 2002.

_____, 『한국의 설화』, 지식산업사, 2002.

남정희, 「신 한 짝의 상징적 의미」, 『반교어문연구』 27집, 반교어문학회, 2009.

동아시아고대학회 편, 『동아시아 여성신화』, 집문당, 2003.

류성민, 『성스러움과 폭력』, 살림, 2003.

문명대, 『삼국유사 탑상편과 일연의 불교미술사관」, 『강좌미술사』1, 한국미술사연구소, 1988.

민긍기, 「영웅소설의 의미체계 연구」, 연세대학교 박사논문, 1986.

_____, 「英雄小說 作品構造考」, 『사림어문연구』 1호, 마산대, 1984,

_____, 「「홍길동전」 주인공의 탄생에 관하여」, 『한국고전소설과 서사문학(상)-한국 고전소설사의 재조명-』, 집문당, 1998.

민 찬, 「여성영웅소설의 출현과 후대적 변모」, 『국문학연구』78집, 서울대학교 대학원 국문학연구회, 1986.

박인희, 「『삼국유사』 道伴說話의 확장과 변모」, 『어문연구』 37권 2호, 한국어문교육연구회, 2009.

박일용, 「영웅소설의 유형변이와 그 소설사적 의의」, 『국문학연구』 제62집, 서울대학교 대학원 국문학연구회, 1983.

_____, 「전우치전과 전우치설화」, 『국어국문학』 92호, 국어국문학

회, 1984.

_____, 『영웅소설의 소설사적 변주』, 월인, 2003.

박찬흥, 「『三國遺事』 感通篇 '憬興偶聖'條를 통해 본 憬興의 생애」,
　　　　『신라문화제학술발표논문집』, 동국대학교신라문화연구소,
　　　　2011.

박태상, 「〈김취경전〉의 작품구조 연구〉(『常山 韓榮煥博士 華甲紀念
　　　　論文集』, 개문사, 1993.

서대석, 「군담소설 출현동인 반성」, 『고전문학연구』 1집, 한국고전
　　　　문학연구회, 1971.

_____, 『군담소설의 구조와 배경』, 이화여자대학교출판부, 1985.

서유원 엮음, 『중국 민족의 창세신 이야기』, 아세아문화사, 2002.

설성경, 「桐里의 〈박타령〉 사설 연구」, 『한국학논총』 6, 계명대한국
　　　　학연구소, 1979.

_____, 「서포의 세계인식과 구운몽의 우의성」, 『인문과학』 83집,
　　　　연세대학교 인문과학연구소, 2001.12.

_____, 「『九雲夢』의 構造的 研究(I) : 時間論」, 『인문과학』 27 · 28,
　　　　연세대인문과학연구소, 1972.

_____ · 박태상, 『고소설의 구조와 의미』, 새문사, 1986.

설중환, 「甕固執傳의 構造的 意味와 佛敎」, 『문리대논집』 4집, 고려
　　　　대문리대, 1986.

성현경, 「李朝夢字類小說研究 -특히 〈九雲夢〉과 〈玉樹夢〉을 中心
　　　　으로-」, 『국어국문학』 54, 국어국문학회, 1971.

송진한, 『조선조 연의소설의 세계』, 전남대학교출판부, 2003.

송호정, 『단군, 만들어진 신화』, 산처럼, 2002.

신연우, 「'바보 형제' 이야기의 신화적 해명」, 『고전문학연구』 12집,
　　　　한국고전문학회, 1997.

_____, 「조동오위의 시각으로 본 〈낙산이대성 관음 정취 조신〉조의 이해」, 『한국사상과 문화』 제18집, 한국사상문화학회, 2002.

_____, 「『삼국유사』 '낙산이대성 관음정취 조신'의 분석적 이해」, 『한국민속학』33집, 2001.

신종원, 『삼국유사 새로 읽기(1) -기이편(紀異篇)』, 일지사, 2004.

신태수, 「군담소설에 나타난 공간과 영웅의 관계」, 『국어국문학』 131, 국어국문학회, 2002.

_____, 「『구운몽』에 나타난 對稱的 世界觀」, 『한민족어문학』48집, 한민족어문학회, 2006.

아세아설화학회, 『한·중·일 설화비교 연구』, 민속원, 1999.

안기수, 『영웅소설의 수용과 변화』, 보고사, 2004.

여증동, 「洪吉童傳의 構造論」, 『常山 李在秀博士 還曆記念論文集』, 형설출판사, 1972.

오대혁, 「〈조신전〉의 구조와 형성배경」, 『한국문학연구』20집, 동국대한국문학연구소, 1998.

유광수, 「만남과 깨달음으로 본 '洛山二大聖 觀音·正趣·調信'의 의미」, 『연세어문학』 32호, 연세어문학회, 2000.

유병일, 『韓國敍事文學의 再生話素 研究』, 보고사, 2000.

윤경수, 「조웅전의 신화적 수용양상」, 『한성어문학』 19, 한성어문학회, 2000.

윤영예, 「『삼국유사』「탑상」편의 메타서사 읽기 -신성 공간의 몰락에 대한 비극적 인식을 중심으로-」, 『한국고전연구』 16집, 한국고전연구학회, 2007.

윤재근, 「전우치 전설과 전우치전」, 고려대학교 석사학위논문, 1982.

윤주필, 『틈새의 미학』, 집문당, 2003.

윤혜신, 「한국신화의 입사의례적 탄생담 연구」, 연세대학교 대학원 박사논문, 2002.

이가원, 「『구운몽』 評攷」, 이가원 譯註, 『九雲夢』, 연세대학교출판
부, 1954.

이강엽, 「고소설의 '짝패(double)' 인물 연구」, 『고소설연구』 26집,
한국고소설학회, 2008.

_____, 「군담소설 연구방법론」, 연세대 박사논문, 1993.

_____, 「디지털 시대의 구비문학 교육 -'成長'·'成熟'을 중심으로-」,
『국제어문』 24집, 국제어문학회, 2001.

_____, 「소설교육에서의 주제 탐색 방법 試論 -〈양반전〉을 실례로」,
『국어교육』 87·88합집, 한국국어교육연구회, 1995.

_____, 『신화』, 연세대학교출판부, 2004.

이경재, 『신화해석학』, 다산글방, 2002.

이구의, 「〈조신〉전의 구성과 의미」, 『영남어문학』 30집, 영남어문학
회, 1996.

이기백, 「삼국유사의 사학사적 의의」, 『진단학보』 36, 진단학회, 1973.

이대형, 「삼국유사 소재 '記異'의 서사방식 연구」, 『한국한문학연구』
21, 한국한문학연구회, 1998.

이도흠, 「『삼국유사』의 구조분석과 의미해석」, 『한국학논집』 26, 한
양대학교 한국학연구소, 1995.

이명구, 「이조소설의 비교문학적 연구」, 『대동문화연구』 5집, 성균관
대 대동문화연구원, 1968.

이부영, 『자기와 자기실현』, 한길사, 2002.

_____, 『한국민담의 심층분석』, 집문당, 1995.

이상섭, 『문학비평용어사전』, 민음사, 1976.

이상택, 「〈보월빙〉 연작의 구조적 반복 원리」, 『백영정병욱선생화갑
기념논총』, 신구문화사, 1982.

_____, 「樂善齋本小說 研究 -그 예비작업으로서의 婚事障碍主旨를 中心으로-」, 『韓國古典小說의 探究』, 중앙출판, 1981.

이석래, 「옹고집전의 연구」, 『관악어문연구3』, 서울대학교 국어국문 학과, 1978.

이소라, 『삼국유사의 서술방식 연구』, 제이앤씨, 2005.

이어령, 『이어령의 삼국유사 이야기』, 서정시학, 2006.

이원주, 「고전소설독자의 성향-경북북부 지역을 중심으로」, 『한국학 논집』3집, 계명대학교 한국학연구소, 1975.

이유경, 『원형과 신화』, 이끌리오, 2004.

이윤기 편역, 『벌핀치의 그리스 로마 신화』, 창해, 2000.

이은숙, 「문학지리학 서설 -지리학과 문학의 만남-」, 『문화역사지리』 4호, 한국문화역사지리학회, 1992.

이재선, 『현대소설의 서사주제학』, 문학과지성사, 2007.

이재수, 「蛟山小說考」, 『韓國小說研究』, 선명문화사, 1973.

_____, 「한국소설발달단계에 있어서의 중국소설의 영향」, 『경북대 논문집』1집, 1956.

이정훈, 「기원 강박과 삶, 그리고 서사 -삼국사기, 해동고승전 "유통 1"과 삼국유사 "흥법" 비교」, 『국어문학』 41, 국어문학회, 2006.

이종주 역, 「滿族神話」, 『한국고전연구』4집, 한국고전연구학회, 1998.

이지영, 「〈오뉘힘내기 설화〉의 신화적 성격 연구」, 『한국고전여성문 학연구』 7, 한국고전여성문학회, 2003.

이창헌, 「고전소설의 혼사장애 구조와 유형에 관한 연구」, 『국문학 연구』 81, 1987.

이청준, 『옹고집이 기가 막혀』, 파랑새, 1997.

인권환, 「韓日 관음설화의 유형적 特徵에 對하여 -『三國遺事』와 『日 本靈異記』를 대상으로-」, 『Journal of Korean Culture』 17,

한국어문국제학술포럼, 2011.

임동권, 「선문대할망설화고」, 『한국민속논고』, 집문당, 1984.

임성래, 「영웅소설의 유형연구」, 연세대 대학원 박사학위논문, 1986.

_____, 『조선후기의 대중소설』, 태학사, 1995.

임재해, 〈『김희경전』에서 문제된 고난과 만남〉, 『영남어문학』 6집, 영남어문학회, 1979.

_____, 『민족신화와 건국영웅들』, 천재교육, 1995.

임철호, 「전운치전 연구」I · II, 『연세어문학』 9 · 10합집 · 11집, 연세어문학회, 1976 · 1978.

임형택, 「洪吉童傳의 新考察」上 · 下, 『創作과 批評』 42호 · 43호, 1976 겨울 · 1977봄.

장덕순, 「병자호란을 전후한 전쟁소설」, 『국문학통론』, 신구문화사, 1960.

_____, 「옹고집전과 둔갑설화」, 『한국설화문학연구』, 서울대학교출판부, 1970.

장석규, 「〈구운몽〉과 〈옹고집전〉의 상관성」, 『국어교육연구』 23, 국어교육연구회, 1991.

_____, 「〈옹고집전〉 주해(註解)」, 『선주논총』 제1집, 금오공과대학교 선주문화연구소, 1998.

장영란, 『위대한 어머니 여신 : 사라진 여신들의 역사』, 살림, 2003.

전성운, 『조선후기 장편국문소설의 조망』, 보고사, 2002.

정구복, 「『삼국유사』에 반영된 역사관과 기이편의 성격」, 정구복 외, 『삼국유사 기이편의 연구』, 한국학중앙연구원, 2005.

정귀훈, 「샘 쉐퍼드의 『매장된 아이』에서의 탈신화화」, 『영미문화』 제5권 1호, 영미문화학회, 2005.

정규복, 『九雲夢 硏究』, 고려대학교출판부, 1974.

_____, 「서유기와 한국고소설」, 『아세아연구』 48호, 1972.

정길수, 「17세기 동아시아 소설의 遍歷構造 -〈구운몽〉, 〈肉蒲團〉, 〈好色一代男〉의 경우」, 『고소설연구』 21집, 한국고소설학회, 2006.

정병헌, 「여성영웅소설의 서사 구조와 변이 양상 연구」, 『한국언어문학』 36집, 한국언어문학회, 1996.

정인한, 「옹고집전의 설화 연구」, 『문학과 언어』 1, 문학과 언어연구회, 1980.

정충권, 「『옹고집전』 이본의 변이양상과 그 의미」, 『판소리연구』 4집, 1993.

조동일, 「문학지리학을 위한 출발선상의 토론」, 『한국문학연구』 27, 동국대학교 한국문학연구소, 2004.

_____, 「불교설화에서 본 숭고와 비속」, 『삼국시대 설화의 뜻풀이』, 집문당, 1990.

_____, 「영웅의 일생, 그 문학사적 전개」, 『동아문화』 10집, 1971.

_____, 「한국설화의 변이양상-논평3」, 『한국학연구의 성과와 그 성찰』, 한국정신문화연구원, 1982.

_____, 〈옹고집전〉 항목, 『한국민족문화대백과사전』, 한국정신문화연구원, 1991.

_____, 『동아시아 구비서사시의 양상과 변천』, 문학과지성사, 1997.

_____, 『문명권의 동질성과 이질성』, 지식산업사, 1999.

_____, 『삼국시대 설화의 뜻풀이』, 집문당, 1990.

_____, 『韓國小說의 理論』, 지식산업사, 1977.

_____ · 이복규 · 김대숙 · 강진옥 · 박순임, 『한국구비문학대계 별책부록(I) 한국설화유형분류집』, 한국정신문화연구원, 1989.

_____ 외, 『한국구비문학대계별책부록(I) 한국설화유형분류집』, 한

국정신문화연구원, 1989.

조수학,「삼국유사 (紀異) 卷1第二의 설정이유」,『大東漢文學』7, 대동한문학회, 1995.

조춘호,『우애소설연구』, 경산대학교출판부, 2001.

조현설,『동아시아 건국신화의 역사와 논리』, 문학과지성사, 2003.

조현우,「〈洛山二大聖觀音正趣調信〉의 은유적 이해」,『한국고전연구』11집, 한국고전연구학회, 2005.

진성기,『제주도 무가본풀이 사전』, 민속원, 1991.

철학·종교연구실 편,『惡이란 무엇인가』, 창, 1992.

최기숙,「영웅소설 서사체계의 발전적 변모 연구」, 연세대학교 석사논문, 1993.

_____,『17세기 장편소설 연구』, 월인, 1999.

최혜진,「〈유충렬전〉의 문학적 형상화 방식」,『고전문학연구』13권, 한국고전문학회, 1998.

최래옥,「설화와 그 소설화 과정에 대한 구조적 분석 - 특히 장자못 전설과 옹고집전의 경우-」,『국문학연구』7집, 서울대학교 대학원 국문학연구회, 1968.

_____,「옹고집전의 제문제 연구」,『동양학』19집, 단국대학교 동양학 연구소, 1989.

_____,〈옹고집전〉, 황패강교수정년퇴임기념논총간행위원회,『고전소설연구』, 일지사, 1993.

_____,『한국구비전설의 연구』, 일조각, 1981.

최병헌,「高麗佛敎界에서 元曉理解」, 김지견 편,『元曉聖師의 哲學世界』, 민족사, 1989.

최정선,「관음설화의 여성화 전략과 형상화의 의미」,『인간연구』10호, 성심대학교인간학연구소, 2006.

하정룡, 『교감 역주 삼국유사』, 시공사, 2003.

한국구비문학회 편, 『동아시아 제민족의 신화』, 박이정, 2001.

한국문화상징사전편찬위원회 편, 『한국문화상징사전1』, 동아출판, 1992.

한순미, 「이청준 예술가소설의 서사 전략과 '재현'의 문제」, 『현대소
설연구』 29호, 한국현대소설학회, 2006.

한정섭 편, 『佛教說話大事典(下)』, 한국불교교화원, 1991.

한태식, 「憬興의 生涯에 관한 再考察」, 『불교학보』 28, 1991.

허세욱, 「중국문학지리학의 형성과 그 인과연구」, 『中國語文論叢』
18집, 중국어문연구회, 2000.

허원기, 「삼국유사 구도설화의 의미」, 한국정신문화연구원 한국학대
학원 석사논문, 1995.

현길언, 「박씨전과 민간설화와의 관계, 성균관대 석사논문, 1967.

현용준, 『제주도무속자료사전』, 신구문화사, 1980.

홍기문, 『조선신화연구』, 사회과학원출판사, 1964.

황패강, 「양반전 연구」, 이상택·성현경 편, 『한국고전소설연구』, 새
문사, 1983.

http://www.travel-silkroad.com/Korean/travel/china/hubei/travel1.ht
m(06.10.31)

C. A. 반 퍼슨, 『급변하는 흐름 속의 문화』, 강영안 옮김, 서광사,
1994.

C. G. 융, 『꿈에 나타난 개성화 과정의 상징』, 한국융연구원 C. G.
융 저작 번역위원회 옮김, 솔, 2002.

Franco Moretti, 「문학의 지도: 이론, 실천, 실험들」, 『안과 밖』 2002
상반기.

G. 레이코프·M. 존슨, 『삶으로서의 은유』, 노양진·나익주 옮김,

서광사, 1995.

J. F. 비얼레인,『살아있는 신화』, 배경화 옮김, 세종서적, 2000.

J. G. 프레이저,『황금가지I』, 장병길 역, 삼성출판사, 1977.

M. 엘리아데,『성과 속』, 이은봉 옮김, 한길사, 1998.

N. K. 샌다즈,『길가메시 서사시』, 이현주 옮김, 범우사, 2000.

V. Y. 프로프,『민담의 역사적 기원』, 최애리 옮김, 문학과지성사, 1990.

게리 그린버그,『성서가 된 신화』, 김한영 옮김, 씨앗을 뿌리는 사람, 2001.

나카자와 신이치,『신화, 인류 최고의 철학』, 김옥희 옮김, 동아시아, 2003.

노드롭 프라이, 김영철 옮김,『성서와 문학』, 숭실대학교출판부, 1993.

노에 게이치,『이야기의 철학』, 김영주 옮김, 한국출판마케팅연구소, 2009.

藤堂恭俊,『중국불교사』, 차차석 옮김, 대원정사, 1992.

레비-스트로스,『신화학』1, 임봉길 옮김, 한길사, 2005.

_____,『야생의 사고』, 안정남 역, 한길사, 1996.

롤랑 바르트,『신화학』, 정현 옮김, 현대미학사, 1995.

르네 지라르,『낭만적 거짓과 소설적 진실』, 김치수 · 송의경 옮김, 한길사, 2001.

_____,『문화의 기원』, 김진식 옮김, 에크리, 2006.

_____,『폭력과 성스러움』, 김진석 · 박무호 옮김, 민음사, 1993.

리처드 도킨스,『만들어진 신』, 김영사, 2007.

마빈 해리스,『문화의 수수께끼』, 박종렬 역, 한길사, 1981.

마이클 윌리스,『티베트』, 장석만 옮김, 들녘, 2002.

_____, 『티벳-삶, 신화 그리고 예술』, 장석만 옮김, 들녘, 2002.

말리노프스키, 『원시신화론』, 서영대 역, 민속원, 1996.

미르세아 엘리아드, 『신화와 현실』, 이은봉 역, 성균관대학교 출판부, 1985.

미르체아 엘리아데, 『메피스토펠레스와 양성인』, 최건원 · 임왕준 옮김, 문학동네, 2006.

미르치아 엘리아데, 『聖과 俗 -종교의 본질』, 이동하 역, 학민사, 1983.

_____, 『성과 속』, 이은봉 옮김, 한길사, 1998.

_____, 『이미지와 상징』, 이재실 역, 까치, 1998.

_____, 『종교사개론』, 이재실 옮김, 까치, 1993.

_____, 『대장장이와 연금술사』, 이재실 옮김, 문학동네, 1999.

미하일 바흐찐, 『장편소설과 민중언어』, 전승희 외 옮김, 창작과 비평사, 1988.

보리스 아이헨바움, 「산문의 이론에 관하여」, 츠베탕 토도로프 편, 김치수 역, 『러시아 형식주의』, 이화여자대학교 출판부, 1981.

北崖老人, 『규원사화』, 고동영 옮김, 흔뿌리, 2005.

세르기우스 골로빈 · 미르치아 엘리아데 · 조지프 캠벨, 『세계신화이야기』, 이기숙 · 김이섭 옮김, 까치, 2001.

사무엘 헨리 후크, 『중동 신화』, 박화중 옮김, 범우사, 2001.

謝壽昌 외 편, 『中國古今地名大辭典』, 臺灣商務印書館, 1931.

徐連達 · 吳浩坤 · 趙克堯 지음, 『중국통사』, 중국사연구회 옮김, 청년사, 1989.

스티스 톰슨, 『설화학원론』, 윤승준 · 최광식 옮김, 계명문화사, 1992.

에른스트 캇시러, 『인간이란 무엇인가』, 최명관 옮김, 창, 2008개정판.

안네마리 피퍼, 이재황 옮김, 『선과 악-그 하나의 뿌리를 찾아서』, 이
　　끌리오, 2002.

알렌 B. 치넨, 『인생으로의 두번째 여행』, 이나미 역, 황금가지,
　　1999.

오바야시 다루우, 『신화학입문』, 兒玉仁夫·권태효 역, 새문사, 1996.

요시다 아츠히코 외, 『우리가 알아야 할 세계신화 101』, 김수진 옮
　　김, 아세아미디어, 2002.

袁珂, 『중국신화전설 I』, 전인초·김선자 옮김, 민음사, 1987.

＿＿, 『중국의 고대신화』, 정석원 옮김, 문예출판사, 1987.

이시다 미키노스케, 『장안의 봄』, 이동철·박은희 옮김, 이산, 2004.

자크 르고프, 『서양중세문명』, 문학과지성사, 유희수 옮김, 2008개정판.

조셉, L. 헨더슨, 「고대신화와 현대인」, 칼 구스타프 융 편저, 『사람
　　과 상징』, 까치, 1995.

조셉 캠벨, 『세계의 영웅 신화』, 이윤기 옮김, 대원사, 1989.

＿＿＿＿＿·빌 모이어스, 대담 『신화의 힘』, 이끌리오, 2002.

조지프 캠벨, 『동양신화』, 까치, 이진구 옮김, 1999.

＿＿＿＿＿, 『신의 가면II: 동양신화』, 이진구 옮김, 까치, 1999.

＿＿＿＿＿, 『신의 가면IV: 창작신화』, 정영목 옮김, 까치, 2002.

＿＿＿＿＿, 『신화와 함께 하는 삶』, 이은희 옮김, 한숲, 2004.

＿＿＿＿＿, 『신화의 세계』, 과학세대 옮김, 까치, 1998.

＿＿＿＿＿, 『신화의 이미지』, 홍윤희 옮김, 살림, 2006.

진 쿠퍼, 『그림으로 보는 세계 문화상징 사전』, 이윤기 옮김, 까치,
　　1994.

陳正祥, 『中國歷史·文化地理圖册』, 東京: 原書房, 1982.

체렌소드놈, 『몽골 민간 신화』, 이형래 옮김, 대원사, 2001.

츠베탕 토도로프, 「시학에 있어서의 구조주의」, 프랑스와 발르 저, 『
　　　구조주의란 무엇인가』, 민희식 역, 고려원, 1985.
카렌 암스트롱, 『신화의 역사』, 이다희 옮김, 2005.
티머시 로턴, 『마야』, 최화선 옮김, 들녘, 2002.
프랑스와쥘리앙, 『운행과 창조』, 유병태 역, 케이시아카데미, 2003.
何新, 『神의 기원』, 홍희 옮김, 동문선, 1990.

색 인

인명, 용어, 기타